no caminho de swann

marcel proust
em busca do tempo perdido
volume I
no caminho de swann
tradução mario quintana

revisão técnica olgária chain féres matos
prefácio, cronologia, notas e resumo guilherme ignácio da silva
posfácio jeanne-marie gagnebin

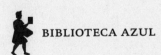

Copyright da tradução © 2006 by Editora Globo S.A.

Todos os direitos reservados. Nenhuma parte
desta edição pode ser utilizada ou reproduzida –
em qualquer meio ou forma, seja mecânico
ou eletrônico, fotocópia, gravação etc. –
nem apropriada ou estocada em sistema de bancos
de dados, sem a expressa autorização da editora.

CAPA E PROJETO GRÁFICO
warrakloureiro

REVISÃO
Beatriz de Freitas Moreira
Maria Sylvia Corrêa e Telma Baeza

IMAGENS DE CAPA, CONTRACAPA E GUARDAS
Getty Images

Texto fixado conforme as regras do novo Acordo Ortográfico
da Língua Portuguesa (Decreto Legislativo nº 54, de 1995).

CIP-BRASIL. CATALOGAÇÃO NA PUBLICAÇÃO
SINDICATO NACIONAL DOS EDITORES DE LIVROS, RJ

P962e
4. ed.
v. 1

Proust, Marcel, 1871-1822
Em busca do tempo perdido : no caminho de Swann / Marcel Proust ;
tradução Mario Quintana. - 4. ed. - São Paulo : Biblioteca Azul, 2016.
il.

Tradução de: À la recherche du temps perdu: du côté de chez Swann
Continua com: À sombras das raparigas em flor
ISBN 978-85-250-6209-3

1. Romance francês. I. Quintana, Mario. II. Título.

16-33038
CDD: 843
CDU: 821.133.1-3

1ª edição, 1948 [várias reimpressões]
2ª edição, revista, 1988 [23 reimpressões]
3ª edição, revista, 2006 [4 reimpressões]
4ª edição, 2016 - 2ª reimpressão, 2023

Direitos de edição em língua portuguesa
adquiridos por Editora Globo s/a
Rua Marquês de Pombal, 25
20.230-240 – Rio de Janeiro – RJ – Brasil
www.globolivros.com.br

prefácio 7
cronologia 11

combray 19
um amor de swann 237
nomes de terras: o nome 457

apêndice 509
uma entrevista com marcel proust
resumo 513
posfácio 537

sumário

prefácio

EM BUSCA DO TEMPO PERDIDO vai começar. Abrimos as primeiras páginas do primeiro volume e somos convidados a entrar pelo *Caminho de Swann*.

Neste primeiro volume da obra, vamos conhecer a cidadezinha fictícia chamada "Combray", lugar em que o herói do livro vem passar as férias de Páscoa com os pais, quando criança. Ali, eles recebem a visita de Swann, homem muito fino, colecionador de obras de arte, leitor cultivado, frequentador dos principais salões de Paris.

A Combray de Proust é a pequenina cidade de passado medieval que ainda mantém contato com os campos e sítios ao seu redor. Para chegar até eles, há dois caminhos possíveis: saindo pela porta da frente da casa, toma-se o de Méséglise, caminho mais curto, que passa pela propriedade de Swann; saindo pelo portão dos fundos, alcança-se o longo caminho de Guermantes, trilha fluvial que vai dar no castelo dessa família. Entrar pelo caminho de Swann é simplesmente tomar uma dessas opções de percurso que se oferecem ao caminhante. O caminho de Swann é, nesse primeiro sentido, apenas uma referência espacial com a qual se designa o itinerário a ser feito.

Já o outro significado desse título envolve a própria história da criança que vem com os pais em visita à cidade de Combray e que, muito mais tarde, vai se tornar o narrador do livro que estamos lendo. Para ele, percorrer o caminho de Swann é percorrer o mesmo trajeto da personagem Swann, experimentar as mesmas dores no amor, o ciúme, o contato com a arte e compreender como Swann pôde lidar com tudo isso. *Em busca do tempo perdido* começa, assim, como o início de uma caminhada, de uma longa caminhada de leitura do sentido da vida.

O primeiro volume também tem início com uma poderosa imagem de renascimento: a cidade de Combray e o tempo perdido são reencontrados na degustação de um simples bolinho mergulhado em uma xícara de chá, os mesmos que se tomava nas manhãs de domingo, antes da missa, quando criança.

A singeleza da imagem levou um dos maiores leitores de Proust, o crítico alemão Walter Benjamin (1897-1940), a se perguntar: "Seria lícito dizer que todas as vidas, obras e ações importantes nada mais são que o desdobramento imperturbável da hora mais banal, mais sentimental e mais frágil, da vida do seu autor?".[1] É o que parece sugerir esse que é um dos episódios principais do livro de Proust, narrado logo nas primeiras páginas do livro.

Num monótono final de tarde de inverno, voltando para casa sozinho, o herói, já adulto, aceita tomar, contra seus hábitos, uma xícara de chá com um pequeno bolinho. Dessa pequena xícara sairá toda uma parte de sua infância que estava aparentemente sepultada.

E nós, leitores, podemos imaginar o crepúsculo de nossa existência, uma espécie de fim de tarde de nossas vidas em que, voltando para casa um pouco desanimados com mais um dia que se passou e com a triste perspectiva do dia que ainda virá, aceitamos das mãos de um amigo um livro que ele insiste em nos indicar com inexplicável veemência: *Em busca do tempo perdido*. Como o herói ao receber a xícara de chá das mãos de sua mãe, tomamos por educação o volume nas mãos e olhamos relativamente indiferentes para o título um tanto longo desse livro de quase três mil páginas, *Em busca do tempo perdido*. Mal suspeitamos que ele abrirá para nós as portas do jardim das delícias.

Não seria esse um sonho comum a todos nós? Sonho de, no momento de maior fragilidade e desesperança de nossa existência, no instante em que o tênue fio que nos prende à vida está prestes a romper-se ou, quando não, já há algum tempo se esvaiu, sem que o notássemos e, de repente, pudéssemos recuperar, sem qualquer esforço, uma vibração que nada mais é do que o sentido profundo de tudo aquilo que até então vivemos?

---

[1] Walter Benjamin, "A imagem de Proust". In: *Magia e técnica, arte e política*. São Paulo, Brasiliense, 1994, p. 38.

Qual não seria a alegria de poder atribuir sentido a uma existência sôfrega, a uma vida que parecia até então mero acúmulo inconsequente de encontros, alegrias e decepções? E, além de entrar em contato com a melhor parte de nós mesmos, poder identificar claramente traços luminosos de nosso próprio destino na vida de uma outra pessoa, de percorrer e decifrar o traçado delicado do caminho percorrido por alguém como Swann?

"Quando Proust descreve, numa passagem célebre, essa hora supremamente significativa, em sua própria vida, ele o faz de tal maneira que cada um de nós reencontra essa hora em sua própria existência."[2]

A escrita de Proust produz identificação. Ela é um convite a entrar em contato com a força incomum das palavras e um desejo cego de felicidade. Por mais que se tenha lido e se conheça a história da literatura, nosso silêncio e concentração são percorridos por uma espécie de frêmito que, se pudesse ser formulado, seria a certeza de que nunca ninguém escreveu algo tão belo e grandioso.

O escritor André Gide (1869-1951), amigo de Proust, soube definir muito bem a experiência de leitura dos livros que compõem o *Em busca do tempo perdido*:

> Que livros curiosos! Penetramos neles como em uma floresta encantada; desde as primeiras páginas nos perdemos, e ficamos felizes de nos perder; logo não sabemos mais por onde entramos nem a que distância nos encontramos da margem; em alguns momentos, parece que caminhamos sem avançar, e, em outros, que avançamos sem caminhar; vamos olhando tudo de passagem; não sabemos mais onde estamos, para onde vamos [...][3]

É hora de penetrar nessa "floresta encantada" da memória, abrem-se aqui as primeiras trilhas do *Caminho de Swann*.

---

2 Walter Benjamin, "A imagem de Proust". In: *Magia e técnica, arte e política*. São Paulo, Brasiliense, 1994, p. 38.
3 André Gide, "A propos de Marcel Proust". In: *Incidences*. Paris, Gallimard, 1948, p. 46.

cronologia

1871 (10 de julho): Nascimento no número 96 da rua La Fontaine, em Auteuil, de Marcel Proust, filho do médico Adrien Proust (1834-1903) e de Jeanne Weil (1849-1905), filha de um rico agente de câmbio judeu.

1873 (24 de maio): Nascimento de Robert, irmão de Marcel, em Paris. Ele se tornará cirurgião e, como o pai, professor na Faculdade de Medicina.

1880 Primeira crise de asma de Marcel. Ele sofrerá a vida toda da doença.

1882 (até 1889): Estudos secundários no Lycée Condorcet, em Paris.

1888 Leituras de Barrès, Renan, Leconte de Lisle, Loti. Proust e seus colegas de escola redigem a *Revue Verte*, depois a *Revue Lilas*. Torna-se aluno de Alphonse Darlu, professor de filosofia enormemente admirado por ele.

1889 (até 1890): Alista-se como voluntário durante um ano no 76º Regimento de Infantaria, em Orléans, o que o dispensa dos três anos de serviço militar obrigatório. Um metro e 68 centímetros é a altura que consta de seu alistamento.

1890 Inscrição na Faculdade de Direito de Paris e na Escola de Ciências Políticas, sem muita convicção. Intensa vida mundana.

1891 Encontra-se com o pintor Jacques-Émile Blanche e com o escritor Oscar Wilde.

1892 A prima de Proust, Louise Neuburger, casa-se com Henri Bergson. Colaboração na revista *Le Banquet*. Seu amigo, o pintor Jacques-Émile Blanche, faz seu retrato a óleo.

1893 Colaboração na *Revue Blanche*. Conhece Robert de Montesquiou, que inspira a criação da personagem do barão de Charlus. Formado em Direito, ele se prepara para terminar o curso de Letras.

1895 Obtém seu diploma em Letras. Entra como assistente não remunerado na Biblioteca Mazarine, emprego que ele jamais exercerá. Começa a escrever na praia de Beg-Meil um projeto de romance que o ocupará até 1899 e que permanecerá inacabado (os esboços serão publicados mais tarde sob o nome *Jean Santeuil*). Amizade intensa com Lucien, filho do escritor Alphonse Daudet.

1896 Publicação do livro *Plaisirs et les jours*, com prefácio do escritor Anatole France, ilustrações de Madeleine Lemaire e "comentários musicais" do amigo Reynaldo Hahn. Trata-se de uma coletânea de textos na sua maioria já publicados na revista *Le Banquet* e na *Revue Blanche*.

1897 (6 de julho): Marcel enfrenta o jornalista Jean Lorrain em duelo por este ter insinuado que ele mantinha relações "particulares" com Lucien Daudet. Descoberta da obra de John Ruskin.

1898 Com a eclosão do "Caso Dreyfus", de acusação do coronel judeu Albert Dreyfus de traição à França, Marcel, mais do que convicto de sua inocência, revela-se ardente "dreyfusard", assinando o documento que pedia a revisão do caso.

1899 A paixão pela obra do crítico inglês John Ruskin o leva a traduzir e comentar duas de suas obras, com a ajuda de sua mãe e de Marie Nordlinger, prima inglesa de seu amigo Reynaldo Hahn.

1902 Em visita à Holanda, Marcel contempla aquele que considerará "o mais lindo quadro da história da pintura", *Vista de Delft*, do pintor Vermeer.

1903 Morre seu pai, o médico sanitarista e professor na Faculdade de Medicina, Adrien Proust.

1904 Publicação da sua primeira tradução da obra de Ruskin, *La bible d'Amiens*.

1905 Morte de sua mãe, Jeanne Proust.

1906 Publicação de sua segunda tradução da obra de Ruskin, *Sésame et les lys*, com prefácio extremamente importante sobre a leitura, que, de certa forma, antecipa *Contre Sainte-Beuve* e *No caminho de Swann* [*Du côté de chez Swann*].

1908 Publicação de uma série de pastiches literários no jornal

Le Figaro. No verão do mesmo ano, Marcel começa a trabalhar em um projeto misto de narrativa e crítica literária, em que, de um diálogo fictício com sua mãe, ele conseguiria formular suas objeções àquele que era considerado o maior crítico literário do século XIX, Sainte-Beuve.

1909 (até 1910): As paredes de seu quarto recebem cobertura de cortiça. A obra se amplia consideravelmente e torna-se um projeto de romance. Ele passa a pensar em dois volumes de setecentas páginas cada; o primeiro, *O tempo perdido*, e o segundo, *O tempo reencontrado*, com o título geral *Intermitências do coração* [*Intermittences du coeur*].

1913 A obra recebe o título geral de *Em busca do tempo perdido* [*À la recherche du temps perdu*]. O primeiro volume, *No caminho de Swann*, é publicado no dia 13 de novembro, à custa do autor, na Editora Grasset. Céleste Albaret, mulher de seu chofer Odilon, começa a trabalhar para ele e só o deixará em 1922, com sua morte. Seu antigo chofer, Agostinelli, passa a ser seu secretário e datilógrafo, até que foge em dezembro para Mônaco.

1914 Agostinelli, por quem ele se afeiçoara muito, e que aprendia a pilotar utilizando o nome de "Swann", morre em um acidente de avião. Proust prepara a edição do segundo volume, que, na época, devia ter como título *O caminho de Guermantes* [*Le côté de Guermantes*], a obra comportando ainda apenas três volumes. Com a declaração da guerra no dia 1º de agosto, seu editor, Grasset, é mobilizado e fica suspensa a edição. Odilon Albaret, seu chofer, também parte para a guerra, e sua mulher, Céleste, instala-se definitivamente na casa de Proust.

1914 (até 1918): Proust, muito doente e liberado do serviço militar, continua trabalhando em seu romance, que dobra de extensão.

1919 Proust publica na *Nouvelle Revue Française* um volume

intitulado *Pastiches et mélanges*, que contém, entre outros, os pastiches outrora publicados no *Le Figaro*. Em junho é lançado enfim o segundo volume da obra, intitulado agora *À sombra das raparigas em flor* [*À l'ombre des jeunes filles en fleurs*], pelo qual Proust recebe o Prix Goncourt, maior prêmio literário francês.

1920 Publicação do terceiro volume, *O caminho de Guermantes* I.

1921 Publicação da segunda parte d'*O caminho de Guermantes* e da primeira parte do quarto volume, *Sodoma e Gomorra*. Mal-estar intenso após ter ido rever o *Vista de Delft*, de Vermeer, em uma exposição de pintura holandesa no museu do Jeu de Paume.

1922 *Sodoma e Gomorra* II é publicado. Proust trabalha intensamente na preparação do quinto volume, *A prisioneira* [*La prisonnière*]; mas não tem tempo de corrigir a primeira datilografia do livro e morre no dia 18 de novembro, de pneumonia.

1923 *A prisioneira* é publicado por seu irmão, Robert Proust, e por Jacques Rivière, da *Nouvelle Revue Française*.

1925 Sai o sexto volume, *Albertine desaparecida* [*Albertine Disparue*] ou *A fugitiva* [*La fugitive*].

1927 Após cinco anos de sua morte, Robert Proust e Jacques Rivière conseguem dar forma aos manuscritos que contêm o último volume da obra, intitulado *O tempo reencontrado* [*Le temps retrouvé*].

1952 Publicação, sob direção de Bernard de Fallois, de *Jean Santeuil*, projeto de romance no qual Proust trabalhara entre os anos de 1895 e 1899.

1954 Publicação também por Fallois de fragmentos anteriores à *Recherche*, com o nome *Contre Sainte-Beuve*.

1962 Aquisição, pela Biblioteca Nacional, dos manuscritos de Proust.

no caminho de swann

ao senhor gaston calmette
como um testemunho de profundo e afetuoso reconhecimento*
— marcel proust

* Proust dedica o primeiro volume de sua obra ao diretor do jornal *Le Figaro*, em cujo suplemento literário ele publicara alguns de seus pastiches. O herói do livro passará muito tempo esperando a publicação de um artigo nesse jornal. [N. E.]

combray

I

Durante muito tempo, costumava deitar-me cedo. Às vezes, mal apagava a vela, meus olhos se fechavam tão depressa que eu nem tinha tempo de pensar: "Adormeço". E, meia hora depois, despertava-me a ideia de que já era tempo de procurar dormir; queria largar o volume que imaginava ter ainda nas mãos e soprar a vela; durante o sono, não havia cessado de refletir sobre o que acabara de ler, mas essas reflexões tinham assumido uma feição um tanto particular; parecia-me que eu era o assunto de que tratava o livro: uma igreja, um quarteto, a rivalidade entre Francisco I e Carlos V.[1] Essa crença sobrevivia alguns segundos ao despertar; não chocava minha razão, mas pairava-me como um véu sobre os olhos, impedindo-os de ver que a luz já não estava acesa. Depois começava a parecer-me ininteligível, como, após a metempsicose, os pensamentos de uma existência anterior; o tema da obra destacava-se de mim, ficando eu livre para adaptar-me ou não a ele; em seguida recuperava a vista, atônito de encontrar em derredor uma obscuridade, suave e repousante para os olhos, mas talvez ainda mais para o espírito, ao qual se apresentava como algo sem causa, incompreensível, algo de verdadeiramente obscuro. Indagava comigo que horas seriam; ouvia o silvo dos trens que, ora mais, ora menos afastado, e marcando as distâncias como o canto de um pássaro em uma floresta, descrevia-me a extensão do campo deserto, onde o viajante se apressa em direção à próxima parada: o caminho que ele segue[2] vai lhe ficar gravado na lembrança com a excitação produzida pelos lugares

---

[1] Referência ao livro homônimo, publicado em 1875, por François Mignet. [N. E.]
[2] Os primeiros parágrafos do livro contêm uma oscilação constante entre a primeira e a terceira pessoa. [N. E.]

novos, os atos inabituais, pela recente conversa e as despedidas trocadas à luz de lâmpada estranha que ainda o acompanham no silêncio da noite, e pela doçura próxima do regresso.

Apoiava brandamente minhas faces contra as belas faces do travesseiro que, cheias e frescas, são como as faces de nossa infância. Riscava um fósforo para olhar o relógio. Em breve seria meia-noite. É esse o instante em que o enfermo obrigado a partir, e que teve de pousar em um hotel desconhecido, desperto por uma crise, alegra-se ao perceber debaixo da porta uma raia de luz. Que ventura! Já é dia! Dentro em pouco os criados se levantarão, poderá chamá-los, virão prestar-lhe socorro. A esperança de ser aliviado lhe dá ânimo para sofrer. Agora mesmo julgou ouvir passos; os passos se aproximam, depois se afastam. E a raia de luz que estava sob a porta desapareceu. É meia-noite; acabam de apagar o gás; o último criado partiu, e será preciso ficar toda a noite a sofrer sem remédio.

Tornava a adormecer, e às vezes não despertava senão por um breve instante, mas o suficiente para ouvir os estalidos orgânicos das madeiras, para abrir os olhos e fixar o caleidoscópio da escuridão e saborear, graças a um lampejo momentâneo de consciência, o sono em que estavam mergulhados os móveis, o quarto, aquele todo do qual eu não era mais que uma parte mínima e em cuja insensibilidade logo tornava a integrar-me. Ou então, enquanto dormia, retrocedera sem esforço a uma época para sempre transcorrida de minha primitiva existência, tornando a encontrar alguns de meus terrores infantis, como o medo de que meu tio-avô me puxasse os cachos e que se dissipara no dia — início para mim de uma era nova — em que mos haviam cortado. Tal acontecimento, eu o esquecera durante o sono, mas sua lembrança voltava-me assim que conseguia despertar para fugir às mãos de meu tio-avô; em todo caso, como medida de precaução, envolvia completamente a cabeça com o travesseiro antes de regressar ao mundo dos sonhos.

Às vezes, como nasceu Eva de uma costela de Adão, nascia uma mulher, durante meu sono, de uma falsa posição de minha coxa. Oriunda do prazer que eu estava a ponto de experimentar, imaginava que era ela que mo oferecia. Meu corpo, que sentia no dela meu próprio calor, procurava juntar-se-lhe, e eu despertava. O resto dos humanos se me afigurava como coisa muito remota em comparação com aquela mulher que eu havia deixado momentos antes; minha face estava ainda quente de seu beijo e meus membros doloridos pelo peso de seu corpo. Se, como às vezes acontecia, apresentava os traços de alguma mulher a quem conhecera na vida, ia dedicar-me inteiramente a este fim: encontrá-la, tal como os que empreendem uma viagem para ver com os próprios olhos uma desejada cidade e imaginam que se pode gozar, em uma coisa real, o encanto da coisa sonhada. Pouco a pouco sua lembrança se dissipava, e eu esquecia a filha de meu sonho.[3]

Um homem que dorme mantém em círculo em torno de si o fio das horas, a ordem dos anos e dos mundos. Ao acordar consulta-os instintivamente e neles verifica em um segundo o ponto da terra em que se acha, o tempo que decorreu até despertar; essa ordenação, porém, pode-se confundir e romper. Se acaso pela madrugada, após uma insônia, vem o sono surpreendê-lo durante a leitura, em uma posição muito diversa daquela em que dorme habitualmente, basta seu braço erguido para deter e fazer recuar o sol, e, no primeiro minuto em que desperte, já não saberá da hora, e ficará pensando que acabou apenas de deitar-se. Se adormece em posição ainda mais insólita e contrafeita, por exemplo sentado em uma poltrona depois do jantar, dar-se-á então uma completa reviravolta nos mundos desorbitados, a cadeira mágica o fará viajar a toda a velocidade no tempo e no espaço, e, no momento de abrir as pálpebras, pensará que está deitado alguns meses antes, em uma terra diferente. Quanto a mim, no entanto, bastava que estivesse a dormir em meu

---

[3] Passagem que prefigura a natureza das relações amorosas do herói do livro. [N. E.]

próprio leito e que o sono fosse bastante profundo para relaxar-se a tensão de meu espírito, o qual perdia então a planta do local onde eu adormecera; assim, quando acordava no meio da noite, e como ignorasse onde me achava, no primeiro instante nem mesmo sabia quem era; tinha apenas, em sua singeleza primitiva, o sentimento da existência, tal como pode fremir no fundo de um animal; estava mais despercebido que o homem das cavernas; mas aí a lembrança — não ainda do local em que me achava, mas de alguns outros que havia habitado e onde poderia estar — vinha a mim como um socorro do alto para me tirar do nada, de onde não poderia sair sozinho; passava em um segundo por cima de séculos de civilização e a imagem confusamente entrevista de lampiões de querosene, depois de camisas de gola virada, recompunha pouco a pouco os traços originais de meu próprio eu.

A imobilidade das coisas que nos cercam talvez lhes seja imposta por nossa certeza de que essas coisas são elas mesmas e não outras, pela imobilidade de nosso pensamento perante elas. A verdade é que, quando eu assim despertava, com o espírito a debater-se para averiguar, sem sucesso, onde poderia achar-me, tudo girava em redor de mim no escuro, as coisas, os países, os anos. Meu corpo, muito entorpecido para se mover, procurava, segundo a forma de seu cansaço, determinar a posição dos membros para daí induzir a direção da parede, o lugar dos móveis, para reconstruir e dar um nome à moradia onde se achava. Sua memória, a memória de suas costelas, de seus joelhos, de suas espáduas, apresentava-lhe, sucessivamente, vários dos quartos onde havia dormido, enquanto em torno dele as paredes invisíveis, mudando de lugar segundo a forma da peça imaginada, redemoinhavam nas trevas. E antes mesmo que meu pensamento, hesitante no limiar dos tempos e das formas, tivesse identificado a habitação, reunindo as diversas circunstâncias, ele — meu corpo — ia recordando, para cada quarto, a espécie do leito, a localização das portas, o lado para que davam as janelas, a existência de um corredor, e isso com os pensamentos que eu ali tivera ao adormecer e que reencontrava ao despertar.⁴ Meu corpo anquilosado, procurando adivinhar sua orientação, imaginava-se, por exemplo, virado para a parede, em um grande leito de dossel, e eu logo dizia comigo: "Pois não é que acabei adormecendo antes que mamãe me viesse dar boa-noite!"; achava-me então no campo, em casa de meu avô, morto havia muitos anos; e meu corpo, o flanco sobre o qual eu repousava, fiel zelador de um passado que meu espírito nunca deveria esquecer, recordava-me a chama da lâmpada de cristal da Boêmia, em forma de urna suspensa do teto por leves correntes, a lareira de mármore de Viena, em meu quarto de dormir, em Combray, em casa de meus avós, em remotos dias que naquele instante eu julgava atuais, sem formar deles uma imagem exata e que tornaria a ver muito melhor dali a momentos, quando despertasse de todo.⁵

Depois renascia a lembrança de uma nova atitude; a parede fugia em outra direção: achava-me em meu quarto em casa da sra. Saint-Loup, no campo; meu Deus! São dez horas, no mínimo; já devem ter acabado de jantar! Com certeza prolonguei em demasia a sesta que faço todas as tardes ao voltar de meu passeio com a sra. Saint-Loup, antes de vestir a casaca. Pois muitos anos haviam se passado desde aqueles dias de Combray, quando, em nossos regressos mais tardios, eram os reflexos vermelhos do poente que eu avistava nas vidraças de minha janela. Muito outro é o gênero de vida que se leva na residência da sra. Saint-Loup, em Tansonville, outro o gênero de prazer que experimento em só sair à noite, em seguir, ao luar, esses caminhos onde brincava outrora ao sol; e o quarto onde terei adormecido em vez de preparar-me para a ceia, avisto-o de longe, quando voltamos, iluminado pelo clarão da lâmpada, único farol dentro da noite.

---

4 Introdução musical dos quartos nos quais o herói dormirá. [N. E.]
5 O *Em busca do tempo perdido* inicia-se, assim, com a descrição fantástica da experiência do limiar entre vigília e sono, realidade e lembrança (cf. posfácio de Jeanne-Marie Gagnebin). [N. E.]

Essas evocações torvelinhantes e confusas nunca duravam mais que alguns segundos; muitas vezes, minha breve incerteza do local em que me achava não permitia tampouco distinguir umas das outras as diversas suposições que a constituíam, da mesma forma que não isolamos, ao ver um cavalo correndo, as posições sucessivas que nos mostra o cinetoscópio.[6] Mas, ora este, ora aquele, tinha eu revisto os quartos que habitara em minha vida, e acabava por lembrar-me de todos nas longas cismas que se seguiam ao despertar: quartos de inverno onde, quando se está deitado, a gente[7] aconchega a cabeça em um ninho tecido com as coisas mais disparatadas, um canto do travesseiro, o alto das cobertas, uma ponta de xale, a borda do leito e um número dos *Débates Roses*,[8] coisas que afinal consolidamos muito bem, conforme a técnica dos pássaros, calcando-as indefinidamente; quartos onde, por um tempo glacial, todo o prazer consiste em nos sentirmos separados do exterior (como a andorinha do mar, que faz o ninho ao fundo de um subterrâneo, no calor da terra), e onde, estando o fogo aceso toda a noite na lareira, dormimos sob um grande manto de ar quente e fumoso, atravessado pelo fulgurar dos tições que se avivam, espécie de alcova impalpável, de quente caverna aberta no seio do próprio quarto, zona ardente e móvel em seus contornos térmicos, arejada por sopros que nos refrescam o rosto e vêm dos cantos, das partes próximas às janelas ou afastadas do fogo e que esfriaram — quartos de verão, onde se gosta de estar unido à noite morna, onde o luar apoiado nos postigos

---

6 Aparelho criado por Edison, em 1894, que permitia a visualização individual de fotografias em movimento, um dos últimos precursores do cinema. [N. E.]

7 O livro começa a alçar voo com a mistura entre lembranças pessoais do narrador e uma série de frases que formulam o conteúdo comum de nossas experiências. Dito de outra maneira, ele toca justamente na junção entre o que há de mais pessoal com o que é partilhado conosco. [N. E.]

8 Além da edição matinal, a partir de 1893, o *Journal de Débats* passou a trazer uma edição noturna, em papel cor-de-rosa. [N. E.]

entreabertos lança até o pé do leito sua escada mágica, onde se dorme quase ao ar livre, como a ave balançada pela brisa na ponta de um ramo — às vezes o quarto Luís XVI, tão alegre que nem mesmo na primeira noite me sentira muito infeliz e onde as colunetas que sustentavam levemente o teto se afastavam com tanta graça para mostrar e reservar o local do leito — às vezes, ao contrário, era aquele outro, pequeno e tão elevado de teto, aberto em forma de pirâmide até a altura de dois andares e parcialmente forrado de acaju, onde, desde o primeiro segundo, ficava moralmente intoxicado pelo odor desconhecido do vetiver, certo da hostilidade dos cortinados roxos e da insolente indiferença da pêndula que taramelava alto como se eu ali não estivesse; onde um estranho e implacável espelho de pés quadrangulares, barrando obliquamente um dos ângulos da peça, ocupava, à força, na suave plenitude de meu costumeiro campo visual, um lugar que não estava previsto; onde meu pensamento, esforçando-se durante horas por se deslocar, por se expandir em altura, a fim de tomar exatamente a forma do quarto e encher até o alto seu gigantesco funil, passava noites terríveis, enquanto me achava estendido no leito, com os olhos erguidos, os ouvidos ansiosos, as narinas rebeldes, o coração palpitante: até que o hábito mudasse a cor dos cortinados, emudecesse a pêndula, insuflasse piedade ao espelho oblíquo e cruel, dissimulasse, já que não o extinguia de todo, o cheiro do vetiver, e diminuísse notavelmente a altura aparente do teto.[9] O hábito! Camareiro hábil, mas bastante moroso, que começa por deixar sofrer nosso espírito durante semanas em uma instalação provisória; mas que, apesar de tudo, é-lhe grato encontrar, pois que, sem o hábito e reduzido a seus próprios recursos, seria nosso espírito incapaz de nos tornar habitável qualquer alojamento.

9 A sequência de quartos corresponde aos principais quartos nos quais o herói adormeceu (ou tentou adormecer) durante sua vida. [N. E.]

Sem dúvida que eu estava agora bem desperto, meu corpo dera uma última volta e o bom anjo da certeza imobilizara tudo em redor de mim, deitara-me sob minhas cobertas, em meu quarto, e pusera aproximadamente em seu lugar, no escuro, minha cômoda, minha mesa de trabalho, minha lareira, a janela da rua e as duas portas. Mas, embora soubesse que não me achava nesses quartos, cuja presença a ignorância do despertar me apresentara ao menos como possível, sem todavia oferecer-me sua imagem distinta, a verdade é que me fora dado um impulso à memória; em geral, não tentava adormecer logo em seguida; passava a maior parte da noite a recordar minha vida de outrora, em casa de minha tia-avó em Combray, em Balbec, em Paris, em Doncières, em Veneza, em outras partes ainda, a recordar os lugares, as pessoas que ali conhecera, tudo o que delas tinha visto, o que me haviam contado a seu respeito.

Todos os dias em Combray, desde o final da tarde, muito antes do momento em que deveria ir para a cama e ficar, sem dormir, longe de minha mãe e de minha avó, o quarto de dormir tornava-se o ponto fixo e doloroso de minhas preocupações. Bem se haviam lembrado, para distrair-me nas noites em que me achavam com um ar muito melancólico, de presentear-me com uma lanterna mágica, com a qual cobriam minha lâmpada, enquanto não chegava a hora de jantar; a lanterna, à maneira dos primeiros arquitetos e mestres vidraceiros da idade gótica, sobrepunha, à opacidade das paredes, impalpáveis criações, sobrenaturais aparições multicores, onde se pintavam legendas como em um vitral vacilante e efêmero. Mas com isso ainda mais crescia minha tristeza, pois a simples mudança de iluminação destruía o hábito que eu tinha de meu quarto, e graças ao qual este se me tornava suportável, descontado o suplício de ir deitar-me. Agora já não o reconhecia e sentia-me inquieto como em um quarto de hotel ou de chalé, aonde tivesse chegado pela primeira vez, ao desembarcar de um trem.

Ao passo sacudido de seu cavalo, Golo, movido por atroz desígnio, saía da pequena floresta triangular que aveludava de um verde sombrio a vertente de uma colina e avançava aos solavancos para o castelo da pobre Geneviève de Brabant.[10] Esse castelo se recortava em uma linha curva que não era senão o limite de uma das ovais de vidro insertas no caixilho que se introduzia na lanterna. Não era mais que um muro de castelo e tinha a sua frente um descampado onde cismava Geneviève, que usava um cinto azul. O castelo e o terreno eram amarelos e eu não esperava o momento de vê-los para ficar sabendo que cor tinham, pois, antes dos vidros do caixilho, a sonoridade aurirrubra do nome de Brabant mo havia mostrado com toda a evidência. Golo parava um instante para ouvir com tristeza a arenga lida em voz alta por minha tia-avó e que ele parecia compreender muito bem, ajustando sua atitude às indicações do texto, com uma brandura que não excluía certa majestade; depois se afastava na mesma andadura sacudida. E coisa alguma podia deter sua lenta cavalgada. Se se movia a lanterna, eu distinguia o cavalo de Golo, que continuava a avançar por sobre as cortinas da janela, enfunando-se em suas dobras, afundando em suas fendas. O próprio corpo de Golo, de uma essência tão sobrenatural como a de sua montaria, aproveitava-se de qualquer obstáculo material, de qualquer objeto incômodo que encontrasse no caminho, tomando-o como ossatura e tornando-o interior, ainda que fosse a maçaneta da porta, à qual logo se adaptava e onde sobrenadava invencivelmente sua veste vermelha, e seu rosto sempre tão pálido e tão melancólico, mas que não deixava transparecer nenhuma inquietude proveniente daquela transvertebração.

10 A lenda merovíngia fala dos avanços de Golo junto a Geneviève, na ausência de seu marido. Ante sua negativa, Golo a acusa de adultério. Os criados, em vez de executar a sentença de morte, apenas a abandonam na selva, onde é encontrada muito depois pelo marido; Golo é executado. Mais referências à lenda serão encontradas nas paredes da igreja de Combray. A violência pungente nessas projeções da lanterna mágica sinaliza o "dilaceramento cortês" da convivência entre as pessoas em Combray. [N. E.]

Certamente achava eu um especial encanto naquelas brilhantes projeções que pareciam emanar de um passado merovíngio e passeavam em redor de mim tão antigos reflexos de história. Mas não posso descrever que mal-estar me causava aquela intrusão do mistério e da beleza em um quarto que eu acabara de encher com minha personalidade a ponto de não dar mais atenção a ele do que a meu próprio eu. Cessando, assim, a influência anestésica do hábito, punha-me então a pensar e a sentir: coisas tão tristes. Aquela maçaneta da porta de meu quarto, que se diferenciava para mim de todas as maçanetas de porta do mundo, pelo fato de que parecia abrir-se por si, sem que eu tivesse necessidade de torcê-la, de tal modo se me tornara inconsciente seu manejo, ei-la que servia agora de corpo astral a Golo. E assim que tocavam a sineta para o jantar, apressava-me em correr ao refeitório, onde todas as noites esparzia sua luz a grande lâmpada de teto, que nada sabia de Golo nem de Barba-Azul, e que conhecia meus pais e o assado de caçarola; e caía nos braços de mamãe, a quem as desgraças de Geneviève de Brabant me tornavam mais querida, ao passo que os crimes de Golo me faziam examinar com mais escrúpulo minha própria consciência.

Após o jantar, ai de mim, via-me obrigado a deixar mamãe, que ficava a conversar com os outros no jardim, se fazia bom tempo, ou na saleta, para onde todos se retiravam quando o tempo era mau.[11] Todos, menos minha avó, que achava "uma lástima ficar-se encerrado, no campo" e que tinha incessantes discussões com meu pai, nos dias de chuva muito forte, porque ele me mandava ler no quarto em vez de ficar fora. "Não é assim que o tornarão robusto e enérgico", dizia ela, "ainda mais esse menino que tanto precisa

---

11 O motivo da criança isolada em seu quarto, ouvindo as vozes dos adultos, já aparecia nos projetos de escrita anteriores à *Recherche*, como o romance abandonado *Jean Santeuil*. Ele possibilita, desde o início, figurar a agitação da vida adulta como um doloroso pesadelo do tempo perdido. [N. E.]

adquirir forças e vontade." Meu pai dava de ombros e examinava o barômetro, pois gostava de meteorologia, enquanto minha mãe, evitando fazer ruído para não perturbá-lo, olhava-o com enternecido respeito, mas não muito fixamente, como para não parecer que tentava devassar o mistério de sua superioridade. Mas minha avó, essa, por qualquer tempo, mesmo quando chovia forte e Françoise recolhia as preciosas cadeiras de vime para que não se molhassem, viam-na no jardim deserto e fustigado pelo aguaceiro erguendo as mechas desordenadas e grisalhas para que sua fronte melhor se impregnasse da salubridade do vento e da chuva. "Enfim, respira-se!", dizia ela, e percorria os caminhos encharcados do jardim — alinhados muito simetricamente para seu gosto pelo novo jardineiro desprovido de sentimento da natureza e a quem meu pai perguntara desde manhã cedo se o tempo se comporia —, com aquele seu passo entusiástico e brusco, regulado pelos diversos impulsos que lhe suscitavam na alma a embriaguez da tempestade, o poder da higiene, a estupidez de minha educação e a simetria dos jardins, antes que pelo desejo, que lhe era desconhecido, de evitar os salpicos de lama na saia cor de ameixa e que a cobriam até uma altura que era sempre um desespero e um problema para sua criada.

Se essas voltas de minha avó pelo jardim se efetuavam após o jantar, uma coisa havia que tinha o poder de fazê-la entrar em casa: era — em um dos momentos em que a revolução de seu passeio a trazia periodicamente, como um inseto, para diante das luzes da saleta, onde eram servidos os licores na mesinha de jogo — quando minha tia-avó lhe gritava: "Bathilde! Vem ver se impedes teu marido de beber conhaque!". Para arreliá-la, com efeito (trouxera para a família de meu pai um espírito tão diferente que todos zombavam dela e atormentavam-na), como a meu avô estavam proibidos os licores, costumava minha tia-avó fazê-lo beber algumas gotas. Minha pobre avó entrava, rogava ardentemente ao marido que não provasse do conhaque; ele irritava-se, tomava apesar de tudo seu gole, e ela tornava a partir, triste, desanimada, mas sorridente, pois era tão humilde de coração e tão bondosa que sua ternura pelos outros e a pouca importância que dava à própria pessoa e a seus sofrimentos se conciliavam, em seu olhar, em um sorriso no qual, contrariamente ao que se lê no rosto de muitos humanos, não havia ironia senão para consigo mesma, e, para nós todos, como que um beijo de seus olhos, que não podiam ver aqueles a quem queria sem os acariciar apaixonadamente com o olhar. Esse suplício que lhe infligia minha tia-avó, o espetáculo das inúteis súplicas de minha avó e de sua fraqueza, de antemão vencida, tentando embalde tirar o cálice a meu avô, era dessas coisas a cuja vista a gente se habitua mais tarde a considerar sorrindo e a tomar resoluta e alegremente o partido do perseguidor, para nos persuadirmos de que não se trata de perseguição; causavam-me então tamanho horror que me vinha a vontade de bater em minha tia-avó. Mas logo que ouvia: "Bathilde! Vem ver se impedes teu marido de beber conhaque!", já homem pela covardia, eu fazia o que todos nós fazemos, uma vez que somos grandes, quando há diante de nós sofrimentos e injustiças: não queria vê-los; ia soluçar lá no alto da casa, ao lado da sala de estudos, sob os telhados, em uma pequena peça que cheirava a íris, também perfumada por uma groselheira silvestre que crescera fora entre as pedras da muralha e passava um ramo florido pela janela entreaberta. Destinada a um uso mais especial e mais vulgar, aquela peça, de onde se tinha vista, de dia, até o torreão de Roussainvile-le-Pin, serviu-me por muito tempo de refúgio, sem dúvida por ser a única que me era permitido fechar à chave, para todas as minhas ocupações que demandavam uma inviolável solidão: a leitura, a cisma, as lágrimas e a voluptuosidade. Ah!, eu então não sabia que, muito mais tristemente que as pequenas infrações ao regime do marido, era minha falta de vontade, minha saúde delicada, a incerteza que ambas as coisas projetavam em meu futuro, o que preocupava minha avó durante suas incessantes perambulações da tarde e da noite, quando se via passar e repassar, obliquamente erguido para o céu, seu belo rosto de faces morenas e sulcadas, que, no declínio da vida, haviam-se tornado quase cor de malva como as lavras pelo outono, e que ela cobria, ao sair, com um véu curto e nas quais, trazida ali pelo frio ou por algum triste pensamento, estava sempre a secar uma lágrima involuntária.[12]

    Quando subia para me deitar, meu único consolo era que mamãe viria beijar-me na cama. Mas tão pouco durava aquilo, tão depressa descia ela, que o momento em que a ouvia subir a escada e quando passava pelo corredor de porta dupla o leve frêmito de seu vestido de jardim, de musselina branca, com pequenos festões de palha trançada, era para mim um momento doloroso. Anunciava aquele que viria depois, em que ela me deixaria, voltando para baixo. Assim, aquela despedida de que tanto gostava chegava eu a desejar que viesse o mais tarde possível, para que se prolongasse o tempo de espera em que mamãe ainda não aparecia. Às vezes, quando depois de me haver beijado, abria a porta para partir, desejava dizer-lhe "beija-me ainda outra vez", mas sabia que logo seu rosto assumiria um ar de zanga, pois a concessão que fazia a minha tristeza e inquietude, subindo para levar-me aquele beijo de paz, irritava a meu pai, que achava esses ritos absurdos, e ela, que tanto desejaria fazer-me perder a necessidade e o hábito daquilo, longe estava de deixar-me adquirir o novo costume de pedir-lhe, quando já se achava com o pé no limiar da porta, um beijo a mais. E vê-la incomodada destruía toda a calma que me trouxera um momento antes, quando havia inclinado sobre meu leito sua face amorável, oferecendo-a como uma hóstia para uma comunhão de paz, em que meus lábios saboreariam sua presença real e ganhariam a possibilidade de dormir. Mas essas noites em que mamãe ficava tão pouco

---

12 Mais de um olhar se dirige à cena das deambulações da avó: ao do garoto culpado mistura-se o olhar distanciado do narrador, que nos mostra a figura ansiosa, infeliz e autocentrada da avó. [N. E.]

tempo em meu quarto ainda eram muito boas em comparação com outras, quando havia convidados para jantar e em que, por causa disso, não subia para se despedir de mim. Em geral, o visitante era o sr. Swann, o qual, além de alguns forasteiros de passagem, era quase a única pessoa que vinha a nossa casa em Combray, algumas vezes para jantar como vizinho (mais raramente depois que fizera aquele mau casamento, pois meus pais não desejavam receber sua mulher), outras vezes após o jantar, de surpresa.[13] Nas noites em que estávamos sentados à frente de casa, em redor da mesa de ferro, sob o grande castanheiro, e ouvíamos na entrada do jardim, não a sineta estridente e profusa que borrifava, que aturdia, na passagem, com seu ruído ferruginoso, inextinguível e gélido, a qualquer pessoa de casa que a disparasse ao entrar "sem chamar", mas o duplo tinido tímido, redondo e dourado da campainha para os de fora, todos indagavam consigo: "Uma visita, quem poderá ser?", mas bem se sabia que não poderia ser outro senão o sr. Swann; minha tia-avó, falando em voz alta, para pregar com o exemplo, em um tom que se esforçava por tornar natural, dizia que não cochichassem daquela maneira, que nada é mais descortês para quem chega e que, com isso, poderá supor que se está falando em coisas que ele não deve ouvir; e mandava-se à frente, como batedor, minha avó, sempre feliz de ter um pretexto para dar mais uma volta no jardim e que aproveitava para arrancar sub-repticiamente, de passagem, algumas estacas de roseiras, a fim de dar às rosas um ar mais natural, como uma mãe que afofa com os dedos os cabelos do filho, porque o barbeiro os deixava muito lisos.

Ficávamos todos suspensos das notícias que minha avó iria trazer-nos do inimigo, como se se pudesse hesitar entre um grande

---

13 A personagem que aparece no título desse primeiro volume, e cuja vida pregressa conheceremos no segundo capítulo, é figura contrastiva para o herói. Com ela surgem paralelos que orientam o herói na percepção da dinâmica do amor, da relação com a arte e do próprio sentido da vida. [N. E.]

número possível de assaltantes, e logo em seguida meu avô dizia: "Reconheço a voz do Swann". Com efeito, só pela voz podia a gente reconhecê-lo, não se distinguia bem seu rosto de nariz recurvo e olhos verdes, a alta fronte circundada de cabelos de um loiro-avermelhado, penteados à Bressant,[14] pois conservávamos o menos possível de luz no jardim, para não atrair os mosquitos, e eu, disfarçadamente, como o queria minha avó, ia dizer que trouxessem refrescos, pois ela considerava mais amável que os refrescos fossem servidos como por costume, e não excepcionalmente, só para os visitantes. Embora muito mais jovem do que ele, o sr. Swann era muito afeiçoado a meu avô, que fora um dos melhores amigos de seu pai, homem excelente, mas singular, a quem bastava uma ninharia, às vezes, para interromper os impulsos afetivos ou desviar-lhe o curso do pensamento. Várias vezes por ano, ouvia eu meu avô contar, à mesa, sempre as mesmas anedotas a respeito da atitude que tivera o velho Swann por ocasião da morte de sua esposa, de quem cuidava dia e noite. Meu avô, que de há muito não o via, acorrera para junto dele, na propriedade que possuíam os Swann nos arredores de Combray, e conseguira fazê-lo deixar por um momento, todo em pranto, a câmara mortuária, para que não estivesse presente quando pusessem o corpo no caixão. Deram alguns passos pelo parque, onde havia um pouco de sol. De repente, o sr. Swann, pegando pelo braço a meu avô, exclamara: "Ah!, meu velho amigo, que felicidade passearmos juntos por um tempo tão lindo como este! Não acha isso bonito, todas as árvores, esses pilriteiros e meu tanque? Você nunca me felicitou por meu tanque! Mas que cara mais murcha é essa?! Não está sentindo este ventinho agora? Ah!, por mais que se diga, ainda existem coisas boas nesta vida, meu caro Amadeu!". Nisto, voltou-lhe a lembrança da morta e, achando decerto muito compli-

---

14. Das poucas e fugidias descrições físicas na obra de Proust. O cabelo "à la Bressant" refere-se ao corte usado por um ator célebre na época, Prosper Bressant (1815-86), cabelos escovados na frente e longos atrás. [N. E.]

cado explicar como se deixava arrastar em tal momento a um impulso de alegria, contentou-se em passar a mão pela testa e esfregar os olhos e os vidros do lornhão, em um gesto que lhe era habitual, sempre que se lhe apresentava ao espírito uma questão delicada.

Nunca pôde, no entanto, consolar-se da morte da esposa, mas, durante os dois anos que lhe sobreviveu, costumava dizer a meu avô: "É engraçado, penso muitas vezes em minha pobre mulher, mas não posso pensar muito de cada vez". "Muitas vezes, mas pouco de cada vez, como o pobre do velho Swann", tornara-se uma das frases favoritas de meu avô, que a dizia a propósito das coisas mais diversas. Esse velho Swann me pareceria um monstro na certa, se meu avô, a quem considerava melhor juiz e cujas sentenças firmavam jurisprudência para mim, auxiliando-me muitas vezes a absolver faltas que me sentia inclinado a condenar, não exclamasse peremptoriamente:

"Mas como? Era um coração de ouro!"

Durante muitos anos, quando o sr. Swann, o filho, vinha nos visitar com tanta frequência em Combray, principalmente antes de seu casamento, minha tia-avó e meus avós nunca chegaram a suspeitar de que ele já não vivia na sociedade que sua família frequentava e que, sob a espécie de incógnito que lhe emprestava em nossa casa esse nome de Swann, estavam eles abrigando — com a perfeita inocência de honrados hoteleiros que albergam, sem o saber, um bandido famoso — um dos mais elegantes membros do Jockey Club, amigo predileto do conde de Paris e do príncipe de Gales, um dos homens mais requestados da alta sociedade do bairro de Saint-Germain.[15]

A ignorância em que nos achávamos da brilhante vida mundana de Swann provinha, evidentemente, em parte da reserva e

---

15 O conde de Paris, Luís Felipe de Orléans, neto de Louis-Philippe, era pretendente ao trono e futuro chefe do partido monarquista. O príncipe de Gales era filho e sucessor da rainha Vitória, da Inglaterra, país em que o conde se refugiará. Ambos pertenciam ao Jockey Club, o mais fechado dos círculos sociais parisienses. [N. E.]

discrição de seu caráter, mas também da ideia um tanto indiana que os burgueses de então formavam a respeito da sociedade, considerando-a composta de castas fechadas, onde cada qual se via, desde o nascimento, colocado na posição que ocupavam seus pais, e de onde nada poderia nos tirar para fazer com que penetrássemos em uma casta superior, a não ser os casos de uma carreira excepcional ou de um casamento inesperado.

O sr. Swann pai era corretor; o "jovem Swann" devia, pois, pertencer toda a vida a uma casta em que as fortunas, como em uma determinada categoria de contribuintes, variavam entre tal e tal renda. Sabia-se quais tinham sido as relações de seu pai; sabia-se, pois, quais eram as suas, com que pessoas estava "em situação" de privar. Outras que acaso conhecesse seriam meras relações de rapaz, às quais velhos amigos de sua família, como minha gente, fechavam benevolamente os olhos, tanto mais que ele, ainda depois que perdera o pai, continuava fielmente a visitar-nos; mas era de apostar que as pessoas para nós desconhecidas que frequentava seriam dessas a quem não ousaria tirar o chapéu em nossa presença. Se a todo custo se lhe quisesse aplicar um coeficiente social adequado, dentre os demais filhos de corretores de situação igual a de seus pais, tal coeficiente não seria dos mais altos, pois Swann, que era muito simples de trato e sempre tivera a "mania" de antiguidades e pintura, morava agora em uma velha casa onde acumulava suas coleções e que minha avó sonhava visitar, mas que ficava no cais de Orléans, lugar em que era infamante residir, na opinião de minha tia-avó. "Mas o senhor ao menos entende dessas coisas? Pergunto-lhe isso em seu interesse, pois os comerciantes lhe devem impingir muitas drogas", dizia-lhe minha tia-avó; não lhe atribuía, de fato, competência alguma e não formava uma ideia muito elevada, nem mesmo do ponto de vista intelectual, de um homem que evitava na conversação os assuntos sérios e demonstrava uma precisão muito prosaica, não só quando nos fornecia receitas de cozinha, entrando nos mínimos detalhes, mas até mesmo quando as irmãs de minha avó abordavam assuntos artísticos. Provocado por elas a opinar, a exprimir sua admiração por determinado quadro, guardava um silêncio quase descortês, mas emendava-se, afinal, quando podia dar algum informe material quanto ao museu onde se achava o mesmo ou a data em que fora pintado. Mas habitualmente se contentava em divertir-nos contando de cada vez uma história nova que acabava de lhe acontecer com gente conhecida nossa, com o farmacêutico de Combray, com nossa cozinheira, nosso cocheiro. Sem dúvida essas narrativas faziam rir a minha tia-avó, mas sem que ela pudesse bem discernir se era devido ao papel ridículo que ele sempre se atribuía no caso ou ao espírito com que o sabia contar: "Ah!, o senhor é mesmo um grande tipo!". E, como era a única pessoa um pouco vulgar de nossa família, tinha o cuidado de observar aos estranhos, quando se falava de Swann, que este poderia, se quisesse, morar no bulevar Haussmann ou na avenida da Ópera, que era filho do sr. Swann, que lhe devia ter deixado uns quatro ou cinco milhões, e que isso de residir no cais de Orléans era um simples capricho seu. Capricho que aliás considerava tão divertido para os outros que, em Paris, quando o sr. Swann, no dia primeiro de janeiro, vinha-lhe trazer seu saquinho de marrons-glacês, nunca deixava ela de lhe dizer, se havia gente de fora: "Com que então continua o senhor a morar perto do Entreposto do Vinho, para ter a certeza de não perder o trem quando vai a Lyon?". E olhava para os outros, por cima do lornhão.[16]

Mas se lhe contassem que esse mesmo Swann, que estava perfeitamente "qualificado", dada sua origem, para ser recebido por toda a "alta burguesia", pelos notários ou advogados mais ilustres de Paris (privilégio que ele parecia negligenciar um pouco), tinha, como que às escondidas, uma vida inteiramente diversa; que, ao

---

16 A referência ao cais de Orléans, situado na ilha Saint-Louis, é a de um lugar fora das preferências da burguesia parisiense da época, que optava pelos bulevares abertos pelo prefeito Haussmann e os bairros perto do Bois de Boulogne, para os quais, aliás, Swann se mudará assim que se casar. Entre os moradores da ilha constavam os poetas Théophile Gautier, Baudelaire e o pintor Cézanne. [N. E.]

sair de nossa casa em Paris, depois de haver dito que iria deitar-se, arrepiava caminho mal dobrava a esquina e se dirigia para um salão que jamais contemplaram olhos de corretor ou de sócio de corretor, pareceria isso uma coisa tão extraordinária a minha tia como, para uma senhora mais culta, o pensamento de manter relações pessoais com Aristeu e de que este, após conversar com ela, iria mergulhar nos remos de Tétis, um império oculto aos olhos dos mortais e onde Virgílio no-lo mostra acolhido de braços abertos;[17] ou, para nos limitarmos a uma imagem que tinha mais probabilidade de lhe ocorrer ao espírito, pois a vira pintada em nossos pratos de biscoitos de Combray, que tivera para jantar a Ali Babá, o qual, quando se visse a sós, penetraria na caverna ofuscante de insuspeitados tesouros.

Um dia em que nos fora visitar em Paris, depois do jantar, desculpando-se por estar de casaca, disse-nos Françoise, após sua partida, que ele tinha jantado "em casa de uma princesa", segundo lhe contara o cocheiro — "Sim, de uma princesa do *demi-monde!*", retrucou minha tia erguendo os ombros, em uma ironia serena, sem levantar os olhos do tricô.

Assim sendo, tratava-o minha tia-avó com certa superioridade. Como pensava que ele devia sentir-se lisonjeado com nossos convites, achava muito natural que Swann não nos viesse visitar no verão sem trazer uma cestinha de pêssegos ou framboesas de seu pomar e que, de cada uma de suas viagens à Itália, sempre me trouxesse fotografias de obras-primas.

Ninguém se constrangia em mandar chamá-lo quando se tinha necessidade de molho *gribiche* ou de salada de ananás para os jantares de cerimônia a que não o convidavam, visto não lhe acharem prestígio suficiente para ser apresentado aos que vinham a nossa casa

---

17 Procedimento tipicamente proustiano de mistura de uma referência literária (das *Geórgicas* de Virgílio) para falar de ações costumeiras das personagens do livro. Filho de Apolo e Cirene, Aristeu provoca involuntariamente a morte de Eurídice. A pedido de Orfeu, ele é punido com a extinção das abelhas que criava. Desesperado, ele se refugia junto da mãe, no fundo das águas do rio Peneu. [N. E.]

pela primeira vez. Se a conversa recaía sobre os príncipes da Casa de França: "Gente que nem o senhor nem eu jamais conheceremos, e nem fazemos questão de conhecer, não é verdade?", dizia minha tia-avó a Swann, que talvez tivesse no bolso uma carta de Twickenham;[18] e mandava-o empurrar o piano e virar as páginas nas noites em que a irmã de minha avó cantava, mostrando, para manejar aquela criatura tão solicitada em outras partes, a ingênua rudeza de uma criança que brinca com um bibelô de coleção tão despreocupadamente como se fosse um objeto barato. Sem dúvida o Swann que tantos *clubmen* conheceram na mesma época era muito diferente daquele que minha tia criava em seu espírito, quando à noite, no jardinzinho de Combray, depois de ressoarem os dois toques hesitantes da campainha, ela insuflava e vivificava, com tudo quanto sabia da família Swann, a obscura e incerta personagem que se destacava sobre um fundo de trevas, seguida de minha avó, e que era reconhecida pela voz. Mas nem mesmo com referência às mais insignificantes coisas da vida somos nós um todo materialmente constituído, idêntico para toda a gente e de que cada qual não tem mais do que tomar conhecimento, como se se tratasse de um livro de contas ou de um testamento; nossa personalidade social é uma criação do pensamento alheio.[19] Até o ato tão simples a que chamamos "ver uma pessoa conhecida" é em parte um ato intelectual. Enchemos a aparência física do ser que estamos vendo com todas as noções que temos a seu respeito; e, para o aspecto total que dele nos representamos, certamente contribuem essas noções com a maior parte. Acabam elas por arredondar tão perfeitamente as faces, por seguir com tão perfeita aderência a linha do nariz, vêm de tal modo nuançar a sonoridade da voz, como se esta não fosse mais que um transparente

18 Referência à cidade inglesa em que se refugiaria a família d'Orléans, confirmando a amizade já mencionada de Swann com o "conde de Paris", Luís Felipe de Orléans. [N. E.]
19 Seguindo esse preceito, as personagens do livro serão iluminadas por visões diferentes e, por vezes, contraditórias, integrando-se na vasta teia de esforços de relativização dos perfis. [N. E.]

invólucro, que, a cada vez que vemos aquele rosto e ouvimos aquela voz, são essas noções o que olhamos e escutamos. Certamente, no Swann que minha família havia construído para si, fora omitida por ignorância uma multidão de particularidades de sua vida mundana que davam motivo para que outros, em sua presença, vissem todo um mundo de elegâncias a dominar-lhe o rosto até o nariz recurvo, que era como sua fronteira natural; mas, em compensação, havia podido acumular naquele rosto despojado de seu prestígio, vago e espaçoso, no fundo daqueles olhos depreciados, o incerto e suave resíduo — meio memória, meio esquecimento — das horas ociosas passadas em sua companhia depois de nossos jantares semanais, em torno da mesa de jogo ou no jardim, durante nossa vida de boa vizinhança campesina. E isso tudo, com mais algumas recordações relativas a seus pais, de tal modo enchera o invólucro corporal de nosso amigo, que este Swann se tornara um ser completo e vivo, e eu tenho a impressão de deixar alguém para ir ter com outra pessoa diferente, quando, em minha memória, retrocedo do Swann que mais tarde conheci deveras para este primeiro Swann — este primeiro Swann que descubro entre os encantadores equívocos de minha juventude, e que aliás se parece menos com o outro do que com as pessoas a quem conheci na mesma época, como se em nossa vida sucedesse como em um museu, onde todos os retratos de um mesmo tempo têm um ar de família, uma mesma tonalidade — para este primeiro Swann cheio de lazeres, perfumado pelo odor do grande castanheiro, do cesto de framboesas e de um quase nada de estragão.

No entanto, um dia em que minha avó fora pedir um favor a uma dama que conhecera no Sacré-Cœur[20] (e com a qual, devido à nossa concepção das castas, não procurava continuar em relações, apesar da simpatia recíproca), a marquesa de Villeparisis, da célebre família dos Bouillon, dissera-lhe a referida senhora: "Creio que

---

20 Sociedade das religiosas do Sacré-Cœur, fundada em 1800 com regras calcadas nas da Companhia de Jesus e destinada à educação das filhas de famílias burguesas. [N. E.]

você conhece muito o senhor Swann, que é um grande amigo de meus sobrinhos Des Laumes". Minha avó voltara da visita muito entusiasmada com a residência, que dava para um jardim público, onde a sra. de Villeparisis aconselhava-lhe que alugasse casa,[21] e também com um alfaiate e sua filha, que tinham loja ali perto e onde ela entrara para pedir que lhe dessem um ponto na saia, que havia se rasgado na escada. Minha avó achara-os perfeitos, declarava que a pequena era uma pérola e que o alfaiate era o homem melhor e mais distinto que já vira. Pois para ela a distinção era algo absolutamente autônomo da posição social. Extasiava-se ante uma resposta que o alfaiate lhe dera, dizendo a mamãe: "Sévigné não teria dito melhor!", e, por outro lado, a respeito de um sobrinho da sra. de Villeparisis, que encontrara em sua casa: "Ah!, minha filha, como ele é vulgar!".[22]

Ora, a referência a Swann tivera como resultado não o de elevar a este no conceito de minha tia-avó, mas sim o de rebaixar a sra. de Villeparisis. Parecia que a consideração que, fiados em minha avó, dedicávamos à sra. de Villeparisis impunha-lhe a obrigação de nada fazer que a tornasse menos digna de tal apreço, obrigação a que havia faltado, tomando conhecimento da existência de Swann e permitindo a parentes seus que privassem com ele. "Como pode ela conhecer Swann? Uma pessoa que tu dizias parenta do marechal Mac-Mahon!"[23] Esta opinião de minha família sobre as

---

21 Antecipa-se em muitas páginas a mudança da família para o imóvel perto da casa da marquesa, visando a uma melhora na saúde da avó, mudança que se dará no terceiro volume da obra. [N. E.]

22 Como que ao acaso são introduzidas duas das principais personagens do livro: o alfaiate Jupien e o "vulgar sobrinho" da sra. de Villeparisis, o sr. de Guermantes. [N. E.]

23 Muito mais tarde confirmaremos que a sra. de Villeparisis, apesar de ser membro da nobre família dos Guermantes, faz parte de uma elite decadente, que não recebe senão jovens "intelectuais" e "talentosos". Será justamente em seu salão que o herói debutará na vida mundana. O general Mac-Mahon é levado à Presidência da República por uma coalizão monárquica, depois do fracasso da Restauração, em 1873. Em 1879, ele abandona o governo por causa da pressão republicana. [N. E.]

relações de Swann logo pareceu confirmada por seu casamento com uma mulher da pior sociedade, quase uma cocote, que ele, aliás, jamais procurou apresentar, continuando a visitar-nos sozinho, embora cada vez mais espaçadamente; mas, por essa mulher, aferiam o meio social, desconhecido para eles, que Swann frequentava e onde supunham que a fora buscar.[24]

Mas certa vez leu meu avô em um jornal que o sr. Swann era um dos mais fiéis convivas dos almoços dominicais do duque de x***, cujo pai e cujo tio haviam figurado entre os primeiros estadistas do reinado de Louis-Phillipe. Ora, meu avô tinha grande curiosidade por todas as miudezas que pudessem fazê-lo penetrar, em pensamento, na vida privada de homens como Molé, como o duque de Pasquier, como o duque de Broglie.[25] Ficou encantado ao saber que Swann mantinha relações com pessoas que os haviam conhecido. Minha tia-avó, pelo contrário, interpretou essa novidade em um sentido desfavorável a Swann: quem quer que escolhesse suas relações fora da casta em que nascera, fora de sua "classe" social, sofria a seus olhos uma lamentável desqualificação. Parecia-lhe que assim se renunciava, de vez, às vantagens de todas as boas relações com pessoas bem situadas que as famílias previdentes honradamente cultivavam e guardavam para os filhos (minha tia-avó até deixara de visitar o filho de um notário nosso amigo e que havia desposado uma alteza, descendo assim, a seu ver, da respeitada posição de filho de notário para a de um desses aventureiros, antigos mordomos ou moços de estrebaria, com quem se conta que as rainhas tiveram por vezes certas condescendências). Censurou o projeto que tinha meu avô de interrogar a Swann, em sua próxima visita, sobre aqueles amigos que lhe descobríramos. Por outro lado, as duas irmãs de minha avó,

---

24 Acompanharemos a história minuciosa desse enlace no segundo capítulo deste volume, "Um amor de Swann". [N. E.]
25 Três ministros que tomaram parte na Monarquia de Julho. [N. E.]

solteironas que tinham a nobre natureza desta, mas não seu espírito, declararam que não compreendiam o prazer que podia achar seu cunhado em falar de tais ninharias. Eram pessoas de aspirações elevadas e por isso mesmo incapazes de se interessar pelo que se chama bisbilhotice, ainda que de interesse histórico, e de um modo geral por tudo que não se ligasse diretamente a um fim estético ou moral. Tal era o desinteresse de seu pensamento com referência a tudo que, de perto ou de longe, pudesse estar relacionado com a vida mundana, que seu sentido auditivo — acabando por compreender sua momentânea inutilidade logo que ao jantar a conversa assumia um tom frívolo ou apenas terra-a-terra, sem que elas a pudessem reconduzir a seus temas prediletos — deixava então em repouso os respectivos órgãos receptores, fazendo-os sofrer um verdadeiro princípio de atrofia. Se então meu avô necessitava chamar a atenção das duas irmãs, tinha de recorrer a essas advertências físicas de que se servem os alienistas para com certos maníacos da distração: golpes repetidos em um copo, com a lâmina da faca, coincidindo com uma brusca interpelação da voz e do olhar, meios violentos que esses psiquiatras empregam muitas vezes no trato corrente com as pessoas sãs, ou por hábito profissional, ou porque julgam todo mundo meio louco.

Mais interessadas se mostraram elas em um dia anterior ao da visita de Swann e em que este lhes remetera pessoalmente uma caixa de vinho de Asti, quando nos disse minha tia, apresentando um número do *Figaro* onde se liam as seguintes palavras ao lado do nome de uma tela que figurava em uma exposição de Corot: "da coleção do sr. Charles Swann":

— Já viram como Swann tem "as honras" do *Figaro?*

— Mas eu sempre disse que ele tinha muito bom gosto — observou minha avó.

— Naturalmente, quem mais havia de dizer isso senão tu, se a questão é pensar diferente de *nós?* — retrucou minha tia, pois sabia que minha avó nunca era do mesmo parecer, e, como não tinha muita certeza de que era a ela própria, e não à outra, que nós dávamos sempre razão, queria arrancar-nos uma condenação em bloco das opiniões de minha avó, contra as quais procurava solidarizar-nos à força com as suas. Mas nós permanecemos silenciosos. E, tendo as irmãs de minha avó manifestado a intenção de falar a Swann desse informe do *Figaro*, minha tia procurou dissuadi-las. Cada vez que descobria nos outros uma vantagem, por mínima que fosse, mas que ela própria não possuía, persuadia-se de que não se tratava de uma vantagem, e sim de um mal, e, para não ter de invejá-los, lamentava-os. "Creio que não lhe dariam nenhum prazer com isso; quanto a mim, bem sei que me seria muito desagradável ver meu nome assim em evidência em um jornal, e não ficaria nada lisonjeada se me viessem falar de tal coisa." Todavia não se empenhou muito em persuadir as duas irmãs, pois elas levavam tão longe a arte de dissimular sob perífrases engenhosas uma alusão pessoal, que esta muitas vezes passava despercebida à própria pessoa a quem se dirigia. Quanto a minha mãe, só pensava em conseguir de meu pai que consentisse em falar a Swann, não de sua mulher, mas de sua filha, a quem ele adorava, e por causa de quem se dizia que fizera afinal aquele casamento. "Bastava que lhe dissesses umas palavras, perguntando como vai a menina. Essa situação deve ser tão cruel para ele." Mas meu pai agastava-se: "Não! Tens cada ideia! Seria ridículo".

Mas fui eu a única pessoa de casa para quem a vinda de Swann se tornou objeto de dolorosa preocupação. Era que nas noites em que havia estranhos, ou apenas o sr. Swann, mamãe não subia ao meu quarto.[26] Eu jantava antes de todos e ia em seguida sentar-me à mesa, até as oito, hora em que estava convencionado de que deveria deitar-me; aquele beijo, precioso e frágil, que

---

[26] A essas primeiras lembranças de Swann se juntará a narrativa de sua existência antes mesmo do nascimento do herói e leremos, por fim, as linhas secas da crônica mundana anunciando a morte desse "ilustre parisiense". [N. E.]

mamãe de costume me confiava em meu leito antes de eu adormecer, era-me preciso transportá-lo da sala de jantar para o quarto e guardá-lo durante todo o tempo em que me despia, sem que se quebrasse sua doçura, sem que sua virtude volátil se expandisse e evaporasse e, justamente naquelas noites em que necessitaria recebê-lo com maior precaução, via-me obrigado a apanhá-lo, a roubá-lo bruscamente, publicamente, sem ter ao menos o necessário tempo e liberdade de espírito para dedicar ao que fazia essa atenção dos maníacos que se esforçam por não pensar em outra coisa enquanto fecham uma porta, a fim de poderem, quando lhes sobrévem a mórbida incerteza, opor-lhe vitoriosamente a recordação do momento em que a fecharam.

Estávamos todos no jardim quando ressoaram os dois toques hesitantes da campainha. Sabia-se que era Swann; no entanto, todos se entreolharam com ar interrogativo, e mandou-se minha avó em missão de reconhecimento. "Tratem de agradecer-lhe inteligivelmente pelo vinho; bem sabem que é uma delícia e a caixa é enorme", recomendou meu avô às duas cunhadas. "Não comecem a cochichar", disse minha tia-avó. "Há de ser muito agradável chegar em uma casa onde todo mundo fala baixinho!" "Ah!, aí está o senhor Swann. Vamos perguntar-lhe se ele acha que fará bom tempo amanhã", disse meu pai. Minha mãe imaginava que uma só palavra sua apagaria toda pena que nossa família tivesse causado a Swann desde que se casara. Achou maneira de o tomar à parte um momento. Mas eu a acompanhei; não me podia resolver a afastar-me um só passo dela, pensando que dali a pouco teria de deixá-la na sala de jantar e subir para o meu quarto sem ter, como nas outras noites, o consolo de que ela fosse me beijar.

— Vamos ver, senhor Swann — disse-lhe ela —, fale-me um pouco a respeito de sua filha; estou certa de que ela já tem gosto pelas belas coisas, como o pai.[27]

---

[27] Gilberte, filha de Swann, será a grande paixão juvenil do herói. [N. E.]

— Mas venham sentar-se conosco na varanda — disse meu avô, aproximando-se.

Minha mãe se viu forçada a interromper-se, mas até dessa coação soube ela retirar mais um delicado pensamento, como os verdadeiros poetas a quem a tirania da rima obriga a fazerem seus melhores achados. "Falaremos na sua filha quando estivermos sozinhos", disse ela a meia-voz a Swann. "Só mesmo uma mãe poderia compreender o senhor. Creio que a mãe dela há de ser da mesma opinião." Sentamo-nos todos em torno à mesa de ferro. Eu desejava não pensar nas horas de angústia que naquela noite passaria sozinho em meu quarto, sem poder dormir; procurava convencer-me de que elas não tinham nenhuma importância, pois no dia seguinte as teria esquecido, e tratava de apegar-me a coisas futuras que me conduziriam, como por uma ponte, além do abismo próximo que me amedrontava. Mas meu espírito, tenso com aquela preocupação, convexo como o olhar que eu dardejava sobre minha mãe, não se deixava penetrar por nenhuma impressão estranha. Na verdade os pensamentos entravam nele, mas sob a condição de deixarem fora todo elemento de beleza ou simplesmente de diversão que me pudesse emocionar ou distrair. Da mesma forma que um doente, graças a um anestésico, assiste em plena lucidez à operação que lhe fazem, mas sem nada sentir, eu podia recitar para mim mesmo os versos de que mais gostava ou observar os esforços que fazia meu avô para falar a Swann do duque de Audiffret-Pasquier, sem que estes me despertassem nenhuma alacridade nem aqueles nenhuma emoção.[28] Tais esforços foram infrutíferos. Apenas meu avô fizera a Swann uma pergunta relativa àquele orador, quando uma das irmãs de minha avó, a cujos ouvidos aquilo ressoara como um silêncio profundo mas intempestivo e que seria polido romper, interpelou a outra:

---

28 Sobrinho do já citado duque de Pasquier, deputado orleanista que acaba fracassando mais tarde no empenho de restaurar a monarquia na França. [N. E.]

"Sabes, Céline? Travei conhecimento com uma jovem governanta sueca que me forneceu detalhes dos mais interessantes sobre as cooperativas nos países escandinavos. É preciso convidá-la qualquer dia destes para jantar aqui".

— Acredito! — respondeu sua irmã Flora —, mas eu também não perdi o meu tempo. Encontrei em casa do senhor Vinteuil um velho sábio que conhece muito Maubant, e a quem Maubant explicou com os maiores detalhes como se arranja para compor um papel. Nada mais interessante. E vizinho do senhor Vinteuil, eu não sabia; e é muito amável.[29]

— Não é só o senhor Vinteuil que tem vizinhos amáveis — exclamou minha tia Céline, com uma voz que a timidez tornava forte e a premeditação, falsa, lançando a Swann o que ela chamava um olhar significativo. Ao mesmo tempo minha tia Flora, que compreendera que aquela frase era o agradecimento de Céline pelo vinho de Asti, olhava igualmente para Swann com um ar mesclado de congratulação e de ironia, ou simplesmente para sublinhar o dito de espírito da irmã, ou porque invejasse a Swann o havê-lo inspirado, ou ainda porque não pudesse deixar de rir-se à sua custa por julgá-lo na berlinda.

— Acho que poderemos conseguir que esse senhor venha jantar conosco — continuou Flora. — Quando a gente lhe dá corda a respeito de Maubant ou da senhora Materna, ele fala horas sem parar.[30]

— Deve ser delicioso — suspirou meu avô, pois a natureza infelizmente se esquecera de pôr em seu espírito a possibilidade de interessar-se apaixonadamente pelas cooperativas suecas ou a

---

29 Henri Maubant (1821-1902), ator do teatro do Odéon, depois da Comédie Française, era especialista nos papéis de pai bondoso e de rei nas grandes tragédias. Assim como desconhece o "valor social" do jovem Swann, a família do herói não pode adivinhar no sr. Vinteuil, velho professor de piano, aquele que será talvez o maior e mais importante artista do livro. [N. E.]

30 Amalia Materna (1847-1918), cantora austríaca. [N. E.]

preparação dos papéis de Maubant, tão completamente como se esquecera de abastecer o das irmãs de minha avó com esse grãozinho de sal que a gente mesmo deve acrescentar, para lhe achar algum sabor, a uma narrativa sobre a vida íntima de Molé ou do conde de Paris.

— Olhe! — disse Swann a meu avô —, o que eu vou lhe dizer tem mais relação do que parece com o que o senhor me perguntava, pois, em certos pontos, as coisas não mudaram muito. Ainda esta manhã, relia eu em Saint-Simon uma coisa que o teria divertido. Está no volume sobre a sua embaixada na Espanha; não é dos melhores, pois não passa de um jornal, mas ao menos de um jornal maravilhosamente bem escrito; o que já basta para diferenciá-lo desses aborrecidos jornais que agora nos julgamos obrigados a ler pela manhã e à noite.

— Não sou da sua opinião; há dias em que a leitura dos jornais me parece muito agradável... — interrompeu minha tia Flora, para mostrar que lera no *Figaro* a frase sobre o Corot de Swann.

— Quando falam de coisas ou pessoas que nos interessam! — encareceu minha tia Céline.

— Não digo que não — respondeu Swann espantado. — O que censuro aos jornais é fazer-nos prestar atenção todos os dias a coisas insignificantes, ao passo que lemos três ou quatro vezes na vida os livros em que há coisas essenciais. De vez que rasgamos febrilmente cada manhã a faixa do jornal, deviam-se então mudar as coisas e pôr no jornal digamos... os Pensamentos de Pascal! (acentuou o título com uma ênfase irônica para não parecer pedante).[31] E no volume de corte dourado que só abrimos uma vez a cada dez anos — acrescentou, testemunhando pelas coisas mundanas esse desdém que afeta certos homens da sociedade — é que

---

[31] A "ênfase irônica" da voz de Swann sinaliza sua posição de diletante artístico e crítico, daquele que jamais conseguirá levar realmente a sério suas impressões, sensações e ideias. [N. E.]

leríamos que a rainha da Grécia foi a Cannes, ou que a princesa de Léon deu um baile à fantasia. Com isto, estaria restabelecida a justa proporção. — Mas, lamentando haver-se permitido falar de coisas sérias, embora ligeiramente, disse com ironia: — Bela conversação a nossa! Não sei por que abordamos esses "cumes". — E, voltando-se para meu avô: — Conta, pois, Saint-Simon que Maulévrier tivera a audácia de estender a mão a seus filhos.[32] O senhor sabe, é esse Maulévrier de quem ele diz: "Nunca vi nessa botelha ordinária mais do que azedume, grosseria e tolices".

— Ordinárias, ou não, sei de botelhas onde há coisas muito diferentes — disse vivamente Flora, que fazia questão de também agradecer a Swann, pois o presente de vinho de Asti era para ambas.

Céline se pôs a rir. Swann, desconcertado, prosseguiu:

— "Não sei se por ignorância ou esperteza", escreve Saint-Simon, "mas o fato é que ele pretendeu estender a mão a meus filhos! Percebi isso a tempo de impedi-los." — Meu avô já estava se extasiando com o "por ignorância ou esperteza", quando Céline, em cuja pessoa o nome de Saint-Simon — um literato — impedira a anestesia completa das faculdades auditivas, indignou-se:

— Mas como? O senhor admira isso? Muito bonito! Mas que é que isso quererá dizer? Será que um homem não vale tanto como qualquer outro? Que importa que seja duque ou cocheiro, se tem inteligência e coração? Boa maneira tinha o seu Saint-Simon de educar os filhos, se não lhes dizia que dessem a mão a todas as pessoas honradas. Mas é abominável, simplesmente abominável. E o senhor se anima a citar uma coisa dessas? — E meu avô, consternado, sentindo a impossibilidade, ante aquela obstrução, de conseguir que Swann contasse as histórias que poderiam diverti-lo, murmurava para mamãe:

---

[32] Maulévrier era embaixador francês em Madri na mesma época em que Saint-Simon é enviado para favorecer o casamento de Luís XV com a infanta da Espanha. [N. E.]

— Como é mesmo aquele verso que me disseste e que tanto me alivia em momentos como este? Ah!, sim: "Senhor! Quantas virtudes tu nos fazes odiar!". Ah!, como é verdade isso![33]

Eu não desviava os olhos de minha mãe; sabia que, quando estivessem à mesa, não me seria permitido ficar até o fim da refeição, e que, para não contrariar meu pai, mamãe não me deixaria beijá-la várias vezes diante dos outros, como se fosse em meu quarto. De modo que me prometia a mim mesmo, quando começassem a jantar e eu visse aproximar-se a hora, tirar antecipadamente daquele beijo, que seria tão breve e furtivo, tudo o que eu lhe pudesse tirar sozinho: escolher com o olhar o ponto da face que beijaria, preparar o pensamento para que pudesse, graças a esse começo mental de beijo, consagrar todo o minuto que mamãe me concederia a sentir sua face contra meus lábios, como um pintor que só pode obter curtas sessões de pose, prepara a palheta e faz de memória, antecipadamente, tudo aquilo para o qual pode em rigor prescindir do modelo. Mas eis que, antes de tocarem a sineta para o jantar, meu avô teve a ferocidade inconsciente de dizer: "O pequeno parece cansado; deveria ir deitar-se. E, depois, jantamos tarde hoje". E meu pai, que não guardava a fé dos tratados tão escrupulosamente quanto minha avó e minha mãe, disse: "Sim. Anda, vai deitar-te". Eu quis beijar mamãe; nesse instante ouviu-se a sineta do jantar. "Não, não, deixa a tua mãe em paz, vocês já se despediram bastante, essas demonstrações são ridículas. Anda, sobe!" E eu tive de partir sem viático; tive de subir cada degrau "contra o coração", como se diz, subindo contra o meu coração, que desejava voltar para junto de minha mãe porque ela não lhe tinha dado, com um beijo, licença de me acompanhar. Essa escadaria detestada, que eu sempre subia tão tristemente, exalava um cheiro de verniz que havia de certo modo

---

33 O avô cita verso da peça *La mort de Pompée*, de Corneille. Novamente a citação literária vem aplicada a uma cena do cotidiano. [N. E.]

absorvido e fixado aquela espécie particular de mágoa que eu sentia cada noite e tornava-a talvez ainda mais cruel para minha sensibilidade, porque, sob essa forma olfativa, minha inteligência não mais podia tomar parte nela. Quando estamos dormindo e uma dor de dentes só se apresenta de início, a nossa percepção, como uma rapariga que nos esforçamos duzentas vezes seguidas por tirar da água ou como um verso de Molière que repetimos sem cessar, é um grande alívio despertarmos, para que nossa inteligência possa enfim desembaraçar a ideia de dor de dentes de qualquer disfarce heroico ou ritmado. Era o inverso desse alívio o que eu sentia quando minha dor de subir para o quarto penetrava em mim de modo infinitamente mais rápido, quase instantâneo, ao mesmo tempo insidioso e brusco, pela inalação — muito mais tóxica que a penetração moral — do cheiro de verniz peculiar àquela escada. Lá em meu quarto, tive de fechar todas as saídas, cerrar os postigos, cavar meu próprio túmulo enquanto virava as cobertas, vestir o sudário de minha camisa de dormir. Mas antes de sepultar-me no leito de ferro que haviam posto no quarto porque me davam muito calor no verão os cortinados de repes do leito grande, veio-me um impulso de revolta e resolvi tentar um ardil de condenado. Escrevi a minha mãe, suplicando-lhe que subisse, para um assunto grave que eu não podia dizer-lhe em minha carta. Todo o meu receio era que Françoise, a cozinheira de minha tia encarregada de cuidar de mim quando eu estava em Combray, se recusasse a levar meu bilhete.[34] Suspeitava que, para ela, dar um recado a minha mãe quando havia gente de fora pareceria uma coisa tão impossível como, para o porteiro de um teatro, entregar uma carta a um ator que estivesse em cena. Possuía ela, para julgar as coisas que se devem

---

34 A cozinheira da tia acompanhará o herói por todo o livro e, já depois da revelação final, no *Tempo redescoberto*, será a única personagem que permanecerá junto dele, ajudando-o na redação do livro. [N. E.]

ou não se devem fazer, um código imperioso, abundante, sutil e intransigente, com distinções imperceptíveis ou ociosas (o que lhe dava a aparência dessas leis antigas que, a par de prescrições ferozes como o massacre de crianças de peito, proíbem, com exagerada delicadeza, que se cozinhe o cabrito no leite de sua própria mãe ou que se coma o tendão de algum animal[35]). Esse código, a julgar pela repentina obstinação com que ela se negava a desempenhar certas incumbências que lhe dávamos, parecia ter previsto complexidades sociais e refinamentos mundanos de tal natureza que nada, no ambiente de Françoise e em sua vida de criada de aldeia, lhe poderia ter sugerido; e éramos obrigados a acreditar que havia nela um passado francês muito antigo, nobre e mal compreendido, como nessas cidades manufatureiras onde velhos palácios testemunham que houve outrora uma vida de corte, e onde os operários de uma fábrica de produtos químicos trabalham no meio de delicadas esculturas que representam o milagre de são Teófilo ou os quatro filhos de Aymon.[36] Naquele meu caso particular, o artigo do código segundo o qual era muito pouco provável que Françoise, salvo em caso de incêndio, fosse perturbar mamãe na presença do sr. Swann, por causa de uma personagem tão insignificante quanto eu, exprimia simplesmente a reverência que ela dedicava não somente aos pais — como aos mortos, aos sacerdotes e aos reis —, mas também ao estranho a quem se dá hospitalidade, reverência que talvez me impressio-

---

35 Alusões ao Massacre dos Inocentes (Mateus, II: 16), à proibição de cozer o cabrito no leite de sua própria mãe (Êxodo, XXIII: 19 e XXIV: 26) e ao combate de Jacó com o anjo, em que ele tem o nervo da coxa ferida, motivo da interdição de comer o "tendão de algum animal" (Gênese, XXXII: 32). [N. E.]

36 História do milagre de Teófilo, padre que havia assinado um pacto com o diabo mas que acabou sendo salvo pela intervenção da Virgem, tocada pela sinceridade de seu arrependimento. Proust a encontrou no livro *L'Art religieux du XIIIe siècle en France* (1898) de seu amigo Émile Mâle, obra muitas vezes consultada. Os quatro filhos de Aymon revoltaram-se e depois se reconciliaram com Carlos Magno. [N. E.]

nasse em um livro, mas que sempre me irritava em sua boca, em vista do tom grave e enternecido que ela tomava para aludir a isso, e muito mais naquela noite em que o caráter sagrado que atribuía à ceia concorreria para que se negasse a perturbar a cerimônia. Mas para conseguir uma probabilidade em meu favor, não hesitei em mentir, dizendo que não era a mim que havia ocorrido escrever a mamãe, mas que fora mamãe que me recomendara, ao nos separarmos, que não me esquecesse de lhe mandar uma resposta relativa a certo objeto que me pedira para procurar; e que ela decerto ficaria muito aborrecida se não lhe entregassem meu bilhete. Penso que Françoise não me acreditou, pois, tal como os homens primitivos, cujos sentidos eram mais agudos que os nossos, ela discernia imediatamente, por sinais imperceptíveis para nós, toda verdade que pretendêssemos ocultar-lhe; contemplou durante cinco minutos o envelope, como se o exame do papel e o aspecto da letra fossem informá-la da natureza do conteúdo ou indicar-lhe a que artigo de seu código deveria ela reportar-se. Depois saiu com um ar resignado que parecia significar: "Que desgraça para os pais terem um filho assim!". Passado um momento, voltou para me dizer que ainda estavam nos gelados e que o mordomo não podia entregar a carta naquele momento, diante de todo mundo, mas que, quando chegassem aos *rince-bouches*, trataria de entregá-la a mamãe. Logo decaiu minha ansiedade; agora já não era como ainda há pouco, quando havia me separado de mamãe até o dia seguinte, pois meu bilhete, que decerto a deixaria zangada (e duplamente, porque tal manejo me tornaria ridículo perante Swann), ao menos ia fazer-me penetrar, invisível e encantado, na mesma peça em que ela estava, ia falar-lhe de mim ao ouvido; visto que aquela sala de jantar, proibida, hostil, onde, fazia apenas um instante, o próprio sorvete — o *granité* — e os *rince-bouches* me pareciam encobrir prazeres malignos e mortalmente tristes porque mamãe os experimentava longe de mim, agora se abria para mim e, como um fruto maduro que rebenta a sua casca, fazia jorrar e expandir-se, até meu coração inebriado, a atenção de mamãe, enquanto ela lesse minhas linhas. Agora já não estava separado dela; as barreiras haviam tombado e nos unia a ambos um delicioso fio. E ainda não era tudo: mamãe sem dúvida iria subir!

Julgava que Swann zombaria da angústia que eu acabava de experimentar, se acaso tivesse lido minha carta e adivinhado sua finalidade; ora, pelo contrário, como vim a saber mais tarde, uma angústia semelhante à minha foi o tormento de longos anos de sua vida, e talvez ninguém pudesse compreender-me melhor do que ele;[37] essa angústia que há em sentir a criatura a quem se ama em um lugar de festa onde a gente não está e aonde não pode ir vê-la, foi o amor que lhe deu a conhecer, o amor ao qual está de certo modo predestinada e que ele termina por açambarcar e singularizar; mas quando, como em meu caso, essa angústia nos penetra antes que o amor haja feito seu aparecimento em nossa vida, fica ela flutuando à sua espera, sem atribuição determinada, hoje a serviço de um sentimento, amanhã de outro, ou da ternura filial, ou da amizade a um camarada. E a alegria com que fiz meu primeiro aprendizado quando Françoise voltou para dizer que minha carta seria entregue, Swann a conhecia muito bem: enganosa alegria que nos dá algum amigo, algum parente da mulher que amamos, quando, ao chegar a casa ou teatro em que ela se acha, para o baile, ou festa, ou estreia, aonde irá encontrá-la, descobre-nos a errar ali por fora, na desesperada espera de uma ocasião de nos comunicarmos com ela. Ele nos reconhece, aborda-nos familiarmente, pergunta-nos o que estamos fazendo ali. E, como inventamos ter alguma coisa de urgente para dizer a sua parenta ou amiga, assegura-nos que não há nada mais simples e faz-nos entrar no vestíbulo, prometendo que dentro de cinco

---

[37] Antecipação da narrativa de "Um amor de Swann", que se inicia depois de "Combray". [N. E.]

minutos irá mandá-la ao nosso encontro. Quanto lhe queremos — como naquele momento eu queria a Françoise —, a esse intermediário bem-intencionado que, com uma palavra, acaba de nos tornar suportável, humana e quase propícia a festa inconcebível, infernal, no seio da qual julgávamos que turbilhões de inimigos, perversos e deliciosos, arrastavam para longe de nós, fazendo-a rir de nós, aquela a quem amamos! A julgar por ele, pelo parente que nos falou e que é também um dos iniciados dos cruéis mistérios, os outros convivas da festa não devem ter nada de muito demoníaco. Aquelas horas inacessíveis e suplicantes em que ela ia gozar de prazeres desconhecidos, eis que por uma inesperada brecha lhes penetramos; eis que um dos momentos cuja sucessão as teria composto, um momento tão real quanto os outros, talvez até mais importante para nós, porque nossa amada tem maior participação nele, nós agora o visualizamos, o possuímos, o dominamos e é quase como se o tivéssemos criado: o momento em que vão lhe dizer que estamos ali embaixo, esperando. E sem dúvida os outros momentos da festa não deviam ser de essência muito diferente daquele, não deviam ter nada de mais delicioso e que tanto nos fizesse sofrer, visto que o benévolo amigo nos dissera: "Mas não, ela ficará encantada de descer! Há de sentir muito mais gosto em conversar aqui com você do que em aborrecer-se lá em cima!". Mas ai! Swann tivera experiência disso, as boas intenções de um terceiro não têm poder nenhum sobre uma mulher que se irrita ao sentir-se perseguida, até em uma festa, por alguém a quem não ama. Muitas vezes, o amigo desce sozinho.

Minha mãe não subiu e, sem consideração alguma para com meu amor-próprio (empenhado em que não fosse desmentida a história do que ela estaria esperando de minha parte a propósito de um suposto pedido seu), mandou Françoise dizer-me estas palavras: "Não tem resposta", e que depois tantas vezes ouvi porteiros de "palaces" ou clubes transmitirem a alguma pobre rapariga que se espanta: "Mas como! Ele não disse nada? Impossível! Pois o senhor não lhe entregou minha carta? Está bem, vou esperar mais um pouco". E — da mesma forma que ela assegura invariavelmente não ter necessidade da luz suplementar que o porteiro pretende acender em honra sua, e ali se deixa ficar, sem ouvir mais que as poucas frases sobre o tempo, trocadas entre um servente e o porteiro, que, ao aperceber-se da hora, manda-o repentinamente botar no gelo a bebida de algum freguês — assim eu, declinando os oferecimentos de Françoise para me preparar alguma tisana ou para ficar comigo, deixei-a voltar para a copa, deitei-me e fechei os olhos, tratando de não ouvir as vozes de minha família, que tomava café no jardim. Mas, passados alguns segundos, senti que, ao escrever a mamãe, ao achegar-me, com o risco de zangá-la, tão junto dela que já pensava atingir o momento de a rever, perdera assim toda possibilidade de dormir antes que realmente a visse, e as batidas de meu coração se tornavam mais dolorosas de minuto a minuto, porque eu aumentava minha própria inquietude, impondo-me uma calma que era a aceitação de meu infortúnio. De repente, minha ansiedade declinou e senti-me invadido de uma grande felicidade, como quando um poderoso medicamento começa a produzir efeito e nos tira uma dor: eu acabara de tomar a resolução de não procurar dormir sem ver de novo mamãe, quando ela subisse para se deitar, de beijá-la custasse o que custasse, embora com a certeza de ficarmos depois brigados por muito tempo. A calma que resultava de minhas angústias findas dava-me uma alegria extraordinária, não menos que a espera, a sede e o medo do perigo. Abri silenciosamente a janela e sentei-me na cama: não fazia quase nenhum movimento a fim de que não me ouvissem lá de baixo. Fora, as coisas também pareciam imobilizadas em muda atenção, para não perturbarem o luar, que duplicava e recuava os objetos ao estender-lhes à frente a respectiva sombra, mais densa e concreta do que eles próprios, e assim adelgaçava e ao mesmo tempo ampliava a paisagem, como um mapa dobrado que se desenrolasse. O que tinha de mover-se, alguma folhagem de castanheiro, movia-se. Mas seu frêmito minucioso, total, executado até nas mínimas nuanças e extremas delicadezas, não se alastrava sobre o resto, não se fundia com ele, e permanecia circunscrito. Expostos sobre aquele silêncio que não absorvia nada, os ruídos mais remotos, aqueles que deviam provir de jardins situados no outro extremo da cidade, se detalhavam com tal "acabado", que pareciam dever esse efeito de lonjura tão somente ao seu pianíssimo, como esses motivos em surdina tão bem executados pela orquestra do Conservatório que, embora não se lhes perca uma nota, julga-se no entanto ouvi-los longe da sala do concerto, e todos os velhos sócios — as irmãs de minha avó também, quando Swann lhes cedia suas entradas — aguçavam o ouvido como se escutassem o longínquo avanço de um exército em marcha que ainda não tivesse dobrado a rua de Trévise.

Sabia que o caso em que me metia era, dentre todos, o que poderia trazer-me, da parte de meus pais, as consequências mais graves, muito mais graves na verdade do que o poderia supor um estranho, consequências de que ele só julgaria passíveis as faltas verdadeiramente vergonhosas. Mas, na educação que me davam, a ordem das faltas não era a mesma que na educação dos outros meninos e haviam-me habituado a colocar antes de todas as mais (porque sem dúvida não havia outras de que eu tivesse necessidade de ser tão cuidadosamente preservado), aquelas faltas cujo caráter comum consistia, segundo compreendo agora, em que nelas incorremos ao ceder a uma impulsão nervosa. Mas então não pronunciavam essa palavra, não declaravam essa origem que poderia levar-me a crer que eu era desculpável por sucumbir a esses impulsos, ou talvez até incapaz de lhes resistir. Mas essas faltas, bem as reconhecia eu pela angústia que as precedia como pelo rigor do castigo que acarretavam; e sabia que aquela que acabava de cometer era da mesma família de outras pelas quais fora severamente punido, embora infinitamente mais grave desta vez. Quando fosse colocar-me no caminho de minha mãe, no momento em que se recolhesse ao quarto, e ela visse que eu ficara levantado para tornar a dar-lhe boa-noite no corredor, não mais me deixariam ficar em casa, me mandariam para o colégio no dia seguinte, era certo. Pois bem! Mesmo que tivesse de lançar-me pela janela cinco minutos depois, ainda assim eu preferiria isso. O que eu queria agora era mamãe, era dar-lhe boa-noite, e já fora demasiado longe na senda que levava à realização de meu desejo, para que pudesse voltar atrás.

Ouvi os passos de minha família, que acompanhava a Swann e, quando a sineta do portão me anunciou que ele acabava de partir, pus-me à janela. Mamãe perguntava a meu pai se achara boa a lagosta e se o sr. Swann havia repetido o sorvete de café e o de pistache.

— Não o achei grande coisa — disse minha mãe. — Creio que da próxima vez será preciso experimentar outra essência.

— Não imaginam como Swann me parece mudado ultimamente — disse minha tia-avó —, está tão envelhecido! — De tal modo se habituara ela a ver sempre em Swann o mesmo adolescente, que se espantava de o encontrar de súbito menos jovem do que continuava a considerá-lo. E meus pais, de resto, começavam a ver nele essa velhice anormal, excessiva, vergonhosa e merecida dos celibatários, de todos aqueles para os quais parece que o grande dia que não tem amanhã há de ser mais longo do que para os outros, porque para eles está vazio e os momentos se vão adicionando desde a manhã sem dividir-se depois entre os filhos.

— Creio que tem muitas preocupações com a desmiolada da mulher, que vive, como todos sabem, em Combray, com um tal senhor de Charlus. É a risota da cidade. — Minha mãe observou que desde algum tempo, no entanto, Swann tinha um ar menos triste.

— E já não faz tão seguido, como antes, esse gesto do pai de esfregar os olhos e passar a mão pela testa. Quanto a mim, creio que, no fundo, já deixou de querer a essa mulher.

— Naturalmente! — respondeu meu avô. — Recebi há tempos, a esse respeito, uma carta sua, que absolutamente não me convenceu, e que não deixa nenhuma dúvida quanto aos seus sentimentos para com a mulher, os seus sentimentos de amor, ao menos. Ah!, e vocês não lhe agradeceram o vinho de Asti — acrescentou meu avô, voltando-se para as duas cunhadas.

— Como não lhe agradecemos?! Cá entre nós, acho até que o fiz com muita delicadeza — respondeu minha tia Flora.

— Sim, tu soubeste arranjar a coisa muito bem: cheguei a admirar-te — disse minha tia Céline.

— Mas tu também te saíste às maravilhas.

— Sim, a verdade é que eu estava bastante satisfeita com a minha frase sobre os vizinhos amáveis.

— Como! É a isso que vocês chamam agradecer! — exclamou meu avô. — Bem que eu tinha ouvido tal coisa, mas com os diabos se descobri que era para Swann! Vocês podem estar certas de que ele não compreendeu coisa alguma.

— Qual! Swann não é nenhum tolo, tenho certeza de que ele soube apreciar. Pois como é que eu lhe iria falar na quantidade das garrafas e no preço do vinho?!

Meu pai e minha mãe ficaram a sós, e sentaram-se um instante; depois meu pai disse:

— Bem, se quiseres, vamo-nos deitar.

— Como queiras, meu caro, embora eu não tenha sono; creio que não foi por causa desse inofensivo sorvete de café; mas vejo que a luz está acesa na copa e, já que a pobre Françoise esperou por mim, vou pedir-lhe que me desamarre o colete enquanto te despes.

E minha mãe abriu a porta gradeada do vestíbulo que dava para a escada. Dali a pouco, ouvi-a subir para fechar a janela. Dirigi-me sem ruído para o corredor; meu coração batia tão forte que eu tinha dificuldade de andar, mas ao menos já não batia agora de ansiedade, mas de terror e de alegria. Vi no vão da escada a luz que projetava a vela de mamãe. Vi-a, depois, a ela própria; precipitei-me. No primeiro segundo, ela me olhou com assombro, sem compreender o que se passava. Depois seu rosto tomou uma expressão de cólera; não me dizia uma única palavra e, com efeito, por muito menos que aquilo, já tinham passado dias sem falar comigo. Se mamãe me tivesse dito qualquer coisa, seria admitir que podiam tornar a falar-me, e, aliás, isso talvez me parecesse ainda mais terrível, como um sinal de que, ante a gravidade do castigo que se preparava, o silêncio e a zanga seriam coisas pueris. Uma palavra seria a tranquilidade com que se responde a um criado quando se está resolvido a despachá-lo, o beijo que se dá em um filho ao mandá-lo para o quartel e que se lhe teria negado se tudo se limitasse a uma desavença de dois dias. Mas mamãe ouviu meu pai que subia do gabinete de toalete aonde fora despir-se, e, para evitar a cena que ele me faria, disse-me em uma voz entrecortada pela cólera:

— Anda, vai-te, que ao menos o teu pai não te veja aqui esperando como um tolo!

Mas eu lhe repetia:

— Vem dar-me boa-noite — aterrorizado ao ver que o reflexo da vela de meu pai já se elevava na parede, mas também aproveitando-me de sua aproximação como de um meio de chantagem, na esperança de que mamãe, para que meu pai não me encontrasse ainda ali se ela insistisse em sua recusa, afinal me dissesse: "Volta para o teu quarto, que eu já vou lá". Era tarde, muito tarde, meu pai estava diante de nós. Sem querer murmurei estas palavras que ninguém ouviu: "Estou perdido!".

Mas não foi assim. Meu pai, constantemente, me negava regalias que me haviam sido concedidas nos pactos mais generosos outorgados por minha mãe e minha avó, isso porque pouco se lhe dava dos "princípios" e com ele não havia "direito das gentes".

Por um motivo contingente, ou até sem motivo, suprimia-me no último instante um passeio já tão habitual, tão consagrado, que dele não me poderiam privar sem perjúrio, ou então, como ainda o fizera naquela mesma noite, dizia-me: "Anda, vai deitar-te, nada de desculpas!". Mas precisamente porque não tinha princípios (no sentido de minha avó), tampouco se lhe poderia atribuir intransigência. Olhou-me um momento, com um ar atônito e agastado, e, depois que mamãe, com algumas palavras embaraçadas, explicou-lhe o que acontecera, retrucou-lhe:

— Pois então vai com o menino, já que dizias que não tinhas sono; fica um pouco no quarto dele, eu não tenho necessidade de nada.

— Mas, meu caro — respondeu timidamente minha mãe —, que eu tenha ou não vontade de dormir, isso não altera em nada as coisas. O que não se pode é habituar esse menino.

— Mas não se trata de habituar — disse meu pai, dando de ombros —, bem vês que esse pequeno está aflito, tem um ar desolado essa criança; vejamos, afinal de contas nós não somos carrascos! Muito terás adiantado, depois que o fizeres adoecer! Como há duas camas no seu quarto, manda Françoise preparar-te a grande e deita esta noite perto dele. Bem, boa-noite, eu que não sou tão nervoso como vocês, vou deitar-me.

Não se podia agradecer a meu pai, seria irritá-lo com o que ele chamava de pieguices. Não me atrevia a fazer um movimento; estava ainda ali diante de nós, alto, com seu branco roupão de dormir e a manta roxa e cor-de-rosa de casimira da Índia que costumava enrolar à cabeça desde que sofria de nevralgias, na mesma atitude com que Abraão, na gravura segundo Benozzo Gozzoli que me dera o sr. Swann, dizia a Sara que se separasse de Isaac.[38]

---

[38] Benozzo Gozzoli (1420?-97) pintou afrescos representando 23 cenas do Antigo Testamento no cemitério de Pisa. Entre eles, uma série que tem por tema *A vida de Abraão*. O gesto evocado por Proust não aparece nesses afrescos. [N. E.]

Faz muitos anos isso. A parede da escada, onde vi subir o reflexo de sua vela, já não existe há muito. Em mim, também, foram destruídas muitas coisas que julgava iriam durar para sempre, e novas coisas se edificaram, dando nascimento a penas e alegrias novas, que eu não poderia prever então, da mesma forma que as antigas se me tornaram difíceis de compreender. Faz também muito tempo que meu pai já deixou de poder dizer a mamãe: "Vai com o pequeno". Jamais renascerá para mim a possibilidade de tais horas. Mas desde algum tempo que recomeço a perceber muito bem, se presto ouvidos, os soluços que tive então a coragem de conter diante de meu pai e que só rebentaram quando me encontrei a sós com mamãe. Na realidade jamais cessaram; e somente porque a vida vai agora mais e mais emudecendo em redor de mim é que os escuto de novo, como os sinos de convento, tão bem velados durante o dia pelos ruídos da cidade, que parece que pararam, mas que se põem a tanger no silêncio da noite.

 Mamãe passou aquela noite em meu quarto; no momento em que acabava de cometer uma falta tão grande que esperava ser obrigado a deixar a casa, meus pais me concediam mais do que eu nunca teria obtido deles como recompensa de uma boa ação. E até na hora em que se manifestava por aquele ato de graça, o procedimento de meu pai para comigo conservava esse quê de arbitrário e imerecido que o caracterizava e que provinha de que em geral sua atitude obedecia antes a circunstâncias fortuitas que a um plano premeditado. Talvez até aquilo a que eu chamava sua severidade, quando me mandava deitar, merecesse menos esse nome do que a severidade de minha mãe ou de minha avó, pois a natureza de meu pai, mais diferente da minha em certos pontos do que a natureza delas, provavelmente não havia adivinhado até então o quanto eu sofria todas as noites, coisa que minha mãe e minha avó muito bem sabiam: mas as duas me amavam o bastante para não consentir que me fosse poupado o sofrimento, pois queriam ensinar-me a dominá-lo, a fim de diminuir minha sensibilidade nervosa e fortalecer minha vontade. Quanto a meu pai, cuja afeição por mim era de outra espécie, não sei se teria ele tal coragem: logo que compreendeu que eu sofria, dissera a minha mãe: "Vai consolá-lo". Mamãe ficou aquela noite em meu quarto e, como para não prejudicar com nenhum remorso aquelas horas tão diferentes das que eu tinha o direito de esperar, quando Françoise, ao compreender que se passava alguma coisa de extraordinário, ao ver mamãe sentada junto de mim, com a minha mão na sua e deixando-me chorar sem ralhar-me, perguntou-lhe: "Mas senhora, que tem o patrãozinho para chorar assim?", e mamãe lhe respondeu: "Nem ele mesmo o sabe, Françoise, está nervoso; prepare-me depressa a cama grande e vá deitar-se". Assim, pela primeira vez, minha tristeza não era mais considerada como uma falta punível, mas como um mal involuntário que acabavam de reconhecer oficialmente, como um estado nervoso de que eu não era responsável: fora-me dado o consolo de não ter de mesclar nenhum escrúpulo à amargura de minhas lágrimas, podia chorar sem pecado. Também não era pequeno meu orgulho perante Françoise, por aquela reviravolta das coisas humanas, que, uma hora depois que mamãe se recusara a subir a meu quarto e me mandara desdenhosamente dizer que dormisse, me elevava assim à dignidade de adulto, fazendo-me atingir de súbito uma espécie de puberdade do sofrimento, de emancipação das lágrimas. Deveria sentir-me feliz e não o era. Parecia-me que minha mãe acabava de me fazer uma primeira concessão que lhe deveria ser dolorosa, que era uma primeira abdicação de sua parte ao ideal que concebera para mim, e que pela primeira vez, ela, tão corajosa, se confessava vencida. Que, se eu havia alcançado uma vitória, era contra ela, que lhe conseguira quebrantar o ânimo e dominar a razão como o teriam feito a doença, o sofrimento ou a velhice, e que aquela noite encetava uma nova era e ficaria como uma triste data. Se tivesse coragem, diria então a mamãe: "Não, eu não quero, não durmas aqui". Mas conhecia aquela sabedoria prática, realista como se diria hoje, que temperava, na sua pessoa, a natureza ardentemente idealista de minha avó, e sabia que, agora que o mal estava feito ela preferia deixar-me ao menos sentir seu prazer calmante e não incomodar meu pai. Por certo, o belo rosto de minha mãe ainda brilhava de juventude naquela noite em que me prendia tão docemente as mãos e procurava estancar o pranto; mas parecia-me que não deveria ser assim, que sua cólera me deveria ser menos triste do que aquela recente brandura que minha infância desconhecera; e que, com mão sacrílega e furtiva, eu acabava de traçar-lhe na alma a primeira ruga e de ali fazer surgir o primeiro fio de cabelo branco. Esta ideia redobrou meus soluços e então vi mamãe, que nunca se deixava arrastar comigo a excessos sentimentais, dominada de súbito por minha comoção e tentando reter o desejo de chorar. Como sentisse que eu o havia notado, disse-me a rir: "Olha só o meu canarinho, que já ia tornando a sua mamãe tão boba como ele! Vamos a ver, já que não tens sono, nem tua mamãe tampouco, deixemos de nervos, façamos alguma coisa, vamos pegar um dos teus livros". Mas eu ali não tinha nenhum. "Será que ficarias menos contente se eu te mostrasse desde já os livros que tua avó iria dar-te no dia dos teus anos? Pensa bem: não ficarás decepcionado quando não receberes nada depois de amanhã?" Eu estava, pelo contrário, encantado, e mamãe foi buscar um pacote de livros que, através do papel que os envolvia, só me deixavam adivinhar seu formato oblongo, mas que sob esse primeiro aspecto, embora sumário e velado, já eclipsavam a caixa de tintas do Primeiro do Ano e os bichos-da-seda do ano passado. Eram *La mare au diable, François le Champi, La petite Fadette* e *Les maîtres sonneurs*.[39] Minha avó, como depois vim a saber, escolhera primeiro as poesias de

---

39 Romances campestres de George Sand. *François le Champi*, que a mãe lerá para ele, remete justamente ao amor incestuoso entre o filho e sua mãe adotiva. [N. E.]

Musset, um volume de Rousseau e *Indiana*:⁴⁰ pois, se julgava as leituras fúteis tão prejudiciais como os bombons e os bolos, não pensava que os grandes sopros do gênio tivessem sobre o espírito, ainda que fosse o de uma criança, uma influência mais perigosa e menos vivificante do que, em seu corpo, o ar livre e o vento do largo. Mas como meu pai quase a tivesse tratado de louca ao saber dos livros que queria me dar, ela própria voltara à livraria de Jouy-le-Vicomte para que eu não corresse o risco de ficar sem presente (fazia um dia escaldante e regressara tão mal que o médico advertiu minha mãe de que não a deixasse fatigar-se daquela maneira) e se atirara aos quatro romances campestres de George Sand. "Minha filha", dizia ela a mamãe, "eu nunca seria capaz de dar a esse menino qualquer coisa de mal escrito."

Na verdade, jamais se resignava a comprar qualquer objeto de que não se pudesse tirar algum proveito intelectual e sobretudo o que nos proporcionam as coisas belas, ensinando-nos a buscar deleite em outra parte que não nas satisfações do bem-estar e da vaidade. Até quando tinha de fazer algum presente chamado útil, quando tinha de dar uma poltrona, um serviço de mesa, uma bengala, procurava-os "antigos", como se, havendo seu longo desuso apagado em tais coisas o caráter de utilidade, parecessem antes destinadas a contar a vida dos homens de outrora que a atender às necessidades de nossa vida atual. Gostaria que eu tivesse no quarto fotografias dos mais belos monumentos ou paisagens. Mas, no momento de fazer a compra, e embora a coisa representada tivesse um valor estético, achava ela que a vulgaridade, a utilidade, logo reassumiriam seu lugar, pelo processo mecânico de representação, a fotografia. Procurava então um subterfúgio, tentando, se não eliminar de todo a vulgaridade comercial, pelo menos atenuá-la, substituí-la o mais possível pelo que ainda fosse arte, introduzir-lhe

---

40 Bastante diferente dos outros quatro romances anteriormente citados, *Indiana* (1832) é obra de juventude de George Sand e narra paixões, adultérios e suicídios. [N. E.]

como que várias "espessuras" de arte: em vez de fotografias da catedral de Chartres, das fontes de Saint-Cloud, do Vesúvio, informava-se com Swann se algum grande mestre não os havia pintado, e preferia dar-me fotografias da catedral de Chartres por Corot, das fontes de Saint-Cloud por Hubert Robert, do Vesúvio por Turner, o que constituía um grau de arte a mais.[41] Mas, se o fotógrafo era assim eliminado da representação da obra-prima ou da natureza e substituído por um grande artista, reassumia contudo seus direitos ao reproduzir aquela interpretação. E, tendo chegado ao último reduto da vulgaridade, minha avó ainda assim procurava afastá-la. Perguntava a Swann se a obra não fora gravada, preferindo, quando possível, gravuras antigas e que tivessem um interesse para além de si mesmas, por exemplo as que representam uma obra-prima em um estado em que não mais podemos vê-la hoje (como a gravura da *Ceia* de Leonardo, por Morghen, antes de sua deterioração).[42] Cumpre dizer que os resultados dessa maneira de exercer a arte de dar presentes nem sempre foram dos mais brilhantes. A ideia que fiz de Veneza segundo um desenho de Ticiano que tinha por fundo a laguna era por certo muito menos exata do que a fornecida por simples fotografias. Já nos era impossível calcular, quando minha tia queria fazer um requisitório contra minha avó, as poltronas por ela oferecidas a um parzinho recente ou a velhos casais e

---

[41] Em pesquisa do jornal *Opinion*, de 1920, o quadro *Catedral de Chartres*, de Jean-Baptiste Corot (1796-1876), é escolhido por Proust para integrar a tribuna francesa da pintura, no Louvre. O pintor Hubert Robert (1733-1808) pintou vários quadros com o motivo das fontes. Proust admirava muito a obra do pintor inglês William Turner (1775-1851). Considerado precursor do Impressionismo, pintou aquarelas do Vesúvio entre os anos de 1815 e 1819. [N. E.]

[42] Raphaël Morghen (1758-1833), gravador em Florença, foi encarregado pelo duque de Toscana Fernando III a gravar a *Ceia* de Leonardo da Vinci a partir de um desenho de Teodoro Matteini. O original, pintado a óleo sobre a parede do refeitório de monges dominicanos do monastério de Santa Maria das Graças, em Milão, foi inteiramente pintado sob pretexto de restauração, entre os anos de 1726 e 1770. [N. E.]

que, à primeira tentativa para se servirem delas, logo desabavam sob o peso de algum dos destinatários. Mas minha avó teria julgado mesquinho preocupar-se muito com a solidez de um móvel onde ainda se distinguiam uma flor, um sorriso, às vezes uma bela imaginação do passado. Até aquilo que nesses móveis correspondia a uma necessidade, como se apresentasse de uma feição a que estávamos desabituados, a encantava como esses antigos modos de dizer em que descobrimos uma metáfora, apagada, em nossa linguagem atual, pelo desgaste do hábito. Ora, exatamente da mesma forma, os romances campestres de George Sand que ela me dava de presente eram como um mobiliário antigo, e estavam cheios de expressões caídas em desuso, convertidas em imagens, e que não se encontram mais senão no campo. E minha avó comprava-os de preferência a outros, como teria alugado com mais gosto uma propriedade onde houvesse um pombal gótico ou qualquer uma dessas velhas coisas que exercem no espírito uma feliz influência, dando-lhe a nostalgia de impossíveis viagens pelo tempo.

Minha mãe sentou-se junto ao meu leito: tomara *François le Champi,* cuja capa avermelhada e incompreensível título lhe emprestavam, para mim, uma personalidade distinta e um misterioso atrativo. Ainda não tinha lido verdadeiros romances. Ouvira dizer que George Sand era o tipo do romancista. O que já me predispunha a imaginar em *François le Champi* alguma coisa de indefinível e delicioso. Os processos narrativos destinados a excitar a curiosidade ou a emoção, certas maneiras de dizer que despertam sentimentos de inquietude ou melancolia e que um leitor medianamente instruído reconhece como comuns a muitos romances, a mim me pareciam únicos — pois considerava um livro novo, não como uma coisa que tivesse muitos semelhantes, mas como uma pessoa particular, que em si mesma tivesse a razão de existir —, uma perturbadora emanação da essência peculiar a *François le Champi.* Naqueles acontecimentos tão cotidianos, naquelas coisas tão comuns, eu sentia como que uma entonação, um estranho acento. A ação desenrolou-se; e tanto mais obscura se me afigurou visto que eu, naquele tempo, quando lia, cismava muitas vezes, durante páginas inteiras, em coisas muito diferentes. E, às lacunas que essa distração abria na história, acrescentava-se, quando era mamãe que lia para mim em voz alta, a circunstância de que ela saltava todas as cenas de amor. E, assim, todas as esquisitas mudanças, que ocorriam na atitude respectiva da moleira e do menino e que só têm explicação nos progressos de um amor nascente, se me apresentavam impregnadas de profundos mistérios, cuja fonte eu imaginava estar nesse nome desconhecido e tão suave de "Champi", nome que dava, sem que eu soubesse por que, ao menino que o usava, a sua cor viva, purpúrea e encantadora. Minha mãe, se não era uma leitora fiel, também não deixava de ser, para as obras onde encontrasse a marca de um sentimento verdadeiro, uma leitora admirável quanto ao respeito e simplicidade da interpretação, e a beleza e suavidade do tom. Mesmo na vida, quando eram pessoas e não obras de arte que assim lhe despertavam ternura ou admiração, comovia a delicadeza com que afastava ela da voz, dos gestos, das palavras qualquer rompante de alegria que pudesse fazer mal àquela mãe que outrora perdera um filho, qualquer referência a festa ou aniversário que lembrasse a este velho a sua avançada idade, qualquer assunto caseiro que acaso parecesse fastidioso a algum jovem sábio. Da mesma forma quando lia a prosa de George Sand, que respirava sempre essa bondade e distinção moral que mamãe aprendera de minha avó a considerar como superior a tudo na vida, e que só muito mais tarde eu deveria ensinar-lhe a não ter igualmente por superior a tudo nos livros, atenta em banir da voz toda trivialidade, toda afetação que pudessem servir de obstáculo àquela poderosa onda, dava toda a ternura natural, toda a ampla doçura que exigiam, àquelas frases que pareciam escritas para a sua voz e que, por assim dizer, cabiam inteiras no registro de sua sensibilidade. Para atacá-las no devido tom, sabia encontrar o acento cordial que lhes preexiste e que as ditou, mas que as palavras não indicam: graças a ele, amortecia de passagem toda a rudeza nos tempos dos verbos, dava ao imperfeito e ao pretérito perfeito a doçura que há na bondade, a melancolia que há na ternura, encaminhava a frase que ia findando para aquela que ia começar, ora acelerando, ora retardando a marcha das sílabas, para fazê-las entrar, embora diferissem de quantidade, em um ritmo uniforme, e insuflava àquela prosa tão comum uma espécie de vida sentimental e contínua.

Meus remorsos estavam agora acalmados, eu me abandonava à doçura daquela noite em que tinha mamãe junto de mim. Sabia que uma noite daquelas não poderia se repetir: que o meu maior desejo no mundo, ter mamãe comigo no quarto durante aquelas tristes horas noturnas, era por demais contrário às necessidades da vida e ao sentir de todos, para que a realização que lhe fora concedida naquela noite não pudesse ser mais que uma coisa fictícia e excepcional. Amanhã recomeçariam as minhas angústias e mamãe não estaria ali comigo. Mas quando essas angústias estavam em sossego, eu já não as compreendia; e depois, a noite seguinte ainda era coisa muito remota; dizia comigo que teria tempo de ponderar, embora esse tempo não me acrescentasse nenhum poder, que se tratava de coisas independentes de minha vontade e que só o intervalo que ainda as separava de mim as fazia parecer mais evitáveis.

Assim, por muito tempo, quando despertava de noite e me vinha a recordação de Combray, nunca pude ver mais que aquela espécie de lanço luminoso, recortado no meio de trevas indistintas, semelhante aos que o acender de um fogo de artifício ou alguma projeção elétrica alumiam e secionam em um edifício cujas partes restantes permanecem mergulhadas dentro da noite: na base, bastante larga, o pequeno salão, a sala de jantar, o trilho da alameda escura por onde chegaria o sr. Swann, inconsciente autor de minhas tristezas, o vestíbulo de onde me encaminhava para o primeiro degrau da escada, tão cruel de subir, que constituía por si só o tronco, muito estreito, daquela pirâmide irregular; e, no cimo, meu quarto, com o pequeno corredor de porta envidraçada por onde entrava mamãe; em suma, sempre visto à mesma hora, isolado de tudo o que pudesse haver em torno, destacando-se sozinho na escuridão, o cenário estritamente necessário (como esses que se veem indicados no princípio das antigas peças, para as representações na província) ao drama do meu deitar; como se Combray consistisse apenas em dois andares ligados por uma estreita escada, e como se fosse sempre sete horas da noite. Na verdade, poderia responder, a quem me perguntasse, que Combray compreendia outras coisas mais e existia em outras horas. Mas como o que eu então recordasse me seria fornecido unicamente pela memória voluntária, a memória da inteligência, e como as informações que ela nos dá sobre o passado não conservam nada deste, nunca me teria lembrado de pensar no restante de Combray. Na verdade, tudo isso estava morto para mim.

Morto para sempre? Era possível.

Há muito de acaso em tudo isso, e um segundo acaso, o de nossa morte, não nos permite muitas vezes esperar por muito tempo os favores do primeiro.

Acho muito razoável a crença céltica de que as almas daqueles a quem perdemos se acham cativas em algum ser inferior, em um animal, um vegetal, uma coisa inanimada, efetivamente perdidas para nós até o dia, que para muitos nunca chega, em que nos sucede passar por perto da árvore, entrar na posse do objeto que lhe serve de prisão. Então elas palpitam, nos chamam, e logo que as reconhecemos, está quebrado o encanto. Libertadas por nós, venceram a morte e voltam a viver conosco.[43]

---

[43] Crença mencionada em várias obras que Proust conhecia: *Souvenirs d'enfance et de jeunesse*, de Ernest Renan (1833), o livro *Pierre Nozière*, de Anatole France (1899), *L'Histoire de France*, de Michelet (livro I, capítulo 4) e os *Mabinogion*, traduzidos por Joseph Loth em 1889. [N. E.]

É assim com nosso passado. Trabalho perdido procurar evocá--lo, todos os esforços de nossa inteligência permanecem inúteis. Está ele oculto, fora de seu domínio e de seu alcance, em algum objeto material (na sensação que nos daria esse objeto material) que nós nem suspeitamos. Esse objeto, só do acaso depende que o encontremos antes de morrer, ou que não o encontremos nunca.

Muitos anos fazia que, de Combray, tudo quanto não fosse o teatro e o drama do meu deitar não mais existia para mim, quando, por um dia de inverno, ao voltar para casa, vendo minha mãe que eu tinha frio, ofereceu-me chá, coisa que era contra meus hábitos. A princípio recusei, mas, não sei por que, terminei aceitando. Ela mandou buscar um desses bolinhos pequenos e cheios chamados madalenas e que parecem moldados na valva estriada de uma concha de são Tiago. Em breve, maquinalmente, acabrunhado com aquele triste dia e a perspectiva de mais um dia tão sombrio como o primeiro, levei aos lábios uma colherada de chá onde deixara amolecer um pedaço de madalena. Mas no mesmo instante em que aquele gole, de envolta com as migalhas do bolo, tocou meu paladar, estremeci, atento ao que se passava de extraordinário em mim. Invadira-me um prazer delicioso, isolado, sem noção de sua causa. Esse prazer logo me tornara indiferente às vicissitudes da vida, inofensivos seus desastres, ilusória sua brevidade, tal como o faz o amor, enchendo-me de uma preciosa essência: ou, antes, essa essência não estava em mim, era eu mesmo. Cessava de me sentir medíocre, contingente, mortal. De onde me teria vindo aquela poderosa alegria? Senti que estava ligada ao gosto do chá e do bolo, mas que o ultrapassava infinitamente e não devia ser da mesma natureza. De onde vinha? Que significava? Onde apreendê-la? Bebo um segundo gole que me traz um pouco menos que o segundo. É tempo de parar, parece que está diminuindo a virtude da bebida. É claro que a verdade que procuro não está nela, mas em mim. A bebida a despertou, mas não a conhece, e só o que pode fazer é repetir indefinidamente, cada vez com menos força, esse mesmo testemunho que não sei interpretar e que quero tornar a solicitar-lhe daqui a um instante e encontrar intato à minha disposição, para um esclarecimento decisivo. Deponho a taça e volto-me para meu espírito. É a ele que compete achar a verdade. Mas como? Grave incerteza, todas as vezes em que o espírito se sente ultrapassado por si mesmo, quando ele, o explorador, é ao mesmo tempo o país obscuro a explorar e onde todo o seu equipamento de nada lhe servirá. Explorar? Não apenas explorar: criar. Está diante de qualquer coisa que ainda não existe e a que só ele pode dar realidade e fazer entrar em sua luz.

E recomeço a me perguntar qual poderia ser esse estado desconhecido, que não trazia nenhuma prova lógica, mas a evidência de sua felicidade, de sua realidade ante a qual as outras se desvaneciam. Quero tentar fazê-lo reaparecer. Retrocedo pelo pensamento ao instante em que tomei a primeira colherada de chá. Encontro o mesmo estado, sem nenhuma luz nova. Peço a meu espírito um esforço mais, que me traga outra vez a sensação fugitiva. E para que nada quebre o impulso com que ele vai procurar captá-la, afasto todo obstáculo, toda ideia estranha, abrigo meus ouvidos e minha atenção contra os rumores da peça vizinha. Mas sentindo que meu espírito se fatiga sem resultado, forço-o, pelo contrário, a aceitar essa distração que eu lhe recusava, a pensar em outra coisa, a refazer-se antes de uma tentativa suprema. Depois, por segunda vez, faço o vácuo diante dele, torno a apresentar-lhe o sabor ainda recente daquele primeiro gole e sinto estremecer em mim qualquer coisa que se desloca, que desejaria elevar-se, qualquer coisa que teriam desancorado, a uma grande profundeza; não sei o que seja, mas aquilo sobe lentamente; sinto a resistência e ouço o rumor das distâncias atravessadas.

Por certo, o que assim palpita no fundo de mim deve ser a imagem, a recordação visual que, ligada a esse sabor, tenta segui-lo até chegar a mim. Mas debate-se demasiado longe, demasiado confusamente; mal e mal percebo o reflexo neutro em que se confunde o ininteligível turbilhão das cores agitadas; mas não posso distinguir a forma, pedir-lhe, como ao único intérprete possível, que me traduza o testemunho de seu contemporâneo, de seu inseparável companheiro, o sabor, pedir-lhe que me indique de que circunstância particular, de que época do passado é que se trata.

Chegará até a superfície de minha clara consciência essa recordação, esse instante antigo que a atração de um instante idêntico veio de tão longe solicitar, remover, levantar no mais profundo de mim mesmo? Não sei. Agora não sinto mais nada, parou, tornou a descer talvez; quem sabe se jamais voltará a subir do fundo de sua noite? Dez vezes tenho de recomeçar, inclinar-me em sua busca. E, de cada vez, a covardia que nos afasta de todo trabalho difícil, de toda obra importante, aconselhou-me a deixar daquilo, a tomar meu chá pensando simplesmente em meus cuidados de hoje, em meus desejos de amanhã, que se deixam ruminar sem esforço.

E de súbito a lembrança me apareceu. Aquele gosto era o do pedaço de madalena que nos domingos de manhã em Combray (pois nos domingos eu não saía antes da hora da missa) minha tia Léonie me oferecia, depois de o ter mergulhado em seu chá da Índia ou de tília, quando ia cumprimentá-la em seu quarto. O simples fato de ver a madalena não me havia evocado coisa alguma antes que a provasse; talvez porque, como depois tinha visto muitas, sem as comer, nas confeitarias, sua imagem deixara aqueles dias de Combray para se ligar a outros mais recentes; talvez porque, daquelas lembranças abandonadas por tanto tempo fora da memória, nada sobrevivia, tudo se desagregara; as formas — e também a daquela conchinha de pastelaria, tão generosamente sensual sob sua plissagem severa e devota — se haviam anulado ou então, adormecidas, tinham perdido a força de expansão que lhes permitiria alcançar a consciência. Mas quando mais nada subsiste de um passado remoto, após a morte das criaturas e a destruição das coisas, sozinhos, mais frágeis porém mais vivos, mais imateriais, mais persistentes, mais fiéis, o odor e o sabor permanecem ainda por muito tempo, como almas, lembrando, aguardando, esperando, sobre as ruínas de tudo o mais, e suportando sem ceder, em sua gotícula impalpável, o edifício imenso da recordação.

E mal reconheci o gosto do pedaço de madalena molhado em chá que minha tia me dava (embora ainda não soubesse, e tivesse de deixar para muito mais tarde tal averiguação, por que motivo aquela lembrança me tornava tão feliz), eis que a velha casa cinzenta, de fachada para a rua, onde estava seu quarto, veio aplicar-se, como um cenário de teatro, ao pequeno pavilhão que dava para o jardim e que fora construído para meus pais aos fundos dela (esse truncado trecho da casa que era só o que eu recordava até então); e, com a casa, a cidade toda, desde a manhã à noite, por qualquer tempo, a praça para onde me mandavam antes do almoço, as ruas por onde eu passava e as estradas que seguíamos quando fazia bom tempo. E, como nesse divertimento japonês de mergulhar numa bacia de porcelana cheia d'água pedacinhos de papel, até então indistintos e que, depois de molhados, se estiram, se delineiam, se cobrem, se diferenciam, tornam-se flores, casas, personagens consistentes e reconhecíveis, assim agora todas as flores de nosso jardim e as do parque do sr. Swann, e as ninfeias do Vivonne, e a boa gente da aldeia e suas pequenas moradias e a igreja e toda a Combray e seus arredores, tudo isso que toma forma e solidez, saiu, cidade e jardins, de minha taça de chá.

II

Combray, de longe, por dez léguas em redor, vista do trem, quando chegávamos na semana anterior à Páscoa, não era mais que uma igreja que resumia a cidade, representava-a, falava dela e por ela as distâncias, e, quando nos aproximávamos, mantinha aconchegados em torno de sua grande capa sombria, em pleno campo, contra o vento, como uma pastora a suas ovelhas, os lombos lanosos e cinzentos das casas reunidas que um resto de muralhas da Idade Média cingia aqui e ali num traço tão perfeitamente circular como uma cidadezinha em um quadro de primitivos. Para morar, Combray era um pouco triste, como eram tristes suas ruas, cujas casas, edificadas com as pedras escuras da região, precedidas de degraus exteriores e com seus telhados de beirais salientes que faziam sombra, eram tão escuras que, mal começava a declinar o dia, já era preciso erguer as cortinas nas "salas"; ruas de graves nomes de santos (vários dos quais se ligavam à história dos primeiros senhores de Combray), rua de Santo Hilário, rua de São Tiago, onde ficava a casa de minha tia, rua de Santa Hildegarda, para onde davam as grades, e rua do Espírito Santo, para onde se abria o portãozinho lateral de seu jardim; e essas ruas de Combray existem em um local tão recôndito de minha memória, pintado em cores tão diferentes das que agora revestem para mim o mundo, que na verdade me parecem todas, bem como a igreja que as dominava na praça, ainda mais irreais que as projeções da lanterna mágica; e em certos momentos me parece que poder atravessar ainda a rua de Santo Hilário, poder alugar um quarto na rua do Pássaro — a velha hospedaria do Pássaro Ferido, de cujos suspiros saía um cheiro de cozinha que, intermitente e cálido, ainda sobe por momentos em minha lembrança — seria entrar em contato com o Além de um modo mais maravilhosamente sobrenatural do que se me fosse dado conhecer a Golo e conversar com Geneviève de Brabant.⁴⁴

A prima de meu avô — minha tia-avó — em cuja casa parávamos, era mãe dessa tia Léonie que desde a morte do marido, meu tio Octave, não quisera abandonar, primeiro Combray, depois em Combray, sua casa, depois seu quarto, depois seu leito e que não mais "descia", sempre deitada, em um estado incerto de pesar, de debilidade física, de doença, de ideia fixa e de devoção.⁴⁵ Seu apartamento particular dava para a rua de São Tiago, que findava muito além, no Prado Grande (por oposição ao Prado Pequeno, verdejante no meio da cidade, entre três ruas), e que, uniforme e pardacenta com os três altos degraus de pedra diante de quase todas as portas, parecia um desfiladeiro talhado por um imagista medieval diretamente na pedra em que teria esculpido um presépio ou um calvário. Minha tia, na verdade, não habitava mais que duas peças contíguas, passando de tarde para uma, enquanto arejavam a outra. Eram desses quartos de província que — da mesma forma que em certas regiões há partes inteiras do ar e do mar iluminadas ou perfumadas por miríades de protozoários que nós não vemos — nos encantam com os mil odores que neles exalam as virtudes, a prudência, os hábitos, toda uma vida secreta, invisível, superabundante e moral que a atmosfera ali mantém em suspensão; odores naturais, sim, e cor de natureza como os dos campos próximos, mas já caseiros, humanos e confinados, a fina geleia industriosa e límpida de todos os frutos do ano que deixaram o pomar pelo armário; odores provenientes das estações, mas mobiliários e domésticos, a

---

44 Mistura proustiana de referências reais e fictícias. As ruas de Santo Hilário, do Espírito Santo, do Pássaro e a hospedaria do Pássaro Ferido encontravam-se na cidadezinha de Illiers; a rua de Santa Hildegarda é de sua invenção. [N. E.]

45 A reclusão da tia antecipa metaforicamente a daquele que vai se dedicar à busca do tempo perdido. Em um texto de juventude, Proust já destacava o fascínio despertado pela figura de Noé e sua condição privilegiada de observar o mundo a partir de sua arca. [N. E.]

corrigir o picante da escarcha com a doçura do pão quente, ociosos e pontuais como um relógio de aldeia, vagabundos e ordeiros, descuidosos e previdentes, roupeiros, madrugadores, devotos, felizes de uma paz que só nos traz mais ansiedade e de um prosaísmo que é um grande reservatório de poesia para aquele que os atravessa sem ali ter vivido. Estava aquele ar saturado da fina flor de um silêncio tão nutritivo, tão suculento, que eu por ali só andava com uma espécie de gula, principalmente naquelas manhãs, ainda frias da semana da Páscoa, em que melhor os saboreava porque mal acabara de chegar a Combray; antes que entrasse para cumprimentar minha tia, faziam-me esperar um instante na primeira peça, onde o sol, ainda de inverno, viera aquecer-se diante do fogo, já aceso entre os dois ladrilhos e que pincelava toda a peça de um cheiro de fuligem, tornando-a como uma dessas grandes "bocas de forno" do campo, ou desses panos de chaminé de castelos, a cujo abrigo nos vem o desejo de que rebente lá fora a chuva, a neve, até mesmo alguma catástrofe diluviana para acrescentar ao conforto da reclusão a poesia do inverno; eu dava alguns passos, do genuflexório até as poltronas de veludo estampado, sempre revestidas de cabeceiras de crochê; e o fogo, que cozinhava como se fosse uma massa os apetitosos cheiros de que se achava coalhado o ar do quarto e que já tinham sido trabalhados e "levantados" pela frescura úmida e ensolarada da manhã, folhava--os, dourava-os, enrugava-os, tufava-os, fazendo deles um invisível e palpável bolo provinciano, uma imensa torta, na qual, depois de ligeiramente saboreados os aromas mais estalantes, mais finos, mais respeitáveis, mas também mais secos, do armário, da cômoda, do papel de remagem, eu voltava sempre, com inconfessada cobiça, a enviscar-me no odor medíocre, pegajoso, insípido, indigesto e acentuado da colcha de flores.

No quarto próximo, ouvia minha tia falar sozinha a meia-voz. Sempre falava muito baixo, porque supunha ter dentro da cabeça alguma coisa de quebrado e flutuante, que ela poderia deslocar se falasse muito alto, mas nunca permanecia muito tempo, mesmo sozinha, sem dizer alguma coisa, porque julgava que isso era bom para a garganta e, impedindo que o sangue ali parasse, tornaria menos frequentes as sufocações e angústias de que sofria; e depois, na inércia absoluta em que vivia, emprestava a suas mínimas sensações uma importância extraordinária; dotava-as de tal motilidade que lhe era difícil guardá-las para si e, na falta de confidente a quem comunicá-las, anunciava-as a si mesma, em um perpétuo monólogo que era sua única forma de atividade. Infelizmente, tendo adquirido o hábito de pensar em voz alta, nem sempre reparava se havia alguém no quarto próximo, e eu a ouvia muitas vezes dizer a si mesma: "Tenho de me lembrar de que não dormi" (pois nunca dormir era sua grande pretensão, pretensão de que nossa linguagem guardava as marcas e o respeito: pela manhã. Françoise não ia "acordá-la", mas "entrava" em seu quarto; quando minha tia desejava tirar uma sesta, diziam que ela queria "refletir" ou "repousar"; e quando lhe sucedia descuidar-se, na conversa, a ponto de dizer "o que me despertou" ou "sonhei que...", ficava vermelha e corrigia-se em seguida).

Passado um instante, eu entrava para beijá-la; Françoise lhe preparava o chá; ou, quando ela se achava nervosa e pedia sua tisana em vez do chá, era eu o encarregado de derramar do saco de farmácia em um pires a requerida quantidade de tília que se devia pôr em seguida na água fervendo. O dessecamento dos caules havia-os encurvado em uma caprichosa trama em cujo entrelaçamento se abriam as flores pálidas, como se um pintor as tivesse arranjado, colocando-as da maneira mais decorativa. As folhas, tendo perdido ou modificado o aspecto próprio, apresentavam o ar das coisas mais disparatadas, de uma asa transparente de mosca, do reverso branco de um selo, de uma pétala de rosa, mas que tivessem sido empilhadas, trituradas ou trançadas como na confecção de um ninho. Mil pequeninos detalhes inúteis — encantadora prodigalidade do farmacêutico —, que se teriam suprimido em um preparado de fábrica, davam-me, como um livro no qual a gente se maravilha de encontrar o nome de uma pessoa conhecida, o prazer de compreender que eram mesmo caules de verdadeiras tílias, como aquelas que eu via na avenida da Estação, e modificados justamente porque eram de verdade, e não cópias, e haviam envelhecido. E como cada nova característica não era mais que a metamorfose de uma característica anterior, eu reconhecia, nas bolinhas cinzentas, os botões verdes que não tinham vingado; mas, principalmente, o brilho róseo, lunar e suave com que se destacavam as flores na floresta frágil dos caules onde estavam suspensas como pequeninas rosas de ouro — sinal, como esse esplendor que ainda revela em um muro o local de um afresco apagado, da diferença entre as partes da planta que haviam tido "cores" e as que não as tiveram — mostrava-me que aquelas pétalas eram as mesmas que, antes de florirem o saco de farmácia, tinham balsamizado as noites de primavera. Aquela flama rósea de círio era ainda sua cor, mas meio apagada e adormecida nessa vida atenuada que era agora a sua e que é como o crepúsculo das flores. Em breve minha tia podia mergulhar, na fervente infusão de que saboreava o gosto de folha morta ou de flor fanada, uma madalena, da qual me oferecia um pedaço quando já estivesse bem amolecido.

Ao lado de seu leito havia uma grande cômoda amarela de limoeiro e uma mesa que acumulava as funções de botica e altar-mor, e onde, junto a uma imagem da Virgem e uma garrafa de Vichy-Célestins, encontravam-se livros de missa e receitas médicas, tudo o que era preciso para seguir da cama os ofícios religiosos e o regime, para não perder nem a hora da pepsina nem a das Vésperas. Do outro lado do leito estava a janela: assim tinha a rua à vista, e nela costumava ler da manhã à noite, por desfastio, à maneira dos príncipes persas, a crônica cotidiana mas imemorial de Combray, que comentava em seguida com Françoise.

Não fazia cinco minutos que estava eu com minha tia quando ela me mandava embora, de medo que a fatigasse. Oferecia a meus lábios sua fronte pálida e fria, sobre a qual, àquela hora matutina, ainda não tinha arranjado a cabeleira postiça, e onde transpareciam os ossos como as pontas de uma coroa de espinhos ou as contas de um rosário, e dizia-me: "Anda, meu pobre filho, vai preparar-te para a missa; e se encontrares Françoise por aí dize-lhe que não se entretenha muito com você e suba em seguida para ver se não preciso de alguma coisa".

Com efeito, Françoise, que estava a seu serviço havia anos e não suspeitava então que passaria um dia para o nosso, descuidava-se um pouco de minha tia durante os meses em que lá estávamos. Houve uma época em minha infância, antes que fôssemos a Combray, quando minha tia Léonie passava ainda o inverno em Paris, em casa de sua mãe, em que eu conhecia tão vagamente a Françoise que, no dia primeiro do ano, antes de entrarmos em casa de minha tia-avó, minha mãe metia-me na mão uma moeda de cinco francos, recomendando-me: "Trata de não te enganares de pessoa. Espera, para dar, que me ouças dizer: 'Bom-dia, Françoise'; ao mesmo tempo eu te tocarei de leve no braço". Apenas chegávamos à escura antecâmara de minha tia, percebíamos na sombra, sob as abas de uma touca ofuscante, tesa e frágil, como se fosse de açúcar em fio, os remoinhos concêntricos de um sorriso de antecipada gratidão. Era Françoise, imóvel e de pé no enquadramento da pequena porta do corredor, como uma imagem de santa em seu nicho. Depois que a gente se habituava um pouco àquelas trevas de capela, distinguia em seu rosto o amor desinteressado da humanidade, o comovido respeito às altas classes, exaltado nas melhores regiões de seu coração pela esperança dos presentes de boas-festas. Mamãe me beliscava o braço violentamente e dizia com voz forte: "Bom-dia, Françoise". A este sinal, meus dedos se abriam e eu largava a moeda, que encontrava, para recebê-la, a mão confusa, mas estendida. Mas desde que íamos a Combray, a ninguém conhecia eu melhor do que a Françoise; éramos os seus favoritos, e tinha por nós, pelo menos nos primeiros anos, a par de tanta consideração como a minha tia, um gosto mais vivo, porque acrescentávamos, ao prestígio de fazer parte da família (e Françoise dedicava aos invisíveis elos que cria, entre os membros de uma família, a circulação de um mesmo sangue, tanto respeito como um trágico grego), o encanto de não sermos seus patrões habituais. Daí o júbilo com que nos recebia, lamentando que não fizesse melhor tempo no dia de nossa chegada, às vésperas da Páscoa, em que às vezes soprava um vento glacial, e quando mamãe lhe perguntava por sua filha e seus sobrinhos, se seu neto era um bom menino, o que pretendiam fazer dele, e se se parecia com a avó.

E, quando não havia gente por perto, mamãe, que sabia que Françoise chorava ainda a seus pais, mortos, havia tantos anos, falava deles bondosamente, inquirindo mil detalhes.

Adivinhava que Françoise não gostava do genro e que este lhe estragava o prazer que tinha em estar com a filha, com quem não podia falar com a mesma liberdade quando ele se achava presente. Assim, quando Françoise ia visitá-los, a algumas léguas de Combray, mamãe dizia-lhe, sorrindo: "Se Julien foi obrigado a sair e você tiver de ficar sozinha com Marguerite o dia inteiro, vai ser mesmo uma pena; mas não há de ser nada, bem, Françoise?". E Françoise, a rir: "A senhora sabe de tudo, a senhora é pior que o raio X (dizia o xis com uma dificuldade afetada e um sorriso, para zombar de si mesma, uma ignorante, que se atrevia a empregar aquele termo científico) que mandaram buscar para a sra. Octave e que enxerga o que a gente tem no coração",[46] e desaparecia, confusa de que se ocupassem dela, acaso para que não a vissem chorar; mamãe era a primeira pessoa que lhe dava aquela doce emoção de sentir que sua vida, suas ditas e pesares de camponesa podiam apresentar interesse, ser motivo de alegria ou de tristeza para uma outra que não ela própria.[47] Minha tia se resignava a privar-se um pouco de Françoise durante nossa estada, pois sabia o quanto minha mãe apreciava os

---

46 Anacronismo, pois o raio X só seria descoberto por Röntgen no ano de 1895. [N. E.]
47 Essa característica da mãe transmite-se ao herói, que votará sua simpatia e sua ironia afetuosa a detalhes de seres e coisas aparentemente insignificantes. [N. E.]

serviços daquela criada tão inteligente e ativa, que se apresentava tão correta, como para ir à missa; desde as cinco da manhã, na cozinha, com sua touca cujas abas deslumbrantes e fixas pareciam de porcelana; que fazia tudo bem, trabalhando como um cavalo, estivesse com saúde ou não, mas sem barulho, sem que parecesse fazer nada, e a única das criadas de minha tia que, quando mamãe pedia água quente ou café puro, trazia-os realmente a ferver; era dessas criadas que desagradam à primeira vista a um estranho, talvez porque não se deem o trabalho de conquistá-lo nem se mostrem muito solícitas, pois sabem muito bem que não precisam dele, e que os de casa prefeririam deixar de recebê-lo a despedi-las; e que, por outro lado, são aquelas a quem mais se afeiçoam os patrões, que puseram à prova sua capacidade real e não se importam com esse agrado superficial, essa tagarelice servil que impressiona favoravelmente a um visitante, mas que muitas vezes encobre uma irremediável nulidade.

Quando Françoise, depois de cuidar que não faltasse nada a meus pais, subia pela primeira vez ao quarto de minha tia para lhe dar sua pepsina e perguntar-lhe o que queria para o almoço, era muito raro que não fosse solicitada a dar opinião ou fornecer explicações sobre algum acontecimento de importância.

— Imagine, Françoise, que a senhora Goupil passou com mais de um quarto de hora de atraso para ir buscar a irmã; por pouco que se demore no caminho, não me espantaria que chegue depois da Elevação.

— É, não seria de admirar — respondia Françoise.

— Françoise, se você tivesse chegado cinco minutos antes, teria visto passar a senhora Imbert com uns aspargos duas vezes maiores que os da tia Callot; trate de saber pela criada onde foi que os conseguiu. Você que, este ano, mete aspargos em tudo quanto é molho, bem poderia conseguir uns iguais para nossos hóspedes.

— Não seria de admirar que fossem da horta do senhor cura — dizia Françoise.

— Pois sim! Da horta do senhor cura! — retrucava minha tia, dando de ombros. — Você bem sabe, minha pobre Françoise, que ele mal consegue uns miseráveis aspargos de nada. Garanto-lhe que aqueles eram da grossura de um braço. Não como o seu, é claro; mas como um destes meus pobres braços que ainda afinaram mais este ano... Françoise, você não ouviu essa campainhada que quase me rebenta a cabeça?

— Não, senhora.

— Ah!, minha pobre filha, você tem a cabeça sólida, pode dar graças a Deus! Era a Maguelone que veio procurar o doutor Piperaud. Saiu em seguida com ela e dobraram a rua do Pássaro. Deve haver alguma criança doente.

— Valha-nos Deus! — suspirava Françoise, que não podia ouvir falar de uma desgraça acontecida a um estranho, mesmo em uma parte afastada do mundo, sem que começasse a gemer.

— Françoise, mas por quem terá dobrado a finados? Ah!, meu Deus, deve ser pela senhora Rousseau. Pois não é que me havia esquecido de que ela se foi na noite passada? Ah!, já é tempo que o Bom Deus me chame, pois não sei mais onde tenho a cabeça desde a morte de meu pobre Octave. Mas estou fazendo você perder o seu tempo, minha filha.

— Isso não, senhora, o meu tempo não vale tanto assim, e aquele que fez o tempo não o vendeu para a gente. Vou apenas ver se o meu fogo não se apaga.

Assim Françoise e minha tia apreciavam juntas, no decurso daquela sessão matinal, os primeiros acontecimentos do dia. Mas às vezes esses acontecimentos assumiam um caráter tão misterioso e tão grave que minha tia não podia esperar até o momento em que Françoise subisse, e quatro formidáveis toques de campainha ecoavam pela casa.

— Mas, senhora, ainda não está na hora da pepsina — dizia Françoise. — Será que sentiu alguma tontura?

— Não, Françoise, isto é, você bem sabe que agora são raros os momentos em que eu não tenha tonturas; um dia me finarei como a senhora Rousseau, sem ter tempo de me confessar; mas não é por isso que eu chamo. Acredita que acabo de ver, como estou vendo a você, a senhora Goupil com uma menina que eu não conheço? Olhe, vá ao Camus comprar um pouco de sal. É muito raro que Théodore não possa informar quem é.

— Mas deve ser a filha do senhor Pupin — dizia Françoise, que preferia apegar-se a uma explicação imediata, pois aquela manhã já estivera por duas vezes no Camus.

— A filha do senhor Pupin! Mas minha pobre Françoise, então você imagina que eu não ia reconhecer a filha do senhor Pupin?

— Mas não quero dizer a grande, senhora, eu falo é na garota, a que está num internato em Jouy. Parece-me que já a vi hoje de manhã.

— Ah!, só se é isso — dizia minha tia. — Deve ter vindo para as Festas. É isto! Não é preciso procurar mais, veio para as Festas. Mas então veremos daqui a pouco a senhora Sazerat bater à porta da irmã para almoçar com ela. É isto! Vi o pequeno do Galopin passar com uma torta. Você vai ver como era para a casa da senhora Goupil.

— Pois se ela tem visitas, a senhora não tardará a ver chegarem os convidados para o almoço, porque já está ficando tarde — dizia Françoise, que, com pressa de descer para tratar da comida, não desgostava de deixar a minha tia aquela distração em perspectiva.

— Bem, mas não chegarão antes do meio-dia — retrucava minha tia em um tom resignado, lançando ao relógio um olhar inquieto mas furtivo, para não deixar transparecer que ela, que já havia renunciado a tudo neste mundo, achava entretanto, só em saber quem teria ao almoço a sra. Goupil, um prazer assim tão vivo e que infelizmente se fazia esperar ainda um pouco mais de uma hora. — E ainda por cima será na hora do meu almoço! — acrescentou em voz baixa para si mesma. O almoço já era uma distração suficiente para que não desejasse outra ao mesmo tempo. — Ao menos não se esqueça de servir-me os ovos com creme num prato raso, hem? — Eram os únicos pratos que tinham decorações, e minha tia divertia-se, em cada refeição, a ler a legenda do que lhe traziam naquele dia. Punha os óculos e ia decifrando: *Ali Babá e os quarenta ladrões, Aladim e a lâmpada maravilhosa*, e dizia sorridente: "Muito bem, muito bem".

— Eu bem podia ir ao Camus... — dizia Françoise, vendo que minha tia já não a mandaria lá.

— Não, não vale mais a pena, com certeza é a senhorita Pupin. Minha pobre Françoise, sinto ter feito você subir por coisa nenhuma.

Mas minha tia sabia muito bem que não era por coisa nenhuma que tinha chamado Françoise, pois, em Combray, uma pessoa "que não se conhecia" era um ser tão inacreditável como um deus da mitologia e, com efeito, não havia lembrança de que cada vez que se dera, na rua do Espírito Santo, ou na praça, uma dessas estupefacientes aparições, pesquisas bem orientadas não tivessem terminado por reduzir a personagem fabulosa às proporções de uma "pessoa que se conhecia", ou pessoalmente, ou abstratamente, em sua situação civil, conforme seu grau de parentesco com alguém de Combray. Era o filho da sra. Sauton que voltava do serviço militar, a sobrinha do abade Perdreau que saía do convento, o irmão do cura, cobrador em Châteaudun, que acabava de se aposentar ou que viera passar as Festas. Se, ao vê-los, tinham passado pela emoção de pensar que houvesse em Combray pessoas a quem não conheciam, era simplesmente porque não as tinham reconhecido ou identificado de imediato. E, contudo, muito tempo antes, a sra. Sauton e o cura haviam prevenido que esperavam seus "viajantes". Quando ao regressar, à tarde, eu subia para contar nosso passeio a minha tia, se acaso cometia a imprudência de lhe dizer que encontráramos perto da Ponte Velha um homem que meu avô não conhecia: "Um homem que teu avô não conhece!", exclamava ela. "Ah!, não pode ser!" No entanto, um pouco abalada com tal novidade, queria ficar com a consciência tranquila, e meu avô era chamado.

— Mas quem foi então que o senhor encontrou perto da Ponte Velha, meu tio? Um homem que o senhor não conhecia?

— Como não!, pois se era Prosper, irmão do jardineiro da senhora Bouillebouef.

— Ah, bem — dizia minha tia, tranquilizada e com as faces um pouco afogueadas; depois, erguendo os ombros com um sorriso irônico, acrescentava: — Pois não é que ele me contou que o senhor tinha encontrado um homem a quem não conhecia!

E me recomendavam que fosse mais circunspecto da próxima vez e não agitasse assim minha tia com palavras irrefletidas. De tal modo se conhecia a todo mundo, em Combray, pessoas e animais, que se por acaso minha tia via passar um cachorro que "ela não conhecia", não cessava de pensar nisso e de consagrar a esse fato incompreensível seus talentos de indução e suas horas de liberdade.

— Deve ser o cachorro da senhora Sazerat[48] — dizia Françoise sem grande convicção, mas em uma intenção de apaziguamento e para que minha tia não "quebrasse a cabeça".

— Como se eu não conhecesse o cachorro da senhora Sazerat! — retrucava minha tia, cujo espírito crítico não admitia tão facilmente um fato.

— Então deve ser o novo cachorro que o senhor Galopin trouxe de Lisieux...

— Ah! Só se é isso!

— Parece que é um animal muito afável — acrescentava Françoise, que obtivera o informe de Théodore[49] —, espirituoso como uma pessoa, sempre de bom humor, sempre amável, sempre

---

48 Essa moradora de Combray aparecerá em vários outros momentos do livro, até que nos serão surpreendentemente revelados os motivos de sua ruína econômica e de sua vida parca. [N. E.]

49 Théodore, ajudante de mercearia e coroinha da igreja, voltará já quase no final do livro, trilhando os caminhos de Sodoma. Gilberte Swann revelará na figura do garoto o grande iniciador sexual das camponezinhas da região de Combray. [N. E.]

com alguma graça. É raro que um animal tão novo já seja tão gentil. Senhora, vai ser preciso deixá-la, não tenho tempo de me divertir, daqui a pouco são dez horas, e meu fogo ainda não está aceso, tenho ainda de pelar os meus aspargos.

— Como, Françoise, mais aspargos! Mas é uma verdadeira febre de aspargos que você tem este ano! Assim acaba enjoando os nossos parisienses!

— Não, senhora, eles gostam muito de aspargos. Voltarão da igreja com apetite e não os comerão com a ponta do garfo.

— Mas eles já devem estar na igreja; você faria bem em não perder tempo. Vá cuidar das suas panelas.

Enquanto minha tia assim conversava com Françoise, eu acompanhava meus pais à missa. A nossa igreja, como eu a amava, que bem a vejo agora! O velho pórtico por onde entrávamos, negro, bexigoso como uma espumadeira, estava como desviado e cavado profundamente nos ângulos (da mesma forma que a pia de água-benta aonde nos conduzia), como se o leve roçar dos mantos das camponesas ao entrar na igreja e de seus dedos tímidos ao tomar água-benta pudesse, repetido durante séculos, adquirir uma força destrutiva, curvar a pedra e talhá-la de sulcos como os traça a roda dos carros no marco onde bate todos os dias. Suas pedras tumulares, debaixo das quais o nobre pó dos abades de Combray, ali enterrado, dava ao coro um como pavimento espiritual, já não eram tampouco matéria inerte e dura, pois o tempo as abrandara, fazendo-as escorrer, como um mel, além dos limites de sua própria esquadria, que aqui haviam ultrapassado em dourada onda, arrastando à deriva uma florida maiúscula gótica, afogando as violetas brancas do mármore; ou então se reabsorviam, em outras partes, contraindo ainda mais a elíptica inscrição latina, introduzindo mais um capricho na disposição dos caracteres abreviados, aproximando duas letras de uma palavra enquanto separavam desmesuradamente as restantes. Os seus vitrais nunca se irisavam tanto como nos dias de pouco sol, de sorte que, por sombrio que estivesse lá fora, tinha-se certeza de que fazia bom tempo na igreja; havia um, ocupado em todo o seu tamanho por uma única personagem semelhante a um rei de jogo de cartas, que vivia lá no alto, sob um dossel arquitetônico, entre o céu e a terra (e em cujo reflexo oblíquo e azul, às vezes, nos dias de semana, ao meio-dia, quando não havia ofício religioso — em um desses raros momentos em que a igreja, arejada, vazia, mais humana, luxuosa, com o sol sobre seu rico mobiliário, tinha um ar quase habitável, como o hall de pedra esculpida e de vidro pintado, de um hotel de estilo medieval —, via-se ajoelhar-se por um instante a sra. Sazerat, colocando em um genuflexório ao lado um embrulho bem amarrado de bolinhos que acabara de comprar na pastelaria em frente e que ia levar para o almoço); em outro vitral uma montanha de neve rósea, a cujo pé se travava um combate, parecia haver gelado o próprio vidro ao qual empolava com seu turvo granizo, como uma vidraça onde quedassem flocos alumiados por alguma aurora (pela mesma aurora sem dúvida que purpureava o retábulo do altar de uns tons tão frescos que antes pareciam postos ali momentaneamente por uma claridade vinda de fora e prestes a esvair-se do que pelas cores aderidas para sempre às pedras); e eram todos tão antigos que se via aqui e ali sua velhice argentada fulgurar dentre a poeira dos séculos e patentear, brilhante e gasta até o fio, a trama de sua suave tapeçaria de vidro. Havia um que era um alto compartimento dividido em uma centena de pequenos vitrais retangulares onde dominava o azul, como um grande jogo de cartas semelhante àqueles que deviam distrair o rei Carlos VI;[50] mas, ou porque houvesse brilhado um raio de sol, ou porque meu olhar,

---

50 Rei francês, no período de 1380 a 1422. Imaginava-se, no século XIX, que um jogo de cartas de tarô italiano, pintado à mão, teria sido feito para divertir o rei. A ópera de Fromenthal Halévy intitulada *Charles VI*, representada em 1842, data da publicação de trabalhos sobre a questão. [N. E.]

movendo-se, passeasse ao longo do vitral, que se apagava e reacendia, um movediço e precioso incêndio, logo após tomava ele o esplendor mutável de uma cauda de pavão, depois tremia e ondulava em uma flamejante e fantástica chuva que gotejava do alto da abóbada sombria e rochosa ao longo das paredes úmidas, como se eu seguisse meus pais, que levavam seu livro de orações, não por uma igreja, mas pela nave de alguma gruta irisada de sinuosas estalactites; um instante depois, os pequenos vitrais em losango tinham tomado a transparência profunda, a infrangível dureza de safiras que tivessem sido justapostas sobre algum imenso peitoral, mas por trás das quais se sentisse, mais amado que todas essas riquezas, um sorriso momentâneo de sol; e esse sorriso era tão reconhecível na onda azul e suave com que banhava as pedrarias como sobre as pedras da praça ou a palha do mercado; e, mesmo nos primeiros domingos quando chegávamos antes da Páscoa, ele me consolava de que a terra estivesse ainda nua e negra, distendendo, como em uma primavera histórica e que datasse dos sucessores de são Luís, aquele dourado e ofuscante tapete de miosótis de vidro.

Duas tapeçarias de trama vertical representavam a coroação de Ester (a tradição emprestava a Assuero os traços de um rei de França e a Ester os de uma dama de Guermantes, de quem estava enamorado); suas cores se haviam fundido, acrescentando às figuras uma expressão, um relevo, uma iluminação peculiar: um pouco de cor-de-rosa flutuava nos lábios de Ester além do desenho de seu contorno, o amarelo de seu vestido se espalhava tão untuosamente, tão plenamente, que este adquiria uma espécie de consistência e se salientava vivamente por sobre a atmosfera recuada; e a verdura das árvores que permanecia viva na parte baixa do painel de seda e lá, mas que estava "passada" no alto, fazia destacarem-se em um tom mais pálido, acima dos troncos escuros, os altos ramos amarelecidos, dourados e como que meio apagados pela brusca e oblíqua iluminação de um sol invisível. Tudo aquilo e mais ainda os objetos preciosos, oriundos de personagens que para mim eram quase personagens de lenda (a cruz de ouro trabalhada, dizia-se, por santo Elói e doada por Dagoberto,[51] o túmulo dos filhos de Luís, o Germânico, de pórfiro e de cobre esmaltado[52]) e por causa das quais eu avançava pela igreja, quando nos dirigíamos a nossos lugares, como por um vale visitado pelas fadas, onde o campônio se maravilha de ver em um rochedo, em uma árvore, em um pântano o rastro palpável de sua passagem sobrenatural; tudo aquilo fazia da igreja, para mim, alguma coisa de inteiramente diverso do resto da cidade: um edifício que ocupava, por assim dizer, um espaço de quatro dimensões — a quarta era a do Tempo — e impelia através dos séculos sua nave que, de abóbada em abóbada, de capela em capela, parecia vencer e transpor não simplesmente alguns metros, mas épocas sucessivas de onde saía triunfante; que escondia na espessura de suas paredes o rude e feroz século XI, o qual apenas se entremostrava, com seus pesados arcos de abóbada, tapados e escurecidos por grosseiros silhares, na profunda cavidade que a escada do campanário abria junto do pórtico, e, ainda assim, dissimulado pelas graciosas arcadas góticas, que se alinhavam gentilmente diante dele, como irmãs mais velhas se colocam a sorrir diante de um irmãozinho rústico, rezingão e malvestido, para ocultá-lo aos estranhos; que elevava no céu, acima da praça, sua torre que contemplara são Luís e parecia ainda

---

[51] Santo Elói, padroeiro da ourivesaria, tesoureiro e conselheiro de Dagoberto I (600-38). Proust parece aludir à cruz de ouro que desapareceu da basílica de Saint-Denis durante a Revolução, cruz que seu amigo Émile Mâle, em seu livro *L'Art religieux du XIIIe siècle en France*, acreditava ser "um dos mais preciosos monumentos não apenas da arte mas do pensamento religioso da Idade Média". [N. E.]

[52] Louis II, o Germânico, era neto de Carlos Magno (*c.* 804-76). Dois de seus três filhos revoltaram-se contra ele por ter favorecido o filho mais velho na divisão do reino. Proust consulta passagens do *Dictionnaire raisonné de l'architecture française du XIe au XVIe siècle*, do tantas vezes citado e discutido Viollet-le-Duc, em particular os itens "Relicário", "Túmulo" e "Vitral". [N. E.]

vê-lo; e que mergulhava com sua cripta em uma noite merovíngia,[53] por onde Teodoro e sua irmã, guiando-nos às apalpadelas sob a abóbada escura e fortemente nervada como a membrana de um imenso morcego de pedra, iam-nos alumiar com uma vela o túmulo da neta de Sigiberto, em cuja laje havia uma profunda amolgadura — como o rastro de um fóssil — e que fora cavada, diziam, "por uma lâmpada de cristal que, na noite do assassinato da princesa franca, se desprendera das correntes de ouro a que estava suspensa no lugar que ocupa hoje a abside, e, sem que o vidro se quebrasse, sem que a chama se extinguisse, afundara na pedra, fazendo-a ceder molemente sob seu peso".[54]

E a abside da igreja de Combray, acaso se poderá falar a seu respeito? Tão grosseira era, tão destituída de beleza artística e até de inspiração religiosa! Por fora, como o solo em que assentava fosse em declive, seu rude muro se erguia de um embasamento de silhares toscos, eriçados de pedras, e que nada tinha de particularmente eclesiástico; as janelas dos vitrais pareciam estar a demasiada altura, e o conjunto mais se assemelhava a um muro de cárcere que de igreja. E por certo, mais tarde, ao lembrar-me de todas as gloriosas absides que já vira, jamais me ocorreria comparar com elas a abside de Combray. Apenas, um dia, na virada de uma rua provinciana, descobri, defronte ao cruzamento de três ruelas, uma parede malfeita e muito elevada, de janelas abertas no alto, com o mesmo aspecto assimétrico da abside de Combray. Então não me admirei, como em Chartres ou em Reims, da pujança com que ali fora expresso o sentimento religioso, mas involuntariamente exclamei: "A igreja!".

---

53 Primeira dinastia de reis francos, iniciada por Mérovée (morto em 458) e terminada em 751 com a deposição de Chilpéric III por Pepino, o Breve, filho de Carlos Martel, que funda a dinastia carolíngia. [N. E.]

54 Citação aproximada, extraída do livro *Récits des temps mérovingiens*, de Augustin Thiéry (1840). [N. E.]

A igreja! Familiar, parede-meia, na rua de Santo Hilário, para onde dava sua porta setentrional, com suas duas vizinhas, a farmácia do sr. Rapin e a casa da sra. Loiseau, nas quais tocava sem nenhuma separação: simples cidadã de Combray, que poderia ter seu número na rua, se as ruas de Combray tivessem números, e onde, parece, o carteiro deveria parar de manhã, ao fazer a distribuição, antes de entrar na casa da sra. Loiseau e depois de sair da farmácia do sr. Rapin; havia no entanto, entre ela e tudo que não fosse ela, uma demarcação que meu espírito jamais conseguiu franquear. Embalde a sra. Loiseau cultivava na janela umas fúcsias que tinham o mau costume de deixar seus ramos correrem às cegas por toda parte, e cujas folhas não tinham nada mais urgente que fazer, quando já crescidas, do que refrescar as faces roxas e congestionadas contra a sombria fachada da igreja: nem por isso aquelas fúcsias se tornaram mais sagradas para mim; entre as flores e as pedras enegrecidas a que se apoiavam, se meus olhos não distinguiam intervalo, meu espírito adivinhava um abismo.

Desde muito longe já se reconhecia a torre de Santo Hilário, que imprimia seu vulto inesquecível no horizonte onde ainda não assomava Combray; na semana da Páscoa, quando meu pai avistava, do trem que nos trazia de Paris, aquela torre que deslizava por todos os campos do céu, fazendo correr em todos os sentidos seu pequeno galo de ferro, logo ia nos dizendo: "Andem, recolham as capas, que já chegamos". E em um dos maiores passeios que dávamos em Combray, havia um trecho em que o estreito caminho desembocava de súbito em um imenso planalto delimitado no horizonte pelo recorte irregular de uns bosques, atrás dos quais somente emergia a fina agulha da torre de Santo Hilário, mas tão sutil, tão rósea, que parecia apenas riscada a unha sobre o céu, no intento de dar àquela paisagem, àquele quadro que era só natureza, esse pequenino toque de arte, essa única indicação humana. Quando a gente se aproximava e podia perceber o resto da torre quadrada e meio derruída que, menos alta que a do campanário, ainda subsistia a seu lado, impressionava, antes de tudo, o tom sombrio e avermelhado das pedras; e, por uma brumosa manhã de outono, dir-se-ia, elevando-se acima do roxo tempestuoso dos vinhedos, uma ruína de púrpura quase da cor da vinha virgem.

Muitas vezes, na praça, de volta do passeio, minha avó me fazia parar para olhar o campanário.[55] Das janelas de sua torre, colocadas de duas em duas, umas acima das outras, com essa justa e original proporção das distâncias que não só aos rostos humanos empresta beleza e dignidade, o campanário soltava, deixava tombar, a intervalos regulares, revoadas de corvos que, durante um momento, voejavam grasnando, como se as velhas pedras que os deixavam à vontade sem dar mostras de vê-los, tornando-se de súbito inabitáveis e descarregando um elemento de agitação infinita, os tivessem batido e escorraçado. Afinal, depois de haverem riscado em todos os sentidos o veludo violáceo do céu crepuscular, logo se acalmavam e voltavam a absorver-se na torre, que passava de nefasta a propícia, e alguns, pousados aqui e ali, na ponta de um ornato, pareciam imóveis quando talvez estivessem apanhando um inseto, como uma gaivota parada com a imobilidade de um pescador na crista de uma vaga. Sem saber bem por que, minha avó apreciava na torre de Santo Hilário essa ausência de vulgaridade, de pretensão, de mesquinharia que a levava a estimar, e considerar pródigas de benéfica influência, tanto a natureza, sempre que a mão do homem não a tivesse apoucado, como o fazia o jardineiro de minha tia-avó, como as obras de gênio. E, sem dúvida, qualquer parte da igreja a distinguia de qualquer outro edifício por uma espécie de pensamento que lhe era infuso, mas no campanário é que ela parecia tomar consciência de si mesma, afirmar uma existência individual e responsável. Ele é que falava por ela. Creio que, confusamente, minha avó achava no campanário de

---

55 A esse contato muito íntimo com a igreja de Combray se oporá sua destruição durante a Primeira Guerra Mundial, mencionada no último volume do livro. [N. E.]

Combray aquilo que tinha mais valor no mundo para ela: naturalidade e distinção. Ignorante em arquitetura, dizia: "Meus filhos, podem rir-se de mim, essa torre talvez não esteja dentro das regras, mas agrada-me esse seu velho ar esquisito. Se ela tocasse piano, estou certa de que não tocaria sem alma". E enquanto fitava o campanário, seguindo com os olhos a suave tensão, a inclinação fervorosa de suas vertentes de pedra que se aproximavam, elevando-se, como mãos postas em prece, de tal modo se associava ela à efusão da agulha que seu olhar parecia lançar-se com esta para o alto; e ao mesmo tempo sorria amistosamente para as velhas pedras gastas, que o poente agora alumiava apenas no cimo e que, desde o momento em que entravam nessa zona ensolarada, abrandadas pela luz, pareciam erguer-se muito além, mais para cima, como um canto reiniciado em voz aguda, uma oitava mais alto.

Era o campanário que dava a todas as ocupações, a todas as horas, a todos os pontos de mira da cidade, seu aspecto, seu remate, sua consagração. De meu quarto, eu só podia avistar-lhe a base, que fora recoberta de ardósias; mas quando, no domingo, por uma quente manhã de verão, via-as flamejar como um sol negro, logo dizia comigo: "Meu Deus! Nove horas! Tenho de me preparar para a missa, se quero ter tempo de ir dar antes um beijo na tia Léonie", e sabia exatamente a cor que tinha o sol na praça, o calor e a poeira do mercado, a sombra que projetava o toldo da loja onde mamãe entraria talvez, antes da missa, em meio àquele cheiro peculiar de pano cru, para comprar algum lenço que lhe mostrava o patrão mesureiro, o qual, preparando-se para fechar, viera dos fundos da casa, onde fora envergar seu traje domingueiro e lavar as mãos, que costumava esfregar uma na outra a cada cinco minutos até nas circunstâncias mais melancólicas, com um ar de audácia, de esperteza e de triunfo.

Quando, após a missa, entrávamos para dizer a Théodore que nos levasse um brioche maior que de costume, porque nossos primos tinham aproveitado o bom tempo para vir de Thiberzy almoçar conosco, tínhamos diante de nós o campanário que, também dourado e cozido como um enorme bolo bento, com escamas e gomosos borrifos de sol, espetava sua aguda ponta no céu azul. E à tarde, quando eu voltava do passeio, já pensando no próximo momento em que teria de dar boa-noite a minha mãe e não mais a ver, mostrava-se o campanário tão suave, ao findar do dia, que parecia colocado e afundado, como um almofadão de veludo escuro, no céu esmaecido que cedera sob sua pressão, cavando-se levemente para lhe dar espaço e refluindo nas bordas; e os gritos dos pássaros que lhe revoavam em torno pareciam aumentar seu silêncio, imprimir mais impulso a sua agulha e dar-lhe qualquer coisa de inefável.

Até mesmo quando tínhamos de ir pelas ruas que ficavam atrás do templo e de onde não o avistávamos, tudo parecia ordenado em relação ao campanário, que surgia aqui e ali entre as casas, talvez ainda mais impressionante ao assomar assim sem a igreja. É verdade que existem vários outros que são muito mais belos vistos dessa maneira, e guardo na lembrança vinhetas de torres acima dos telhados, com outra feição artística que não as que compunham as tristes ruas de Combray. Nunca hei de esquecer, em uma curiosa cidade da Normandia próxima a Balbec, dois encantadores palácios do século XVIII, que por muitos motivos me são caros e veneráveis, e entre os quais, quando olhamos do belo jardim que desce das escadarias até o rio, se eleva a agulha gótica de uma igreja por eles oculta e que parece terminar e coroar suas fachadas, mas de um modo tão diferente, tão precioso, tão frisado, tão róseo, tão polido, que bem se vê que não faz parte delas, como não faz parte de dois belos seixos unidos, entre os quais está presa na praia a ponta purpurina e denticulada de alguma concha afuselada em agulha e rebrilhante de esmalte. Em Paris também, em um dos bairros mais feios da cidade, sei de uma janela de onde se avista, após um primeiro, um segundo e até um terceiro plano constituídos pelos telhados amontoados de várias ruas, uma torre violácea, às vezes avermelhada, às vezes também, nas melhores "provas" que lhe tira a atmosfera, de um negro decantado de cinzas, a qual não é mais que o domo de Santo Agostinho e que dá àquela vista de Paris o caráter de certas vistas de Roma, por Piranesi.[56] Mas como a memória, por mais gosto com que as executasse, não conseguisse pôr nessas pequenas gravuras o que eu de há muito havia perdido, isto é, o sentimento que nos induz, não a considerar uma coisa como um espetáculo, mas a tê-la como um ser sem equivalente, nenhuma delas domina toda uma parte profunda de minha vida como a lembrança daqueles aspectos do campanário de Combray nas ruas que ficam atrás da igreja. Se algumas vezes, ao ir buscar às cinco horas as cartas no correio, a gente o avistava, a algumas casas da nossa, à esquerda, erguendo bruscamente, de um cimo isolado, a linha das cumeeiras; se outras vezes, ao ir saber notícias da sra. Sazerat, vendo que era preciso dobrar a segunda rua após o campanário, seguia-se com os olhos a mesma linha que, depois de se haver elevado, tornava a baixar em sua outra vertente; se outras vezes ainda seguíamos além, a caminho da estação, e o víamos obliquamente, mostrando de perfil arestas e superfícies novas, como um sólido surpreendido em um desconhecido momento de sua revolução; ou se, das margens do Vivonne, a abside, musculosamente retesada pela perspectiva, parecia brotar do esforço que fazia o campanário para arremessar sua flecha no coração do céu, era sempre a ele que cumpria voltar, a ele, que dominava tudo, admoestando as casas de um imprevisto píncaro, erguido diante de mim como o dedo de Deus, cujo corpo estivesse oculto na multidão dos huma-

---

56 A igreja de Santo Agostinho, construída por Victor Baltard entre os anos de 1860 e 1871, possui um domo de cinquenta metros de altura, evocando, para o narrador, o domo da igreja de São Pedro, em Roma. Giambattista Piranesi (1720-78), autor de uma série de *Vistas de Roma*, uma centena de águas-fortes inacabadas e da obra *Antiguidades romanas*, de 1756. [N. E.]

nos, sem que eu por isso o confundisse com ela. E ainda hoje, em alguma grande cidade da província ou em algum bairro de Paris que não conheço bem, quando um transeunte "que me mostra o caminho" me indica ao longe, como ponto de referência, uma torre de hospital, um campanário de convento a erguer a ponta de sua torre eclesiástica na esquina de uma rua que eu devo tomar, por pouco que minha memória lhe possa obscuramente encontrar algum traço de semelhança com a figura amada e desaparecida, se acaso o transeunte se volta para ver se não me perco, há de espantar-se ao me surpreender, esquecido do passeio ou da obrigação, ali parado diante da torre, horas e horas, imóvel, procurando lembrar-me, sentindo, no fundo de mim, terras reconquistadas ao esquecimento, que vão secando e delineando seu perfil; e nesse instante, e mais ansiosamente do que ainda há pouco quando lhe pedia que me informasse, continuo a procurar o caminho, dobro uma rua... mas em meu coração...

Ao voltar da missa, encontrávamos seguidamente o sr. Legrandin[57] que, retido em Paris por suas atividades de engenheiro, não podia, além das férias, vir à sua propriedade de Combray senão no sábado à tarde até segunda de manhã. Era um desses homens que, fora de uma carreira científica em que aliás venceram brilhantemente, possuem uma cultura muito diversa, literária, artística, que sua especialização profissional não utiliza e de que se beneficia sua conversação. Mais letrados que muitos literatos (não sabíamos naquela época que o sr. Legrandin gozava de certa reputação como escritor e ficamos muito espantados ao ver que um músico célebre compusera uma melodia sobre versos seus), dotados de mais "facilidade" que muitos pintores, imaginam que seu teor de vida não é o que lhes conviria e empregam, em suas ocupações positivas, ou uma indiferença mesclada de

---

57 Primeira aparição dessa personagem que pontuará toda a caminhada do herói, até o final, quando aparecerá sob a figura do protetor do jovem Théodore. [N. E.]

fantasia, ou uma aplicação constante, soberba, depreciativa, amarga e conscienciosa. Alto, de belo porte, rosto pensativo e fino de longos bigodes loiros, olhos azuis e desencantados, de uma polidez refinada, *causeur* como não conhecíamos outro, era, para minha família, que sempre o citava como exemplo, o tipo do homem de escol, que sabia levar a vida da maneira mais nobre e delicada. Minha avó apenas lhe censurava falar um tanto bem demais, muito como um livro, não ter em sua linguagem o natural que havia em suas gravatas *lavallière* sempre flutuantes, em seu casaco solto, quase de colegial. Espantava-se também das fogosas tiradas em que ele não raro se lançava contra a aristocracia, a vida mundana, o esnobismo, "certamente o pecado em que pensa são Paulo, quando fala do pecado para o qual não há remissão".[58]

Constituía a ambição mundana um sentimento que minha avó era tão incapaz de experimentar e quase de compreender que lhe parecia de todo inútil empregar tamanho ardor em combatê-la. Aliás, não achava de muito bom gosto que o sr. Legrandin, cuja irmã era casada, perto de Balbec, com um gentil-homem da Baixa Normandia, se entregasse a ataques tão violentos contra os nobres, chegando até a censurar a Revolução de não os haver guilhotinado a todos.

— Salve, amigos! — dizia ele, vindo ao nosso encontro. — Como são felizes em se demorarem tanto por aqui; amanhã tenho de regressar a Paris, para meu tugúrio. Oh! — acrescentava, com aquele sorriso docemente irônico e desenganado, meio distraído, que lhe era próprio. — É verdade que lá em casa há toda sorte de coisas inúteis. Só lhe falta o necessário, um grande pedaço de céu como aqui. Trate de conservar sempre um pedaço de céu acima de sua vida, meu menino — acrescentava, voltando-se para mim.

— Tem uma bela alma, de qualidade rara, uma natureza de artista, não a deixe em falta do que lhe é preciso.

---

58 Citação da Epístola aos Hebreus, VI: 4-8. [N. E.]

Quando, ao regressarmos, nos mandava minha tia perguntar se a sra. Goupil não tinha chegado tarde à missa, éramos incapazes de lhe prestar a informação pedida. Em troca, aumentávamos sua preocupação dizendo-lhe que se achava na igreja um pintor que copiava o vitral de Gilberto, o Mau. Françoise, mandada em seguida ao armazém, voltava nas mesmas, em vista da ausência de Théodore, cuja dupla profissão de mestre do coro, com parte no serviço da igreja, e de empregado de balcão, proporcionava-lhe, com suas relações em todos os meios, um saber universal.

— Ah! — suspirava minha tia —, quem me dera que já estivesse na hora da Eulalie! Só ela me poderia dizer.

Eulalie era uma rapariga coxa, ativa e surda, que se "retirara" após a morte da sra. de la Bretonnerie, em cuja casa estivera empregada desde menina e que ultimamente alugava ao lado da igreja um pequeno quarto, do qual descia a toda hora para os ofícios religiosos, ou, fora destes, para rezar um pouquinho ou dar uma ajuda a Théodore; no resto do tempo ia visitar pessoas doentes como tia Léonie, a quem contava o que se passara na missa ou nas Vésperas.[59] Não desdenhava de acrescentar algum extraordinário à pequena pensão que lhe dava a família dos antigos patrões, indo de tempo em tempo cuidar da roupa-branca do cura ou de qualquer outra personalidade notável do mundo clerical de Combray. Usava acima de uma manta preta uma pequena touca branca, quase de religiosa; e uma doença de pele lhe dava a parte das faces e ao nariz recurvo o tom róseo vivo da balsamina. Suas visitas constituíam a grande distração de tia Léonie, que a mais ninguém recebia, a não ser o senhor cura. Pouco a pouco minha tia afastara os visitantes, porque tinham todos o defeito de pertencer

---

[59] Uma das revelações finais da natureza do Tempo e da Arte, no último volume da obra, virá justamente da lembrança repentina da claridade e dos ruídos do pequeno quarto de Eulalie, ao lado da igreja, quarto em que o herói tem de passar uma noite, quando criança. [N. E.]

a uma ou outra das duas categorias de gente que ela detestava. Uns, os piores, de quem se desembaraçara primeiro, eram aqueles que lhe aconselhavam que não se sugestionasse, e professavam, ainda que negativamente e só o manifestando por certos silêncios de desaprovação ou por certos sorrisos de dúvida, a doutrina subversiva de que um passeiozinho ao sol e um bom bife sangrento (quando ela guardava catorze horas no estômago dois miseráveis goles de água de Vichy!) lhe fariam muito mais bem que seu leito e seus remédios. A outra categoria compunha-se das pessoas que pareciam acreditar que ela estava mais gravemente enferma do que pensava e tão gravemente enferma quanto o dizia. Assim, aqueles a quem deixara subir após algumas hesitações e diante das oficiosas instâncias de Françoise e que, durante a visita, haviam demonstrado o quanto eram indignos do favor que lhes concedia, arriscavam timidamente um: "Não acha que se a senhora se sacudisse um pouco por um dia bonito...", ou que, pelo contrário, depois que ela lhes dissera: "Estou muito mal, é o fim, meus pobres amigos", lhe haviam respondido: "Ah!, quando não se tem saúde! Mas a senhora ainda irá longe", tanto estes como aqueles podiam ficar certos de que nunca mais seriam recebidos. E se Françoise se divertia com o ar assustado de tia Léonie, quando de seu leito avistava na rua do Espírito Santo uma dessas pessoas que tinham o ar de quem ia entrar, ou quando ouvia um toque de campainha, ainda ria muito mais, como de uma boa partida, das manobras sempre vitoriosas de minha tia para despachar o visitante e da cara desconcertada que fazia este ao ter de voltar; e, no fundo, admirava sua patroa, que julgava superior a toda aquela gente, visto que não os queria receber. Em suma, minha tia exigia, ao mesmo tempo em que a aprovassem em seu regime, que a lamentassem por seus padecimentos e que a tranquilizassem quanto ao futuro.

Nisso é que Eulalie primava. Podia minha tia dizer-lhe vinte vezes em um minuto: "É o fim, minha pobre Eulalie", que vinte vezes Eulalie respondia: "Conhecendo a sua doença como a senhora conhece, há de chegar aos cem anos, como ainda ontem me dizia a senhora Sazerin". (Uma das mais firmes crenças de Eulalie, e a que não conseguira abalar o imponente número dos desmentidos trazidos pela experiência, era a de que a sra. Sazerat se chamava sra. Sazerin.)

— Não peço para chegar aos cem — retrucava minha tia, que preferia não dessem a sua existência um limite preciso.

E como Eulalie, além disso, sabia como ninguém distraí-la sem a fatigar, suas visitas, que se realizavam regularmente todos os domingos, salvo impedimento imprevisto, eram para minha tia um prazer cuja expectativa a mantinha naqueles dias em um estado a princípio agradável, mas logo depois doloroso como uma fome excessiva, por pouco que Eulalie se atrasasse. Muito prolongada, aquela volúpia de esperar por Eulalie se transformava em suplício, e minha tia não cessava de olhar as horas, bocejava, sentia tonturas. O toque da campainha de Eulalie, se ressoava no fim do dia, quando não mais a esperava, fazia-a quase se sentir mal. Na realidade, aos domingos, não pensava senão naquela visita e, mal acabado o almoço, Françoise tinha pressa de que deixássemos a mesa, a fim de que ela pudesse subir para "entreter" minha tia. Mas (sobretudo a partir do instante em que o bom tempo se instalava em Combray) muito depois que a hora altiva do meio-dia, descida da torre de Santo Hilário que ela armoriava com os doces florões momentâneos de sua coroa sonora, vibrava em torno de nossa mesa, junto ao pão bento, também chegado familiarmente da igreja, nós ainda nos deixávamos ficar sentados diante dos pratos das Mil e Uma Noites, adormentados pelo calor e principalmente pela refeição. Pois, ao fundo permanente de ovos, de costeletas, de batatas, de compotas, de biscoitos, que nem sequer nos anunciava mais, Françoise acrescentava — de acordo com os trabalhos dos campos e pomares, o fruto da pesca, as surpresas do comércio, as amabilidades dos vizinhos e seu próprio gênio inventivo, e de tal forma que nosso cardápio, como essas quatro-folhas que esculpiam no século XIII à entrada das catedrais, refletia de certo modo o ritmo das estações e os episódios da vida — um rodovalho, porque a peixeira lhe garantira que estava fresco, um peru, porque descobrira um esplêndido no mercado de Roussainville-le-Pin, alcachofras com tutano, porque ainda não as preparara dessa maneira, uma perna de carneiro assada, porque o ar livre dá apetite e teria tempo de "baixar" dentro de sete horas, espinafres para variar, damascos, porque constituíam ainda uma raridade, groselhas, porque dali a quinze dias não haveria mais, framboesas, porque o sr. Swann as trouxera expressamente, cerejas, por serem as primeiras que dava a cerejeira do quintal depois de dois anos de esterilidade, o requeijão de que eu tanto gostava outrora, um doce de amêndoas, porque o encomendara na véspera, um brioche, porque era nossa vez de "oferecê-lo". Depois de tudo, feito expressamente para nós, mas dedicado em particular a meu pai, era-nos oferecido um creme de chocolate, inspiração e atenção pessoal de Françoise, fugaz e leve como uma obra de circunstância onde ela pusera todo o seu talento. Aquele que se recusasse a provar, dizendo: "Já terminei, não tenho mais fome", ter-se-ia imediatamente rebaixado ao nível desses grosseiros que, até no presente que lhe faz um artista de uma obra sua, examinam o peso e o material, quando o que vale é a intenção e a assinatura. Deixar no prato uma gota que fosse, denotaria a mesma impolidez que se levantar a gente diante do próprio compositor, antes de terminada a audição.

Afinal minha mãe me dizia: "Anda, não fiques por aqui, sobe para o teu quarto se achas que faz muito calor lá fora, mas vai primeiro tomar um pouco de ar, para não leres logo ao sair da mesa". Ia sentar-me então junto da bomba e de sua bacia, muitas vezes ornada, como uma pia batismal gótica, de uma salamandra, que esculpia sobre a pedra tosca o relevo móvel de seu corpo alegórico e fuselado, no banco sem encosto sombreado por um lilás, naquele recanto do jardim que dava para a rua do Espírito Santo, por uma porta de serviço, e de cujo terreno malcuidado se elevava, acima de dois degraus e formando saliência, como um edifício independente, a despensa. Percebia-se seu lajedo brilhante e vermelho como pórfiro. Mais que a caverna de Françoise, parecia um pequeno templo dedicado a Vênus. Regurgitava das oferendas do leiteiro, do fruteiro, da verdureira, vindos às vezes de remotas aldeias para lhe dedicar as primícias de seus campos. E sua cimeira tinha sempre a coroá-la o arrulho de uma pomba.

Outrora, eu não me demorava no bosque sagrado que o cercava, pois, antes de subir para ler, entrava no pequeno gabinete de repouso que meu tio Adolphe, um irmão de meu avô, militar que se reformara no posto de major, ocupava no andar térreo, e que, mesmo quando as janelas abertas deixavam entrar o calor, visto que os raios de sol raramente chegavam até lá, desprendia inextinguivelmente esse cheiro sombrio e fresco, ao mesmo tempo florestal e *ancien régime*, que distrai longamente as narinas, quando se penetra em certos pavilhões de caça abandonados. Mas fazia anos que eu não entrava no gabinete de meu tio Adolphe, pois este deixara de vir a Combray, devido a um estremecimento que tivera com minha família, por culpa minha, e que ocorreu nas circunstâncias seguintes:[60]

Uma ou duas vezes por mês, em Paris, mandavam-me fazer-lhe uma visita, à hora em que ele acabava de almoçar, envergando o dólmã, e servido por um criado de jaqueta com listras roxas e brancas. Queixava-se, resmungando, de que eu não aparecia de há muito, que o abandonavam; oferecia-me um marzipã ou uma tangerina; atravessávamos uma sala na qual não se parava nunca, onde nunca se acendia fogo, cujas paredes eram ornadas de relevos

---

60 O episódio introduz no livro "uma mulher jovem", "com um vestido de seda cor-de-rosa", que, muito tempo depois, o herói saberá ser justamente Odette de Crécy, cortesã e futura mulher de Charles Swann. [N. E.]

dourados, o teto pintado de um azul que pretendia imitar o céu e os móveis forrados de cetim como em casa de meus avós, mas amarelo; passávamos depois para o que ele denominava seu gabinete de "trabalho", onde se achavam penduradas algumas dessas gravuras que representam, sobre um fundo escuro, uma deusa carnuda e rósea conduzindo um carro, ou montada sobre um globo, ou com uma estrela na fronte, que eram tão apreciadas no Segundo Império, porque lhes achavam um ar pompeano, que depois foram detestadas e agora começavam a agradar de novo pela única razão, embora se aleguem outras, de terem um caráter Segundo Império. E eu ficava com meu tio até que o criado lhe viesse perguntar, da parte do cocheiro, a que hora deveria este atrelar os cavalos. Meu tio mergulhava então em uma meditação que não se atreveria a perturbar com um único movimento seu maravilhado lacaio, que esperava com curiosidade o resultado invariavelmente idêntico. Afinal, após uma hesitação suprema, meu tio pronunciava infalivelmente estas palavras: "Às duas e um quarto", que o criado repetia com espanto, mas sem discutir. "Às duas e um quarto? Bem... eu vou dizer-lhe...".

Naquela época eu tinha o amor do teatro, amor platônico, pois meus pais ainda não me haviam deixado ir, e imaginava de modo tão pouco exato os prazeres que lá se experimentavam que não estava longe de crer que cada espectador olhava, como por um estereoscópio, um cenário que era unicamente para ele, embora igual aos outros mil que se ofereciam, um a cada qual, ao resto dos espectadores.

Todas as manhãs corria até a coluna Morris para ver os espetáculos ali anunciados. Nada mais desinteressado e feliz que os sonhos que cada peça programada apresentava a minha imaginação e que eram condicionados, ao mesmo tempo, pelas imagens inseparáveis das palavras que lhe compunham o título, e também pela cor dos cartazes, ainda úmidos e empolados de cola, sobre os quais essas palavras se destacavam. A não ser uma dessas obras estranhas como

O testamento de César Girodot e *Édipo rei* que se inscreviam não no cartaz verde da Ópera Cômica, mas no cartaz cor de borra de vinho da Comédie Française, nada me parecia tão diverso da egrete fulgurante e branca dos *Diamantes da coroa* como o cetim liso e misterioso do *Dominó negro*, e, como meus pais me haviam dito que, quando fosse ao teatro pela primeira vez, teria de escolher entre essas duas peças, procurando aprofundar sucessivamente o título de uma e outra, pois era só o que eu conhecia das duas, para apreender em cada um o prazer que me prometia e compará-lo ao que me ocultava o outro, chegava a figurar com tamanha força, de um lado uma peça deslumbrante e solene, do outro uma suave e aveludada peça, que me sentia tão incapaz de decidir qual das duas teria minha preferência, como se, à sobremesa, fizessem-me escolher entre arroz à imperatriz e creme de chocolate.[61]

Todas as minhas conversas com meus camaradas versavam sobre aqueles atores cuja arte, embora me fosse ainda desconhecida, era a primeira forma, dentre todas as que reveste, sob a qual para mim se fazia pressentir a Arte. Entre a maneira que tinha um ou outro de declamar, de nuançar uma tirada, as diferenças mais insignificantes me pareciam de importância incalculável. E, pelo que deles me haviam dito, classificava-os por ordem de talento, em listas que me recitava todo o dia e que tinham acabado por petrificar-se em meu cérebro e incomodá-lo com sua inamovibilidade.

Mais tarde, no colégio, todas as vezes em que, mal o professor voltava a cabeça, comunicava-me com algum novo amigo, a primeira pergunta que lhe fazia era se já fora ao teatro e se não achava

---

61 *O testamento de César Girodot*, comédia de Adolphe Belot e Edmond Villetard, criada em 1859 no teatro do Odéon, e retomada em 1873, no teatro da Comédie Française. *Édipo rei*, tragédia em cinco atos de Jules Lacroix, foi criada em 1858, mas permaneceu no repertório da Comédie Française até os anos 1880. O mesmo aconteceu com *Dominó negro* (1837) e *Diamantes da coroa* (1841), óperas-cômicas com texto de Eugène Scribe e música de Daniel Auber. O "arroz à imperatriz" é um arroz no leite, com creme inglês e chantili. [N. E.]

que o maior ator era mesmo Got, o segundo Delaunay etc. E se, na sua opinião, Febvre só vinha depois de Thiron, ou Delaunay depois de Coquelin, a repentina motilidade que Coquelin, perdendo a rigidez da pedra, adquiria em meu espírito para passar ao segundo lugar, e a agilidade miraculosa, a fecunda animação de que se via dotado Delaunay para recuar até o quarto, devolviam a sensação do florescimento e da vida a meu cérebro flexível e fertilizado.[62]

Mas se tanto me preocupavam os atores, se ao ver Maubant sair uma tarde do Théâtre-Français me produziu o choque e as palpitações do amor, tanto mais o nome de uma estrela flamejando à entrada de um teatro, ou entrevista pelos vidros de um coche que passava na rua com seus cavalos adornados de rosas na testeira, a face de uma mulher que eu pensava que talvez fosse uma atriz, deixava em mim uma perturbação mais longa, um impotente e doloroso esforço para imaginar sua vida. Eu classificava por ordem de talento as mais ilustres, Sara Bernhardt, Berma, Bartet, Madeleine Brohan, Jeanne Samary, mas todas me interessavam.[63] Ora, meu tio conhecia muitas dentre elas e também as cocotes, que eu não distinguia nitidamente das atrizes. Recebia-as em sua casa. E se apenas em certos dias o visitávamos, era porque, nos outros, compareciam mulheres com quem sua família não poderia se encontrar, pelo menos do ponto de vista da família, pois, quanto a meu tio, pelo contrário, sua grande facilidade em

---

62 Cinco atores célebres do teatro da Comédie Française. Única cena, em todo o livro, em que se fala do ambiente escolar. Note-se que a menção à escola aparece apenas para ressaltar a importância de algo que acontece fora das paredes da instituição: a paixão pelos atores do teatro. [N. E.]

63 Mistura bem proustiana de nomes verídicos e fictícios. Bernhardt, Bartet Brohan e Samary, assim como os cinco atores citados anteriormente, atuavam no teatro da Comédie Française. Febvre e Sarah Bernhardt, por exemplo, atuaram juntos na peça *O testamento de César Girodot*, grande sucesso da época. Já Berma é personagem criada por Proust, e percorrerá toda a obra. [N. E.]

ter, para com lindas viúvas que talvez jamais foram casadas, ou condessas de nome pomposo que por certo não era mais que um nome de guerra, a polidez de as apresentar a minha avó, ou até de lhes dar joias de família, já mais de uma vez o indispusera com meu avô. Seguidamente, quando vinha à conversação o nome de uma atriz, eu ouvia meu pai dizer, sorrindo, a mamãe: "Uma amiga do teu tio"; e eu pensava que o assédio que homens importantes faziam inutilmente, durante anos talvez, à porta de determinada mulher que não lhes respondia às cartas e mandava despedi-los pelo porteiro de seu palácio, meu tio bem o poderia poupar a um garoto como eu, apresentando-o em sua casa à atriz, inacessível para tantos outros, e que era sua amiga íntima.

Assim — sob o pretexto de que uma alteração no horário de aulas me impedira várias vezes ultimamente e continuaria a impedir-me de visitar meu tio —, um dia, que não era o reservado para as visitas que lhe fazíamos, aproveitando-me de que meus pais houvessem almoçado mais cedo, saí à rua, e, em vez de ir olhar a coluna de anúncios, para o que me deixavam sair sozinho, corri até sua casa. Notei diante da porta um carro de dois cavalos que tinham nos antolhos um cravo vermelho, como o tinha o cocheiro na botoeira. Da escada, ouvi um riso e uma voz de mulher e, logo que bati, um silêncio, e depois o ruído de portas que fechavam. O criado veio abrir e, parecendo embaraçado ao ver-me, disse-me que meu tio se achava muito ocupado e provavelmente não poderia receber-me; no entanto, foi preveni-lo e eu ouvi a mesma voz feminina de antes, que dizia: "Ora, deixa-o entrar, só por um momento; isso me divertiria tanto! Na fotografia que está sobre a tua mesa, ele se parece muito com a sua mamãe, tua sobrinha, a do retrato que está ao lado, não achas? Eu queria ver só por um instante esse garoto".

Ouvi meu tio resmungar, agastar-se; afinal o criado me fez entrar.

Em cima da mesa estava, como de costume, o mesmo prato de marzipã; meu tio usava a japona de todos os dias, mas, diante dele, com um vestido de seda cor-de-rosa e um grande colar de pérolas, estava sentada uma mulher jovem que terminava de comer uma tangerina. A incerteza em que me achava se a devia tratar por senhora ou senhorita fez-me enrubescer e, como não ousava voltar muito os olhos para o seu lado, com medo de ter de lhe falar, fui beijar meu tio. Ela me olhava a sorrir e meu tio lhe disse: "Meu sobrinho", sem lhe dizer meu nome, nem me indicar o dela, sem dúvida porque, depois dos desentendimentos que tivera com meu avô, tratava de evitar o quanto possível qualquer traço de união entre sua família e aquele gênero de relações.

— Como se parece com sua mãe! — disse ela.

— Mas a senhora só viu minha sobrinha em fotografia — disse vivamente meu tio, em um tom ríspido.

— Perdão, meu caro amigo, cruzei com ela na escada no ano passado, quando o senhor esteve tão doente. Verdade é que só a vi de relance e a sua escada é muito escura, mas foi o bastante para admirá-la. Esse mocinho tem os seus lindos olhos e também *isto* — disse ela, traçando com o dedo uma linha na parte inferior da fronte. — E, diga-me, a senhora sua sobrinha usa o mesmo sobrenome do senhor?

— Ele se parece mais com o pai — resmungou meu tio, que, como não pretendia fazer apresentação de perto, tampouco as queria fazer a distância, dizendo-lhe como se chamava minha mãe. — É tal qual o pai, e também como a minha pobre mãe.

— O pai dele eu não conheço — disse a dama de cor-de-rosa com uma leve inclinação de cabeça —, e não cheguei a conhecer a sua pobre mãe, meu amigo. Deve estar lembrado que foi pouco depois de seu grande desgosto que nós travamos relações.

Eu estava um tanto decepcionado, pois aquela jovem dama não diferia das outras mulheres bonitas que tinha visto em minha família, notadamente da filha de um de nossos primos, a cuja casa eu ia todos os anos, no dia primeiro de janeiro. A amiga de meu tio trajava melhor, apenas, mas era aquele mesmo olhar vivo e bondoso, o mesmo ar franco e amável. Nada lhe achava do aspecto teatral que admirava nas fotografias de atrizes, nem da expressão diabólica que estaria de conformidade com a vida que ela deveria levar. Era-me difícil acreditar que fosse uma cocote, e sobretudo não acreditaria que fosse uma cocote elegante se não tivesse visto o carro de dois cavalos, o vestido cor-de-rosa, o colar de pérolas, e se não soubesse que meu tio só conhecia as de mais alto voo. Mas indagava comigo mesmo como é que o milionário que lhe dava seu carro e seu palacete e suas joias podia sentir algum prazer em devorar sua fortuna por uma criatura que tinha o ar tão simples e correto. E no entanto, ao pensar no que devia ser sua vida, sua imoralidade me perturbava talvez ainda mais do que se fosse concretizada diante de mim em uma aparência especial — por ser assim invisível como o segredo de algum romance, de algum escândalo que a devia ter feito sair da casa dos pais burgueses e a entregara a todo mundo, que fizera desabrochar em beleza e alçara até o mundo galante e a notoriedade aquela cujas expressões fisionômicas e entonações de voz, iguais a tantas outras que já conhecia, faziam-me considerar, sem querer, como uma moça de boa família, que não era mais de família alguma.[64]

Passara-se para o "gabinete de trabalho", e meu tio, um tanto constrangido com minha presença, ofereceu-lhe cigarros.

— Não, meu caro, bem sabe que estou habituada aos que me manda o grão-duque. Já contei a ele os ciúmes que o senhor tinha dos seus cigarros. — E tirou de uma carteira uns cigarros cobertos de inscrições a ouro, em língua estrangeira. — Mas como não? — tornou de súbito. — Devo ter-me encontrado em sua casa com o

---

[64] À apresentação da cortesã "como uma moça de família" se seguirá a cena de lesbianismo em Tansonville, na qual, sob a máscara mal colocada da perversidade, o herói enxergará um coração terno e a devoção à memória paterna. [N. E.]

pai desse moço. Não é o seu sobrinho? Como pude esquecê-lo? Ele se mostrou tão bom, tão encantador comigo! — acrescentou com um ar modesto e sensível. Mas pensando no que poderia ter sido o acolhimento rude, que ela dizia encantador, de meu pai, eu, que conhecia sua reserva e sua frieza, sentia-me constrangido, como por alguma indelicadeza que ele cometera, com aquela desigualdade entre o reconhecimento excessivo que lhe dedicavam e sua amabilidade insuficiente. Afigurou-se-me mais tarde como um dos lados tocantes do papel dessas mulheres ociosas e aplicadas o consagrarem sua generosidade, seu talento, um sonho disponível de beleza sentimental pois, como os artistas, não o realizam, não o fazem entrar nos quadros da existência comum — e um ouro que lhes custa pouco, a enriquecer de um engaste precioso e fino a vida frusta e mal-acabada dos homens. Assim, aquela, que na sala onde estava meu tio com sua simples japona para recebê-la, apresentava esta carnação tão suave, seu vestido de seda rósea, suas pérolas, a elegância que emana da amizade de um grão-duque, colhera alguma frase insignificante de meu pai, trabalhara-a com delicadeza, dera-lhe um quê, um precioso tom e, engastando nela um de seus olhares de tão bela água, nuançado de humildade e gratidão, devolvia-a transformada em uma joia de arte, em qualquer coisa de "inteiramente encantador".

— Vamos, já é hora de ires andando — disse-me meu tio.

Ergui-me, tinha um desejo irresistível de beijar a mão da dama de cor-de-rosa, mas parecia-me que seria algo de audacioso como um rapto. Meu coração palpitava enquanto eu me dizia: "Devo fazê-lo, não devo fazê-lo", depois deixei de me perguntar o que devia fazer, para que pudesse fazer qualquer coisa. E em um gesto cego e insensato, despojado de todas as razões que um momento antes encontrara em seu favor, levei aos lábios a mão que ela me estendia.

— Como ele é gentil! E já galante, tem um olhinho para as mulheres, saiu ao titio. Será um perfeito *gentleman* — acrescentou, cerrando os dentes, para dar à frase um acento levemente britânico. — Será que ele não poderia vir uma vez tomar a *cup of tea*, como dizem os nossos vizinhos ingleses? Bastaria enviar-me um "azul" pela manhã.

Eu não sabia o que era um "azul". Não compreendia metade das palavras que dizia a dama, mas o temor de que nelas estivesse oculta alguma pergunta a que seria impolido não responder me impedia de não lhe prestar atenção, o que me causava grande fadiga.

— Não, não, é impossível — disse meu tio, erguendo os ombros —, ele é um menino aplicado, estuda muito, tem obtido todos os prêmios no colégio — acrescentou em voz baixa, para que eu não ouvisse a mentira e não o contradissesse. — Quem sabe se não será talvez um pequeno Victor Hugo, uma espécie de Vaulabelle.[65]

— Adoro os artistas — respondeu a dama de cor-de-rosa —, só eles é que compreendem as mulheres... Só eles e os seres de elite como o senhor. Mas desculpe a minha ignorância, meu amigo. Quem é Vaulabelle? É desses volumes dourados que estão na estantezinha envidraçada do seu quarto de vestir? Bem sabe que prometeu emprestá-los a mim, terei muito cuidado com eles.[66]

Meu tio, que detestava emprestar livros, não respondeu nada e conduziu-me até a antecâmara. Perdido de amor pela dama de cor-de-rosa, cobri de loucos beijos as faces de meu velho tio, que cheiravam a fumo, e enquanto, muito embaraçado, dava-me ele a entender, sem se animar a dizê-lo abertamente, que estimaria que eu não falasse a meus pais daquela visita, eu dizia-lhe, com lágrimas nos

---

65 A comparação começa com Victor Hugo e cai para Vaulabelle, jornalista e historiador francês, autor de obras eruditas, futuro deputado e ministro da Instrução Pública em 1848. [N. E.]

66 A pretensa admiração de Odette pelos "artistas" será relativizada pela descrição de sua imensa vulgaridade e total incompreensão do talento de Swann. O que, na chave proustiana, significará a intensificação do amor de Swann por sua algoz. Odette, aparecerá em uma das últimas cenas do livro, revelando ao herói, que ela toma por um artista mundano, uma série de segredos amorosos de sua vida pregressa, tudo em favor da "arte". [N. E.]

olhos, que a lembrança de sua bondade penetrara tão profundamente em meu coração que algum dia acharia meio de lhe testemunhar meu reconhecimento. Tão profundamente penetrara, com efeito, que duas horas mais tarde, depois de algumas frases misteriosas e que não me pareciam ter dado a meus pais uma ideia assaz nítida da viva importância de que me achava investido, achei mais explícito lhes contar nos mínimos detalhes a visita que acabava de fazer. Com isso, não pensava que fosse causar aborrecimentos a meu tio. Como poderia pensá-lo, se não o desejava? E não podia supor que meus pais fossem encontrar algum mal em uma visita em que eu não encontrava nenhum. Todos os dias acontece que um amigo nos pede que não deixemos de o desculpar com uma mulher a quem ele não pôde escrever, e nós negligenciamos de o fazer, julgando que tal mulher não pode dar a esse silêncio uma importância que nós não lhe atribuímos. Imaginava, como todo mundo, que o cérebro dos outros era um receptáculo inerte e dócil, sem poder de reação específica sobre o que nele introduzíssemos; e não duvidava que, depositando no de meus pais a nova das relações que meu tio me fizera travar, lhes transmitiria ao mesmo tempo, como o desejava, o benévolo juízo que eu formava quanto àquela apresentação. Por desgraça, meus pais se reportaram a princípios inteiramente diversos daqueles que lhes sugeria adotassem, ao apreciar a ação de meu tio. Meu pai e meu avô tiveram com ele explicações violentas, do que fui indiretamente informado. Alguns dias mais tarde, cruzando na rua com meu tio, que passava de carro descoberto, senti toda a dor, toda a gratidão, todo o remorso que desejaria expressar-lhe. Ao lado da imensidão destes, julguei que um cumprimento de chapéu seria coisa mesquinha e poderia fazer supor a meu tio que eu não me julgava obrigado, para com ele, mais do que a uma banal polidez. Resolvi abster-me desse gesto insuficiente e desviei o rosto. Meu tio pensou que eu seguia simplesmente as ordens de meus pais, nunca lhes perdoou tal coisa, e morreu muitos anos depois sem que nenhum de nós tivesse tornado a vê-lo.

De modo que eu não mais entrava no gabinete de repouso, agora fechado, de meu tio Adolphe, e, depois de me demorar pelas imediações da despensa, quando Françoise me dizia, aparecendo à entrada: "Vou deixar que a criada de cozinha sirva o café e suba a água quente, pois tenho de ir já para o quarto da sua tia", decidia-me a entrar e subia diretamente ao meu quarto para ler. A criada de cozinha era uma pessoa moral, uma instituição permanente a quem atribuições invariáveis asseguravam uma espécie de continuidade e de identidade, através da sucessão de formas passageiras em que se encarnava: pois nunca tivemos a mesma dois anos seguidos. No ano em que comemos tantos aspargos, a criada de cozinha habitualmente encarregada de os "pelar" era uma pobre criatura doentia, já em adiantado estado de gravidez quando chegamos pela Páscoa, e até espantava que Françoise a deixasse andar e trabalhar tanto, pois ela começava a carregar com dificuldade adiante de si o misterioso cesto, cada dia mais cheio, de que se adivinhava a magnífica forma sob suas vastas blusas. Lembravam estas as opalandas que vestem certas figuras simbólicas de Giotto, de que o sr. Swann me dera fotografias. Fora ele mesmo quem nos fizera observar tal coisa e, sempre que pedia notícias da criada de cozinha, era com estas palavras: "E como vai a Caridade de Giotto?".[67] Aliás ela própria, a pobre rapariga, gorda, com a gravidez, até o rosto, até as faces que tombavam retas e quadradas, muito se assemelhava com efeito àquelas virgens, fortes e varonis, ou antes matronas, que na Arena personificam as virtudes. E reconheço agora que ainda se lhe assemelhavam de outra maneira essas Virtudes e Vícios de Pádua. Da mesma forma que a imagem daquela rapariga era acrescida pelo símbolo adicional que ela carregava adiante do ventre sem pare-

---

67 Giotto pintou, entre os anos de 1305 e 1310, na capela de Arena, em Pádua, afrescos representando a história da Virgem Maria e de Cristo, e, embaixo, catorze figuras alegóricas, sete de Vícios e sete de Virtudes. [N. E.]

cer compreender-lhe o sentido e sem que nada em seu rosto lhe traduzisse a beleza e o espírito, como se fora tão-somente um simples e pesado fardo, é assim, sem o suspeitar, que a possante comadre que está representada na Arena debaixo do nome de "Cantas" (e cuja reprodução se achava pendurada à parede de minha sala de estudos em Combray) encarna a referida virtude sem que nenhum pensamento de caridade haja alguma vez passado por seu rosto enérgico e vulgar. Por uma bela invenção do pintor, ela calca aos pés os tesouros da terra, mas exatamente como se pisasse uvas em um lagar, ou antes, como se tivesse subido em cima de uns sacos para elevar-se mais; e estende a Deus seu coração inflamado, digamos melhor, ela o "passa" a Ele, como uma cozinheira passa um saca-rolhas, pelo respiradouro de seu subsolo, a alguém que lho pede da janela do andar térreo. A Inveja, essa, já tinha mais expressão de inveja. Mas também nesse afresco o símbolo ocupa tanto espaço e é representado como tão real, tão grossa é a serpente que silva nos lábios da Inveja, tão completamente lhe enche a boca escancarada que os músculos de seu rosto estão distendidos pelo esforço de contê-la, como os de uma criança a soprar um balão, e a atenção da Inveja, e a nossa igualmente, concentrada de todo na ação de seus lábios, quase que não tem tempo de entregar-se a pensamentos invejosos.

Apesar de toda a admiração do sr. Swann por essas figuras de Giotto, por muito tempo não senti nenhum prazer em contemplar em nossa sala de estudo, onde haviam pendurado as cópias que ele me trouxera, aquela Caridade sem caridade, aquela Inveja que mais parecia uma ilustração de livro de medicina para mostrar a compressão da glote ou da campainha por um tumor da língua ou pela introdução do instrumento operatório, uma Justiça cujo rosto comum e mesquinhamente regular era aquele mesmo que, em Combray, caracterizava certas boas burguesas devotas e secas que eu via na igreja e várias das quais já estavam engajadas na milícia de reserva da Injustiça. Mais tarde, porém, compreendi que a estranheza impressionante, a beleza especial daqueles afrescos, provinha do considerável lugar que ali ocupava o símbolo, e o fato de estar ele representado não como um símbolo, pois o pensamento simbolizado não se achava expresso, mas sim como real, como efetivamente sofrido ou materialmente manejado, dava à significação da obra qualquer coisa de mais literal e preciso, e a seu ensinamento qualquer coisa de mais concreto e incisivo. Com a pobre criada de cozinha, também, não era a atenção incessante atraída para seu ventre, pelo peso que o distendia? E assim também, muitas vezes o pensamento dos agonizantes é desviado para o lado efetivo, doloroso, obscuro, visceral, para esse avesso da morte que é justamente o lado que ela lhes apresenta, que lhes faz rudemente sentir e que muito mais se parece com um fardo que os esmaga, com uma dificuldade de respirar, com uma necessidade de beber, do que com aquilo a que chamamos ideia de morte.

Aqueles Vícios e Virtudes de Pádua deviam ter mesmo muita realidade, visto que me apareciam tão vivos como a criada grávida; e ela própria não se me afigurava menos alegórica. E talvez essa não participação (pelo menos aparente) da alma de um ser na virtude que age por seu intermediário tenha também, independentemente de seu valor estético, uma realidade se não psicológica, ao menos fisiognomônica, como se diz. Quando tive mais tarde ocasião de encontrar, no curso da vida, em conventos por exemplo, encarnações verdadeiramente santas da caridade ativa, tinham geralmente um ar alegre, positivo, indiferente e brusco de cirurgião apressado, essa fisionomia em que não se lê nenhuma comiseração, nenhum enternecimento diante da dor humana, nenhum temor de feri-la, e que é a fisionomia sem doçura, a fisionomia antipática e sublime da verdadeira bondade.

Enquanto a criada de cozinha — fazendo brilhar involuntariamente a superioridade de Françoise, como o Erro, pelo contraste, torna mais retumbante o triunfo da Verdade — servia café que, segundo mamãe, não passava de água quente, e levava depois a nossos quartos água quente que era apenas morna, eu me estendera no leito, com um livro na mão, em meu quarto, que protegia, tremendo, sua frescura transparente e frágil contra o sol da tarde, por detrás de seus postigos quase fechados, por onde um reflexo de luz havia no entanto conseguido passar suas asas amarelas, permanecendo imóvel em um canto, entre a madeira e a vidraça, como uma borboleta em repouso. A claridade do quarto era o quanto bastava para ler, e a sensação do esplendor da luz apenas me era dada pelas batidas vibradas por Camus na rua da Paróquia (avisado que fora por Françoise de que minha tia "não estava repousando" e se podia fazer barulho) contra caixões poeirentos, batidas que, retinindo na atmosfera sonora, própria dos climas quentes, pareciam fazer voar ao longe astros escarlates; e também pelas moscas que executavam diante de mim um pequeno concerto, como que a música de câmara do estio: não o evoca à maneira de uma ária de música humana que, ouvida por acaso nessa estação, nos faz lembrá-la em seguida; está unida ao verão por um elo mais necessário: nascida dos belos dias, só renascendo com eles, contendo um pouco de sua essência, não lhes desperta apenas a imagem em nossa memória, mas certifica-lhes a volta, a presença efetiva, ambiente, imediatamente acessível.

Aquele umbroso frescor de meu quarto estava para a luz plena da rua como a sombra está para o raio de sol, quer dizer, tão luminoso como ele, e oferecia a minha imaginação o espetáculo total do estio, que meus sentidos, se eu estivesse em passeio, só poderiam gozar fragmentariamente; e assim se adaptava bem ao meu repouso que (graças às aventuras contadas em meus livros e que acabavam de o agitar) suportava, semelhante ao repouso de uma mão imóvel no meio de uma correnteza, o choque e a animação de uma torrente de atividade.

Mas, mesmo que o tempo se alterasse e tivesse vindo uma tormenta ou um simples chuvisco, minha avó ia rogar-me que saísse. E como eu não queria interromper a leitura, ia ao menos continuá-la no jardim, debaixo do castanheiro, em uma espécie de guarida de esparto e lona, ao fundo da qual me assentava, julgando-me oculto aos olhos das pessoas que acaso viessem de visita a meus pais.

E acaso não era também meu pensamento um refúgio em cujo fundo me sentia oculto, até mesmo para olhar o que se passava fora? Quando via um objeto exterior, a consciência de que o estava vendo permanecia entre mim e ele, debruava-o de uma tênue orla espiritual que me impedia de jamais tocar diretamente sua matéria; esta como que se volatilizava antes que eu estabelecesse contato com ela, da mesma forma que um corpo incandescente, ao aproximar-se de um objeto molhado, não toca sua umidade, porque se faz sempre preceder de uma zona de evaporação. Na espécie de tela colorida de diferentes estados, que minha consciência ia desenrolando simultaneamente enquanto eu lia e que iam desde as aspirações mais profundamente ocultas em mim mesmo até a visão puramente exterior do horizonte que tinha ante os olhos, o que havia de principal, de mais íntimo em mim, o leme em incessante movimento que governava o resto, era minha crença na riqueza filosófica, na beleza do livro que estava lendo, qualquer que fosse esse livro. Pois, ainda que o houvesse comprado em Combray, ao vê-lo na loja de Borange (muito longe de casa para que Françoise pudesse ir buscá-lo como no Camus, mas melhor sortida em artigos de papelaria e livraria) sustido por atilhos em meio do mosaico das brochuras e fascículos que coloriam as duas folhas de sua porta, mais misteriosa, mais semeada de pensamentos que uma porta de catedral, é porque me lembrara de o ter ouvido citar como uma obra notável pelo professor ou camarada que me parecia possuir naquela época o segredo da verdade e da beleza, meio pressentidas, meio incompreensíveis, e cuja posse era a finalidade vaga mas permanente de meu pensamento.

Depois dessa crença central que, durante a leitura, executava incessantes movimentos de dentro para fora, em busca da verdade, vinham as emoções que proporcionavam a ação em que eu tomava parte, pois aquelas tardes eram mais povoadas de acontecimentos dramáticos do que, muitas vezes, uma vida inteira. Esses acontecimentos eram os que sucediam no livro que eu lia; na verdade, as personagens a quem afetavam não eram "reais", como dizia Françoise. Mas todos os sentimentos que nos fazem experimentar a alegria ou o infortúnio de uma personagem real só se produzem em nós por intermédio de uma imagem dessa alegria ou desse infortúnio; todo o engenho do primeiro romancista consistiu em compreender que, sendo a imagem o único elemento essencial na estrutura de nossas emoções, a simplificação que consistisse em suprimir pura e simplesmente as personagens reais seria um aperfeiçoamento decisivo. Um ser real, por mais profundamente que simpatizemos com ele, percebemo-lo em grande parte por meio de nossos sentidos, isto é, continua opaco para nós, oferece um peso morto que nossa sensibilidade não pode levantar. Se lhe sucede uma desgraça, esta só nos pode comover em uma pequena parte da noção total que temos dele, e ainda mais, só em uma pequena parte da noção total que ele tem de si mesmo é que sua própria desgraça o poderá comover. O achado do romancista consistiu na ideia de substituir essas partes impenetráveis à alma por uma quantidade igual de partes imateriais, isto é, que nossa alma pode assimilar. Desde esse momento, já não importa que as ações e emoções desses indivíduos de uma nova espécie nos apareçam como verdadeiras, visto que as fizemos nossas, que é em nós que elas se realizam e mantêm sob seu domínio, enquanto viramos febrilmente as páginas, o ritmo de nossa respiração e a intensidade de nosso olhar. E uma vez que o romancista nos pôs nesse estado, no qual, como em todos os estados puramente interiores, cada emoção é duplicada, e em que seu livro vai nos agitar como um sonho, mas um sonho mais claro do que aqueles que sonhamos a dormir e cuja lembrança vai durar mais tempo, eis que então ele desencadeia em nós, durante uma hora, todas as venturas e todas as desgraças possíveis, algumas das quais levaríamos anos para conhecer na vida, e outras, as mais intensas dentre elas, jamais nos seriam reveladas, pois a lentidão com que se processam nos impede de as perceber (assim muda nosso coração, na vida, e esta é a mais amarga das dores; mas é uma dor que só conhecemos pela leitura, em imaginação; porque na realidade o coração se nos transforma do mesmo modo por que se produzem certos fenômenos da natureza, isto é, com tamanho vagar que, embora possamos ver cada um de seus diferentes estados sucessivos, por outro lado escapa-nos a própria sensação da mudança).

Já menos interior a meu corpo que essa vida das personagens, vinha em seguida, vagamente projetada diante de mim, a paisagem onde se desenrolava a ação e que exercia em meus pensamentos muito mais influência que a outra, aquela que eu tinha à vista quando erguia os olhos do livro. Foi assim que senti durante dois verões, no calor do jardim de Combray, por causa de um livro que estava lendo, a nostalgia de um país montanhoso e fluvial, onde eu veria muitas serrarias e onde, no fundo da água transparente, apodreciam pedaços de madeira sob tufos de agrião; e não longe dali, subiam ao longo de muros baixos umas flores violáceas e avermelhadas. E como sempre me estivesse presente ao espírito o sonho de uma mulher que deveria amar-me, este sonho, naqueles verões, todo se impregnou do frescor das águas correntes e, qualquer que fosse a mulher evocada, umas trepadeiras de flores avermelhadas e violáceas logo se erguiam de cada lado seu, como cores complementares.

E não era somente porque uma imagem com que sonhamos seja sempre marcada, embelezada e enriquecida pelo reflexo das coisas estranhas que por acaso a cercam em nosso sonho; pois as paisagens dos livros que eu lia não eram para mim apenas mais vivamente representadas na imaginação do que as paisagens que Combray oferecia a meus olhos, ainda que houvessem sido análogos. Pela escolha que fizera o autor, pela fé com que meu pensamento ia ao encontro de sua palavra, como de uma revelação, elas se me afiguravam — impressão que absolutamente não dava a região onde eu vivia, e muito menos nosso jardim, produto sem prestígio da correta fantasia do jardineiro que minha avó desprezava — uma parte verdadeira da própria natureza, digna de ser estudada e aprofundada.

Se, quando eu lia um livro, meus pais me permitissem visitar as regiões nele descritas, julgaria ter dado um passo inestimável na conquista da verdade. Pois, se temos sempre a sensação de estar cercados pela própria alma, não quer dizer que ela nos cinja como os muros de uma prisão imóvel; antes somos como que arrastados com ela em um perpétuo impulso para ultrapassá-la, para atingir o exterior, com uma espécie de desânimo, ouvindo sempre, em torno de nós, essa idêntica sonoridade, que não é o eco de fora, mas o ressoar de uma vibração interna. Tentamos achar nas coisas, que por isso nos são preciosas, o reflexo que nossa alma projetou sobre elas, e desiludimo-nos ao verificar que as coisas parecem desprovidas, na natureza, do encanto que deviam, em nosso pensamento, à vizinhança de certas ideias; e muitas vezes convertemos todas as forças dessa alma em habilidade, em esplendor, para influir em seres que sentimos situados fora de nós e que jamais alcançaremos. E assim, embora imaginasse sempre em torno da mulher amada os locais que eu então mais desejava, e suspirando por que fosse ela quem me levasse a visitá-los, que me abrisse o acesso a um mundo desconhecido, não era isso devido ao acaso de uma simples associação de ideias; não, é que meus sonhos de viagem e de amor não eram senão momentos — que hoje separo artificialmente como se efetuasse cortes a diversas alturas de um repuxo irisado e em aparência imóvel — de um mesmo e infatigável manar de todas as forças de minha vida.

Continuando enfim a seguir de dentro para fora os estados simultaneamente justapostos em minha consciência, e antes de chegar ao horizonte real que os envolvia, descubro prazeres de outro gênero: estar bem acomodado em meu canto, sentir o cheiro bom do ar, não ser perturbado por nenhuma visita; e, quando batia a hora na torre de Santo Hilário, assistindo tombar pedaço por pedaço aquela parte já consumada da tarde, até ouvir a última badalada que me permitia efetuar a soma e após a qual havia um longo silêncio que parecia marcar o início, no céu azul, de toda a parte que me era ainda concedida para ler até a hora do bom jantar que Françoise preparava e que me reconfortaria das fadigas adquiridas na leitura para acompanhar o herói do livro. E, a cada hora, parecia-me fazer apenas alguns instantes que soara a precedente; a mais recente vinha inscrever-se bem junto da outra no céu e eu não podia acreditar que sessenta minutos tivessem cabido naquele pequeno arco azul compreendido entre os dois marcos de ouro. Às vezes aquela hora prematura dava duas badaladas mais que a última, batera pois uma hora que eu não tinha escutado, e alguma coisa acontecera que para mim não tinha acontecido; o interesse da leitura, mágico como um profundo sono, enganava meus ouvidos alucinados e apagava o sino de ouro na superfície azul do silêncio. Belas tardes de domingo passadas debaixo do castanheiro do jardim de Combray, que eu cuidadosamente esvaziava de incidentes medíocres de minha vida pessoal, pondo em seu lugar uma vida de aventuras e aspirações estranhas, no seio de um país regado de águas vivas, ainda me evocais essa vida quando penso em vós, e na verdade a contendes, porque pouco a pouco a íeis cercando e cerrando — enquanto eu avançava na leitura e tombava a calma do dia — no cristal sucessivo, vagarosamente mutável e atravessado de folhagens, de vossas horas silenciosas, sonoras, odorantes e límpidas.

Às vezes, no meio da tarde, era eu arrancado à leitura pela filha do jardineiro, que corria como uma louca, esbarrando em uma laranjeira, cortando um dedo, quebrando um dente, mas gritando "Aí vêm eles! Aí vêm eles!" para que Françoise e eu corrêssemos e não perdêssemos nada do espetáculo. Era nos dias em que, por motivo das manobras da guarnição, a tropa atravessava

Combray, tomando geralmente pela rua de Santa Hildegarda.[68] Enquanto nossos criados, sentados em fila do lado de fora das grades, olhavam os passeantes domingueiros e faziam-se olhar por eles, a filha do jardineiro, pelo intervalo de duas distantes casas da avenida da Estação, vislumbrava o fulgir dos capacetes. Os criados tinham recolhido precipitadamente as cadeiras, pois quando os couraceiros desfilavam pela rua de Santa Hildegarda, enchiam-na em toda a sua largura, e o galope dos cavalos renteava as casas, cobrindo as calçadas, submersas como ribas que oferecem um leito demasiado escasso a uma torrente desencadeada.

— Pobres meninos! — dizia Françoise, logo que chegava às grades e já com os olhos rasos d'água. — Serão ceifados como erva! Só de pensar nisso me dá um choque — acrescentava, pondo a mão no coração, ali onde recebera aquele *choque*.

— Que coisa bonita ver rapazes que não ligam à vida, não é, senhora Françoise? — dizia o jardineiro para arreliá-la.

E não tinha falado em vão.

— Que não ligam à vida? Mas a que mais se deve ligar, senão à vida, o único presente que o bom Deus nunca faz duas vezes? Ah!, meu Deus! E no entanto não ligam mesmo! Eu os vi em setenta; não têm mais medo da morte, com essas miseráveis guerras; não passam de uns loucos, sem tirar nem pôr; e não valem a corda que os enforque; não são homens, são leões. (Para Françoise, comparar um homem a um leão, que ela pronunciava le-ão, nada tinha de lisonjeiro.)

A rua de Santa Hildegarda virava muito bruscamente para que se pudessem avistar de longe os soldados, e por aquela fenda entre as duas casas da avenida da Estação é que se viam, incessantemente, novos capacetes correndo e brilhando ao sol. O jardineiro

---

[68] A guerra, um dos motivos centrais do último volume do livro, passa por Combray como mera distração de domingo. Sabe-se que, ao final, mesmo a pequena igreja medieval da cidade será totalmente destruída. [N. E.]

desejava saber quantos ainda faltariam passar e, de resto, tinha sede, pois o sol escaldava. Então sua filha, subitamente, lançando-se como de uma praça sitiada, dava uma saída, alcançava a esquina e, depois de ter mil vezes afrontado a morte, vinha trazer-nos, com um refresco de coco, a notícia de que ainda havia uns mil que se aproximavam sem parar, das bandas de Thiberzy e Méséglise. Françoise e o jardineiro, reconciliados, discutiam sobre o que se deveria fazer em caso de guerra:

— Veja, Françoise — dizia o jardineiro —, revolução é melhor. Pois, quando há revolução, só vão os que querem.

— Ah!, isso ao menos eu compreendo, é mais franco.

O jardineiro julgava que, ao ser feita a declaração de guerra, mandavam parar todos os trens.

— Lógico! Para que ninguém possa escapar — dizia Françoise.

E o jardineiro:

— Ah!, eles são uns espertos! — pois não admitia que a guerra não fosse assim como uma peça que o Estado procurava pregar ao povo e de que todos, podendo, não deixariam de se livrar.[69]

Mas Françoise se apressava em ir ter com minha tia, eu voltava a meu livro, os criados se reinstalavam diante da porta a ver tombar a poeira e a emoção que os soldados levantaram. Muito tempo depois de sobrevinda a acalmia, ainda uma desusada onda de passeantes negrejava nas ruas de Combray. E diante de cada casa, mesmo aquelas em que não era costume, os criados, ou mesmo os patrões, assentados e olhando, enchiam as soleiras de um festão caprichoso e sombrio como esses de algas e conchas, e cujos crepes e rendas deixa a maré na margem, ao retirar-se.

Exceto nesses dias, eu podia entregar-me tranquilamente à leitura, como de costume. Mas, um dia, a interrupção e o comentário

---

69 Com a eclosão da verdadeira guerra, o porteiro do prédio em Paris assumirá o papel do jardineiro de Combray nas provocações a Françoise: a guerra não nos será descrita; o que o narrador coleta é um mundo de frases e diálogos em torno do tema. [N. E.]

de Swann à leitura que eu fazia de um autor inteiramente novo para mim, Bergotte, tiveram como consequência que, por muito tempo, não fosse mais sobre um muro decorado de flores roxas, mas sobre um fundo muito diverso, à entrada de uma catedral gótica, que se destacasse desde então a imagem de uma das mulheres com quem eu sonhava.

A primeira pessoa a quem ouvi falar de Bergotte foi um de meus camaradas, mais velho do que eu e por quem eu tinha grande admiração, Bloch.[70] Ao falar-lhe de minha admiração pela *Nuit d'octobre*, dera ele uma gargalhada estridente como um clarim, dizendo:

— Desconfia da tua dileção assaz baixa pelo senhor de Musset. É um gagá dos mais maléficos e uma sinistra besta. Devo aliás confessar que ele, e até o chamado Racine, fizeram cada um, em toda a vida, um verso muito bem ritmado e que tem em seu favor o que para mim é o mérito supremo: não significar absolutamente nada. Ei-los:

La blanche Oloossone et la blanche Camyre
La fille de Minos et de Pasiphaé.[71]

Vi-os citados em abono desses dois malandrins num artigo de meu querido mestre, "o tio Leconte", grato aos deuses imortais. A propósito, aqui está um livro que no momento não tenho tempo de ler e que é recomendado, parece, por esse imenso indivíduo.

---

70 O garoto judeu, já muito avançado em matéria de literatura, aparecerá repetidas vezes no livro, até que o veremos na figura de um autor de prestígio que tenta realizar o que o herói há muito já realizou: ascender nos salões elegantes. Ao final da caminhada do herói, Bloch ainda estará, então, tentando partir do início. [N. E.]

71 O herói diz admirar o poema "Nuit d'Octobre", de Musset; Bloch cita então um verso do "Nuit de Mai", do mesmo poeta, e outro de *Phèdre*, de Racine, reproduzindo, ao que parece, uma opinião do poeta Théophile Gautier. De acordo com Proust, opinião "idiota" daquele que ele considerava "um poeta de terceira ordem". [N. E.]

Disseram-me que ele considera o autor, o sr. Bergotte, como um tipo dos mais sutis; e embora dê prova, às vezes, de mansuetudes muito pouco explicáveis, sua palavra para mim é oráculo délfico. Lê pois essas provas líricas, e se o gigantesco formador de ritmos que escreveu *Baghavat* e *Le l'évrier de Magnus* disse a verdade, gozarás, caro mestre, as alegrias nectárias do Olimpo.[72] Pedira-me num tom sarcástico que o tratasse de "caro mestre", e assim também me chamava. Mas realmente achávamos algum prazer nessa brincadeira, pois ainda estávamos muito próximos dessa idade em que se julga dar vida ao que se nomeia.

Infelizmente não pude abrandar, conversando com Bloch e pedindo-lhe explicações, a inquietação em que ele me lançara ao dizer-me que os belos versos (a mim que não esperava deles nada menos que a revelação da verdade) eram tanto mais belos quanto menos significação tivessem. Bloch, com efeito, não foi mais convidado a visitar-nos. A princípio fora muito bem acolhido. É verdade que meu avô afiançava que, sempre que eu me ligava mais estreitamente com um camarada meu do que com os outros e o levava a nossa casa, tratava-se infalivelmente de um judeu, o que em tese não lhe desagradaria — seu próprio amigo Swann era de origem judaica —, se não lhe parecesse que eu habitualmente não o escolhia dentre os melhores. Assim, quando eu trazia um novo amigo, quase sempre se punha a cantarolar: "Ó Deus de nossos Pais" de *A judia*,[73] ou então: "Israel, rompe tuas cadeias",[74] sem a letra, naturalmente (Ti la lam talam, talim), mas eu tinha medo de que meu companheiro conhecesse a música e se lembrasse das palavras.

---

72 Bloch menciona duas obras de Léconte de Lisle. É de supor que ele também teve contato com as traduções de Lisle da *Ilíada* e da *Odisseia* para o francês. [N. E.]
73 Ópera de Fromenthal Halévy, com libreto de Scribe. [N. E.]
74 Verso extraído da peça *Sansão e Dalila*, musicada por Saint-Saëns e texto de Ferdinand Lemaire, exibida em 1892 em Paris. [N. E.]

Antes que os visse, só de ouvir seu nome, que muitas vezes nada tinha de caracteristicamente judaico, ele adivinhava, não só a origem hebraica de meus amigos que realmente a possuíam, mas até os antecedentes desagradáveis que pudesse haver em sua família.

— E como se chama o teu amigo que vem esta tarde?
— Dumont, meu avô.
— Dumont? Hum! Não me fio...
E cantava:

Ó arqueiros, velai bem!
Velai sem trégua e sem ruído.

E, depois de nos fazer habilmente algumas perguntas mais precisas, exclamava: "Alerta! Alerta!", ou, se era o próprio paciente, já chegado, a quem forçara, sem este saber, mediante um dissimulado interrogatório, a confessar suas origens, então, para mostrar que já não tinha dúvida alguma, contentava-se em nos olhar, cantarolando imperceptivelmente:

Como! Desse tímido israelita
Guiais aqui o passo?!

ou:

Ó campos paternais, Hebron, ó doce vale.[75]

ou ainda:

Sim, eu sou da raça eleita.

---

75 Citação extraída da ópera-cômica *Joseph*, de Étinenne-Nicolas Méhul. Há versos citados pelo avô de procedência incerta. [N. E.]

Essas pequenas manias de meu avô não implicavam nenhum sentimento de malevolência para com meus camaradas. Mas Bloch desagradara minha família por outros motivos. Começou por irritar meu pai que, vendo-o chegar todo molhado, lhe perguntara com interesse:

— Mas que tempo é esse, senhor Bloch, será que choveu? Não compreendo nada, pois o barômetro estava firme.

E só lhe obtivera esta resposta:

— Senhor, absolutamente não lhe posso dizer se choveu ou não. Vivo tão resolutamente fora das contingências físicas que meus sentidos não se dão o trabalho de mas notificar.

— Mas, meu pobre filho, é idiota esse teu amigo — disse-me meu pai, depois que Bloch se retirou. — Como! Nem ao menos pode me dizer que tempo faz?! Pois se não há nada de mais interessante! É um imbecil.

Depois havia também desagradado minha avó porque, dizendo-lhe esta após o almoço que não se sentia muito bem, ele abafara um soluço e enxugara os olhos.

— Como queres que isso seja sincero, visto que ele não me conhece? — disse-me ela. — Ou então é louco.

E por fim descontentara a todo mundo porque, tendo vindo almoçar com hora e meia de atraso e todo enlameado, em vez de desculpar-se, dissera:

— Não me deixo influenciar pelas perturbações da atmosfera nem pelas divisões convencionais do tempo. Reabilitaria com muito gosto o uso do cachimbo de ópio e do cris malaio, mas ignoro o uso desses instrumentos infinitamente mais perniciosos e por outro lado infinitamente burgueses: o relógio e o guarda-chuva.

Apesar de tudo, poderia ter continuado a visitar-nos em Combray. Mas a verdade é que não era o amigo que meus pais desejariam para mim; acabaram por acreditar que as lágrimas que lhe provocou a indisposição de minha avó não fossem fingidas; mas sabiam por instinto ou experiência que os impulsos de sensibilidade têm pouco domínio sobre a continuidade de nossos atos e a conduta de nossa vida, e que o respeito das obrigações morais, a fidelidade aos amigos, a execução de uma obra, a observância de um regime, têm fundamento mais seguro nos hábitos cegos do que nesses transportes momentâneos, ardentes e estéreis. Prefeririam para mim companheiros que não me dessem mais do que é convencionado conceder aos amigos, segundo as regras da moral burguesa; que não me enviassem intempestivamente um cesto de frutas porque naquele dia haviam pensado em mim com afeto, mas que, não sendo capazes de inclinar em meu favor a justa balança dos deveres e das exigências da amizade, a um simples impulso de sua imaginação e de sua sensibilidade, tampouco a falseariam em prejuízo meu. Nem sequer nossas faltas desobrigam facilmente de seu dever para conosco a essas criaturas de que minha tia-avó era o modelo, ela que, brigada há anos com uma sobrinha a quem nunca falava, nem por isso modificou o testamento em que lhe deixava toda a sua fortuna, porque era seu mais próximo parente e porque "assim é que devia ser".

Mas eu estimava Bloch, meus pais não queriam desgostar-me, e os problemas insolúveis que eu me propunha a propósito da beleza destituída de significação da filha de Minos e de Pasifaé me fatigavam muito mais e me traziam mais angustiado do que o poderiam fazer novas conversações com ele, embora minha mãe as julgasse perniciosas. E ainda o teriam recebido em Combray se, após aquele jantar, depois de me dizer — revelação que mais tarde teve grande influência em minha vida, e a tornou mais feliz e depois mais infeliz — que todas as mulheres pensavam unicamente no amor e que não havia uma só cuja resistência não se pudesse vencer — não me houvesse assegurado ter ouvido dizer da maneira mais positiva que minha tia-avó tivera uma mocidade aventurosa e que fora notoriamente "sustentada". Não pude deixar de repetir essas palavras a meus pais, fecharam-lhe a porta quando ele voltou, e, quando depois o abordei na rua, mostrou-se extremamente frio para comigo.

Mas, quanto a Bergotte, ele dissera a verdade.

Como se dá com um trecho de música que nos arrebatará, mas que ainda não distinguimos, eu nos primeiros dias não descobri o que tanto deveria amar em seu estilo. Não podia abandonar o romance dele que estava lendo, mas supunha-me unicamente interessado pelo assunto, como nesses primeiros momentos do amor, em que vamos todos os dias ver uma mulher em alguma reunião, em algum espetáculo, e julgamos que o que ali nos leva é o atrativo da diversão. Depois notei as expressões raras, quase arcaicas, que gostava de empregar em certos momentos em que uma onda oculta de harmonia, um prelúdio interior, agitava-lhe o estilo; e era também nesses momentos que ele se punha a falar do "sonho vão da vida", da "inesgotável torrente das belas aparências", do "tormento estéril e delicioso de compreender e de amar", das "comoventes efígies que enobrecem para sempre a fachada venerável e encantadora das catedrais", quando expressava toda uma filosofia nova para mim, com maravilhosas imagens, que pareciam ter elas próprias despertado aquele canto de harpas que então se elevava e a cujo acompanhamento emprestavam qualquer coisa de sublime.[76] Uma dessas passagens de Bergotte, a terceira ou quarta que isolei do resto, deu-me uma alegria que não se poderia comparar com a que entrava na primeira, uma alegria que senti em uma região mais profunda de mim mesmo, mais uniforme, mais vasta, de onde pareciam ter sido retirados os obstáculos e as separações. É que, reconhecendo então aquele mesmo gosto pelas expressões raras, aquela mesma efusão musical, aquela mesma filosofia idealista que já das outras vezes, sem que eu me desse conta, fora a causa de meu

---

[76] Proust foi mestre em destacar esses detalhes de estilo em seus escritores preferidos. Em um de seus textos de crítica, por exemplo, ele aponta em Flaubert "um uso absolutamente novo do pretérito perfeito e do imperfeito" e a colocação *sui generis* da conjunção "e". [N. E.]

prazer, não mais tive a impressão de estar em presença de um trecho particular de certo livro de Bergotte, que traçasse à superfície de meu pensamento uma figura puramente linear, mas antes do "trecho ideal" de Bergotte, comum a todos os seus livros e ao qual todas as passagens análogas que com ele vinham confundir-se teriam dado uma sorte de espessura, de volume, com que meu espírito parecia ampliado.

Não era eu o único admirador de Bergotte; também era o escritor predileto de uma amiga de minha mãe, muito letrada; enfim, para ler seu último livro publicado, o dr. Du Boulbon fazia os clientes esperarem; e foi de seu consultório médico, e de um parque próximo de Combray, que voaram algumas das primeiras sementes dessa predileção por Bergotte, espécie tão rara então, hoje universalmente espalhada, e de que se encontra por toda parte na Europa, na América, até na menor aldeia, a flor ideal e comum. O que a amiga de minha mãe amava nos livros de Bergotte, e também, ao que parecia, o dr. Du Boulbon, era o mesmo que a mim me encantava, aquele mesmo fluxo melódico, aquelas expressões antigas, e outras muito simples e conhecidas, mas que, pelo lugar em que as punha em evidência, pareciam revelar de sua parte uma predileção particular; enfim, nas passagens tristes, certa brusquidão, um acento quase rouco. E sem dúvida ele próprio devia sentir que ali estava seu maior encanto. Pois nos livros que se seguiram, ante alguma grande verdade, ou o nome de uma catedral famosa, ele interrompia a narrativa e, com uma invocação, uma apóstrofe, uma longa prece, dava livre curso àqueles eflúvios que, em suas primeiras obras, permaneciam interiores a sua prosa, revelados unicamente pelas ondulações da superfície, e talvez ainda mais suaves, mais harmoniosos quando assim velados e quando não se poderia indicar de modo preciso onde nascia e onde expirava seu murmúrio. Esses trechos em que ele se comprazia eram nossos trechos prediletos. Quanto a mim, sabia-os de cor. Ficava decepcionado quando ele retomava o fio da narrativa. Cada vez que me falava de alguma coisa cuja beleza me permanecera até então oculta, dos pinheirais, do granizo, de *Notre-Dame de Paris*, de *Athalie* ou de *Phèdre*, fazia, em uma imagem, essa beleza explodir e vir até mim. Sentindo, pois, quantas e quantas partes do universo havia que não seriam distinguidas por minha falha percepção se ele não mas aproximasse, desejaria possuir uma opinião sua, uma imagem sua, sobre todas as coisas, sobretudo as que teria ensejo de ver por mim mesmo, e, entre estas, particularmente sobre antigos monumentos franceses e certas paisagens marinhas, pois a insistência com que os citava em seus livros demonstrava que os tinha como ricos de significação e beleza. Infelizmente, sobre quase todas as coisas, eu ignorava sua opinião. Não duvidava que fosse ela inteiramente diversa das minhas, pois baixava de um mundo desconhecido ao qual procurava elevar-me; persuadido de que meus pensamentos pareceriam puras inépcias àquele espírito perfeito, fizera tábua rasa de todos eles, de modo que, se acaso me sucedia encontrar em um livro seu alguma ideia que já me ocorrera, meu coração se dilatava, como se um Deus, em sua bondade, ma houvesse devolvido, declarando-a legítima e bela. Acontecia às vezes que uma página sua dizia as mesmas coisas que eu costumava escrever de noite a minha avó e a minha mãe, quando não podia dormir, de sorte que aquela página de Bergotte parecia uma coleção de epígrafes para serem colocadas no alto de minhas cartas. Mesmo mais tarde, quando comecei a compor um livro, certas frases cuja qualidade não me decidiu a continuar, vim a encontrar-lhes o equivalente em Bergotte. Mas só então, quando as lia em sua obra, é que podia saboreá-las: quando era eu quem as compunha, preocupado em que refletissem exatamente o que percebia em meu pensamento, temendo não "fazer parecido", sobrava-me tempo para indagar comigo se acaso seria agradável o que estava escrevendo. Mas, na realidade, só o que eu verdadeiramente amava era essa espécie de frases e ideias. Meus esforços inquietos e insatisfeitos já eram um sinal de amor, de amor sem prazer, mas profundo. Assim, quando encontrava de súbito tais frases em uma obra alheia, quer dizer, sem mais escrúpulos nem severidade, sem ter de atormentar-me, entregava-me enfim com delícia ao gosto que tinha por elas, como um cozinheiro que, no dia em que não tem de cozinhar, acha tempo afinal de ser glutão. Um dia, encontrando em um livro de Bergotte, a propósito de uma velha criada, um gracejo que a magnífica e solene linguagem do escritor ainda tornava mais irônico, mas que era o mesmo que eu muitas vezes fizera a minha avó, falando de Françoise, e de outra vez em que vi que ele não julgava indigna de figurar em um desses espelhos da verdade que eram seus livros, uma observação análoga à que eu tinha feito sobre nosso amigo sr. Legrandin (observações sobre Françoise e o sr. Legrandin que eram por certo daquelas que eu mais deliberadamente teria sacrificado a Bergotte, convencido de que ele as acharia insignificantes), pareceu-me de súbito que minha humilde vida e os remos da verdade não estavam tão separados como supusera, que chegavam até a coincidir em certos pontos, e chorei de alegria e confiança sobre as páginas do escritor, como nos braços de um pai reencontrado.

Por seus livros, imaginava eu Bergotte como um velho frágil e desiludido que perdera filhos e jamais se consolara.[77] E assim eu lia, cantava interiormente sua prosa, muito mais *dolce* e mais *lento* talvez do que ela fora escrita, e a frase mais simples se dirigia a mim com uma comovida entonação. Mais que tudo, amava sua filosofia, entregara-me a ela para sempre. Sentia-me impaciente por chegar à idade em que cursaria no colégio a aula chamada de filosofia. Mas não queria que ali fizessem outra coisa senão viver unicamente pelo pensamento de Bergotte, e, se me tivessem dito que os metafísicos que então me atrairiam não teriam a mínima parecença com ele, eu

---

77 Muito diferente será a impressão que ele guardará do escritor ao encontrá-lo mais tarde, em casa dos Swann. [N. E.]

sentiria o desespero de um enamorado que quer amar por toda a vida e a quem falam das outras amadas que há de ter mais tarde.

Um domingo, durante minha leitura no jardim, fui interrompido por Swann, que vinha visitar meus pais.

— Que é que está lendo, pode-se ver? Oh! Bergotte? Mas quem lhe indicou suas obras? — Disse-lhe que fora Bloch.

— Ah!, sim, esse rapaz que vi uma vez aqui e que é tão parecido com o retrato de Maomé II, por Bellini.[78] Espantoso! Tem as mesmas sobrancelhas circunflexas, o mesmo nariz recurvo, os mesmos pômulos salientes. Quando tiver uma barbicha, será a mesma pessoa. Em todo caso, tem bom gosto, pois Bergotte é um espírito encantador.

E vendo como eu parecia admirar Bergotte, Swann, que nunca falava das pessoas a quem conhecia, abriu uma bondosa exceção e disse-me:

— Conheço-o muito. Se quiser que ele escreva alguma coisa no seu volume, poderei pedir-lhe.

Não me animei a aceitar, mas fiz a Swann algumas perguntas sobre Bergotte.

— Poderá dizer-me qual o ator que ele prefere?

— O ator, não sei. Mas sei que não compara nenhum artista masculino a Berma, a quem coloca acima de todos. Já a viu representar?

— Não, senhor, meus pais não me permitem que vá ao teatro.[79]

— É pena. Devia pedir a eles. A Berma, em *Phèdre*, no *Cid*, não é mais que uma atriz, se quiser, mas sabe que não creio muito na "hierarquia" das artes.

---

78 O pintor Gentile Bellini (1429-1507) representou o sultão Mahomet II (1430-81) durante sua estada em Constantinopla, no ano de 1480. [N. E.]

79 A ida ao teatro servirá para escalonar o contato do herói com as artes: sua primeira e angustiosa ida não lhe permitirá captar a grandeza da atriz, Berma; só mais tarde, como que por acaso, sem esforço e sem qualquer expectativa é que ela lhe será revelada. [N. E.]

E observei, como tantas vezes me havia surpreendido nas conversações de Swann com as irmãs de minha avó, que, quando falava de coisas sérias, quando empregava uma expressão que parecia implicar um juízo sobre algum assunto importante, tinha o cuidado de isolá-la, em uma entonação especial, maquinal e irônica, como se a pusesse entre aspas e não quisesse tomá-la por sua conta e risco, dizendo: "Sabem, a *hierarquia*, como dizem as pessoas ridículas". Mas então, se era ridículo, por que o dizia ele? Um instante depois acrescentou: "Isto lhe dará uma visão tão nobre como qualquer obra-prima, como, digamos..." (e pôs-se a rir) como "as Rainhas de Chartres!".[80] Até então, esse horror de exprimir seriamente suas opiniões se me afigurava como algo de elegante e parisiense e que se opunha ao dogmatismo provinciano das irmãs de minha avó; e suspeitava também que fosse uma das formas do espírito nas rodas em que vivia Swann e onde, como reação ao lirismo das gerações anteriores, se reabilitavam exageradamente os pequenos fatos precisos, outrora reputados vulgares, e se proscreviam as "frases". Mas agora eu achava qualquer coisa de chocante nessa atitude de Swann em face das coisas. Parecia não se animar a ter uma opinião e só estar tranquilo quando pudesse dar meticulosamente informações precisas. Mas então não percebia ele que já era professar uma opinião postular que a exatidão de tais pormenores tinha tamanha importância? Tornei a pensar, então, naquele jantar em que eu estava tão triste porque mamãe não devia subir ao meu quarto e em que ele dissera que os bailes da princesa de Léon não tinham nenhuma importância. Mas era no entanto naquele gênero de prazeres que empregava a vida. Achava contraditório tudo aquilo. Para que outra vida reservava, afinal, dizer seriamente o que pensava das coisas, formular juízos que não precisasse colocar entre aspas, e não mais se

---

80 Referência às estátuas das rainhas da Bíblia figuradas no pórtico ocidental da catedral de Chartres. [N. E.]

entregar com pontilhosa cortesia a ocupações que ao mesmo tempo considerava ridículas? Notei também, na maneira como Swann me falou de Bergotte, qualquer coisa que aliás não lhe era peculiar, mas comum, naquele tempo, a todos os admiradores do escritor, à amiga de minha mãe, ao dr. Du Boulbon. Como Swann, diziam eles de Bergotte: "É um espírito encantador, tão pessoal, tem um modo todo seu de dizer as coisas, um tanto rebuscado, mas muito agradável". Mas ninguém iria a ponto de dizer: "É um grande escritor, tem grande talento". Nem mesmo diziam que tivesse talento. Não diziam, porque o ignoravam. Somos muito lentos em reconhecer na fisionomia particular de um novo escritor o modelo que traz o nome de "grande talento" em nosso museu das ideias gerais. Por isso mesmo que essa fisionomia é nova, não a achamos absolutamente parecida com o que chamamos de talento. Dizemos antes originalidade, encanto, delicadeza, força; e depois um dia descobrimos que tudo isso era justamente talento.

— Haverá obras de Bergotte em que ele tenha falado da Berma? — perguntei ao sr. Swann.

— Creio que na sua pequena plaquete sobre Racine, mas deve estar esgotada.[81] Talvez tenha havido nova edição. Vou informar-me. Posso aliás perguntar a Bergotte tudo o que quiser, não há semana em que ele não jante em nossa casa. É um grande amigo de minha filha. Vão visitar juntos as velhas cidades, as catedrais, os castelos.

Como eu não tinha noção alguma da hierarquia social, o impedimento que impunha meu pai a nossas relações com a sra. Swann e sua filha tivera desde muito, para mim, o resultado de lhes conferir maior prestígio, fazendo-me imaginar uma grande distância entre elas e nossa família. Lamentava que minha mãe não tingisse os cabelos e não pusesse ruge nos lábios, como, no

---

[81] Anatole France escrevera um texto introdutório às obras completas de Racine (1875), retomado depois em *Le génie latin*, em 1913. [N. E.]

dizer da sra. Sazerat, fazia a esposa de Swann, para agradar, não ao marido, mas ao sr. de Charlus, e pensava que devíamos constituir para ela objeto de desprezo, o que principalmente me mortificava por causa da filha de Swann, que me haviam dito ser uma linda menina e na qual eu pensava seguidamente, emprestando-lhe de cada vez um mesmo rosto arbitrário e encantador. Mas quando soube naquele dia que a srta. Swann era uma criatura de condição tão rara, banhada, como em seu elemento natural, no meio de tantos privilégios que, quando perguntava aos pais se haveria alguém para jantar, lhe respondiam com aquelas sílabas cheias de luz, com o nome daquele conviva de ouro que não passava, para ela, de um velho amigo de sua família: Bergotte; que, para ela, a conversa íntima à mesa, e que correspondia, para mim, à conversa de minha tia-avó, eram palavras de Bergotte sobre todos aqueles assuntos que ele não pudera abordar em seus livros, e sobre os quais desejaria ouvi-lo baixar seus oráculos; e que, enfim, quando ela ia visitar cidades, ele caminhava a seu lado, desconhecido e glorioso, como os deuses que desciam em meio dos mortais; compreendi então, juntamente com o valor de uma criatura como a srta. Swann, o quanto não lhe deveria eu parecer grosseiro e ignorante, e senti tão vivamente a doçura e a impossibilidade que haveria para mim em ser seu amigo, que fui tomado ao mesmo tempo de desejo e desespero. Agora, quando pensava nela, geralmente a via diante do pórtico de uma catedral, explicando-me a significação das estátuas e, com um sorriso que dizia bem de mim, apresentando-me, como seu amigo, a Bergotte. E sempre o encanto de todas as ideias que despertavam em mim as catedrais, o encanto das colinas da Ilha de França e das planícies da Normandia, refluíam seus reflexos sobre a imagem que eu formava dà srta. Swann, o que era estar inteiramente pronto para amá-la. Pois julgar que uma criatura participa de uma existência desconhecida em que seu amor nos faria penetrar é, de tudo o que exige o amor para nascer, aquilo a que ele mais se prende e que o faz desdenhar do resto. Até as mulheres que pretendem só avaliar um homem pelo físico veem nesse físico a emanação de uma vida especial. Eis por que elas amam os militares, os bombeiros; o uniforme as torna menos exigentes para o resto; julgam que beijam, atrás da couraça, um coração diferente, aventureiro e terno; e um jovem soberano, um príncipe herdeiro, para fazer as mais lisonjeiras conquistas nos países que visita, não tem necessidade de um perfil regular, que talvez fosse indispensável a um corretor da Bolsa.

Enquanto eu lia no jardim, coisa que minha tia-avó não compreendia que fizesse senão aos domingos, dias em que é proibido ocupar-se de nada sério e em que ela não costurava (em um dia de semana, diria: "Como! Ainda *te divertes* a ler, mas não é domingo", dando ao "te divertes" um sentido de infantilidade e de perda de tempo), minha tia Léonie conversava com Françoise, aguardando a hora de Eulalie. Tia Léonie lhe dizia que acabava de ver passar a sra. Goupil "sem guarda-chuva, com o vestido de seda que mandou fazer em Châteaudun. Se ela tem de ir muito longe antes das Vésperas, é bem capaz de ensopá-lo todo".

— Talvez, talvez (o que significava talvez não) — retrucava Françoise, para não afastar definitivamente a possibilidade de uma alternativa mais favorável.

— Olhe! — exclamava minha tia, batendo na testa —, isso me faz lembrar que não fiquei sabendo se ela chegou à igreja depois da elevação. Preciso ver se não me esqueço de perguntar a Eulalie..., Françoise, repare naquela nuvem negra atrás da torre, e nesse solzinho sobre as telhas; garanto que o dia não passa sem chover. Não é possível que isso fique assim, fazia muito calor. E quanto mais cedo melhor, pois, enquanto não chover, a minha água de Vichy não desce — acrescentava minha tia, em cujo espírito o desejo de apressar a descida da água de Vichy era muito mais forte que o receio de ver a sra. Goupil de vestido estragado.

— Talvez, talvez.
— É que, quando chove, não há onde a gente se meter na praça.

— Como! Três horas?! — exclamava de súbito minha tia, empalidecendo. — Mas então as Vésperas já começaram, e eu esqueci a minha pepsina! Compreendo agora por que a água de Vichy estava parada no meu estômago.

E, precipitando-se sobre um livro de missa encadernado em veludo roxo, com fechos de ouro, e de onde, na pressa, deixava tombar algumas dessas imagens rendadas de papel amarelento que marcam as páginas das festas, minha tia, ao mesmo tempo em que engolia suas gotas, punha-se a ler às carreiras os textos sagrados cuja significação lhe ficava levemente obscurecida com a incerteza de saber se, tomada tanto tempo depois da água de Vichy, a pepsina seria capaz de alcançá-la e fazê-la descer. "Três horas, é incrível como passa o tempo!"

Uma pequena batida na vidraça, como se qualquer coisa a tivesse atingido, seguida de uma ampla queda leve como grãos de areia que deixassem tombar do alto de uma janela, em cima, e depois a queda estendendo-se, regulando-se, adotando um ritmo, tornando-se fluida, sonora, musical, inumerável, universal: a chuva.

— E então, Françoise, que é que eu dizia? Como chove! Mas parece que ouvi a sineta do portão do jardim, vá ver quem poderá estar lá fora com um tempo destes.

Françoise voltava:

— É a senhora Amédée (minha avó), que disse que ia dar uma volta. Mas está chovendo muito.

— Não me espanta — dizia minha tia, erguendo os olhos para o céu. — Eu sempre disse que ela não tinha a cabeça feita como todo mundo. Enfim, é melhor que seja ela e não eu quem esteja lá fora neste momento.

— A senhora Amédée é sempre o contrário dos outros — dizia Françoise com brandura, reservando, para o momento em que estivesse a sós com os outros criados, sua opinião de que minha avó era um pouco "tocada".

— Pronto! Passou o salve! Eulalie não virá mais — suspirava minha tia —, com certeza se assustou com o tempo.

— Mas, senhora, ainda não são cinco horas, são apenas quatro e meia.

— Só quatro e meia? E eu que fui obrigada a levantar as cortinas para ter um pouco de claridade! Às quatro e meia! Oito dias antes das Rogações![82] Ah!, minha pobre Françoise, o bom Deus deve estar mesmo muito encolerizado conosco. Também, com o que faz essa gente de hoje! Como dizia o meu pobre Octave, esqueceram demais ao bom Deus e ele se vinga.

Um vivo rubor animava as faces de minha tia: era Eulalie. Infelizmente, apenas acabava ela de ser introduzida quando Françoise voltava e, com um sorriso que tinha por fim colocá-la em diapasão com a alegria que supunha que suas palavras iriam causar a minha tia, e articulando as sílabas para mostrar que, apesar do emprego do estilo indireto, transmitia, como boa criada, as próprias palavras de que se dignara servir-se o visitante.

— O senhor cura ficaria encantado, teria muito prazer se a senhora não estiver repousando e puder recebê-lo. O senhor cura não quer incomodar. O senhor cura está lá embaixo, disse-lhe que entrasse para a sala.

Na verdade, as visitas do cura não causavam a minha tia um prazer tão grande como o supunha Françoise, e o ar de júbilo que esta julgava devia assumir cada vez que o anunciava não estava muito de acordo com o sentir da enferma. O cura (excelente homem com quem lamento não ter conversado mais seguidamente, pois, se nada entendia de arte, conhecia muitas etimologias), habituado a dar informações sobre a igreja aos visitantes de importância (tinha até intenção de escrever um livro sobre a paróquia de Combray), fatigava-a com explicações infinitas, e aliás

---

[82] Litanias e procissões dos três dias que antecedem a Ascensão de Cristo, pedindo a bênção aos frutos da terra e aos animais. [N. E.]

sempre as mesmas.⁸³ Mas quando sua visita coincidia assim com a de Eulalie, tornava-se francamente desagradável a minha tia. Preferia aproveitar bem Eulalie a ter os dois ao mesmo tempo. Mas não se atrevia a deixar de recebê-lo e apenas fazia um sinal a Eulalie para que não se fosse ao mesmo tempo que ele, que ainda a reteria um pouco quando o cura houvesse partido.

— Mas que é que me disseram, senhor cura, que um artista instalou o cavalete na sua igreja para copiar um vitral? Garanto-lhe que cheguei a esta idade sem nunca ter ouvido falar em semelhante coisa! Veja só o que quer essa gente de hoje! E logo o que há de pior na igreja!

— Não irei a ponto de dizer que seja o que há de pior, pois, se há em Santo Hilário partes que merecem ser vistas, há outras que são muito velhas, na minha pobre basílica, a única em toda a diocese que nem ao menos restauraram! Meu Deus, o pórtico é sujo e antigo, mas afinal tem um aspecto majestoso; quanto às tapeçarias de Ester — vá lá! Embora eu pessoalmente não dê dois vinténs por elas, os entendidos as colocam logo depois das de Sens.⁸⁴ Reconheço aliás que, ao lado de certos detalhes um pouco realistas, apresentam outros que denotam verdadeiro espírito de observação. Mas que não me venham falar nos vitrais! Tem cabimento deixar umas janelas que não dão luz!, e que até enganam a vista com esses reflexos de uma cor que eu nem sei definir, isso numa igreja onde não há duas lajes no mesmo nível e que me recusam substituir sob o pretexto de que são os túmulos dos abades de Combray e dos senhores de Guermantes, os antigos condes de Brabant? Quer dizer, os ascendentes

---

83 Muito depois, o herói terá acesso ao livro com etimologias analisadas pelo cura e, da série de equívocos desse estudo, verá nascer uma nova fase em sua relação com o nome das coisas, a fase da perda do encanto e da secura trazida pela literalidade das explicações etimológicas. [N. E.]

84 A catedral de Sens conserva uma coleção de tapeçarias e também um retábulo da segunda metade do século XV, que representam o coroamento de Ester por Assuero. [N. E.]

diretos do atual duque de Guermantes e também da duquesa, pois ela é uma Guermantes e o marido é seu primo. (Minha avó, que, à força de se desinteressar das pessoas, acabava confundindo todos os nomes, de cada vez que pronunciavam o da duquesa de Guermantes, achava que devia ser uma parenta da sra. de Villeparisis. Todos se punham a rir; ela tratava de defender-se, alegando certa participação: "Parecia-me ter visto ali esse nome de Guermantes". E ao menos por essa vez eu ficava do lado dos outros contra ela, pois não podia admitir que houvesse alguma relação entre sua amiga de colégio e a descendente de Geneviève de Brabant.) Veja Roussainville, não passa hoje de uma paróquia de granjeiros, embora antigamente haja tomado grande incremento com a indústria de chapéus de feltro e de pêndulas. Não estou certo da etimologia de Roussainville. De bom grado aceitaria que o nome primitivo fosse Rouville (*Radulfi villa*) como *Châteauroux* (*Castrum Radulfi*), mas eu lhe falarei nisso de outra vez. Pois bem, a igreja tem vitrais soberbos, quase todos modernos, e essa imponente *Entrada de Luís Filipe em Combray*, que estaria muito melhor aqui mesmo em Combray, e que dizem que não desmerece dos famosos vitrais de Chartres.[85] Ainda ontem falava com o irmão do doutor Percepied que é amador e o considera de um trabalho mais acabado. Mas, como eu dizia a esse artista, que aliás se mostra muito amável e parece um verdadeiro virtuoso do pincel: "Que acha o senhor de extraordinário nesse vitral, que é ainda um pouco mais escuro que os outros?".

— Estou certa de que, se o senhor cura pedisse a Monsenhor — dizia molemente minha tia, que começava a pensar que ia ficar cansada —, ele não lhe recusaria um vitral novo.

— Vá esperando, minha senhora! — retrucava o cura. — Pois se foi justamente Monsenhor quem começou o estardalhaço com esse desgraçado vitral, provando que representa Gilberto, o

---

[85] Algumas das explicações etimológicas do cura em Combray vêm do livro de Jules Quicherat, *De la formation française des anciens noms de lieu*, de 1867. [N. E.]

Mau, senhor de Guermantes, descendente direto de Geneviève de Brabant, que era da casa de Guermantes, ao receber a absolvição de santo Hilário!⁸⁶

— Mas eu nunca vi santo Hilário naquele vitral...

— Viu, sim. Nunca notou, a um canto do vitral, uma dama de amarelo? Pois bem, é santo Hilário, também chamado em certas províncias, como a senhora sabe, Saint-Illiers, Saint Hélier, e até mesmo Saint-Ylie, no Jura. Essas diversas corruptelas de *sanctus Hilarius* não são aliás das mais curiosas que se efetuaram nos nomes dos bem-aventurados. Assim, minha boa Eulalie, a sua padroeira, *sancta Eulalia*, sabe o que ela se tornou na Borgonha? Santo Elói, simplesmente: virou santo. Vejamos, Eulalie, quer que depois da sua morte façam de você um homem?

— O senhor cura sempre caçoando.

— O irmão de Gilberto, Carlos, o Tartamudo, príncipe devoto mas que, tendo perdido muito cedo o pai, Pepino, o Insensato, morto em consequência da sua enfermidade mental, exercia o poder supremo com toda a presunção de uma juventude a que faltou disciplina, quando não simpatizava com a cara de algum particular numa cidade, mandava massacrar-lhe até o último habitante.⁸⁷ Gilberto, para se vingar de Carlos, mandou incendiar a igreja de Combray, a primitiva igreja então, a que Teodeberto, ao deixar com sua corte a casa de campo que tinha perto daqui em Thiberzy (*Theodeberciacus*), para ir combater os burgundos, prometera construir em cima do túmulo de santo Hilário, se o bem-aventurado lhe concedesse a vitória. Dela só resta a cripta

---

86 Gilberto, o Mau, é personagem fictícia criada por Proust a partir de Carlos II, rei de Navarra e conde de Évreux, que justamente aparece num vitral da catedral dessa cidade. Seu nome aparecia no lugar de Gilberto, o Mau, nos esboços do romance.[N. E.]
87 Carlos, o Tartamudo, e Pepino, o Insensato, são mais duas personagens fictícias. Entretanto, elas foram inspiradas pela vida do visconde Geoffroy de Châteaudun, descrita em livro pelo cura da cidadezinha de Illiers, cidade que, por sua vez, inspira muito na criação da fictícia Combray. [N. E.]

que Théodore já lhe deve ter mostrado, pois Gilberto incendiou o resto. Em seguida derrotou o infortunado Carlos, com o auxílio de Guilherme, o Conquistador (o cura pronunciava Guilerme), por isso vêm tantos ingleses visitar a igreja.[88] Mas não parece que tenha sabido conciliar as simpatias dos habitantes de Combray, pois estes se atiraram sobre ele à saída da missa e o degolaram. Aliás Théodore oferece um livrinho em que vem explicado tudo isso. Mas o que há incontestavelmente de mais curioso em nossa igreja é o panorama que se avista do campanário e que é uma coisa verdadeiramente grandiosa. Por certo que à senhora, que não é muito forte, eu não aconselharia que subisse os nossos noventa e sete degraus, exatamente a metade dos que há no famoso domo de Milão. Dá para cansar uma pessoa de boa saúde, tanto mais que se sobe dobrado em dois se não se quer quebrar a cabeça, e vai-se recolhendo na roupa tudo que é teia de aranha da escada. Em todo caso, a senhora teria de abrigar-se bem — acrescentava, sem notar a indignação que causava a minha tia a ideia de que ela fosse capaz de subir ao campanário —, pois há uma terrível corrente de ar lá em cima! Certas pessoas afirmam ter sentido ali o frio da morte. Não importa, aos domingos há sempre grupos que vêm até de muito longe para admirar a beleza do panorama e que voltam encantados. Olhe, no domingo próximo, se o tempo se firmar, a senhora poderá encontrar muita gente por lá, pois já estaremos nas Rogações. É preciso confessar que se goza ali de uma vista feérica, com umas escapadas de planície ao longo que têm um encanto todo especial. Quando o dia está claro, pode-se enxergar até Verneuil. O principal é que a gente abrange coisas que, de outro modo, só poderia ver separadamente, como o curso do Vivonne e os fossos de Saint-Assiseles-Combray, de que está separado por uma cortina de grandes árvores, ou ainda como os diversos canais de Jouy-le--Vicomte (*Gaudiacus vice comitis*, como a senhora sabe). De cada

---

[88] Trata-se de Guilherme I (1035-87), duque da Normandia e futuro rei da Inglaterra. [N. E.]

vez que eu ia a Jouy-le-Vicomte, bem que via um trecho do canal, depois, quando dobrava alguma rua, via um outro, mas então já não via o precedente. Por mais que os juntasse em pensamento, isso não me produzia grande efeito. Da torre de Santo Hilário, já é outra coisa: é como uma rede onde a localidade estivesse presa. Somente não se distingue a água; dir-se-iam grandes fendas que quadriculam tão bem a cidade, que ela fica tal qual um brioche já cortado, mas com os pedaços juntos. Para ver bem tudo, seria preciso estar ao mesmo tempo na torre de Santo Hilário e em Jouy-le-Vicomte.

O cura de tal modo cansara a minha tia que, mal se retirava, ela se via obrigada a despedir Eulalie.

— Tome, minha pobre Eulalie — dizia com voz fraca, tirando uma moeda de uma bolsa que tinha ao alcance da mão —, aqui está, para que não me esqueça nas suas orações.

— Ah!, minha senhora, não sei se deva aceitar, bem sabe que não é por isso que venho aqui! — dizia Eulalie, com a mesma hesitação e embaraço de cada vez, como se fosse a primeira, e com um ar de descontentamento que divertia tia Léonie e não lhe desagradava, pois se um dia Eulalie, ao tomar a moeda, tinha um ar um pouco menos contrariado que de costume, ela comentava:

— Não sei o que tinha Eulalie; dei-lhe a mesma coisa de sempre e parece que não estava contente.

— Creio que ela não tem afinal do que se queixar — suspirava Françoise, que tinha tendência a considerar como troco miúdo tudo o que lhe dava minha tia para ela ou para seus filhos, e como tesouros loucamente desperdiçados por uma ingrata as moedinhas colocadas cada domingo na mão de Eulalie, mas tão discretamente que Françoise jamais conseguia vê-las. Não que o dinheiro que minha tia dava a Eulalie, Françoise o quisesse para si. Ela gozava suficientemente de todas as posses de tia Léonie, pois sabia que as riquezas da ama ao mesmo tempo elevam e embelezam aos olhos de todos sua criada; e que ela, Françoise, era insigne e glorificada em Combray, Jouy-le-Vicomte e outros lugares, pelas numerosas granjas de minha tia, as visitas frequentes e prolongadas do cura e o número singular de garrafas de água de Vichy consumidas. Só era avarenta com referência a minha tia; se gerisse a fortuna desta, o que seria seu sonho, tê-la-ia preservado das empreitadas alheias com uma ferocidade toda maternal. Não acharia contudo grande mal em que minha tia Léonie, a quem sabia incuravelmente generosa, se dispusesse a dar, mas desde que fosse para os ricos. Pensava talvez que estes, como não tinham necessidade dos presentes de minha tia, não poderiam ser suspeitados de a estimar por causa deles. Oferecidos, aliás, a pessoas de alta posição de fortuna, à sra. Sazerat, ao sr. Swann, ao sr. Legrandin, à sra. Goupil, a pessoas "da mesma condição" que minha tia e que "combinavam bem", eles se lhe afiguravam como parte integrante dos costumes daquela vida estranha e brilhante das pessoas ricas, que caçam, oferecem bailes, trocam visitas, e que ela admirava a sorrir. Mas o mesmo não acontecia se os beneficiários da generosidade de tia Léonie eram daqueles que Françoise chamava "a gente como eu, gente que não é mais do que eu" e que eram aqueles a quem mais desprezava, a menos que a chamassem de "senhora Françoise" e se considerassem "menos que ela". E quando viu que, apesar de seus conselhos, tia Léonie só fazia o que bem lhe parecesse e desperdiçava dinheiro — pelo menos Françoise o supunha — com criaturas indignas, começou a achar muito mesquinhos os presentes que minha tia lhe dava, em comparação com as somas imaginárias prodigalizadas a Eulalie. Não havia granja de certa importância nos arredores de Combray que Françoise não supusesse Eulalie em condições de comprar, com tudo o que lhe rendiam suas visitas. É verdade que Eulalie fazia a mesma estimativa das riquezas imensas e ocultas de Françoise. Habitualmente, depois que Eulalie partia, Françoise profetizava sem benevolência a respeito da visitante. Odiava-a, mas ao mesmo tempo a temia e julgava-se obrigada, quando a outra estava presente, a fazer-lhe "boa cara". Descartava-se após sua partida, é verdade que sem nunca a nomear, mas proferindo oráculos sibilinos ou sentenças de caráter geral como as do Eclesiastes, mas cuja aplicação não podia escapar a minha tia. Depois de espiar por um canto da cortina se Eulalie havia fechado o portão: "Os aduladores sabem chegar na ocasião e apanhar as pepitas, mas paciência, que um dia Deus há de castigá-los", dizia ela com o olhar lateral e a insinuação de Joás pensando exclusivamente em Atalia quando diz:

Le bonheur des méchants comme un torrent s'écoule.[89]

Mas quando o cura também viera e sua visita interminável havia esgotado as forças de tia Léonie, Françoise saía do quarto atrás de Eulalie e dizia para a enferma:

— Vou deixá-la repousar, a senhora parece muito fatigada.

E tia Léonie nem sequer respondia, exalando um suspiro que parecia ser o último, de olhos fechados, como que morta. Mas apenas Françoise havia descido, e eis que quatro batidas de sineta, dadas com a máxima violência, retiniam pela casa, e minha tia, sentada no leito, gritava:

— Eulalie já se foi? Pois imagine que eu me esqueci de lhe perguntar se a senhora Goupil tinha chegado à missa antes da elevação. Ande, corra depressa atrás dela!

Mas Françoise voltava sem ter podido alcançar Eulalie.

— Que contrariedade! — queixava-se minha tia, abanando a cabeça. — A única coisa importante que eu tinha para lhe perguntar!

Assim corria a vida para minha tia Léonie, sempre idêntica, na suave uniformidade daquilo que ela chamava, com um desdém afetado e uma ternura profunda, seu "pequeno ramerrão". Resguardado por todo mundo, não só em casa, onde cada qual,

---

[89] "A felicidade dos maus passa como a correnteza." Citação de um verso do segundo ato, cena VII, da peça de Racine. [N. E.]

reconhecendo a inutilidade de lhe aconselhar uma vida mais saudável, pouco a pouco se resignava a respeitá-lo, mas até na aldeia, onde, a três quadras de distância, o embalador, tendo de pregar seus caixotes, mandava perguntar a Françoise se minha tia não estava "repousando" — esse ramerrão foi no entanto perturbado uma vez naquele ano. Como um fruto oculto que houvesse chegado à maturidade sem que o percebessem e se houvesse desprendido espontaneamente, ocorreu uma noite o parto da criada de cozinha. Mas suas dores eram intoleráveis e, como não havia parteira em Combray, Françoise teve de partir de madrugada em busca de uma em Thiberzy. Minha tia, com os gritos da criada, não pôde repousar, e Françoise, que voltara muito tarde apesar da curta distância, fez-lhe muita falta. De modo que minha mãe me disse de manhã: "Sobe a ver se tua tia não precisa de alguma coisa". Entrei na primeira peça e, pela porta aberta, vi minha tia deitada de lado, dormindo: ouvi-a roncar levemente. Ia retirar-me cautelosamente, mas decerto o ruído que fizera tinha interferido no sono dela e lhe "mudara a velocidade", como se diz dos automóveis, pois a música do ronco interrompeu-se por um segundo e recomeçou em tom mais baixo, depois ela despertou e voltou a meio o rosto, que eu então pude ver; exprimia uma espécie de terror; evidentemente minha tia acabava de ter algum sonho horrível; não podia ver-me da posição em que se achava, e eu permanecia ali, sem saber se devia avançar ou retirar-me; mas já parecia ter voltado ao sentimento da realidade e reconhecera a mentira das visões que a tinham apavorado; um sorriso de alegria, de devota gratidão a Deus, que permite que a vida seja menos cruel que os sonhos, iluminou-lhe flebilmente o rosto e, com o hábito que adquirira de falar consigo mesma a meia-voz quando se julgava sozinha, murmurou: "Louvado seja Deus! O único distúrbio que temos é o parto da criada. Pois não é que eu sonhava que o meu pobre Octave tinha ressuscitado e queria obrigar-me a dar um passeio todos os dias?!". Sua mão estendeu-se para o rosário que estava na mesinha de cabeceira, mas o sono que recomeçava não lhe deixou forças para atingi-lo: ela tornou a adormecer, tranquilizada, e eu saí do quarto com passos de lá, sem que ela nem ninguém no mundo tivesse jamais sabido o que eu ouvira.

Quando digo que, fora de acontecimentos muito raros, como aquele parto da criada, o ramerrão de minha tia nunca sofria variação alguma, não me refiro àquelas que, repetindo-se sempre iguais, a intervalos regulares, apenas introduziam no seio da uniformidade uma espécie de uniformidade secundária. Assim é que todos os sábados, como Françoise tivesse de ir de tarde ao mercado de Roussainville-le-Pin, o almoço era servido para todos uma hora mais cedo. E de tal modo se acostumara minha tia com essa infração hebdomadária aos seus hábitos, que tinha tanto apego a esse hábito como aos restantes. Estava tão "rotinada", como dizia Françoise, que se alguns sábados tivesse de esperar pela hora habitual do almoço, isso a "desequilibraria" tanto como se adiantassem seu almoço para o horário dos sábados em outro dia qualquer. Esse adiantamento do almoço emprestava aliás aos sábados, para nós todos, um aspecto particular, indulgente e bastante simpático. No momento em que habitualmente ainda se dispunha de uma hora para viver, antes do descanso do almoço, sabíamos que, dali a alguns segundos, veríamos chegar umas chicórias prematuras, uma omelete de favor, um bife imerecido. O retorno daquele sábado assimétrico era um desses pequenos acontecimentos internos, locais, quase cívicos, que, nas vidas tranquilas e nas sociedades fechadas, criam uma espécie de elo nacional e se tornam o tema favorito das conversações, dos gracejos, dos relatos deliberadamente exagerados: constituiria um núcleo, já pronto, para um ciclo legendário, se algum de nós tivesse a bossa épica. Já de manhã, antes de nos vestirmos, sem razão, pelo prazer de experimentar a força da solidariedade, dizíamos uns aos outros, com bom humor, com cordialidade, com patriotismo: "Não há tempo a perder, não esqueçamos que hoje é sábado", enquanto tia Léonie, conferenciando com Françoise e considerando que o dia seria mais longo que de costume, dizia: "Bem que você podia preparar um bom prato de vitela, pois hoje é sábado". Se às dez e meia algum distraído puxava o relógio, dizendo: "Bem, ainda falta hora e meia para o almoço", cada qual se sentia encantado em lhe dizer: "Mas que está pensando, não vê que hoje é sábado?". E a gente ainda ria daquela distração um quarto de hora depois e fazia tenção de ir contá-la a tia Léonie, para a divertir. A própria face do céu parecia mudada. Depois do almoço, o sol, ciente de que era sábado, flanava uma hora a mais pelas alturas, e quando algum de nós, julgando que já era tarde para o passeio, exclamava: "Como?! Apenas duas horas?!", ao ver passarem as duas badaladas da torre de Santo Hilário (acostumadas a não encontrar ninguém pelas ruas desertas, por causa do almoço ou da sesta, nem pelas margens do rio claro e vivo, abandonado até do pescador, e que passam solitárias pelo céu vazio onde apenas se demoram algumas nuvens preguiçosas), todos em coro lhe respondiam: "O que te engana é que se almoça uma hora mais cedo, bem sabes que hoje é sábado!". A surpresa de um bárbaro (assim chamávamos a todos aqueles que ignoravam o que tinha de particular o sábado) que, chegando às onze horas para falar com meu pai, nos encontrava à mesa, era das coisas que mais haviam divertido a Françoise em toda a sua vida. Mas se achava impagável que o desconcertado visitante não soubesse que almoçávamos mais cedo nos sábados, ainda mais cômico lhe parecia (mas simpatizando do fundo do coração com aquele chauvinismo estreito) que meu pai não tivesse a ideia de que aquele bárbaro fosse capaz de ignorá-lo, respondendo-lhe, sem outra explicação para seu espanto de já nos encontrar à mesa: "Pois hoje não é sábado?!". Chegando a este ponto da narrativa ela enxugava lágrimas de hilaridade e, para aumentar o prazer que sentia, prolongava o diálogo, inventava o que tinha respondido o visitante, para quem aquele "sábado" não explicava coisa alguma.

E, longe de nos queixarmos de seus acréscimos, esses ainda não nos bastavam e dizíamos: "Mas me parecia que ele também tinha dito outra coisa. Era mais comprido da primeira vez em que você nos contou". Até minha tia-avó deixava seu crochê e erguia a cabeça, olhando-nos por cima do lornhão.

O sábado também apresentava a particularidade de que, chegando maio, saíamos após o jantar para ir ao "mês de Maria".

Como às vezes nos encontrávamos com o sr. Vinteuil, muito severo para com a "lamentável negligência dos jovens, tão de acordo com as ideias da nossa época", minha mãe tinha o máximo cuidado em que tudo estivesse direito em minha indumentária, e depois partíamos para a igreja. Foi no mês de Maria que me lembro de ter começado a amar os pilriteiros. Na igreja, tão santa, mas onde tínhamos o direito de entrar, não só estavam pousados no próprio altar, inseparáveis dos mistérios de cuja celebração participavam, mas também estendiam entre os círios e os vasos sagrados seus ramos atados horizontalmente uns aos outros, em um aparato de festa, e ainda mais embelezados pelos festões de sua folhagem onde estavam semeados em profusão, como na cauda de um vestido de noiva, pequenos tufos de botões de alvura deslumbrante. Embora só me atrevendo a olhá-los a furto, sabia que aqueles pomposos adornos eram bem vivos e que fora a própria natureza que, recortando assim as folhas e acrescentando-lhes o supremo ornamento daqueles botõezinhos brancos, tornara aquela decoração digna do que ao mesmo tempo constituía uma diversão popular e uma solenidade mística. Mais acima se abriam aqui e ali suas corolas com uma descuidosa graça, retendo com tanta negligência, como um último e vaporoso adorno, o ramilhete dos estames, finos como fios da Virgem e que as velavam todas, que eu, seguindo e procurando representar em meu íntimo o gesto de sua eflorescência, imaginava-o como se fosse o volúvel e rápido meneio de cabeça, com um sedutor olhar e os olhos apertados, de uma alva, distraída e vivaz rapariga. O sr.

Vinteuil viera com a filha colocar-se a nosso lado. Pertencente a boa família, fora professor de piano das irmãs de minha avó; depois do enviuvar e aproveitando uma herança que lhe coubera, havia-se retirado para as proximidades de Combray; desde então, era frequentemente recebido em nossa casa. Mas como era excessivamente pudibundo, deixou de nos visitar para não se encontrar com Swann, que fizera o que ele chamava um "casamento desigual, ao gosto da época". Ao saber que ele compunha música, minha mãe lhe dissera por amabilidade que, quando fosse visitá-lo, fazia questão de ouvir qualquer coisa sua. Isso muito teria agradado ao sr. Vinteuil; mas a tais escrúpulos o levavam a polidez e a bondade que, colocando-se sempre no lugar dos outros, temia aborrecê-los e parecer egoísta, se efetuasse ou apenas deixasse transparecer seu desejo. Eu havia acompanhado a meus pais no dia em que foram visitá-lo, mas me permitiram que ficasse fora, e como a casa do sr. Vinteuil, Montjouvain, ficava ao pé de uma elevação coberta de moita, onde me havia escondido, sucedeu-me ficar ao nível do salão do segundo andar, a cinquenta centímetros da janela. Ao lhe anunciarem meus pais, vi o sr. Vinteuil apressar-se a colocar em evidência sobre o piano um caderno de música. Mas, logo que meus pais entraram, retirara-o dali, deixando-o para um canto. Receava decerto supusessem que estava contente de vê-los só para lhes tocar suas composições. E sempre que minha mãe voltava à carga, ele repetia: "Mas eu não sei quem pôs isso aí, não é seu lugar", e desviava a conversa para outros assuntos, justamente porque eram esses os que menos lhe interessavam. Sua única paixão era a filha, e esta, que tinha o aspecto de um rapaz, parecia tão robusta que não se podia deixar de sorrir ao ver as precauções que o pai tomava com ela, tendo sempre à mão xales sobressalentes para lhos deitar aos ombros. Minha avó nos fazia observar que expressão suave e delicada, quase tímida, perpassava às vezes no olhar daquela menina tão rude, cujo rosto era semeado de sardas. Quando acabava de pronunciar uma palavra, ouvia-a com a mente das pessoas a quem era dirigida, alarmada com as falsas interpretações que pudesse ocasionar, e a gente via iluminarem-se, delinearem-se como por transparência, sob a cara varonil daquele "diabo", os traços mais finos de uma pobre e sensível moça.

Quando, antes de sair da igreja, me ajoelhei ante o altar, senti de súbito, enquanto me erguia, escapar-se um cheiro agridoce de amêndoas, e notei sobre as flores umas manchinhas aloiradas, debaixo das quais imaginei deveria estar oculto aquele cheiro, como, sob as partes tostadas, o sabor de uma frangipana, ou, sob suas sardas, o sabor das faces da srta. Vinteuil. Apesar da silenciosa imobilidade dos pilriteiros, aquele odor intermitente era como um murmúrio de sua intensa vida, com que vibrava o altar, como uma sebe agreste visitada por vivas antenas, nas quais a gente pensava ao ver certos estames quase vermelhos que pareciam haver guardado a virulência primaveril, o poder irritante, de insetos agora metamorfoseados em flores.

Conversávamos um momento com o sr. Vinteuil, diante do pórtico, ao sair da igreja. Ele metia-se entre os garotos que se batiam na praça, tomava a defesa dos pequenos, passava sermões nos grandes. Se sua filha dizia, com sua voz grossa, como ficava contente de nos ver, logo parecia que, dentro dela, uma irmã mais sensível corava com aquela frase de bom rapaz, estouvado e que poderia dar a entender que ela solicitava ser convidada por nós. O pai lançava-lhe uma capa aos ombros, subiam em um pequeno cabriolé que ela mesma conduzia e regressavam ambos a Montjouvain. Quanto a nós, como no dia seguinte era domingo e só nos levantaríamos para a missa cantada, se fazia luar e a temperatura estivesse leve, em vez de seguir direto para casa, meu pai, por vanglória, obrigava-nos a dar pelo Calvário um longo passeio, que a escassa capacidade de minha mãe para se orientar e reconhecer o caminho a fazia considerar como a proeza de um gênio estratégico. Às vezes íamos até o viaduto, cujos arcos de pedra começavam na estação e representavam para mim o exílio e o desamparo fora do mundo civilizado, porque todos os anos, ao vir de Paris, recomendavam-nos que estivéssemos alertas ao aproximarmo-nos de Combray e não deixássemos passar a estação, que estivéssemos prontos, pois o trem reencetava a marcha dali a dois minutos e partia, pelo viaduto, para além dos países cristãos, de que Combray marcava para mim o extremo limite. Voltávamos pelo bulevar da estação, onde se achavam as mais bonitas vilas da comuna. Em cada jardim o luar, como Hubert Robert,[90] semeava seus truncados degraus de mármore branco, seus repuxos, suas grades entreabertas. Sua luz destruíra o edifício do telégrafo. Apenas subsistia uma coluna meio quebrada, mas que conservava a beleza de uma ruína imortal. Eu arrastava as pernas, a cair de sono, e o cheiro das tílias que embalsamava o ar se me afigurava uma recompensa que só se poderia obter à custa das maiores fadigas e que não valia o trabalho que dava. De pátios muito distantes uns dos outros, os cães, despertados por nossos passos solitários, alternavam os ladridos, como por vezes ainda me acontece ouvi-los de noite, e no meio deles é que deve ter vindo refugiar-se (quando em seu local edificaram a praça pública de Combray) o antigo bulevar da estação, pois, onde quer que me encontre, logo que esses ladridos começam a ecoar e a responder-se, eu o avisto, com suas tílias e suas calçadas batidas de luar.

De repente meu pai nos fazia parar e perguntava a minha mãe: "Onde estamos?". Exausta da caminhada, mas orgulhosa dele, minha mãe lhe confessava que absolutamente não o sabia. Ele dava de ombros, a rir. Então, como se o houvesse tirado do bolso do casaco, junto com sua chave, meu pai nos mostrava, erguido diante de nós, o portãozinho dos fundos de nosso quintal, que viera nos esperar, com a esquina da rua Espírito Santo, no fim daqueles caminhos desconhecidos. Minha mãe dizia-lhe com admiração:

---

90 Pintor, já citado anteriormente, que utilizava em suas telas imagens de fontes. [N. E.]

"Tu és extraordinário!". E, a partir desse instante, eu não tinha de dar mais um único passo, o chão andava por mim naquele jardim onde, de há muito, a atenção voluntária havia deixado de acompanhar meus atos: o hábito vinha tomar-me em seus braços e carregava-me até minha cama como a uma criancinha.

Se o dia de sábado, que começava uma hora mais cedo, e em que se via privada de Françoise, passava mais lentamente que os outros para minha tia, ela, no entanto, desde o princípio da semana, esperava-lhe impacientemente o retorno, pois continha toda a novidade e distração que ainda poderia suportar seu físico debilitado e maníaco. Não que ela não aspirasse às vezes a alguma mudança maior, que não tivesse dessas horas de exceção em que se suspira por qualquer coisa diferente do que existe, e em que aqueles a quem a falta de energia ou de imaginação impede de tirar de si mesmos um princípio de renovamento, pedem ao minuto que vem, ao carteiro que bate, que lhes traga algo novo, ainda que seja o pior, uma emoção, uma dor; em que a sensibilidade, que a felicidade fez calar como uma harpa ociosa, quer ressoar sob uma mão, ainda que brutal, ainda que lhe rebente as cordas; em que a vontade, que tão dificilmente conquistou o direito de entregar-se sem obstáculo a seus desejos, a suas penas, deseja entregar as rédeas às mãos de acontecimentos imperiosos, por cruéis que sejam. Sem dúvida, como as forças de minha tia, esgotadas à menor fadiga, só voltavam gota a gota ao seio de seu repouso, o reservatório era muito lento de encher, e passavam-se meses antes que ela alcançasse esse leve excedente que outros derivam para a atividade e que ela era incapaz de saber e de decidir-se como utilizar. Não duvido que então — como o desejo de o substituir por batatas com molho branco acabava afinal nascendo do próprio prazer que lhe causava o aparecimento cotidiano do purê que, no entanto, não "cansava" — ela tirasse, do acúmulo daqueles dias monótonos a que tanto se afeiçoara, a expectativa de um cataclismo doméstico limitado à duração de um momento, mas que a forçaria a efetuar de uma vez por todas umas dessas mudanças que reconhecia como salutares e a que não podia se decidir por si mesma. Ela nos amava verdadeiramente, teria prazer em chorar-nos; e se chegasse em um momento em que ela se achasse bem e não estivesse com suores, a notícia de que a casa estava presa das chamas e tínhamos todos perecido e em breve não restaria pedra sobre pedra, mas que lhe desse tempo de escapar sem pressa, desde que se levantasse em seguida, deve muitas vezes ter alimentado suas esperanças, pois reunia — às vantagens secundárias de a fazer saborear em um longo desgosto sua ternura por nós e de ser a estupefação da aldeia, conduzindo as cerimônias fúnebres, corajosa e acabrunhada, moribunda e de pé — a vantagem mais preciosa de forçá-la no momento exato, sem tempo a perder, sem possibilidade de enervantes hesitações, a ir passar o verão em sua linda granja de Mirougram, onde havia uma cascata. Como jamais sobreviera nenhum acontecimento desse gênero, cujo perfeito êxito certamente meditava quando estava a sós, absorvida em um de seus inumeráveis jogos de paciência (e que a teria desesperado ao primeiro indício de realização, ao primeiro desses pequenos fatos imprevistos, dessa palavra que anuncia uma má notícia e cujo acento jamais se pode esquecer, de tudo o que traz a marca da morte real, tão diferente de sua possibilidade lógica e abstrata) ela se limitava, para tornar às vezes sua vida mais interessante, a introduzir-lhe peripécias imaginárias, que acompanhava apaixonadamente. Aprazia-se em supor de um momento para outro que Françoise a andava roubando, que ela recorria à astúcia para averiguá-lo, que a apanhava em flagrante; habituada, quando jogava a sós uma partida de cartas, a fazer ao mesmo tempo seu jogo e o do adversário, murmurava para si mesma as desculpas embaraçadas de Françoise e rebatia-as com tanto ardor e indignação que qualquer de nós, ao entrar em tais momentos, a encontrava banhada em suor, os olhos fuzilantes, os cabelos postiços fora do lugar, entremostrando seu crânio calvo. Talvez Françoise tivesse ouvido às vezes, da sala próxima, os mordentes sarcasmos que lhe eram dirigidos e cuja invenção não teria aliviado suficientemente minha tia se permanecessem em estado puramente imaterial, se ela não lhes tivesse dado mais realidade, murmurando-os a meia-voz. Às vezes, nem mesmo esse "espetáculo num leito" bastava a minha tia;[91] ela queria ver representadas suas peças. Então, em algum domingo, com todas as portas misteriosamente fechadas, confiava a Eulalie suas dúvidas quanto à probidade de Françoise, sua intenção de desfazer-se dela, e, de outra feita, confessava a Françoise suas suspeitas da infidelidade de Eulalie, a quem em breve fecharia a porta; alguns dias depois estava desgostosa de sua confidente da véspera e acomodada com o traidor, e os papéis se trocariam na próxima representação. Mas as suspeitas que às vezes lhe inspirava Eulalie não passavam de fogo de palha e logo se esvaíam por falta de alimento, pois Eulalie não vivia na casa. Não se dava o mesmo no caso de Françoise, que tia Léonie sentia perpetuamente sob o mesmo teto, sem que, por medo de apanhar um resfriado caso saísse do leito, se atrevesse a descer à cozinha para verificar se suas suspeitas eram fundadas. Pouco a pouco seu espírito não teve mais ocupações que adivinhar a cada momento o que poderia estar fazendo Françoise e o que pretendia ocultar-lhe. Observava as mais furtivas expressões fisionômicas da outra, uma contradição em suas palavras, um desejo que ela parecia dissimular. E mostrava-lhe que a tinha desmascarado, com uma única palavra que fazia Françoise empalidecer e que tia Léonie parecia divertir-se cruelmente em cravar no coração da infeliz. E, no domingo seguinte, uma revelação de Eulalie — como essas descobertas que abrem de súbito um insuspeitado campo a uma ciência nova que até então se arrastava na rotina — vinha provar a minha tia que ela estava muito além da verdade em suas hipóteses.

---

91 Alusão ao título geral das obras em verso e em prosa de Alfred de Musset, *Um espetáculo em uma poltrona* [*Un spectacle dans un fauteuil*]. [N. E.]

— Mas Françoise é quem deve saber... — dizia Eulalie.
— Agora que a senhora lhe deu um carro.
— Que lhe dei um carro! — exclamava minha tia.
— Ah!, não sei, eu pensava... mas como a via passar agora de caleche, orgulhosa como Artaban,[92] para ir ao mercado de Roussainville... Eu pensava que tinha sido a senhora que...

Pouco a pouco Françoise e minha tia, como a caça e o caçador, não faziam mais que se pôr em guarda contra suas recíprocas artimanhas. Minha mãe receava que Françoise criasse um verdadeiro ódio a tia Léonie, que a ofendia o mais duramente possível. Em todo caso, Françoise sondava cada vez mais as mínimas palavras, os mínimos gestos de minha tia, com uma atenção extraordinária. Quando tinha de lhe pedir alguma coisa, hesitava longamente quanto à maneira como o devia fazer. E, feito o pedido, observava-a furtivamente, procurando adivinhar por seu rosto o que ela havia pensado e o que decidira. E assim — ao passo que algum artista, ao ler memórias do século XVII, e no desejo de se aproximar do Rei Sol, se julga no bom caminho forjando para si mesmo uma genealogia que o faça descender de alguma família histórica ou mantendo correspondência com alguns dos soberanos atuais da Europa e desse modo volta as costas justamente para aquilo que ele erroneamente procura sob formas idênticas e por conseguinte sem vida —, eis que uma velha dama de província que não fazia senão obedecer sinceramente a irresistíveis manias e a uma malevolência filha da ociosidade, via agora, sem jamais ter pensado em Luís XIV, as mais insignificantes ocupações de sua vida diária, concernentes a seu despertar, a seu almoço, a seu repouso, assumirem, por sua singularidade despótica, um pouco do interesse do que Saint-Simon denominava a "mecânica" da vida em Versalhes, e podia crer também que seus silêncios, uma nuança de bom humor

---

92 Herói bastante orgulhoso da peça *Cléopâtre* (1647-58), de La Calprenède. [N. E.]

ou de altivez em sua fisionomia, eram da parte de Françoise objeto de um comentário tão apaixonado, tão temeroso como o eram o silêncio, o bom humor, a altaneria do Rei quando um cortesão, ou até um grão-senhor, lhe havia posto em mãos um memorial, na volta de alguma alameda de Versalhes.

Em um domingo em que minha tia tivera a visita simultânea do cura e de Eulalie e em seguida fizera repouso, tínhamos todos subido para lhe dar boa-noite, e minha mãe lhe apresentava condolências pela má sorte que sempre trazia seus visitantes à mesma hora:

— Sei que as coisas não marcharam bem outra vez, Léonie — disse-lhe com brandura —, pois todas as suas relações vieram ao mesmo tempo.

O que minha tia-avó interrompeu com: "O que é bom nunca é demais..." pois, desde que sua filha estava doente, julgava-se no dever de animá-la — apresentando-lhe tudo pelo lado melhor. Mas meu pai tomou a palavra:

— Agora que toda a família está reunida, aproveito para contar-lhes uma coisa, sem ter de o repetir a cada um. Receio que estejamos estremecidos com Legrandin: ele mal me cumprimentou esta manhã.

Não fiquei para ouvir a narrativa de meu pai, pois estava em sua companhia após a missa, ao encontrarmos o sr. Legrandin, e desci à cozinha para ver o que tínhamos para o jantar, coisa que me distraía todos os dias como as notícias de um jornal e me excitava como um programa de festas. Quando passava por nós, à saída da missa, ia o sr. Legrandin ao lado de uma castelã das vizinhanças, a quem conhecíamos de vista, e meu pai lhe fizera um cumprimento ao mesmo tempo amistoso e reservado, sem se deter; o sr. Legrandin mal havia respondido, com um ar de espanto, como se não nos conhecesse, e com essa perspectiva do olhar própria das pessoas que não querem se mostrar amáveis e que, do fundo subitamente recuado de seus olhos, parecem divisar-nos ao fim de um caminho interminável, e a tamanha distância que se contentam em nos dirigir um minúsculo aceno de cabeça, para o proporcionar a nossas dimensões de marionete.

Ora, a dama que Legrandin acompanhava era uma pessoa virtuosa e considerada; impossível se tratar de alguma aventura e que lhe desagradasse serem vistos juntos, e meu pai indagava consigo o que poderia ter feito para descontentar a Legrandin. "E tanto mais sinto que esteja incomodado", disse meu pai, "porque ele, em meio de toda essa gente endomingada, com seu casaco simples, sua gravata solta, tem um aspecto tão pouco afetado, tão verdadeiramente simples, um ar quase ingênuo, que o torna bastante simpático." Mas o conselho de família decidiu unanimemente que meu pai estava a imaginar coisas, ou que Legrandin, naquele instante, devia estar distraído em algum pensamento. De resto, o receio de meu pai se dissipou na tarde seguinte. Como voltássemos de um grande passeio, avistamos perto da Ponte Velha a Legrandin, que permanecia vários dias em Combray por causa das festas. Veio ao nosso encontro com a mão estendida: "Conhece, senhor ledor", perguntou-me ele, "este verso de Paul Desjardins?:

Les bois sont déjà noirs, le ciel est encor bleu.[93]

Não é a sutil notação desta hora? Talvez você nunca tenha lido Paul Desjardins. Leia-o, meu filho; dizem que ele hoje virou sermoneiro, mas foi por muito tempo um límpido aquarelista...

Les bois sont déjà noirs, le ciel est encor bleu...

---

93 "Os bosques já estão escuros, o céu ainda está azul." Verso extraído do livro escrito por um dos professores de Proust na Escola de Ciências Políticas, Paul Desjardins, em homenagem ao poeta Lamartine, intitulado *Celui qu'on oublie*. [N. E.]

Que o céu permaneça sempre azul para você, meu jovem amigo; e mesmo na hora, que para mim vem chegando, em que o bosque é já sombrio e a noite cai depressa, você há de consolar-se, como eu o faço, olhando para o lado do céu". Tirou um cigarro do bolso, e ficou a olhar longamente o horizonte. "Adeus, meus camaradas", disse-nos de súbito, e foi embora.

Àquela hora em que eu descia à cozinha para saber o que se preparava, o serviço já tinha começado, e Françoise, dominando as forças da natureza transformadas em auxiliares suas, como nessas representações mágicas em que os gigantes servem de cozinheiros, mexia o carvão, entregava ao vapor umas batatas para estufá-las e fazia o fogo levar ao devido ponto as maravilhas culinárias, preparadas primeiro em recipientes de cerâmica, desde as grandes tinas, marmitas, sopeiras e travessas, as terrinas para caça, às formas para empadas e tigelinhas de creme, passando por uma coleção completa de caçarolas de todas as dimensões. Parava para olhar em cima da mesa, onde a criada de cozinha acabava de as debulhar, as ervilhas alinhadas e contadas como bolitas verdes em um jogo; mas todo o meu encantamento era para os aspargos, empapados de ultramar e rosa, e cujo talo, delicadamente estriado de azul e malva, se degrada insensivelmente até a base — ainda suja do solo onde estivera — com irisações que não são da terra. Parecia-me que aqueles matizes celestiais traíam as deliciosas criaturas que se haviam divertido em metamorfosear-se em legumes e que, através do disfarce de sua carne comestível e firme, deixavam transparecer naquelas cores frescas de aurora, naqueles esboços de arco-íris, naquele desmaio de tardes azuis, a mesma preciosa essência que eu ainda reconhecia quando essas criaturas, durante a noite que se seguia a um jantar em que eu comera aspargos, divertiam-se em suas farsas poéticas e grosseiras como uma *féerie* de Shakespeare, em transformar meu vaso noturno em vaso de perfume.⁹⁴

A pobre Caridade de Giotto, como a chamava Swann, encarregada por Françoise de os pelar, tinha-os perto de si em uma cesta, e conservava um ar doloroso, como se sentisse todos os males da terra; e as leves coroas azuis que cingiam os aspargos por cima de suas túnicas róseas estavam nitidamente desenhadas, estrela por estrela, como se desenham, no afresco, as flores que engrinaldam a fronte ou pontilham a corbelha da Virtude de Pádua. Enquanto isso, Françoise rodava no espeto um daqueles frangos, como só ela os sabia assar, que haviam espalhado em Combray o odor de seus méritos e que, quando no-los servia, faziam com que predominasse a doçura em minha concepção especial de seu caráter, pois o aroma daquela carne que ela sabia tornar tão untuosa e tenra não eram para mim senão o próprio perfume de uma de suas virtudes.

Mas o dia em que desci à cozinha enquanto meu pai consultava o conselho de família a respeito do encontro com Legrandin era um daqueles em que a Caridade de Giotto, muito abalada por seu parto recente, não podia se levantar; e Françoise, privada de ajudante, estava atrasada no serviço. Quando cheguei embaixo, estava ela na copa que dava para o galinheiro, matando um frango que — com sua resistência desesperada e muito natural, mas acompanhada dos gritos de "Excomungado!", "Excomungado!" que soltava Françoise, fora de si, enquanto procurava cortar-lhe o pescoço por baixo da orelha — punha a santa doçura e a unção de nossa criada um pouco menos em evidência do que haveria de fazê-lo no jantar do dia seguinte, com sua pele bordada a ouro como uma casula e sua graxa preciosa a gotejar como de um cibório. Morto o animal, Françoise recolheu o sangue que ia escorrendo sem lhe

---

94 Proust cita várias vezes em sua correspondência essas *"féeries"* de Shakespeare. Em particular, *Sonhos de uma noite de verão* e *A tempestade*. O parágrafo é um pastiche do texto *La mer*, de Michelet, que trata de medusas. [N. E.]

afogar o rancor, e ainda em um acesso de cólera, olhando o cadáver de seu inimigo, disse uma última vez: "Excomungado!". Subi todo trêmulo; desejaria que despachassem Françoise imediatamente. Mas quem havia de me preparar almôndegas tão quentinhas, café tão cheiroso, e até mesmo... frangos como aquele?... E na verdade, esse covarde cálculo, todos já o haviam feito como eu. Pois tia Léonie sabia — o que eu ainda ignorava — que Françoise, capaz de dar a vida, sem uma queixa, por sua filha ou seus sobrinhos, era de singular dureza para com as outras criaturas. Apesar disso, minha tia a conservava, pois se lhe reconhecia a crueldade, apreciava seus serviços. Pouco a pouco me apercebi de que a doçura, a compunção, as virtudes de Françoise ocultavam tragédias de copa, como nos revela a história que os reinados dos Reis e Rainhas representados de mãos postas nos vitrais das igrejas se assinalaram por incidentes sangrentos. Descobri que, fora do círculo de seus parentes, tanto mais compaixão lhe provocavam os humanos com suas desgraças quanto mais afastados viviam dela. As torrentes de lágrimas que vertia ao ler nos jornais os infortúnios de desconhecidos, logo se estancavam se podia imaginar de maneira um pouco precisa a pessoa que lhes servira de objeto. Em uma das noites seguintes ao parto da criada de cozinha, foi esta acometida de atrozes cólicas; mamãe ouviu-a gemer, ergueu-se e despertou Françoise que, insensível, declarou que aquilo tudo não passava de comédia e que a outra queria era "fazer de senhora". O médico, que receava tais crises, marcara, em um livro de medicina que possuíamos, a página em que elas vêm descritas, recomendando que a consultassem para achar a indicação dos primeiros cuidados de emergência. Minha mãe mandou Françoise buscar o livro, dizendo-lhe que não deixasse cair a marca. Passou uma hora, e nada de Françoise; mamãe, indignada, julgou que ela tivesse ido deitar-se e me disse que fosse eu mesmo buscar o livro na biblioteca. Ali encontrei Françoise, que, tendo querido ver o que estava assinalado, lia, soluçando, a descriação clínica da crise, agora que se tratava de um enfermo-tipo, para ela desconhecido. A cada sintoma doloroso mencionado pelo autor, exclamava: "Nossa Senhora! Será possível que o bom Deus queira fazer sofrer dessa maneira uma infeliz criatura humana? Ai!, a coitadinha!".

Mas depois que a chamei e ela voltou para junto da Caridade de Giotto, suas lágrimas logo deixaram de correr; não pôde descobrir nem aquela agradável sensação de piedade e enternecimento que tão bem conhecia e tantas vezes lhe havia proporcionado a leitura dos jornais, nem prazer algum do mesmo gênero, no aborrecimento e irritação de se haver levantado no meio da noite por causa da criada de cozinha, e, à vista dos mesmos sofrimentos cuja descrição a fizera chorar, não teve mais que resmungos de mau humor, e até cruéis sarcasmos, dizendo, quando julgou que tínhamos partido e não mais podíamos ouvi-la: "Era só ela não ter feito o que é preciso para acontecer uma coisa dessas! Se fez é porque gostou! E agora não venha com manhas! Arre! É preciso que um homem esteja mesmo muito por baixo para se engraçar com *isto*. É bem como diziam na terra de minha pobre mãe:

Quem suspira ante o rabo de um cão,
Só vê nele uma rosa em botão.

Se, quando o neto estava um pouco resfriado, ela partia à noite, mesmo doente, em vez de se deitar, para ver se ele não tinha necessidade de nada, fazendo quatro léguas a pé, antes do amanhecer, para não perder o dia de serviço, por outro lado esse mesmo amor aos seus e o desejo de assegurar a grandeza futura de sua casa traduzia-se, em sua política para com os outros criados, pela norma constante de jamais deixar um só deles implantar-se na casa de minha tia, da qual, com zeloso orgulho, não deixava ninguém se aproximar, preferindo, até quando enferma, levantar-se para lhe dar sua água de Vichy, a permitir que a criada de cozinha entrasse no quarto de sua patroa. E como esse himenóptero observado por

Fabre,⁹⁵ a vespa fossadora, a qual para que os filhos, após sua morte, disponham de carne fresca, chama a anatomia em auxílio da crueldade e, capturando gorgulhos e aranhas, lhes fere com maravilhosa ciência e habilidade o centro nervoso de que depende o movimento das patas, mas não as outras funções da vida, a fim de que o inseto paralisado junto ao qual deposita os ovos forneça às larvas, quando eclodirem, uma caça dócil, inofensiva, incapaz de fuga ou resistência, mas nada deteriorada, assim Françoise achava, para cumprir seu constante empenho de tornar a casa inabitável a qualquer criado, artimanhas tão sábias e impiedosas que só muitos anos mais tarde viemos a saber que, se naquele verão havíamos comido aspargos quase todos os dias, era porque seu cheiro dava à pobre rapariga encarregada de os pelar crises de asma de tal violência que ela afinal não teve outro remédio senão ir-se embora.

Mas devíamos mudar definitivamente de opinião acerca de Legrandin.⁹⁶ Em um dos domingos seguintes ao encontro da Ponte Velha, após o qual tivera meu pai de confessar seu engano, ao terminar a missa, quando, com o sol e o rumor de fora, entrava na igreja algo de tão pouco sagrado que a sra. Goupil e a sra. Percepied (todas as pessoas que momentos antes, quando eu chegava um pouco atrasado, tinham permanecido de olhos baixos, absortas em suas orações e que eu poderia julgar que não me viam se não houvessem afastado com o pé o banquinho que me estorvava a passagem) começavam a conversar conosco em voz alta sobre assuntos inteiramente temporais como se já estivéssemos na

---

95 Referência ao livro *Souvenirs entomologiques*, em que Jean-Henri Fabre descreve os métodos de neutralização e conservação das vítimas por um himenóptero. [N. E.]

96 Ler *Em busca do tempo perdido* é entrar em contato com o que Proust definirá como "psicologia no espaço": é aprender a dar inúmeras voltas em torno de suas personagens, criando uma série de visões e perspectivas, tendendo à máxima complexidade e, por vezes, à contradição. [N. E.]

praça, vimos à entrada deslumbrante do pórtico, e dominando o variegado tumulto do mercado, o sr. Legrandin, que o marido daquela dama com quem ultimamente o encontráramos estava apresentando à esposa de outro grande proprietário de terras das vizinhanças. O rosto de Legrandin exprimia uma animação, um zelo extraordinários; fez uma profunda saudação, seguida de uma inclinação secundária para trás que levou bruscamente seu dorso para além da posição inicial, e que deveria ter aprendido com o esposo de sua irmã, a sra. de Cambremer. Esse rápido reerguimento fez refluírem, em uma espécie de onda impetuosa e musculada, as ancas de Legrandin, que eu não supunha tão carnudas; e não sei por que essa ondulação de pura matéria, essa vaga toda carnal, sem expressão de espiritualidade e que uma solicitude cheia de baixeza furiosamente fustigava, despertaram de súbito em meu espírito a possibilidade de um Legrandin completamente diverso daquele que conhecíamos. A dama lhe pediu que dissesse qualquer coisa a seu cocheiro, e, enquanto ele se encaminhava para o carro, ainda lhe persistia no rosto a expressão de devotada e tímida alegria que lhe dera a recente apresentação. Sorria, enlevado em uma espécie de sonho; depois voltou apressuradamente para a dama e, como andava mais depressa que de costume, seus ombros oscilavam ridiculamente de um lado e outro e ele assim parecia, de tal modo se lhe entregava, indiferente ao resto do mundo, o joguete inerte e mecânico da felicidade. Saíamos do pórtico e passamos por ele; Legrandin era bastante educado para não desviar a cabeça, mas fixou o olhar, subitamente carregado de profunda cisma, em um ponto tão longínquo do horizonte que não nos pôde ver, e não teve assim de nos cumprimentar. Seu rosto permanecia ingênuo, ao alto do casaco folgado e simples que parecia desambientado entre aquele odioso luxo que o cercava. E sua *lavallière* de pintinhas continuava a flutuar ao vento da praça como a flâmula de seu altivo isolamento e nobre independência. Quando chegávamos em casa, mamãe viu que esquecera de encomendar a torta e pediu a meu pai que voltasse comigo para dizer que a mandassem em seguida. Perto da igreja, cruzamos com Legrandin, que conduzia a mesma dama a seu carro. Passou por nós sem interromper a conversa com a companheira e fez-nos, com o rabo do olho, um sinal de certo modo independente das pálpebras e que, não acionando os músculos do rosto, pôde passar despercebido a sua interlocutora; mas, procurando compensar com a intensidade do sentimento o campo um pouco estreito em que circunscrevia sua expressão, fez cintilar, naquele cantinho azulado que nos reservava, toda a sua benevolência que, ultrapassando a jovialidade, raiava pela malícia; apurou as finezas da amabilidade até os piscamentos da conivência, às meias palavras, aos subentendidos, aos mistérios da cumplicidade; e finalmente exalçou as garantias de amizade até os protestos de ternura, até a declaração de amor, iluminando então só para nós, de um langor secreto e invisível à castelã, uma pupila enamorada em um rosto de gelo.

Justamente na véspera havia ele pedido a meus pais que me mandassem em sua casa aquela noite: "Venha fazer companhia ao seu velho amigo — dissera-me ele. — Como o buquê que um viajante nos envia de uma terra a que não mais voltaremos, faça-me respirar, da lonjura da sua adolescência, as flores das primaveras que eu também atravessei há tantos anos. Venha com a primavera, a barba-de-capuchinho, a concha de ouro, venha com o *sédum* de que é feito o buquê predileto da flora balzaquiana,[97] com a flor da Ressurreição, a margarida e a bola-de-neve dos jardins que começa a perfumar as alamedas de sua tia quando ainda não se

---

[97] Alusão aos romances *As ilusões perdidas* e *O lírio do vale*, em que a flor de *sédum* tem papel simbólico: no primeiro, quando do encontro de Vautrin e Lucien de Rubempré; no segundo, quando dos encontros de Félix de Vandenesse com a sra. de Mortsauf. Não deixa de ser sugestiva a associação homoerótica entre Vautrin e Rubempré e o futuro de Legrandin no livro junto do garoto Théodore, coroinha na igreja de Combray. [N. E.]

fundiram as derradeiras bolas de neve das saraivadas da Páscoa. Venha com a gloriosa veste de seda do lírio, digna de Salomão,[98] e o esmalte policromo dos amores-perfeitos, mas venha, sobretudo, com a brisa ainda fresca das últimas geadas e que vai entreabrir, para as duas borboletas que desde esta manhã esperam à porta, a primeira rosa de Jerusalém".

Indagavam em casa se depois daquilo ainda deveriam enviar-me a jantar com o sr. Legrandin. Mas minha avó recusou-se a acreditar que ele tivesse sido descortês. "Vocês mesmos reconhecem que ele se apresenta aqui com toda a simplicidade, sem nada de mundano." Declarava ela que em todo caso e se, na pior das hipóteses, ele fora mesmo descortês, melhor seria fingir que o não percebêramos. Na verdade, até meu pai, que era quem estava mais irritado com a atitude que tomara Legrandin, conservava talvez uma última dúvida quanto ao sentido que ela pudesse comportar. Ela era como toda atitude ou ação em que se revela o caráter profundo e oculto de alguém: não tem ligação com suas palavras anteriores, não podemos confirmá-la com o testemunho do culpado, que nada confessará; ficamos adstritos ao testemunho de nossos sentidos e perguntamo-nos, ante essa lembrança isolada e incoerente, se estes não teriam sido joguete de alguma ilusão; de sorte que tais atitudes, as únicas que possam ter importância, nos deixam muitas vezes algumas dúvidas.

Jantei com Legrandin no terraço; fazia luar: "Há uma bela qualidade de silêncio, não é?", disse-me ele. "Aos corações feridos, como o meu, um romancista que lerá mais tarde julga que só convém a sombra e o silêncio.[99] Olhe, meu filho, chega na vida uma hora, de que ainda está muito longe, em que os olhos não toleram mais que uma luz, a que uma linda noite como esta prepara e desti-

---

98 Referência ao Evangelho segundo são Mateus, VI: 28-29. [N. E.]
99 Alusão à epígrafe de Balzac ao romance *Um médico de aldeia*: "Aos corações feridos, sombra e silêncio". [N. E.]

la na escuridão, em que os ouvidos já não podem escutar outra música a não ser a que executa o luar na flauta do silêncio." Eu escutava as palavras do sr. Legrandin, que sempre me pareciam tão agradáveis; mas perturbado com a lembrança de uma mulher a quem vira recentemente pela primeira vez, e pensando, agora que sabia estar Legrandin ligado a várias personalidades aristocráticas dos arredores, que talvez ele conhecesse aquela, tomei-me de coragem e disse-lhe: "Será que o senhor não conhece a... as castelãs de Guermantes?", e feliz também porque, pronunciando esse nome, adquiria sobre o mesmo uma espécie de poder, pelo simples fato de o arrancar a meu sonho e dar-lhe uma existência objetiva e sonora.

Mas, a esse nome de Guermantes, vi fixar-se no meio dos olhos azuis de nosso amigo um pontinho escuro, como se acabassem de ser varados por uma agulha invisível, ao passo que o resto da pupila reagia segregando ondas de azul. Suas olheiras enegreceram, aprofundaram-se. E sua boca vincada de um sulco amargo, dominando-se mais depressa, sorriu, enquanto o olhar permanecia doloroso, como o de um mártir cujo corpo se acha crivado de flechas: "Não, eu não as conheço", disse ele, mas em vez de dar a uma informação tão simples, a uma resposta tão pouco surpreendente o tom natural e comum que convinha, pronunciou-a acentuando as palavras, inclinando-se, sacudindo a cabeça, e ao mesmo tempo com a insistência que se dá, para merecer crédito, a uma afirmação inverossímil — como se o fato de não conhecer os Guermantes só pudesse ser efeito de um singular acaso —, e também com a ênfase de quem, não podendo calar uma situação que lhe é penosa, prefere proclamá-la para dar aos outros a ideia de que a confissão que faz não lhe causa nenhum embaraço, e é fácil, agradável e espontânea, e que a própria situação — a falta de relações com os Guermantes — bem poderia ser, não sofrida, mas imposta por ele, e resultar de alguma tradição de família, princípio de moral ou voto místico que expressamente lhe proibisse a frequentação dos Guermantes.¹⁰⁰ "Não", tornou ele, explicando com suas palavras sua própria entonação, "não, eu não a conheço, nunca o quis, sempre tratei de resguardar minha completa independência; no fundo, você bem sabe que sou um jacobino. Muita gente interveio, dizendo que eu fazia mal em não ir a Guermantes, dava assim a impressão de um casmurro, de um velho urso. Ora, isso não é fama que me assuste, pois é bem verdade! Afinal, só amo neste mundo a algumas igrejas, uns dois ou três livros, uns poucos quadros mais e o luar, quando a brisa de sua juventude traz até mim o cheiro dos jardins que minhas velhas pupilas já não podem distinguir". Eu não compreendia muito bem por que seria preciso alardear independência para não ir à casa de pessoas desconhecidas e por que poderia isso dar à gente um ar de selvagem ou de urso. Mas bem compreendia que Legrandin não era inteiramente verídico quando dizia só amar as igrejas, o luar e a juventude; ele amava, e muito, os senhores dos castelos e sentia-se, em sua presença, tão temeroso de lhes desagradar, que não se atrevia a lhes deixar ver que tinha como amigos a burgueses, filhos de notários ou de corretores, preferindo, se a verdade viesse a ser descoberta, que o fosse em sua ausência, longe dele e "por omissão"; ele era esnobe. Por certo, nada dizia de tudo isso na linguagem de que meus pais e eu tanto gostávamos. E se eu perguntava: "Conhece os Guermantes?", o *causeur* Legrandin respondia: "Não, nunca quis conhecê-los". Infelizmente respondia tarde, pois um outro Legrandin que ele ocultava cuidadosamente no fundo de si mesmo e que não mostrava nunca, porque esse Legrandin sabia sobre o nosso, sobre o seu esnobismo, histórias comprometedoras, um outro Legrandin já tinha respondido com a expressão do olhar, com o ricto da boca, com a gravi-

---

100 Muito mais tarde, quando o herói conseguir enfim ter acesso ao salão de um dos Guermantes, ele poderá contemplar o deslumbre mundano de Legrandin, que, coincidentemente, consegue também entrar em contato com a família. [N. E.]

dade excessiva do tom da resposta, com as mil flechas de que nosso Legrandin se vira em um instante crivado e desfalecente, como um são Sebastião do esnobismo: "Ah!, que mal me faz! Eu não conheço os Guermantes, não me venha despertar a grande dor de minha vida". E como esse Legrandin indiscreto, esse Legrandin falastrão, se não tinha a bonita linguagem do outro, tinha o verbo infinitamente mais pronto, composto do que se chama "reflexos", quando o Legrandin "bom conversador" queria impor-lhe silêncio, o outro já tinha falado e, por mais que nosso amigo se desolasse com a má impressão que as revelações de seu *alter ego* deviam causar, o mais que podia fazer era atenuá-la.

Mas isso não queria dizer que o sr. Legrandin não fosse sincero quando trovejava contra os esnobes. Ele não podia saber, pelo menos por si mesmo, que era esnobe, pois nós só conhecemos as paixões dos outros, e o que chegamos a saber das nossas apenas são eles que no-lo vão dizer. Sobre nós, elas só agem de forma secundária, pela imaginação que substitui os primeiros móveis por móveis de reserva mais decentes. Jamais o esnobismo de Legrandin lhe aconselhava que fosse visitar seguidamente a uma duquesa. Mas encarregava a imaginação de Legrandin de lhe apresentar essa duquesa como que ataviada de todas as graças. Legrandin se aproximava então da duquesa, pensando ceder a essa atração do espírito e da virtude que os infames esnobes ignoram. Só os outros sabiam que ele era esnobe; pois graças à incapacidade em que estavam de compreender o trabalho intermediário de sua imaginação, viam em face uma da outra a atividade mundana de Legrandin e sua causa primeira.

Agora, em casa, já não tínhamos ilusões quanto ao sr. Legrandin e nossos encontros haviam se espaçado muito. Minha mãe divertia-se imenso cada vez que apanhava Legrandin em flagrante delito do pecado que ele não confessava e que continuava a chamar o pecado sem remissão, o esnobismo. Meu pai, esse, não podia tomar com tanto desprendimento e bom humor os desdéns de Legrandin; e, quando se pensara um ano em mandar-me passar as férias de verão em Balbec com minha avó, ele disse: "Preciso absolutamente comunicar a Legrandin essas férias em Balbec, para ver se ele se dispõe a apresentá-los à irmã. Com certeza já não se lembra de ter-nos dito que ela morava a dois quilômetros da praia". Minha avó, que achava que nos banhos de mar a gente devia ficar da manhã à tarde na praia respirando o sal, não travando relações com ninguém, porque as visitas e passeios são outros tantos roubos que fazemos do ar marinho, pedia, ao contrário, que não falássemos de nossos projetos a Legrandin, pois já via sua irmã, a sra. de Cambremer, desembarcando no hotel no momento em que íamos para a pesca e forçando-nos a ficar encerrados para recebê-la. Mas mamãe ria de seus temores, pensando que o perigo não seria tão ameaçador e Legrandin não se mostraria tão solícito em apresentar-nos a sua irmã.[101] Ora, sem que se tivesse necessidade de falar em Balbec, foi ele próprio, Legrandin, que, sem desconfiar que tivéssemos jamais a intenção de ir para aquelas bandas, veio colocar-se no laço uma tarde em que o encontramos à margem do Vivonne.

— Há nas nuvens esta tarde violetas e azuis muito lindos, não é, companheiro? — disse ele a meu pai. — Um azul sobretudo mais floral que aéreo, um azul de cinerária, que surpreende no céu. E aquela nuvenzinha cor-de-rosa não tem também um tom de flor, de cravo ou de hidrângea? Apenas na Mancha, entre a Normandia e a Bretanha, pude fazer mais ricas observações sobre essa espécie de reino vegetal da atmosfera. Lá perto de Balbec, perto desses lugares selvagens, há uma pequena enseada de uma doçura encantadora, em que os poentes da terra de Auge, os poentes vermelhos e ouro que aliás estou longe de desdenhar, se apresentam

---

[101] Avó e neto partirão, efetivamente, para Balbec sem a recomendação de Legrandin. Já na segunda estada nessa praia, será a família Cambremer que virá em visita solícita ao herói. [N. E.]

sem caráter, insignificantes; mas naquela atmosfera úmida e suave se abrem à tarde, em alguns instantes, desses buquês celestes, azuis e róseos, que são incomparáveis e muitas vezes levam horas para se fanarem. Outras vezes desfolham-se em seguida e então é ainda mais belo ver o céu inteiro juncado de inúmeras pétalas sulfúreas ou róseas. Naquela enseada, como de opala, ainda mais suaves parecem as praias de ouro, por se acharem ligadas como loiras Andrômedas àqueles terríveis rochedos das costas vizinhas, àquelas ribas fúnebres,[102] famosas por tantos naufrágios, e onde todos os invernos tantas barcas soçobram aos perigos do mar. Balbec! A mais antiga ossamenta geológica do solo de França, verdadeiramente Ar-mor, o Mar, o fim da terra, a região maldita que Anatole France — um encantador que aqui o nosso amiguinho deveria ler — tão bem descreveu, sob suas brumas eternas, como o verdadeiro país dos cimérios, da *Odisseia*.[103] Principalmente de Balbec, onde já estão construindo hotéis, superpostos ao solo antigo e bom, que em nada alteram, que delícia excursionar, a dois passos, por aquelas regiões primitivas e tão belas!

— Ah! Será que o senhor não conhece alguém em Balbec? — disse meu pai. — Justamente esse pequeno deve ir passar dois meses lá com a avó e talvez com minha mulher.

Legrandin, colhido de improviso pela pergunta em um momento em que tinha os olhos fitos em meu pai, não pôde desviá-los, mas, fixando-os de segundo a segundo com maior intensidade — e sem deixar de sorrir tristemente — nos olhos de seu

---

[102] Conforme a lenda, Andrômeda, gabando-se de sua beleza, que, de acordo com ela mesma, era superior à das Nereidas, recebe punição de Netuno, que, despertando um monstro, traz a desgraça ao lugar. O oráculo ordena a rendição de Andrômeda ao monstro, e ela só será salva por Perseu, que petrifica o monstro utilizando a cabeça de Medusa. [N. E.]

[103] Povo nômade encontrado por Ulisses no décimo primeiro canto da *Odisseia*. No livro III, capítulo V, de *Pierre Nozière*, o herói criado por Anatole France lê justamente essa passagem da *Odisseia*. [N. E.]

interlocutor, com um ar de amizade e franqueza e de que não teme olhá-lo em face, pareceu atravessar-lhe o rosto, como que de súbito transparente, e ver naquele momento, além dele, uma nuvem vivamente colorida, que lhe criava um álibi mental e lhe permitiria provar que, no momento em que fora inquirido se não conhecia alguém em Balbec, estava pensando noutra coisa e não ouvira a pergunta. Habitualmente, tais olhares fazem o interlocutor dizer: "Mas em que está pensando o senhor?". No entanto meu pai, curioso, irritado e cruel, insistiu:

— O senhor não tem amigos em Balbec, visto que conhece tão bem o lugar?

Em um último e desesperado esforço, o sorridente olhar de Legrandin atingiu seu máximo de ternura, de vago, de sinceridade e de distração. Mas, considerando sem dúvida que agora não poderia deixar de responder, disse-nos:

— Tenho amigos por toda parte onde haja grupos de árvores feridas, mas não vencidas, que se aproximaram para implorar juntas, com uma obstinação patética, um céu inclemente que não se compadece delas.

— Não era isso que eu queria dizer — interrompeu meu pai, tão obstinado como as árvores e tão impiedoso como o céu. — Eu perguntava para o caso em que acontecesse qualquer coisa a minha sogra e tivesse ela a necessidade de não se sentir lá como em terra estranha, se o senhor não conhecia alguém em Balbec.

— Lá, como em toda parte, conheço todo mundo e não conheço ninguém — respondeu Legrandin, que não se rendia tão depressa —, muito às coisas e muito pouco às pessoas. Mas lá as próprias coisas parecem pessoas, pessoas raras, de uma essência delicada e que a vida teria decepcionado. Ora é um castelo que encontramos na costa, junto ao caminho, parado ali para confrontar sua pena com a noite ainda rósea onde sobe a lua de ouro e cuja flâmula e cores ostentam em seus mastros os barcos que regressam, estriando as águas matizadas; ora é uma simples casa solitária, feia até, de aspecto tímido mas romanesco, que oculta a todos os olhos algum segredo imperecível de felicidade e encantamento. Essa terra sem verdade — acrescentou com uma delicadeza maquiavélica —, essa terra de ficção, eu não a recomendaria para o meu amiguinho, já tão dado à tristeza e com o coração tão predisposto. Os climas de confidência amorosa e de lamento inútil podem convir ao velho desabusado que eu sou, mas são sempre insalubres para um temperamento ainda em formação. Acredite-me — tornou ele com insistência —, as águas daquela baía, já metade bretã, podem exercer uma ação sedativa, aliás discutível, num coração que já não é intato como o meu, num coração cuja lesão não é mais compensada. Elas são contraindicadas na sua idade, meu menino. Boa-noite, vizinhos — acrescentou, deixando-nos com a brusquidão evasiva que lhe era habitual, e, voltando-se para nós com o dedo erguido do médico, resumiu sua consulta, gritando-nos: — Nada de Balbec antes dos cinquenta anos, e ainda assim depende do estado do coração.

Meu pai martelou no assunto em nossos encontros ulteriores, torturou-o com perguntas — tudo inútil: como aquele falsário erudito que empregava no fabrico de palimpsestos apócrifos um labor e uma ciência cuja centésima parte bastaria para lhe assegurar uma situação mais lucrativa, mas honrada,[104] o sr. Legrandin, se continuássemos a insistir, terminaria por edificar toda uma ética paisagística e uma geografia celeste da Baixa Normandia, antes que confessar que a dois quilômetros de Balbec residia sua própria irmã e ver-se obrigado a oferecer-nos uma carta de apresentação, coisa que não o assustaria tanto se tivesse certeza — como devia ter, dada a experiência que tinha do caráter de minha avó — de que não iríamos utilizá-la.

---

104 Alusão provável a Vrain-Lucas, que vendera, a partir de 1861, toda uma série de supostos manuscritos redigidos em francês antigo ao matemático Michel Chasles. Alphonse Daudet, escritor e pai de amigos de Proust, trata do episódio em seu livro *L'Immortel*, que Proust conhecia. [N. E.]

Sempre voltávamos cedo de nossos passeios, para ter tempo de fazer uma visita a tia Léonie antes do jantar. No começo da estação em que os dias acabam cedo, ao chegarmos à rua do Espírito Santo, ainda havia um reflexo do poente nas vidraças da casa e uma faixa de púrpura ao fundo dos bosques do Calvário, que ia refletir-se mais além, no lago; púrpura que, acompanhada muitas vezes de um frio bastante vivo, se associava, em meu espírito, à púrpura do fogo onde se assava um frango, que me traria, depois do prazer poético do passeio, o prazer da gula, do calor e do repouso. No verão, pelo contrário, quando entrávamos, o sol ainda não se deitara e, durante nossa visita, sua luz que declinava e atingia a janela passava entre as grandes cortinas e os umbrais, dividida, ramificada, filtrada, e, incrustando de partículas de ouro a madeira de limoeiro da cômoda, iluminava obliquamente o quarto com a delicadeza que tem nos bosques, sob as árvores. Mas certos dias muito raros, ao regressarmos, fazia muito tempo que a cômoda perdera suas incrustações momentâneas e, ao chegarmos à rua do Espírito Santo, não havia mais nenhum reflexo de poente nas vidraças, e o lago ao pé do Calvário perdera sua púrpura, e às vezes era já de uma cor opalina, e um longo raio de lua, que se ia alargando e estriando com todas as rugas da água, atravessava-o de um lado a outro. E então, aproximando-nos de casa, avistávamos um vulto à porta, e mamãe me dizia:

— Meu Deus! Lá está Françoise à nossa espera; tua tia está alarmada; é que voltamos muito tarde.

E sem perder tempo em desembaraçar-nos de nossos abrigos, subíamos em seguida ao quarto de tia Léonie para tranquilizá-la e mostrar-lhe que, contrariamente ao que imaginara, nada nos tinha acontecido, mas que apenas fôramos para o "lado de Guermantes" e — ora essa! — bem sabia ela que, quando dávamos esse passeio, não se podia ter certeza da hora do regresso.

— Eu não lhe dizia, Françoise, que eles deviam ter ido para o lado de Guermantes?! — exclamava minha tia. — Meu Deus!

Devem estar com uma fome! E o seu carneiro que com certeza já está torrado, com todo esse tempo que esperou. Também, é hora que se chegue?! Como, então, vocês foram para o lado de Guermantes?

— Mas eu julgava que você o sabia, Léonie — dizia mamãe.
— Pensava que Françoise nos tivesse visto sair pelo portãozinho da horta.

Pois havia nas vizinhanças de Combray dois "lados" para os passeios, e tão opostos que não saíamos com efeito pelo mesmo portão, quando queríamos ir para um lado ou outro: o lado de Méséglise-la-Vineuse, também chamado o lado de Swann, porque se passava pela propriedade do sr. Swann quando íamos para aquelas bandas, e o lado de Guermantes.[105] De Méséglise, a falar a verdade, jamais lhe conheci senão o "lado" e uma gente estranha que nos domingos vinha passear em Combray, gente que, desta vez, nenhum de nós, nem sequer tia Léonie, "conhecia", e que por isso era considerada "gente que devia ter vindo de Méséglise". De Guermantes, eu viria um dia a saber muito mais, mas isso dali a anos e durante toda a minha adolescência, se Méséglise era para mim qualquer coisa de inacessível como o horizonte, oculto à vista, por mais longe que se fosse, pelos acidentes de um terreno que já não se assemelhava ao de Combray, Guermantes sempre me apareceu como um termo antes ideal que real de seu próprio "lado", uma espécie de expressão geográfica abstrata como a linha do equador, como os polos, como o Oriente. Assim, "tomar por Guermantes" para ir a Méséglise, ou o contrário, parecia-me uma expressão tão sem sentido como tomar por leste para ir a oeste. Visto que meu pai falava sempre do lado de Méséglise como

---

105 A abertura da grande "sinfonia" do tempo perdido conta com esses dois lados — o caminho de Swann e o caminho de Guermantes —, que, como motivos musicais, voltarão nas últimas páginas do livro, fechando magistralmente o longo percurso de busca do herói. [N. E.]

da mais bela vista da planície que conhecia e do lado de Guermantes como da paisagem típica de rio, eu lhes dava, concebendo-os assim como duas entidades, essa coesão e unidade que só pertencem às criações de nosso espírito; a mínima parcela de cada um me parecia preciosa e cheia de sua peculiar excelência, ao passo que, em comparação com eles, antes que se chegasse ao solo sagrado de um ou outro, os caminhos em cujo fim se achavam pousados como o ideal da vista de planície e o ideal da paisagem de rio não valiam a pena ser vistos, como para o espectador apaixonado de arte dramática as ruas que conduzem ao teatro. Mas sobretudo eu punha entre ambos, muito mais que suas distâncias quilométricas, a distância que havia nas duas partes de meu cérebro com que pensava neles, uma dessas distâncias internas do espírito que não só afastam as coisas, mas as separam e colocam em planos diversos. E essa demarcação ainda se tornava mais absoluta, porque aquele hábito que tínhamos de nunca ir para os dois lados no mesmo dia, em um único passeio, mas uma vez do lado de Méséglise, outra vez do lado de Guermantes, encerrava-os por assim dizer longe um do outro, e sem poder se conhecer, nos vasos herméticos e incomunicáveis de tardes diferentes.

Quando queríamos ir para o lado de Méséglise, saíamos (não muito cedo, e mesmo que o céu estivesse nublado, porque o passeio não era muito longo e não nos afastava muito) como para ir a qualquer parte, pela porta principal da casa de minha tia, na rua do Espírito Santo. Éramos saudados pelo armeiro, púnhamos as cartas na caixa, dizíamos de passagem a Théodore, da parte de Françoise, que estava lhe faltando azeite ou café, e saíamos da cidade pela estrada que margeava a cerca branca do parque do sr. Swann. Antes de lá chegar, encontrávamos pelo caminho, vindo ao encontro dos estranhos, o cheiro de seus lilases. Eles próprios, dentre os coraçõezinhos verdes e frescos de suas folhas, erguiam curiosamente acima da cerca do parque seus penachos de plumas brancas e malvas, rebrilhantes, embora na sombra, do sol em que se haviam banhado. Alguns, meio ocultos pela pequena casa de telhas chamada a casa dos Arqueiros, onde morava o guarda, assomavam por cima da frontaria gótica seu róseo minarete. As Ninfas da primavera pareceriam vulgares perto daquelas jovens huris que guardavam naquele jardim francês os tons vivos e puros das miniaturas da Pérsia. Apesar de meu desejo de enlaçar-lhes o talhe flexível e acercar de minha face os estrelados bucles de suas cabecinhas cheirosas, seguíamos adiante sem parar, pois meus pais não frequentavam Tansonville desde o casamento de Swann, e, para não parecer que estávamos a espiar para dentro do parque, em vez de tomar o caminho que margina seu cercado e que vai dar diretamente nos campos, tomávamos outro que ali também vai ter, mas obliquamente, e nos fazia desembocar muito longe. Um dia, disse meu avô a meu pai:

— Não te lembras que Swann nos disse ontem que, como a mulher e a filha partiam para Reims, ele aproveitaria a ocasião para ir passar vinte e quatro horas em Paris? Visto que essas damas não estão aqui, poderíamos seguir ao longo do parque, o que nos abreviaria muito o caminho.

Paramos um momento diante da cerca. Aproximava-se o fim do tempo dos lilases; alguns expandiam ainda em altos lustres malvas as cúpulas delicadas de suas flores, mas em muitas partes da folhagem onde uma semana antes rebentava seu embalsamado musgo, agora desandava, apoucada e enegrecida, uma espuma oca e sem perfume. Meu avô mostrava a meu pai o que naqueles lugares permanecia o mesmo e o que havia mudado, desde o passeio que ele dera com o sr. Swann no dia da morte de sua esposa; e aproveitou o ensejo para contar mais uma vez aquele passeio.

Diante de nós, uma alameda marginada de capuchinhas subia em pleno sol para o castelo. À direita, pelo contrário, o parque estendia-se em terreno plano. Ensombrado pelas grandes árvores que o cercavam, havia um tanque mandado construir pelos pais de Swann;

mas, em suas criações mais artificiais, é sobre a natureza que o homem trabalha; há lugares que assentam seu império particular e arvoram suas insígnias imemoriais no meio de um parque como o fariam longe de toda intervenção humana, em uma solidão que sempre volta a cercá-los, provinda das necessidades de sua exposição e superposta à obra humana. É assim que, ao pé da alameda que dominava o tanque, se compusera em duas fiadas entretecidas de miosótis e pervincas a coroa natural, delicada e azul que cinge a fronte claro-escura das águas, e a palma-de-santa-rita, deixando pender seus gládios com um real abandono, espalhava sobre os eupatórios e os rainúnculos de pé molhado as rotas flores-de-lis, roxas e amarelas, de seu cetro lacustre.

A partida da filha de Swann, que — tirando-me a terrível possibilidade de vê-la surgir em uma alameda, de ser conhecido e desprezado pela privilegiada menina que tinha Bergotte como amigo e ia com ele visitar as catedrais — tornava indiferente a contemplação de Tansonville na primeira vez em que me era permitida, mas parecia acrescentar a essa propriedade, aos olhos de meu avô e de meu pai, certas comodidades, um encanto passageiro, como nos proporciona, em uma excursão às montanhas, um céu inteiramente sem nuvens, e lhes tornava aquele dia excepcionalmente propício para um passeio por aquelas bandas; eu desejaria que seus cálculos fracassassem, que um milagre fizesse aparecer tão perto de nós a srta. Swann com seu pai que não tivéssemos tempo de o evitar e fôssemos obrigados a travar conhecimento com ela. Assim, quando avistei de súbito na relva, como um sinal de sua possível presença, um cestinho esquecido ao lado de uma linha de pescar cuja boia flutuava na água, apressei-me em desviar para outro lado os olhares de meu pai e de meu avô. Aliás, como Swann nos dissera que não lhe ficava bem se ausentar, pois tinha hóspedes em casa, a linha podia pertencer a algum convidado. Não se ouvia nenhum rumor de passos nas alamedas. A meia altura de uma árvore indeterminada, um pássaro invisível empenhava-se em que fosse breve o dia, explorando com uma nota prolongada a solidão circundante, mas recebia desta uma réplica tão unânime, um contragolpe tão reduplicado de silêncio e imobilidade que dir-se-ia que ele acabava de parar para sempre o instante que procurava fazer passar mais depressa. Tão implacável tombava a luz de um céu imobilizado que a gente desejaria subtrair-se à sua atenção, e a própria água parada, cujo sono os insetos perpetuamente irritavam, sonhando decerto com algum Maelstrom imaginário, vinha aumentar a perturbação em que me lançara o flutuador de cortiça, parecendo arrastá-lo a toda a velocidade sobre as silenciosas extensões do céu que nela se refletia; o flutuador se achava quase vertical, como que prestes a mergulhar, e eu me perguntava, sem levar em conta o desejo e o temor que tinha de conhecê-la, se não seria meu dever prevenir a filha de Swann de que o peixe estava picando quando me foi preciso sair correndo para alcançar meu pai e meu avô, que me chamavam, espantados de que eu não os tivesse acompanhado pela estradinha que subia para o campo e por onde eles já haviam seguido. Achei-a toda sussurrante de odor dos pilriteiros. A sebe formava como que uma sequência de pequenos altares que desapareciam sob as flores amontoadas; abaixo, o sol pousava na terra um quadriculado de luz, como se acabasse de passar por um vitral; o perfume difundia-se tão untuoso, tão delimitado em sua forma como se eu me achasse ante o altar da Virgem; e as flores, assim ataviadas, sustinham distraidamente seu fulgurante ramo de estames, finas e radiantes nervuras de estilo *flamboyant*, como as que na igreja alumiavam a rampa da galeria ou as travessas do vitral e que se expandiam em alva carnação de flor de morangueiro. Que ingênuas e campônias, em comparação, não pareceriam as eglantinas que, dali a semanas, subiriam também em pleno sol o mesmo caminho rústico, com seus ruborosos corpinhos de seda lisa que com um sopro se desfazem!

Mas por mais que eu ficasse diante dos pilriteiros a respirar, a apresentar a meu pensamento que não sabia o que fazer com ele, a perder, a reencontrar, seu invisível e fixo odor, a integrar-me no ritmo que lançava aqui e ali suas flores, em um ímpeto juvenil e a intervalos inesperados como certos intervalos musicais, ofereciam-me indefinidamente o mesmo encanto, em inesgotável profusão, sem me deixar no entanto aprofundá-lo mais, como essas melodias que executamos cem vezes seguidas sem penetrar mais fundo em seu segredo. Desviava-me delas um momento, para abordá-las em seguida com forças mais frescas. Eu perseguia até no talude, que, por detrás da sebe, subia em forte aclive para o campo, alguma papoula perdida, algumas centáureas que tivessem ficado preguiçosamente para trás, que o decoravam aqui e ali com suas flores, como a orla de uma tapeçaria onde surge esparsamente o motivo agreste que triunfará em todo o pano; raros ainda, espaçados como as casas isoladas que anunciam a aproximação de uma aldeia, anunciavam-me elas a imensa extensão onde os trigais ondeiam e as nuvens se arrebanham, e a vista de uma única papoula, içando ao alto de sua cordoalha e fazendo palpitar ao vento sua flâmula rubra, acima de sua boia oleosa e negra, fazia-me bater o coração, como ao viajante que vê em um terreno baixo uma primeira barca virada que um calafate está consertando, e exclama, antes mesmo de o ter avistado: "O Mar!".

Depois voltava para junto dos pilriteiros como para junto dessas obras-primas que a gente pensa ver melhor depois que deixou um momento de contemplá-las; mas de nada me servia fazer uma pantalha com as mãos para não ter outra coisa ante os olhos, pois o sentimento que me despertavam permanecia obscuro e vago, sem conseguir desprender-se de mim para se unir às flores. Estas não ajudavam a esclarecer meu sentimento e eu não podia pedir a outras flores que o satisfizessem. Dando-me então essa alegria que experimentamos ao ver uma obra de nosso pintor favorito que difere das que conhecíamos, ou quando nos levam ante um quadro de que apenas tínhamos visto um esboço a creiom, ou quando um trecho apenas escutado ao piano nos aparece em seguida revestido de todas as cores da orquestra, meu avô me chamou e, apontando para a sebe de Tansonville, disse-me: "Tu, que gostas dos pilriteiros, repara neste pilriteiro cor-de-rosa; como é bonito!". Com efeito, era um pilriteiro, mas róseo, mais belo ainda que os brancos. Também estava vestido de festa — de festa religiosa, as únicas festividades verdadeiras, pois não há um capricho contingente que as aplique, como as festas mundanas, a um dia que não lhes é destinado especialmente e que nada tem de essencialmente festivo —, porém com uma veste ainda mais rica, pois as flores ligadas ao ramo, umas acima das outras, não deixando um só lugar que não fosse decorado, como os pompons que engrinaldam um bastão rococó, eram "de cor", e por conseguinte de superior qualidade, segundo a estética de Combray, a julgar pela escala dos preços no armazém da Praça ou no Camus, onde os biscoitos cor-de-rosa eram os mais caros. Eu também gostava mais de creme cor-de-rosa, em que me deixavam esmagar morangos. E justamente aquelas flores tinham escolhido um desses tons de coisa comestível, ou de formoso adorno em um vestido para grande festa, e que, visto lhes apresentarem a razão de sua superioridade, são as que parecem mais evidentemente belas aos olhos das crianças e por isso conservam sempre para estas qualquer coisa de mais vivo e natural que as outras cores, mesmo depois de haverem compreendido que nada ofereciam a sua gulodice e não tinham sido escolhidas pela costureira. E na verdade logo sentira, como diante dos pilriteiros brancos, mas com maior maravilha, que não era facticiamente, por um artifício de indústria humana, que a intenção de festividade estava traduzida nas flores, mas tinha sido a natureza quem espontaneamente a expressara com a ingenuidade de um lojista de aldeia trabalhando para um altar, sobrecarregando o arbusto com essas rosinhas de um tom demasiado suave e de um *pompadour* provinciano. No alto dos ramos, como outros tantos vasinhos de roseiras ocultos em papel recortado, com seus finos hastis a irradiarem do altar nos dias festivos, pululavam mil botõezinhos de cor mais pálida que, entreabrindo-se, deixavam ver, como no fundo de uma taça de mármore róseo, vermelhas sanguinas e traíam, mais ainda que as flores, a essência particular, irresistível, do pilriteiro, que, onde quer que brotasse ou florescesse, só o podia fazer em cor-de-rosa. Intercalado na sebe, mas tão diferente dela como uma donzela vestida para uma festa no meio de pessoas em trajes caseiros, pronto para o mês de Maria, de que já parecia fazer parte, assim brilhava a sorrir, em sua fresca toalete rósea, o arbusto católico e delicioso.

A sebe entremostrava no interior do parque uma aleia bordada de jasmins, amores-perfeitos e verbenas, dentre os quais abriam uns goivos a sua bolsa fresca, de um róseo odorante e fanado de velho couro de Córdoba, enquanto pelo caminho serpenteava uma comprida manga de regar, pintada de verde e que, dos pontos onde tinha orifícios, erguia por sobre as flores cujo aroma impregnava com sua frescura o leque vertical e prismático de suas gotículas multicores. De súbito parei, não pude mais me mover, como acontece quando uma visão não se dirige apenas a nossos olhares, mas requer percepções mais profundas e dispõe de todo o nosso ser. Uma menina de um loiro-avermelhado, que parecia voltar de um passeio e que tinha na mão uma pá de jardinagem, olhava-nos, erguendo o rosto salpicado de manchinhas cor-de-rosa. Seus olhos negros fulguravam e, como eu então não sabia, nem o aprendi depois, reduzir a seus elementos objetivos uma impressão muito forte, como não tinha suficiente "espírito de observação", como se diz, para poder isolar a noção de sua cor, durante muito tempo, de cada vez que pensava nela, a lembrança do fulgor de seus olhos logo se me apresentava como de vivíssimo azul, visto que ela era loira; de modo que, se acaso não tivesse uns olhos tão negros — coisa que tanto surpreendia ao vê-la pela primeira vez —, eu não teria ficado, como fiquei, mais particularmente enamorado, nela, de seus olhos azuis.

Fiquei a olhá-la, a princípio com esse olhar que não é mais que o porta-voz dos olhos, mas à janela do qual se inclinam todos os sentidos, ansiosos e petrificados, olhar que desejaria tocar, capturar, trazer consigo o corpo que está mirando, e com ele a alma; depois, tal o medo que eu tinha de que de um momento para outro meu avô e meu pai, avistando a menina, me fizessem afastar, dizendo-me que corresse um pouco adiante deles, com um segundo olhar, inconscientemente súplice, que procurava forçá-la a prestar atenção a minha pessoa, a conhecer-me! Ela dirigiu as pupilas para a frente e para um lado, a fim de tomar conhecimento de meu avô e de meu pai, e sem dúvida concluiu dessa inspeção que nós éramos ridículos, pois se desviou e, com um ar indiferente e desdenhoso, colocou-se de lado para subtrair o rosto ao campo visual dos dois; e enquanto eles, sem tê-la visto, continuavam a andar, deixando-me para trás, ela deixou correr o olhar em todo o seu comprimento até onde eu me achava, sem expressão particular, sem parecer que me via, mas com uma fixidez e um sorriso dissimulado, que eu não podia interpretar, segundo as noções que me haviam dado sobre a boa educação, senão como uma prova de ofensivo desprezo; ao mesmo tempo sua mão esboçava um indecente gesto, ao qual, quando dirigido em público a um estranho, o pequeno dicionário de civilidade que eu trazia em mim só podia dar um sentido, o de uma intenção de insolência.[106]

— Anda, Gilberte, vem; que é que estás fazendo aí? — gritou com voz aguda e autoritária uma dama de branco que eu não tinha visto, e, a alguma distância da mesma, um senhor com roupa de xadrez e que eu desconhecia, fixava em mim uns olhos que pareciam querer saltar-lhe da cabeça;[107] e, deixando bruscamente de sorrir, a menina tomou sua pá e afastou-se, sem se voltar para meu lado, com um ar dócil, impenetrável e sorrateiro.

---

[106] Somente ao final do livro, quase 3 mil páginas adiante, lhe será revelado o sentido do gesto de Gilberte. [N. E.]
[107] A razão da fixidez desse olhar também só será esclarecida no quarto volume da obra. [N. E.]

Assim passou junto a mim esse nome de Gilberte, oferecido como um talismã que me permitiria talvez reencontrar um dia aquela de quem ele acabava de fazer uma pessoa e que, um momento antes, não era mais do que uma incerta imagem. Assim passou, proferido acima dos jasmins e dos goivos, brusco e fresco como as gotas da mangueira verde; impregnando, irisando a zona de ar puro que atravessara — e que isolava — com o mistério da vida daquela que ele designava para as felizes criaturas que viviam, que viajavam com ela; expandindo sob o espinheiro róseo, à altura de meu ombro, a quinta-essência da familiaridade deles, para mim tão dolorosa, com Gilberte, com o desconhecido de sua vida, onde eu não penetraria.

Por um instante (enquanto nos afastávamos e meu avô murmurava: "Esse pobre Swann, que papel o fazem representar! Mandam-no embora para que ela fique sozinha com seu Charlus, pois é ele, eu reconheci-o! E essa pequena, metida em toda essa infâmia!"), a impressão que me deixou o tom despótico com que a mãe de Gilberte lhe falara, sem que esta replicasse, mostrando-a a mim como forçada a obedecer a alguém, como se não fosse superior a tudo, acalmou um pouco meu sofrimento, deu-me alguma esperança e diminuiu meu amor. Mas logo esse amor tornou a elevar-se, como uma reação pela qual meu coração humilhado anelava pôr-se ao nível de Gilberte ou baixá-la até seu próprio nível. Amava-a, lamentava não ter tido tempo nem a inspiração de ofendê-la, de fazer-lhe mal, de forçá-la a se lembrar de mim. Achava-a tão linda que desejaria retroceder para gritar-lhe, erguendo os ombros: "Como a acho feia, ridícula, como você me repugna". Mas me afastava, levando para sempre, como primeiro tipo de uma felicidade que era inacessível, por infringíveis leis naturais, aos meninos de minha espécie, a imagem de uma menina ruiva, de pele semeada de manchinhas róseas, que segurava uma pá e ria, dirigindo a mim longos olhares disfarçados e inexpressivos. E já o encanto com que seu nome tinha incensado aquele lugar junto aos espinheiros róseos, onde fora ouvido ao mesmo tempo por ela e por mim, ia alcançar, impregnar, perfumar tudo o que lhe era próximo, seus avós que os meus tiveram a inefável ventura de conhecer, a sublime profissão de corretor, o pungente bairro dos Campos Elísios onde ela morava em Paris.

— Léonie — disse meu avô ao regressar —, eu desejaria que estivesses conosco ainda há pouco. Nem reconhecerias Tansonville! Se eu me tivesse animado, cortaria para ti um ramo daqueles espinheiros cor-de-rosa de que tanto gostavas.

Contava assim meu avô nosso passeio a tia Léonie, ou para distraí-la, ou porque não houvesse perdido de todo a esperança de fazê-la sair. Ela gostava muito de Tansonville, e aliás as visitas de Swann foram as últimas que recebera, já quando fechava a porta a todo mundo. E como acontecia quando ele ultimamente perguntava por ela (pois era a única pessoa de casa que Swann ainda pedia para ver) e ela lhe mandava dizer que estava fatigada, mas que o receberia da próxima vez, assim disse tia Léonie naquela tarde: "Sim, num dia em que fizer bom tempo, irei de carro até o portão do parque". E dizia-o sinceramente. Gostaria de tornar a ver Swann e Tansonville; mas o desejo que tinha disso era o suficiente para o que lhe restava de forças; sua realização seria superior a elas. Algumas vezes o bom tempo lhe restituía um pouco de vigor, e ela levantava-se, vestia-se; mas a fadiga já começava ao passar para o outro quarto e logo tia Léonie voltava ao leito. O que para ela havia começado — apenas mais cedo do que habitualmente acontece — era essa completa renúncia da velhice que se prepara para a morte, envolvendo-se em sua crisálida, e que se pode observar, no final das vidas que se prolongam demasiado, até entre os amantes que mais se amaram, entre amigos unidos pelos elos mais espirituais e que, a partir de certo ano, deixam de fazer a viagem ou dar a caminhada necessária para se encontrarem, cessam de escrever-se e sabem que não mais se comunicarão neste mundo. Tia Léonie devia perfeitamente saber que não tornaria a avistar-se com Swann, que nunca mais sairia de casa, mas essa reclusão definitiva deveria ter-se-lhe tornado bastante fácil pela mesma razão que a nós nos parecia dolorosa: é que tal reclusão lhe era imposta pelo declínio que ela diariamente podia constatar em suas forças, e que, fazendo de cada ação, de cada movimento, uma fadiga, senão um sofrimento, dava para ela à inação, ao isolamento, ao silêncio, a reparadora e bendita doçura do repouso.

Minha tia não foi ver a sebe de espinheiros. Mas a cada momento eu perguntava a meus pais se ela não iria, se outrora não ia muitas vezes a Tansonville, só para os obrigar a falar nos pais e avós de Gilberte, que me pareciam grandes como deuses. Esse nome, que se tornara para mim quase mitológico, de Swann, quando eu conversava com meus pais, morria de desejo de os ouvir proferi-lo, não ousando pronunciá-lo por minha boca, mas arrastava-os para assuntos que se avizinhassem de Gilberte e sua família, que a ela se ligassem e nos quais eu não me sentisse isolado para muito longe dela; e levava inopinadamente meu pai, fingindo por exemplo acreditar que o cargo de meu avô já estivera em mãos de outros membros de nossa família, ou que a sebe de espinheiros que tia Léonie queria ver se achava em terreno municipal, a retificar minha asserção, a dizer-me, como que a me contrariar, e por sua própria conta: "Mas não, esse cargo pertencia ao pai de *Swann*, aquela sebe faz parte do parque de *Swann*". Via-me então obrigado a tomar respiração, de tal modo esse nome, pousando no lugar em que estava sempre gravado em mim, me pesava até a asfixia, pois no momento em que o ouvia, ele se me afigurava mais denso do que qualquer outro, visto que trazia o peso de todas as vezes em que o pronunciara mentalmente. Causava-me um prazer que eu me sentia confuso de haver solicitado a meus pais, pois tão grande era que decerto lhes custara muito proporcioná-lo, e isto sem compensação, pois para eles não constituía prazer nenhum. De maneira que eu desviava a conversa por discrição. Por escrúpulo também. Todos os singulares encantos que atribuía a esse nome de Swann, tornava a encontrá-los nessa palavra quando eles a pronunciavam. Logo me parecia que eles também não podiam deixar de senti-los, que se colocavam em meu ponto de vista, que por sua vez percebiam, absolviam, compartilhavam meus sonhos, e eu sentia-me infeliz como se tivesse vencido e depravado meus pais.

Quando naquele ano, um pouco mais cedo que de costume, meus pais marcaram a data do regresso a Paris, sucedeu que na manhã da partida, como tinham encrespado meus cabelos para mandar-me tirar um retrato, e também haviam me posto com todo o cuidado um chapéu que eu nunca usara antes e uma capa de veludo, minha mãe, depois de me procurar por toda parte, foi encontrar-me em pranto na ladeira contígua a Tansonville, despedindo-me dos pilriteiros, abraçando-lhes os ramos picantes, e, como uma princesa de tragédia a quem pesassem aqueles vãos ornamentos, ingrato para com a importuna mão que atara todos aqueles laços na intenção de me arranjar os cabelos,[108] calcando aos pés meus papelotes arrancados e meu chapéu novo. Minha mãe não se comoveu com minhas lágrimas, mas não pôde reter um grito, à vista do chapéu amassado e da capa perdida. Eu não a ouvia. "Meus pobres pilriteirinhos!", dizia eu, chorando. "Vocês, só vocês não me dariam pesar, não me obrigariam a partir! Nunca me fizeram mal! Sempre hei de querer bem a vocês." E enxugando os olhos, eu lhes prometia, para quando fosse grande, não imitar a vida insensata dos outros homens, e, até mesmo em Paris, nos dias de primavera, em vez de ir fazer visitas e ouvir tolices, sair para os campos a ver as primeiras flores de pilriteiro.

Uma vez nos campos, não mais os deixávamos durante todo o resto do passeio que se dava para as bandas de Méséglise. Eram perpetuamente percorridos, como por um invisível caminheiro, pelo vento, que era para mim o gênio local de Combray.

---

[108] Citação quase literal de um verso da cena 3 do primeiro ato da peça *Phèdre*, de Racine. [N. E.]

Todos os anos, no dia de nossa chegada, para sentir que estava mesmo em Combray, eu subia ao encontro do vento que corria pelos valados e me fazia correr atrás dele. Tínhamos sempre o vento ao nosso lado, para as bandas de Méséglise, sobre aquela planície convexa onde durante léguas não encontra nenhum acidente de terreno. Eu sabia que a filha de Swann costumava seguidamente passar alguns dias em Laon, e embora Laon se achasse a várias léguas, como a distância era compensada pela ausência de qualquer obstáculo, quando, por aquelas tardes cálidas, eu via um mesmo sopro, vindo do extremo do horizonte, curvar os trigos mais afastados, propagar-se como uma vaga por sobre toda a imensa extensão, e vir deitar-se tépido e murmurante a meus pés, entre os sanfenos e os trevos, aquela planície que nos era comum a ambos parecia aproximar-nos, unir-nos, e eu pensava que aquele vento havia passado junto dela, que era alguma mensagem dela que ele me sussurrava sem que eu a pudesse compreender, e eu beijava-o na passagem. À esquerda ficava uma aldeia que se chamava Champieu (*Campus Pagani,* segundo o cura). Para a direita, avistavam-se, além dos trigais, as duas torres cinzeladas e rústicas de Santo André dos Campos, também elas afiladas, escamosas, imbricadas de alvéolos, guilhochadas, amarelecidas e grumosas, como duas espigas.

A intervalos simétricos, no meio da inimitável ornamentação de suas folhas que não se pode confundir com a folhagem de nenhuma outra árvore frutífera, abriam as macieiras suas largas pétalas de cetim branco ou suspendiam os tímidos ramos de seus botões enrubescidos. Para os lados de Méséglise foi que notei pela primeira vez a sombra redonda que as macieiras projetam na terra ensolarada, e também essas sedas de ouro impalpável que o poente tece obliquamente sob as folhas, e que eu via meu pai interromper com a bengala, sem jamais fazê-las desviar.

Às vezes pelo céu da tarde passava a lua branca como uma nuvem, furtiva, sem brilho, como uma atriz que ainda não está na hora de entrar em cena e que, da plateia, em toalete comum, olha um momento suas camaradas, apagando-se, indesejosa de chamar a atenção. Eu gostava de reencontrar sua imagem nos quadros e nos livros, mas essas obras de arte eram muito diferentes — pelo menos durante os primeiros anos, antes que Bloch acostumasse meus olhos e meus pensamentos a harmonias mais sutis — daquelas em que a lua hoje me pareceria mais bela, e que então não me diziam nada. Era, por exemplo, algum romance de Saintine, uma paisagem de Gleyre, em que ela recorta nitidamente sobre o céu uma foice de praia, dessas obras ingenuamente incompletas como eram minhas próprias impressões e que as irmãs de minha avó tanto se indignavam de ver-me apreciar.[109] Pensavam elas que se deveriam mostrar às crianças as obras de arte que, quando chegados à maturidade, admiramos definitivamente, e que as crianças darão prova de bom gosto se as admirarem desde já. Sem dúvida era porque imaginavam os méritos estéticos como objetos materiais que um olhar atilado não pode deixar de perceber, sem necessidade de amadurecer lentamente seus equivalentes dentro do próprio coração.

Era para os lados de Méséglise, em Montjouvain, propriedade situada junto a um grande pântano e encostada a um talude cheio de vegetação, que morava o sr. Vinteuil. De maneira que cruzávamos seguidamente na estrada com sua filha, que conduzia um cabriolé a toda a velocidade. A partir de certo ano, já não a encontrávamos sozinha, mas com uma amiga de mais idade, que tinha má fama na região e que um dia se instalou definitivamente em Montjouvain. Diziam: "Esse pobre Vinteuil deve estar mesmo muito cego de carinho para que não se dê conta do que falam e per-

---

[109] Joseph-Xavier Boniface, vulgo Saintine, era autor do romance *Picciola*. Charles-Gabriel Gleyre, pintor suíço, cujo quadro *Le soir ou les illusions perdues* encontra-se no Museu do Louvre. Em outros textos, Proust os associa às paixões artísticas típicas da infância. [N. E.]

mitir que a filha leve para casa uma mulher daquelas, ele que se escandaliza com uma palavra imprópria. Diz ele que é uma mulher superior, um grande coração e que teria disposições extraordinárias para a música se as tivesse cultivado. Pode estar certo de que não é de música que ela se ocupa com a sua filha". O sr. Vinteuil o dizia; e é com efeito notável como uma pessoa sempre provoca a admiração por suas qualidades de espírito e coração, por parte da família de qualquer outra pessoa com quem tenha relações carnais. O amor físico, tão injustamente difamado, obriga de tal modo toda criatura a manifestar até as mínimas partículas de bondade e desprendimento que tenha em si, que essas virtudes acabam resplandecendo aos olhos das pessoas mais próximas. O dr. Percepied, cujo vozeirão e grossas sobrancelhas lhe permitiam desempenhar quanto quisesse o papel de pérfido, de que não tinha o físico, sem comprometer em nada sua inabalável e imerecida reputação de casmurro bondoso, sabia fazer rir até as lágrimas o cura e todo mundo, dizendo em um tom rude: "Sim! Sim! Parece que a senhorita Vinteuil faz música com a sua amiga. Acham estranho? Não sei. Mas foi o velho Vinteuil quem ainda ontem me disse isto. Afinal de contas, essa moça tem todo o direito de gostar de música. Longe de mim contrariar as vocações artísticas dos jovens. Nem Vinteuil tampouco, ao que parece. E depois ele também faz música com a amiga da filha. Arre! Fazem uma música naquela casa! Mas de que estão rindo? O fato é que aquela gente faz música demais. No outro dia encontrei o velho Vinteuil perto do cemitério. Ele não podia se aguentar nas pernas".[110]

Para aqueles que, como nós, viram naquela época o sr. Vinteuil evitar os conhecidos, desviar-se quando os avistava, envelhecer em poucos meses, absorver-se em seu desgosto, tornar-se incapaz de

---

[110] A notícia do amor homoerótico entra no livro com o tom de fofoca e brincadeira difamatória. Esse tema ganhará tal densidade que influenciará a vida amorosa do herói, que, como a própria grandeza artística de Vinteuil, é dos temas principais da obra. [N. E.]

qualquer esforço que não tivesse diretamente por objetivo a felicidade da filha, passar dias inteiros diante do túmulo da mulher, seria difícil não compreender que ele morria de pesar, e supor que não se desse conta das murmurações que corriam. Conhecia-as, talvez até lhes desse crédito. Não há talvez uma pessoa, por maior que seja sua virtude, que a complexidade das circunstâncias não possa levar um dia a viver na familiaridade do vício que mais formalmente condena — sem que aliás o reconheça de todo sob o disfarce de fatos particulares de que esse vício se reveste para entrar em contato com ela e fazê-la sofrer: palavras estranhas, uma atitude inexplicável, certa noite, de uma criatura a quem de resto tem tantos motivos para querer bem. Mas para um homem como o sr. Vinteuil, devia entrar mais de sofrimento que para qualquer outro, na resignação a uma dessas situações que erroneamente se consideram apanágio exclusivo do mundo da boêmia: sempre se operam cada vez que um vício busca o lugar e segurança que lhe são necessários, vício este que a própria natureza desenvolve em uma criança, muitas vezes apenas mesclando as qualidades do pai e da mãe, como a cor dos olhos. Mas de que o sr. Vinteuil conhecesse talvez a conduta da filha, não se segue que seu culto por ela houvesse diminuído. Os fatos não penetram no mundo em que vivem nossas crenças, não as fizeram nascer, não as destroem; podem infligir-lhes os mais constantes desmentidos sem enfraquecê-las, e uma avalanche de desgraças ou doenças que se sucedam ininterruptamente em uma família não a fará duvidar da bondade de seu Deus ou da competência de seu médico. Mas quando o sr. Vinteuil pensava na filha e em si mesmo do ponto de vista da sociedade, do ponto de vista de sua reputação, quando procurava se situar com ela no lugar que ocupavam na estima pública, esse julgamento de ordem social, ele o formulava então tal como o faria o habitante de Combray que lhe fosse mais hostil, via-se com sua filha colocado no último degrau, e com isso sua atitude tomara ultimamente essa humildade, esse respeito para com os que se achavam acima dele e a quem via de baixo (por mais inferiores que os considerasse até então), essa tendência a procurar subir até eles, que é uma resultante quase mecânica de todos os descalabros. Um dia em que íamos com Swann por uma rua de Combray, entrava por outra o sr. Vinteuil, que de súbito se viu a nossa frente, quando já era tarde para evitá-lo; e Swann, com essa caridade orgulhosa do homem de sociedade que, no meio da dissolução de todos os seus preconceitos morais, não vê na degradação de outra pessoa senão um motivo para lhe demonstrar benevolência, cujos testemunhos tanto mais afagam o amor-próprio daquele que a dispensa, quanto mais precioso os sente para aquele que os recebe, conversara longamente com o sr. Vinteuil, a quem até então não dirigia a palavra, e perguntou-lhe antes de despedir-se se não mandaria um dia sua filha passear em Tansonville. Era um convite que dois anos antes teria indignado ao sr. Vinteuil, mas que agora o enchia de tal reconhecimento que se julgava obrigado a não cometer a indiscrição de aceitá-lo. A amabilidade de Swann para com sua filha era por si só um apoio tão honroso, tão grato, que mais valia não utilizá-lo para ter a platônica doçura de o conservar.

— Que homem distinto! — disse-nos ele quando Swann nos deixou, e com a mesma entusiástica veneração que mantém inteligentes e lindas burguesinhas sob o domínio e a fascinação de uma duquesa, por mais tola e feia que seja. — Que homem distinto! É pena que tenha feito um casamento tão desigual.[111]

E então, como as pessoas mais sinceras têm sempre algo de hipocrisia e, ao falar com um terceiro, se despojam da opinião que têm a seu respeito, expressando-a logo que o outro se retira, os meus deploravam com o sr. Vinteuil o casamento de Swann, em

---

[111] O contato de Swann com Vinteuil prefigura outro dos temas principais do livro: o descompasso entre a vida e a arte — Swann, apaixonado por uma composição de Vinteuil, não conseguirá acreditar que ambas pudessem estar separadas por tal abismo. [N. E.]

nome de princípios e conveniências, os quais (por isso mesmo os invocavam em comum com ele, como boa gente da mesma classe) pareciam subentender que não eram infringidos em Montjouvain. O senhor de Vinteuil não mandou a filha à casa de Swann. E este foi o primeiro a lamentá-lo. E cada vez que deixava o sr. Vinteuil, lembrava-se de que tinha de informar-se com ele a propósito de uma pessoa do mesmo nome e que supunha ser algum parente seu. E daquela vez se propusera não esquecê-lo, quando o sr. Vinteuil mandasse a filha a Tansonville.

Como o passeio do lado de Méséglise era o menos longo dos dois que fazíamos pelos arredores de Combray, ficava reservado para quando o tempo se mostrava incerto; o clima dessa região era muito chuvoso e nunca perdíamos de vista a orla dos bosques de Roussainville, em cuja espessura nos poderíamos abrigar.

Muitas vezes o sol se ocultava atrás de uma nuvem que lhe deformava o oval e cujas bordas ele amarelava. Ficava o campo sem brilho, mas não sem claridade, e toda vida ali parecia suspensa, enquanto a aldeia de Roussainville esculpia sobre o céu o relevo de suas arestas brancas, com uma precisão e um acabado aflitivo. Um sopro de vento fazia voar um corvo que ia retombar lá longe, e, contra o céu esbranquiçado, mais azul parecia a lonjura dos bosques, como que pintada nesses camafeus que decoram os tremós das moradias antigas.

Mas outras vezes começava a tombar a chuva com que nos ameaçava o capuchinho que o oculista tinha em sua vitrine; as gotas d'água, como aves de arribação que se põem a voar todas juntas, desciam do céu em apertadas filas. Não se separam, não vão ao léu em sua rápida travessia, mas, cada qual em sua posição, atrai para ela a que a segue, e o céu fica mais escurecido do que na partida das andorinhas. Nós nos refugiávamos no bosque. Quando parecia finda sua viagem, algumas, mais débeis, mais lentas, ainda chegavam. Mas saíamos de nosso abrigo, porque as gotas se comprazem nas folhagens, e a terra já estava quase seca quando mais de uma se demorava a brincar nas nervuras de uma folha, e suspensa à ponta, descansada, refulgindo ao sol, deixava-se de súbito despencar de toda a altura do ramo e nos tombava sobre o nariz.

Muitas vezes também nos íamos abrigar, de mistura com os Santos e Patriarcas de pedra, debaixo do pórtico de Santo André dos Campos. Como era francesa aquela igreja! Acima da porta, os Santos, os reis-cavaleiros com uma flor-de-lis na mão, cenas de núpcias e de funerais, eram apresentados como o podiam ser na alma de Françoise. O escultor também havia narrado certas anedotas relativas a Aristóteles e a Virgílio, do mesmo modo como Françoise, na cozinha, falava à vontade de são Luís, como se o tivesse conhecido pessoalmente e, em geral, para envergonhar, com a comparação, meus avós, que eram menos "justos". Sentia-se que as noções que o artista medieval e a camponesa medieval (sobrevivente no século XIX) possuíam da história antiga ou cristã, e que se distinguiam por tanto de inexatidão quanto de bonomia, eles as haviam tirado, não dos livros, mas de uma tradição ao mesmo tempo antiga e direta, ininterrupta, oral, deformada, irreconhecível e viva. Outra personagem de Combray a quem eu descobria, virtual e profetizada, nas esculturas góticas de Santo André dos Campos, era o moço Théodore, empregado de Camus. Françoise o considerava aliás tão de seu tempo e de sua terra que, quando tia Léonie se achava muito doente para que ela pudesse sozinha virá-la no leito ou levá-la até a poltrona, não querendo deixar que a criada de cozinha subisse "para se mostrar" a minha tia, preferia chamar Théodore. Ora, esse jovem que passava, com razão, por um mau sujeito, estava tão penetrado da alma que inspirara as decorações de Santo André dos Campos e especialmente do respeito que Françoise julgava devido aos *"pobres* doentes", a sua "pobre patroa", que tinha, para soerguer a cabeça de minha tia no travesseiro, a fisionomia ingênua e zelosa dos anjinhos dos baixos-relevos, apressurando-se, com um círio na mão, em torno da Virgem desfalecente, como se os rostos de pedra esculpida, grisáceos e nus como os bosques no inverno, estivessem apenas adormecidos, em reserva, prontos para reflorir na vida em inumeráveis rostos populares, reverendos e manhosos como o de Théodore, iluminado do rubor de uma maçã madura. Não mais aplicado sobre a pedra como aqueles anjinhos, mas destacada no pórtico, de uma estatura mais que humana, de pé sobre um soco como sobre um tamborete que lhe evitava pousar os pés no solo úmido, uma santa apresentava as faces cheias, o colo firme que lhe enfunava as vestes como um racimo maduro em um saco de crina, a fronte estreita, o nariz curto e teimoso, as pupilas profundas, o ar forte, insensível e corajoso das camponesas da região. Essa parecença, que insinuava na estátua uma brandura que eu não lhe buscara, era muita vez comprovada por alguma rapariga do campo, que viera se abrigar como nós e cuja presença, como a dessas folhagens parietárias que cresceram ao lado das folhagens esculpidas, parecia destinada a fazer-nos avaliar, por um confronto com a natureza, a verdade da obra de arte. Diante de nós, ao longe, terra prometida ou maldita. Roussainville, em cujos muros jamais penetrei, Roussainville que, quando a chuva já havia cessado para nós, continuava a ser castigada como uma aldeia da Bíblia por todas as lanças da tempestade que flagelavam obliquamente as moradas de seus habitantes, ou então já perdoada por Deus Padre que fazia descerem sobre ela, desiguais em comprimento, como os raios de um ostensório de altar, as franjadas hastes de ouro do sol reaparecido.

 Algumas vezes o tempo se estragava de todo, tínhamos de voltar e ficar encerrados em casa. Aqui e ali, pelo vasto campo, que a escuridão e a umidade tornavam semelhantes ao mar, casas isoladas, ao flanco de uma colina mergulhada na treva e na água, brilhavam como pequenas barcas que arriaram as velas e ficam imóveis ao largo por toda a noite. Mas que importava a chuva, que importava a tormenta? No verão, o mau tempo não é mais que um mau humor passageiro, superficial, do bom tempo subjacente e fixo, muito diverso do bom tempo instável e fluido do inverno e que, ao contrário deste, instalado na terra, onde se solidificou em densas folhagens por sobre as quais pode escorrer a chuva sem lhes comprometer a resistência de sua permanente alegria, içou por toda a estação, até nas ruas da aldeia, nos muros das casas e dos jardins, seus pavilhões de seda violeta ou branca. Sentado na salinha, onde esperava, a ler, a hora do jantar, eu ouvia a água correr de nossos castanheiros, mas sabia que toda aquela chuva não fazia mais que lhes envernizar as folhas e que eles prometiam ficar ali, como penhores do verão, por toda a noite tempestuosa, assegurando a continuidade do bom tempo; que por mais que chovesse, amanhã, acima da cerca branca de Tansonville, ondulariam, igualmente numerosas, pequenas folhas em forma de coração; e era sem nenhuma tristeza que eu via o choupo da rua de Perchamps dirigir à tormenta súplicas e curvaturas desesperadas; era sem nenhuma tristeza que eu ouvia ao fundo do jardim os derradeiros rolos da trovoada arrulhando entre os lilases.

Se o tempo se apresentava assim ruim desde manhã, meus pais desistiam do passeio e eu não saía de casa. Mas depois tomei o hábito de sair sozinho, nesses dias, para os lados de Méséglise-la--Vineuse, durante o outono em que tivemos de vir a Combray, por motivo do testamento de tia Léonie, pois ela afinal morrera, dando razão aos que sustentavam que seu regime debilitante acabaria por matá-la, e não menos razão aos que sempre haviam garantido que ela sofria de uma doença nada imaginária, mas orgânica, a cuja evidência os céticos se veriam obrigados a render-se quando ela sucumbisse; sua morte não causou grande abalo senão a uma criatura, mas este foi terrível. Durante os quinze dias que durou a enfermidade final de tia Léonie, Françoise não a abandonou um só instante, não se despiu, não permitiu que ninguém lhe prestasse cuidado algum, e só deixou seu corpo quando ele foi entregue à sepultura. Então compreendemos que aquela espécie de temor em que vivera Françoise, das palavras mal-humoradas, das suspeitas, das cóleras de minha tia, desenvolvera nela um sentimento que tomávamos por ódio e que era veneração e amor. Sua verdadeira ama, de decisões impossíveis de prever, de manhas difíceis de contornar, de bondoso coração tão fácil de enternecer, sua soberana, seu misterioso e todo-poderoso monarca não mais existia. E, junto a ela, éramos bem pouca coisa. Longe iam os tempos de nossas primeiras férias em Combray, em que para Françoise possuíamos tanto prestígio como minha tia. Naquele outono, ocupados com formalidades e entrevistas com os notários e rendeiros, meus pais não dispunham de lazer para passeios, que aliás o tempo não permitia, e deixavam então que eu fosse passear sem eles para os lados de Méséglise, envolto em um grande *plaid* que me protegia da chuva e que eu, com tanto maior gosto, lançava aos ombros por sentir que suas listras escocesas escandalizavam a Françoise, em cujo espírito não podia entrar a ideia de que a cor da roupa nada tinha com o luto e a quem aliás pouco agradava o pesar que sentíamos pela morte de tia Léonie, visto que não tínhamos dado banquete fúnebre, não tomávamos um tom de voz especial para falar nela e eu até cantarolava uma vez que outra. Estou certo de que em um livro — e nisso eu mesmo era bem como Françoise — essa concepção do luto segundo a *Canção de Rolando* e o pórtico de Santo André dos Campos me seria simpática.[112] Mas logo que Françoise se achava perto de mim, não sei que demônio me impelia a desejar que ela se encolerizasse, e eu aproveitava o mínimo pretexto para lhe dizer que sentia a morte de tia Léonie porque ela era uma boa mulher, apesar de seus ridículos, e não porque fosse minha tia, pois bem poderia ser minha tia e parecer-me odiosa e sua morte não me haver causado nenhum pesar — frases estas que em um livro me pareceriam tolas.

Se então Françoise, invadida, como um poeta, de uma vaga de pensamentos confusos sobre o sofrimento, sobre as lembranças

---

112 Na *Canção de Rolando*, do verso 2397 ao 2442, Carlos Magno e seu exército deploram a morte de Rolando. [N. E.]

de família, escusava-se de não saber responder a minhas teorias, dizendo: "Eu não sei *expremir-me*", eu tripudiava sobre essa confissão com um bom senso irônico e brutal digno do dr. Percepied; e se ela acrescentava: "Em todo caso há a *geologia*, sempre existe o respeito devido à *geologia*", eu dava de ombros e dizia comigo: "Sou um tolo em discutir com uma ignorante que fala dessa maneira", adotando assim, para julgar Françoise, o mesquinho ponto de vista desses homens a quem os que mais os desprezam na imparcialidade da meditação são muito capazes de imitar quando desempenham uma das cenas vulgares da vida.

Tanto mais agradáveis foram meus passeios naquele outono porque os dava depois de ter passado muitas horas com um livro. Quando me cansava de ler toda a manhã na sala, lançava o *plaid* aos ombros e saía: meu corpo, obrigado por muito tempo a conservar-se imóvel, mas que se fora carregando de animação e velocidade acumuladas, precisava logo, como um pião que se solta, despendê-las em todas as direções. Os muros das casas, a sebe de Tansonville, as árvores do bosque de Roussainville, os matagais junto de Moutjouvain recebiam golpes de guarda-chuva ou de bengala, ouviam gritos alegres, que não passavam, uns e outros, de ideias confusas que me exaltavam e ainda não haviam alcançado o repouso da plena claridade, preferindo, a um lento e penoso esclarecimento, o prazer de uma derivação mais fácil para um escape imediato. A maioria dessas pretensas traduções de nossos sentimentos não consegue mais que desembaraçar-nos deles, fazendo-os sair de nós sob uma forma indistinta que não nos ensina a conhecê-los. Quando tento avaliar o que devo a Méséglise, as humildes descobertas de que constituiu o quadro fortuito ou o necessário inspirador, lembro-me que foi por aquele outono, em um daqueles passeios, perto do talude que protege Montjouvain, que pela primeira vez me impressionou esse desacordo entre nossas impressões e sua expressão habitual. Após uma hora de chuva e de vento, contra os quais lutara animadamente, quando chegava à beira do pântano de Montjouvain, ante uma cabana coberta de telhas em que o jardineiro do sr. Vinteuil guardava seus instrumentos, o sol acabava de reaparecer, e os dourados que a chuva lavara reluziam de novo no céu, nas árvores, na parede da cabana, em seu telhado ainda úmido onde passeava uma galinha. O vento soprava horizontalmente as ervas que haviam crescido nas frinchas da parede e as penugens da galinha, que se deixavam umas e outras estirar em todo o seu comprimento, com o abandono das coisas inertes e leves. O telhado dava ao charco, que com o sol se tornara de novo espelhante, umas róseas marmorizações que eu nunca notara anteriormente. E vendo sobre as águas e na superfície da parede um pálido sorriso responder ao sorriso do céu, exclamei, em meu entusiasmo, brandindo o guarda-chuva fechado: "Vamos! Vamos! Vamos!". Mas ao mesmo tempo senti que era meu dever não me contentar com essas palavras opacas e tratar de ver mais claro em meu encantamento.

E foi também naquele momento — graças a um camponês que passava de cara fechada, e que ainda mais se fechou quando quase o atinjo com o guarda-chuva, e que respondeu friamente ao meu: "belo tempo para um passeio, não?" — que fiquei sabendo que as mesmas emoções não se produzem simultaneamente, em uma ordem preestabelecida, em todos os homens. Mais tarde, cada vez que uma leitura um pouco longa me pusera em disposição de conversar, o camarada a quem eu ardia por dirigir a palavra acabava justamente de entregar-se ao prazer da conversação e desejava agora que o deixassem ler em paz. Se eu acabava de pensar ternamente em meus pais, tomando as decisões mais sensatas e mais adequadas para lhes causar satisfação, haviam eles empregado o mesmo tempo em tomar conhecimento de algum pecadilho que eu já esquecera e que me censuravam severamente no momento em que eu corria a beijá-los.

Muitas vezes, à exaltação causada pela solitude vinha unir-se outra que eu não sabia separar claramente da primeira e proveniente do desejo de ver surgir ante mim uma camponesa que eu pudesse enlaçar em meus braços. Bruscamente surgido em meio de pensamentos diversos, sem que eu tivesse tempo de o relacionar com sua causa, o prazer de que vinha acompanhado esse desejo apenas me parecia um pouco superior ao que me davam aqueles pensamentos. Emprestava então maior mérito a tudo o que naquele momento se achava em meu espírito, ao reflexo róseo do telhado, às ervas da parede, à aldeia de Roussainville que havia tanto tempo eu desejava visitar, às árvores de seu bosque, às torres de sua igreja, mercê da nova emoção que só mos apresentava mais desejáveis porque julgava que eram eles que a provocavam, e a qual parecia querer apenas impulsionar-me mais rapidamente para eles quando inflava minha vela com uma brisa poderosa, desconhecida e propícia. Mas se esse desejo de que me aparecesse uma mulher acrescentava aos encantos da natureza algo de mais excitante, os encantos da natureza, em troca, ampliavam o que poderia haver de demasiado restrito no encanto feminino. Parecia-me que a beleza das árvores era sua beleza e que a alma daqueles horizontes, da aldeia de Roussainville, dos livros que eu estava lendo, seu beijo ma revelaria e como minha imaginação recobrava forças ao contato de minha sensualidade, e minha sensualidade se expandia por todos os domínios de minha imaginação, meu desejo não tinha mais limites. É que também — como acontece nesses momentos de cisma no seio da natureza, em que, suspensa a ação dos hábitos e relegadas as noções abstratas que temos das coisas, cremos então com uma profunda fé na originalidade e na vida individual do lugar onde nos achamos — a passante que meu desejo chamava afigurava-se-me não um mero exemplar desse tipo geral, a mulher, mas um produto necessário e natural daquele solo. Pois naquele tempo, tudo que não fosse eu próprio, a terra e os seres, parecia-me mais precioso, mais importante, dotado de uma existência mais real do que se apresenta aos homens feitos. E a terra e os seres, eu não os separava absolutamente.

Sentia desejos de uma camponesa de Méséglise ou de Roussainville, de uma pescadora de Balbec, como sentia desejos de Méséglise e de Balbec. O prazer que elas poderiam me dar me pareceria menos verdadeiro, e deixaria de acreditar nele, se lhe modificasse arbitrariamente as condições. Conhecer em Paris uma pescadora de Balbec ou uma camponesa de Méséglise seria como receber conchas que eu não tivesse visto na praia ou alguma planta que não tivesse encontrado no bosque, seria subtrair ao prazer que me proporcionasse a mulher todos aqueles prazeres no meio dos quais a colocara minha imaginação. Mas vagar assim pelos bosques de Roussainville sem uma camponesa a quem beijar, era não conhecer o tesouro oculto daqueles bosques, sua beleza mais profunda. Aquela rapariga que eu imaginava sempre rodeada de folhagens era também como uma planta local, apenas de espécie mais elevada que as outras e cuja estrutura me permitisse sentir, muito mais de perto que as demais, o sabor profundo da terra. E com tanto maior facilidade o acreditava (como acreditava que as carícias com que me revelasse esse sabor seriam de uma classe especial cujo prazer só ela poderia proporcionar-me), porquanto ainda continuaria por muito tempo nessa idade em que não abstraímos o gozo de possuir das diferentes mulheres que no-lo oferecem, e ainda não o reduzimos a uma noção geral que desde então nos faça considerar as mulheres como instrumentos substituíveis de um prazer idêntico. Nem sequer existe, isolado, separado e formulado no espírito, como a finalidade que a gente visa ao aproximar-se de uma mulher ou como causa da prévia perturbação que se experimenta. Mal pensamos nele como em um prazer futuro; antes o consideramos como encanto dela, pois não pensamos em nós e sim em sair de nós. Obscuramente esperado, imanente e oculto, somente leva a tal paroxismo no momento em que se cumprem os outros prazeres que nos causam os amorosos olhares e beijos da que está junto de nós, em que se nos apresenta antes de tudo como um transporte de gratidão pela bondade de nossa companheira e por sua tocante predileção por nós e que medimos pelos benefícios e ventura que ela nos proporciona.

Mas era em vão que eu implorava o torreão de Roussainville, que lhe pedia me mandasse alguma menina de sua aldeia, como ao único confidente que eu podia ter de meus primeiros desejos, quando, nos altos de nossa casa em Combray, no pequeno gabinete que cheirava a íris, só avistava sua torre no quadrado da janela entreaberta, enquanto, com as hesitações heroicas do viajante que empreende uma exploração ou do desesperado que se suicida, eu abria desfalecente em mim mesmo uma vereda desconhecida e que julgava mortal até o momento em que um rastro natural, como o de um caracol, vinha acrescentar-se às folhas da groselheira silvestre que se inclinavam até a mim. Em vão lhe suplicava agora. Em vão, abrangendo toda aquela extensão em meu campo visual, eu a drenava com meus olhares que desejariam trazer dali uma mulher. Podia ir até o pórtico de Santo André dos Campos; nunca se achava ali a camponesa que eu não teria deixado de encontrar se tivesse ido com meu avô e, portanto, impossibilitado de conversar com ela. Fixava indefinidamente o tronco de uma árvore longínqua, detrás do qual ela ia surgir e encaminhar-se para mim; o horizonte perscrutado permanecia deserto, a noite caía, era sem esperança que minha atenção ficava presa àquele solo estéril, àquela terra esgotada, como para aspirar as criaturas que pudessem ocultar; e não era mais de alegria, era de raiva que eu batia às árvores do bosque de Roussainville dentre as quais não saía nem um ente vivo, como se não passassem de árvores pintadas sobre a tela de um panorama, quando, não podendo resignar-me a voltar para casa antes de haver apertado em meus braços a mulher a quem tanto desejara, via-me, no entanto, obrigado a retomar o caminho de Combray, confessando a mim mesmo que era cada vez menos provável o acaso que a pusesse em meu caminho. Mas, e se ela ali se encontrasse, teria eu ousado falar-lhe? Parecia-me que ela haveria de considerar-me um louco; deixava de considerar compartilhados por outras criaturas, de considerar como verdadeiros fora de mim os desejos que formava durante aqueles passeios e que não se realizavam. Não se me afiguravam mais que como criações puramente subjetivas, impotentes, ilusórias, de meu temperamento. Não mais tinham ligação com a natureza, com a realidade, que desde então perdia todo encanto e todo significado e não era, para minha vida, senão um quadro convencional, como o é, para a ficção de um romance, o vagão em cujo banco o viajante o lê para matar o tempo.

Também de uma impressão que tive em Montjouvain, alguns anos mais tarde, impressão que no momento permaneceu obscura, proveio talvez a ideia que muito depois formei a respeito do sadismo. Ver-se-á mais tarde como a lembrança dessa impressão, por motivos muito diversos, devia desempenhar importante papel em minha vida. Era por um tempo muito quente; meus pais, que deviam estar ausentes todo o dia, haviam-me dito que eu podia voltar para casa o mais tarde que quisesse e, tendo ido até o pântano de Montjouvain, onde gostava de rever os reflexos das telhas, deitara-me na sombra e adormecera entre as moitas do talude que domina a casa, ali onde esperara outrora por meu pai, em um dia em que ele fora visitar o sr. Vinteuil. Era quase noite quando despertei, quis levantar-me, mas vi a srta. Vinteuil (tanto quanto a pude reconhecer, pois não a via muito seguido em Combray, e apenas quando era ainda menina, ao passo que agora começava a fazer-se moça), que provavelmente acabava de chegar em casa, ali defronte a mim, a alguns centímetros de distância, naquela sala em que seu pai recebera o meu e de que ela fizera seu gabinete particular. A janela estava entreaberta, a lâmpada acesa e eu via todos os seus movimentos, sem que ela me enxergasse, mas, se me fosse embora, poderia fazer estalar os ramos e a moça ouviria e era capaz de pensar que eu me ocultara ali para espiá-la.

Estava de luto fechado, pois fazia pouco que o pai morrera. Não tínhamos ido apresentar-lhe os pêsames; minha mãe não o quisera devido à única coisa que limitava nela os efeitos da bondade: o pudor; mas lamentava-a profundamente. Recordando o triste fim de vida do sr. Vinteuil, absorvido primeiro pelos cuidados de mãe e de ama que prestava à filha e depois pelos desgostos que esta lhe causara, revia minha mãe a torturada fisionomia do velho nos últimos tempos; sabia que ele renunciara para sempre a passar a limpo toda a sua obra dos últimos anos, pobres composições de um velho professor de piano, de um antigo organista de aldeia, que imaginávamos de escasso valor, mas sem desprezá-las, porque para ele valiam muito e constituíam a razão de ser de sua vida, antes que as sacrificasse à filha e que, na maioria nem sequer transcritas, retidas unicamente de memória, algumas anotadas em folhas avulsas, ilegíveis, permaneceriam ignoradas de todos; minha mãe pensava nessa outra renúncia ainda mais cruel a que o sr. Vinteuil fora constrangido; a renúncia a um porvir de felicidade honesta e respeitada para a filha; e quando evocava aquela suprema desgraça do antigo professor de piano de minhas tias, sentia uma verdadeira aflição e pensava com horror nessa outra aflição muito mais amarga que devia sentir a filha de Vinteuil, unida ao remorso de haver matado aos poucos seu pai. "Pobre do senhor Vinteuil!", dizia minha mãe. "Viveu e morreu pela filha, sem receber sua paga. Vejamos se a recebe depois de morto, e de que forma. Só ela poderá fazê-lo."

Ao fundo do salão da srta. Vinteuil, havia sobre a lareira um pequeno retrato de seu pai, que ela foi buscar apressadamente no instante em que ressoou o rodar de um carro na estrada; depois se lançou sobre um canapé e puxou para junto de si uma mesinha sobre a qual colocou o retrato, como outrora o sr. Vinteuil havia posto a seu lado o trecho de música que desejava executar para meus pais. Em breve sua amiga entrou. A filha de Vinteuil acolheu-a sem se erguer, com as duas mãos enlaçadas atrás da cabeça, e afastou-se até a ponta do sofá, como para dar lugar à outra. Mas logo sentiu que parecia assim impor-lhe uma atitude que talvez lhe fosse importuna. Cuidou que a amiga talvez preferisse ficar longe dela, em uma cadeira, e considerou-se indiscreta, o que alarmou a delicadeza de seu coração; retomando todo o espaço no sofá, fechou os olhos e pôs-se a bocejar, para indicar que o desejo de dormir era a única razão por que assim se reclinara. Apesar da rude e dominadora familiaridade que tinha para com sua camarada, eu reconhecia os gestos obsequiosos e reticentes, os bruscos escrúpulos de seu pai. Em breve se ergueu, fingiu que queria fechar os postigos e que não o conseguia.

— Deixa tudo aberto, estou com calor — disse a amiga.
— É perigoso, podem ver-nos — respondeu a srta. Vinteuil.

Mas sem dúvida adivinhou que a amiga ia pensar que ela só dissera tais palavras para provocá-la a lhe responder com outras que efetivamente desejava ouvir, mas que por discrição queria deixar-lhe a iniciativa de pronunciar. Assim, seu olhar, que eu não podia distinguir, deve ter tomado a expressão que tanto agradava a minha avó, no instante em que ela acrescentou vivamente:

— Quando digo "podem ver-nos" quero dizer "podem ver-nos ler", pois qualquer coisa de insignificante que se faça, é incômodo pensar que possam estar a olhar-nos.

Por uma instintiva generosidade e involuntária polidez, calava ela as palavras premeditadas que julgara indispensáveis à plena realização de seu desejo. E a todos os momentos, no fundo de si mesma, uma virgem tímida e suplicante implorava e fazia recuar um soldado rude e dominador.

— Sim, é muito provável que nos estejam olhando agora, nestes campos tão frequentados — disse ironicamente a amiga.
— E depois, que tem isso? — acrescentou, julgando que devia acompanhar com uma piscada maliciosa e terna aquelas palavras que recitou por bondade, como um texto agradável à srta. Vinteuil, e em um tom que ela se esforçava por tornar cínico. — Se nos virem, tanto melhor!

A filha de Vinteuil estremeceu e ergueu-se. Seu coração escrupuloso e sensível ignorava que palavras deviam vir espontaneamente adaptar-se à cena que seus sentidos reclamavam. Procurava, o mais longe que podia de sua verdadeira natureza moral, a linguagem apropriada à rapariga viciosa que ela desejava ser, mas as palavras que esta pronunciaria sinceramente lhe pareciam falsas em sua boca. E o pouco que ela permitia nesse terreno era dito em um tom afetado, em que seus hábitos de timidez lhe paralisavam as veleidades de audácia, e tudo entremesclado de: "não tens frio, estás com calor, não queres ficar lendo sozinha?".

E afinal acabou por dizer: "A senhorita me parece estar com pensamentos bastante lúbricos esta noite", repetindo sem dúvida uma frase que ouvira um dia da boca de sua amiga.

No decote de seu corpete de crepe a srta. Vinteuil sentiu um beijo súbito da amiga, soltou um gritinho, escapou-se, e as duas perseguiram-se, com as largas mangas revoluteando como asas, cacarejando e chilreando como dois pássaros enamorados. Depois a srta. Vinteuil acabou por tombar sobre o canapé, recoberta pelo corpo da amiga. Mas esta se achava de costas para a mesinha onde estava o retrato do antigo professor de piano. A srta. Vinteuil compreendeu que a amiga não o veria se não lhe chamasse a atenção, e então lhe disse como se só naquele momento houvesse reparado nele:

— Oh!, e esse retrato de meu pai, a olhar-nos! Não sei quem o teria posto em cima da mesa, já disse mil vezes que não é aí o seu lugar.

Lembrei-me de que eram as palavras que o sr. Vinteuil dissera a meu pai, a propósito do trecho de música. Sem dúvida aquele retrato lhes servia habitualmente para profanações rituais, pois sua amiga lhe respondeu com estas palavras que deviam fazer parte de seus responsos litúrgicos:

— Deixa-o aí mesmo, ele não está mais aqui para nos aborrecer. E como não havia de se lamuriar e querer pôr-te um xale, o macaco velho, se te visse agora de janela aberta!

A srta. Vinteuil respondeu com palavras de suave censura: "Que é isto!? Que é isto!?", que denotavam sua bondosa índole, não porque fossem ditadas pela indignação que lhe pudesse causar aquela maneira de se referirem a seu pai (esse era um sentimento que, sabe Deus com o auxílio de que sofismas, já se habituara evidentemente a sufocar naqueles instantes), mas porque eram como um freio que ela mesma punha, para não se mostrar egoísta, no prazer que sua amiga tentava proporcionar-lhe. E depois, aquela sorridente moderação no responder a tais blasfêmias, aquela censura hipócrita e carinhosa, talvez parecessem a sua alma franca e bondosa uma forma particularmente infame, uma forma adocicada daquela perversidade que ela procurava assimilar. Mas não pôde resistir ao atrativo do prazer que experimentaria em ser tratada com carinho por uma pessoa tão implacável para com um morto sem defesa; saltou para os joelhos da amiga e ofereceu-lhe castamente a fronte a beijar como o poderia fazer se fosse sua filha, sentindo com delícia que ambas alcançavam assim o limite da crueldade, roubando ao sr. Vinteuil, até no túmulo, sua paternidade. A amiga tomou-lhe a cabeça entre as mãos e lhe depôs um beijo sobre a fronte, com uma docilidade que lhe era facilitada pela grande afeição que dedicava à srta. Vinteuil e seu desejo de oferecer alguma distração à vida agora tão triste da pobre órfã.

— Sabes o que eu tenho vontade de fazer com essa velha carcaça? — disse ela, pegando o retrato.

E murmurou ao ouvido da srta. Vinteuil alguma coisa que eu não pude ouvir.

— Oh! Tu não te atreves!

— Que eu não me atrevo a cuspir em cima? Em cima *disto*? — disse a amiga, com proposital brutalidade.

Não ouvi mais nada, porque a srta. Vinteuil, com um ar cansado, esquerdo, ocupado, virtuoso e triste, veio fechar os postigos e a vidraça, mas eu agora sabia, por todos os sofrimentos que o sr. Vinteuil suportara em vida por causa de sua filha, o que, após a morte, recebera em paga da parte dela.

E no entanto pensei depois que se o sr. Vinteuil pudesse assistir àquela cena, ainda talvez não perdesse a fé no bom coração da filha, no que não estaria de todo enganado. Certamente, tão completa era a aparência do mal no procedimento da srta. Vinteuil, que seria difícil vê-lo realizado com tamanha perfeição a não ser em uma natureza sádica; é antes à luz das ribaltas dos teatros do bulevar, que à luz da lâmpada de uma verdadeira casa de campo, que se pode ver uma filha fazer sua amiga cuspir no retrato de um pai que só viveu para ela; e só o sadismo é que pode dar um fundamento, na vida, à estética do melodrama. Na realidade, fora dos casos de sadismo, talvez pudesse uma moça cometer faltas tão atrozes como as da srta. Vinteuil para com a memória e as vontades de seu pai morto; mas não as resumiria expressamente em um ato de um simbolismo tão rudimentar e ingênuo; e o que houvesse de criminoso em seu procedimento se apresentaria de um modo mais velado para os outros e para si mesma, visto que ela própria não reconheceria estar praticando o mal. Mas, além das aparências, e pelo menos no princípio, o mal não deve ter sido exclusivo no coração da srta. Vinteuil. Uma sádica como ela é um artista do mal, coisa que uma criatura inteiramente má não poderia ser, pois o mal não seria exterior a ela, antes lhe pareceria muito natural, não chegando mesmo a se distinguir de sua pessoa; e a virtude, a memória dos mortos, a ternura filial, como não lhes guardava culto, não sentiria nenhum prazer sacrílego em profaná-las. Os sádicos da espécie da srta. Vinteuil são uns seres tão puramente sentimentais, tão naturalmente virtuosos que até o prazer sensual lhes parece uma coisa má, um privilégio dos maus. E quando se permitem entregar-se um momento a ele, é na pele dos maus que procuram entrar e fazer com que entre seu cúmplice, a fim de que possam ter por um instante a ilusão de se haverem evadido de sua alma escrupulosa e terna para o mundo inumano do prazer. E eu compreendia quanto ela o desejava, ao ver como lhe era impossível consegui-lo. No próprio momento em que desejava ser tão diferente do pai, o que ela me fazia lembrar eram as maneiras de pensar e de dizer do velho professor de piano. O que profanava, o que utilizava para seus prazeres e que se interpunha entre esses prazeres e sua pessoa, impedindo-a de gozá-los diretamente, era, muito mais que a fotografia do pai, aquela parecença que havia entre os dois, aqueles olhos azuis da mãe de Vinteuil, que os transmitira à filha como uma joia de família, aqueles gestos de amabilidade que vinham colocar entre ela e seu vício uma fraseologia e uma mentalidade inadequadas, as quais faziam com que considerasse a prática daquele vício como uma coisa não muito diversa dos inúmeros deveres de cortesia a que habitualmente se consagrava. Não era o mal que lhe dava ideia do prazer, que lhe parecia agradável; era o prazer que lhe parecia maligno. E como cada vez que se entregava ao prazer vinha ele acompanhado daqueles maus pensamentos que durante o resto do tempo estavam ausentes de sua alma virtuosa, ela acabava por achar no prazer alguma coisa de diabólico, por identificá-lo com o Mal. Talvez sentisse a filha de Vinteuil que sua amiga não era má, que não falava com sinceridade quando proferia aquelas blasfêmias. Pelo menos tinha o prazer de beijar em seu rosto sorrisos e olhares, talvez fingidos, mas análogos, em sua expressão viciosa e baixa, aos que teria, não uma criatura de bondade e paciência, mas uma criatura de crueldade e prazer. Podia imaginar por um momento que estava jogando de verdade os jogos que, com uma cúmplice tão desnaturada, poderia jogar uma criatura que tivesse realmente aqueles sentimentos tão bárbaros para com a memória de seu próprio pai. Não teria acaso pensado que o mal fosse um estado tão raro, tão extraordinário, tão isolante e para onde era tão grato emigrar, se soubesse discernir em si mesma, como em todos os outros, essa indiferença pelos sofrimentos que nós mesmos causamos e que, por mais diversos nomes que lhe deem, é a forma terrível e permanente da crueldade.

Se era simples ir para o lado de Méséglise, ir para o lado de Guermantes já era outra coisa, pois o passeio era longo e queríamos estar seguros do tempo que faria. Quando parecia começar uma série de belos dias; quando Françoise, desesperada de que não tombasse uma gota d'água para as "pobres colheitas" e não vendo mais que umas raras nuvens brancas a nadarem na superfície calma e azul do céu, exclamava, gemendo: "Parece-me que não se vê nada mais que uns esqualos que brincam, mostrando lá em cima o seu nariz. Bem se importam em mandar chuva para os pobres lavradores! E depois, quando o trigo tiver brotado, dê-lhe chuva, dê-lhe chuva, sem mais saber onde cai do que se fosse sobre o mar"; quando meu pai recebia invariavelmente as mesmas respostas favoráveis do jardineiro e do barômetro, então diziam, ao jantar: "Amanhã, se fizer o mesmo tempo, iremos para o lado de Guermantes". Saíamos logo depois do almoço pelo portãozinho do jardim e íamos parar na rua de Perchamps, estreita e formando um agudo cotovelo, cheia de gramíneas entre as quais duas ou três vespas passavam o dia herborizando, rua tão estranha como seu nome, de que me pareciam derivar suas particularidades curiosas e sua personalidade rebarbativa e que em vão procuraríamos na Combray de hoje, porque no lugar que ocupava se ergue atualmente a escola. Mas minha imaginação (como esses arquitetos da escola de Viollet-le-Duc,[113] que, julgando encontrar em um coro Renascença e em um altar do século XVII vestígios de um coro romano, repõem todo o edifício no estado em que devia achar-se no século XII) não deixa de pé uma só pedra da nova construção, e abre e "restitui" a rua de

---

[113] Arquiteto e restaurador francês, especialista em Idade Média. Seu método de restauração será criticado pelas personagens Swann e Albertine e pelo próprio Proust, em sua correspondência particular. O escritor Anatole France também o criticaria no livro *Pierre Nozière*. Proust, entretanto, utiliza em vários momentos seu *Dictionnaire raisonné de l'architecture française du XIe e XVIe siècle*. [N. E.]

Perchamps. Para essas reconstituições, ela dispõe aliás de dados mais precisos do que aqueles que têm em geral os restauradores: algumas imagens conservadas em minha memória, as últimas talvez que ainda existam atualmente e destinadas em breve a sumir-se, do que era Combray no tempo de minha infância; e como foi a própria Combray que as delineou em mim antes de desaparecer, têm toda a emoção, se é que se pode comparar um obscuro retrato a essas efígies gloriosas de que minha avó gostava de me dar reproduções, dessas gravuras antigas da Ceia ou desse quadro de Gentile Bellini, nos quais se veem, em um estado que não mais existe hoje em dia, a obra-prima de Leonardo e o pórtico de São Marcos.[114]

Passávamos pela rua do Pássaro, por diante da velha hospedaria do Pássaro Ferido, em cujo grande pátio entraram algumas vezes no século XVII as carruagens das duquesas de Montpensier, de Guermantes e de Montmorency quando tinham de vir a Combray por motivo de alguma questão com seus rendeiros ou para receber homenagem.[115] Alcançava-se o passeio entre cujas árvores aparecia a torre de Santo Hilário. E eu desejaria poder ficar ali sentado toda a tarde a ler e ouvindo os sinos; pois fazia um tempo tão lindo e tranquilo que o soar das horas dir-se-ia que não quebrava a calma do dia, mas desembaraçava-o do que ele continha, e que o campanário, com a indolente e zelosa exatidão de quem não tivesse mais nada que fazer, acabava apenas (para espremer e deixar cair as poucas gotas de ouro que o calor ali fora lenta e

---

114 Alusão à gravura da *Ceia* de Leonardo da Vinci, executada por Morghen, e ao quadro *Procissão na praça de São Marcos*, de Bellini. Proust deve a alusão a John Ruskin, que observara que apenas essas duas obras guardavam o estado perdido da fachada da catedral de São Marcos (cf. *Guide to the principal pictures in the Academy of Fine Arts at Venice* e *Le repos de Saint Marc*). [N. E.]

115 O nome fictício da duquesa de Guermantes aparece entre dois nomes reais, o da duquesa de Montpensier (1627-93), sobrinha do rei Luís XIV, condutora da Fronda, e o da duquesa de Montmorency (1601-66). [N. E.]

naturalmente acumulando) de calcar, no momento justo, a plenitude do silêncio.

O maior encanto do lado de Guermantes era que tínhamos quase sempre a nosso lado o curso do Vivonne. Nós o atravessávamos a primeira vez, dez minutos depois de sair de casa, por um passadiço chamado a Ponte Velha. Logo na manhã seguinte a nossa chegada, no dia da Páscoa, após o sermão, se fazia bom tempo, eu corria até lá para ver, naquela desordem de manhã de festa em que alguns preparativos suntuosos fazem parecer mais sórdidos os utensílios caseiros extraviados no meio deles, o rio que já passeava de azul-celeste, entre as terras ainda negras e nuas, acompanhado apenas de um bando de cucos chegados muito cedo e de algumas primaveras adiantadas, enquanto aqui e ali uma violeta de bico azul pendia sua haste ao peso da gota de aroma que tinha em seu cartucho. A Ponte Velha ia dar em um caminho de sirga que naquele lugar era tapetado no verão pelas folhas azuis de uma aveleira, debaixo da qual um pescador de chapéu de palha deitara raízes. Em Combray, onde eu sabia que personalidade de ferreiro ou de entregador de armazém se ocultava sob o uniforme do sacristão ou a sobrepeliz do menino de coro, aquele pescador era a única pessoa cuja identidade jamais descobri. Devia conhecer meus pais, pois erguia o chapéu quando passávamos; eu queria então perguntar seu nome, mas faziam-me sinal que me calasse para não espantar o peixe. Seguíamos pelo caminho de sirga que dominava a corrente, de um barranco de vários pés de altura; do outro lado, a margem era baixa e se estendia em vastos prados até a aldeia e a estação distante. Por ali se achavam dispersos, meio afundados na relva, os restos do castelo dos antigos condes de Combray, o qual na Idade Média tinha o rio como defesa, deste lado, contra os ataques dos senhores de Guermantes e dos abades de Martinville. Não era mais que alguns fragmentos de torres corcovando a planície e que mal apareciam, algumas ameias de onde outrora o besteiro arremessava pedras, de onde o vigia espreitava Novepont, Clairefontaine,

Martinville-le-Sec, Baileau-l'Exempt, todas elas terras vassalas de Guermantes, entre as quais Combray se achava encravada, e tudo hoje rente com o chão, à mercê dos meninos da escola de padres que ali vinham estudar ou fazer recreio; passado quase confundido com a terra, deitado à beira-rio como um passeante que toma a fresca, mas que me dava muito que cismar, fazendo-me acrescentar à aldeia de hoje, dentro desse nome de Combray, uma cidade muito diversa, e detendo-me os pensamentos em sua face incompreensível e antiga que ele meio ocultava entre os "botões de ouro". Muito numerosos eram eles naquele lugar que haviam escolhido para seus jogos sobre a relva, sozinhos, aos pares, em bandos, amarelos como uma gema de ovo, e tanto mais brilhantes, parecia-me, porque, não podendo eu derivar para nenhuma veleidade de degustação o prazer que me dava sua vista, acumulava-o todo em sua superfície dourada, até que se tornasse assaz possante para produzir inútil beleza; e isto desde minha mais tenra infância, quando do caminho de sirga estendia os braços para eles, sem que ainda pudesse pronunciar direito seu lindo nome de Príncipes de conto de fadas francês, vindos talvez há muitos séculos da Ásia, mas agora radicados para sempre na aldeia, contentes com o modesto horizonte, amando o sol e a margem do rio, fiéis à acanhada vista da estação, mas ainda conservando, como algumas de nossas velhas telas pintadas, em sua simplicidade popular, um poético esplendor de Oriente.

Divertia-me em olhar os garrafões que os garotos metiam no Vivonne para apanhar peixinhos, e que, cheios da água do rio, em que estão por sua vez encerrados, ao mesmo tempo "continente" de flancos transparentes como uma água endurecida, e "conteúdo" mergulhado em um maior continente de cristal líquido e correntio, evocavam a imagem da frescura de maneira mais deliciosa e irritante do que o poderiam fazer em mesa posta, só a mostrando em fuga naquela perpétua aliteração entre a água sem consistência onde as mãos não podiam captá-la e o vidro sem fluidez onde o gosto não podia prová-la. Prometia a mim mesmo voltar ali mais tarde, com caniços de pesca; conseguia que tirassem um pouco do pão da merenda; lançava no rio algumas bolinhas de miolo que pareciam o suficiente para provocar ali um fenômeno de supersaturação, pois a água se solidificava em seguida em torno delas, em cachos ovoides de girinos inanidos, que sem dúvida mantivera até aquele momento em dissolução, invisíveis, já quase em via de se cristalizar.

Em breve o curso do Vivonne começava a obstruir-se de plantas aquáticas. Primeiro havia algumas isoladas, como aquele nenúfar ao qual a correnteza, em que desastradamente se atravessara, tão pouco repouso lhe consentia que, como um barco acionado mecanicamente, só abordava uma das margens para regressar à outra de onde viera, refazendo eternamente a dupla travessia. Impelido para a margem, seu pedúnculo se desenrolava, alongava-se, atingindo o extremo limite de sua tensão, até a riba onde a correnteza volvia a colhê-lo, e então a verde cordagem se enrolava sobre si mesma, e trazia de novo a pobre planta ao que com a maior razão se podia denominar seu ponto de partida, porquanto ela não se demorava ali um só segundo sem outra vez partir para mais uma repetição da mesma manobra. Eu tornava a encontrá-la de passeio em passeio, sempre na mesma situação, fazendo pensar em certos neurastênicos, em cujo número meu avô incluía a tia Léonie, que nos oferecem, sem mudança, no curso dos anos, o espetáculo dos hábitos esquisitos, de que cada vez eles se julgam prestes a libertar-se e que conservam sempre; colhidos na engrenagem de suas indisposições e manias, os esforços em que inutilmente se debatem para delas sair só servem para assegurar o funcionamento de sua dietética estranha, inelutável e funesta. Tal era aquele nenúfar, também semelhante a um desses infelizes cuja singular tortura, que se repete indefinidamente por toda a eternidade, provocava a curiosidade de Dante e cujas particularidades e causas ele desejaria ouvir mais longamente da boca do próprio supliciado, se Virgílio, afastando-se a largos passos, não o obrigasse a alcançá-lo depressa, como eu a meus pais.[116]

Mais adiante, porém, a corrente amortece, e atravessa uma propriedade de acesso livre ao público, graças a seu dono, que ali se divertira em trabalhos de horticultura aquática, fazendo florir, nos pequenos banhados que forma o Vivonne, verdadeiros jardins de ninfeias. Como as margens tinham muito arvoredo naquele ponto, as sombras das árvores davam à água um fundo habitualmente de um verde sombrio, mas que às vezes, ao voltarmos por certas tardes resserenadas depois da tempestade, eu vi de um azul claro e cru, tirante para violeta, de uma aparência de interior e gosto nipônico. Aqui e ali, à superfície, enrubescia como um morango uma flor de ninfeia de coração escarlate, branco nas bordas. Além, as flores, mais numerosas, eram mais pálidas, menos lisas, mais granulosas, mais crespas, e dispostas pelo acaso em meadas tão graciosas que se julgava estar vendo irem à deriva, como após o melancólico esfolhamento de uma festa galante, rosas de espuma em guirlandas desfeitas. Um recanto, mais adiante, parecia reservado às espécies comuns que mostravam o branco e o róseo dos goivos, lavados como porcelana com um zelo doméstico, enquanto um pouco mais além apertados uns contra os outros em uma verdadeira platibanda flutuante, dir-se-iam amores-perfeitos dos jardins que tivessem vindo pousar como borboletas suas asas azuladas e frias sobre a transparente obliquidade daquele canteiro d'água; daquele canteiro celeste também: pois oferecia às flores um solo de uma cor mais preciosa, mais impressionante que a cor das próprias flores, ou fizesse no princípio da tarde fulgurar sob as ninfeias o caleidoscópio de uma felicidade atenta, silenciosa e móvel, ou se enchesse, ao anoitecer, do róseo e da cisma do poente, mudando incessantemente para ficar sempre de acordo, em torno das corolas

---

116 Referência aos cantos XXIX e XXX do "Inferno", na *Divina comédia*, de Dante. [N. E.]

de tons mais fixos, com o que há de mais profundo, de mais fugitivo, de mais misterioso — com o que há de infinito — no instante, e parecia fazê-las florir em pleno céu.

Ao sair daquele parque, o Vivonne punha-se a correr de novo. Quantas vezes não vi, e não desejei imitar, quando tivesse a liberdade de viver a meu gosto, a um remador que, largando o remo, se deitava de costas, com os pés mais altos que a cabeça, ao fundo do barco, e, deixando-o flutuar à mercê das águas, não podendo ver senão o céu que deslizava lentamente acima dele, trazia na face o antegozo da felicidade e da paz.

Sentávamo-nos entre os íris, à beira d'água. No céu de feriado flanava longamente uma nuvem ociosa. Por vezes, opressa de tédio, uma carpa erguia a cabeça fora d'água, em uma aspiração ansiosa. Era a hora da merenda. Antes de regressar, ficávamos por muito tempo a comer frutas, pão e chocolate, sobre a relva por onde nos chegavam, horizontais, enfraquecidos, mas ainda densos e metálicos, os sons do sino de Santo Hilário, que não se tinham misturado ao ar que há tanto tempo vinham atravessando e, sarjados pela palpitação sucessiva de todas as suas linhas sonoras, vibravam roçando as flores, a nossos pés.

Às vezes, à margem do rio e entre árvores, encontrávamos uma dessas casas chamadas de recreio, isolada, perdida, que nada via do mundo a não ser a corrente onde banhava os pés. Uma mulher jovem, cujo rosto pensativo e véus elegantes não eram da região, e que sem dúvida ali viera "enterrar-se", segundo a expressão popular, para saborear o amargo prazer de sentir que seu nome, e sobretudo o nome daquele de quem não conseguira guardar o coração, era desconhecido de todos, enquadrava-se na janela que não a deixava ver mais nada além do barco atracado junto à porta. Erguia distraidamente os olhos a ouvir por detrás das árvores da margem a voz dos passantes, que, antes mesmo de lhes ver o rosto, podia estar certa de que jamais haviam conhecido nem conheceriam o infiel, que nada em seu passado lhe guardava a marca e nada em seu futuro teria ocasião de recebê-la. Sentia-se que, em sua renúncia, deixara voluntariamente os lugares onde ao menos poderia avistar o amado, por estes que nunca o tinham visto. E eu a via, voltando de um passeio em caminhos por onde ela bem sabia que nunca haveria de passar o ausente, descalçar de suas mãos resignadas umas longas luvas de graça inútil.[117]

No passeio para o lado de Guermantes, nunca pudemos remontar até as nascentes do Vivonne, nas quais eu tantas vezes pensara e tinham para mim uma existência tão abstrata, tão ideal, que eu ficaria tão surpreso ao me dizerem que se achavam no departamento, a certa distância quilométrica de Combray, como no dia em que soube que havia outro determinado ponto da terra onde se abria, na Antiguidade, a entrada dos Infernos.[118] Nunca pudemos prolongar o passeio até o ponto que eu tanto desejaria atingir, até Guermantes. Sabia que lá residiam os castelões, o duque e a duquesa de Guermantes, sabia que eram pessoas reais com existência atual; mas, de cada vez que pensava neles, imaginava-os, ora em tapeçaria, como a condessa de Guermantes na "coroação de Ester" de nossa igreja, ora em matizes cambiantes como Gilberto, o Mau, no vitral, onde ele passava do verde-couve ao azul-ameixa, conforme eu estivesse ainda a tomar água benta ou chegando a nossos bancos, ora de todo impalpáveis como a imagem de Geneviève de Brabant, ancestre da família de Guermantes, que a lanterna mágica passeava sobre as cortinas de meu quarto ou fazia subir ao teto — enfim, sempre envoltos no mistério dos tempos merovíngios e banhados, como em um poente, na luz alaranjada que emana desta sílaba: "antes". Mas se apesar

---

117 Proust parece aludir a Juliette Joinville d'Artois, que se retirara em Mirougrain, perto da cidade de Illiers, e publicou em seguida suas memórias com o título *À travers le coeur*, no ano de 1887. [N. E.]

118 Somente no último volume o herói remontará, em companhia de Gilberte, até essa nascente, ressignificando metaforicamente toda a sua infância. [N. E.]

disso, como duque e duquesa, eram para mim seres reais, embora estranhos, em compensação sua pessoa ducal se distendia desmesuradamente, se imaterializava, para poder conter em si esse Guermantes de que eles eram o duque e a duquesa, todo esse "lado de Guermantes" cheio de sol, o curso do Vivonne, suas ninfeias e suas grandes árvores, e tantas e tão belas tardes. E eu sabia que não usavam apenas o título de duque e duquesa de Guermantes, mas que, desde o século XIV, depois de tentar em vão vencer seus antigos senhores, aliaram-se a estes por laços matrimoniais, e eram condes de Combray, os primeiros cidadãos de Combray por conseguinte, e no entanto os únicos que ali não residiam. Condes de Combray, que tinham a Combray no meio de seu nome e de sua pessoa e que sem dúvida traziam efetivamente em si aquela estranha e piedosa tristeza peculiar a Combray; proprietários da cidade, mas não de uma casa particular, sem dúvida deviam viver fora, na rua, entre o céu e a terra, como aquele Gilberto de Guermantes que eu via apenas por seu avesso de laca negra nos vitrais da abside de Santo Hilário, se erguia a cabeça de passagem, quando me mandavam buscar sal no armazém de Camus.

Depois, sucedia-me passar às vezes, para os lados de Guermantes, por pequenos cercados úmidos, onde assomavam tufos de flores sombrias. Detinha-me, julgando adquirir uma noção preciosa, pois me parecia ter diante dos olhos um fragmento daquela região fluviátil que tanto desejava conhecer desde que a vira descrita por um de meus escritores prediletos. E foi com ela, com seu solo imaginário atravessado de correntes espumosas, que Guermantes se identificou, mudando de aspecto em meu pensamento, quando ouvi o dr. Percepied referir-se às flores e às belas águas-vivas que havia no parque do castelo. Sonhava que a sra. de Guermantes me fazia ir até lá, tomada de súbito capricho por mim, e que passávamos juntos o dia inteiro a pescar trutas. E à tardinha, tomando-me pela mão, ao passar pelos pequenos jardins de seus vassalos, mostrava-me ao longo das cercas baixas as flores que ali apoiavam os caules roxos e vermelhos, e dizia-me seus nomes. Ela me fazia dizer-lhe o assunto dos poemas que eu tencionava compor. E esses sonhos me preveniam de que, já que eu desejava um dia ser escritor, era tempo de saber ao certo o que desejava escrever. Mas logo que o perguntava a mim mesmo, procurando um assunto em que pudesse pôr um infinito significado filosófico, meu espírito parava de funcionar, eu não via mais que o vácuo em face de minha atenção, reconhecia que não tinha gênio ou que talvez uma enfermidade cerebral o impedisse de surgir. Às vezes pensava em meu pai para remediar tal situação. Era ele tão influente e tão benquisto com pessoas de posição que chegava a fazer-nos transgredir as leis que Françoise me ensinara a considerar mais inelutáveis que as da vida e da morte, a retardar por um ano, para nossa casa, caso único em todo o quarteirão, os trabalhos de reboco; a conseguir do ministro, para o filho da sra. Sazerat que queria fazer uma estação de águas, que obtivesse o bacharelato dois meses antes, na série dos candidatos cujo nome começava por um A, sem ser preciso aguardar a vez dos S. Se eu caísse gravemente enfermo, se fosse capturado por bandidos, convicto de que meu pai mantinha suficiente inteligência com as potências superiores e possuía irresistíveis cartas de recomendação junto ao bom Deus, para que minha doença ou cativeiro não fossem mais que vãos simulacros sem perigo nenhum, esperaria com toda a calma a hora do regresso à boa realidade, a hora da libertação ou da cura; talvez aquela ausência de gênio, aquele buraco negro que se abria em meu espírito quando procurava o assunto de meus escritos futuros, também não passasse de uma ilusão inconsistente, e cessaria com a intervenção de meu pai, o qual devia ter assentado com o Governo e a Província que eu viria a ser o primeiro escritor da época. Mas outras vezes, quando meus pais se impacientavam ao ver que eu ficava para trás e não os seguia, minha vida atual, em vez de parecer-me uma criação artificial de meu pai que ele poderia modificar à vontade, afigurava-se-me ao contrário inclusa em uma realidade que não era feita para mim, contra a qual não havia recursos, em cujo seio eu não tinha aliados e que nada ocultava além de si mesma. Parecia-me então que eu existia da mesma forma que os outros homens, envelheceria e morreria como eles e que, no meio deles, apenas pertencia ao número dos que não têm pendor para escrever. E assim, desanimado, renunciava para sempre à literatura, apesar de todo o estímulo que me dera Bloch. Esse sentimento íntimo, imediato, que eu tinha do nada de meu pensamento, prevalecia contra todas as palavras lisonjeiras que pudessem prodigalizar-me, da mesma forma que os remorsos na consciência de um mau cujas boas ações todos louvam.

Um dia minha mãe me disse: "Já que falas tanto na senhora de Guermantes, ela deve vir a Combray para assistir ao casamento da filha do doutor Percepied, pois ele a tratou muito bem há quatro anos. Poderás vê-la na cerimônia". Aliás, fora o dr. Percepied, quem mais eu ouvira falar a respeito da sra. de Guermantes, e até nos mostrara o número de uma revista ilustrada em que vinha seu retrato, com o traje que usara no baile à fantasia oferecido pela princesa de Léon.

De súbito, durante a missa de núpcias, um movimento que fez o sacristão ao mudar de lugar, permitindo-me ver sentada em uma capela uma dama loira de nariz grande, olhos azuis e penetrantes, uma gravata fofa de seda malva, lisa e brilhante, e uma espinhazinha na asa do nariz. E como na superfície de seu rosto avermelhado, como se ela estivesse com muito calor, eu distinguia diluídas e apenas perceptíveis parcelas de analogia com o retrato que me mostraram e, sobretudo, como os traços particulares que eu lhe notava, ao tentar enunciá-los, se formulavam precisamente nos mesmos termos: nariz grande, olhos azuis, que usara o dr. Percepied ao descrever a duquesa de Guermantes, disse eu comigo que aquela dama se parecia com a sra. de Guermantes; ademais, a capela de onde assistia à missa era a de Gilberto, o Mau, sob cujas lajes distendidas e douradas como alvéolos de mel repousavam os antigos condes de Brabant, e como me haviam dito estar reservada para a família de Guermantes quando algum de seus membros viesse a uma cerimônia religiosa em Combray, só podia verossimilmente haver uma mulher parecida com o retrato da duquesa de Guermantes que se encontrasse na referida capela justamente no dia em que a duquesa deveria comparecer: sim, era ela mesma! Minha decepção foi grande. Provinha de que eu jamais atentara, ao pensar na sra. de Guermantes, em que sempre a imaginava com as cores de uma tapeçaria ou de um vitral, em um outro século, e feita de matéria muito diversa que a do restante dos mortais. Nunca me ocorrera que pudesse ter umas faces vermelhas, uma gravata malva como a sra. Sazerat; e o oval de seu rosto me fez recordar tantas pessoas que eu vira em nossa casa, que me aflorou a suspeita, aliás imediatamente dissipada, de que aquela dama, em seu princípio gerador e em todas as suas moléculas, talvez não fosse substancialmente a duquesa de Guermantes, mas que seu corpo, ignorante do nome que lhe davam, pertencia a certo tipo feminino que abrangia igualmente a mulheres de médicos e de comerciantes. "É isto. Mas só isto, a senhora de Guermantes?!", dizia a cara atenta e espantada com que eu contemplava aquela imagem que naturalmente não tinha relação alguma com as outras que me haviam aparecido em sonhos sob o mesmo nome de sra. de Guermantes, pois essa não fora arbitrariamente formada por mim como as primeiras, mas me saltara aos olhos pela primeira vez apenas um momento antes, na igreja; não era da mesma natureza, não era colorível à vontade como as que se deixavam impregnar da tinta alaranjada de uma sílaba, mas era tão real que tudo, até aquela espinhazinha que se inflamava na asa do nariz, certificava sua sujeição às leis da vida, como, em uma apoteose de teatro, uma ruga do vestido de fada, um tremor de seu dedo mínimo, denunciavam a presença material de uma atriz viva ali onde nos achávamos incertos se não teríamos ante os olhos uma simples projeção luminosa.

Mas ao mesmo tempo, sobre aquela imagem que o nariz agudo e os olhos penetrantes cravavam em minha visão (talvez porque fossem eles que a atingiram primeiro, que lhe deram o primeiro entalhe, no momento em que eu ainda não tivera tempo de pensar que a mulher que estava diante de mim podia ser a senhora de Guermantes), sobre aquela imagem recente, imutável, eu tentava aplicar a ideia: "É a senhora de Guermantes" sem conseguir mais que movê-la em face da imagem, como dois discos separados por um intervalo. Mas aquela sra. de Guermantes com quem tanto havia sonhado, quando vi que realmente existia fora de mim, adquiriu ainda maior domínio sobre minha imaginação, a qual, paralisada um momento ao contato de uma realidade tão diferente da que esperava, começou a reagir, dizendo-me: "Gloriosos desde antes de Carlos Magno, os Guermantes tinham direito de vida e morte sobre seus vassalos; a duquesa de Guermantes descende de Geneviève de Brabant. Ela não conhece, nem consentiria em conhecer, nenhuma das pessoas que se acham aqui".

— E — ó maravilhosa independência dos olhares humanos, presos ao rosto por um fio tão solto, tão longo, tão extensível que podem passear sozinhos muito longe dele — enquanto a sra. de Guermantes se achava sentada na capela, em cima das tumbas de seus mortos, seus olhares passeavam aqui e ali, subiam ao longo dos pilares, detinham-se até a mim como um raio de sol errante pela nave, mas um raio de sol que, no instante em que lhe recebi a carícia, me pareceu consciente. Quanto à própria sra. de Guermantes, como permanecia imóvel, sentada como uma mãe que parece não ver as ousadas travessuras e atitude indiscreta de seus filhos, que brincam e interpelam pessoas desconhecidas, foi-me impossível saber se ela aprovava ou censurava, no ócio de sua alma, a vagabundagem de seus olhares.

Tinha o máximo interesse em que não se fosse embora antes que eu a pudesse olhar suficientemente, pois me lembrava que, desde muitos anos, considerava o instante em que a visse como uma das coisas mais desejáveis do mundo, e não afastava os olhos dela, como se cada um de meus olhares pudesse transportar, e guardar dentro de mim, a lembrança do nariz proeminente, das faces vermelhas, de todas aquelas particularidades que me pareciam outros tantos informes preciosos, autênticos e singulares sobre seu rosto. Agora que o embelezava com todos os pensamentos a ele relativos — e talvez, principalmente, com esse desejo que sempre temos de não ser desiludidos, espécie de instinto de conservação do que há de melhor em nós mesmos —, recolocando-a (pois que ela e aquela duquesa de Guermantes que eu até então evocara constituíam uma única pessoa) fora do resto da humanidade, com a qual me fizera por um instante confundi-la a vista pura e simples de seu corpo, irritava-me ouvir murmurarem em torno de mim: "Ela está melhor que a senhora Sazerat, que a senhorita Vinteuil", como se fosse possível compará-las. Detendo o olhar em seus cabelos loiros, em seus olhos azuis, nas linhas de seu pescoço e omitindo os traços que me pudessem lembrar outros rostos, eu exclamava comigo, ante aquele esboço voluntariamente incompleto: "Como é linda! Quanta nobreza! Logo se vê que é uma altiva Guermantes, a descendente de Geneviève de Brabant, que tenho aqui diante de mim!". E a atenção com que eu lhe iluminava o rosto de tal modo o isolava de tudo o mais que até hoje, quando recordo aquela cerimônia, é-me impossível lembrar uma só das pessoas que ali se achavam, a não ser ela e o sacristão que me respondeu afirmativamente quando lhe perguntei se aquela dama era mesmo a sra. de Guermantes. Mas esta, eu ainda a vejo, principalmente quando desfilavam pela sacristia, iluminada pelo sol intermitente e morno de um dia ventoso e carregado, e onde a sra. de Guermantes se via entre todas aquelas pessoas de Combray, de quem até o nome ignorava, mas cuja inferioridade exalçava por demais sua supremacia para que deixasse de lhe inspirar uma sincera benevolência para com elas, e às quais, de resto, ainda mais esperava impor-se, à força de boa graça e simplicidade. E como não podia transmitir um desses olhares voluntários, carregados de significação precisa, que se dirigem a algum conhecido, mas apenas deixar seus pensamentos distraídos expandirem-se incessantemente adiante de si mesma como uma vaga de luz azul impossível de conter, não queria ela que essa luz acaso perturbasse ou parecesse desdenhar aquela gente humilde que encontrava em sua passagem, que atingia a todos os momentos. Revejo ainda, acima da gravata malva, sedosa e tufada, o suave assombro de seus olhos, a que ela acrescentava, sem ousar destiná-lo a ninguém, mas para que todos pudessem tomar sua parte, um sorriso um pouco tímido de suserana que parece escusar-se ante seus vassalos e demonstrar-lhes seu afeto. Aquele sorriso tombou em mim, que não afastava os olhos dela. Recordando então o olhar que deixara deter-se em mim durante a missa, azul como um raio de sol que houvesse atravessado o vitral de Gilberto, o Mau, disse eu comigo: "Mas sem dúvida ela reparou em mim!". Julguei que lhe agradava, que ainda pensaria em mim depois que deixasse a igreja, que por causa de mim talvez se sentisse triste naquela mesma tarde, em Guermantes. E em seguida me apaixonei por ela, pois se às vezes basta, para que nos enamoremos de uma mulher, que nos olhe com desprezo, como eu julgara tinha feito a filha de Swann, e que pensemos que ela nunca será nossa, também outras vezes basta que nos olhe com bondade, como fazia a sra. de Guermantes, e que pensemos que ela ainda poderá ser nossa. Seus olhos azulavam como uma pervinca impossível de colher e que no entanto ela me houvesse dedicado; e o sol, ameaçado por uma nuvem, mas dardejando ainda com todo o vigor sobre a praça e a sacristia, dava uma carnação de gerânio aos tapetes vermelhos estendidos em terra para a solenidade e por onde avançava sorrindo a senhora de Guermantes, e acrescentava à lã dos mesmos um róseo aveludado, essa espécie de meiguice, de grave doçura na pompa e na alegria, que caracterizam certas páginas do *Lohengrin*, certas pinturas de Carpaccio, e que fazem compreender que Baudelaire possa ter aplicado ao som do clarim o epíteto de delicioso.[119]

Quantas vezes depois daquele dia, em meus passeios para os lados de Guermantes, não me pareceu ainda muito mais aflitivo que anteriormente não ter nenhum pendor para as letras e ver-me obrigado a renunciar de uma vez por todas a tornar-me um escritor famoso? Tanto me fazia sofrer esse pesar, enquanto me punha a cismar sozinho, um pouco afastado dos outros, que meu espírito, espontaneamente, em uma espécie de inibição ante a dor, deixava por completo de pensar em versos, em romances, em um futuro poético que minha falta de talento me vedava esperar. E então, muito fora de todas essas preocupações literárias e em nada ligados a ela, eis que de súbito um telhado, um reflexo de sol em uma pedra, o cheiro de um caminho, faziam-me parar pelo prazer único que me davam, e também porque pareciam ocultar, além do que eu via, alguma coisa que eles convidavam a colher e que me era impossível descobrir, apesar dos esforços que fazia. Como sentia que aquilo se achava neles, eu ali ficava imóvel, a olhar, a respirar, procurando ir com o pensamento além da imagem ou do odor. E se tinha de correr atrás de meu avô para continuar o passeio, fazia-o de olhos fechados, atento em relembrar exatamente o perfil do telhado ou o matiz da pedra, que, sem que eu soubesse o motivo, me haviam parecido replenos, prestes a entreabrir-se, a revelar-me aquilo de que não eram mais que a cobertura. Claro que impressões desse gênero não iam restituir-me a perdida esperança de me tornar um dia escritor e poeta, pois estavam sempre ligadas a algum objeto particular desprovido de valor intelectual e sem nenhuma

---

119 Referência à última estrofe do poema "O imprevisto", presente em *As flores do mal*. [N. E.]

relação com qualquer verdade abstrata. Mas pelo menos me davam um prazer irreflexivo, a ilusão de uma espécie de fecundidade, e assim me distraíam da tristeza, da sensação de impotência que experimentava cada vez que me punha a buscar um assunto filosófico para uma grande obra literária. Mas tão árduo era o dever de consciência que me impunham essas impressões de forma, de perfume ou de cor — procurar o que atrás delas se ocultava — que em seguida buscava escusas que me subtraíssem a tais esforços e me poupassem a tamanha fadiga. Por felicidade, meus pais me chamavam, e eu via que naquele momento me faltava o sossego necessário para prosseguir satisfatoriamente minhas pesquisas e que seria melhor deixá-las para quando estivesse em casa, e não me fatigar previamente sem resultado. E já não me preocupava com aquela coisa desconhecida que se envolvia em uma forma ou em um perfume e agora estava quieta dentro de mim, pois a vinha trazendo para casa, protegida pelo revestimento de imagens sob as quais a encontraria viva, como esses peixes que eu carregava em um cesto de volta da pescaria, bem cobertos de uma camada de ervas que lhes conservava a frescura. Uma vez em casa, punha-me a pensar em outra coisa, e assim iam se acumulando em meu espírito (como em meu quarto as flores que colhera durante os passeios ou os objetos que ganhara de presente) uma pedra onde brincava um reflexo, um telhado, um som de sino, um cheiro de folhas, imagens inúmeras e diversas debaixo das quais há muito tempo jaz morta a pressentida realidade, que me faltou vontade suficiente para descobrir. Um dia, no entanto — em que nosso passeio se prolongara muito mais que habitualmente, e a meio caminho, no regresso, já pelo fim da tarde, tivemos o prazer de encontrar o dr. Percepied, que passava a toda a velocidade em seu carro e nos reconheceu, fazendo-nos embarcar com ele —, senti eu uma impressão desse gênero e não a abandonei sem tê-la aprofundado um pouco. Haviam-me acomodado junto ao cocheiro, íamos com o vento porque antes de chegar a

Combray o doutor tinha de parar em casa de um doente, a cuja porta ficou combinado que o esperaríamos. Na curva de um caminho, senti, de súbito, aquele prazer peculiar que não se assemelhava a nenhum outro ao avistar as duas torres de Martinville, batidas do sol poente e que o movimento de nosso carro e os zigue-zagues do caminho faziam mudar de posição, e depois a torre de Vieuxvicq que, separada das primeiras por uma colina e um vale, e situada ao longe em um planalto mais elevado, parecia no entanto bem próxima delas.

Verificando, observando a forma de sua agulha, o deslocamento de suas linhas, o ensolado de sua superfície, eu sentia que não ia até o fundo de minha impressão, que alguma coisa havia atrás daquele movimento, atrás daquela claridade, alguma coisa que elas pareciam conter e ocultar ao mesmo tempo.

Tão afastadas se encontravam as torres e tão pouco me parecia aproximar-nos delas que fiquei atônito quando paramos, instantes depois, diante da igreja de Martinville. Ignorava o motivo do prazer que tivera ao avistá-las no horizonte, e a obrigação de procurar desvendá-lo me parecia muito penosa; tinha vontade de guardar de reserva na cabeça aquelas linhas que se moviam ao sol e não mais pensar nelas por enquanto. E é provável que, se o fizesse, as duas torres teriam ido reunir-se para sempre a tantas árvores, telhados, perfumes, sons, que eu diferenciara dos outros por causa daquele obscuro prazer que me haviam proporcionado e que eu nunca aprofundara. Desci para conversar com meus pais enquanto esperávamos pelo doutor. Depois prosseguimos, retornei a meu lugar na boleia, voltei a cabeça para ver de novo as torres, que um pouco mais tarde avistei pela última vez na volta de um caminho. Como o cocheiro não parecia disposto a conversar e mal respondera a minhas perguntas, vi-me forçado, na falta de outra companhia, a recorrer à minha, tentando relembrar minhas torres. E logo, como uma casca, romperam-se suas linhas e superfícies, mostrando-me um pouco do que ali se achava oculto, e tive um pensamento que não existia para mim um momento antes, que se formulou em palavras em minha cabeça, e isso de tal forma aumentou o prazer que havia pouco me dera a vista das torres que, tomado de uma espécie de embriaguez, não pude mais pensar em outra coisa. Naquele momento, e como estivéssemos já longe de Martinville, voltei a cabeça e avistei-as de novo, completamente negras desta vez, pois o sol já se escondera. De quando em quando as voltas da estrada mas ocultavam, depois elas se mostraram uma última vez e por fim não mais pude vê-las.

Sem confessar-me que aquilo que estava oculto atrás das torres de Martinville devia ser algo assim como uma bela frase, pois que aparecera sob a forma de palavras que me causavam prazer, pedi lápis e papel ao doutor e, para aliviar a consciência e obedecer a meu entusiasmo, compus, apesar dos solavancos do carro, o pequeno trecho seguinte que encontrei depois e no qual apenas fiz algumas ligeiras modificações:

"Sozinhas, erguendo-se do nível da planície e como perdidas em campo raso, subiam para o céu as duas torres de Martinville. Em breve vimos três: vindo colocar-se a sua frente em uma volta atrevida, reunira-se a elas uma torre retardatária, a de Vieuxvicq. Os minutos passavam, íamos depressa e no entanto as três torres estavam sempre ao longe, a nossa frente, como três pássaros pousados na planície, imóveis, e que a gente divisa ao sol. Depois a torre de Vieuxvicq se afastou, marcou suas distâncias, e as torres de Martinville ficaram sós, alumiadas pela luz do poente que, mesmo àquela distância, eu via brincar e sorrir em suas telhas. Demoráramos tanto em aproximar-nos das torres que eu ainda pensava no tempo que nos faltava para atingi-las quando de repente o carro, depois de dar uma volta, nos depôs a seus pés; e tão rudemente se haviam lançado elas de encontro ao carro que mal se teve tempo de parar para não esbarrarmos no pórtico. Prosseguimos viagem; fazia pouco que deixáramos Martinville e que a aldeia desaparecera, depois de nos ter acompanhado alguns segundos e ainda suas torres e a de Vieuxvicq, ficando sozinhas no horizonte a ver-nos fugir, agitavam em sinal de despedida seus cimos ensolarados. Às vezes uma se afastava para que as outras pudessem avistar-nos um instante ainda; mas a estrada mudou de direção, elas voltearam na luz como três gonzos de ouro e desapareceram de minha vista. Mas um pouco mais tarde, já perto de Combray e depois que o sol se sumira, avistamo-las uma última vez, de muito longe, não parecendo mais que três flores pintadas sobre o céu, acima da linha baixa dos campos. Faziam-me também pensar nas três meninas de uma legenda, abandonadas em uma solidão onde já tombava a treva; e enquanto nos afastávamos a galope, via-as timidamente procurar o caminho e, depois de algumas indecisas oscilações de suas nobres silhuetas, apertarem-se umas contra as outras, deslizarem uma atrás da outra, formarem sobre o céu ainda róseo nada mais que uma única forma negra, encantadora e resignada, e desaparecerem dentro da noite."

Jamais tornei a pensar em tal página, mas, naquele instante, ao terminar de escrevê-la, na ponta do assento onde o cocheiro do doutor costumava colocar um cesto com as aves que comprara no mercado de Martinville, achei-me tão feliz, sentia que ela me havia desembaraçado tão perfeitamente daquelas torres e do que ocultavam atrás de si, que, como se fosse eu próprio uma galinha e acabasse de pôr um ovo, pus-me a cantar a plenos pulmões.[120]

Durante todo o dia, naqueles passeios, eu pudera pensar que prazer não haveria em ser amigo da duquesa de Guermantes, pescar truta, passear de barco no Vivonne, e, ávido de felicidade, não pedir em tais momentos nada mais à vida senão que se compusesse sempre de uma série de tardes felizes. Mas quando no caminho de volta eu via à esquerda uma granja bastante afastada de outras duas que, pelo contrário, estavam muito juntas, e de onde, para entrar em Combray,

---

[120] A página sobre os campanários será resgatada no segundo volume do livro, para ser mostrada a um amigo influente do pai do herói e, depois, no sexto volume, quando o herói conseguirá enfim publicá-la no jornal *Le Figaro*. [N. E.]

era só tomar uma alameda de carvalhos, que tinha a um lado um campo dividido em pequenos cercados, e plantado, a intervalos iguais, de macieiras que ali projetavam, ao sol poente, o desenho japonês de suas sombras, subitamente meu coração começava a bater, eu sabia que dentro de meia hora estaríamos em casa e, como era regra nos dias em que íamos para o lado de Guermantes e o jantar era servido mais tarde, mandariam deitar-me logo depois de tomar sopa, de sorte que minha mãe, retida à mesa como se houvesse convidados, não subiria a dar-me boa-noite em meu leito. A zona de tristeza em que eu acabava de penetrar era tão diversa da zona em que um momento antes me lançava alegremente quanto em alguns céus se mostra uma faixa cor-de-rosa separada, como por uma linha, de uma faixa verde ou de uma faixa negra. Vê-se um pássaro voando no rosa, já vai chegando a seu limite, quase que toca o negro, atinge-o finalmente. Os desejos que ainda há pouco me assediavam, de ir a Guermantes, de viajar, de ser feliz, eram-me agora tão estranhos que sua realização não me causaria prazer algum. Com que gosto eu não daria tudo isso para poder chorar toda a noite nos braços de mamãe! Estremecia, não tirava os olhos angustiados do rosto de minha mãe, que naquela noite não apareceria em meu quarto, onde já me via em pensamento, e tinha vontade de morrer. E aquilo duraria até a manhã seguinte, quando os raios de sol apoiassem suas barras, como o jardineiro sua escada, contra o muro coberto de capuchinhas que subia até minha janela, e eu saltasse do leito para descer logo ao jardim, sem já me lembrar de que a noite voltaria a trazer consigo a hora de separar-me de minha mãe. E, assim, foi pelo lado de Guermantes que aprendi a distinguir esses estados que em mim se sucedem, durante certos períodos, e que dividem entre si cada um de meus dias, chegando cada qual para escorraçar o outro, com a pontualidade da febre; contíguos, mas tão alheios um ao outro, tão desprovidos de quaisquer meios de comunicação entre si, que, quando um deles domina, não posso mais compreender o que desejei, temi ou fiz no outro estado.

Assim o lado de Méséglise e o lado de Guermantes se acham para mim ligados a muitos dos pequenos acontecimentos dessa vida que é, de todas as diversas vidas que paralelamente vivemos, a mais cheia de peripécias, a mais rica em episódios, quero dizer a vida intelectual. Está visto que vai progredindo em nós insensivelmente e as verdades que lhe mudaram o sentido e o aspecto, que nos abriram novos caminhos, desde muito que vínhamos preparando sua descoberta; mas isso sem o sabermos; e elas só datam para nós do dia, do minuto em que se tornaram visíveis. As flores que então brincavam na relva, a água que passava ao sol, toda a paisagem que cercou seu aparecimento continua a acompanhar a lembrança delas com sua face inconsciente ou distraída; e, por certo, quando eram longamente contemplados por aquele humilde passante, aquele menino pensativo — como é contemplado um rei por um memorialista perdido na multidão —, aquele recanto da natureza, aquele trecho de jardim jamais poderiam pensar que graças a ele é que seriam chamados a sobreviver em suas particularidades mais efêmeras; e no entanto aquele perfume de pilriteiro que vagueia ao longo da sebe onde em breve o substituirão as roseiras-bravas, um rumor de passos sem eco na areia de uma alameda, uma bolha formada contra uma planta aquática pela água do rio e que logo rebenta, minha imaginação os carregou e os fez atravessar tantos anos sucessivos, ao passo que em torno desapareceram os caminhos e estão mortos aqueles que os pisaram, e a lembrança daqueles que os pisaram. Às vezes, aquele trecho de paisagem assim trazido até o dia de hoje se destaca tão isolado de tudo que flutua incerto em meu pensamento como uma Delos florida, sem que eu possa dizer de que país, de que tempo — talvez simplesmente de que sonho — me vem. Mas é principalmente como se pensasse em jazidas perfumadas de meu solo mental, como no terreno firme a que ainda me apoio, que devo eu pensar no lado de Méséglise e no lado de Guermantes. E exatamente porque eu acreditava nas coisas, nos seres, quando percorria aqueles caminhos, é que as coisas e os seres que eles me deram a conhecer são os únicos que ainda tomo a sério e ainda me proporcionam alegria. Ou porque a fé que cria se haja estancado em mim, ou porque a realidade só se forme na memória, as flores que hoje me mostram pela primeira vez não me parecem flores de verdade. O lado de Méséglise, com seus lilases, seus espinheiros, suas centáureas, suas papoulas, suas macieiras, o lado de Guermantes, com seu rio de girinos, suas ninfeias e seus botões-de-ouro, constituíram por todo o sempre para mim o aspecto das terras onde eu gostaria de viver e onde exijo antes de tudo que se possa pescar, andar de bote, olhar ruínas de fortificações góticas e encontrar no meio dos trigais, tal como estava Santo André dos Campos, uma igreja monumental, rústica e dourada como uma meda; e as centáureas, os pilriteiros, as macieiras que me acontece ainda encontrar no campo quando viajo, por estarem situados na mesma profundidade, ao nível de meu passado, se comunicam imediatamente com meu coração. E no entanto, como há alguma coisa de individual nos lugares, quando me vem o desejo de rever o lado de Guermantes, não o satisfariam levando-me à margem de um rio onde houvesse ninfeias tão belas ou mais belas que as do Vivonne, como ao voltar para casa — na hora em que despertava em mim essa angústia que mais tarde emigra para o amor, e pode tornar-se para sempre inseparável dele —, eu não desejaria que fosse dar-me boa-noite uma mãe mais bonita e inteligente que a minha. Não; assim como, para que eu adormecesse feliz, com essa paz imperturbável que nenhuma amante me pôde dar depois, porque temos dúvidas a respeito delas até no momento em que nelas acreditamos, e nunca nos dão o coração como minha mãe, em um beijo, dava-me o seu, inteiramente, sem reserva alguma, sem sombra de intenção que não me fosse dirigida — o que me era preciso é que fosse ela mesma quem inclinasse para mim aquele rosto onde havia, acima de um olho, qualquer coisa que parecia um defeito e que eu amava como ao resto —, assim o que eu desejo rever é o lado de Guermantes que conheci, com a granja separada das outras que estão juntas, à entrada da alameda dos carvalhos; são aqueles prados onde, quando o sol os torna espelhantes como um charco, se desenham as folhas das macieiras, é aquela paisagem cuja individualidade me domina às vezes, de noite, em meus sonhos, com um poder quase fantástico e que não mais encontro ao despertar. Sem dúvida, por terem unido indissoluvelmente dentro de mim impressões diversas, só porque mas fizeram experimentar ao mesmo tempo, o lado de Méséglise ou o lado de Guermantes me expuseram, no futuro, a muitas decepções e até a enganos. Pois muitas vezes desejei rever uma pessoa sem me dar conta de que era simplesmente porque ela me recordava uma sebe de pilriteiros, e cheguei a crer e a fazer crer em um renascimento de afeição quando não havia mais que um simples desejo de viagem. Mas também por isso mesmo, e presentes, como estão, em minhas impressões atuais a que podem relacionar-se, lhes dão fundamento e profundeza, uma dimensão que as outras não possuem. Acrescentam-lhes assim um encanto, uma significação que só existe para mim. Quando pelas noites de verão o céu sonoro ruge como uma fera e todos se aborrecem com a tempestade, é ao lado de Méséglise que devo esse costume de me quedar sozinho, em êxtase, respirando, através do ruído da chuva, que tomba, o odor de invisíveis e persistentes lilases.

E assim ficava eu muitas vezes até de madrugada, pensando nos tempos de Combray, em minhas tristes noites de insônia, e em tantos dias também, cuja imagem me fora mais recentemente evocada pelo sabor — "o perfume", como diriam em Combray — de uma taça de chá e pela ligação estabelecida entre recordações minhas e certas coisas relativas a um amor que tivera Swann antes de meu nascimento e que só vim a saber muitos anos depois de deixar a cidade, e isto com essa precisão de detalhes mais fácil de obter às vezes quanto à vida de pessoas mortas há séculos do que com referência a nossos melhores amigos, e que parece impossível, como parecia impossível conversar de uma cidade para outra — enquanto se ignora o modo como foi contornada essa impossibilidade. Todas essas lembranças ajuntadas umas às outras não formavam mais que uma massa, mas nem por isso deixava de perceber entre elas — entre as mais antigas e as mais recentes, nascidas de um perfume, e também as que eram simplesmente lembranças de uma outra pessoa que as comunicara a mim —, já não digo fendas, verdadeiras falhas, mas pelo menos essas betas, essas mesclas de coloridos que em certas rochas, em certos mármores, revelam diferenças de origem, de idade, de "formação".

    É verdade que, quando se aproximava o dia, já fazia muito que se dissipara a breve incerteza do despertar. Sabia em que quarto efetivamente me achava, tinha-o reconstruído em torno de mim na escuridão, e — ou orientando-me só pela memória, ou valendo-me, como indicação, de uma flébil claridade entrevista, à qual aplicava eu as cortinas da janela, tinha-o inteiramente reconstruído e mobiliado, como um arquiteto e um tapeceiro que respeitam o vão primitivo das janelas e portas, tinha recolocado os espelhos e reconduzido a cômoda para seu lugar habitual. Mas apenas o dia — e não mais o reflexo de uma última brasa em uma sanefa de cobre que eu tomara por ele — traçava na escuridão, e como que a giz, a primeira raia branca e retificativa, eis que a janela com suas cortinas deixava o quadro da porta onde a colocara por engano, ao passo que, para lhe ceder lugar, a escrivaninha, que minha memória ali colocara desazadamente, escapava-se a toda a velocidade, levando a lareira por diante e afastando a parede do corredor; um pequeno pátio reinava no lugar onde, um momento antes, ainda se estendia o gabinete de toalete, e a casa que eu reconstruíra nas trevas fora reunir-se às casas entrevistas no torvelinho do despertar, posta em fuga por aquele pálido signo que traçara acima das cortinas o dedo erguido do dia.

um amor de swann

Para fazer parte do "pequeno núcleo", do "pequeno grupo", do "pequeno clã" dos Verdurin, bastava uma condição, mas esta indispensável: aderir tacitamente a um credo entre cujos artigos figurava o de que o pianista protegido naquele ano pela sra. Verdurin, e de quem ela dizia: "Não devia ser permitido tocar Wagner tão bem!", "enterrava" ao mesmo tempo a Planté e a Rubinstein e que o dr. Cottard tinha mais diagnóstico que Potain.[1] Qualquer "novo recruta" que os Verdurin não pudessem convencer de que as recepções das pessoas que não os frequentavam eram aborrecidas como a chuva, via-se imediatamente excluído. Como nesse ponto eram as mulheres mais rebeldes do que os homens em desistir de toda curiosidade mundana e de informar-se pessoalmente dos atrativos dos outros salões, e como por outro lado sentiam os Verdurin que esse espírito crítico e o demônio da frivolidade poderiam, pelo contágio, ser fatais à ortodoxia da igrejinha, foram levados a rejeitar sucessivamente todos os "fiéis" do sexo feminino.

Além da jovem esposa do doutor, estavam, naquele ano, quase que unicamente reduzidos (embora a sra. Verdurin fosse virtuosa e pertencesse a uma respeitável família burguesa extraordinariamente rica e completamente obscura, com a qual pouco a pouco fora cessando, por conta própria, quaisquer relações) a uma pessoa quase do mundo galante, a sra. de Crécy, que a sra. Verdurin chamava pelo nome de batismo, Odette, e declarava que "era um

---

[1] O recuo no tempo para apresentar "Um amor de Swann" é também oportunidade de flagrar a primeira configuração do "pequeno núcleo" dos Verdurin. Ao final do livro, e após sucessivas mudanças, o herói lerá a descrição desse mesmo salão feita pelo "pseudoGoncourt". E o leitor terá diante de si a possibilidade de visualizar o contraste revelador entre uma descrição plana desse salão ("pseudoGoncourt") e a riqueza das sucessivas mudanças que ele veio acompanhando até ali. Francis Planté é pianista francês cuja carreira se situa entre 1870 e 1900; Anton Rubinstein é pianista e compositor russo que fez várias excursões a Paris, a partir de 1840 até 1886. Potain era um dos grandes médicos parisienses daquele fim de século, tornando-se membro da Academia de Medicina em 1882. [N. E.]

amor", e à tia do pianista, a qual, pelo visto, devia ter sido porteira; pessoas, em suma, ignorantes da alta sociedade e tão ingênuas que não seria difícil impingir-lhes que a princesa de Sagan e a duquesa de Guermantes eram obrigadas a pagar a infelizes para ter gente em seus jantares, tanto assim que, se lhes propusessem conseguir um convite para a casa daquelas duas grandes damas, a antiga porteira e a cocote o teriam desdenhosamente recusado.²

Os Verdurin não faziam convites para jantar: sempre se tinha, em casa deles, "um lugarzinho à mesa". Para o serão, não havia programa. O jovem pianista tocava, mas somente "se lhe desse na fantasia", pois não se forçava a ninguém e, como dizia a sra. Verdurin: "Tudo pelos amigos, vivam os camaradas!". Se o pianista queria tocar a cavalgada das *Valquírias* ou o prelúdio do *Tristão*, a sra. Verdurin protestava, não que essa música lhe desagradasse, mas porque, pelo contrário, lhe causava uma impressão muito forte. "Querem então que eu tenha a minha enxaqueca? Bem sabem que é sempre a mesma coisa quando ele toca isso. Já sei o que me espera. Amanhã, quando quiser levantar-me, adeus, estou imprestável!" Quando ele não tocava, conversava-se, e um dos amigos, em geral seu pintor favorito do momento, "soltava", como dizia o sr. Verdurin, "uma daquelas que faziam todo mundo rebentar de riso", principalmente a sra. Verdurin, a quem — de tal modo tomava ela ao pé da letra a expressão figurada de suas emoções — o dr. Cottard (um jovem estreante daquela época) teve um dia de reajustar a mandíbula, que ela desarticulara de tanto rir.

Era proibida a casaca, porque estavam entre "camaradas" e para não se assemelharem aos "maçantes", de que fugiam como da peste e que só convidavam para as grandes reuniões, dadas o mais raramente possível e apenas quando pudessem divertir o

---

2 Aqui estão citadas uma personagem do livro (a duquesa de Guermantes) e a princesa de Sagan, que, casada com o príncipe Seillière de Sagan, servia de exemplo de elegância. [N. E.]

pintor ou tornar conhecido o músico.³ No resto do tempo contentavam-se em representar charadas, em cear fantasiados, mas entre si, sem introduzir nenhum estranho na "rodinha".

Mas à medida que os "camaradas" iam assumindo maior importância na vida da sra. Verdurin, os maçantes, os réprobos, passaram a ser todas as pessoas ou coisas que retinham os amigos longe dela, que lhes prejudicavam às vezes a disponibilidade, era a mãe deste, a profissão daquele, a casa de campo ou a má saúde de um terceiro. Se o dr. Cottard achava que devia partir, erguendo-se da mesa para ir visitar um doente em perigo, dizia-lhe a sra. Verdurin: "Quem sabe se não seria melhor para ele que o senhor não o fosse perturbar agora! Passaria uma boa noite sem o senhor; e amanhã cedinho, quando fosse vê-lo, o doutor o encontraria curado". Desde princípios de dezembro adoecia com a ideia de que os fiéis "desertariam" para as festas do Natal e Ano-Novo. A tia do pianista exigia então que ele jantasse em família, na casa da mãe dela.

— Acha então que a sua mãe vai morrer — exclamava duramente a sra. Verdurin — se não jantarem com ela na passagem do ano, como se faz na *província*?⁴

Essas inquietações voltavam na Semana Santa.

— O senhor, doutor, um sábio, um espírito forte, naturalmente que há de vir na Sexta-Feira Santa, como num dia qualquer, não é assim? — disse ela no primeiro ano a Cottard, em um tom seguro, como se não tivesse dúvida alguma. Mas tremia enquanto esperava a resposta, pois, se ele não comparecesse, arriscava-se a ficar sozinha.

— Sim, virei na Sexta-Feira Santa... apresentar-lhe as despedidas, pois vamos passar as festas da Páscoa em Auvergne.

---

3 A partir do momento em que os membros do salão Verdurin começarem a sentir que vão ascender socialmente, ficará estabelecida a obrigatoriedade do *smoking*. [N. E.]
4 Mais tarde, será a notícia da própria morte do pianista que será tratada como uma grande "maçante", atrapalhando o bom humor de uma reunião à beira-mar. [N. E.]

— Em Auvergne? Para ser devorado pelas pulgas e outros bichos? Bom proveito lhe faça.

E após um silêncio:

— Se ao menos nos tivesse avisado, poderíamos dar um jeito nisso e fazer a viagem juntos, com mais comodidade.

Da mesma forma, quando um "fiel" tinha um amigo, ou uma "companheira", um flerte, que pudessem às vezes ser causa de "deserção", os Verdurin, que não se escandalizavam de que uma mulher tivesse um amante, desde que o tivesse em casa deles, o amasse através deles, e não o preferisse a eles, diziam: "Pois bem! Traga-nos esse amigo". E punham-no à prova, para ver se era capaz de não ter segredos para a sra. Verdurin, e se o podiam agregar ao "pequeno clã". Se o resultado era desfavorável, chamavam à parte o fiel que o tinha apresentado e prestavam-lhe o serviço de malquistá-lo com seu amigo ou sua amante. Em caso contrário, o "novato" se tornava por sua vez um fiel. Assim, quando naquele ano a *demi--mondaine* contou ao sr. Verdurin que travara conhecimento com um homem encantador, o sr. Swann, e insinuou que o mesmo estimaria muito ser recebido em casa deles, o sr. Verdurin transmitiu ato contínuo essa petição à mulher. (Só formava opinião depois de ouvir a mulher, e sua principal missão consistia em executar, com todo engenho e arte, os desejos desta e dos fiéis.)

— A senhora de Crécy tem um pedido a fazer-te. Desejava apresentar-te um de seus amigos, o senhor Swann. Que dizes?

— Ora essa! Poderia recusar-se alguma coisa a uma preciosidade dessas? Cale-se, ninguém está pedindo a sua opinião, afirmo que você é uma preciosidade.

— Já que assim querem... — respondeu Odette, em um tom afetado, e acrescentou: — Bem sabem que não ando *fishing for compliments*.

— Pois bem! Traga-nos então o seu amigo, se ele for agradável.

É certo que a "rodinha" nada tinha em comum com a sociedade que Swann frequentava, e um puro mundano acharia que não valia a pena ocupar sua excepcional posição para fazer-se apresentar em casa dos Verdurin. Mas Swann gostava tanto de mulheres que, depois de haver conhecido quase todas as da aristocracia, onde elas nada mais tinham que lhe ensinar, não mais atribuíra a essas cartas de naturalização, quase títulos de nobreza, que lhe outorgara o bairro de Saint-Germain, senão um valor de troca, de carta de crédito, sem valor por si mesma, mas que lhe permitia improvisar-se uma situação em algum recanto provinciano ou em algum meio obscuro de Paris, onde a filha do fidalgote ou do tabelião lhe parecera bonita. Pois o desejo ou o amor lhe dava então um sentimento de vaidade a que era infenso na vida ordinária (embora fosse esse mesmo sentimento que outrora o encaminhara para a carreira mundana, fazendo-o desperdiçar o espírito em prazeres frívolos e pôr sua erudição artística a serviço das damas da sociedade que desejam comprar quadros ou mobiliar seu palacete) e que o levava ao desejo de se ostentar, ante uma desconhecida de quem se enamorara, com uma elegância que o simples nome de Swann não implicava. E tanto mais o desejava quando a desconhecida era de condição humilde. Da mesma forma que não é a um homem inteligente que outro homem inteligente terá medo de parecer tolo, não é da parte de um grão-senhor que um elegante receará não ver reconhecida sua elegância, mas da parte de um rústico. Os três quartos dos alardes de espírito e vaidosas mentiras que os homens prodigaram desde que o mundo é mundo e que só podiam rebaixá-los foram dedicados a gente inferior. E Swann, que era simples e negligente com uma duquesa, temia ser desprezado e tomava atitudes em presença de uma criada.

    Não era desses que, por preguiça ou resignado sentimento da obrigação que lhes impõe o fastígio social de se amarrarem a determinada margem, evitam os prazeres que lhes oferece a realidade fora da posição mundana onde vivem acantonados até a morte, acabando por chamar de prazeres, na falta de coisa melhor e por força do hábito, às medíocres diversões e aborrecimentos suportáveis que sua existência encerra. Swann, esse, não procurava achar bonitas as mulheres com quem passava o tempo, mas sim passar o tempo com as mulheres que primeiro achara bonitas. E muitas vezes eram mulheres de beleza bastante vulgar, pois as qualidades físicas que buscava sem se dar conta estavam em completa oposição com aquelas que lhe tornavam admiráveis as mulheres esculpidas ou pintadas por seus mestres prediletos. A profundeza, a melancolia da expressão, gelavam-lhe os sentidos, que despertavam, ao contrário, ante uma carne sadia, abundante e rosada.

Quando encontrava em viagem uma família com a qual seria elegante não travar relações, mas em que descobria certa mulher com um encanto que ainda lhe era desconhecido, "guardar a linha" e enganar o desejo que ela lhe despertara, substituir o prazer que poderia conhecer com ela por um prazer diferente, escrevendo a uma antiga amante para que viesse vê-lo, isso lhe pareceria uma abdicação tão covarde diante da vida e uma renúncia tão estúpida a uma nova felicidade, como se em vez de visitar a terra onde se achava, se metesse em seu quarto, a olhar "vistas" de Paris. Não se encerrava no edifício de suas relações, mas fizera com ele, para poder erguê-lo novamente em toda parte onde uma mulher lhe agradasse, uma dessas tendas desmontáveis que os exploradores carregam consigo. Quanto ao que não podia ser transportado ou trocado por um prazer novo, ele o considerava sem valor, por mais invejável que parecesse aos outros. Quantas vezes seu crédito junto a uma duquesa, formado com os desejos que a dama acumulara durante anos, de lhe ser agradável, sem nunca haver encontrado uma ocasião propícia, não o desfazia Swann de uma vez por todas, reclamando dela, com um indiscreto despacho, uma recomendação telegráfica que o pusesse imediatamente em contato com um de seus intendentes cuja filha lhe chamara a atenção no campo, como o faria um esfaimado que trocasse um diamante por um pedaço de pão! E aquilo, depois, até o divertia, pois havia nele, contrabalançada por sutis delicadezas, certa dose de grosseria. Depois, pertencia a essa categoria de homens inteligentes que vivem na ociosidade e que procuram um consolo e talvez uma escusa na ideia de que essa ociosidade oferece a sua inteligência objetos tão dignos de interesse como os que lhes proporcionaria a arte ou o estudo, e de que a "Vida" apresenta situações mais interessantes, mais romanescas que todos os romances. Pelo menos assim o assegurava, convencendo disso aos mais finos amigos, especialmente o barão de Charlus, a quem divertia com a narrativa de suas aventuras picantes, por exemplo, que, encontrando no trem uma mulher e tendo-a levado para sua casa, viera a descobrir que se tratava da irmã de um soberano que no momento tinha nas mãos todos os fios da política europeia, da qual assim se inteirava de um modo sumamente agradável; ou que, por um complexo jogo de circunstâncias, ia depender da eleição do papa que ele se tornasse ou não amante de uma cozinheira.[5]

Aliás, não era apenas a brilhante falange de virtuosas matronas, de generais, de acadêmicos, com os quais estava particularmente ligado, que Swann obrigava com tanto cinismo a lhe servir de medianeiros. Todos os seus amigos costumavam receber de quando em quando uma carta sua, pedindo uma recomendação ou apresentação, com tal habilidade diplomática que, persistindo através dos amores sucessivos e dos diferentes pretextos, revelavam, mais do que o fariam palavras irrefletidas, um caráter permanente e uma identidade de fins. Muitos anos depois, quando comecei a interessar-me por seu caráter, devido a semelhanças que sob outros aspectos oferecia com o meu, gostava de ouvir contar que quando ele escrevia a meu avô (que ainda não o era, pois foi pela época de

---

[5] Charles Swann e o barão de Charlus, pela entrega à sua paixão carnal e ao culto do interesse romanesco da vida, incorporam justamente o perfil dos estéreis diletantes em matéria de arte. [N. E.]

meu nascimento que começou o grande caso amoroso de Swann, interrompendo por algum tempo essas práticas), este, ao ver no envelope a letra do amigo, exclamava: "Alerta! Aí vem Swann com algum pedido...". E, ou por desconfiança, ou por esse sentimento inconscientemente diabólico que nos leva a oferecer uma coisa só às pessoas que não a desejam, meus avós nunca atendiam aos pedidos mais fáceis de satisfazer que Swann lhes dirigia, como o de apresentá-lo a uma jovem que jantava todos os domingos em nossa casa, vendo-se obrigados cada vez que Swann lhes tocava no assunto a fingir que ultimamente não a viam, quando toda a semana tinham estado a pensar em quem convidar junto com ela, e muitas vezes sem encontrar ninguém que servisse, só para não acenar àquele que se sentiria tão feliz com isso.

Às vezes, um casal amigo de meus avós e que até então se queixava de nunca receber uma visita de Swann lhes anunciava com satisfação, e talvez um tanto com a intenção de provocar inveja, que Swann se mostrava agora amabilíssimo e não se separava deles. Meu avô não queria estragar-lhes o prazer, mas olhava para minha avó, cantarolando:

Que mistério será esse
Que não posso compreender?
ou
Visão fugitiva...
ou
Em tais assuntos
O melhor é nada ver.[6]

---

6 As três citações: a primeira, do final do primeiro ato da ópera *La dame blanche*, criada em 1825, com música de Boieldieu e libreto de Scribe; a segunda, do segundo ato de *Hérodiade*, peça de Massenet a que Proust assistiu em 1912; e a terceira, do terceiro ato de *Barbe-Bleu*, peça de Offenbach, de 1866.

Alguns meses depois, se meu avô perguntava ao novo amigo de Swann: "E Swann, o senhor continua a vê-lo muito seguido?", o nariz do interlocutor se alongava: "Nunca diga o seu nome na minha presença!". "E eu que os julgava tão amigos..." Desse modo, fora íntimo, durante alguns meses, de uns primos de minha avó, em cuja casa jantava quase todos os dias. Mas subitamente deixou de ir, sem dizer uma palavra. Julgaram que estivesse doente e já a prima de minha avó ia mandar pedir notícias suas quando encontrou na despensa uma carta que fora parar por descuido no livro de contas da cozinheira. Nessa carta comunicava àquela mulher que iria deixar Paris e portanto não mais poderia frequentar a casa. É que ela era sua amante e, no momento de romper, só a ela julgou que deveria avisar.

Quando sua amante do momento era pelo contrário uma pessoa da sociedade ou pelo menos uma pessoa cuja origem muito humilde ou cuja situação muito irregular não impedia que ele a fizesse receber em sociedade, então, por ela, Swann voltava àquele ambiente, mas apenas dentro da órbita particular onde ela se movia ou aonde ele a tinha levado. "Inútil contar com Swann esta noite", diziam, "bem sabem que é o dia de Ópera da sua americana". Fazia com que a convidassem para salões particularmente fechados onde ele tinha seus hábitos, suas ceias hebdomadárias, seu pôquer; todas as noites, depois que uma leve ondulação aplicada a sua vasta cabeleira ruiva temperava de alguma brandura a vivacidade de seus olhos verdes, ele escolhia uma flor para sua botoeira e ia encontrar-se com a amante à mesa de alguma das mulheres de seu círculo; e então, pensando nas provas de admiração e amizade que as pessoas da moda ali presentes, e para as quais ele era o árbitro, lhe prodigalizariam diante da mulher a quem amava, ainda encontrava encanto naquela vida mundana de que se enfadara, mas cuja substância, penetrada e ardentemente colorida por essa luz que nela brincava, parecia preciosa e bela depois que lhe incorporara um novo amor.

Mas⁷ ao passo que cada uma dessas ligações, ou cada um desses flertes, fora a realização mais ou menos completa de um sonho nascido da vista de um rosto ou de um corpo que, espontaneamente, sem se esforçar, achara belos, em compensação, quando um dia no teatro foi apresentado a Odette de Crécy por um de seus amigos de outros tempos, que lhe falara dela como de uma mulher encantadora com quem talvez pudesse ele chegar a alguma coisa, mas dando-a por mais difícil do que era na realidade a fim de parecer ele próprio ter feito alguma coisa de mais amável ao apresentá-lo, ela se afigurara a Swann não por certo sem beleza, mas de um gênero de beleza que lhe era indiferente, que não lhe inspirava nenhum desejo, que até lhe causava uma espécie de repulsa física, uma dessas mulheres como todo mundo as tem, diferentes para cada um, e que são o oposto do tipo que nossos sentidos reclamam. Tinha ela um perfil muito incisivo, uma pele muito frágil, maçãs muito salientes e as feições muito retesadas para que lhe pudesse agradar. Seus olhos eram belos, mas tão grandes que, deixando-se vencer por sua própria massa, fatigavam o resto do rosto e davam a impressão de que ela estava desfigurada ou de mau humor. Algum tempo depois daquela apresentação, Odette lhe escreveu pedindo que a deixasse ver as suas coleções, que tanto interessavam a "ela, uma ignorante que tinha o gosto das coisas bonitas" e acrescentando que o conheceria melhor quando o visse em "seu *home*" onde o imaginava "tão confortável, com o seu chá e os seus livros", embora não lhe ocultasse a surpresa de vê-lo habitar naquele bairro que devia ser tão triste e "que era tão pouco *smart* para ele que o era tanto". E depois que Swann deixou que o visitasse, Odette, à despedida, lamentou haver-se demorado tão pouco naquela casa onde tivera a ventura de penetrar, referindo-se a ele como se significasse

---

7 A adversativa introduz a mudança radical que Odette provocará na existência frívola e prazerosa de Swann. [N. E.]

para ela alguma coisa mais que as outras criaturas a que lhe conhecia e parecendo estabelecer entre ambos uma espécie de laço romanesco, o que o fizera sorrir. Mas na idade já um pouco desenganada de que se aproximava Swann e em que a gente sabe contentar-se em estar enamorado pelo simples prazer de o estar, sem muito exigir em troca, essa união dos corações, se já não é, como na primeira juventude, o fim a que tende necessariamente o amor, lhe fica ligada por tão forte associação de ideias que pode tornar-se a sua causa, quando se apresenta antes dele. Antes, sonhava-se possuir o coração da mulher amada; mais tarde, sentir que se possui o coração de uma mulher pode bastar para que nos enamoremos dela. E como antes de tudo se procura no amor um prazer subjetivo, assim, nessa idade em que seria de esperar que o gosto pela beleza feminina constituísse a maior parte desse sentimento, pode nascer o amor — o amor mais físico — sem que tenha havido em sua base um desejo prévio. Nessa época da vida já se foi atingido várias vezes pelo amor e este já não evolui por si mesmo segundo as suas próprias leis desconhecidas e fatais, ante o nosso coração atônito e passivo. Corremos em seu auxílio e o enganamos com a memória e com a sugestão. Ao reconhecer um de seus sintomas, relembramos e ressuscitamos os outros. Como temos a sua eterna canção inteiramente gravada dentro de nós, não há necessidade de que uma mulher nos diga o princípio — cheio da admiração que inspira a beleza — para acharmos em seguida a continuação. E se ela começa pelo meio — no ponto em que os corações se aproximam e se fala em viver unicamente um para o outro —, já estamos bastante habituados a essa música para que logo alcancemos a nossa parceira, no trecho em que ela nos espera.

    Odette de Crécy tornou a avistar-se com Swann, depois amiudou as visitas; e sem dúvida cada visita renovava para ele a sua decepção ante aquele rosto cujas particularidades quase havia esquecido desde a última vez e que não lhe viera à lembrança nem tão expressivo, nem tão fanado, apesar de jovem; lamentava, enquanto falavam, que a grande beleza que ela na verdade possuía não fosse do gênero daquelas que o atrairiam espontaneamente. Cumpre aliás dizer que o rosto de Odette parecia mais magro e mais saliente porque essa superfície unida e plana que abrange a fronte e a parte superior das faces achava-se recoberta pelo penteado maciço que então usavam, alongado em "proas", soerguido em "tufos", espalhado em mechas revoltas ao longo das orelhas; e quanto ao seu corpo, admiravelmente benfeito, era difícil seguir-lhe a continuidade (por causa da moda da época e embora fosse ela uma das mulheres que se vestiam melhor em Paris) de tal modo o corpete, avançando em saliência como sobre um estômago imaginário e terminando bruscamente em ângulo agudo, enquanto abaixo começava a inflar-se o balão das saias duplas, dava às mulheres o aspecto de serem compostas de diferentes peças mal encaixadas; e tamanha era a independência com que os fofos, os babados, o colete, conforme a fantasia de seu desenho ou a consistência de seu tecido, acompanhavam a linha que os conduzia às laçadas, aos folhos de renda, às franjas de azeviche, ou que os dirigia ao longo das barbatanas, mas absolutamente não se ligavam ao ser vivo, que, segundo a arquitetura daqueles fanfreluches se aproximava ou se afastava muito da sua, ali se sentia apertado ou à solta.

Mas, depois da partida de Odette, Swann sorria, recordando ter ela dito como o tempo custaria a passar até que ele lhe permitisse nova visita; lembrava o ar inquieto e tímido com que lhe pedira para que não demorasse muito a chamá-la e os olhares que então lhe dirigira numa temerosa súplica, e que a tornavam deveras comovedora sob o ramo de amores-perfeitos artificiais que tinha na frente do seu chapelão de palha preso com fitas de veludo negro. "E você", dissera-lhe Odette "não irá um dia lá em casa tomar chá comigo?". Ele alegara trabalhos em andamento, um ensaio — na verdade abandonado há anos — sobre Vermeer de

Delft.⁸ "Bem compreendo que, insignificante como sou, nada possa fazer junto dos grandes sábios como vocês", retrucara ela. "Seria como a rã diante do areópago.⁹ E no entanto gostaria tanto de instruir-me, de saber, de ser iniciada! Como não deve ser divertido procurar edições antigas, meter o nariz em papéis velhos", acrescentara com esse ar de suficiência que adota uma dama elegante ao afirmar o prazer que sente em entregar-se sem receio a um trabalho sórdido, como por exemplo cozinhar "pondo as mãos na massa". "Você vai rir de mim, mas esse pintor que não o deixa visitar-me (queria referir-se a Vermeer), eu nunca ouvi falar nele; ainda vive? Podem ver-se obras suas em Paris? Pois eu gostaria de ter uma ideia das coisas de que você gosta, adivinhar alguma coisa do que encerra essa fronte que tanto trabalha, essa cabeça que se vê que está sempre refletindo, e assim eu poderia dizer-me: Ah! É nisto que ele está pensando. Que sonho!, estar ligada aos seus trabalhos!" Ele alegara o seu medo das amizades novas, a que chamou, por galanteria, o medo de uma paixão infeliz. "Tem medo de uma afeição? Que engraçado! E eu que não procuro senão isso que daria a vida para encontrar alguma!", dissera ela numa voz tão natural, tão sincera que até o comoveu."É que com certeza sofreu por alguma mulher. E acha que as outras são iguais a ela. Essa mulher não soube compreendê-lo: você é uma criatura tão diferente! Foi o que primeiro me agradou em você; bem vi que não era como todo mundo." "Mas você também", dissera-lhe Swann, "bem sei o que são as mulheres, deve ter uma porção de ocupações e com certeza não dispõe de muito tempo." "Eu? Eu nunca tenho nada que fazer! Sempre estou livre, e para você o estarei sempre. A qualquer hora do dia ou da noite em que lhe seja mais cômodo ver-me, mande chamar-me que virei com alegria. Sim? Mas sabe o que seria bom mesmo? Era apresentá-lo à senhora Verdu-

---

8 O ensaio do diletante Swann sobre Vermeer permanecerá abandonado. [N. E.]
9 Odette pretende citar o título de uma fábula de La Fontaine, mas se confunde e acaba comprovando, sem querer, sua pouca sapiência. [N. E.]

rin, aonde vou todas as noites. Imagine se nos encontrássemos lá e eu pudesse imaginar que você tinha ido um pouco por causa de mim."

E sem dúvida, recordando assim as suas conversas, pensando nela quando estava sozinho, apenas fazia mover-se a sua imagem, entre muitas outras imagens de mulheres, nos seus devaneios romanescos; mas se, graças a uma circunstância qualquer (ou talvez sem ela, pois a circunstância que se apresenta ao declarar-se um estado até então latente pode não tê-lo influenciado em coisa alguma), a imagem de Odette de Crécy chegava a absorver-lhe todos os sonhos, se estes já não podiam separar-se da sua recordação, então não teria mais nenhuma importância a imperfeição do seu corpo, nem que fosse, mais ou menos como qualquer outro corpo, do gosto de Swann, pois, tornando-se o corpo daquela a quem amava, seria desde então o único capaz de lhe causar alegrias e tormentos.

Meu avô justamente conhecera, coisa que não se poderia dizer de nenhum de seus amigos atuais, a família desses Verdurin. Mas perdera todo contato com aquele a quem chamava "o jovem Verdurin" e que considerava, generalizando um pouco, como decaído entre os boêmios e a gentalha, embora conservasse muitos milhões.[10] Um dia recebeu uma carta em que Swann pedia uma apresentação para os Verdurin. "Alerta! Alerta", exclamara meu avô. "Isso não me espanta, era mesmo por aí que Swann devia acabar. Bonito meio! Mas não posso fazer o que me pede porque não conheço mais esse cavalheiro. E depois, deve andar aí algum rabo de saia, e eu não me meto nessas coisas. Ah!, vai ser divertido se Swann se engraçar com os Verdurin!"

E ante a resposta negativa de meu avô, foi a própria Odette quem levou Swann à casa dos Verdurin.

No dia em que Swann lhes foi apresentado, tinham os Verdurin à mesa o dr. Cottard e senhora, o jovem pianista e sua tia, e o

---

10 A estranha imagem do sr. Verdurin como boêmio (e ainda literato) só será confirmada muitas centenas de páginas depois, no início do *Tempo redescoberto*. [N. E.]

seu pintor favorito de então, aos quais posteriormente vieram juntar-se alguns fiéis.[11]

O dr. Cottard nunca sabia ao certo em que tom devia responder a alguém, e se o seu interlocutor estava gracejando ou falando sério. E por causa das dúvidas, acrescentava a todas as suas expressões faciais a oferta de um condicional e provisório sorriso, cuja expectante agudeza o absolveria do reproche de ingenuidade, se a frase que lhe diziam fosse de fato chistosa. Mas, como tinha de enfrentar a hipótese contrária, não deixava que o sorriso se afirmasse nitidamente, de modo que em seu rosto se via flutuar perpetuamente uma incerteza, onde se lia a pergunta que ele não ousava formular: "O senhor está dizendo isso a sério?". Da mesma forma que nos salões, tampouco estava seguro de como deveria comportar-se na rua, e na vida em geral, e opunha assim aos passantes, aos carros, aos acontecimentos, um malicioso sorriso que tirava de antemão à sua atitude qualquer pecha de impropriedade, pois assim provava, se não convinha ao caso, que ele bem o sabia e só procedera daquele modo por troça.

No entanto, em todos os casos em que lhe parecesse cabível uma pergunta franca, não deixava o doutor de esforçar-se por restringir o campo de suas dúvidas e completar sua instrução.

Assim, seguindo o conselho que a previdente mãe lhe dera quando ele saiu de sua terra natal, nunca deixava passar uma locução ou nome próprio que lhe fossem desconhecidos sem procurar documentar-se na matéria.

Quanto às locuções, jamais se saciava de indagar, pois, atribuindo-lhes às vezes um sentido mais preciso do que elas têm, desejaria saber o que significavam exatamente aquelas que ouvia mais a miúdo: a beleza do diabo, sangue azul, uma vida de cachor-

---

11 A presença do pintor será valorizada no segundo volume, quando o herói intuirá sua ligação com Odette. [N. E.]

ro, o quarto de hora de Rabelais,[12] ser o árbitro da elegância, dar carta branca, estar entre a faca e a parede etc., e em que determinados casos poderia por sua vez empregá-las na conversação. Na falta delas, encaixava os trocadilhos que aprendera. Quanto aos nomes novos que pronunciavam diante dele, contentava-se em repeti-los num tom interrogativo, que achava suficiente para merecer explicações sem que parecesse pedi-las.

Como carecia completamente do senso crítico que julgava aplicar a tudo, esse refinamento da polidez que consiste em afirmar a uma pessoa a quem prestamos um favor que os favorecidos somos nós, mas sem esperar que nos creia, era trabalho perdido com o doutor, pois tomava tudo ao pé da letra. Apesar da cegueira que por ele tinha a sra. Verdurin, acabou por agastar-se, embora continuando a achá-lo muito inteligente, de que, todas as vezes em que o convidava a assistir, de uma frisa, a uma representação de Sara Bernhardt, e lhe dizia, para maior gentileza: "Agradeço-lhe muito por ter vindo, doutor, tanto mais que já deve ter visto muitas vezes a Sara Bernhardt, e depois talvez estejamos demasiado perto do palco", o dr. Cottard, que havia entrado no camarote com um sorriso que esperava, para se definir ou desaparecer, que alguma voz autorizada o informasse do valor do espetáculo, assim lhe respondesse: "Com efeito, estamos muito perto, e na verdade a gente já começa a enfastiar-se de Sara Bernhardt. Mas a senhora expressou o desejo de que eu viesse. Para mim os seus desejos são ordens. Sinto-me muito feliz em prestar-lhe esse pequeno serviço. Que não faria a gente para lhe ser agradável, tratando-se de uma pessoa tão bondosa como a senhora?". E acrescentava: "Sara Bernhardt é mesmo a Voz de Ouro, não? Também tenho lido que, quando

---

12 A expressão "o quarto de hora de Rabelais" designa precisamente dificuldades financeiras, numa referência ao episódio em que Rabelais, sem um tostão em Roma, faz-se prender e é levado até Paris, à custa do Estado, esperando ser libertado pelo rei Francisco I. [N. E.]

representa, o teatro vem abaixo. Não é esquisita essa expressão?", e ficava aguardando um comentário que não vinha.

— Sabes? — dissera a sra. Verdurin ao marido. — Creio que fazemos mal em depreciar, por modéstia, os presentes que damos ao doutor. É um sábio que vive fora do mundo prático, sem conhecer o valor das coisas, e julga-as pelo que lhe dizemos.

— Eu não me animava a dizer-te, mas já o tinha notado — respondeu o sr. Verdurin. E no seguinte Ano-Novo, em vez de mandar ao dr. Cottard um rubi de três mil francos, dizendo-lhe que pouco valia, o sr. Verdurin comprou por trezentos francos uma imitação, dando a entender que dificilmente poderia encontrar-se outra igual.

Quando a sra. Verdurin anunciou que naquela noite apareceria o sr. Swann: "Swann?", exclamou o doutor num tom que a surpresa tornava brutal, pois a mínima novidade sempre apanhava mais desprevenido do que a ninguém aquele homem que se julgava perpetuamente preparado para tudo. E ao ver que não lhe respondiam: "Swann? Mas quem é Swann?", bradou no auge de uma ansiedade que se extinguiu de súbito depois que lhe disse a sra. Verdurin: "Ora, é esse amigo de que Odette nos tinha falado. "Ah!, está bem, está bem", respondeu o doutor, já tranquilo. Quanto ao pintor, alegrava-se com a apresentação de Swann, porque o supunha enamorado de Odette e gostava de favorecer ligações. "Nada me diverte tanto como fazer casamentos", segredou ele ao ouvido do dr. Cottard, "já consegui muitos, até entre mulheres!".

Ao dizer aos Verdurin que Swann era muito *smart*, Odette fizera-os temer que fosse um "maçante". Causou-lhes, pelo contrário, excelente impressão, uma de cujas causas indiretas era, sem que o soubessem, o hábito que tinha ele das casas elegantes. Pois Swann tinha com efeito, sobre os homens que nunca frequentaram a alta sociedade, mesmo os mais inteligentes, uma das superioridades dos que já viveram um pouco em tal meio e que consiste em não mais transfigurá-lo pelo desejo ou pelo horror que inspira à imaginação e considerá-lo sem nenhuma importância. A amabilidade destes, isenta de qualquer esnobismo e do receio de parecerem demasiado amáveis, tornando-se independente, tem essa facilidade, essa graça de movimentos daqueles cujos membros flexíveis executam exatamente o que eles desejam, sem participação indiscreta e desajeitada do resto do corpo. A simples ginástica elementar do homem do mundo que estende a mão amavelmente ao jovem desconhecido que lhe apresentam e se inclina com reserva ante o embaixador a quem é apresentado acabara por infiltrar-se, sem que ele próprio o notasse, em todas as atitudes sociais de Swann que, para com gente de um meio inferior ao seu, como os Verdurin e seus amigos, deu instintivamente mostras de uma solicitude e atenções de que um "maçante", segundo eles, certamente se absteria. Só teve um momento de frieza com o dr. Cottard: ao vê-lo piscar-lhe o olho e sorrir-lhe com um ar ambíguo antes de se falarem (mímica que Cottard chamava "deixar que corra"), julgou Swann que o doutor sem dúvida o conhecia por se terem encontrado ambos nalgum lugar alegre, embora os frequentasse muito raramente, pois nunca fora dado à vida boêmia. Achando a alusão de mau gosto, principalmente em presença de Odette, que poderia fazer mau juízo a seu respeito, ele assumiu um ar glacial. Mas quando soube que uma dama que se achava a seu lado era a sra. Cottard, considerou que um marido tão jovem não procuraria aludir, diante da esposa, a divertimentos daquele gênero; e cessou de emprestar ao ar conivente do doutor o significado que temia. O pintor logo convidou Swann a visitar com Odette o seu ateliê; Swann achou-o muito gentil. "Talvez ele o favoreça mais que a mim", disse a sra. Verdurin num tom de fingido ressentimento "e lhe mostre o retrato de Cottard (ela o encomendara ao pintor). Não se descuide, senhor Biche",[13] recomendou ao pintor, a quem, por um gracejo consagrado, costu-

---

13 Apelido do pintor Elstir no salão Verdurin. O herói o encontrará durante sua primeira estada na praia de Balbec, narrada no segundo volume da obra. [N. E.]

mava chamar de senhor, "do belo olhar, desse não sei quê de fino e divertido que há na expressão daqueles olhos. O que quero ter, antes de tudo, é o seu sorriso, o que lhe pedi foi o retrato do seu sorriso." E, como a frase lhe parecesse notável, repetiu-a mais alto, para estar certa de que vários convidados a ouviriam, e até fez primeiro aproximarem-se alguns, sob um pretexto qualquer. Swann manifestou o desejo de ser apresentado a todos, até a um velho amigo dos Verdurin, Saniette, cuja timidez, simplicidade e bom coração o tinham feito perder em toda parte a consideração que lhe valera a sua ciência de arquivista, a sua grande fortuna e a distinta família de que provinha. Ao falar, saíam-lhe as palavras num balbucio verdadeiramente delicioso, pois se via que isso denotava menos um defeito da língua que uma qualidade da alma, como que um resto de inocência da primeira infância, que ele jamais perdera. Todas as consoantes que não podia pronunciar correspondiam a outras tantas durezas de que era incapaz na vida. Quando Swann pediu para ser apresentado ao sr. Saniette, deu à sra. Verdurin a impressão de que estava invertendo os papéis (tanto assim que disse, insistindo na diferença: "Senhor Swann, quer ter a bondade de me permitir que lhe apresente o nosso amigo Saniette?"), mas despertou em Saniette uma fervorosa simpatia que aliás os Verdurin nunca revelaram a Swann, pois Saniette lhes aborrecia um pouco e não faziam questão de lhe conseguir amigos. Mas, em compensação, Swann lhes tocou na corda sensível quando em seguida pediu que o apresentassem à tia do pianista. Vestida de preto, como sempre, pois achava que de preto sempre se está bem e é o que há de mais distinto, tinha o rosto excessivamente vermelho, como lhe acontecia sempre que acabava de comer. Inclinou-se diante de Swann com respeito, mas se reergueu com majestade. Como não tinha instrução alguma e receava cometer erros de linguagem, pronunciava expressamente as frases de um modo confuso, pensando que assim, se soltasse alguma silabada, ficaria a coisa esfumada em tal vagueza que não poderiam distingui-la exatamente, de sorte que a sua conversação não era mais que um indistinto ciciar de que emergiam de vez em quando os raros vocábulos de que se sentia segura. Swann julgou que não haveria mal em zombar um pouco a respeito dela com o sr. Verdurin, o qual, pelo contrário, se ressentiu com isso.

— Mas é uma excelente mulher — retrucou. — Admito que não seja estonteante; mas garanto-lhe que é agradabilíssima numa palestra a sós.

— Não duvido — apressou-se em conceder Swann. — Eu queria dizer que ela não me parecia "eminente" — acrescentou, sublinhando o adjetivo —, e afinal de contas é antes um cumprimento!

— Pois olhe! — disse o sr. Verdurin —, vou deixá-lo espantado, mas o fato é que ela escreve deliciosamente. Nunca ouviu o seu sobrinho? Admirável, não é, doutor? Quer que eu lhe peça para tocar alguma coisa, senhor Swann?

— Será uma felicidade... — começava a responder Swann, quando o doutor o interrompeu, com ar zombeteiro. Com efeito, tendo sabido que era antiquado empregar a ênfase e formas solenes na conversação, logo que ouvia uma palavra grave dita seriamente como acabava de acontecer com a palavra "felicidade", julgava que aquele que a pronunciava o fazia por pedantismo. E se essa palavra figurava casualmente no que ele denominava um velho clichê, por mais corrente que a palavra fosse, supunha o doutor que a frase iniciada era ridícula e rematava-a ironicamente com o lugar-comum, como se acusasse o interlocutor de haver pretendido empregá-lo, quando o outro nem pensava em tal.

— Uma felicidade para a pátria! — exclamou ele maliciosamente, erguendo os braços com ênfase.

O sr. Verdurin não pôde deixar de rir.

— De que estão rindo todos esses homens aí? Parece que nesse cantinho não há melancolia! — exclamou a sra. Verdurin. — Pensam que eu me divirto aqui de castigo? — acrescentou com ares de menina, num tom despeitado.

Estava sentada numa alta cadeira sueca de pinho envernizado, presente de um violinista daquela nacionalidade, e que ela conservava, embora parecesse um escabelo e não combinasse absolutamente com os seus belos móveis antigos, mas a sra. Verdurin queria conservar em evidência as coisas que os fiéis costumavam presentear-lhe de vez em quando, a fim de que os doadores tivessem o prazer de as reconhecer quando a visitavam. Assim, tratava de os persuadir que se limitassem às flores e aos bombons, que ao menos se acabam; mas não o conseguia, e em sua casa havia uma coleção de aquecedores, almofadões, pêndulas, biombos, barômetros, jarros orientais, num acúmulo de repetições e numa incongruência de presentes de festas.

Daquele elevado posto, participava animadamente da conversação dos fiéis e divertia-se com suas "farsas", mas, desde o acidente da mandíbula, havia renunciado ao trabalho de dar gargalhadas de verdade e, em vez disso, entregava-se a uma mímica convencional que significava, sem fadiga nem riscos, que ela ria a mais não poder. À menor piada que largava um *habitué* contra um maçante ou contra um antigo *habitué* relegado para o campo dos maçantes, e para maior desespero do sr. Verdurin, que por muito tempo tivera a pretensão de ser tão amável como a esposa, mas que ria francamente e logo perdia o fôlego e fora distanciado e vencido por aquela artimanha de uma incessante e fictícia hilaridade — ela soltava um gritinho, fechava inteiramente os olhos de pássaro que uma catarata começava a velar, e bruscamente, como se não tivesse mais que o tempo justo para se furtar a um espetáculo indecente ou evitar um ataque mortal, mergulhando o rosto nas mãos que o ocultavam de todo, parecia esforçar-se em reprimir e aniquilar um riso, que, se se entregasse a ele, a faria desmaiar. Assim, atordoada com a jovialidade dos fiéis, embriagada de camaradagem, de maledicência e de assentimento, a sra. Verdurin, do alto do seu poleiro, semelhante a um pássaro a que houvessem ensopado o biscoito em vinho quente, soluçava de amabilidade.

Entretanto, o sr. Verdurin, depois de pedir licença a Swann para acender o cachimbo ("aqui a gente está à vontade, entre camaradas"), rogava ao jovem artista que tocasse alguma coisa.

— Ora, não o aborreças, ele não está aqui para ser torturado — exclamou a sra. Verdurin. — Eu não permito que o torturem!

— Mas por que achas tu que isso vai aborrecê-lo? — disse o sr. Verdurin. — O senhor Swann talvez não conheça a sonata em sustenido que nós descobrimos. Ele vai tocar-nos o arranjo para piano.

— Ah, não, a minha sonata, não! — gritou a sra. Verdurin. — Eu não tenho nenhuma vontade de que me venha, à força de chorar, um defluxo com nevralgias faciais, como da última vez; muito agradecida, não quero recomeçar; vocês são muito bons, mas bem se vê que não são vocês que vão ficar oito dias de cama!

Essa pequena comédia, que se repetia sempre que o pianista ia tocar, encantava os amigos, como se fosse nova, e parecia-lhes uma prova da sedutora originalidade da "Patroa" e da sua sensibilidade musical. Os que estavam mais perto dela faziam sinal aos que mais longe fumavam ou jogavam cartas, para que se aproximassem, pois se passava qualquer coisa, dizendo-lhes, como se faz no Reichstag[14] nos momentos interessantes: "Escutem, escutem". E no dia seguinte se compadeciam daqueles que não tinham podido comparecer, dizendo-lhes que a cena fora ainda mais divertida que de costume.

— Está bem, está bem; então ele só tocará o andante.

— Só o andante? Imaginem! Pois se é justamente o andante que me arrebenta... Tem boas, o Patrão! É como se, na "Nona", ele dissesse: só ouviremos o final, ou nos "Mestres" só a abertura.[15]

O doutor, no entanto, insistia com a sra. Verdurin para que deixasse o pianista tocar, não que julgasse fingidos os transtornos

---

14 Parlamento alemão. [N. E.]

15 A sra. Verdurin, de sensibilidade artística muito aguda, teme particularmente a abertura dos *Mestres cantores*, de Richard Wagner, e o final da *Nona sinfonia*, de Beethoven. [N. E.]

que a música lhe causava — reconhecia nisso certos sintomas de neurastenia —, mas sim pelo costume que têm muitos médicos de logo afrouxar a severidade das suas prescrições quando se acha em jogo, coisa que lhes parece muito mais importante, alguma reunião mundana de que fazem parte e de que a pessoa a quem aconselham esqueça por uma vez a sua dispepsia ou a sua gripe é um dos fatores essenciais.

— Vai ver que desta vez não ficará doente — disse, procurando sugestioná-la com o olhar. — E, se ficar, cuidaremos bem da senhora.

— É mesmo? — respondeu a sra. Verdurin, como se ante a esperança de tal favor não houvesse remédio senão capitular. Talvez, também, à força de dizer que ficaria doente, não mais se lembrasse em certos momentos de que era mentira, tornando-se mentalmente enferma. Ou então os doentes dessa espécie, cansados de fazer sempre depender de si mesmos a raridade de seus acessos, preferem acreditar que poderão fazer tudo o que lhes agrada e que geralmente lhes faz mal, contanto que se entreguem em mãos de um ser poderoso que, sem o mínimo trabalho para eles, os ponha de novo em condições com uma simples palavra ou uma pílula.

Odette fora sentar-se num canapé forrado de tapeçaria, junto ao piano.

— Bem sabe, tenho aqui o meu cantinho — disse ela à sra. Verdurin.

Esta, vendo Swann numa cadeira, fê-lo levantar-se.

— O senhor não está bem aí, venha sentar-se ao lado de Odette. Hem, Odette, você não arranja um lugarzinho para o senhor Swann?

— Que lindo Beauvais! — disse Swann antes de sentar-se, procurando ser amável.

— Ah! Estimo que o senhor aprecie meu canapé — respondeu a sra. Verdurin. — E se quiser ver outro tão bonito, previno-lhe que pode desistir desde já. Nunca fizeram nada igual. As cadeirinhas também são umas maravilhas. Daqui a pouco, examinará tudo isso. Cada ornato de bronze corresponde simbolicamente ao assunto das figuras; se quiser ver tudo, há de passar um bom momento divertido. Só os frisozinhos das bordas! Veja só as folhinhas de parra sobre o fundo vermelho do Urso e as Uvas.[16] Não está bem desenhado? Que me diz! Isso é que era saber desenhar, não é? Não são apetitosas essas uvas? Meu marido acha que não gosto de frutas porque as como menos do que ele. Mas não, eu sou mais gulosa do que vocês todos, só que não tenho necessidade de as pôr na boca, porque as saboreio com os olhos. De que é que está rindo? Perguntem ao doutor, e ele lhes dirá se essas uvas me purgam ou não. Outros fazem estações de cura em Fontainebleau, eu faço a minha estaçãozinha de Beauvais. Mas senhor Swann, o senhor não irá embora sem tocar nos bronzezinhos do espaldar. Não é bastante suave como pátina? Mas não assim, com toda a mão, toque-lhes bem.

— Ah!, se a senhora Verdurin começa a sovar os bronzes, não ouviremos música esta noite — disse o pintor.

— Cale-se, seu tolo. No fundo — disse ela, voltando-se para Swann — proíbem a nós mulheres coisas menos voluptuosas do que isso! Quando o senhor Verdurin me dava a honra de ter ciúmes de mim... Anda! Ao menos trata de ser polido...

— Mas eu não disse absolutamente nada. O senhor é testemunha, doutor: disse eu alguma coisa?

Swann palpava os bronzes por polidez e não se atrevia a parar imediatamente.

— Vamos, poderá acariciá-los mais tarde; agora é ao senhor que vão acariciar, e acariciar no ouvido. Gosta, não? Aqui está um jovenzinho que vai encarregar-se disso.

---

16 Manufatura criada por Colbert em 1664, visando a desenvolver um estilo real francês. O desenho mencionado pela sra. Verdurin faz referência à série com fábulas de La Fontaine. Reafirma-se, novamente, o interesse de Swann pelo Antigo Regime francês. [N. E.]

Ora, depois que o pianista tocou, Swann mostrou-se ainda mais amável com ele do que com as outras pessoas ali presentes. Eis o motivo:

No ano anterior, numa reunião, ouvira uma obra para piano e violino. Primeiro, só lhe agradara a qualidade material dos sons empregados pelos instrumentos. E depois fora um grande prazer quando, por baixo da linha do violino, tênue, resistente, densa e dominante, vira de súbito tentar erguer-se num líquido marulho a massa da parte do piano, multiforme, indivisa, plana e entrechocada como a malva agitação das ondas que o luar encanta e bemoliza. Mas em certo momento, sem que pudesse distinguir nitidamente um contorno, dar um nome ao que lhe agradava, subitamente fascinado, procurara recolher a frase ou a harmonia — não o sabia ele próprio — que passava e lhe abria mais amplamente a alma, como certos perfumes de rosas, circulando no ar úmido da noite, têm a propriedade de nos dilatar as narinas. Talvez fosse porque não sabia música que viera a experimentar uma impressão tão confusa, uma dessas impressões que no entanto são talvez as únicas puramente musicais, inextensas, inteiramente originais, irredutíveis a qualquer outra ordem de impressões. Uma impressão desse gênero durante um momento é, por assim dizer, *sine materia*. Sem dúvida, as notas que então ouvimos já tendem, segundo a sua altura e quantidade, a cobrir ante nossos olhos superfícies de dimensões variadas, a traçar arabescos, a dar-nos sensações de largura, de tenuidade, de estabilidade, de capricho. Mas as notas se esvaem antes que essas sensações estejam cabalmente formadas em nós para não serem submersas pelas que despertam as notas seguintes ou mesmo simultâneas. E essa impressão continuaria a envolver com a sua liquidez e o seu som "fundido" os motivos que por instantes emergem, apenas discerníveis, para em seguida mergulhar e desaparecer, somente percebidos pelo prazer particular que dão, impossíveis de descrever, de lembrar, de nomear, inefáveis — se a memória, como um obreiro que procura assentar alicerces duráveis das ondas, fabricando-nos fac-símiles dessas frases fugitivas, não nos permitisse compará-las às que se lhes sucedem e diferenciá-las. Assim, mal expirara a deliciosa sensação de Swann, logo a sua memória lhe fornecera uma transcrição sumária e provisória, mas em que tivera presos os olhos enquanto a música continuava, de modo que, quando aquela impressão retornou, já não era inapreensível. Ele lhe concebia a extensão, os grupos simétricos, a grafia, o valor expressivo; tinha diante de si essa coisa que não é mais música pura, que é desenho, arquitetura, pensamento, tudo o que nos torna possível recordar a música. Desta vez distinguira nitidamente uma frase que se elevava durante alguns instantes acima das ondas sonoras. Ela logo lhe insinuara peculiares volúpias, que nunca lhe ocorreram antes de ouvi-la, que só ela lhe poderia ensinar, e sentiu por aquela frase como que um amor desconhecido.

Num lento ritmo ela o encaminhava primeiro por um lado, depois por outro, depois mais além, para uma felicidade nobre, ininteligível e precisa. E de repente, no ponto aonde ela chegara e onde ele se preparava para segui-la, depois da pausa de um instante, ei-la que bruscamente mudava de direção e num movimento novo, mais rápido, miúdo, melancólico, incessante e suave, arrastava-o consigo para perspectivas desconhecidas. Depois desapareceu. Ele desejou apaixonadamente revê-la uma terceira vez. E ela com efeito reapareceu, mas sem falar mais claramente, e causando-lhe uma volúpia menos profunda. Mas, chegando em casa, sentiu necessidade dela, como um homem que, ao ver passar uma mulher entrevista num momento na rua, sente que lhe entra na vida a imagem de uma beleza nova que dá maior valor à sua sensibilidade, sem que ao menos saiba se poderá algum dia rever aquela a quem já ama e da qual até o nome ignora.

Também esse amor por uma frase musical pareceu um instante que devia trazer a Swann alguma possibilidade de renovação. Fazia tanto tempo que desistira de dedicar sua vida a um fim ideal, limitando-a às satisfações cotidianas, que chegou a crer, sem nunca o confessar formalmente a si mesmo, que aquilo não mudaria até a morte; ainda mais, como já não sentia ideias elevadas no espírito, deixara de acreditar na sua realidade, embora sem poder negá-la de todo. Adquirira assim o hábito de se refugiar em pensamentos sem importância que lhe permitiam deixar de lado o fundo das coisas. Da mesma forma que não se perguntava se não teria feito melhor em não frequentar a sociedade, mas em compensação sabia exatamente que não devia faltar a um convite aceito e que, se não fazia visita, depois devia deixar cartão, assim também se esforçava na conversa por nunca expressar francamente uma opinião íntima sobre as coisas, mas por fornecer detalhes materiais que de algum modo valessem por si mesmos, impedindo-o de as avaliar. Era exatamente preciso quanto a uma receita de cozinha, à data do nascimento ou da morte de um pintor, ou quanto à nomenclatura das suas obras. Às vezes, apesar de tudo, chegava a emitir um juízo sobre uma obra, sobre um modo de compreender a vida, mas dava então às palavras um tom irônico, como se não aceitasse inteiramente o que dizia. Ora, como certos valetudinários a quem, de súbito, uma mudança de clima, um regime diferente, algumas vezes uma evolução orgânica, espontânea e misteriosa, parecem trazer tal regressão de seu mal que eles começam a encarar a inesperada possibilidade de começar tardiamente uma vida completamente diversa, Swann achava em si, na lembrança da frase que ouvira, nas sonatas que mandara tocar para ver se acaso a descobriria, a presença de uma dessas realidades invisíveis em que deixara de crer e às quais sentia de novo o desejo e quase a força de consagrar a vida, como se a música tivesse uma espécie de influência eletiva sobre a secura moral de que sofria. Mas, não conseguindo saber de quem era a obra que ouvira, não a pudera procurar e acabou esquecendo-a. Encontrara na mesma semana algumas pessoas que também se achavam naquela reunião e as interrogara; mas várias tinham chegado depois da música ou partido antes; algumas no entanto lá se achavam durante a execução, mas tinham ido conversar noutra sala, e outras que ficaram a escutar não tinham ouvido mais que o começo. Quanto aos donos da casa, sabiam que era uma obra nova que os artistas contratados tinham pedido para tocar: como estes haviam partido em turnê, Swann não pôde saber mais nada. Tinha muitos amigos músicos, mas, embora relembrasse o prazer especial e intraduzível que lhe causara a frase, vendo diante dos olhos as formas que ela desenhava, era, no entanto, incapaz de a cantar para eles. Depois deixou de pensar no assunto.

Ora, apenas alguns minutos depois que o pequeno pianista começara a tocar em casa da sra. Verdurin, eis que de súbito, após uma nota alta longamente sustida durante dois compassos, ele viu aproximar-se, escapando de sob aquela sonoridade prolongada e tensa como uma cortina sonora para ocultar o mistério de sua incubação, ele reconheceu, secreta, sussurrante e fragmentada, a frase aérea e odorante que o enamorara. E ela era tão particular, tinha um encanto tão individual que nenhum outro poderia substituir, que foi para Swann como se tivesse encontrado num salão amigo uma pessoa a quem admirara na rua e que desesperava de jamais tornar a ver. Afinal, ela afastou-se, guiadora, diligente, entre as ramificações de seu perfume, deixando no rosto de Swann o reflexo de seu sorriso. Mas agora podia perguntar o nome de sua desconhecida (disseram-lhe que era o andante da *Sonata para piano e violino de Vinteuil*), tinha-a segura, podia tê-la consigo quantas vezes quisesse e tentar aprender a sua linguagem e o seu segredo.

Assim, quando o pianista terminou, Swann aproximou-se para lhe expressar um reconhecimento cuja vivacidade muito agradou à sra. Verdurin.

— Que mágico!, não acha? — disse ela a Swann. — Como o miseravelzinho compreende a sua sonata! O senhor não sabia que o piano pudesse atingir a tanto. E tudo, menos piano, palavra! Sempre me engano e parece-me que estou ouvindo uma orquestra. E até mais belo que a orquestra, mais completo.

O pianista inclinou-se e, sorrindo, sublinhando as palavras como se dissesse uma frase de espírito, respondeu:

— A senhora é muito indulgente para comigo.

E enquanto a sra. Verdurin dizia ao marido: "Anda, dá-lhe uma laranjada, que ele bem a merece", Swann contava a Odette como se enamorara daquela pequena frase. E quando a sra. Verdurin disse um pouco de longe: "Parece que lhe estão dizendo coisas bonitas, Odette", esta respondeu: "Sim, muito bonitas", e Swann achou deliciosa aquela simplicidade.

E pediu informações sobre Vinteuil, sobre a sua obra, sobre a época de sua vida em que compusera aquela sonata, sobre o que poderia significar para ele a pequena frase, e era isso sobretudo o que desejaria saber.

Mas toda aquela gente que professava admirar o músico (ao dizer Swann que a sonata era verdadeiramente bela, a sra. Verdurin exclamara: "Ora, se é bela! Mas não se confessa desconhecer a sonata de Vinteuil, ninguém tem direito a isso", e o pintor acrescentara: "Ah! É verdadeiramente formidável, não? Bem compreende que não é do tipo 'caro' e 'grande público', mas que impressão para os artistas"), aquela gente parecia que nunca se fizera tais perguntas, pois ninguém foi capaz de responder.

Mesmo a uma ou duas observações particulares que fez Swann sobre a sua frase preferida:

— Esquisito! Eu não tinha reparado; confesso-lhe que não gosto muito de ver onde é que está o gato e procurar agulha em palheiro; aqui não se perde tempo em cortar um fio em dois — respondeu a sra. Verdurin, que o dr. Cottard via, com beata admiração e estudioso zelo, agitar-se a gosto naquela onda de frases feitas. Aliás, ele e a mulher, com esse bom senso-próprio de certa gente do povo, se esquivavam de dar uma opinião ou fingir admiração por uma música que, mal chegavam em casa, confessavam não compreender mais do que a pintura do "senhor Biche". Como o público só conhece, do encanto, da graça, das formas da natureza, o que aprendeu nos lugares-comuns de uma arte lentamente assimilada, e como um artista original começa por rejeitar esses lugares-comuns, o sr. e a sra. Cottard, imagem, nisso, do público, não achavam nem na sonata de Vinteuil nem nos retratos do pintor o que para eles constituía a harmonia da música e a beleza da pintura. Quando o pianista tocava a sonata, parecia-lhes que arrancava, ao acaso, do piano, notas que não se ligavam segundo as formas a que estavam habituados, como também lhes parecia que o pintor lançava ao acaso as suas cores na tela. Quando numa destas podiam reconhecer uma forma, achavam-na pesada e vulgar (isto é, desprovida da elegância da escola de pintura através da qual viam até os seres vivos que passavam na rua) e sem verdade, como se o sr. Biche não soubesse como era feita uma espádua e que as mulheres não tinham os cabelos cor de malva.

Tendo-se dispersado os fiéis, sentiu o doutor que a ocasião era propícia; enquanto a sra. Verdurin dizia uma última frase sobre a sonata de Vinteuil, ele, como um nadador principiante que se atira à água para aprender, mas escolhe um momento em que não haja muita gente a vê-lo, exclamou com brusca resolução:

— Então é o que se chama um músico *di primo cartello*!

Swann apenas se inteirou de que o recente aparecimento da sonata de Vinteuil causava grande impressão numa escola de tendências muito avançadas, mas era completamente desconhecida do grande público.

— É verdade que conheço alguém que se chama Vinteuil — disse Swann, pensando no professor de piano das irmãs de minha avó.

— Talvez seja ele — exclamou a sra. Verdurin.

— Oh!, não — respondeu Swann, a rir. — Se o tivesse visto dois minutos, a senhora não formularia a questão.

— Então formular a questão é resolvê-la? — disse o doutor.

— Mas poderia ser um parente — tornou Swann —, o que seria triste, mas enfim um homem de gênio bem pode ser primo de um velho animal. Se assim fosse, confesso que não fugiria a nenhum suplício para que o velho animal me apresentasse ao autor da sonata: antes de tudo, o suplício de frequentar o velho animal, que deve ser atroz.[17]

O pintor sabia que Vinteuil estava naquele momento muito doente e que o dr. Potain receava não poder salvá-lo.

— Como! — exclamou a sra. Verdurin. — Ainda há gente que manda chamar Potain?[18]

— Ah!, senhora Verdurin — disse Cottard, num tom de afetada discrição —, esquece-se de que fala de um de meus confrades, de um de meus mestres, deveria eu dizer.

O pintor ouvira dizer que Vinteuil estava ameaçado de alienação mental. E acrescentava que a gente o podia perceber em certas passagens da sua sonata. A Swann não pareceu absurda a observação, mas perturbou-o muito; pois, como uma obra de música pura não contém nenhuma dessas relações lógicas cuja alteração na linguagem denuncia a loucura, a loucura reconhecida numa sonata lhe parecia algo de tão misterioso como a loucura de uma cachorra, a loucura de um cavalo, que no entanto se observam realmente.[19]

— Não me venha com os seus mestres! O senhor sabe dez vezes mais do que ele — respondeu a sra. Verdurin ao dr. Cottard, no tom de uma pessoa que tem a coragem das suas opiniões e enfrenta bravamente os que lhe são contrários.

---

17 Swann se recusa a vincular a grandeza da obra à mediocridade da pessoa que conhecera. Proust defendia ardentemente essa separação, e o projeto de escrita que deu origem ao livro criticava justamente aquele que pretendia ler a obra pelo autor, o crítico Sainte-Beuve. [N. E.]

18 A pergunta indignada remete à "condição indispensável" para tomar parte na "igrejinha" dos Verdurin, apresentada no primeiro parágrafo deste capítulo. Pierre Potain, diferentemente do jovem dr. Cottard, já era médico e membro da Academia de Medicina desde 1882. [N. E.]

19 Swann, na verdade, teme entrar em contato com o conteúdo de dor que a sonata contém. Por isso, preferirá associá-la à doçura do início de seu amor por Odette. [N. E.]

— O senhor ao menos não mata os seus doentes!

— Mas, minha senhora, ele é da Academia — replicou o doutor com ar irônico. — Se um doente prefere morrer por mão de um dos príncipes da ciência... É muito mais chique poder dizer: "É Potain quem me está tratando".

— Ah, é mais chique? — disse a sra. Verdurin. — Com que então agora há chiquismo nas doenças? Eu não sabia... Como o senhor é divertido! — exclamou de súbito, mergulhando o rosto nas mãos. — E eu tão tola que estava a discutir seriamente, sem notar que engolira a pílula.

Quanto ao sr. Verdurin, achando um tanto cansativo pôr-se a rir por tão pouco, limitou-se a tirar uma baforada do cachimbo, pensando com tristeza que jamais poderia igualar-se à mulher no terreno da amabilidade.

— Sabe que o seu amigo nos agradou muito? — disse a sra. Verdurin a Odette no momento em que esta se despedia. — É simples, encantador; se você sempre tiver de nos apresentar amigos como esse, pode trazê-los à vontade.

O sr. Verdurin observou que no entanto Swann não havia apreciado a tia do pianista.

— O homem sentiu-se um pouco desambientado — respondeu a sra. Verdurin. — Não hás de querer que ele já tenha o tom da casa, como Cottard, que faz parte de nosso clã há vários anos. A primeira vez não conta, é para pegar a embocadura. Odette, combinamos com ele um encontro amanhã, no Châtelet.[20] E se você fosse buscá-lo em casa?

— Não, ele não quer.

— Bem!, como queira... Contanto que ele não vá desertar no último momento!

---

20 Teatro enorme, com 3 mil lugares, o Châtelet apresentava concertos aos domingos. Dentre as peças de grande sucesso que ali foram encenadas conta-se também *Cendrillon*, citada mais adiante pela sra. Cottard. [N. E.]

Com grande surpresa da sra. Verdurin, Swann jamais desertou. Ia encontrá-los em qualquer parte, às vezes nos restaurantes de arrabalde, ainda pouco frequentados, pois não era época, e mais seguido no teatro, de que a sra. Verdurin gostava muito; e como um dia dissera diante dele que, para os espetáculos de estreia, de gala, lhes seria muito útil um passe livre para o seu carro e que muito lhes aborrecera não o terem no dia do enterro de Gambetta,[21] Swann, que nunca falava das suas relações brilhantes, mas apenas das mal cotadas, que julgaria pouco delicado ocultar e em cujo número adquirira o hábito, no bairro de Saint-Germain, de incluir as relações com o mundo oficial, respondeu:

— Vou tratar disso, prometo, tê-lo-ão a tempo para a reprise dos *Danicheff*;[22] precisamente amanhã almoço com o chefe de polícia no palácio dos Campos Elísios.

— Como? Nos Campos Elísios?! — bradou o dr. Cottard.

— Sim, na residência do senhor Grévy[23] — respondeu Swann, um pouco embaraçado com o efeito que sua frase causara.

E o pintor disse ao médico, à guisa de gracejo:

— Isso lhe dá muito seguido?

Geralmente, uma vez dadas as explicações, Cottard dizia: "Ah!, bem, bem, está certo", e não mais dava mostras de emoção. Mas, desta vez, as últimas palavras de Swann, em vez de lhe trazerem o apaziguamento habitual, levaram ao cúmulo o seu espanto de que um homem com quem ele estava jantando, que não tinha nem funções oficiais nem distinções de nenhuma espécie, privasse com o chefe do Estado.

— Como, o senhor Grévy? Conhece o senhor Grévy? — disse

---

21 Ocorrido no dia 6 de janeiro de 1883. [N. E.]
22 Peça de grande sucesso, escrita por Alexandre Dumas Filho e Pierre de Corvin-Kroukowski. A referência à reprise da peça e ao enterro de Gambetta situam, embora de maneira confusa, esse trecho do romance entre 1883 e 1884. [N. E.]
23 Jules Grévy, presidente da França entre 1879 e 1885. Reeleito, renunciaria em 1887. [N. E.]

ele a Swann com o ar estúpido e incrédulo de um guarda municipal a quem um desconhecido pede para falar com o presidente da República e que, compreendendo por essas palavras "o que tem em mãos", assegura ao pobre louco que será imediatamente recebido e o encaminha à enfermaria especial da Detenção.

— Eu o conheço um pouco, temos amigos em comum (não ousou dizer que se tratava do príncipe de Gales); de resto, ele convida com muita facilidade e asseguro-lhe que esses almoços nada têm de divertido; são muito simples aliás, nunca há mais de oito à mesa — respondeu Swann, que procurava atenuar o que as relações com o presidente da República pudessem apresentar de demasiado ofuscante para o seu interlocutor.

E logo Cottard, baseando-se nas palavras de Swann, adotou a opinião a respeito dos convites do sr. Grévy, de que eram coisa muito pouco procurada e que andava por aí aos pontapés. Desde então, não mais se espantou de que Swann, bem como qualquer outro, frequentasse os Campos Elísios, e até o lamentava um pouco por ir a almoços que o próprio convidado confessava serem aborrecidos.

— Bem, bem, está certo — disse ele no tom de um guarda aduaneiro, suspeitoso ainda há pouco, mas que, depois de ouvir as explicações, dá o seu visto e deixa-nos passar sem abrir as nossas malas.

— Ah! Bem creio que não devam ser divertidos esses almoços, e o senhor tem muita coragem em comparecer — disse a sra. Verdurin, a quem o presidente da República se afigurava um "maçante" particularmente temível porque dispunha de meios de sedução e de coação que, empregados em relação aos fiéis, seriam capazes de fazê-los desertar. — Parece que ele é surdo como uma porta e que come com os dedos.

— Com efeito, o senhor não deve divertir-se muito por lá — disse o doutor, com uma sombra de comiseração; e, lembrando-se do número de oito convivas: — São almoços íntimos, não? — indagou vivamente, mais por zelo de linguista do que por curiosidade de basbaque.

Mas o prestígio que tinha a seus olhos o presidente da República acabou triunfando da humildade de Swann e da malemolência da sra. Verdurin, e a cada jantar Cottard perguntava com interesse: "Veremos esta noite o senhor Swann? Ele tem relações pessoais com o senhor Grévy. É mesmo o que se chama um *gentleman*, não?". Chegou até a oferecer-lhe um convite para a Exposição Odontológica.

— O senhor será admitido com as pessoas com quem estiver, mas não deixam entrar cachorros. Bem compreende que digo isso porque tive amigos que não o sabiam e ficaram roendo as unhas.

Quanto ao sr. Verdurin, notou o mau efeito que causara à mulher aquela descoberta de que Swann tinha amizades poderosas a que jamais se referira.

Quando não se havia arranjado um divertimento fora, era em casa dos Verdurin que Swann encontrava o pequeno grupo, mas só comparecia à noite e quase nunca aceitava convite para jantar, apesar das instâncias de Odette.

— Eu poderia até jantar sozinha com você, se assim preferisse — dizia ela.

— E a senhora Verdurin?

— Oh!, seria muito simples. Bastava dizer-lhe que meu vestido não ficou pronto ou que meu carro chegou atrasado. Sempre se dá um jeito.

— É muito gentil.

Mas Swann considerava que, se mostrasse a Odette (só consentindo em vê-la após o jantar) que havia prazeres que preferia ao de estar com ela, tão cedo não se saciaria o gosto que ela lhe dedicava. E, por outro lado, como preferia infinitamente à beleza de Odette a de uma pequena operária fresca e rechonchuda como uma rosa, de quem se enamorara, agradava-lhe mais passar o começo da noite com ela, estando certo de encontrar-se em seguida com Odette. A pequena operária o esperava perto de sua casa, numa esquina que Rémi, o cocheiro, já conhecia; sentava ao lado de Swann e ficava em seus braços até o momento em que o carro parava diante da casa dos Verdurin. Ao entrar, enquanto a sra. Verdurin, mostrando a Swann as rosas que este lhe enviara de manhã, dizia-se zangada e lhe indicava um lugar perto de Odette, o pianista tocava para os dois a pequena frase de Vinteuil, que era como o hino nacional do seu amor. Começava tenuta dos trêmulos de violino, que era só o que se ouvia durante alguns compassos, ocupando todo o primeiro plano; depois, de súbito, pareciam afastar-se e, como nessas telas de Pieter de Hooch, cuja perspectiva é aprofundada pelo quadro estreito de uma porta entreaberta ao longe, numa outra cor, no aveludado de uma luz interposta, a pequena frase aparecia, dançante, pastoral, intercalada, episódica, pertencente a um outro mundo. Passava em ondulações simples e imortais, distribuindo aqui e ali os dons de sua graça, com o mesmo inefável sorriso; mas Swann julgava distinguir-lhe agora um certo desencanto. Ela parecia conhecer a inconsistência dessa felicidade cujo caminho entremostrava. Na sua graça leve havia algo de consumado, como o desinteresse que se segue ao pesar. Mas pouco lhe importava, considerava-a menos em si mesma — no que podia significar para um músico que ignorava a existência dele e de Odette quando a compusera e para todos aqueles que a ouvissem nos séculos vindouros — do que como um penhor e lembrança de seu amor, que até ao pianista e aos Verdurin fazia pensar ao mesmo tempo em Odette e nele; e lhes servia de traço de união; tanto assim que, cedendo a um capricho de Odette, renunciara a pedir a um artista que lhe tocasse a sonata inteira, da qual continuou conhecendo apenas aquela passagem. "Que necessidade tem do resto?", dissera-lhe Odette. "Este é o *nosso* trecho." E sofrendo ao pensar, quando a frase passava tão próxima e ao mesmo tempo no infinito, que, enquanto se dirigia a eles, não os conhecia, Swann quase lamentava que ela tivesse um significado, uma beleza intrínseca e fixa, estranha aos dois, como, na joia que damos ou mesmo na carta que recebemos da amada, censuramos à água da gema e às palavras da linguagem não serem constituídas unicamente da essência de um amor fugaz e de uma determinada criatura.

Sucedia-lhe às vezes demorar-se tanto com a jovem operária antes de ir aos Verdurin que, apenas executada ao piano a pequena frase, apercebia-se de que estava quase na hora de Odette recolher-se. Levava-a até a porta de seu apartamento, na rua La Pérouse, atrás do Arco do Triunfo.[24] E era talvez por causa disso, para não lhe pedir todos os favores, que Swann sacrificava o prazer (para ele menos necessário) de a ver mais cedo, de chegar com Odette em casa dos Verdurin, ao exercício daquele direito que ela lhe reconhecia, de partirem juntos, e ao qual ele dava mais valor, porque, graças a isso, tinha a impressão de que ninguém a via, nem se metia entre os dois, nem a impedia de estar ainda com ele, depois que a deixava.

Assim costumava ela regressar no carro de Swann; uma noite, depois de apear e quando ele se despedia, Odette colheu precipitadamente no jardinzinho fronteiro à casa um último crisântemo e lho deu antes que ele partisse. Swann manteve-o apertado contra os lábios durante a volta, e quando, passados alguns dias, a flor murchou, guardou-a preciosamente na secretária.

Mas nunca entrava em casa dela. Duas vezes apenas, à tarde, fora participar da operação, capital para Odette, de "tomar chá". O isolamento e o vazio daquelas curtas ruas (constituídas quase todas de pequenas casas contíguas, cuja monotonia era de súbito interrompida por algum sinistro pardieiro, testemunho histórico e sórdido remanescente dos tempos em que aqueles quarteirões ainda eram mal-afamados), a neve que quedava no jardim e nas árvores, o desordenado da estação, a proximidade da natureza

---

[24] Situada nos novos bairros residenciais, loteados por Haussmann, a residência de Odette se opõe ao cais de Orléans, que, situado na ilha Saint-Louis, não era ainda um lugar "elegante". [N. E.]

davam um não sei quê de mais misterioso ao calor e às flores que ele encontrara ao entrar.

    Deixando à esquerda, no térreo de nível superior ao da calçada, o quarto de dormir, cujos fundos davam para uma ruazinha paralela, uma escada reta subia para o salão e para o pequeno salão, entre paredes pintadas de cor sombria e de onde pendiam panos orientais, fios de rosários turcos e uma grande lanterna japonesa suspensa a um cordel de seda, mas que, para não privar os visitantes dos últimos confortos da civilização, era iluminada a gás. Eram as duas peças precedidas de um estreito vestíbulo, cuja parede, quadriculada com uma grade de jardim, mas pintada a ouro, se apresentava marginada em todo o seu compartimento por uma caixa retangular onde floria, como numa estufa, uma fila desses grandes crisântemos ainda raros naquela época, mas ainda muito longe dos que os horticultores conseguiram obter mais tarde. Irritava a Swann a moda dos crisântemos que lavrava desde o ano passado, mas desta vez sentira prazer ao ver a penumbra da peça zebrada de rosa, laranja e branco pelos raios olorosos daqueles astros efêmeros que se acendem nos dias cinzentos. Odette recebera-o de chambre cor-de-rosa, com o colo e os braços descobertos. Fizera-o sentar perto dela num dos inúmeros e misteriosos retiros arranjados nos desvãos da sala, protegidos por imensas palmas em vasos chineses, ou por biombos a que estavam pendurados retratos, laços de fita e leques. "Você assim não está a gosto", disse-lhe ela, "espere que já vou acomodá-lo", e, com o risinho vaidoso que teria por alguma invenção particular, instalara atrás da cabeça de Swann e sob seus pés almofadões de seda do Japão, que ela amassava como se fosse pródiga daquelas riquezas e descuidadosa do seu valor. Mas quando o criado foi trazendo sucessivamente as numerosas lâmpadas que, encerradas quase todas em globos chineses, ardiam isoladas ou aos pares, todas em móveis diferentes, como em altares e que, no crepúsculo já quase noturno daquele fim de tarde hibernal, faziam reviver um outro poente mais durável, mais róseo e mais humano — talvez fazendo parar na rua algum enamorado, a sonhar com o mistério daquela presença que ao mesmo tempo delatava e ocultava as vidraças acesas —, ela vigiava severamente de esguelha o homem, para ver se ele as colocava no lugar consagrado. Imaginava que, se pusessem uma única lâmpada em lugar impróprio, ficaria prejudicado o efeito de conjunto do salão e que o seu retrato, colocado num cavalete oblíquo forrado de pelúcia, não receberia boa luz. Assim, seguia febrilmente com o olhar os movimentos daquele homem grosseiro e repreendeu-o asperamente por ter ele passado muito perto de duas jardineiras e que ela própria se encarregava de limpar por medo que as quebrassem e que foi examinar em seguida para ver se o criado não lhes causara algum dano. Todos os seus bibelôs chineses, achava-os Odette de formas "divertidas", bem como as orquídeas e as catleias, principalmente, que eram, com os crisântemos, as suas flores prediletas, porque tinham o grande mérito de não se assemelharem a flores, mas parecerem de seda ou de cetim.[25] "Esta parece que foi recortada do forro de meu mantô", disse a Swann, mostrando-lhe a orquídea, com um quê de estima por aquela flor tão chique, aquela irmã elegante e imprevista que a natureza lhe dava, tão longe dela na escala dos seres e no entanto refinada, mais digna que muitas mulheres de que lhe desse um lugar em seu salão. Mostrando-lhe aqui umas quimeras de línguas de fogo pintadas numa porcelana ou bordadas numa tela, ali as corolas de um ramo de orquídeas, além um dromedário de prata esmaltada com olhos incrustados de rubis que vizinhava na lareira com um sapo de jade, ela ora afetava recear a maldade dos monstros ou zombar do seu grotesco, ora corar da indecência das flores ou sentir um desejo irresistível de beijar o dromedário e o sapo, a quem chamava de

---

25 As "catleias" são orquídeas obtidas no final do século XIX pelo inglês William Cattley. À mesma época, expande-se a moda dos crisântemos na França. [N. E.]

"queridos". E essas afetações contrastavam com a sinceridade de algumas das suas devoções, principalmente a que dedicava a Nossa Senhora de Laghet, que a curara em Nice de uma doença mortal;[26] trazia sempre consigo a sua imagem numa medalhinha de ouro à qual atribuía um poder sem limites. Odette preparou para Swann o "seu" chá e indagou: "Limão ou creme?", e como ele respondesse "creme", disse-lhe a rir: "Uma nuvem, hem!". E como ele o tivesse achado bom: "Bem vê você que eu conheço os seus gostos". Aquele chá, com efeito, parecera a Swann, como a ela, algo de muito precioso; e tal necessidade tem o amor de encontrar uma justificação, uma garantia de durabilidade, em prazeres que, sem ele, não o seriam, e que com ele acabam, que, depois que a deixou às sete horas para ir preparar-se, durante todo o trajeto do cupê, não podendo conter a alegria que lhe proporcionara aquela tarde, ia Swann repetindo consigo: "Que agradável seria ter assim uma criaturinha em cuja casa se pudesse encontrar essa coisa tão rara, um bom chá". Uma hora depois recebeu um bilhete de Odette, e logo reconheceu aquela caligrafia graúda em que uma afetação de rigidez britânica impunha aparências de disciplina a caracteres informes que talvez significassem, para olhos menos parciais, desordem de pensamento, insuficiência de educação, falta de franqueza e de vontade. Swann esquecera a cigarreira em casa de Odette. "Foi pena você não ter esquecido também o seu coração, pois isso eu não devolveria."

Mais importância, talvez, teve a segunda visita. A caminho da sua casa naquele dia, ia ele delineando em mente a imagem de Odette, como sempre fazia antes de um encontro; e a necessidade em que se via, para achar bonito o seu rosto, de limitar às maçãs róseas frescas aquelas faces que tão seguidamente se apresentavam amarelas e cansadas, salpicadas às vezes de manchinhas verme-

---

26 Laghet é lugar de peregrinação perto de Nice, cuja referência serve para aludir ao passado um tanto misterioso de Odette nessa última cidade. [N. E.]

lhas, afligia-o como uma prova de que o ideal é inacessível e a felicidade medíocre. Levava-lhe uma gravura que ela desejava ver. Estava um pouco adoentada; recebeu-o com um penhoar de crepe da china de cor malva e tinha no colo, à guisa de abrigo, um estofo ricamente bordado. De pé ao lado de Swann, deixando pender ao longo das faces os cabelos soltos, dobrando uma perna em leve atitude de dança para poder curvar-se sem fadiga sobre a gravura que estava mirando, de cabeça inclinada, com os seus grandes olhos tão cansados e inexpressivos quando nada a excitava, ela impressionou a Swann por sua presença com aquela figura de Céfora, a filha de Jetro, que se vê num afresco da Capela Sistina.[27] Swann sempre tivera o particular gosto de descobrir na pintura dos mestres não apenas os caracteres gerais da realidade que nos cerca, mas aquilo que ao contrário parece menos suscetível de generalidade, os traços individuais dos rostos que conhecemos: assim, na matéria de um busto do doge Loredano por Antonio Rizzo, a saliência dos pômulos, a obliquidade das sobrancelhas, a espantosa parecença, enfim, com o seu cocheiro Rémi; sob as cores de Ghirlandaio, o nariz do sr. Palancy; num retrato de Tintoreto, a invasão das bochechas pela implantação dos primeiros pelos das suíças, o desvio do nariz, a agudeza do olhar, a congestão das pálpebras do dr. Du Boulbon. Como sempre guardara certo remorso de haver limitado sua vida às relações mundanas, à conversação, talvez julgasse encontrar uma espécie de perdão que lhe concediam os grandes artistas, no fato de que eles também haviam considerado com prazer e admitido na sua obra semelhantes fisionomias que dão a esta um singular certificado de realidade e de vida um sabor todo moderno; também podia ser que de tal modo se deixara invadir pela frivolidade mundana que sentia necessidade de encontrar numa obra antiga aquelas antecipadas e rejuvenescedoras alusões a nomes próprios de hoje.

---

27 Afresco pintado por Botticelli. [N. E.]

Talvez, pelo contrário, houvesse suficientemente conservado uma natureza de artista para que essas características individuais lhe causassem prazer, adquirindo uma significação mais geral, quando as distinguia, desenraizadas e libertas, na semelhança de um retrato mais antigo com um original que aquele não representava. Como quer que fosse e talvez porque a plenitude de impressões que fruía desde algum tempo, embora lhe tivesse vindo antes com o amor da música, houvesse também enriquecido o seu gosto pela pintura, a verdade é que foi tanto mais profundo, devendo exercer-lhe uma influência duradoura, o prazer que encontrou em tal momento na semelhança de Odette com a Céfora desse Sandro di Mariano a quem se dá de mais bom grado o popular apelido de Botticelli, depois que este evoca, em vez da obra verdadeira do pintor, a ideia banal e falsa que dela se vulgarizou. Não mais apreciou o rosto de Odette segundo a melhor ou pior qualidade de suas faces ou a suavidade puramente carnal que lhes supunha encontrar ao contato dos lábios, se jamais ousasse beijá-la, mas sim como uma meada de linhas sutis e belas que seus olhares dobavam, seguindo a curva de seu enrolamento, ligando a cadência da nuca à efusão dos cabelos e à flexão das pálpebras, como num retrato dela em que seu tipo se tornava inteligível e claro.

Contemplava-a: transparecia em seu rosto e em seu corpo um fragmento do afresco, que desde então procurou vislumbrar sempre que estava junto de Odette ou quando apenas pensava nela, e embora certamente só se ativesse à obra-prima porque nela encontrava a sua amada, todavia tal parecença conferia a Odette maior beleza, tornava-a mais preciosa. Censurou-se por haver desconhecido o valor de uma criatura que teria parecido adorável ao grande Sandro, e congratulou-se de que o prazer que sentia ao vê-la encontrasse justificativa em sua própria cultura estética. Considerou que, associando o pensamento de Odette a seus sonhos de felicidade, não se resignara a uma coisa tão imperfeita por falta de outra melhor, como pensara até então, pois ela lhe satisfazia os mais refinados gostos artísticos. Esquecia-se de que nem por isso era Odette uma mulher conforme o seu desejo, visto que seu desejo sempre fora precisamente orientado em sentido oposto a seus gostos estéticos. A expressão "obra florentina" prestou grande serviço a Swann. Permitiu-lhe, como um título, introduzir a imagem de Odette num mundo de sonhos, a que até então ela não tivera acesso e onde se impregnou de nobreza. E ao passo que a visão puramente carnal que tivera daquela mulher, renovando-lhe perpetuamente as dúvidas quanto à qualidade de seu rosto, de seu corpo, de toda a sua beleza, enfraquecia o seu amor, aquelas dúvidas foram dissipadas e esse amor assegurado quando teve ele por base os dados de uma estética exata; sem contar que o beijo e a posse, que lhe pareciam naturais e medíocres se concedidos por uma carne fanada, ao virem coroar a adoração de uma peça de museu, afiguravam-lhe sobrenaturais e deliciosos.

Quando era tentado a lamentar que desde meses não fizesse outra coisa senão ver Odette, considerava razoável dedicar muito de seu tempo a uma obra-prima inestimável, moldada desta vez em matéria diferente e particularmente saborosa, num exemplar raríssimo que ele contemplava ora com a humildade, a espiritualidade e o desinteresse de um artista, ora com o orgulho, o egoísmo e a sensualidade de um colecionador.

Colocou sobre a mesa de trabalho, como se fora uma fotografia de Odette, uma reprodução da filha de Jetro. Admirava os grandes olhos, o rosto delicado que deixava adivinhar a pele imperfeita, os cabelos maravilhosos ao longo das faces fatigadas, e adaptando aquilo que até então lhe parecia belo do ponto de vista estético à ideia de uma mulher de verdade, transformava-o em méritos físicos, que se regozijava de encontrar reunidos numa criatura a quem poderia possuir. Essa vaga simpatia que nos atrai para uma obra-prima que estamos contemplando, agora que conhecia o original de carne da filha de Jetro, se converteu em desejo, que supria o que a princípio não lhe inspirara o corpo de Odette.

Depois de contemplar por muito tempo aquele Botticelli, pensava no seu Botticelli, que achava ainda mais belo, e, quando achegava a si a fotografia de Céfora, julgava que era Odette que estava apertando contra o coração.

E no entanto não era apenas o cansaço de Odette que ele se empenhava em prevenir, era às vezes o seu próprio cansaço; sentindo que Odette, desde que dispunha das maiores facilidades para vê-lo, parecia não ter grande coisa que lhe dizer, temia que a atitude um pouco insignificante, monótona, e como que definitivamente assentada, que ela assumia em sua presença, acabasse por matar nele a romanesca esperança de que ela um dia se lhe declarasse, esperança esta que o tornara e conservara enamorado. E para renovar um pouco o aspecto moral, por demais reservado, de Odette, e de que tinha medo de fatigar-se, inopinadamente lhe escrevia uma carta cheia de fingidas decepções e cóleras dissimuladas, que mandava entregar-lhe antes do jantar. Sabia que Odette ia assustar-se, responder-lhe, e esperava que, no choque do medo de o perder, brotariam palavras que ela nunca havia dito; e, com efeito, foi dessa maneira que obteve as cartas mais ternas que ela lhe escreveu, uma das quais, remetida da Maison Dorée (era no dia da festa de Paris-Múrcia, em benefício dos flagelados de Múrcia[28]) assim começava: "Meu amigo, minha mão treme tanto que mal posso escrever"; guardara-a na mesma gaveta do crisântemo. Ou então, se ela não tivera tempo de escrever-lhe, logo que Swann chegava em casa dos Verdurin, iria vivamente ao encontro dele e diria: "Tenho de lhe falar", e ele contemplaria com curiosidade, em seu rosto e em suas palavras, o que ela até ali lhe ocultara de seu coração.

---

28 A cidade de Múrcia, na Espanha, havia sido inundada em outubro de 1879. A festa "em benefício dos flagelados" ocorreu no dia 18 de dezembro daquele ano. A referência temporal precisa permite situar "Um amor de Swann" no Segundo Império, mas entra em certa contradição com a data do funeral de Gambetta (1883) e a reprise da peça *Danicheff*, já citados. [N. E.]

Mal se aproximava da casa dos Verdurin, ao avistar, iluminadas pelas lâmpadas, as grandes janelas cujos postigos nunca se fechavam, enternecia-se pensando na encantadora criatura que ia ver em meio àquela luz dourada. Às vezes as sombras dos convidados se destacavam esbeltas e negras, diante das lâmpadas, como essas pequenas figuras que se intercalam de espaço em espaço num abajur transparente, deixando o restante em plena claridade. Procurava distinguir a silhueta de Odette. Depois, logo que entrava, sem que se desse conta, seus olhos fulguravam com tal alegria que o sr. Verdurin dizia ao pintor: "Parece que a coisa está ardendo". E para Swann, com efeito, a presença de Odette dava àquela casa uma coisa que faltava em todas as outras em que era recebido: uma espécie de aparelho sensitivo, de rede nervosa que se ramificava por todas as peças e lhe trazia ao coração constantes excitações.

Assim, o simples funcionamento daquele organismo social que era o pequeno "clã" proporcionava automaticamente a Swann encontros cotidianos com Odette e permitia-lhe fingir indiferença de a ver, ou até desejo de não mais a ver, que não lhe trazia grandes riscos, pois, o que quer que lhe tivesse escrito durante o dia, forçosamente a veria à noite e a conduziria até em casa.

Mas uma vez em que, considerando aborrecidamente aquele inevitável regresso em sua companhia, levara até o Bois a jovem operária para retardar o momento de ir aos Verdurin, sucedeu-lhe chegar tão tarde que Odette já havia partido, julgando que ele não viesse. Ao ver que ela já não se achava na sala, Swann sentiu um golpe no coração; tremia ao se ver privado de um prazer que pela primeira vez avaliava, pois até então tivera a certeza de o encontrar quando quisesse, coisa que sempre diminui ou até nos impede de apreciar o que vale um prazer.

— Viste a cara que ele fez quando viu que ela não estava aqui? — perguntou o sr. Verdurin à mulher. — Creio que se pode dizer que ele está apanhado!

— A cara que ele fez? — perguntou com veemência o dr. Cottard que, tendo ido ver um doente, voltara em busca da mulher e não sabia de que se tratava.

— Como! Não encontrou à porta um Swann dos melhores?

— Não. Ele veio?

— Oh!, um instante apenas. Tivemos um Swann muito agitado, muito nervoso. Compreende: Odette já havia saído.

— Quer dizer que estão num excelente pé e que ele andou vendo passarinho verde? — disse o doutor, experimentando com prudência o sentido de tais expressões.

— Mas não há absolutamente nada, e, cá entre nós, acho que Odette faz mal e se porta como uma verdadeira tola, que disto ela não passa.

— Ora, ora! — disse o sr. Verdurin. — Como é que sabes que não há nada? Nós não fomos espiar, não é verdade?

— A mim ela teria dito — replicou altivamente a sra. Verdurin. — Fiquem sabendo que Odette me conta todas as suas intimidades. Como está sem ninguém de momento, eu lhe disse que deveria deitar-se com Swann. Diz ela que não pode, que chegou a ter um sério *béguin* por ele,[29] mas que Swann se mostra tímido, o que por sua vez a intimida, e depois, não é dessa maneira que o ama, pois se trata de uma criatura ideal e ela tem medo de desflorar o sentimento que lhe dedica, e que sei mais! No entanto, seria mesmo o melhor para ela.

— Hás de permitir-me que não seja da tua opinião — disse o sr. Verdurin. — Eu não vou muito com esse cavalheiro: acho-o posudo.

A sra. Verdurin imobilizou-se, assumindo uma expressão inerte, como se tivesse virado estátua, atitude que lhe permitiu não ter

---

29 Gíria que significava na época uma paixão passageira — sintomática, pois justamente na noite em que será selada a paixão de Swann por Odette o sentimento dela, de acordo com a sra. Verdurin, já estava resfriado. [N. E.]

ouvido aquele insuportável qualificativo de posudo, que parecia implicar que alguém poderia fazer "pose" com eles, e que portanto era "mais do que eles".

— Enfim, se não há nada, creio que seja porque esse senhor a julgue *virtuosa* — disse ironicamente o sr. Verdurin.

— E depois, que se pode saber? Pois ele parece julgá-la inteligente. Não sei se ouviste as coisas que ele lhe dizia na outra noite sobre a sonata de Vinteuil; estimo Odette de todo o coração, mas, para lhe expor teorias de estética, é preciso ser mesmo um grande tolo!

— Que é isso? Não fales mal de Odette — disse a sra. Verdurin com um ar inocente. — Ela é encantadora.

— Mas isso não impede que seja encantadora; não falamos mal dela, apenas dizemos que não é nem uma virtude nem uma inteligência. No fundo — disse ao pintor —, faz você muita questão de que ela seja virtuosa? Assim talvez ficasse muito menos encantadora.

No patamar, Swann fora abordado pelo mordomo, que se achava ausente no momento da sua chegada e que Odette encarregara de lhe dizer — mas já fazia pelo menos uma hora —, caso ele ainda viesse, que iria provavelmente tomar chocolate no Prévost antes de recolher-se.[30] Swann partiu para o Prévost, mas a cada instante seu carro era detido por outros ou por gente que atravessava a rua, odiosos obstáculos que lhe seria grato derrubar se o inquérito do agente não o atrasasse ainda mais que a passagem do pedestre. Contava o tempo que levava, acrescentando alguns segundos a cada minuto para ter certeza de que não os fazia muito curtos, o que poderia induzi-lo a julgar maiores do que na realidade as suas probabilidades de chegar a tempo e ainda encontrar Odette. E houve um momento em que, como um doente em febre que acaba

---

30 Especialidade ainda hoje do Café Prévost. A busca desesperada de Odette parte, assim, de um inocente chocolate quente tomado antes de ir se deitar. Em sua perambulação, Swann percorrerá uma série de outros estabelecimentos localizados nos Grandes Bulevares de Paris. [N. E.]

de dormir e toma consciência do absurdo dos sonhos que ruminava sem os separar nitidamente da sua pessoa, Swann percebeu de súbito em si a estranheza dos pensamentos que o assediavam desde que lhe haviam dito em casa dos Verdurin que Odette já se fora, e sentiu a novidade daquela dor no coração, que só agora percebia, como se acabasse de despertar. Como? Toda aquela agitação porque só veria Odette no dia seguinte, o que precisamente desejava uma hora antes, ao dirigir-se à casa da sra. Verdurin? Viu-se obrigado a reconhecer que, naquele mesmo carro que o levava ao Prévost, ele não era mais o mesmo e já não estava sozinho, pois um ser novo ali estava, aderido, amalgamado a ele, do qual não poderia talvez se desembaraçar, e que seria preciso tratar com os cuidados que se tem para com um amo ou uma doença. E no entanto, desde que sentia que uma nova pessoa se ajuntara assim a ele, a vida lhe parecia mais interessante. Mal considerava que aquele possível encontro no Prévost (cuja espera confundia e anulava a tal ponto os momentos precedentes que não se lhe deparava uma só ideia, uma só lembrança em que pudesse descansar o espírito), caso ocorresse, seria provavelmente como os outros encontros, isto é, quase nada. Como todas as noites, logo que estivesse com Odette, lançando ao seu rosto mutável um furtivo olhar, logo desviado, de medo que ela o interpretasse como uma insinuação de desejo e deixasse de acreditar em seu desinteresse, ser-lhe-ia então impossível pensar nela, por demais preocupado em achar pretextos para não a deixar em seguida, e assegurar-se, sem que parecesse dar maior importância ao caso, de que a encontraria no dia seguinte no salão dos Verdurin, quer dizer, de prolongar por um instante e renovar por um dia mais a decepção e tortura que lhe trazia a vã presença daquela mulher de quem se aproximava tanto sem ousar enlaçá-la.

Não estava no Prévost; resolveu procurá-la nos demais restaurantes dos bulevares. Para ganhar tempo, enquanto visitava uns, mandou aos outros o seu cocheiro Rémi (o doge Loredano de Rizzo) que foi em seguida esperar — nada tendo encontrado por si mesmo — no ponto que lhe designara. O carro não vinha e Swann imaginava o próximo instante ao mesmo tempo como aquele em que Rémi lhe diria: "A senhora está ali", e como o instante em que Rémi lhe diria: "A senhora não estava em nenhum dos cafés". E, assim, o fim da sua noite se apresentava uno e ao mesmo tempo duplo, precedido pelo encontro de Odette, que aboliria a sua angústia, ou pela forçada renúncia a encontrá-la e a resignação em voltar para casa sem a ter visto.

Voltou o cocheiro, mas, no momento em que parou diante de Swann, este não lhe disse: "Encontrou a senhora?", e sim: "Lembre-se amanhã de encomendar lenha, creio que a provisão já está acabando". Decerto considerava que, se Rémi tivesse encontrado Odette num café onde se achava à sua espera, o fim da noite nefasta estava já anulado porque se iniciava a realização do fim de noite feliz e que portanto não havia pressa em atingir uma felicidade capturada e em lugar seguro, que não mais escaparia. Mas também o fazia por força de inércia; tinha na alma a falta de agilidade que certas pessoas têm no corpo, essas que, no momento de evitar um golpe, de afastar uma chama da roupa, executar um movimento urgente, dão tempo ao tempo, começam por ficar um segundo na posição em que antes se achavam, como para ter um ponto de apoio e tomar impulso. E sem dúvida, se o cocheiro o tivesse interrompido dizendo-lhe: "A senhora está em tal parte", ele responderia: "Ah!, é verdade... Eu o tinha encarregado de procurá-la... Quem diria?", e continuaria a falar da provisão de lenha, para lhe ocultar a emoção que sentira e conceder-se tempo de romper com a inquietação e entregar-se à ventura.

Mas o cocheiro veio dizer-lhe que não a encontrara em parte alguma, e deu a sua opinião, como velho criado:

— Creio que o melhor é voltar para casa.

Mas a indiferença que Swann facilmente afetava quando Rémi em nada podia alterar a resposta que lhe trazia decaiu agora que o via induzi-lo a renunciar a sua esperança e a sua busca.

— Absolutamente! — exclamou. — Precisamos encontrar essa senhora. É muito importante. Ela ficaria muito aborrecida — trata-se de um negócio — e até ofendida se não me encontrasse.

— Não vejo como essa senhora poderia ficar ofendida — respondeu Rémi —, pois foi ela quem partiu sem esperar pelo senhor, foi ela quem disse que ia ao Prévost e lá não estava.

Aliás, começavam a apagar as luzes em toda parte. Sob as árvores dos bulevares, em misteriosa escuridão, erravam os mais raros transeuntes apenas discerníveis. Às vezes, a sombra de uma mulher que se aproximava de Swann, murmurando-lhe uma frase ao ouvido, pedindo-lhe que a levasse consigo, fazia-o estremecer. Ele roçava ansiosamente por todos aqueles corpos obscuros, como se pelo reino das sombras, entre os fantasmas dos mortos, estivesse à procura de Eurídice.[31]

De todos os modos de produção do amor, de todos os agentes de disseminação do mal sagrado, um dos mais eficazes é esse grande torvelinho de agitação que às vezes sopra sobre nós. Então a sorte está lançada, e a criatura com quem nesse momento nos comprazemos será a criatura amada. Nem mesmo é necessário que até então nos tenha agradado mais que as outras, ou tanto como as outras. O que era preciso é que nossa inclinação por ela se tornasse exclusiva. E essa condição se realiza quando — no instante em que ela nos faltou — sentimos em nós não o desejo de buscar os prazeres que seu convívio nos proporciona, mas uma necessidade angustiosa, que tem por objeto essa mesma criatura, uma necessidade absurda, que as leis deste mundo tornam impossível de satisfazer e difícil de curar — a necessidade insensata e dolorosa de possuí-la.

Swann fez-se conduzir aos últimos restaurantes; calma, só a tivera ao encarar a hipótese da felicidade; agora já não ocultava

---

31 Comparação a Orfeu, que vai aos Infernos em busca da amada Eurídice. Importante notar que ele não conseguirá trazer a amada de volta. [N. E.]

a agitação, o valor que dava àquele encontro e prometeu, em caso de sucesso, uma recompensa ao cocheiro, como se, inspirando-lhe o mesmo desejo que tinha de encontrá-la, pudesse fazer com que Odette, no caso em que já estivesse deitada, se encontrasse no entanto nalgum restaurante do bulevar. Foi até a Maison Dorée, entrou duas vezes no Tortoni, e saía sem havê-la encontrado, do Café Inglês, com ar carrancudo e a grandes passadas, em busca do carro que o esperava na esquina do bulevar dos Italianos, quando topou com uma pessoa que vinha em sentido contrário: era Odette; explicou-lhe ela mais tarde que, não tendo encontrado lugar no Prévost, fora cear na Maison Dorée, num recanto onde ele não a tinha encontrado, e que agora se dirigia para o seu carro.³²

Tão inesperado fora para Odette aquele encontro que teve um sobressalto. Quanto a Swann, correra Paris, não porque julgasse possível encontrá-la, mas porque lhe era demasiado cruel renunciar a isso. Mas essa alegria, que sua razão não cessara de julgar irrealizável naquela noite, tanto mais real lhe parecia agora, pois, não havendo ele colaborado com a previsão das verossimilhanças, ela lhe permanecia exterior; não tinha necessidade de tirar de seu espírito, para lhe fornecer — dela mesma é que emanava, ela mesma é que protelava para ele — aquela verdade que irradiava a ponto de dissipar como um sonho o isolamento que ele temera, e sobre a qual apoiava, descansava, sem pensar, o seu feliz encantamento. Assim um viajante, chegado por um belo tempo à margem do Mediterrâneo, incerto da existência dos países que acaba de percorrer, deixa, de

---

32 Ou seja: na versão de Odette, ela estava em um lugar em que ele podia muito bem tê-la encontrado — a Maison Dorée, restaurante de onde partira aquela primeira carta dela para ele. A graça das referências espaciais fica por conta do suposto lugar de origem de Odette, o Café Prévost: é o único dos quatro estabelecimentos nomeados que não ficava na mesma esquina. Porque, tanto a Maison Dorée quanto o Café Inglês e o Café Tortoni ficavam um de frente para o outro, na esquina do bulevar dos Italianos com as ruas Lafitte, Taitbout e Marivaux. O ponto de fuga desse triângulo era o Café Prévost, que ficava na rua de Clichy. [N. E.]

preferência a olhar, que a vista se ofusque com os raios que emite para ele o azul luminoso e resistente das águas.

Subiu no carro de que ela dispunha e disse a seu cocheiro que os seguisse.

Tinha ela na mão um buquê de catleias e Swann viu, sob o véu de renda que lhe cobria os cabelos, flores dessa mesma orquídea presas a uma egrete de penas de cisne. Trazia sob a mantilha um amplo vestido de veludo negro que, num arrepanhado oblíquo, punha a descoberto o largo triângulo de uma saia de seda branca e deixava ver o mesmo forro de seda branca na abertura do corpinho decotado, onde estavam postas outras catleias. Mal se refizera do susto que Swann lhe causara, quando um obstáculo fez o cavalo desviar-se. Foram violentamente sacudidos, ela lançou um grito e quedou toda palpitante, sem respiração.

— Não é nada, não tenha medo — disse ele.

E segurava-a pelo ombro, apoiando-a contra si para sustê-la; depois disse-lhe:

— Antes de tudo, não me fale, só responda por gestos para não se sufocar ainda mais. Não lhe incomoda que eu endireite as flores do seu decote que se desarranjaram com o choque? Tenho medo que as perca, desejaria introduzi-las mais um pouco.

Odette, que não estava habituada a que os homens fizessem tantos rodeios com ela, respondeu a sorrir:

— Não, não me incomoda, absolutamente.

Mas ele, intimidado com a resposta, e talvez também porque parecera sincero ao valer-se daquele pretexto, ou começando já a crer que o fora, exclamou:

— Oh!, não, não fale, vai sufocar-se mais, pode responder-me por gestos, eu compreenderei. Sinceramente, não a incomodo? Olhe, há um pouco... penso que foi pólen que se espalhou, permite que o espane com a mão? Não bato muito forte, não estou sendo um pouco brutal? Está sentindo cócegas? Mas é que eu não queria tocar o veludo para não o amarrotar. Mas, veja, na verdade era preciso prendê-las, senão cairiam; e assim, eu mesmo empurrando-as um pouco... Falando sério, não lhe estou sendo desagradável? E se as cheirasse, para ver se é verdade que não têm perfume? Eu nunca o senti. Posso, mesmo?

Sorrindo, ela ergueu levemente os ombros, como quem diz: "Não seja tolo, bem vê que isso me agrada".

Swann deslizava a outra mão ao longo da face de Odette; ela olhava-o fixamente, com esse ar lânguido e grave que têm as mulheres do mestre florentino com as quais lhe achara semelhança; à flor das pálpebras, brilhantes, rasgados e finos como os daquelas, seus olhos pareciam prestes a destacar-se como duas lágrimas. Ela pendia o pescoço, como o vemos fazerem todas elas, tanto nas cenas pagãs como nos quadros religiosos. E, numa atitude que decerto lhe era habitual, que sabia adequada a tais momentos e que timbrava em não esquecer, ela parecia ter necessidade de todas as suas forças para reter seu rosto, como se uma força invisível o atraísse para Swann. E foi Swann quem, antes que Odette o deixasse tombar, como sem querer, sobre os lábios dele, o reteve um instante, a alguma distância entre ambas as mãos. Queria Swann deixar a seu pensamento o tempo de acorrer, de reconhecer o sonho que tão longamente acariciara e de assistir a sua realização, como uma parenta a quem se chama para compartilhar do sucesso de uma criança a quem ela muito amou. Talvez Swann também fitasse naquele rosto de uma Odette ainda não possuída, e nem mesmo beijada, que via pela última vez, esse olhar com que desejaríamos levar, na hora da partida, uma paisagem que vamos deixar para sempre.

Mas era tão tímido com ela que, tendo-a afinal possuído naquela noite, começando por arranjar as suas catleias — ou por medo de parecer que mentira retrospectivamente, ou por falta de audácia para formular uma exigência maior que aquela (e que podia renovar, pois não incomodara Odette da primeira vez) —, nos dias seguintes ele sempre usou do mesmo pretexto. Se ela trazia catleias no peito, Swann dizia: "Que pena! Esta noite as catleias não precisam ser arranjadas; não saíram do lugar, como na outra noite; mas parece-me que esta não está muito direita. Posso ver se elas não cheiram como as outras?". Ou, então, se ela não as tinha: "Oh!, nada de catleias esta noite? Impossível dedicar-me a meus arranjos". De sorte que, durante algum tempo, não se modificou a ordem que ele seguira na primeira noite, começando por contatos de dedos e de lábios no colo de Odette, e assim iniciavam sempre as carícias; e muito mais tarde, quando o arranjo ou simulacro de arranjo das catleias já tombara em desuso, a metáfora "fazer catleia", tornada uma simples expressão que empregavam sem pensar quando queriam referir-se ao ato da posse física (no qual aliás não se possui nada), sobreviveu na sua linguagem, onde ela o comemorava, àquele uso esquecido. E talvez aquela maneira particular de dizer "fazer amor" não significasse exatamente a mesma coisa que seus sinônimos. Por muito farto que se esteja de mulheres, considerando a posse das mais diferentes como sempre a mesma e de antemão conhecida, quando se trata de mulheres muito difíceis — ou que assim julgamos — converte-se a posse em prazer novo, e cremo-nos então obrigados a imaginar que resultou de algum episódio imprevisto de nossas relações com elas, como o arranjo das catleias no caso de Swann. Esperava, a tremer, naquela noite (mas Odette, pensava ele consigo, jamais saberia do seu ardil, se conseguisse enganá-la), que a posse daquela mulher saísse dentre as largas pétalas malvas das catleias; e o prazer que já experimentava e que Odette talvez só tolerasse, pensava, porque não o tinha reconhecido, parecia-lhe, por causa disso — como pareceu ao primeiro homem que o desfrutou entre as flores do paraíso terrestre —, um prazer que não existira até então, que ele procurava criar, um prazer — assim como o nome especial que lhe deu guardou-lhe a marca — inteiramente particular e novo.

Agora, todas as noites, quando a levava até em casa, tinha de entrar e muitas vezes ela saía de robe para acompanhá-lo até o carro e beijava-o na frente do cocheiro, dizendo: "Que é que tem? Que me importam os outros?". Nas noites em que não ia à casa dos Verdurin (coisa mais frequente desde que podia vê-la de outro modo), nas noites cada vez mais raras em que ele ia a alguma reunião mundana, Odette lhe pedia que viesse a sua casa antes de recolher-se, a qualquer hora que fosse. Era primavera, uma primavera seca e gelada. Ao sair da reunião, subia ele a sua vitória, estendia uma coberta sobre as pernas, respondia aos amigos que saíam ao mesmo tempo e o convidavam para ir com eles que não seguia para o mesmo lado, e o cocheiro, sabendo o seu destino, arrancava a trote largo. Os outros se espantavam e, de fato, Swann já não era o mesmo. Não mais recebiam cartas suas em que pedisse para ser apresentado a alguma mulher. Não prestava mais atenção a nenhuma, abstinha-se de ir aos lugares onde se encontravam. Num restaurante, no campo, mantinha uma atitude contrária àquela pela qual, ainda ontem, seria reconhecido e que parecia constituir a sua atitude definitiva. De tal modo uma paixão é, para nós, como um caráter momentâneo e diferente, que substituiu o outro, abolindo os sinais até então invariáveis com que se expressava! Em compensação, o invariável agora era que, onde quer que se achasse, Swann nunca deixava de ir ter com Odette. O trajeto que o separava dela, esse era o que inevitavelmente percorria, e que era como que a própria vertente, irresistível e rápida, da sua vida. A falar verdade, demorando-se às vezes nalguma reunião mundana, preferiria ir diretamente para casa, sem fazer aquele longo desvio e só ver Odette no dia seguinte; mas o próprio fato de sair da sua comodidade a uma hora tão anormal para ir vê-la, de adivinhar que os amigos diziam ao deixá-lo: "Sempre tem que fazer, há decerto alguma mulher que o obriga a ir à sua casa a qualquer hora", fazia-o sentir que levava a vida dos homens que têm um caso de amor na existência, e que o sacrifício que fazem de sua tranquilidade e de seus interesses a um voluptuoso capricho lhes dá um encantamento interior. Depois, sem que se desse conta, a certeza de que Odette o esperava, de que não estava em outra parte com terceiros, de que ele não se recolheria sem vê-la, neutralizava aquela angústia esquecida mas sempre prestes a renascer que experimentara na noite em que Odette já se havia retirado dos Verdurin, angústia tão apaziguada agora que bem se poderia chamar de felicidade. Talvez a essa angústia devia Swann a importância que Odette tomara para ele. As criaturas nos são de ordinário tão indiferentes que, quando atribuímos a uma delas grandes possibilidades de dor e de alegria, já nos parece pertencer a um outro universo, e cercar-se de poesia, fazendo de nossa vida como que uma vasta e fremente extensão, onde estará mais ou menos próxima de nós. Swann não podia deixar de inquietar-se quando indagava consigo o que Odette se tornaria para ele nos anos vindouros. Às vezes, ao ver, da sua vitória, naquelas belas noites frias, a lua brilhante que expandia a sua claridade entre seus olhos e as ruas desertas, pensava naquela outra face clara e levemente rósea como a da lua, que um dia lhe surgira na alma e desde então projetava sobre o mundo a misteriosa luz dentro da qual ele o contemplava. Se chegava depois da hora em que Odette mandava os criados se recolherem, em vez de chamar ao portão do jardim, ia primeiro à rua paralela para onde dava, entre outras janelas iguais, mas escuras, a janela, a única iluminada, do quarto de Odette, no andar térreo. Batia à vidraça, e ela, prevenida, ia esperá-lo do outro lado, à porta de entrada. Achava aberta sobre o piano alguma das músicas prediletas de Odette: a *Valsa das rosas* ou *Pobre louco* de Tagliafico (que, segundo o seu testamento, deviam executar durante o seu enterro),[33] e pedia-lhe para tocar em vez delas a pequena frase da sonata de Vinteuil, embora Odette tocasse muito mal, mas a visão mais bela que nos fica de uma obra é muitas vezes a que se elevou acima dos sons falsos arran-

---

33 A *Valsa das rosas* era composição de Olivier Métra, diretor dos bailes do Châtelet (1867), da orquestra das Folies Bergère (1872) e dos bailes da Opéra (1878). Tagliafico era barítono, empresário e compositor italiano. [N. E.]

cados por dedos inábeis a um piano desafinado. Para Swann, a pequena frase continuava associada ao amor que tinha a Odette. Bem sentia que aquele amor era alguma coisa que não correspondia a nada de exterior, de verificável por outro que não ele; reconhecia que as qualidades de Odette não justificavam que encarecesse tanto os momentos passados em sua companhia. E muitas vezes, quando lhe predominava no espírito a inteligência positiva, desejava ele não mais sacrificar tantos interesses intelectuais e sociais àquele prazer imaginário. Mas a pequena frase, logo que a ouvia, sabia libertar no seu íntimo o espaço a ela necessário, modificando assim as proporções da alma de Swann; ficava-lhe reservada uma margem para um prazer que tampouco correspondia a nenhum objeto exterior e que no entanto, em vez de ser puramente individual como o do amor, impunha-se a Swann como uma realidade superior às coisas concretas. A sede de um desconhecido encanto despertava-a nele aquela frase, mas não lhe trazia nada de preciso para aplacá-la. De sorte que as partes da alma de Swann em que a frase apagara o cuidado dos interesses materiais, as considerações humanas e válidas para todos, tinham ficado vagas e em branco, e ele era livre de ali inscrever o nome de Odette. Depois, ao que a afeição de Odette pudesse ter de um pouco estreito e decepcionante, vinha a frase acrescentar, amalgamar a sua essência misteriosa. A julgar pela fisionomia de Swann enquanto escutava a frase, dir-se-ia que estava ele absorvendo um anestésico que lhe dava maior amplitude à respiração. E o prazer que lhe dava a música e que em breve ia criar nele uma verdadeira necessidade, assemelhava-se com efeito, em tais momentos, ao prazer que sentiria ao experimentar perfumes, ao entrar em contato com um mundo para o qual não fomos feitos, que nos parece sem forma porque nossos olhos não o percebem, sem significado porque escapa à nossa inteligência, e nós só o atingimos por um único sentido. Que grande repouso, que misteriosa renovação para Swann — ele cujos olhos, embora delicados amadores de pintura, cujo espírito, embora fino observador de costumes, carregavam para sempre a marca indelével da secura de sua vida — sentir-se assim transformado numa criatura estranha à humanidade, desprovida de faculdades lógicas, quase um fantástico licorne, uma criatura quimérica que percebia o mundo apenas pelo ouvido. E como na pequena frase, entretanto, procurava um sentido a que sua inteligência não podia descer, que estranha embriaguez sentia em despojar o mais íntimo de sua alma de todos os recursos do raciocínio e fazê-la passar sozinha pelo filtro obscuro do som! Começava a dar-se conta de tudo o que havia de doloroso, talvez mesmo de secretamente intranquilo no fundo da doçura da frase, mas não sofria. Que importa que ela lhe dissesse que o amor é frágil, se o seu era tão forte? Entretinha-se com a tristeza que ela expandia, sentia-a passar sobre si, mas como uma carícia que tornava mais profundo e suave o sentimento que tinha de sua felicidade. Fazia Odette tocá-la dez, vinte vezes, exigindo ao mesmo tempo que não cessasse de beijá-lo. Cada beijo chama um outro beijo. Ah!, nos primeiros tempos do amor, nascem tão naturalmente os beijos! Acorrem, apertando-se uns contra os outros; e ter-se-ia tanta dificuldade em contar os beijos dados numa hora como as flores de um campo no mês de maio. Então ela fazia menção de parar, dizendo: "Como queres que eu toque, se me seguras? Não posso fazer tudo ao mesmo tempo. Trata ao menos de saber o que queres: que eu toque ou te faça carinhos?". Ele incomodava-se e ela explodia num riso que se transformava e retombava sobre ele numa chuva de beijos. Ou então olhava-o com um ar sério e ele revia um rosto digno de figurar na *Vida de Moisés* de Botticelli, onde o situava, dando ao pescoço de Odette a inclinação necessária; e depois de a ter pintado assim a têmpera, no século XV, sobre a parede da Capela Sistina, a ideia de que ela no entanto continuava ali, perto do piano, no momento atual, prestes a ser beijada e possuída, a ideia de sua materialidade e sua vida vinha embriagá-lo com tal força que, com o olhar extraviado, as mandíbulas estendidas como para devorar, precipitava-se sobre aquela virgem de Botticelli e punha-se a beliscar-

-lhe as faces.³⁴ Depois, quando a deixava, não sem ter voltado para beijá-la ainda, porque havia esquecido de levar na lembrança alguma particularidade de seu odor ou de seus traços, regressava na vitória, abençoando Odette por lhe permitir aquelas visitas cotidianas, que decerto não deviam constituir grande alegria para ela, mas que, preservando-o do ciúme — tirando-lhe o ensejo de sofrer novamente do mal que se declarara na noite em que não a tinha encontrado nos Verdurin —, o auxiliariam a chegar, sem mais crises como aquela primeira que fora tão dolorosa e permaneceria a única, ao fim daquelas horas singulares da sua vida, horas quase encantadas, à feição daquelas em que atravessava Paris ao luar. E observando, na volta, que o astro se achava deslocado em relação a ele, quase nos confins do horizonte, sentindo que o seu amor também obedecia a leis imutáveis e naturais, perguntava a si mesmo se aquele período em que entrara ainda duraria muito tempo, se em breve o seu pensamento não iria ver a querida face ocupando apenas uma posição longínqua e diminuída, e prestes a deixar de expandir o seu encanto. Pois desde que se enamorara, Swann achava encanto nas coisas, como nos tempos de adolescente, em que se julgava artista; mas agora não era o mesmo encanto, este era só Odette que o conferia às coisas. Sentia renascerem dentro de si as inspirações da juventude que uma vida frívola dissipara, mas traziam todas o reflexo, a marca de um ser particular; e nas longas horas que sentia agora um delicado prazer em passar em casa, a sós com sua alma em convalescença, Swann pouco a pouco voltava a ser o que era, mas com uma outra alma.

Só ia vê-la de noite, e nada sabia do emprego do seu tempo durante o dia, como nada sabia de seu passado, de modo que lhe faltava até esse insignificante dado inicial que, permitindo-nos imaginar o que não sabemos, nos dá desejos de o conhecer. Assim,

---

34 Charles Swann é o eterno idólatra da vida, aquele que nunca conseguirá levar a sério a arte. [N. E.]

não indagava consigo o que ela podia fazer nem qual fora a sua vida. Sorria apenas algumas vezes ao pensar que, anos antes, quando não a conhecia, lhe haviam falado de uma mulher que, se bem se lembrava, devia sem dúvida ser ela, como de uma cortesã, uma mulher sustentada, uma dessas mulheres a quem ele ainda atribuía, em vista de sua pouca convivência com elas, o caráter inteiriço, fundamentalmente perverso, com que por muito tempo as dotou a imaginação de certos romancistas. Considerava que basta muitas vezes tomar ao contrário as reputações que o mundo engendra para julgar exatamente uma pessoa, quando, a tal caráter, contrapunha o de Odette, bondosa, ingênua, idealista, quase tão incapaz de faltar com a verdade que, pedindo-lhe ele uma vez, para jantar a sós com ela, que escrevesse aos Verdurin alegando doença, vira-a no dia seguinte, quando a sra. Verdurin lhe perguntou se estava melhor, enrubescer, balbuciar, refletindo sem querer na fisionomia o desgosto e o suplício que lhe causava a mentira, e, enquanto multiplicava os detalhes fantasiosos sobre a pretensa indisposição da véspera, parecia pedir perdão, com os seus olhos súplices e a sua voz desolada, da falsidade de suas palavras.

Certas tardes, no entanto, mas de raro em raro, ia ela à casa de Swann interromper as suas cismas ou aquele ensaio sobre Vermeer a que ele voltara a dedicar-se ultimamente. Vinham dizer-lhe que a sra. de Crécy o esperava na saleta. Swann ia ao seu encontro e, quando abria a porta, pelo rosto róseo de Odette, logo que o avistava — mudando a forma de sua boca, o mirar de seus olhos, o modelado de suas faces —, espalhava-se um sorriso. Ficando a sós, revia Swann aquele sorriso, outro que ela tivera na véspera, outro com que o acolher; em tal ou tal vez, aquele que lhe dera em resposta, no carro, quando, ao arranjar-lhe as catleias, lhe perguntara ele se aquilo não lhe era desagradável; e a vida de Odette, durante o resto do tempo, como ele não conhecia nada a seu respeito, lhe aparecia com o seu fundo neutro e sem cor, semelhante a essas folhas de estudo de Watteau, onde se veem aqui e ali, em todos os lugares, em todos os sentidos, desenhados a três cores sobre o papel pardo, inumeráveis sorrisos. Mas às vezes, enchendo um canto daquela vida que Swann via inteiramente vazia, embora o seu espírito lhe dissesse que não o era, simplesmente porque não a podia imaginar, algum amigo que, percebendo que eles se amavam, só se arriscaria a dizer coisas insignificantes a respeito dela, descrevia-lhe o vulto de Odette, que ele avistara naquela mesma manhã, subindo a pé a rua Abbattucci, com uma "visita" guarnecida de *skunks*, um chapéu à Rembrandt e um ramo de violetas no peito.[35] Este simples croqui abalava Swann porque o fazia aperceber-se de súbito de que Odette possuía uma vida que não era inteiramente dele; queria saber a quem procurava ela agradar com aquela toalete que ele não conhecia; resolvia perguntar-lhe aonde ia naquele momento, como se em toda a vida incolor — quase inexistente, porque lhe era invisível — da sua amante não houvesse senão uma coisa além de todos aqueles sorrisos a ele dirigidos: aquela saída de Odette, com um chapéu à Rembrandt e um ramo de violetas no peito.

    A não ser quando lhe pedia a frase de Vinteuil em vez da *Valsa das rosas*,[36] Swann nunca a fazia tocar as coisas de que ele gostava, e nem em música, nem em literatura, procurava corrigir o mau gosto de Odette. Bem sabia que ela não era inteligente. Ao dizer a Swann que gostaria de que lhe falasse dos grandes poetas, Odette imaginara que ia logo conhecer coplas heroicas e romanescas no gênero das do visconde de Borelli, ou coisa mais emocionante ainda.[37]

---

35 O termo "visita" refere-se a um casaco curto e *skunks*, à pele de gambá. No segundo volume, o herói descobrirá um "croqui" de Odette da mesma época e com o mesmo traje, descortinando ele próprio todo um período da vida dela que, muito provavelmente, escapava aos olhos de Swann. Será mais um exemplo da revelação súbita de "linhas invisíveis" que desenham cenários insuspeitados do "tempo perdido". [N. E.]
36 Composição de Olivier Métra, autor muito admirado por Odette. [N. E.]
37 O poeta Borelli, três vezes agraciado pela Academia Francesa, aparece como sinônimo de poesia fácil e de exaltação gratuita já no primeiro "romance" inacabado de Proust, *Jean Santeuil*. [N. E.]

Quanto a Vermeer de Delft, indagou se ele não sofrera por alguma mulher, se fora uma mulher que o inspirara, e, como Swann lhe confessasse que nada se sabia a respeito, Odette perdeu todo interesse pelo referido pintor. Costumava dizer: "A poesia? Sim, não duvido, não haveria nada de mais lindo se fosse verdade, se os poetas pensassem tudo o que dizem. Mas em geral não há ninguém mais interesseiro do que essa gente. Bem o sei, eu que tinha uma amiga que amava uma espécie de poeta. Nos seus versos ele só falava do amor, do céu, das estrelas. Ah!, muito lhe serviu a ela! O poeta devorou-lhe mais de trezentos mil francos". Se então procurava Swann ensinar-lhe em que consistia a beleza artística, como se deviam admirar os versos ou os quadros, ao fim de um instante ela parava de escutar, dizendo: "Ah..., pois eu não imaginava que fosse assim". E Swann notava nela tal decepção que preferia mentir, dizendo que tudo aquilo ainda não era nada, simples bagatela, que ele não tinha tempo de abordar o fundo, que havia outra coisa. Mas Odette indagava vivamente: "Outra coisa? O quê?... Dize-me então". Mas ele não o dizia, sabendo o quanto aquilo lhe pareceria insignificante e diferente do que ela esperava, menos sensacional e menos tocante, e temendo também que Odette, desiludida da arte, também se desiludisse do amor.

E com efeito, Swann lhe parecia intelectualmente inferior ao que havia imaginado. "Nunca perdes o sangue-frio, não consigo definir-te." O que mais a espantava era a indiferença de Swann pelo dinheiro, a sua polidez para com todos, a sua delicadeza. E de fato, seguidamente acontece com pessoas de mais valor que Swann, com um sábio, com um artista, se é apreciado pelos que o cercam, que o sentimento que vem provar que a sua inteligência se impôs a eles não é a admiração por suas ideias, que lhes escapam, mas o respeito por sua bondade. Era também um sentimento de respeito que inspirava a Odette a situação que tinha Swann na alta sociedade, mas nunca desejou que ele procurasse introduzi-la naquele ambiente. Pensava talvez que Swann não o conseguiria e temia decerto que, só de falar nela, viesse ele a provocar terríveis revelações. A verdade é que o fizera prometer que nunca pronunciaria o seu nome. A razão por que não queria frequentar a sociedade, dissera-lhe certa vez, era uma briga que tivera um dia com uma amiga sua, a qual para vingar-se começara a falar mal dela. "Mas essa tua amiga não conhece todo mundo", objetava Swann. "Sim, mas essas coisas se alastram como nódoa de azeite, e o mundo é tão perverso...". Por um lado Swann não compreendeu muito bem a história, mas por outro lado sabia que estas proposições: "o mundo é tão perverso", "uma calúnia é como nódoa de azeite" são tidas geralmente como verdadeiras; devia haver casos aos quais se aplicassem. E o caso de Odette seria um desses? Indagava-o consigo, mas não por muito tempo, pois também era sujeito a essa pesadez de espírito que se abatia sobre o seu pai quando se propunha um problema difícil. Aliás, esse mundo que causava tanto medo a Odette talvez não lhe inspirasse grandes desejos, pois se achava demasiado longe do mundo que conhecia para que o pudesse imaginar nitidamente. No entanto, tendo-se conservado verdadeiramente simples em alguns pontos (mantinha amizade, por exemplo, com uma costureirinha retirada do ofício e subia quase que diariamente a escada íngreme, escura e malcheirosa da casa de sua amiga), tinha sede de chique, mas não fazia disso a mesma ideia que as pessoas da alta sociedade. Para estas, o chique é uma emanação de algumas raras pessoas que o projetam num raio bastante amplo — e com maior ou menor força, segundo a distância a que se está da sua intimidade — sobre o círculo dos seus amigos ou dos amigos de seus amigos, cujos nomes formam uma espécie de repertório. As pessoas da alta sociedade o guardam de memória, e têm sobre essas matérias uma erudição de que tiram uma espécie de gosto e de tato peculiares, de modo que Swann, por exemplo, sem necessidade de apelar para a sua ciência mundana, quando lia no jornal os nomes das pessoas que se encontravam num jantar, podia dizer imediatamente a nuança de chique desse jantar, como um letrado, à simples leitura de uma frase, aprecia exatamente a qualidade literária de seu autor. Mas Odette era dessas pessoas (muito numerosas, embora não o creiam os da alta sociedade, e como as há em todas as classes sociais) que, como não possuem essas noções, imaginam um chique inteiramente diverso, que assume diferentes aspectos conforme o meio a que pertencem, mas tem como característica essencial — seja o chique com que sonhava Odette ou o chique ante o qual se inclinava a sra. Cottard — a de ser diretamente acessível a todos. O outro, o das pessoas da alta sociedade, também o é, mas demanda algum tempo. Dizia Odette de alguém:

— Só vai aos lugares chiques.

E se Swann perguntava o que queria dizer com isso, ela retrucava um tanto desdenhosamente:

— Mas ora! Os lugares chiques! Se na tua idade é preciso que te ensinem o que são lugares chiques... Que sei eu! Por exemplo, a avenida da Imperatriz nos domingos de manhã, a margem do Lago às cinco horas, as quintas do Eden Teatro, as sextas do Hipódromo, os bailes...[38]

— Mas que bailes?

— Mas os bailes que dão em Paris, os bailes chiques, quero eu dizer. Sabes o Herbinger, aquele que trabalha com o agiota? Sim, deves conhecer, é um dos homens mais em moda de Paris, um rapaz alto, loiro, muito esnobe, tem sempre uma flor na lapela, uma risca atrás, e paletós claros; anda com aquela velhota que ele leva a todas as estreias. Pois bem! No outro dia ele deu um baile, havia lá tudo o que há de chique em Paris! Como eu gostaria de ter ido! Mas

---

38 A avenida da Imperatriz perde esse nome com a queda do Segundo Império e se transforma na avenida do Bois, posterior avenida Foch. O "lago" é justamente o do Bois de Boulogne. O teatro Eden, situado na rua Boudreau, perto da Ópera, era a sala de espetáculos mais luxuosa de Paris. Já o Hipódromo era um grande circo com pista oval, podendo receber até 10 mil espectadores. Os "lugares chiques" de Odette eram do interesse da Terceira República, lugares totalmente fora do Faubourg Saint-Germain, frequentado por Swann. [N. E.]

era preciso apresentar o convite à porta, e eu não pude conseguir nenhum. Bem, no fundo, prefiro mesmo não ter ido, havia tanta gente que eu não poderia ver nada. Era só para poder dizer que já estive no Herbinger. Tu sabes, a vaidade! De resto, podes acreditar, de cem pessoas que dizem que foram, metade não estava lá... Mas espanta-me que tu, um homem tão *pschutt*, não tenhas ido.[39]

Mas Swann não procurava absolutamente fazer com que Odette modificasse esse conceito do chique; considerando que o seu conceito não era mais verdadeiro, mas igualmente tolo e sem importância, não achava nenhum interesse em instruir a amante a esse respeito, tanto assim que, após alguns meses, ela só se interessava pelas relações de Swann quanto às entradas que ele poderia obter para o Hipódromo ou as estreias de teatro. Desejava que ele cultivasse relações tão úteis, mas inclinava-se a julgá-las muito pouco chiques, depois que vira passar na rua a marquesa de Villeparisis com vestido preto de lã e touca de fitas.

— Mas ela tem o ar de uma operária, de uma porteira, *darling*. Uma marquesa, aquilo! Eu não sou nenhuma marquesa, mas teriam de pagar-me muito bem para que eu saísse daquele jeito!

Não compreendia que Swann morasse naquela casa do cais de Orléans que, sem ousar confessá-lo, achava indigna dele.

Tinha a pretensão de amar as "antiguidades" e tomara um ar extasiado para dizer que adorava passar um dia inteiro a "bibelotar", a procurar bricabraque, coisas "antigas". Embora timbrasse, como por uma questão de honra (e como se obedecesse a algum preceito de família) em nunca responder às interrogações nem "prestar contas" quanto ao emprego dos seus dias, falou uma vez a Swann de uma amiga que a convidara e em cuja casa era tudo "de época". Mas Swann não conseguiu que ela lhe dissesse qual era a época. Contudo, depois de refletir, respondeu que

---

39 *Pschutt*: neologismo que significa "chique", "elegante". [N. E.]

era "medieval". Queria dizer com isso que havia revestimentos de madeira nas paredes. Algum tempo depois tornou a falar-lhe da sua amiga e acrescentou, no tom hesitante e com o ar entendido de quem cita alguém com quem jantou na véspera e cujo nome nunca ouvira antes mas que os anfitriões pareciam considerar uma personagem tão famosa que é de esperar que o interlocutor saiba de quem se trata: "Ela tem uma sala de jantar do... século XVIII!". De resto, achava aquilo horrível, muito desnudado, como se a casa não estivesse acabada, as mulheres pareciam horríveis naquele ambiente e a moda não pegaria. Pela terceira vez enfim falou neste assunto e mostrou a Swann o endereço do homem que fabricara a sala de jantar e a quem desejava mandar chamar quando tivesse dinheiro, para ver se não poderia fazer-lhe, não uma igual, mas a que ela sonhava e que infelizmente as dimensões de seu pequeno apartamento não comportavam, com altos aparadores, móveis Renascença e lareiras como as do castelo de Blois. Naquele dia, deixou escapar diante de Swann o que pensava do seu apartamento do cais de Orléans: como ele houvesse criticado que a amiga de Odette desse, não para o estilo Luís XVI, pois, dizia ele, embora seja coisa que não se fabrique, bem pode ser encantador, mas para o falso antigo: "Não hás de querer que ela viva, como tu, no meio de móveis quebrados e tapetes gastos", disse-lhe ela, pois o convencionalismo da burguesia mais uma vez dominava o diletantismo da cocote.

Daqueles que gostavam de objetos de arte, apreciavam os versos, desprezavam os cálculos mesquinhos, sonhavam com honra e amor, fazia ela uma elite superior ao resto da humanidade. Não era necessário que tivessem realmente esses gostos, contanto que o proclamassem; de um homem que lhe confessara, à mesa, que gostava de flanar, de empoeirar os dedos nas velhas lojas, que nunca seria apreciado por este século comercial, pois não lhe preocupavam os seus interesses e pertencia por isso a outra época, dizia ela, na volta: "Um espírito adorável! Que sensibilidade! Eu não tinha notado!", e sentia por aquele homem um imenso e repentino afeto. Mas aqueles que tinham esses mesmos gostos e nunca se referiam a isso, como era o caso de Swann, deixavam-na indiferente. Por certo era obrigada a confessar que Swann não ligava ao dinheiro, mas acrescentava com ar amuado: "Mas, quanto a ele, é outra coisa"; com efeito, o que lhe falava à imaginação não era a prática do desinteresse, mas seu vocabulário.

Vendo que muitas vezes não podia realizar os sonhos de Odette, ao menos procurava fazer com que ela se sentisse bem na sua companhia, e não contrariava aquelas ideias vulgares, aquele mau gosto que ela possuía em todas as coisas, e que ele aliás amava como tudo que provinha dela, que o encantavam até, pois eram traços peculiares graças aos quais a essência daquela mulher se lhe tornava aparente e visível. Assim, quando tinha Odette um ar feliz porque devia ir à *Reine Topaze*,[40] ou quando o seu olhar se tornava sério, inquieto e voluntarioso, porque tinha medo de perder a festa das flores,[41] ou simplesmente a hora do chá, com *muffins* e *toasts*, no "Chá da Rua Royale",[42] cuja frequentação achava indispensável para consagrar a reputação de elegância de uma mulher, Swann, arrebatados como ficamos nós com a naturalidade de uma criança ou a verdade de um retrato que só falta falar, de tal modo sentia a alma de sua amante aflorar-lhe ao rosto que não podia resistir à tentação de ir tocá-la com os lábios. "Ah!, com que então a pequena Odette quer que a levem à festa das flores, quer fazer-se admirar? Pois bem! Nós a levaremos, só temos de ceder a seus desejos." Como era um pouco fraco de vista, Swann teve de resignar-se a usar óculos para trabalhar em casa e adotar

---

40 Ópera-cômica de Victor Massé — o narrador citará uma série de obras de menor valor e hoje esquecidas, sublinhando o mau gosto artístico de Odette e seu apego às novidades. [N. E.]
41 A festa das flores acontecia em junho na alameda das Acácias, no Bois de Boulogne. [N. E.]
42 Elegante casa de chá à moda inglesa. [N. E.]

em público o monóculo, que o desfigurava menos. Da primeira vez em que o viu com ele, Odette não pôde conter a alegria: "Acho que para um homem, não há o que dizer, é muito chique! Como ficas bem assim! Tens o ar de um verdadeiro *gentleman*. Só te falta um título!", acrescentou, com uma nuança de pesar. Gostava que Odette fosse assim, da mesma forma que, se estivesse enamorado de uma bretã, estimaria mais vê-la de touca e ouvi-la dizer que acreditava em fantasmas. Até então, como muitos homens cujo gosto artístico se desenvolve independentemente da sensualidade, houvera uma estranha disparidade entre as satisfações que concedia a uma e outra coisa, gozando, na companhia de mulheres cada vez mais grosseiras, a sedução de obras mais e mais refinadas, levando, por exemplo, uma criadinha a um camarote reservado, para assistir à representação de uma peça decadente que ele tinha vontade de ouvir ou a uma exposição de pintura impressionista, e persuadido, aliás, de que uma mulher do mundo cultivado não compreenderia muito mais do que a criada, mas não saberia calar-se tão gentilmente. Pelo contrário, desde que amava Odette, era-lhe tão grato simpatizar com ela e aspirar a não ter mais que uma alma para ambos, que procurava gostar das coisas que ela preferia, e tanto mais profundamente se comprazia não só em imitar seus hábitos, mas em adotar suas opiniões, porquanto, como não tinham nenhuma raiz em sua própria inteligência, apenas lhe lembravam o seu amor, devido ao qual lhes dera preferência. Se ia duas vezes a *Serge Panine*,[43] se procurava ensejo de ouvir Olivier Métra dirigir uma orquestra, era pela doçura de ser iniciado em todas as concepções de Odette e sentir-se participante de todos os seus gostos. Esse encanto de o aproximar de Odette, que tinham as obras ou os lugares que ela amava, lhe parecia mais

---

43 Drama de Georges Ohnet envolvendo falsidade, casamento por interesse e assassinato redentor — mais adiante, a sra. Cottard externará sua admiração pela intensidade dramática desses ingredientes. [N. E.]

misterioso que o encanto intrínseco a coisas mais belas, mas que não lhe lembravam Odette. Tendo aliás deixado enfraquecerem as crenças intelectuais da sua juventude, e havendo o seu ceticismo de mundano penetrado até elas, sem que o soubesse, pensava (ou pelo menos o pensara tanto tempo que ainda o dizia) que os objetos do nosso gosto não possuem em si mesmos um valor absoluto, mas que tudo é questão de época, de classe, tudo consiste em modas, as mais vulgares das quais valem tanto como as que passam por mais distintas. E como achava que a importância que atribuía Odette ao arranjo de um convite para a *vernissage* não era em si mesma alguma coisa de mais ridículo que o prazer que ele sentia outrora em almoçar com o príncipe de Gales, tampouco pensava que a admiração que ela dedicava a Monte Carlo ou ao Righi fosse mais desarrazoada que o gosto que tinha ele pela Holanda, que ela imaginava feia, e por Versalhes, que ela achava triste.[44] Abstinha-se, assim, de ir a esses lugares, e sentia prazer em pensar que o fazia por ela, que apenas com ela queria sentir e amar as coisas deste mundo.

Como tudo o que cercava Odette e que não era de certo modo senão o meio pelo qual podia vê-la e conversar com ela, Swann gostava da casa dos Verdurin. Ali, como no fundo de todas as diversões, jantares, música, jogos, ceias de fantasia, dias de campo, noites de teatro, até nas raras "grandes festas" em honra dos "maçantes", estava presente Odette, via Odette, falava com Odette, dom inestimável que os Verdurin faziam a Swann ao convidá-lo, e achava-se melhor do que em qualquer outra parte no pequeno grupo, ao qual procurava atribuir méritos reais, pois imaginava assim que o frequentaria por gosto a vida inteira. E como não se

---

44. Monte Carlo e Righi aparecem como referências ao turismo de luxo, a Holanda por sua tradição de pintores, e Versalhes pelo interesse de Swann pela corte de Luís XIV, já exemplificado por suas leituras das *Memórias* do duque de Saint-Simon, no início de "Combray". [N. E.]

atrevia a confessar, por medo de não o crer, que sempre amaria Odette, procurando ao menos supor que frequentaria sempre os Verdurin (proposição que *a priori* erguia menos objeções de princípio da parte de sua inteligência), via-se, no futuro, a encontrar-se todas as noites com Odette; isso talvez não quisesse dizer que a amaria sempre, mas de momento, enquanto a amava, já lhe era bastante crer que não passaria um dia sem vê-la. "Que ambiente encantador", pensava ele. "Como é verdadeira, no fundo, a vida que ali se leva! Como se é ali mais inteligente, mais artista que na alta sociedade! Que amor sincero à pintura e à música tem a senhora Verdurin, apesar de pequenos exageros um tanto ridículos! Que paixão pelas obras, que desejo de agradar aos artistas! Ela tem uma ideia inexata da gente da sociedade; mas, com tudo isso, a sociedade tem uma ideia ainda mais falsa dos meios artísticos. Talvez eu não tenha grandes necessidades intelectuais a satisfazer na conversação, mas me dou perfeitamente bem com Cottard, apesar dos seus trocadilhos idiotas. E quanto ao pintor, se é desagradável sua pretensão quando procura causar efeito, em compensação é uma das mais belas inteligências que já conheci. E antes de tudo, lá nos sentimos livres, pode a gente fazer o que quer sem constrangimento nem cerimônia. Que dispêndio de bom humor se faz por dia naquele salão! Decididamente, salvo algumas raras exceções, daqui por diante só frequentarei aquele meio. É lá que formarei meus hábitos e minha vida."

E como as qualidades que supunha intrínsecas aos Verdurin não eram mais que o reflexo que projetavam sobre as suas pessoas os prazeres que desfrutava naquela casa em seus amores com Odette, aquelas qualidades se tornavam mais sérias, mais profundas, mais vitais, quando esses prazeres também o eram. Quantas vezes não lhe proporcionara a sra. Verdurin o que para ele constituía toda a felicidade? Como naquela noite em que se sentia angustiado porque Odette conversara mais com um convidado do que com qualquer outro, e em que, irritado com ela, não queria tomar a iniciativa de lhe perguntar se voltariam juntos para casa, a sra. Verdurin lhe trouxera a paz e a alegria, indagando espontaneamente: "Odette, você vai levar o senhor Swann, não é?". Assim, na véspera daquela temporada de veraneio, receoso de que Odette fosse sozinha e não mais pudesse vê-la diariamente, a sra. Verdurin os convidara a ambos para a sua casa de campo. Deixando, pois, sem querer, que a gratidão e o interesse se infiltrassem na sua inteligência e influíssem em suas ideias, Swann chegava a ponto de proclamar que a sra. Verdurin era uma grande alma. Se algum de seus antigos camaradas da Escola do Louvre lhe falava de pessoas atraentes ou ilustres: "Eu prefiro mil vezes os Verdurin", respondia ele. E, com uma solenidade que era nova em seu modo de ser:

"São criaturas magnânimas, e a magnanimidade, afinal, é a única coisa que importa e nos distingue neste mundo. Sabes? Só há duas classes de criaturas: as magnânimas e as outras; e cheguei a uma idade em que é preciso tomar partido, decidir de uma vez por todas a quem se quer amar e a quem se quer desdenhar, apegar-se àqueles a quem a gente ama e não mais deixá-los até a morte, para resgatar o tempo perdido com os outros. Pois bem — acrescentava ele com essa leve emoção que experimentamos quando, mesmo sem o notar, dizemos uma coisa não porque seja verdadeira, mas porque sentimos prazer em dizê-la e a escutamos através de nossa própria voz como se não viesse de nós mesmos —, a sorte está lançada, resolvi amar apenas aos corações magnânimos e só viver na magnanimidade. Tu me perguntas se a senhora Verdurin é deveras inteligente. Asseguro-te que ela nos deu provas de uma nobreza de coração, de uma elevação de alma a que não se atinge sem igual elevação de pensamento. Possui sem dúvida uma profunda compreensão das artes. Mas não é talvez nisso que ela se mostra mais admirável; e essa ou aquela pequena ação engenhosamente, delicadamente boa que ela fez por mim, num gesto seu familiarmente sublime, revelam mais profunda compreensão da vida que todos os tratados de filosofia."

Poderia no entanto convir em que havia velhos amigos de seus pais tão simples como os Verdurin, companheiros de juventude igualmente afeiçoados à arte, outros conhecidos seus de grande coração e que, todavia, não mais tornara a ver; desde que optara pela simplicidade, as artes e a magnanimidade. Mas esses não conheciam Odette e, se a conhecessem, não se preocupariam em aproximá-la dele.

De modo que não havia decerto, em toda a sociedade dos Verdurin, um único fiel que os estimasse ou julgasse estimá-los tanto como Swann. E contudo, quando o sr. Verdurin dissera que não ia com Swann, não só havia expressado o seu próprio pensamento como também adivinhara o da mulher. Por certo Swann dedicava a Odette uma afeição demasiado particular e da qual negligenciara tomar a sra. Verdurin como confidente cotidiana; por certo a própria discrição com que se utilizava da hospitalidade dos Verdurin, abstendo-se muitas vezes de comparecer a um jantar por um motivo que eles não suspeitavam e em vez do qual adivinhavam o desejo de não faltar a um convite dos "maçantes"; por certo também a progressiva descoberta que iam fazendo da sua brilhante situação mundana, apesar de todas as preocupações que ele tomava para ocultá-la, tudo isso contribuía para sua irritação contra Swann. Mas a razão profunda era outra. E que desde logo haviam pressentido em Swann um espaço reservado e impenetrável, onde ele continuava a professar silenciosamente para si mesmo que a princesa de Sagan não era grotesca e que os gracejos de Cottard não eram engraçados, enfim, embora ele jamais saísse da sua amabilidade e nunca se revoltasse contra os seus dogmas, a impossibilidade de lhos impor, de o converter inteiramente, como jamais haviam encontrado coisa igual em outra pessoa. Ter-lhe-iam perdoado que frequentasse os maçantes (a quem aliás, no fundo do coração, Swann preferia mil vezes os

Verdurin e todo o pequeno núcleo) se ele consentisse, como bom exemplo, em renegá-los na presença dos fiéis. Mas era essa uma abjuração que bem compreendiam não lhe poder arrancar.

Que diferença com um "novo" que Odette lhes pedira para convidar, embora só o houvesse encontrado umas poucas vezes, e sobre o qual fundavam muitas esperanças, o conde de Forcheville! (Aconteceu que vinha a ser justamente cunhado de Saniette, o que encheu de espanto aos fiéis: o velho arquivista era tão humilde de maneiras que sempre o haviam julgado de posição social inferior à sua e não esperavam vir a saber que ele pertencia a uma sociedade abastada e relativamente aristocrática.) Na verdade, Forcheville era grosseiramente esnobe, ao passo que Swann não o era; na verdade, estava longe de colocar, como Swann, a sociedade dos Verdurin acima de todas as outras. Mas não tinha aquela delicadeza de gênio que impedia Swann de associar-se às críticas evidentemente falsas que dirigia a sra. Verdurin contra pessoas que ele conhecia. Quanto às tiradas pretensiosas e vulgares que o pintor lançava certos dias, às piadas de caixeiro-viajante que Cottard arriscava, e para as quais Swann, que estimava a ambos, facilmente achava escusas, mas não tinha a coragem e a hipocrisia de aplaudir, Forcheville era pelo contrário de um nível intelectual que lhe permitia pasmar e maravilhar-se de umas, sem aliás as compreender, e deleitar-se com as outras. E justamente o primeiro jantar dos Verdurin a que Forcheville compareceu pôs em foco todas essas diferenças, fez ressaltar as suas qualidades e precipitou o desvalimento de Swann.

Havia naquele jantar, além dos convivas habituais, um professor da Sorbonne, Brichot, que conhecera o casal Verdurin na estação balneária e que, se as funções universitárias e os trabalhos de erudição não lhe tornassem muito raros os momentos de liberdade, de bom grado compareceria mais seguidamente. Pois tinha ele essa curiosidade, essa superstição da vida que, em qualquer profissão, ligada a certo ceticismo quanto ao objeto de seus estudos, dá a certos homens inteligentes, médicos que não acreditam na medicina, professores de liceu que não acreditam em temas latinos, a reputação de espíritos largos, brilhantes, e até superiores. Na casa dos Verdurin, quando falava de filosofia e história, afetava buscar suas comparações no que havia de mais atual, primeiro porque julgava que tais matérias não são mais que uma preparação para a vida e imaginava encontrar em ação naquele meio o que até então só conhecera pelos livros, e depois talvez porque, como outrora lhe haviam inculcado grande respeito a certos assuntos, respeito que conservava sem saber, julgava despojar-se da sua personalidade de universitário, tomando com esses temas liberdades que lhe pareciam tais unicamente porque continuava tão universitário como antes.

Logo que sentaram à mesa, como o sr. de Forcheville, colocado à direita da sra. Verdurin, que em atenção ao "novato" muito se esmerara no vestir, lhe dissesse: "Original essa toalete branca", o doutor, que não cessara de observá-lo, tão curioso estava de saber como era o que ele chamava um "de", e que procurava ensejo de atrair-lhe a atenção e entrar mais em contato com o conde, apanhou no ar a palavra "branca" e, sem erguer o nariz do prato, disse: "Branca? Branca de Castela?"; depois, sem mover a cabeça, lançou furtivamente à direita e à esquerda olhares incertos e sorridentes. Ao passo que Swann, com o inútil e doloroso esforço que fez para sorrir, demonstrou que julgava estúpido esse trocadilho, Forcheville testemunhara ao mesmo tempo que lhe apreciava a finura e que sabia viver, contendo nos justos limites uma alegria cuja franqueza encantara a sra. Verdurin.

— Que me diz de um sábio assim? — perguntou ela a Forcheville. — Não há meio de conversar dois minutos a sério com ele. Será que o senhor sai com essas no hospital? — acrescentou, voltando-se para o doutor. — Então não deve ser muito aborrecido por lá. Vejo que terei de pedir que me internem.

— Creio que o doutor se referia àquela megera da Branca de Castela, se assim me atrevo a expressar-me. Não é verdade, minha senhora? — perguntou Brichot à sra. Verdurin que, sem respiração, com os olhos fechados, precipitou o rosto nas mãos, de onde se escaparam gritos abafados.

— Meu Deus, minha senhora, eu não desejaria escandalizar as almas reverentes, se as há em torno desta mesa, *sub rosa*... Reconheço aliás que a nossa inefável república ateniense — ó se, e quanto! — poderia honrar naquela Capeto obscurantista o primeiro dos chefes de polícia de pulso. É verdade, meu caro anfitrião, é verdade, é verdade — continuou, com a sua voz bem timbrada que destacava cada sílaba, em resposta a uma objeção do sr. Verdurin.

— A *Crônica de são Dinis*, cuja segurança de informação não se pode contestar, não deixa nenhuma dúvida a esse respeito. Nenhuma outra poderia ser tão bem escolhida como patrona de um proletariado laicizante como essa mãe de um santo, a quem aliás fez passar maus quartos de hora, como diz Suger e outros são Bernardos, pois com ela cada qual tinha o seu.⁴⁵

— Quem é esse senhor? — perguntou Forcheville à sra. Verdurin. — Parece de primeira.

— Como!, não conhece o famoso Brichot? É célebre em toda a Europa.

— Ah!, com que então é Bréchot? — exclamou Forcheville, que não ouvira direito. — Que me diz a senhora! — acrescentou, pregando no homem célebre os olhos arregalados. — É sempre interessante jantar com um homem em evidência. Mas só convidam gente assim? Pelo visto, ninguém se aborrece nesta casa.

— Oh! O que acontece — disse modestamente a sra. Verdurin — é que eles aqui se sentem à vontade. Falam do que querem

---

45 A expressão latina *sub rosa* significa "durante a refeição" ou "confidencialmente". Brichot mistura em uma única fala uma expressão latina, cujo significado está além do sentido literal, uma citação de Juliette Adam e a referência erudita a um livro de história da França, entre os séculos XII e XV. Mas Brichot acaba se confundindo com as datas: Suger (1498-1515) foi abade de Saint-Denis a partir de 1122. Branca de Castela (1188-1252), regente da França durante a minoridade de seu filho Luís IX, não pode assim ter conhecido nem Suger nem são Bernardo, que morreu em 1153. [N. E.]

e a conversa se torna verdadeiramente esfuziante. E Brichot, hoje, não está para que se diga, eu já o vi deslumbrante, de a gente cair de joelhos. Pois bem! Na casa dos outros, não é mais o mesmo homem, não tem mais espírito, é preciso arrancar-lhe as palavras, torna-se até aborrecido.

— É curioso! — disse Forcheville espantado.

Um gênero de espírito como o de Brichot seria tido por pura estupidez no meio em que Swann passara a mocidade, embora não seja incompatível com uma inteligência verdadeira. E a do professor, vigorosa e bem alimentada, poderia causar inveja a muitos mundanos que Swann achava espirituosos. Mas de tal modo lhe haviam estes inculcado os seus gostos e antipatias, ao menos no tocante à vida mundana, e até naquela das suas partes anexas que mais pertence ao domínio da inteligência, isto é, a conversação, que Swann só podia achar os gracejos de Brichot pedantes, vulgares e insuportavelmente grosseiros. E depois, sentia-se chocado, no hábito que tinha das boas maneiras, com o tom rude e militar que afetava para com todos o fogoso universitário. Enfim, talvez perdesse ele muito da sua indulgência naquela noite ao ver as amabilidades da sra. Verdurin com aquele Forcheville que Odette tivera a ideia de trazer. Um pouco confusa perante Swann, perguntara-lhe ela ao chegar:

— E então? Que acha de meu convidado?

E ele, notando pela primeira vez que Forcheville, a quem de há muito conhecia, bem poderia agradar a uma mulher e era um belo homem, respondera: "Imundo!". Por certo não tinha a mínima veleidade de ciúmes, mas não se sentia tão feliz como habitualmente e quando Brichot, começando a contar a história da mãe de Branca de Castela "que estivera durante anos com Henrique Plantageneta antes de casar com ele",[46] quis que Swann corroborasse, dizendo-lhe

---

46 Henrique II Plantageneta casou-se com Eleanor de Aquitânia em 1152, mesmo ano da anulação do casamento dela com Luís VII. Eleanor de Aquitânia não era mãe, mas sim avó de Branca de Castela. [N. E.]

"Não é, senhor Swann?" no tom marcial que se adota para pôr-se ao alcance de um campônio ou para dar ânimo a um soldado, Swann cortou o efeito de Brichot, com grande furor da dona da casa, respondendo que o desculpassem de se interessar tão pouco por Branca de Castela, mas que tinha uma pergunta a fazer ao pintor. Este, com efeito, fora visitar naquela tarde a exposição de um artista recém-falecido, amigo da sra. Verdurin, e Swann queria saber por ele (pois apreciava o seu gosto) se na verdade havia naquelas últimas obras algo mais do que a assombrosa virtuosidade das precedentes.

— Desse ponto de vista, era extraordinário, mas não me parecia, como se diz, de uma arte muito "elevada" — disse Swann, sorrindo.

— Elevada... ao pináculo da fama — interrompeu Cottard, erguendo os braços com simulada gravidade.

Toda a mesa rebentou numa gargalhada.

— Não lhe dizia que não se pode guardar o sério com ele? — disse a sra. Verdurin a Forcheville. — Quando menos se espera, sai com uma das suas.

Mas notou que Swann era o único que não havia rido. De resto, não lhe agradava que Cottard gracejasse à sua custa diante de Forcheville. Mas o pintor, em vez de responder devidamente a Swann, o que provavelmente teria feito se estivesse a sós, preferiu fazer-se admirado dos convivas, com uma tirada sobre a habilidade do mestre desaparecido.

— Aproximei-me daquilo — dizia ele — e meti o nariz para ver como era feito. Qual! Não se poderia dizer se era feito com cola, com rubis, com sabão, com bronze, com sol, ou com caca!

— Onze e um, doze! — exclamou demasiado tarde o doutor, cuja interrupção ninguém pôde compreender.

— Parece que não é nada — tornou o pintor —, mas é impossível descobrir o truque, como também acontece com a *Ronda* e os *Regentes*, e é ainda mais forte do que Rembrandt e Hals. Juro que ali há de tudo.

E como os cantores que, chegando à nota mais alta que podem dar continuam em voz de falsete, *piano*, contentou-se em murmurar, rindo, como se com efeito aquela pintura fosse irrisória à força de beleza:

— Aquilo cheira, tonteia, afoga, comicha, e não há jeito de saber como saiu, é bruxaria, é velhacada, é milagre (rindo francamente): é desonesto. — E estacando, erguendo gravemente a cabeça, tomando um tom de baixo profundo que procurou tornar harmonioso, acrescentou: — E é tão leal!

Exceto no instante em que dissera "Mais forte que a *Ronda*", blasfêmia que provocara um protesto da sra. Verdurin, que tinha a *Ronda* como a maior obra-prima do universo juntamente com a *Nona* e a *Samotrácia*, e no "feito com caca", que fizera Forcheville lançar uma olhadela circular pela mesa, para ver se o termo passava e em seguida esboçou um sorriso indulgente e conciliador, todos os convivas, menos Swann, tinham fixado no pintor um olhar fascinado de admiração.

— Como ele me diverte quando se embala assim! — exclamou, quando o pintor parou de falar, a sra Verdurin, encantada de que a mesa estivesse tão interessante justamente no dia em que o sr. de Forcheville vinha pela primeira vez. — E tu, que tens de ficar aí de boca aberta como um bobo? — disse ela ao marido. — Já sabes que ele fala muito bem; até parece que é a primeira vez que o escutas. Se o senhor o tivesse visto enquanto estava falando: ele bebia as suas palavras. E amanhã nos recitará tudo o que o senhor disse, sem saltar uma vírgula.

— Mas não, não é *blague* — disse o pintor, encantado com seu sucesso. — Parece que julga que eu me estou exibindo, por chiquê; vou levá-la para que o veja, e diga se exagerei alguma coisa; aposto o meu ingresso como voltará mais embalada do que eu!

— Mas nós não pensamos que seja exagero, queremos apenas que o senhor coma, e que o meu marido também coma; sirva outra vez linguado ao senhor, bem vê que o seu prato já esfriou.

Não estamos com tanta pressa, você serve como se houvesse incêndio em casa. Espere um pouco para trazer a salada.

A sra. Cottard era modesta e falava pouco, mas não carecia de desembaraço quando uma feliz inspiração lhe sugeria uma frase a propósito. Sentia que faria sucesso, o que lhe proporcionava confiança, e sua atitude então era menos para brilhar que para ser útil à carreira do marido. Não deixou, pois, escapar a palavra "salada" que a sra. Verdurin acabava de pronunciar.

— Não será a salada japonesa — disse ela a meia-voz, voltando-se para Odette.[47]

E encantada e confusa com a oportunidade e ousadia de fazer assim uma alusão discreta, mas clara, à nova e retumbante peça de Dumas, explodiu num riso encantador de ingênua, pouco bulhento, mas tão irresistível que ela permaneceu alguns instantes sem poder dominá-lo.

— Quem é essa senhora? Ela tem espírito — disse Forcheville.

— Não, não é salada japonesa; mas prepararemos uma, se vierem todos jantar sexta-feira.

— Vou parecer-lhe muito provinciana, senhor — disse a sra. Cottard a Swann —, mas ainda não vi essa famosa *Francillon* de que todo mundo fala. O doutor foi (lembro-me de que ele disse ter tido o grande prazer de passar a noite em sua companhia) e confesso que não achei razoável que ele adquirisse entradas para ir de novo comigo. Naturalmente que no Théâtre-Français nunca se considera uma noite perdida, os artistas trabalham sempre tão bem, mas como temos amigos muito amáveis (a sra. Cottard raramente pronunciava um nome próprio e contentava-se em dizer "amigos nossos", "uma de minhas amigas", por "distinção", num tom artificial, e com o ar de importância de quem só nomeia a quem quer)

---

47 A tímida mulher do dr. Cottard refere-se à receita de salada que aparece na peça *Francillon*, de Alexandre Dumas Filho, salada japonesa composta de batatas, mexilhão e trufas "cozidas no champanhe". [N. E.]

que muitas vezes têm camarotes e a boa ideia de nos levar a todas as novidades que valham a pena, estou certa de ver *Francillon* mais dia, menos dia, e poder assim formar uma opinião. Mas devo confessar que me sinto muito atrasada, pois em todos os salões a que vou só se fala naturalmente nessa maldita salada japonesa. Começa a ficar um pouco cansativo — acrescentou, vendo que Swann não parecia tão interessado, como era de esperar, por tão palpitante atualidade. — Mas deve-se confessar que serve às vezes de pretexto a ideias muito divertidas. Tenho uma amiga que é muito original, embora bonita, e muito requestada, muito em moda e que diz ter mandado preparar a tal salada japonesa, mas com tudo o que Dumas filho indica na peça. Convidou algumas amigas para prová-la. Infelizmente eu não estava entre elas. Mas depois ela nos contou tudo; parece que era uma coisa detestável, fez-nos rir até as lágrimas. Mas bem sabe o senhor que tudo está na maneira de contar — disse ela ao ver que Swann conservava um ar grave.[48]

E supondo que era talvez porque ele não gostava de *Francillon*:

— Aliás, acho que vou ter uma decepção. Não creio que se compare a *Serge Panine*, o ídolo da senhora de Crécy. Ao menos é um assunto que tem fundo, que faz refletir, mas dar uma receita de salada no palco do Théâtre-Français! Ao passo que *Serge Panine*! De resto, como tudo o que sai da pena de Georges Ohnet, é sempre tão bem escrito! Não sei se o senhor conhece o *Mestre ferreiro*[49] que eu preferiria ainda a *Serge Panine*.[50]

— Perdoe-me — disse Swann com um ar irônico —, mas confesso que é quase igual a minha falta de admiração por essas duas obras-primas.

---

48 A opinião de que o salão Verdurin respirava o verdadeiro gosto pela arte começa a mudar com o ciúme de Swann por Forcheville. Este, por sua vez, passa a encenar a admiração pela espirituosidade e sapiência vertiginosa dos convivas. [N. E.]
49 Outra peça do mesmo autor de *Serge Panine*, Georges Ohnet, extraída de seu romance homônimo, que obteve enorme sucesso no Gymnase-Dramatique, em 1883. [N. E.]
50 Dramalhão já citado páginas antes como uma das paixões artísticas de Odette. [N. E.]

— É mesmo? Que é que o senhor lhes censura? É mera antipatia? Acha talvez que seja um pouco triste? Aliás, como eu sempre digo, nunca se devem discutir romances nem peças de teatro. Cada qual tem o seu modo de ver, e o senhor pode achar detestável aquilo de que eu mais gosto.

Foi interrompida por Forcheville, que interpelava Swann. Com efeito, enquanto a sra. Cottard falava de *Francillon*, Forcheville expressava à sra. Verdurin a sua admiração pelo que ele chamava o pequeno *speech* do pintor.

— Que facilidade de expressão, que memória tem ele, como raramente encontrei — dissera à sra. Verdurin, quando o pintor se calou. — Quem me dera coisa igual! Daria um excelente pregador. Pode-se dizer que, com o senhor Bréchot, tem a senhora aí dois números que se valem, e até nem sei se, em matéria de falação, este não levaria vantagem ao professor. É mais natural, menos rebuscado. Embora de passagem tenha dito algumas coisas um pouco realistas (mas está no gosto da época), poucas vezes vi segurar a escarradeira com tanto jeito, como dizíamos no regimento, onde eu tinha no entanto um camarada que justamente ele me faz lembrar um pouco. A propósito de qualquer coisa, não sei como exemplificar, deste copo, por exemplo, ele podia falar durante horas; não, é tolice minha, a propósito deste copo, não; mas a propósito da batalha de Waterloo, de tudo o que quiser, e lançava-nos, de passagem, coisas em que a gente jamais teria pensado. Aliás o senhor Swann estava no mesmo regimento; deve tê-lo conhecido.

— Avista-se seguidamente com o senhor Swann? — indagou a sra. Verdurin.

— Mas não — respondeu o sr. Forcheville e, como desejava ser agradável a Swann para se aproximar de Odette, não quis perder aquela oportunidade de o lisonjear, referindo-se às suas boas relações, mas isso como homem de sociedade, num tom de crítica cordial, sem que parecesse felicitá-lo por um inesperado sucesso: — Não é, Swann? Que eu nunca vejo você? Também, como fazer para vê-lo? Esse animal está todo o tempo metido com os La Trémoïlle, os Laumes, toda essa gente!... — Imputação tanto mais falsa porquanto fazia um ano que Swann apenas frequentava a casa dos Verdurin. Mas o simples nome de pessoas a quem não conheciam era ali acolhido com profundo silêncio. Temendo a penosa impressão que deviam causar à esposa aqueles nomes de "maçantes", principalmente quando lançados assim sem nenhum tato à face de todos os fiéis, o sr. Verdurin dirigiu-lhe a furto um olhar de inquieta solicitude. Viu que na sua resolução de não tomar conhecimento, de não se abalar com a novidade que acabavam de dizer-lhe, de não só permanecer muda, mas também surda, como o fingimos quando um amigo faltoso procura insinuar na conversa uma desculpa que pareceríamos aceitar se a ouvíssemos sem protesto, ou quando pronunciam em nossa presença o nome vedado de um ingrato, a sra. Verdurin, para que o seu silêncio não tivesse a aparência de um consentimento, mas do silêncio ignorante das coisas inanimadas, despojara subitamente o rosto de qualquer sinal de vida e motilidade; sua fronte arqueada não era mais que um belo estudo de relevo onde não pudera penetrar o nome daqueles La Trémoïlle com quem Swann andava sempre metido; o nariz que levemente se franzira apresentava uma chanfradura que parecia copiada do natural. Parecia que sua boca entreaberta ia falar. Não passava de um molde de cera, uma máscara de gesso, uma maquete para um monumento, um busto para o Palácio da Indústria, diante do qual o público decerto pararia para admirar como o escultor, ao traduzir a imprescritível dignidade de Verdurin, em contraste com a dos La Trémoïle e dos Des Laumes que, como todos os maçantes do mundo, não estão nada acima deles, conseguira emprestar uma majestade quase papal à brancura e à rigidez do mármore.[51] Mas o mármore acabou por animar-se e deu a entender que era pre-

---

[51] Construído para a Exposição de 1885, o Palácio da Indústria passou a servir em seguida ao Salão Anual de Arte Moderna. Em 1900 ele seria demolido, dando lugar ao Petit Palais e ao Grand Palais. [N. E.]

ciso não ser muito delicado de estômago para ir à casa deles, pois a mulher estava sempre embriagada e o marido era tão ignorante que dizia "minúncia" por minúcia. Nem que me pagassem, eu deixaria entrar essa gente em minha casa — concluiu a sra. Verdurin, olhando para Swann com um ar imperioso.

Por certo não esperava ela que Swann levasse a sua submissão a ponto de imitar a santa simplicidade da tia do pianista, que acabava de exclamar:

— Está vendo? O que me espanta é que ainda encontrem pessoas que consintam em falar com eles; eu creio que teria medo: quando menos se espera nos pregam alguma! E ainda há gente tão tola que anda atrás deles.

Que ao menos respondesse como Forcheville: "Mas é uma duquesa; há gente a quem isso ainda impressiona", o que pelo menos teria permitido à sra. Verdurin replicar: "Que bom proveito lhes faça!". Em vez disso, Swann se contentou em rir com um ar que significava que nem sequer poderia levar a sério tamanho disparate. Continuando a lançar olhares furtivos à mulher, o sr. Verdurin via com tristeza e compreensão que ela sentia a cólera de um Grande Inquisidor que não conseguisse extirpar a heresia; e para ver se induzia Swann a uma retratação, visto que a coragem das próprias opiniões sempre parece um cálculo e uma covardia àqueles contra quem se exerce, resolveu interpelá-lo:

— Diga-nos então francamente o que pensa, que não iremos repetir a eles.

Ao que Swann respondeu:

— Mas não é absolutamente por medo à duquesa (se é dos La Trémoïlle que estão falando). Asseguro-lhes que todos gostam de frequentar sua casa. Não digo que ela seja "profunda" (pronunciou "profunda" como se fora uma palavra ridícula, pois sua linguagem ainda guardava traços de hábitos mentais que certa renovação, assinalada pelo amor da música, lhe fizera momentaneamente perder — algumas vezes externava calorosamente as suas opiniões), mas, com toda a sinceridade, ela é inteligente e o marido um verdadeiro letrado. São pessoas encantadoras.

Tanto que a sra. Verdurin, vendo que por causa daquele único infiel não conseguiria efetivar a unidade moral do pequeno núcleo, na sua raiva contra aquele teimoso que não via quanto as suas palavras a faziam sofrer, não pôde deixar de bradar-lhe do fundo do coração:

— Ache o que bem quiser, mas ao menos não nos diga.

— Tudo depende do que o senhor chama de inteligência — disse Forcheville, que queria brilhar por sua vez. — Vejamos, Swann, que entende por inteligência?

— Eis aí! — exclamou Odette —, eis aí as grandes coisas de que lhe peço que me fale, mas ele nunca me diz nada.

— Como não? — protestou Swann.

— Nada... nada...

— Nada é peixe — disse o doutor.

— A inteligência para você — tornou Forcheville — é a tagarelice mundana, as pessoas que sabem insinuar-se?

— Acabe de uma vez para que possam mudar o seu prato — disse a sra. Verdurin num tom ríspido, dirigindo-se a Saniette, que parara de comer, absorto nas suas reflexões. E talvez um pouco envergonhada do tom que tomara: — Não faz mal, esteja a gosto, se eu falo assim é por causa dos outros, porque isso impede de servir os novos pratos.

— Há — disse Brichot, martelando as sílabas — uma definição muito curiosa da inteligência nesse bom anarquista do Fénelon...

— Escutem! — disse a Forcheville e ao doutor a sra. Verdurin —, ele vai dar-nos a definição da inteligência por Fénelon.[52]

---

[52] Em seu *Traité de l'existence et des attributs de Dieu*, Fénelon (1651-1715) define a inteligência "real nas criaturas" como manifestação da "inteligência universal" de Deus. Ele não chega a ser um "anarquista", como quer Forcheville, mas propunha modelos utópicos de sociedade em *Les aventures de Télémaque* (1699) e se opunha ao absolutismo, em sua *Lettre à Louis XIV*. [N. E.]

Muito interessante, não é todos os dias que se tem ocasião de aprender uma coisa dessas.

Mas Brichot esperava que Swann desse antes a sua. Este não respondeu e, esquivando-se, fez gorar a brilhante justa que a sra. Verdurin se regozijava de oferecer a Forcheville.

— Naturalmente, é o que se dá comigo — disse Odette, amuada —, é bom que eu saiba que não sou a única pessoa que ele não julga à altura.

— Esses de La Trémouaille que a senhora Verdurin nos apresentou como tão pouco recomendáveis — indagou Brichot, articulando com força — descendem acaso daqueles que essa boa esnobe da Madame de Sévigné se felicitava de conhecer, porque isso a elevava no conceito de seus campônios?[53] É verdade que a marquesa tinha um outro motivo, e que devia ser o principal, pois, literata como era até a medula, colocava acima de tudo a matéria escrita. Ora, no diário que enviava regularmente à filha, era a senhora de La Trémouaille, muito bem documentada pelo seu elevado parentesco, quem fazia a política estrangeira.

— Não, não creio que seja da mesma família — disse ao acaso a sra. Verdurin.

Saniette, que desde que entregara precipitadamente ao mordomo o seu prato ainda cheio, mergulhara num silêncio meditativo, saiu afinal de seu mutismo para contar, rindo-se, a história de uma ceia que fizera com o duque de La Trémoïlle e durante a qual ficara evidenciado que este não sabia que George Sand era o pseudônimo de uma mulher. Swann, que simpatizava com Saniette, julgou que deveria oferecer-lhe detalhes sobre a cultura do duque, que demonstrassem que tal ignorância era materialmente impossível da sua parte; mas de súbito estacou, acabava de compreender que Saniette não tinha necessidade daquelas provas

---

53 Alusão a uma carta de Madame de Sévigné a sua filha, datada do dia 13 de novembro de 1675. [N. E.]

e sabia que a história era falsa pelo simples motivo de que acabava de inventá-la. Aquele excelente homem amargurava-se de que os Verdurin o achassem tão aborrecido; e como tinha consciência de que estivera mais sem graça que de costume, não quisera que o jantar findasse sem ter dito alguma coisa divertida. Capitulou tão depressa, fez uma cara tão mortificada ao ver que falhara o efeito com que contava e respondeu a Swann num tom tão covarde para que este não se encarniçasse numa refutação agora inútil: "Está bem, está bem; em todo caso, mesmo que me engane, acho que não é nenhum crime", que Swann desejaria poder dizer-lhe que a história era verdadeira e gostosíssima. O doutor, que os ouvira, teve a ideia de que seria o caso de dizer: *"Se non è vero"*, mas não estava seguro das palavras e receou atrapalhar-se.[54]

Depois do jantar, Forcheville dirigiu-se ao doutor.

— Ela não deve ter sido feia, a senhora Verdurin, e depois é uma mulher com quem se pode conversar, e para mim isso é tudo. Evidentemente começa a virar pipa. Mas a senhora de Crécy, aí está uma mulherzinha que tem um ar inteligente, ah!, caramba!, vê-se logo que essa tem um olho de lince! Estamos falando da senhora de Crécy — disse ele ao sr. Verdurin que se aproximava. — Acho que como corpo...

— Antes encontrá-lo na minha cama que encontrar o diabo — disse precipitadamente Cottard, que desde alguns instantes esperava em vão que Forcheville tomasse fôlego para aplicar aquele velho chiste, temeroso de perder a oportunidade se a conversa tomasse outro rumo, e que ele disse com esse excesso de espontaneidade e segurança com que se procura mascarar a frieza e nervosismo inseparáveis de um recitativo. Forcheville, que conhecia o chiste, o entendeu e riu com gosto. Quanto ao sr. Verdurin, não regateou sua hilaridade, pois encontrara havia pouco um meio de

---

54 O doutor não consegue chegar ao fim do provérbio italiano *"Se non è vero, è bene trovato"*, que significa "Se não é verdade, é bem achado". [N. E.]

simbolizá-la, muito diverso do que usava a mulher, mas igualmente simples e claro. Mal começava a fazer o movimento de cabeça e de ombros de quem não pode mais se conter, logo se punha a tossir como se, rindo demasiado forte, se houvesse engasgado com o fumo do cachimbo. E, conservando-o sempre no canto da boca, prolongava indefinidamente o simulacro de sufocação e de hilaridade. De modo que ele e a senhora Verdurin, a qual, em frente, ouvindo o pintor contar-lhe uma história, fechava os olhos antes de precipitar o rosto nas mãos, tinham ambos o aspecto de duas máscaras de teatro que figurassem diferentemente a alegria.

O sr. Verdurin fez aliás muito bem em não retirar o cachimbo da boca, pois Cottard, que tinha necessidade de afastar-se um instante, disse a meia-voz uma frase aprendida há pouco e que repetia sempre que tinha de ir ao mesmo local: "Preciso ir falar um instante com o duque de Aumale", de sorte que recomeçou o acesso de tosse do sr. Verdurin.[55]

— Anda, retira o cachimbo da boca, bem vês que vai afogar-te retendo o riso dessa maneira — disse a sra. Verdurin, que vinha oferecer licores.

— Que homem encantador o seu marido! Tem espírito como quatro — declarou Forcheville à sra. Cottard. — Obrigado, minha senhora. Um veterano como eu nunca recusa uma pinga.

— O senhor de Forcheville acha Odette encantadora — disse o sr. Verdurin à mulher.

— Pois precisamente ela teria muito gosto em almoçar um dia com o senhor. Vamos combinar isso, mas Swann não deve sabê-lo. O senhor compreende, ele tem um gênio que esfria tudo. Isso naturalmente não impedirá que o senhor venha jantar, esperamos que apareça muitas vezes. Agora, com o bom tempo que vai chegar, jantaremos seguidamente ao ar livre. Não lhe desagrada

---

55 O dr. Cottard erra no emprego da gíria que significava na época "fazer amor". [N. E.]

jantar no Bois? Muito bem, será uma grande gentileza da sua parte. — E você aí, não vai trabalhar no seu ofício?! — gritou ela ao pianista, para mostrar, ao mesmo tempo, diante de um novato da importância de Forcheville, o seu espírito e o seu domínio tirânico sobre os fiéis.

— O senhor de Forcheville estava a me falar mal de ti — disse a sra. Cottard ao marido, quando este voltou ao salão.

E o doutor, ainda com a ideia da nobreza de Forcheville que o procurava desde o início do jantar, lhe disse:

— Estou tratando atualmente de uma baronesa, a baronesa Putbus. Os Putbus estiveram nas Cruzadas, não é? Possuem na Pomerânia um lago dez vezes maior que a praça da Concórdia. Tem uma artrite seca, é uma mulher encantadora. Aliás, creio que ela conhece a senhora Verdurin.

Isso permitiu que Forcheville, quando um momento depois se viu a sós com a sra. Cottard, completasse o juízo favorável que formara a respeito de seu marido.

— E depois tem uma palestra interessante, vê-se que conhece muita gente. O que não sabem esses médicos!

— Vou tocar a frase da sonata para o senhor Swann — disse o pianista.

— Que ao menos não seja a *"serpent à sonates"*! — disse o sr. Forcheville, para armar efeito.

Mas o dr. Cottard, que nunca ouvira esse trocadilho, não o compreendeu e supôs houvesse engano da parte de Forcheville. Aproximou-se vivamente para retificá-lo.

— Não, não é *"serpent à sonates"* que se diz, é *"serpent à sonnettes"* — esclareceu, num tom zeloso, impaciente e triunfal.

Forcheville explicou-lhe o trocadilho.[56] O doutor enrubesceu.

— Confesse que é engraçado, doutor...

---

56 *"Serpent à sonates"* era o apelido da marquesa de Saint-Paul, excelente pianista, mas sem papas na língua. [N. E.]

— Oh!, eu o conhecia há muito tempo — retrucou Cottard.

Calaram-se: sob a agitação dos trêmulos de violino que a protegiam com o seu leve frêmito a duas oitavas de distância — e como numa região de montanhas, por trás da imobilidade aparente e vertiginosa de uma cascata, se avista, duzentos pés abaixo, o vulto minúsculo de uma passeante — a pequena frase acabava de aparecer, longínqua, graciosa, protegida pelo longo fluir da cortina transparente, incessante e sonora. E Swann, do fundo de seu coração, dirigiu-se a ela como a uma confidente de seu amor, como a uma amiga de Odette que deveria dizer-lhe que não se importasse com aquele Forcheville.

— Ah!, chegou tarde — disse a sra. Verdurin a um fiel que apenas fora convidado na qualidade de "palito" —, tivemos "um" Brichot incomparável, de uma eloquência! Mas já partiu. Não é mesmo, senhor Swann? Creio que é a primeira vez que se encontram — acrescentou, para ressaltar que Swann o conhecia graças a ela. — Não é verdade que esteve delicioso o nosso Brichot?

Swann inclinou-se polidamente.

— Como? Não lhe interessou? — perguntou secamente a sra. Verdurin.

— Mas sim, minha senhora, e muito, fiquei encantado. Talvez um pouco peremptório e um pouco jovial para meu gosto. Eu lhe desejaria às vezes um pouco de hesitação e de brandura, mas sente-se que ele sabe muitas coisas e parece um excelente homem.

Todos se retiraram muito tarde. As primeiras palavras de Cottard à sua esposa foram:

— Raramente tenho visto a senhora Verdurin tão bem-disposta como esta noite.

— Que vem a ser exatamente essa senhora Verdurin, uma mulher desfrutável? — perguntou Forcheville ao pintor, a quem convidara para voltarem juntos.

Odette o viu afastar-se com pesar, não se atreveu a voltar sem Swann, mas mostrou-se de mau humor durante o trajeto, e quando ele lhe perguntou se deveria entrar em casa dela, respondeu, erguendo os ombros com impaciência. "Está visto." Depois que partiram todos os convidados, disse a sra. Verdurin ao marido:

— Não notaste o riso tolo de Swann quando falamos na senhora La Trémoïlle?

Observara que Swann e Forcheville tinham várias vezes suprimido a partícula a esse nome. Não duvidando que fosse para mostrar que não se intimidavam com títulos, desejava imitar-lhes a altivez, mas não apreendera bem por que forma gramatical poderia ser traduzida. E como a sua viciosa maneira de falar podia mais que a sua intransigência republicana, ainda dizia os "de La Trémoïlle", ou antes, por uma abreviatura em uso nas canções de café-concerto e nas legendas dos caricaturistas e que dissimulava o *de*, "os d'La Trémoïlle", mas logo caía em si, dizendo: "A senhora La Trémoïlle".

— *A duquesa*, como diz Swann — acrescentou ela com um sorriso que provava tratar-se apenas de uma citação e que não patrocinava tão ingênua e ridícula denominação.

— Digo-te que o achei extremamente tolo.

E o sr. Verdurin respondeu:

— Não tem franqueza, é um cavalheiro cauteloso, sempre entre o sim e o não. Quer sempre poupar a cabra e a couve. Que diferença de Forcheville! Ao menos aí está um homem que diz redondamente o que pensa. Quer nos agrade ou não. Não é como o outro, que nunca é branco nem preto. Aliás Odette parece que prefere o Forcheville, e eu lhe dou toda a razão. E depois, já que Swann quer fazer de aristocrata conosco, de paladino das duquesas, ao menos o outro tem o seu título; sempre é o conde de Forcheville — acrescentou com ar sutil, como se, a par da história do referido condado, lhe sopesasse minuciosamente o valor particular.

— Pois não é que ele resolveu lançar contra Brichot — prosseguiu a sra. Verdurin — algumas insinuações venenosas e ridículas?! Naturalmente, como viu que Brichot era estimado na casa, foi uma maneira de nos atingir, de estragar-nos o jantar. Imagine-se o que ele não dirá na saída!

— Mas eu já te disse — respondeu o sr. Verdurin. — É um fracassado, o tipo do sujeitinho que tem inveja a tudo o que é um pouco grande.

Quando a verdade é que não havia um fiel que não fosse mais malévolo do que Swann; mas tinham todos a precaução de temperar as suas maledicências com conhecidos gracejos, com uma pontinha de emoção e cordialidade; ao passo que a mínima reserva que Swann se permitia, despojada de fórmulas convencionais tais como: "Não é por falar mal, mas...", e às quais não se dignava baixar-se, lhes parecia uma verdadeira perfídia. Há autores originais em quem a menor ousadia causa revolta porque não lisonjearam de início os gostos do público e não lhe serviram os lugares-comuns a que estava habituado; era da mesma forma que Swann indignava ao sr. Verdurin. No caso de Swann, como no daqueles autores, era a novidade da linguagem que fazia acreditar na perversidade das suas intenções.

Swann ignorava ainda o desvalimento de que se achava ameaçado em casa dos Verdurin e continuava a ver os ridículos do casal sob um prisma cor-de-rosa, através de seu amor.

Na maioria das vezes, só se encontrava com Odette à noite; mas de dia, como receasse fatigá-la indo à sua casa, queria ao menos não deixar de ocupar-lhe o pensamento, e a todo instante procurava ensejo de fazer-se lembrado, mas de maneira agradável para ela. Se via na montra de um florista ou de um ourives alguma planta ou joia que lhe agradassem, logo pensava em enviá-las a Odette, imaginando que aquele prazer que sentira ao vê-las também ela o sentiria, e viria a aumentar o seu afeto, e mandava-as imediatamente à rua La Pérouse para não retardar o instante em que, ao receber Odette alguma coisa da sua parte, pudesse ele de algum modo sentir-se junto dela. Queria principalmente que ela as recebesse antes de sair para que a sua gratidão lhe valesse uma acolhida mais afetuosa quando o visse nos Verdurin, ou talvez, quem sabe, se o fornecedor fosse bastante expedito, uma carta que ela lhe enviaria antes do jantar, ou a sua vinda em pessoa à casa dele, numa visita suplementar, para agradecer-lhe. Como antes, quando experimentava as reações do despeito em Odette, procurava extrair-lhe íntimas parcelas de sentimento que ela ainda não lhe havia revelado.

Muitas vezes se via Odette em embaraços financeiros e, em caso de dívida urgente, lhe pedia auxílio. Swann sentia-se feliz com isso, como de tudo o que pudesse dar a Odette uma grande ideia do amor que lhe dedicava, ou simplesmente da sua influência, do útil que lhe poderia ser. Indubitavelmente, se lhe houvessem dito no princípio: "É a tua posição que lhe agrada", e agora: "É pela tua fortuna que ela te ama", Swann não o acreditaria, mas não ficaria muito descontente que a imaginassem presa a ele — que os sentissem mutuamente unidos — por alguma coisa de tão forte como o esnobismo ou o dinheiro. Mas, mesmo pensando que fosse verdade, era bem possível que não sofresse ao descobrir no amor de Odette esse esteio mais duradouro que o agrado ou as qualidades que ela pudesse achar em seu amigo: o interesse, o interesse que nunca deixaria chegar a hora em que ela não mais sentisse a vontade de vê-lo. De momento, cumulando-a de presentes, prestando-lhe serviços, podia descansar confiadamente nessas vantagens exteriores à sua pessoa e à sua inteligência, do exaustivo cuidado de lhe agradar por si mesmo. E aquela voluptuosidade de estar enamorado, de só viver de amor, de cuja realidade outrora duvidava, o preço que em suma lhe custava, como diletante de sensações imateriais, vinha ainda aumentar-lhe o valor — como se veem pessoas, até então incertas de que o espetáculo do mar e o rumor das vagas sejam coisas deveras deliciosas, logo se convencerem disso, bem como da rara qualidade e desinteresse de seus gastos, quando alugam a cem francos por dia o quarto de hotel que lhes permite apreciá-los.

Um dia em que reflexões desse gênero lhe evocavam de novo a época em que lhe haviam falado de Odette como de uma mulher sustentada, e em que uma vez mais se divertia em comparar essa personificação estranha, a mulher sustentada — irisado amálgama de elementos desconhecidos e diabólicos, ornado, como uma aparição de Gustave Moreau, de venenosas flores entrelaçadas a joias preciosas —, com aquela mesma Odette em cuja fisionomia vira passar os mesmos sentimentos de piedade por um infeliz, de revolta contra uma injustiça, de gratidão por um benefício, que outrora vira sua própria mãe e seus amigos experimentarem, aquela Odette cujas palavras tantas vezes versavam sobre as coisas que ele melhor conhecia, as suas coleções, o seu quarto, o seu velho criado, o banqueiro a quem confiara seus títulos, sucedeu que esta última imagem lhe lembrou que precisava retirar dinheiro do banco. Se no mês atual, com efeito, auxiliasse menos liberalmente a Odette do que no mês passado, quando lhe dera cinco mil francos, e não lhe oferecesse o desejado colar de diamantes, não renovaria em sua amiga a admiração que tinha ela por sua generosidade e aquela gratidão que o faziam tão feliz, e até arriscaria a dar-lhe a entender que diminuíra o seu amor, em vista de se tornarem menores as suas manifestações. Então, de súbito, indagou se aquilo não seria precisamente "sustentá-la" (como se, de fato, essa noção de sustentar se pudesse inferir não de elementos misteriosos ou perversos, mas pertencentes ao fundo cotidiano e privado de sua vida, tal como aquela nota de mil francos, doméstica e familiar, rasgada e colada, que o seu criado, depois de pagar o aluguel e as contas do mês, guardara na gaveta do velho móvel de onde Swann a retirara para remetê-la a Odette, com mais quatro notas) e se não se poderia aplicar a Odette, desde que a conhecia (pois não suspeitou um só instante que ela jamais pudesse receber dinheiro de outra pessoa antes dele), aquela designação de "mulher sustentada", que julgara tão incompatível com Odette. Não pôde aprofundar tal ideia, pois um ataque de preguiça de espírito, que lhe era congênita, intermitente e providencial, veio naquele momento extinguir toda luz em sua inteligência, tão subitamente como, mais tarde, depois de instalada por toda parte a iluminação elétrica, se poderia cortar a eletricidade numa casa. Seu pensamento tateou um instante nas trevas, ele retirou os óculos, enxugou-lhes os vidros, passou a mão pelos olhos, e só tornou a ver a luz quando se encontrou em presença de uma ideia muito diferente, isto é, de que no próximo mês deveria mandar a Odette seis ou sete mil francos, em vez de cinco mil, por causa da surpresa e júbilo que isso lhe causaria.

À noite, quando não ficava em casa esperando a hora de encontrar-se com Odette nos Verdurin ou nalgum dos restaurantes de verão do Bois ou de Saint-Cloud de que tanto gostava, ia ele jantar nalguma das casas elegantes de que era outrora conviva habitual. Não queria perder contato com pessoas que talvez um dia pudessem ser úteis a Odette, e graças às quais conseguia por enquanto lhe ser agradável, não raras vezes. Depois, o hábito que por tanto tempo tivera da sociedade e do luxo lhe havia dado não só o desdém, mas a necessidade de tais coisas, de sorte que, desde que lhe apareciam no mesmo plano as casas mais modestas e as mansões mais principescas, de tal modo estavam os seus sentidos acostumados às segundas que sentiria algum mal-estar ao encontrar-se nas primeiras. Tinha na mesma consideração — e num grau de identidade que ninguém acreditaria — os pequenos burgueses que davam algum baile num quinto andar, escada D, porta da esquerda, e a princesa de Parma, que oferecia as mais belas festas de Paris; mas não tinha a sensação de estar num baile ao ficar com os pais de família no quarto da dona da casa, e, ao ver os toucadores recobertos de toalhas, os leitos transformados em vestiários, amontoados de capas e chapéus, tinha a mesma sensação de abafamento que pode hoje causar a pessoas habituadas a vinte anos de eletricidade o cheiro de um lampião que fumega ou de uma vela que escorre.

Quando jantava na cidade, mandava atrelar o carro para as sete e meia; vestia-se pensando em Odette, e assim não se sentia sozinho, pois o pensamento constante de Odette dava aos instantes em que se achava longe dela o mesmo encanto daqueles em que estavam juntos. Subia ao carro, mas sentia que aquele pensamento para ali saltara ao mesmo tempo, instalando-se em seus joelhos como um animal de estimação que se leva a toda parte e que ele conservaria consigo à mesa, sem que os outros convivas o soubessem. Acariciava-o, aquecia-se nele, e, numa espécie de langor, sentia, coisa inédita, um leve frêmito que lhe arrepiava o pescoço e o nariz, enquanto fixava na lapela um ramo de ancólias. Sentindo-se desde algum tempo indisposto e melancólico, principalmente depois que Odette apresentara Forcheville aos Verdurin, desejaria ir descansar um pouco no campo. Mas não teria coragem de deixar Paris um único dia enquanto Odette ali estivesse. A atmosfera estava quente; eram os mais belos dias de primavera. E muito embora atravessasse uma cidade pétrea para meter-se nalgum recinto fechado, o que sempre tinha diante dos olhos era um parque que possuía perto de Combray, onde, desde as quatro horas, antes de chegar à horta de aspargos, graças ao vento que sopra dos campos de Méséglise, se podia, debaixo de uma latada, gozar de tanta frescura como à beira do tanque bordado de miosótis e palmas-de-santa-rita, e onde, quando ele jantava, corriam em torno da mesa, afestoados pelo jardineiro, os ramos de groselhas e rosas.

Findo o jantar, se o encontro no Bois ou em Saint-Germain era para logo, ele partia tão depressa ao sair da mesa — sobretudo se ameaçava chuva, obrigando os "fiéis" a se recolherem mais cedo — que a princesa Des Laumes (uma vez em que haviam jantado tarde em sua casa e Swann se retirara sem esperar pelo café, a fim de se encontrar com os Verdurin na ilha do Bois) fez esta observação:

— Francamente, se Swann fosse trinta anos mais velho e sofresse da bexiga, seria desculpável escapar desse modo. Mas assim já é fazer pouco da gente.

Pensava Swann que o encanto primaveril que não podia ir gozar em Combray pelo menos o encontraria na Ilha dos Cisnes ou em Saint-Cloud. Mas como não podia pensar senão em Odette, nem sequer sabia se sentira o perfume das flores e se houvera luar. Acolhia-o a pequena frase da sonata, tocada ao piano no jardim do restaurante. Se ali não havia piano, tinham os Verdurin enorme trabalho em fazê-lo descer de um quarto ou do refeitório. Não queria isso dizer que Swann houvesse caído de novo nas suas boas graças. Mas a ideia de organizar um engenhoso prazer para alguém, mesmo para uma pessoa a quem não estimavam, lhes despertava, durante os momentos necessários a tais preparativos, efêmeros e ocasionais sentimentos de simpatia e cordialidade. Às vezes dizia ele consigo que era mais uma noite de primavera que passava, e constrangia-se a prestar atenção às árvores, ao céu. Mas a inquietação que lhe causava a presença de Odette, e também uma leve indisposição febril que não o deixava desde algum tempo, privavam-no da calma e do bem-estar que são o fundo indispensável às impressões que pode proporcionar a natureza.

Um dia em que aceitara convite para jantar nos Verdurin, como dissesse que no dia seguinte iria a um banquete de antigos camaradas, respondera-lhe Odette em plena mesa, diante de Forcheville, que era agora um dos fiéis, diante do pintor, diante de Cottard:

— Sim, eu sei que você tem o seu banquete, de modo que só o verei em minha casa, mas não vá muito tarde.

Embora nunca se houvesse enciumado a sério das provas de amizade que dava Odette a um ou outro dos fiéis, experimentava uma profunda doçura ao vê-la confessar diante de todos, com aquele tranquilo impudor, os seus cotidianos encontros à noite, a situação privilegiada que tinha ele em sua casa e a preferência que isso implicava. Na verdade, muitas vezes considerava Swann que Odette não era absolutamente uma mulher notável; e o domínio que exercia sobre uma criatura que lhe era tão inferior nada tinha que se lhe pudesse afigurar tão lisonjeiro vê-lo assim proclamado à face dos "fiéis", mas desde que se apercebera de que Odette parecia a muitos homens uma mulher encantadora e desejável, o encanto que para os outros possuía o seu corpo despertara nele um desejo doloroso de a subjugar inteiramente nas mais recônditas partes de seu coração. E começara a atribuir inestimável valor àqueles momentos passados em casa dela à noite, quando a assentava sobre os joelhos e a fazia dizer o que pensava de uma coisa e outra, quando recenseava os únicos bens a cuja posse se apegava agora neste mundo. E chamando-a à parte após o jantar, não deixou de agradecer-lhe efusivamente, procurando fazer-lhe compreender, conforme os graus da gratidão que lhe demonstrava, a escala dos prazeres que ela lhe podia dar, o maior dos quais era garanti-lo das investidas do ciúme, enquanto durasse o seu amor e a conseguinte vulnerabilidade a tal sentimento.

Quando saiu do banquete na noite seguinte, chovia a cântaros e, como só dispunha da sua vitória, um amigo o convidou para conduzi-lo à casa de cupê; e visto que Odette, pelo fato de lhe ter pedido que comparecesse, lhe dera a certeza de que não esperava ninguém, ele se recolheria então à casa, de espírito tranquilo e coração contente, de preferência a partir assim sob a chuva. Mas se Odette visse que não fazia questão de passar sempre com ela, sem exceção, o fim da noite, talvez negligenciasse de lha reservar precisamente quando ele mais o desejasse.

Chegou à casa de Odette depois das onze e, como se desculpasse não ter podido vir mais cedo, ela queixou-se de que com efeito era muito tarde, a tempestade a deixara indisposta, estava com dor de cabeça e o preveniu de que não o reteria mais de meia hora, despachando-o à meia-noite; pouco depois, sentiu-se fatigada e manifestou desejo de dormir.

— E então, nada de catleias esta noite? E eu que esperava uma boa catleiazinha! — disse ele.

E, com um ar meio amuado e nervoso, Odette respondeu:

— Não, meu pequeno, nada de catleias esta noite, bem vês que estou indisposta!

— Talvez te fizesse bem, mas em todo caso não insisto.

Pediu-lhe que apagasse a luz antes de sair, ele próprio fechou os cortinados do leito e partiu. Mas, ao chegar em casa, veio-lhe bruscamente a ideia de que Odette talvez estivesse esperando alguém naquela noite, que apenas simulara cansaço e só lhe pedira que apagasse a luz para ele pensar que ela ia dormir e que, após a sua partida, de novo a acendera, fazendo entrar aquele que devia passar a noite com ela. Consultou o relógio. Fazia mais ou menos hora e meia que a deixara; tornou a sair, tomou um fiacre e parou perto da casa de Odette, numa ruazinha perpendicular à que ficava atrás da sua residência e aonde ele ia às vezes bater-lhe à janela do quarto para que ela lhe viesse abrir; apeou do carro, o quarteirão estava deserto e às escuras, bastou-lhe andar alguns passos e foi dar quase diante da casa de Odette. Em meio à obscuridade de todas as janelas de há muito apagadas na rua, viu uma única de onde extravasava — entre os postigos que lhe premiam a polpa misteriosa e dourada — a luz que enchia o quarto e que, em tantas outras noites, por mais longe que a visse ao entrar na rua, logo o alegrava, anunciando-lhe: "Ela está aqui a esperar-te" e que agora o torturava, dizendo-lhe: "Ela está aqui, com aquele a quem esperava". Queria saber quem era; deslizou ao longo da parede até a janela, mas nada podia distinguir entre as folhas oblíquas dos postigos; ouvia apenas no silêncio da noite o murmúrio de uma conversação.

Sofria ao ver aquela luz, em cuja atmosfera de ouro se movia, por trás dos postigos, o par invisível e detestado; sofria ao ouvir aquele murmúrio que revelava a presença do homem que chegara após a sua partida, a falsidade de Odette e o prazer que ela ia gozar com esse homem. E no entanto estava contente de ter vindo: a tortura que o tinha forçado a sair de casa perdera em acuidade o que ganhara em precisão, agora que a outra vida de Odette, de que tivera naquele momento a súbita e impotente suspeita, ele a tinha ali, alumiada em cheio pela lâmpada, aprisionada sem saber naquele quarto, onde entraria quando quisesse para a surpreender e capturar; ou antes, iria bater à janela, como muitas vezes o fazia quando chegava tarde; assim ao menos Odette ficaria sabendo que ele descobrira tudo, que vira a luz e ouvira a conversa, e ele, que ainda há pouco a imaginara a rir com o outro das suas ilusões, era agora ele quem os via, confiantes no seu erro, enganados em suma por ele, a quem supunham muito longe dali e que sabia, já, que ia bater nos postigos. E talvez o que naquele momento sentia de quase agradável também fosse outra coisa que não o apaziguamento de uma dúvida ou de uma dor: um prazer da inteligência. Se, desde que se enamorara, haviam as coisas retomado para ele um pouco do delicioso interesse que lhes achava outrora, mas só quando iluminadas pela recordação de Odette, era agora uma outra faculdade da sua estudiosa juventude que o ciúme vinha reanimar, a paixão da verdade, mas uma verdade também interposta entre ele e a sua amada, que só dela recebia a luz e tinha por objeto único, de um valor infinito e quase de uma beleza desinteressada, os atos de Odette, suas relações, seus projetos, seu passado. Em qualquer outra época da sua vida, as coisas particulares e gestos cotidianos de uma pessoa sempre haviam parecido sem valor a Swann: se lhe vinham falar a respeito, achava aquilo insignificante, e enquanto ouvia, era apenas a sua mais vulgar atenção que se via interessada: era um dos momentos em que se sentia mais medíocre socialmente. Mas nesse estranho período do amor, o individual assume algo de tão profundo, que aquela curiosidade que sentia despertar em si relativamente às menores ocupações de uma mulher era a mesma que tivera outrora pela História. E coisas de que até então sentiria vergonha, espiar por uma janela, quem sabe se amanhã sondar com astúcia os indiferentes, subornar os criados, escutar às portas, não lhe pareceriam, como a decifração dos textos, a comparação dos testemunhos e a interpretação dos monumentos, senão simples métodos de investigação científica de um verdadeiro valor intelectual e apropriados à pesquisa da verdade.

Prestes a bater nos postigos, sentiu um momento de pejo ao pensar que Odette ia saber que ele tivera suspeitas, que voltara, que se postara na rua. Muitas vezes lhe dissera ela o horror que tinha aos ciumentos, aos amantes que espionam. Era bem ridículo o que ia fazer, e ela iria detestá-lo dali por diante, ao passo que naquele momento, enquanto não batia, talvez ela ainda o amasse, mesmo enganando-o. Quantas possíveis venturas não sacrificamos assim à impaciência de um prazer imediato! Mas o desejo de conhecer a verdade era mais forte e pareceu-lhe mais nobre. Sabia que a realidade das circunstâncias, que ele daria a vida para reconstituir exatamente, achava-se ali legível por trás daquela janela estriada de luz, como sob a capa, iluminada a ouro, de um desses preciosos manuscritos, a cuja riqueza artística não pode ficar indiferente o erudito que os consulta. Sentia uma grande volúpia em conhecer a verdade que o apaixonava naquele exemplar único, efêmero e precioso, de um translúcido material, tão cálido e tão belo. E depois a vantagem que sentia — que tinha tanta necessidade de sentir — sobre eles não consistia tanto em saber, mas em poder mostrar-lhes que sabia. Ergueu-se na ponta dos pés. Bateu. Não tinham ouvido, bateu de novo, a conversação parou. Uma voz de homem, que ele procurou descobrir a qual dos amigos de Odette pertenceria, indagou:

— Quem está aí?

Não tinha certeza de conhecer. Bateu outra vez. Foi aberta a janela, depois os postigos. Agora não havia como recuar, e, já que ia saber tudo, para não parecer muito infeliz, muito ciumento e curioso, limitou-se a dizer, num tom negligente e alegre:

— Não se incomode, eu ia passando. Vi luz e queria saber se você não estava doente.

Olhou. Diante dele, à janela, achavam-se dois senhores idosos, um dos quais segurava um lampião, e então viu o quarto, um quarto desconhecido. Acostumado, quando ia à casa de Odette em horas avançadas, a reconhecer a sua janela por ser a única iluminada entre as outras janelas idênticas, enganara-se e batera à janela da casa vizinha. Afastou-se se desculpando e regressou a casa, feliz de que a satisfação da sua curiosidade houvesse deixado intato o seu amor e, depois de haver por tanto tempo dissimulado uma espécie de indiferença para com Odette, não lhe ter dado, com uma demonstração de ciúme, a prova de que a amava demasiado, o que, entre dois amantes, dispensa para sempre, àquele que a recebe, de amar o suficiente.

Não lhe falou em tal aventura, nem pensou mais naquilo. Mas por vezes uma volta de seu pensamento ia, sem o perceber, ao encontro daquela recordação, batia-lhe, aprofundava-a mais, e Swann sentia uma dor brusca e intensa. Como se fora uma dor física, os pensamentos de Swann não podiam atenuá-la; mas ao menos a dor física, como independe do pensamento, pode o pensamento deter-se nela, verificar que diminuiu, que cessou momentaneamente! Mas aquela dor, bastava recordá-la, para que o pensamento a criasse de novo. Querer não pensar nela era ainda pensar e sofrer ainda. E quando, a conversar com amigos, esquecia o seu mal, eis que de súbito uma palavra que lhe diziam o fazia mudar de expressão, como um ferido a quem um descuidado acabasse de tocar no ponto doloroso. Quando deixava Odette, sentia-se feliz, sentia-se calmo, lembrava os sorrisos que ela tivera, zombeteiros ao falar de um ou outro e meigos para ele, o peso de sua cabeça que ela destacava do eixo para incliná-la, deixá-la cair, quase que sem querer, sobre os seus lábios, como o fizera a primeira vez no carro, os lânguidos olhares que lançara quando em seus braços, apertando medrosamente contra o seu ombro a cabeça inclinada.

Mas logo o ciúme, como se fora a sombra do amor, se complementava com o duplo daquele novo sorriso que ela lhe dirigira naquela mesma noite — e que, inverso agora, escarnecia de Swann e enchia-se de amor por outro — com aquela inclinação de cabeça, mas dirigida a outros lábios, e, dadas a outro, todas as mostras de ternura que tivera para com ele. E todas as recordações voluptuosas que trazia do quarto de Odette eram como outros tantos esboços, outros tantos "projetos" iguais aos que nos submete um decorador, e que permitiam a Swann formar uma ideia das atitudes ardentes ou langues que ela podia ter com outros. De sorte que chegou a lamentar cada prazer que gozava com ela, cada carícia inventada e cuja doçura tivera a imprudência de lhe assinalar, cada graça que nela descobria, pois sabia que dali a instantes iriam enriquecer de novos instrumentos o seu suplício.

E tanto mais cruel se tornava esse suplício quando lhe vinha a lembrança de um breve olhar que dias antes surpreendera, e pela primeira vez, nos olhos de Odette. Foi depois do jantar nos Verdurin. Ou porque Forcheville, sentindo que Saniette, seu cunhado, não mais estava nas boas graças do casal, quisesse colocá-lo na berlinda e brilhar à sua custa diante deles, ou porque ficasse irritado com uma frase indiscreta que este acabava de lhe dizer e que aliás passara despercebida para os circunstantes que não sabiam que alusão desatenciosa poderia encerrar, contra a vontade daquele que a pronunciara sem malícia alguma, ou enfim porque viesse procurando desde algum tempo um ensejo de fazer sair da casa a alguém que muito bem o conhecia e que ele sabia muito delicado para que a sua simples presença não o perturbasse em certos momentos, Forcheville respondeu àquela frase infeliz de Saniette com tal grosseria, pondo-se a insultá-lo, animando-se mais e mais, à medida que vociferava, com o espanto, a dor, as súplicas do outro, que o desgraçado, depois de perguntar à sra. Verdurin se devia ficar, e não tendo obtido resposta, se retirou balbuciando, com os olhos rasos d'água. Odette assistira impassível à cena, mas quando a porta se fechou atrás de Saniette, como que fazendo descer de vários graus a expressão habitual de seu rosto, para ficar no mesmo nível de baixeza com Forcheville, acendera nas pupilas um astuto brilho de congratulações pela audácia que ele tivera e de ironia para com a vítima; lançara-lhe um olhar de cumplicidade no mal, que tão bem queria dizer: "Isto sim que é uma execução benfeita, ou eu não entendo nada da coisa. Viu o ar penalizado dele? Até chorava", que Forcheville, quando seus olhos deram com aquele olhar, subitamente despojado da cólera ou da simulação de cólera que ainda o aquecia, sorriu e respondeu:

— Bastava-lhe ser amável, e ainda estaria aqui, mas uma boa correção pode ser útil em qualquer idade.

Um dia em que Swann saíra no meio da tarde para fazer uma visita, não tendo encontrado a quem procurava, teve a ideia de ir ver Odette naquela hora em que nunca ia visitá-la, mas em que sabia que ela se achava em casa a sestear ou a escrever cartas antes da hora do chá, e em que teria o prazer de vê-la um instante sem a perturbar. Disse-lhe o porteiro que a supunha em casa; tocou a campainha, julgou ouvir ruído, passos, mas não vieram abrir. Ansioso, irritado, dirigiu-se à ruazinha dos fundos e postou-se diante da janela do quarto de Odette; as cortinas impediam-no de ver o que quer que fosse, bateu com força nas vidraças, chamou; ninguém abriu. Viu que uns vizinhos o estavam olhando. Partiu, pensando que afinal de contas talvez se houvesse enganado ao pensar que ouvira passos; mas ficou tão preocupado que não podia pensar noutra coisa. Uma hora depois voltou. Encontrou-a; disse-lhe Odette que se achava em casa ainda há pouco quando ele tocara a campainha, mas estava dormindo; o chamado a despertara, tinha adivinhado que era Swann, acorrera ao seu encontro, mas ele já tinha partido. Ouvira também bater nas vidraças. Swann logo reconheceu naquilo um desses fragmentos de verdade que os mentirosos em aperto se consolam em intercalar na composição da falsidade que inventam, julgando que assim ganham alguma coisa e roubam a semelhança à Verdade. De fato, quando acabava de fazer alguma coisa que não queria revelar, Odette guardava-a muito bem no fundo de si mesma. Mas logo que se via em presença daquele a quem queria mentir, perturbava-se, as ideias lhe escapavam, suas faculdades de invenção e raciocínio ficavam paralisadas, e ela encontrava na cabeça apenas o vácuo;

mas era preciso dizer qualquer coisa, e eis que achava a seu alcance exatamente aquilo que pretendia dissimular e que, sendo verdadeiro, ali permanecera. Tirava-lhe então um pequeno fragmento, sem importância em si mesmo, pensando que afinal de contas seria melhor assim, pois era um detalhe falso. "Isso pelo menos é verdade", considerava ela, "é sempre uma vantagem, ele pode informar-se e verá que é verdade, não há de ser isso que me vai trair." Enganava-se, era exatamente aquilo que a traía; não advertia que aquele detalhe verdadeiro tinha ângulos que só podiam encaixar-se nos detalhes contíguos do fato verdadeiro de que imprudentemente o destacara e que, quaisquer que fossem os detalhes inventados entre os quais o colocasse, sempre revelariam, pela matéria excedente e os vazios não preenchidos, que não era ali o seu lugar. "Ela confessa que me ouviu tocar a campainha e depois bater à janela, e que supusera que era eu e tivera vontade de ver-me", dizia Swann consigo. "Mas isso não combina com o fato de não me haver recebido."

Mas não lhe fez notar essa contradição, pois pensava que Odette, entregue a si mesma, soltaria talvez alguma mentira que seria um débil indício da verdade; ela falava; ele não a interrompia, e ia recolhendo com uma piedade ávida e dolorosa aquelas palavras que ele bem sentia guardarem vagamente, como um véu sagrado (justamente porque Odette a ocultava atrás delas), a forma, e delinearem o impreciso modelado daquela realidade infinitamente preciosa e por desgraça inatingível: — o que fazia Odette às três horas quando ele chegara — e que jamais possuiria senão através daquelas mentiras, ilegíveis e divinos vestígios, e que só existia na recordação sonegadora daquela criatura que a contemplava sem saber apreciá-la, mas que não a revelaria. É claro que, por momentos, suspeitava que os atos cotidianos de Odette não eram por si mesmos arrebatadoramente interessantes, e que as relações que pudesse ter com outros homens não tresandavam naturalmente, de modo universal e para toda criatura pensante, uma tristeza mórbida, capaz de produzir a febre do suicídio. Compreendia então que esse interesse e essa tristeza só existiam no seu íntimo como uma doença e que, quando esta fosse curada, os atos de Odette, os beijos que ela tivesse dado se tornariam inofensivos como os de tantas outras mulheres. Mas que a dolorosa curiosidade que agora Swann lhes dedicava só tivesse causa em si mesmo, isso não era motivo para que achasse desarrazoado considerá-la importante e tudo envidar para satisfazê-la. É que Swann chegava a uma idade cuja filosofia — favorecida pela da época e também pela do ambiente em que tanto vivera, o daquele grupo da princesa Des Laumes, onde estava convencionado que se é inteligente na proporção em que de tudo se duvida e onde só se considerava como real e incontestável o gosto de cada um — já não era a filosofia da mocidade, mas uma filosofia positiva, quase medicinal, de homens que, em vez de exteriorizar o objeto de suas aspirações, tentam extrair dos anos transcorridos um resíduo fixo de hábitos, de paixões, que possam considerar característicos e permanentes, e aos quais procurarão antes de tudo satisfazer com o gênero de vida que adotam. Swann achava sensato aceitar na vida a parte de sofrimento que experimentava por ignorar o que Odette fizera, como aceitava a parte de agravamento que causava a seu eczema um clima úmido; aprazia-lhe calcular em seu orçamento uma soma disponível para obter dados relativos ao que fazia Odette, sem o que padeceria muito, da mesma forma que reservava dinheiro para outros gastos que lhe proporcionavam prazer, ao menos antes de enamorar-se, como o gosto das coleções e da boa cozinha.

Quando quis despedir-se de Odette para voltar, pediu-lhe ela que ficasse mais um pouco e até o reteve vivamente, pegando-lhe do braço, no momento em que ele ia abrir a porta para sair. Mas Swann não o notou, pois na multidão dos gestos, das palavras, dos pequenos incidentes que enchem uma conversação, é inevitável que passemos por alto, sem nada lhes notar que desperte a nossa atenção, aqueles que ocultam uma verdade que as nossas suspeitas procuram ao acaso, e que nos detenhamos ao contrário naqueles sob os quais nada existe. "É uma pena que tu, que nunca vens à tarde", repetia-lhe Odette todo o tempo, "eu não tenha podido ver-te exatamente quando vieste". Bem sabia Swann que Odette não se achava tão enamorada para que sentisse tamanho pesar por tal coisa, mas como ela era boa e gostava de lhe ser agradável e muitas vezes se entristecia quando lhe causava uma contrariedade, achou muito natural que agora também se entristecesse por havê-lo privado daquele prazer de passarem uma hora juntos, prazer que era tão grande, não para ela, mas para ele. Era no entanto uma coisa tão sem importância que Swann acabou por espantar-se com o ar doloroso de Odette. Lembrava-lhe assim, mais do que habitualmente, as mulheres do pintor da *Primavera*. Tinha em tal momento aquela mesma face abatida e dolorosa, como que sucumbindo ao peso de uma dor muito intensa para elas, simplesmente porque deixam o Menino Jesus brincar com uma romã ou veem Moisés deitar água numa tina.[57] Já lhe vira uma vez aquela tristeza mas não se lembrava quando. E, de súbito, lembrou-se: era quando Odette mentira à sra. Verdurin no dia seguinte ao daquele jantar a que não comparecera sob pretexto de doença e na realidade para ficar com ele, Swann. Nem que fosse a mais escrupulosa das mulheres, está visto que não poderia ter remorsos de mentira tão inocente. Mas as mentiras habituais de Odette eram menos inocentes e serviam para impedir descobertas que lhe trariam terríveis embaraços com os outros. Assim, quando mentia, cheia de medo, sentindo-se pouco armada para se defender, incerta do êxito, vinha-lhe a vontade de chorar, como acontecia a certas crianças que não dormiram. De resto, sabia que

---

57 Referência a dois quadros de Botticelli, *A Virgem do Magnificat* e *A Virgem com romã*, em que o Menino Jesus vem figurado brincando com uma romã. Já a cena de Moisés deitando água numa tina consta de um dos afrescos da Capela Sistina. [N. E.]

a sua mentira, em geral, prejudicava gravemente o homem a quem a diria e que, se mentia mal, iria ficar à sua mercê. Então se sentia ao mesmo tempo humilde e culposa perante ele. E quando tinha de pregar uma mentira insignificante e mundana, apresentava, por associação de sensações e lembranças, o mal-estar de uma estafa e o pesar de uma ação indecorosa.

Que deprimente mentira não estaria dizendo a Swann, para que tivesse aquele olhar doloroso, aquela voz queixosa, que pareciam abater-se sob o esforço que ela se impunha e implorar misericórdia? Swann teve a ideia de que não era apenas a verdade sobre o incidente da tarde que ela se esforçava por lhe ocultar, mas algo de mais atual, talvez ainda não sucedido e muito próximo, e que poderia esclarecê-lo quanto àquela verdade. Naquele momento, ouviu um toque de campainha. Odette não mais parou de falar, mas suas palavras eram apenas um gemido: o pesar de não ter visto Swann à tarde, de não ter aberto a porta, tornava-se um verdadeiro desespero.

Ouviu-se fechar a porta da rua e o ruído de um carro, como se alguma pessoa desse volta — provavelmente aquela que Swann não devia encontrar — e a quem havia dito que Odette não estava em casa. Pensando então que bastava ter vindo numa hora diversa da habitual para estorvar tantas coisas que Odette não desejava que ele soubesse, experimentou um sentimento de desânimo, quase de desespero. Mas como amava Odette, como tinha o hábito de lhe dirigir todos os seus pensamentos, a compaixão que poderia ter por si mesmo foi por ela que a sentiu, e murmurou: "Coitadinha!". Quando a deixou, tomou Odette várias cartas que tinha sobre a mesa e lhe pediu que as pusesse no correio. Swann levou-as e, uma vez chegado em casa, viu que ainda trazia as cartas consigo. Voltou até o correio e, antes de as lançar na caixa, leu os endereços. Eram todas para fornecedores, exceto uma para Forcheville. Conservava-a na mão. Dizia consigo: "Se a lesse, eu saberia como ela o chama, como lhe fala, se há alguma coisa entre os dois. Talvez que, não a lendo, até cometa uma indelicadeza para com Odette, pois é a única maneira de livrar-me de uma suspeita talvez caluniosa para ela, que em todo caso a faria sofrer e que nada poderia destruir depois de remetida a carta".[58]

Seguiu do correio para casa, mas levava consigo a última carta. Acendeu uma vela e aproximou-lhe o envelope, que não se atrevera a abrir. A princípio não pôde ler nada, mas o envelope era fino e, apertando-o contra o cartão que estava dentro, conseguiu, através da sua transparência, distinguir as últimas palavras. Era uma fórmula final bastante fria. Se em vez de ser ele que estava examinando uma carta para Forcheville fosse Forcheville que estivesse a ler uma carta dirigida a Swann, veria expressões muito mais ternas. Manteve imóvel o cartão que dançava no envelope demasiado grande; depois, fazendo-o descer com o polegar, foi trazendo sucessivamente as diferentes linhas até a parte do envelope que não era forrada, a única através da qual se podia ler.

Apesar disto, não distinguia direito. O que aliás não queria dizer nada, pois já vira o bastante para certificar-se de que se tratava de uma coisa sem importância e que nada tinha a ver com relações amorosas, qualquer coisa referente a um tio de Odette. Swann havia lido no começo da linha: "Fiz bem em", mas não compreendia o que poderia ser, quando uma palavra que antes não pudera decifrar se revelou de súbito, esclarecendo a frase inteira: "Fiz bem em abrir, era o meu tio". Fez bem em abrir! Então Forcheville lá se achava quando Swann tocara a campainha e ela o mandara embora; daí o ruído que ele ouvira.

Leu então toda a carta; no fim Odette se desculpava por ter agido sem-cerimônia com Forcheville e dizia-lhe que esquecera os seus cigarros em casa dela, a mesma coisa que tinha escrito a

---

[58] Com a morte de Swann, Forcheville se casará com Odette, que em meio à onda antissemita despertada pelo "Caso Dreyfus", adotará rapidamente o sobrenome do novo marido. [N. E.]

Swann depois de uma das suas primeiras visitas. Mas para Swann acrescentara: "Que pena não haver esquecido também o seu coração, mas este eu não o devolveria". Para Forcheville, nada disso, nenhuma alusão que desse a entender alguma intriga amorosa. A falar a verdade, o mais enganado naquilo tudo era Forcheville, pois Odette lhe escrevia para o persuadir de que o visitante era seu tio. Em suma, era ele, Swann, o homem a quem dava mais importância e por cuja causa havia despachado o outro. E no entanto, se nada havia entre Odette e Forcheville, por que não ter aberto imediatamente, por que dizer: "Fiz bem em abrir, era o meu tio"? E se Odette nada fazia de mal naquele momento, como é que o próprio Forcheville poderia explicar-se que ela não pudesse abrir-lhe a porta? Swann permanecia ali, desolado, confuso e no entanto feliz, diante daquele envelope que Odette lhe entregara sem receio, tão absoluta era a confiança que tinha na sua delicadeza, mas através de cuja transparente vidraça se lhe revelava, com o segredo de um incidente que jamais julgaria possível conhecer, um pouco da vida de Odette, como por uma estreita incisão luminosa aberta em pleno desconhecido. E depois, o seu ciúme se alegrava com aquilo, como se tivesse uma vitalidade independente, egoísta, faminto de tudo que o pudesse alimentar, embora à custa do próprio Swann. Agora aquele ciúme tinha um alimento, e Swann poderia começar a inquietar-se cada dia com as visitas que Odette recebera às cinco horas, a investigar onde se encontrava Forcheville a tal hora. Pois a ternura de Swann conservava o mesmo caráter que lhe imprimira desde o início tanto a ignorância em que se achava do emprego dos dias de Odette como a preguiça cerebral que o impedia de suprir a ignorância com a imaginação. No princípio não se sentiu enciumado de toda a vida de Odette, mas apenas dos momentos em que uma circunstância, talvez mal interpretada, o levara a supor que Odette pudesse tê-lo enganado. O seu ciúme, como um polvo que lança um primeiro, depois um segundo, depois um terceiro tentáculo, apegou-se solidamente àquele momento das cinco horas da tarde, depois a outro, a mais outro ainda. Mas Swann não sabia inventar seus sofrimentos. Estes não eram mais que a lembrança, que a perpetuação de um sofrimento vindo de fora.

Mas tudo o que vinha de fora lhe trazia novos sofrimentos. Pretendeu afastar Odette de Forcheville, levá-la por alguns dias para o sul. Mas supunha que Odette era desejada por todos os homens que se achavam no hotel, e que ela própria os desejava. De modo que ele, que outrora em viagem procurava relações novas, reuniões numerosas, viam-no agora selvagem, a fugir da sociedade dos homens como se o ferisse cruelmente. E como não ser misantropo, quando em todo homem via um possível amante de Odette? E assim o ciúme, mais do que o fizera a voluptuosa e risonha inclinação que sentia a princípio por Odette, alterava o caráter de Swann e mudava completamente, aos olhos dos Outros, até os aspectos exteriores pelos quais se manifestava esse caráter.

Um mês depois que lera a carta de Odette a Forcheville, Swann foi a uma ceia que os Verdurin ofereciam no Bois. Quando se preparavam para partir, notou conciliábulos entre a sra. Verdurin e vários convidados e julgou compreender que recomendavam ao pianista que não se esquecesse de uma reunião no dia seguinte em Chatou. Ora, ele, Swann, não fora convidado.

Os Verdurin só haviam falado a meia-voz e em termos vagos, mas o pintor, de certo distraído, exclamou:

— Não será preciso nenhuma luz e que ele toque a *Sonata ao luar* no escuro, para melhor se esclarecerem as coisas.[59]

Vendo a sra. Verdurin que Swann se achava a dois passos dali, tomou essa expressão em que o desejo de fazer calar o interlocutor e de conservar um ar inocente aos olhos daquele que ouve é neutralizada por uma nulidade intensa do olhar, onde o imóvel sinal de inteligência do cúmplice se dissimula sob os sorrisos do ingênuo, e

---

59 Sonata nº 2, opus 27, de Beethoven. [N. E.]

que enfim, comum a todos os que se apercebem de uma gafe, a revelam instantaneamente, se não àqueles que a cometem, pelo menos àquele que lhe serviu de objeto. Odette assumiu de súbito a expressão de uma desesperada que renuncia a lutar contra as esmagadoras dificuldades da vida, e Swann contava ansiosamente os minutos que o separavam do momento em que, depois de deixar aquele restaurante, durante o regresso de Odette, poderia pedir-lhe explicações, conseguir que ela não fosse no dia seguinte a Chatou, ou fizesse convidá-lo, e apaziguar em seus braços a angústia que sentia. Enfim chamaram os carros.

— Então, até breve, não é? — disse-lhe a sra. Verdurin, procurando impedir, com a amabilidade do olhar e a força do sorriso, que Swann notasse que ela não lhe dizia, como sempre fizera até então: "Amanhã em Chatou, depois de amanhã lá em casa".

O sr. e a sra. Verdurin fizeram Forcheville embarcar com eles. O carro de Swann achava-se atrás do carro do casal, cuja partida ele esperava para fazer Odette subir no seu.

— Odette, venha conosco — disse a sra. Verdurin —, temos aqui um lugarzinho para você, ao lado do senhor de Forcheville.

— Pois não — respondeu Odette.

— Como! Mas eu supunha que ia levá-la! — exclamou Swann, dizendo sem dissimulação as palavras necessárias, pois a portinhola estava aberta, os segundos eram contados, e ele não podia voltar sem ela no estado em que se achava.

— Mas a senhora Verdurin me pediu.

— Ora!, bem pode voltar sozinho, nós já a deixamos muitas vezes para o senhor — disse a sra. Verdurin.

— Mas é que eu tinha uma coisa importante a dizer-lhe.

— Então escreva-lhe depois.

— Adeus — disse Odette, estendendo-lhe a mão.

Ele tentou sorrir, mas tinha um ar aterrado.

— Viste as maneiras que Swann agora se permite conosco? — disse a sra. Verdurin ao marido logo que chegaram em casa. —

Pensei que ele ia devorar-me porque levávamos Odette. Palavra, é de uma inconveniência! É melhor que diga logo que temos uma casa de *rendez-vous*! Não compreendo como é que Odette suporta essas maneiras. Parece que ele está dizendo: você me pertence! Direi a Odette o meu modo de pensar, espero que ela compreenda.

Após um instante, acrescentou, colérica:

— Não se vê esse excomungado! — empregando sem saber, e talvez obedecendo à mesma obscura necessidade de justificar-se — como Françoise em Combray quando o frango não queria morrer —, as palavras que as últimas convulsões de um inofensivo animal agonizante arrancam ao camponês que o liquida.

E quando o carro da sra. Verdurin partiu e o de Swann avançou, o cocheiro, olhando-o, perguntou-lhe se ele não estava doente ou se lhe acontecera alguma coisa.

Swann despachou-o, queria caminhar, e voltar a pé, pelo Bois. Falava sozinho, em voz alta, e no mesmo tom um tanto artificial que adotara até então quando especificava os encantos do núcleo e exalçava a magnanimidade dos Verdurin. Mas da mesma forma que as palavras, os sorrisos, os beijos de Odette se lhe tornavam tão odientos quão deliciosos os achara, quando dirigidos a outros que não a ele, assim o salão dos Verdurin, que ainda há pouco lhe parecia divertido, a respirar um verdadeiro gosto pela arte e até mesmo uma espécie de nobreza moral, agora que era um outro, a quem Odette ia ali encontrar e amar livremente, lhe patenteava todos os seus ridículos, a sua estultice, a sua ignomínia.

Imaginava com desgosto a reunião da noite seguinte em Chatou. "E ainda mais essa ideia de ir a Chatou! Como lojistas que acabam de fechar o estabelecimento! Na verdade, essa gente é sublime de burguesia. Não devem existir realmente, com certeza saíram do teatro de Labiche!"

Estariam lá os Cottard, talvez Brichot. "Que coisa mais grotesca essa vida de indivíduos insignificantes que não podem viver uns sem os outros, que se julgariam perdidos, palavra, se não se encontrassem todos amanhã no *Chatou*!" Ah!, lá estaria também o pintor, o pintor que gostava de "fazer casamentos", que convidaria Forcheville para visitar com Odette o seu ateliê. Via Odette com um vestido muito luxuoso para uma reunião campesina, "pois ela é tão vulgar, a pobre pequena, e, antes de tudo, tão tola!!!".

Ouvia os gracejos que fazia a sra. Verdurin após a ceia, os gracejos que, quaisquer que fossem os "maçantes" que lhe serviam de alvo, sempre o haviam divertido porque via Odette rir-se, rir-se com ele, quase dentro dele. Agora sentia que era talvez dele que iam fazer rir a Odette. "Que alegria asquerosa!", dizia ele, dando à sua boca tão forte expressão de asco que ele próprio sentia a sensação muscular de seu ricto até no pescoço contorcido contra o colarinho. E como é que uma criatura cuja face é feita à imagem de Deus pode achar matéria para riso naqueles gracejos nauseabundos? Toda narina um pouco delicada se desviaria com horror para livrar-se de tais emanações. É verdadeiramente incrível pensar que uma criatura humana não possa compreender que, permitindo-se sorrir de um semelhante que lhe estendeu lealmente a mão, desce até um lamaçal de onde a melhor boa vontade do mundo jamais conseguirá reerguê-la. "Habito a muitos milhares de metros acima dos pântanos onde grulham e gralham essas misérias, para que possa ser salpicado pelas troças de uma Verdurin", exclamou, erguendo a cabeça e empertigando altivamente o busto. "Deus me é testemunha de como quis sinceramente retirar Odette de lá, e alçá-la a uma atmosfera mais nobre e mais pura. Mas a paciência humana tem limites, e a minha chegou ao fim", disse, como se aquela missão de arrancar Odette a uma atmosfera de sarcasmos datasse mais que de alguns minutos, e como se não se houvera imposto essa tarefa somente quando lhe ocorreu que poderia ser ele próprio o alvo de tais sarcasmos, que tinham por fim afastar Odette da sua intimidade.

Já via o pianista prestes a tocar a *Sonata ao luar* e os trejeitos da sra. Verdurin, assustada com o mal que a música de Beethoven ia causar a seus nervos; "Idiota, farsante!", exclamou ele. "E essa mulher julga amar a *Arte*." Ela diria a Odette, depois de lhe haver habilmente insinuado algumas louvaminhas a Forcheville, como tantas vezes fizera com ele: "Você vai reservar um lugarzinho a seu lado para o senhor de Forcheville". "E no escuro!, intrometida, alcoviteira!" "Alcoviteira" era o nome que dava também à música que os convidaria a se calarem, a sonhar juntos, a olharem-se, a entrelaçar as mãos. E dava razão à severidade contra as artes que demonstravam Platão, Bossuet, e a velha educação francesa.

Em suma, a vida que levavam nos Verdurin, e a que tantas vezes chamara "a verdadeira vida", lhe parecia a pior de todas e o seu pequeno núcleo o último dos ambientes. "É na verdade", dizia, "o que há de mais baixo na escala social, o último círculo de Dante. Não há dúvida de que o texto augusto não se refere aos Verdurin! No fundo, que grande sabedoria demonstram os aristocratas, dos quais se pode dizer muita coisa, mas que se recusam a conhecê-los, até mesmo a sujar com eles a ponta dos dedos! Que senso divinatório nesse *Noli me tangere* do bairro de Saint-Germain!"[60] Fazia tempo que deixara as alamedas do Bois, estava quase em casa, e, ainda acometido pela dor e a efusão de insinceridade, cuja embriaguez era abundantemente renovada a cada momento pelas entonações mentirosas e a sonoridade artificial da sua própria voz, continuava ele a perorar no silêncio da noite: "A gente da aristocracia tem os seus defeitos que ninguém reconhece melhor do que eu, mas afinal se trata de pessoas com quem são impossíveis certas coisas. Certa elegante que eu conheci estava longe de ser perfeita, mas ainda assim havia nela um fundo de delicadeza, uma lealdade de atitudes que a tornavam incapaz de uma felonia, acontecesse o que acontecesse, o que bastaria para colocar abismos entre ela e uma megera como a Verdurin. Verdurin! Que nome! Ah!, pode-se dizer que são

---

60 "Não me toque", palavras do Cristo ressuscitado a Maria Madalena. [N. E.]

completos, que são perfeitos no seu gênero! Graças a Deus, já era tempo de acabar com a minha condescendência em viver na promiscuidade de tais infâmias e baixezas".

Mas, assim como as virtudes que pouco antes atribuía aos Verdurin não bastariam, mesmo que verdadeiramente as possuíssem, sem a proteção e favor que eles prestavam a seus amores com Odette, para provocar em Swann aquela embriaguez em que se enternecia quanto à magnanimidade do casal, e que, embora propagada através de outras pessoas, só podia provir de Odette — a imoralidade, ainda que fosse real, que hoje encontrava nos Verdurin, seria impotente, se não tivessem convidado a Odette com Forcheville e sem ele, para desencadear a indignação de Swann e levá-lo a vergastar "aquela infâmia". E sem dúvida a sua voz era mais clarividente que ele próprio, quando se recusava a pronunciar aquelas palavras cheias de nojo pelo círculo dos Verdurin e da alegria de ter rompido com aquilo, a não ser num tom artificial e como se fossem escolhidas mais para aplacar a sua cólera que para expressar seu pensamento. Este, com efeito, enquanto Swann se entregava àquelas invectivas, estava provavelmente, sem que ele o notasse, ocupado com um objeto completamente diverso, pois, Swann, apenas chegou em casa, e logo que fechou o portão, bateu de súbito na testa e saiu de novo, exclamando desta vez com voz natural: "Parece que achei o meio de ser convidado amanhã para a reunião de Chatou!". Mas esse meio não devia ser bom, porque não o convidaram: o dr. Cottard que, chamado do interior para um caso urgente, passara vários dias sem ver os Verdurin e não pudera ir a Chatou, disse no dia seguinte ao daquela reunião, ao sentar-se à mesa com eles:

— Mas será que não veremos o senhor Swann esta noite? Ele é bem o que se chama um amigo pessoal do...

— Espero que não! — exclamou a sra. Verdurin. — Deus nos livre, ele é maçante, tolo e mal-educado.

Ante essas palavras, Cottard manifestou ao mesmo tempo o seu espanto e a sua submissão, como ante uma verdade contrária a tudo quanto acreditara até aquele instante, mas de uma evidência irresistível; e, baixando o nariz sobre o prato, com um ar emocionado e medroso, contentou-se em responder: "Ahah!-ah!-ah!-ah!", atravessando às arrecuas, numa retirada em boa ordem até o fundo de si mesmo, ao longo de uma escala descendente, todo o registro da sua voz. E nunca mais se falou de Swann na casa dos Verdurin.

E então aquele salão que reunira Odette e Swann se tornou um obstáculo a seus encontros. Ela já não lhe dizia como nos primeiros tempos de seus amores: "Em todo caso nos veremos amanhã à noite, há uma ceia nos Verdurin". Mas sim: "Não poderemos ver-nos amanhã à noite, há uma ceia nos Verdurin". Ou então os Verdurin deveriam levá-la à Ópera Cômica para ver *Uma noite de Cleópatra* e Swann lia nos olhos de Odette aquele medo de que lhe pedisse para não ir, que outrora ele não se conteria de beijar de passagem no rosto de sua amante e que agora o exasperava.[61] "No entanto", dizia para si mesmo, "não é cólera que eu experimento ao ver a vontade que ela tem de ir ciscar naquela música estercorária. E pesar, não por mim, mas por ela; pesar de ver que, depois de ter vivido mais de seis meses em contato cotidiano comigo, não pôde ela modificar-se o bastante para eliminar espontaneamente a Victor Massé! E sobretudo porque não chegou a compreender que há noites em que uma criatura de essência um tanto delicada deve saber renunciar a um prazer, quando lho pedem. Deveria saber dizer 'não vou', ao menos por inteligência, pois é pela sua resposta que se classificará, de uma vez por todas, a qualidade da sua alma". E persuadindo-se a si mesmo que era apenas para formar um juízo mais favorável sobre o valor espiritual de Odette que desejava que ela ficasse em sua companhia naquela noite, em vez de ir à Ópera Cômica, ele lhe expunha o mesmo raciocínio, talvez com o mesmo grau de insinceridade que a

---

61 Peça de Victor Massé, encenada no teatro da Ópera Cômica a partir de 1885. Odette deve estar provavelmente interessada em ir ver a peça porque ela passa a ser encenada após a morte do compositor. [N. E.]

si mesmo, e até num grau a mais, pois então também obedecia ao desejo de colhê-la pelo amor-próprio.

— Juro-te — dizia Swann, momentos antes que ela partisse para o teatro — que, ao pedir-te para não saíres, todos os meus votos, se eu fosse egoísta, seriam para que te recusasses, pois tenho mil coisas a fazer esta noite, e cairei eu próprio na armadilha e me aborrecerei se responderes, contra toda expectativa, que não irás ao teatro. Mas as minhas ocupações, os meus prazeres, não são tudo, eu devo pensar em ti. Pode chegar um dia em que, vendo-me para sempre desligado de ti, terás o direito de censurar-me por não te haver avisado nos momentos decisivos em que sentia que ia fazer a teu respeito um desses juízos severos a que o amor não resiste por muito tempo. Vês? *Uma noite de Cléopatra* (que título!) em nada concorre para a atual circunstância. O que importa saber é se és essa criatura que se acha no último degrau do espírito, e mesmo do encanto, a desprezível criatura que não é capaz de renunciar a um prazer. Então, se fores isso, como será possível amar-te, pois não és nem mesmo uma pessoa, um ser definido, imperfeito, mas ao menos perfectível? És uma água informe que corre segundo a vertente que lhe oferecem, um peixe sem memória e sem reflexão que, enquanto viver só no aquário, se chocará cem vezes por dia contra o vidro, que ele continuará a julgar que é água. Compreendes que a tua resposta, não digo que tenha por efeito que eu te deixe de amar imediatamente, está visto, mas te tornará menos sedutora a meus olhos quando eu tiver compreendido que não és uma pessoa, que estás abaixo de todas as coisas e não sabes colocar-te acima de nenhuma? Evidentemente, eu preferiria pedir-te como uma coisa sem importância que desistisses de *Uma noite de Cleópatra* (já que me obrigas a sujar os lábios com esse nome abjeto) embora esperando que fosses. Mas, resolvido a passar tudo a limpo, a tirar certas consequências da tua resposta, achei mais leal prevenir-te.

Fazia um momento que Odette dava mostras de emoção e incerteza. Se não compreendia o sentido daquele discurso, via que podia ser qualificado no gênero comum das lenga-lengas e cenas de reproches ou súplicas, e a experiência que tinha dos homens lhe permitia deduzir, sem atentar no detalhe das palavras, que não as diriam se não estivessem enamorados e, desde o momento em que estavam enamorados, era inútil obedecer-lhes, e ainda ficariam mais enamorados depois. E teria escutado Swann com a maior calma se não visse que passava a hora e que, por pouco que ele falasse ainda algum tempo, ela iria, como lhe disse com um sorriso terno, obstinado e confuso, "acabar perdendo a abertura!".

Outras vezes lhe dizia Swann que o motivo principal para que deixasse de querer-lhe seria a sua falta de empenho em renunciar à mentira. "Mesmo sob o simples ponto de vista da coqueteria, não compreendes o quanto perdes da tua sedução rebaixando-te a mentir? Quantas culpas não te seriam perdoadas por uma confissão? Na verdade és muito menos inteligente do que eu pensava!" Mas era em vão que Swann lhe expunha assim todas as razões que poderia ela ter para não mentir: poderiam tais razões destruir em Odette um sistema geral da mentira; mas Odette não tinha nenhum sistema; contentava-se apenas, sempre que desejava que Swann ignorasse algo que ela fizera, em não lho dizer. Assim, era a mentira, para ela, um expediente de ordem particular; e a única coisa que podia decidi-la a mentir ou não era também uma razão de ordem particular, a maior ou menor probabilidade de que Swann pudesse descobrir que não dissera a verdade.

Fisicamente, atravessava uma época ingrata: estava engordando; e o encanto expressivo e dolente, os olhares atônitos e sonhadores que tinha outrora pareciam haver desaparecido com a sua primeira juventude. De sorte que tão cara se havia tornado a Swann no momento, por assim dizer, em que precisamente a achava muito menos bonita. Contemplava-a longamente, procurando apreender o encanto que lhe conhecera, e não o encontrava. Mas saber que, sob aquela nova crisálida, era sempre Odette que ainda vivia, sempre aquele gênio fugaz, inatingível e enganoso, bastava para que Swann continuasse com o mesmo ardor na tarefa de captá-la. Olhava depois as fotografias de dois anos antes, e lembrava-se o quanto ela fora deliciosa. E isso o consolava um pouco de sofrer tanto por ela.

Quando os Verdurin a levavam a Saint-Germain, a Chatou, a Meulan, muitas vezes, se fazia bom tempo, propunham que todos pousassem ali mesmo, para regressar no outro dia. A sra. Verdurin procurava acalmar os escrúpulos do pianista, cuja tia ficara em Paris.

— Ela ficará encantada de se ver livre do senhor por um dia. E depois, como haveria de afligir-se, se sabe que está conosco? Aliás, assumo toda a responsabilidade.

Mas se não conseguia o seu intento, o sr. Verdurin saía a campo, descobria um posto telegráfico ou um mensageiro, e indagava quais eram os fiéis que tinham alguma pessoa a quem prevenir. Mas Odette agradecia-lhe, declarando que não tinha recado para ninguém, pois dissera de uma vez por todas a Swann que ficaria comprometida se lhe enviasse um despacho à vista de todos. Às vezes a ausência de Odette durava vários dias, os Verdurin a levavam para ver os túmulos de Dreux, ou para admirar, a conselho do pintor, os crepúsculos na floresta, e seguiam a excursão até o castelo de Pierrefonds.[62]

— E pensar que ela poderia visitar monumentos de verdade comigo, que passei dez anos estudando arquitetura e que seguidamente sou instado para acompanhar a Beauvais ou a Saint-Loup-de-Naud pessoas do mais alto valor e que só o faria por ela, e em vez disso ela vai, com os últimos dos brutos, extasiar-se ante as dejeções de Louis-Phillipe e as de Viollet-le-Duc! Não me parece que haja necessidade de ser artista para isso e, mesmo sem ter um olfato muito fino, não se escolhe ir veranear em latrinas para achar-se em melhores condições de cheirar excrementos.

---

[62] O castelo de Pierrefonds foi totalmente restaurado na época por Viollet-le-Duc. O castelo de Compiègne, construído no século XVIII, era dos lugares favoritos de Napoleão III. A capela Saint-Louis, em Dreux, em estilo neogótico, data do início do século XIX e contém os túmulos dos príncipes de Orléans. [N. E.]

Mas quando ela partia para Dreux ou Pierrefonds — e sem permitir que ele também fosse, como por acaso, porque "causaria um efeito deplorável", dizia ela — Swann mergulhava no mais apaixonante dos romances de amor, o guia das estradas de ferro, que lhe indicava os meios de ir ter com ela à tarde, à noite, naquela mesma manhã! Os meios? Mais até: a autorização. Pois afinal o guia e os próprios trens não eram feitos para cachorros. Se se comunicava ao público mediante impressos, que às oito da manhã partia um trem que chegava em Pierrefonds às dez, significava que ir a Pierrefonds era um ato lícito, para o qual se tornava supérflua a permissão de Odette; e era também um ato que podia ter qualquer outro motivo que não o desejo de encontrá-la, visto que pessoas que não a conheciam o efetuavam diariamente, em número suficiente para que valesse a pena aquecer as locomotivas.

Em suma, não podia ela impedi-lo de ir a Pierrefonds, se ele o quisesse! E sentia que tinha mesmo vontade de ir e que, se não conhecesse Odette, certamente iria. Fazia tempo que desejava formar uma ideia mais precisa dos trabalhos de restauração de Viollet-le-Duc. E com o tempo que fazia, experimentava o imperioso desejo de um passeio pela floresta de Compiègne.

E era muito pouca sorte que ela lhe vedasse o único lugar que hoje o tentava. Hoje! Se lá fosse, apesar da sua proibição, poderia vê-la *hoje* mesmo! O caso é que se encontrasse algum indiferente em Pierrefonds, Odette lhe diria alegremente: "Oh!, o senhor por aqui!", e o convidaria para visitá-la no hotel onde estava parando com os Verdurin, ao passo que se encontrasse, a ele, Swann, ficaria melindrada, pensando que fora seguida, e haveria de querer-lhe menos, e talvez desviasse o rosto com raiva, ao avistá-lo. "Então não tenho mais o direito de viajar!", diria-lhe ela na volta, quando afinal de contas era ele que já não tinha o direito de viajar!

Para ir a Compiègne e Pierrefonds sem que parecesse andar em busca de Odette, tivera a ideia de fazer com que o levasse um de seus amigos, o marquês de Forestelle, que tinha um castelo nas vizinhanças. Este, a quem comunicara o projeto sem dizer o motivo, não cabia em si de contente, e maravilhava-se de que Swann, pela primeira vez em quinze anos, consentisse afinal em visitar a sua propriedade, e embora, como dizia, não pretendesse demorar, prometeu ao menos que fariam excursões e dariam passeios juntos durante vários dias. Swann já se imaginava ali com o sr. de Forestelle. Mesmo antes de ver Odette, mesmo que não conseguisse vê-la, que felicidade a sua em pisar aquela terra onde, ignorando o local exato da sua presença no momento, sentiria palpitar por toda parte a possibilidade da sua repentina aparição: no pátio do castelo, que agora se lhe apresentava mais belo porque fora vê-lo por causa de Odette; em todas as ruas da cidade, que lhe parecia tão romanesca; em cada caminho da floresta, rosada por um profundo e suave pôr do sol — asilos inumeráveis e alternativos, aonde vinha simultaneamente refugiar-se, na incerta ubiquidade das suas esperanças, seu coração feliz, vagabundo e múltiplo. "Antes de tudo", diria ele ao sr. de Forestelle, "cuidamos de não topar com Odette e os Verdurin; acabo de saber que estão justamente hoje em Pierrefonds. A gente já tem muito tempo para se ver em Paris, não valeria a pena deixá-la para não poder dar um passo uns sem os outros." E o amigo não atinaria por que, uma vez que ali estivesse, mudaria ele vinte vezes de projeto, inspecionaria os refeitórios de todos os hotéis sem se decidir a sentar em nenhum daqueles onde no entanto não vira o rastro dos Verdurin, parecendo procurar o que pretendia evitar, e aliás evitando-o logo que o achasse, pois que, no caso de encontrar o pequeno grupo, se afastaria com afetação, satisfeito de ter visto Odette e de que Odette o tivesse visto, e principalmente que o tivesse visto sem se preocupar com ela. Mas qual! Odette logo adivinharia que era por ela que ele estava ali. E quando o sr. de Forestelle o procurasse para partir, ele lhe diria: "Não, não posso ir hoje a Pierrefonds, Odette lá está". E apesar de tudo, Swann sentia-se feliz em ver que, se dentre todos os mortais era o único que não tinha o direito de ir naquele dia a Pierrefonds, era por ser ele, para Odette, alguém muito diferente dos outros, o seu amante, e aquela restrição particular ao direito universal de livre circulação não passava de uma das formas daquela escravatura, daquele amor que lhe era tão caro. Decididamente, melhor seria não correr o risco de romper com ela, ter paciência, esperar que regressasse. E passava os dias inclinado sobre um mapa da floresta de Compiègne, como se fora o mapa do Sentimento, e rodeado de fotografias do castelo de Pierrefonds. Ao chegar o dia em que era possível o regresso de Odette, Swann reabria o indicador, calculava que trem poderia ela ter tomado e, caso o perdesse, quais os que ainda lhe restavam. Não saía de medo de perder um telegrama, não se deitava para o caso em que, chegando pelo último trem, desejasse ela dar-lhe uma surpresa no meio da noite. Justamente ouvia bater à porta da rua, parecia que tardavam em abrir, queria acordar o porteiro, punha-se à janela para chamar Odette se fosse ela mesma, pois apesar das recomendações que fora fazer mais de dez vezes pessoalmente na portaria, eram capazes de dizer que ele não estava em casa. Era um criado que regressava. Notava o incessante rodar dos carros, coisa a que jamais prestara atenção anteriormente. Escutava a cada um vir chegando de longe, aproximar-se, passar por sua porta sem deter-se e levar mais além uma mensagem que não era para ele. Esperava toda a noite, e inutilmente, porque os Verdurin haviam apressado o regresso e Odette se achava em Paris desde o meio-dia; não tivera a lembrança de avisar-lhe; não sabendo o que fizesse, passara a noite sozinha no teatro, fazia muito tempo que voltara para casa, e agora estava dormindo.

Era porque nem ao menos havia pensado nele. E esses momentos em que se esquecia até da existência de Swann eram mais úteis a Odette, melhor serviam para o prender a ela do que toda a sua coqueteria. Pois assim vivia Swann nessa dolorosa agitação que já fora assaz possante para provocar a eclosão de seu amor naquela vez em que não encontrara Odette nos Verdurin e passara toda a noite a procurá-la. E não tinha ele, como eu tive em

Combray na minha infância, dias felizes durante os quais se esquecem os sofrimentos que renascerão à noite. Os dias, Swann passava-os sem Odette; e às vezes pensava que deixar assim uma mulher tão bonita andar sozinha em Paris era tão imprudente como deixar um cofre cheio de joias no meio da rua. Indignava-se então contra todos os transeuntes como se fossem todos uns ladrões. Mas como a sua face coletiva e informe escapava à sua imaginação, não podia alimentar-lhe o ciúme. Aquilo exauria o pensamento de Swann, o qual, passando a mão pelos olhos, exclamava: "Seja o que Deus quiser", como aqueles que, depois de encarniçar-se em abarcar o problema da realidade do mundo exterior ou da imortalidade da alma, concedem ao cérebro cansado o alívio de um ato de fé. Mas sempre o pensamento da ausente se achava indissoluvelmente ligado aos atos mais simples da vida de Swann — almoçar, receber a correspondência, sair, deitar-se — pela própria tristeza que sentia em os cumprir sem ela, como essas iniciais de Felisberto, o Formoso, que Margarida da Áustria mandou entrelaçar às suas por toda parte na igreja de Brou, por causa do pesar que por ele sofria.[63] Certos dias, em vez de ficar em casa, ia almoçar num restaurante próximo cuja boa cozinha outrora apreciava e aonde só ia agora por uma dessas razões, ao mesmo tempo místicas e estapafúrdias, que se chamam romanescas: era que aquele restaurante (o qual ainda existe) tinha o mesmo nome da rua onde morava Odette: *Lapérouse*. Às vezes, quando ela fazia uma curta ausência, era só depois de muitos dias que se lembrava de lhe comunicar que já tinha voltado a Paris. E dizia-lhe muito simplesmente, sem mais tomar, como outrora, a precaução de se resguardar ao acaso com um farrapo arrancado à verdade, que acabava de chegar no mesmo instante, pelo trem da manhã. Essas palavras eram mentirosas: pelo menos para Odette eram mentiro-

---

[63] Igreja que Proust visitou em 1903, edificada sob as ordens de Margarida da Áustria (1480-1530) em memória de seu marido Filipe, o Belo (1480-1504). [N. E.]

sas e inconsistentes, pois não tinham, como se fossem verdadeiras, um ponto de apoio na lembrança da sua chegada à estação: achava-se até impedida de concebê-las no instante em que as dizia, pela imagem contraditória da coisa muito diversa que estava fazendo no momento em que alegava ter descido do trem. Mas no espírito de Swann, pelo contrário, essas palavras que não encontravam nenhum obstáculo vinham incrustar-se e tomar a irremovibilidade de uma verdade tão indubitável que, se um amigo lhe dizia ter viajado naquele mesmo trem e não ter visto Odette, supunha ele que era o amigo que se enganava no dia ou na hora, pois que a sua afirmação não se conciliava com as palavras de Odette. Essas palavras só lhe pareceriam mentirosas se ele de início já houvesse desconfiado de sua veracidade. Para julgar que ela mentia, a suspeita prévia era uma condição necessária. Era aliás também uma condição suficiente. Então tudo o que dizia Odette lhe parecia suspeito. Ouvia-a citar um nome? Era decerto um de seus amantes. Uma vez forjada essa hipótese, passava ele semanas a desolar-se; contratou até uma agência de informações para saber o endereço e o emprego de tempo do desconhecido que só o deixaria respirar quando houvesse partido em viagem, e que acabou por saber que era um tio de Odette falecido vinte anos antes.

 Embora Odette em geral não permitisse que Swann fosse ter com ela em lugares públicos, alegando que isso daria que falar, acontecia encontrarem-se às vezes numa reunião a que eram ambos convidados, em casa de Forcheville, do pintor, ou num baile de caridade num Ministério. Via-a, mas não se atrevia a ficar, por medo de irritá-la, parecendo que estivesse a espiar os prazeres que ela desfrutava com outros e que — enquanto regressava solitário, e ia deitar-se ansioso como eu próprio o faria alguns anos mais tarde nas noites em que ele ia jantar em nossa casa, em Combray — lhe pareciam ilimitados porque não lhes vira o fim. E vez por outra ele conheceu, naquelas noites, esse tipo de alegria que seríamos tentados a qualificar, não fora o choque que causa a brusca parada da inquietação, de alegrias tranquilas porque consistem num apaziguamento; fora passar um momento numa reunião em casa do pintor, e já se dispunha a partir; ali deixava Odette transformada numa brilhante desconhecida, no meio de homens a quem seus olhares e sua alegria, que não eram para ele, Swann, pareciam falar de alguma volúpia, que seria gozada ali ou alhures (talvez no "Baile dos Incoerentes", aonde temia que ela fosse depois[64]) e que lhe causava mais ciúme do que a própria união carnal, porque mais dificilmente a imaginava; já ia atravessar a porta do ateliê quando ouvia que o chamavam por estas palavras (que, despojando a festa daquele final que o assustava, a revestiam de retrospectiva inocência e tornavam a volta de Odette não mais uma coisa inconcebível e tremenda, mas grata e sabida, que ficaria junto a ele, ali no carro, como um pouco da sua vida cotidiana e que tiravam a Odette a sua aparência demasiado brilhante e alegre, mostrando que não era mais que um disfarce que vestira por um momento, e não em vista de misteriosos prazeres e do qual já estava cansada), estas palavras que Odette lhe lançava quando ele já se achava no umbral da porta: "Não quer esperar-me uns cinco minutos? Já vou embora, voltaríamos juntos e você me deixaria em casa".

É verdade que Forcheville, um dia, pedira para ser reconduzido ao mesmo tempo, mas como, chegando à porta de Odette, solicitara permissão para também entrar, Odette lhe respondera, designando Swann: "Ah!, isso depende deste senhor, peça a ele. Enfim, entre um momento, se quiser, mas não por muito tempo, pois lhe previno de que ele gosta de conversar tranquilamente comigo, e não aprecia muito que haja visitas quando vem. Ah!, se conhecesse a essa criatura como eu a conheço! Não é, *my love*, não é verdade que só eu é que o conheço bem?".

---

64. Baile público parisiense que teve início em 1885, sob iniciativa dos "Incoerentes", grupo de desenhistas que ridicularizava os pintores acadêmicos. [N. E.]

E Swann talvez ainda mais se comovia ao vê-la assim dizer-lhe em presença de Forcheville, não só aquelas palavras de ternura, de predileção, mas ainda certas críticas como: "Estou certa de que você ainda não respondeu a seus amigos quanto ao jantar de domingo. Não vá, se não quiser, mas ao menos seja cortês", ou: "Não deixou aqui, em todo caso, o ensaio sobre Vermeer para adiantá-lo um pouco amanhã? Que preguiçoso! Hei de fazê-lo trabalhar", o que provava que Odette estava a par de seus convites sociais e de seus estudos de arte e que na verdade tinham os dois uma vida só deles. E ao dizer-lhe tais coisas, Odette lhe dirigia um sorriso no fundo do qual ele a sentia inteiramente sua.

E então, nesses momentos, enquanto ela preparava laranjada, eis que de súbito, como quando um refletor mal regulado projeta primeiro em torno de um objeto, pela parede, grandes sombras fantásticas que vêm em seguida incidir e anular-se nele, dissipavam-se todas as ideias terríveis e movediças que formava a respeito de Odette, unindo-se ao corpo encantador que ele tinha ali diante de seus olhos. Tinha a repentina impressão de que aquela hora passada com Odette, à luz da lâmpada, não era talvez uma hora artificial para uso dele (destinada a mascarar essa coisa terrível e deliciosa em que incessantemente pensava sem poder imaginá-la bem, uma hora da verdadeira vida de Odette, da vida de Odette quando ele ali não se achava) como acessórios de teatro e frutas de cartão, mas era talvez uma hora mesmo da vida de Odette, e se ele ali não estivesse, ela teria fornecido a Forcheville a mesma poltrona, oferecendo-lhe não uma beberagem desconhecida, mas precisamente aquela laranjada; que o mundo habitado por Odette não era esse outro mundo espantoso e sobrenatural onde ele passava o tempo a situá-la e talvez só existisse em sua imaginação, mas o universo real, sem nenhuma especial tristeza, abrangendo aquela mesa onde poderia escrever e aquela bebida que lhe seria permitido saborear; todos aqueles objetos que contemplava não só com curiosidade e admiração, mas com gratidão igual, pois que, se o haviam livrado de seus sonhos ao absorvê-los, em compensação se haviam enriquecido com eles, mostrando-lhe a sua realização palpável, e interessavam seu espírito e assumiam relevo a seus olhos, ao mesmo tempo que lhe tranquilizavam o coração. Ah!, se o destino houvesse permitido que Odette e ele não tivessem mais que uma só morada, que Swann, estando em sua casa, estivesse também em casa dela, se, ao perguntar ao criado o que havia para o almoço, obtivesse em resposta o cardápio de Odette, se, querendo Odette dar uma volta de manhã pelo Bois de Boulogne, o seu dever de bom esposo o obrigasse a acompanhá-la, embora sem vontade, carregando-lhe a capa se fizesse muito calor, e se à noite, após o jantar, tivesse ela vontade de ficar em casa e fosse ele forçado a ficar ali junto dela, fazendo o que ela queria, então, todos os nadas da vida de Swann que lhe pareciam tão tristes assumiriam pelo contrário, pois ao mesmo tempo fariam parte da vida de Odette, mesmo os mais familiares, uma espécie de superabundante doçura e de misteriosa densidade, como aquela lâmpada, aquela laranjada, aquela poltrona que encarnavam tantos sonhos, que materializavam tantos desejos!

No entanto, parecia-lhe que aquilo cuja ausência lamentava era enfim uma atmosfera de calma, de paz, que não seria favorável ao seu amor. Quando Odette deixasse de ser para ele uma criatura sempre ausente, desejada, imaginária, quando o sentimento que ela lhe inspirava já não fosse aquela mesma misteriosa perturbação que lhe causava a frase da sonata, mas pura afeição e reconhecimento, quando se estabelecessem entre ambos relações normais que dariam fim à sua loucura e à sua tristeza, então por certo os atos da vida de Odette lhe pareceriam pouco interessantes em si mesmos — como já várias vezes o suspeitara, como, por exemplo, no dia em que lera através do envelope a carta endereçada a Forcheville. Considerando o seu mal com tanta sagacidade como se o tivesse inoculado em si mesmo para fazer-lhe o estudo, refletia que, quando estivesse curado, lhe seria indiferente o que Odette pudesse fazer. Mas do fundo de seu estado mórbido, por assim dizer, temia, como a morte, semelhante cura, que seria com efeito a morte de tudo o que ele atualmente era.

Depois daquelas noites de calma, aplacavam-se as suspeitas de Swann: bendizia a Odette, e, logo na manhã seguinte, mandava-lhe as mais belas joias, porque as atenções dela na véspera lhe haviam despertado ou gratidão, ou o desejo de vê-las renovarem-se, ou um paroxismo de amor que tinha necessidade de expandir-se.

Mas em outros instantes volvia-lhe o sofrimento, imaginava que Odette era amante de Forcheville e que, quando ambos o tinham visto, do fundo do landô dos Verdurin, no Bois, nas vésperas da reunião em Chatou a que não fora convidado, pedir-lhe em vão que voltasse com ele, com aquele ar de desespero que até o cocheiro observara, voltando depois sozinho e vencido, com certeza tivera Odette, para designá-lo a Forcheville e dizer-lhe: "Ele está furioso, hem!", o melhor olhar, brilhante, malicioso, baixo e disfarçado, que no dia em que este correra com Saniette da casa dos Verdurin.

Swann então a detestava. "Também eu sou um idiota", pensava ele, "pagando com o meu dinheiro o prazer dos outros. Bem fará ela em conter-se e não puxar muito pela corda, pois eu poderei não lhe dar mais nada, absolutamente. Em todo caso, renunciemos provisoriamente às gentilezas suplementares! E pensar que ainda ontem mesmo, como ela dissesse que tinha vontade de assistir à temporada de Bayreuth, cometi a asneira de propor-lhe alugar para nós dois um dos castelos do rei da Baviera, nas vizinhanças![65] E aliás ela não pareceu muito encantada, ainda não disse nem sim nem não; queira Deus que não aceite! Ouvir Wagner durante quinze dias com ela, que tanto se importa com Wagner como um peixe com uma maçã! Havia de ser muito divertido!". E como o seu ódio, tal qual o seu amor, tinha necessidade de manifestar-se e agir, comprazia-se em levar cada vez mais longe as suas venenosas

---

65 O rei Luís II da Baviera (1845-86) mandou construir alguns castelos no vale do Reno e o teatro (*Festspielhaus*) em que aconteceu o primeiro festival de Bayreuth, em 1876. [N.E]

imaginações, porque, graças às perfídias que atribuía a Odette, ainda mais a detestava e poderia, se fossem certas — o que procurava imaginar —, ter ensejo de puni-la e saciar nela a sua crescente cólera. Chegou até a supor que ia receber uma carta de Odette pedindo-lhe dinheiro para alugar aquele castelo perto de Bayreuth, mas prevenindo-o de que não poderia ir ali visitá-la, pois que ela prometera convidar Forcheville e os Verdurin.[66] Ah!, como desejaria que Odette tivesse tal audácia! Que alegria teria ele em recusar, em redigir a vingadora resposta, cujos termos se comprazia em escolher e enunciar em voz alta, como se de fato houvesse recebido a carta!

Pois foi isso mesmo o que aconteceu no dia seguinte. Escreveu-lhe Odette dizendo que os Verdurin e seus amigos haviam manifestado desejos de assistir àquelas representações de Wagner e que se ele tivesse a bondade de lhe enviar aquele dinheiro, poderia ela enfim, depois de tantas vezes recebida por eles, ter o prazer de convidá-los por sua vez. Dele, Swann, nenhuma palavra; estava subentendido que a presença dos Verdurin excluía a sua.

De modo que aquela terrível resposta que redigira palavra por palavra na véspera, sem esperança de utilizá-la, teria ele a alegria de dirigir a Odette. Ah!, bem compreendia que, com o dinheiro que ela possuía, ou que conseguiria facilmente, poderia mesmo alugar casa em Bayreuth, visto que o desejava, ela que não era capaz de distinguir entre Bach e Clapisson.[67] Em todo caso, seria obrigada a viver mais modestamente. Não teria como organizar cada noite (o que aconteceria se desta vez lhe enviasse algumas notas de mil francos) dessas finas ceias após as quais talvez tivesse a fantasia — que era bem possível ainda não lhe ocorrera — de cair nos braços de Forcheville. E ao menos aquela viagem detestada não seria ele, Swann, quem a pagaria! — Ah!,

---

66 As representações de *Parsifal*, de Wagner, em Bayreuth aconteceram em 1882. [N. E.]
67 Clapisson (1806-66) era compositor de óperas-cômicas. [N. E.]

se pudesse impedi-la, se ela torcesse um pé antes de partir, se o cocheiro que a levaria à estação consentisse, não importava por que preço, em levá-la para um lugar onde ficasse por algum tempo sequestrada, aquela mulher pérfida de olhar animado por um sorriso de cumplicidade dirigido a Forcheville, que era como Swann a via nas últimas quarenta e oito horas.

Mas essa aparência nunca durava muito; ao cabo de alguns dias aquele olhar brilhante e falso ia perdendo o fulgor e a duplicidade, aquela imagem de uma Odette execrada dizendo a Forcheville: "Como ele está furioso, hem!", começava a empalidecer, a apagar-se. Então, progressivamente reaparecia e elevava-se docemente brilhando, a face de outra Odette, daquela que também dirigia um sorriso a Forcheville, mas um sorriso em que não havia senão ternura para Swann, quando ela dizia: "Não demore muito, pois esse senhor não gosta que eu tenha visitas quando deseja estar junto de mim. Ah!, se conhecesse essa criatura como eu a conheço!", aquele mesmo sorriso que tinha para agradecer a Swann algum sinal da sua delicadeza que ela tanto prezava, algum conselho que lhe pedira numa das graves emergências em que só nele depositava confiança.

Perguntava-se então como pudera escrever a essa última Odette aquela carta ultrajante de que ela até então o julgara incapaz e que deveria tê-lo feito descer do lugar elevado, único, que conquistara por sua bondade e lealdade, no coração de Odette. Ia tornar-se-lhe menos caro, pois era por essas qualidades, que não encontrava nem em Forcheville nem em nenhum outro, que Odette o amava. Era por causa dessas qualidades que Odette tantas vezes lhe demonstrava uma gentileza que ele desprezava quando enciumado, porque não era um sinal de desejo e antes denotava afeto que amor, mas cuja importância começava a sentir à medida que o espontâneo alívio das suspeitas, acentuado muitas vezes pela distração que lhe trazia uma leitura de arte ou a conversa de um amigo, que tornava a sua paixão menos exigente quanto a reciprocidades.

Agora que, após essa oscilação, voltava naturalmente Odette ao lugar de onde a afastara por um instante o ciúme de Swann, ao ângulo de onde a achava encantadora, imaginava-a cheia de ternura, com um olhar de consentimento, e tão linda assim, que não podia deixar de avançar os lábios para ela, como se ali estivesse e a pudesse beijar; e, por aquele olhar encantador e bom, guardava-lhe tanta gratidão como se ela acabasse de lho dirigir realmente, e não apenas a sua imaginação que o pintara naquele momento para satisfazer o seu desejo.

Que desgosto deveria ter-lhe causado! Por certo achava razões válidas para se ressentir com Odette, mas essas razões não lhe inspirariam rancor se não a amasse tanto. Não tivera queixas igualmente graves de outras mulheres, às quais de bom grado prestaria hoje serviços, sem lhes ter ódio algum, exatamente porque as deixara de amar? Se algum dia devera encontrar-se na mesma situação de indiferença para com Odette, compreenderia que só o ciúme lhe fizera achar alguma coisa de atroz, de imperdoável, naquele desejo, tão natural no fundo, proveniente de um pouco de infantilidade e também de certa delicadeza d'alma, de poder por seu turno, já que se apresentava a ocasião, retribuir as gentilezas dos Verdurin, fazer o papel de dona de casa.

Voltava àquele ponto de vista — contrário ao do amor e do ciúme e no qual às vezes se colocava por uma espécie de equidade intelectual e para atender às diversas probabilidades — sob o qual procurava julgar Odette como se nunca a tivesse amado, como se fosse para ele uma mulher como as outras, como se a vida de Odette, logo que ele se achava ausente, não fosse muito outra, tramada às ocultas dele, urdida contra ele.

Por que julgava que Odette lá desfrutaria, com Forcheville ou com outros, arrebatadores prazeres que não conhecera junto dele e que eram pura invenção do ciúme? Em Bayreuth, como em Paris, se Forcheville pensasse nele só poderia ser como em alguém de grande importância na vida de Odette, a quem seria obrigado a ceder o lugar quando se encontrassem os dois em casa dela. Se Forcheville e Odette consideravam um triunfo estarem em Bayreuth contra a vontade dele, era ele próprio o culpado ao procurar em vão impedi-la de ir, ao passo que se houvesse aprovado o projeto de Odette, aliás defensável, ela pareceria lá estar a conselho seu, sentir-se-ia enviada, alojada por ele, e o prazer que teria em hospedar àquela gente que tantas vezes a hospedara, era a Swann que o devia agradecer.

E — em vez de partir estremecida com ele, sem o rever, — se lhe enviasse aquele dinheiro, se a animasse àquela viagem e se empenhasse em lha tornar agradável, Odette acorreria, feliz, reconhecida, e ele sentiria essa alegria de a ver que não experimentava há uma semana e que nada podia substituir. Pois logo que podia imaginá-la sem horror, que revia a bondade em seu sorriso, e o ciúme não acrescentava a seu amor o desejo de arrebatá-la a qualquer outro, esse amor se tornava de novo um gosto pelas sensações que lhe dava a pessoa de Odette, pelo prazer que tinha em admirar como um espetáculo, ou interrogar como um fenômeno, o erguer-se de um de seus olhares, a formação de um de seus sorrisos, a emissão de uma entonação de sua voz. E esse prazer, diferente de todos os outros, acabara por criar em Swann uma necessidade dela que só ela podia aplacar com sua presença ou suas cartas, quase tão desinteressada, quase tão artística, tão perversa, como a outra necessidade que caracterizava aquele novo período da vida de Swann, em que, à secura dos anos anteriores, sucedera uma espécie de plenitude espiritual, sem que ele soubesse mais a que devia aquele inesperado enriquecimento de sua vida interior do que uma pessoa de saúde delicada, que a partir de certo momento se fortalece, engorda e parece encaminhar-se para uma cura definitiva; essa outra necessidade, que também se desenvolvia fora do mundo real, era a de ouvir, de conhecer música.

Assim, pela própria química de seu mal, depois que fabricara ciúme com o seu amor, recomeçava a fabricar ternura, piedade para com Odette. De novo se tornara a Odette encantadora e boa. Sentia remorsos de ter sido duro com ela. Queria que Odette se lhe aproximasse, mas desejava proporcionar-lhe antes algum prazer, para ver a gratidão modelar o seu rosto e esboçar o seu sorriso.

Assim, segura de o ver de volta após alguns dias, tão terno e submisso como antes, a pedir-lhe reconciliação, Odette ia tomando o hábito de não mais temer desagradar-lhe e até mesmo de o irritar, e recusava-lhe, quando lhe parecia cômodo, os prazeres de que ele mais fazia questão.

Talvez não soubesse o quanto ele fora sincero durante a briga, ao dizer-lhe que não lhe mandaria dinheiro e procuraria fazer-lhe todo o mal possível. Talvez tampouco soubesse da sua sinceridade, se não com ela, pelo menos consigo mesmo, em outros casos em que, em prol do futuro da sua ligação, para mostrar a Odette que era capaz de passar sem ela, havendo sempre possibilidade de um rompimento, resolvia Swann passar algum tempo sem visitá-la.

Às vezes era após alguns dias em que ela não lhe causara nenhum cuidado novo; e como sabia que das suas próximas visitas não poderia tirar nenhum grande júbilo, mas provavelmente algum desgosto que poria fim à calma em que se encontrava, escrevia-lhe que, estando muito ocupado, não poderia vê-la em nenhum dos dias que lhe prometera. Mas sucedia que uma carta dela, cruzando-se com a sua, vinha precisamente pedir-lhe que adiasse um encontro. Ele se perguntava por que, volviam-lhe as suspeitas e o sofrimento. Já não podia manter, no novo estado de agitação em que se encontrava, a decisão que tomara no estado anterior de calma relativa, e corria à casa de Odette, exigindo ser recebido em todos os dias seguintes. E mesmo que ela não lhe escrevesse em primeiro lugar, se apenas respondia, aquiescendo ao seu pedido de uma curta separação, isso bastava para que ele já não pudesse ficar sem vê-la. Pois, contrariamente aos cálculos de Swann, o consentimento de Odette transformara tudo em seu íntimo. Como todos os que possuem uma coisa, Swann, para ver o que aconteceria se deixasse um momento de possuí-la, tirara essa coisa de seu espírito, ali deixando tudo o mais no mesmo estado de quando ela ali estava. Ora, a ausência de uma coisa não é apenas isso, não é uma simples falta parcial, é um transtorno de todo o resto, é um estado novo que não se pode prever no antigo.

Mas outras vezes pelo contrário — quando Odette estava prestes a partir em viagem — era depois de uma querela por ele pretextada que Swann resolvia não lhe escrever nem visitá-la antes de seu regresso, dando assim as aparências e as vantagens de um rompimento sério, que ela talvez julgasse definitivo, a uma separação cuja maior parte era inevitável por causa da própria viagem e que ele apenas fazia começar um pouco mais cedo. Já imaginava Odette inquieta, aflita, por não haver recebido nem visita nem carta, e essa imagem, acalmando-lhe o ciúme, lhe tornava fácil desabituar-se de vê-la. Sem dúvida, por momentos, bem no extremo de seu espírito, para onde o afastava a sua resolução, graças a todo o espaço interposto das três semanas de separação aceita, era com prazer que considerava a ideia de que veria Odette em seu regresso: mas também era com tão pouca impaciência que começava a indagar consigo se não duplicaria voluntariamente a duração de uma abstinência tão fácil. E essa ausência datava apenas de três dias, muito menos tempo do que às vezes passava sem ver Odette, e sem premeditação como agora. E, no entanto, eis que uma leve contrariedade ou mal-estar físico — levando-o a considerar o momento presente como um momento excepcional, fora da regra, em que a própria prudência aceitaria o sossego que traz um prazer e daria tréguas à vontade, até o retorno útil do esforço — suspendia a atividade desta, que deixava de exercer a sua pressão; ou ainda menos que isso, a lembrança de alguma coisa que se esquecera de perguntar a Odette, se ela escolhera a cor de que pretendia mandar pintar o seu carro, ou, tratando-se de valores da Bolsa, se queria ações comuns ou especiais (seria muito bonito mostrar-lhe que podia passar sem vê-la, mas, se depois disso fosse preciso repintar o carro ou as ações não dessem dividendo, nada teria adiantado), então, como um elástico distendido que se solta, ou como o ar que se escapa de uma máquina pneumática que se entreabre, a ideia de tornar a vê-la, das distâncias onde se mantinha, saltava para o campo do presente e das possibilidades imediatas.

Voltava sem mais encontrar resistência, e tão irresistível que a Swann lhe doía menos ver passarem de um em um os quinze dias que tinha de ficar separado de Odette, que os dez minutos que esperava enquanto o cocheiro atrelava o carro que o levaria à casa dela e que ele passava em transportes de impaciência e de alegria, e retomava mil vezes com ternura aquela ideia de tornar a vê-la que, em tão brusca reviravolta, exatamente quando a julgava tão longe, ali de novo se achava, na sua mais próxima consciência. É que desaparecera como obstáculo o desejo de lhe resistir imediatamente, que não mais existia em Swann, desde que havia provado a si mesmo — pelo menos o supunha — que lhe era tão fácil, e não via mais nenhum inconveniente em adiar uma tentativa de separação, agora que estava certo de levá-la a efeito quando bem quisesse. Era que também essa ideia de a rever lhe voltava tocada de uma novidade, de uma sedução, dotada de uma virulência que o hábito desgastara, mas que se haviam retemperado naquela privação, não de três dias, mas de quinze (pois a duração de uma renúncia deve ser calculada antecipadamente conforme o termo fixado) e, do que até então fora um prazer previsto que facilmente se sacrifica, fizera uma felicidade inesperada a que não se tem forças de resistir. E além disso, voltava embelezada pela ignorância em que estava Swann do que poderia ter pensado ou feito Odette ao ver que não lhe dera sinal de existência, de modo que o que ele ia encontrar era a apaixonante revelação de uma Odette quase desconhecida.

Mas Odette, da mesma forma que julgara apenas uma farsa a sua recusa em fornecer dinheiro, não via senão um pretexto no informe que Swann lhe vinha pedir sobre a pintura do carro ou a compra de títulos. Pois não sabia reconstituir as diversas fases da crise que ele atravessava e, na ideia que formava a seu respeito, olvidava incluir seu mecanismo, só acreditando naquilo que de antemão conhecia, isto é, a fatal, infalível e sempre idêntica conclusão. Ideia incompleta — e talvez tanto mais profunda — se considerada do ponto de vista de Swann, que devia julgar-se incompreendido de Odette, como um morfinômano ou um tuberculoso, persuadido o primeiro de que fora detido por um acontecimento exterior no momento em que ia livrar-se de seu inveterado hábito, e o outro por uma indisposição acidental no momento em que ia enfim restabelecer-se, se sentem incompreendidos pelo médico, que não dá a mesma importância a essas pretensas contingências, meros disfarces, segundo ele, de que se reveste o vício ou o estado mórbido para se tornarem de novo sensíveis aos enfermos, e que na realidade não cessaram de pesar incuravelmente sobre eles, enquanto se deixavam embalar em sonhos de regeneração ou de cura. E de fato, chegara o amor de Swann a esse estado em que o médico e, em certas afecções, o cirurgião mais audacioso, se perguntam se privar um doente de seu vício, ou tirar-lhe o seu mal, será ainda razoável ou mesmo possível.

Por certo que Swann não tinha consciência direta da extensão daquele amor. Quando procurava medi-lo, acontecia-lhe às vezes que lhe parecia diminuído, quase reduzido a nada; por exemplo, o pouco de gosto, quase o desgosto, que lhe haviam inspirado, antes de amar Odette, os seus traços acentuados, a sua pele sem frescura, e que tornava a sentir alguns dias. "Na verdade há um sensível progresso, pensava ele no dia seguinte; bem considerando as coisas, eu ontem não sentia quase nenhum prazer em estar no seu leito, é curioso como até a achava feia." E sem dúvida era sincero, mas o seu amor estendia-se muito além das regiões do desejo físico. A própria pessoa de Odette não ocupava nele um lugar considerável. Quando dava com os olhos no retrato de Odette sobre a mesa, ou quando ia vê-la, tinha dificuldade em identificar a figura de carne ou de cartão com a dolorosa e constante perturbação que o habitava.

Dizia-se quase com espanto: "É ela!", como se de súbito nos mostrassem exteriorizada ante os olhos uma de nossas doenças e não a achássemos semelhante ao que sofremos. "Ela", tentava Swann perguntar o que era; pois há uma semelhança entre o amor e a morte, mais do que essas tão vagas que se repetem sempre: a de fazer-nos interrogar mais fundo, no medo de que nos fuja a sua essência, o mistério da personalidade. E aquela doença que era o amor de Swann de tal modo se multiplicara, estava tão estreitamente ligada a todos os hábitos de Swann, a todos os seus atos, a seu pensamento, a sua saúde, a seu sono, a sua vida, até ao que ele desejava após a morte, era de tal sorte um só todo com ele, que não lho poderiam arrancar sem o destruir quase por completo: como se diz em cirurgia, o seu amor não era mais operável.

De tal modo havia aquele amor desligado Swann de todos os interesses que, quando voltava por acaso à sociedade, considerando que suas relações, como um engaste elegante que ela aliás não saberia exatamente apreciar, podiam realçá-lo um pouco aos olhos de Odette (e isso com efeito poderia ser verdade se essas relações não fossem aviltadas por aquele mesmo amor que por Odette depreciava todas as coisas em que ele tocava, pelo fato de que parecia proclamá-las menos preciosas), ali experimentava, junto com o desamparo de estar em lugares e com pessoas que ela não conhecia, o prazer desinteressado que lhe daria um quadro ou um romance onde estão pintados os divertimentos de uma classe ociosa; tal como, em casa, se comprazia a considerar o funcionamento da sua vida doméstica, a elegância de seu guarda-roupa e da sua criadagem, a boa colocação do seu dinheiro, da mesma forma que ler em Saint-Simon, um de seus autores prediletos, a mecânica dos dias, a especificação das refeições de Madame de Maintenon,[68] ou a ponderada avareza e a

---

[68] Nova reiteração do apego de Swann à obra do duque de Saint-Simon. Nas *Memórias* do duque há, com efeito, todo um capítulo intitulado "A mecânica, vida particular e conduta de Madame de Maintenon". [N. E.]

magnificência de Lulli. E na parca medida em que esse desprendimento não era absoluto, a razão desse prazer novo que experimentava Swann consistia em emigrar um momento para as raras partes de si mesmo ainda estranhas ao seu amor e à sua pena. Sob esse aspecto, essa personalidade, que lhe atribuía minha tia-avó, de "filho de Swann", distinta de sua personalidade mais individual de Charles Swann, era aquela em que melhor se comprazia agora. No dia do aniversário da princesa de Parma, em que quisera remeter-lhe umas frutas (porque ela podia ser indiretamente útil a Odette, conseguindo convites para espetáculos de gala e comemorações), e não sabendo como encomendá-las, encarregara disso uma prima de sua mãe que, encantada de lhe prestar um serviço, lhe escrevera comunicando que não adquirira todas as frutas no mesmo local, mas as uvas em Crapote, pois são a sua especialidade, os morangos em Jauret, as peras em Chevet,[69] onde eram mais bonitas etc., "cada fruta olhada e examinada uma a uma por mim". E com efeito, pelos agradecimentos da princesa, pudera avaliar a fragrância dos morangos e a macieza das peras. Mas principalmente o "cada fruta olhada e examinada uma a uma por mim" fora um alívio à sua pena, levando-lhe a consciência para uma região a que raramente se dirigia, embora pertencesse a ele de direito, na qualidade de herdeiro de uma família de rica e sólida burguesia em que se haviam conservado hereditariamente, prestes a serem postos a seu serviço logo que o desejasse, o conhecimento dos "bons endereços" e a arte de bem fazer uma encomenda.

Na verdade de há muito esquecera que era "um Swann" para que não sentisse, quando voltava a sê-lo por um momento, um prazer mais vivo do que aqueles que poderia experimentar no resto do

---

69 Menção de três mercados de frutas: o Crapote, situado na rua Le Peletier, o Jauret, dentro do mercado Saint-Honoré, perto da avenida da Ópera, e o Chevet, na galeria de Chartres do Palais-Royal, todos os três localizados na chamada "margem direita" (*"rive droite"*) parisiense. [N. E.]

tempo e de que já se achava enfastiado; e se a amabilidade dos burgueses, para os quais ele permanecera principalmente um Swann, era menos viva que a da aristocracia (mas por outro lado mais lisonjeira, porque neles, ao menos, nunca se separa da consideração), uma carta de uma alteza, alguns divertimentos principescos que esta lhe propusesse, não lhe podia ser tão agradável como a que lhe pedia para ser testemunha, ou simplesmente para assistir a um casamento na família de velhos amigos de seus pais, alguns dos quais tinham continuado relações com ele — como o meu avô, que no ano precedente o convidara para o casamento de minha mãe — e outros que mal o conheciam pessoalmente, mas se julgavam em obrigação de polidez para com o filho, o digno sucessor do falecido senhor Swann.

Mas, pelas intimidades já antigas que tinha entre eles, os membros da aristocracia, em certa medida, faziam parte de sua casa e da sua família. Sentia, ao considerar suas brilhantes amizades, o mesmo apoio exterior, o mesmo conforto que em olhar as belas terras, a bela prataria, o belo jogo de mesa que lhe viera dos seus. E o pensamento de que, se tombasse em casa acometido de um ataque, seria muito naturalmente ao duque de Chartres, ao príncipe de Reuss, ao duque de Luxemburgo e ao barão de Charlus[70] que o seu criado correria a avisar, trazia-lhe o mesmo consolo que à nossa velha Françoise o saber que seria amortalhada em finos lençóis da sua propriedade, marcados, não cerzidos (ou tão habilmente que isso poderia dar mais elevada ideia da costureira), mortalha de cuja frequente imagem auferia certa satisfação, se não de bem-estar, ao menos de amor-próprio. Mas sobretudo, como em todos os seus pensamentos e atos relativos a Odette, era Swann constantemente dominado e dirigido pelo inconfessado sentimento de que ele não lhe era talvez menos caro, mas menos

---

70 Nova mistura proustiana de três nomes reais e da personagem fictícia, o barão de Charlus. [N. E.]

agradável de ver que qualquer outro, que o mais aborrecido fiel dos Verdurin — quando se transladava a um mundo onde era considerado o homem distinto por excelência, que tudo faziam por atrair, que se desolavam de não ver, e voltava a acreditar na existência de uma vida mais feliz, quase a experimentar-lhe o desejo, como acontece a um enfermo acamado desde meses, em dieta, que lê no jornal o cardápio de um almoço oficial ou o anúncio de uma excursão à Sicília.

Se se via obrigado a apresentar escusas aos amigos da aristocracia por não lhes fazer visitas, era exatamente de a visitar que procurava escusar-se com Odette. E essas visitas, ele ainda as pagava (perguntando-se no fim do mês, por pouco que houvesse abusado da paciência de Odette, indo vê-la com frequência, se seria suficiente remeter-lhe quatro mil francos), e para cada uma procurava um pretexto: um presente a dar-lhe, uma informação de que ela precisava, o sr. de Charlus, a quem encontrara na rua a caminho da casa de Odette e que exigira que o acompanhasse. E quando não tinha pretexto algum, pedia ao sr. de Charlus que fosse à casa dela e lhe dissesse espontaneamente, durante a conversa, que tinha de dizer alguma coisa a Swann e que ela, Odette, fizesse o favor de mandar chamá-lo; mas no mais das vezes Swann esperava em vão e o sr. de Charlus lhe dizia à noite que o seu estratagema fracassara. De modo que Odette, além de se ausentar agora com frequência, poucas vezes o via quando estava em Paris, e ela que, quando o amava, lhe dizia: "Estou sempre livre" e "Que me importa a opinião dos outros?", agora, de cada vez que Swann desejava vê-la, invocava as conveniências ou pretextava ocupações. Quando Swann falava de ir a uma festa de caridade, a uma *vernissage,* a uma estreia onde Odette estivesse, ela lhe dizia que ele desejava proclamar a sua ligação, que a tratava como a uma mulher airada. A tal ponto que, para não se ver em toda parte privado de encontrá-la, Swann, que sabia que Odette conhecia e estimava muito a meu tio-avô Adolphe, de que ele próprio fora amigo, foi visitá-lo um dia em seu pequeno apartamento da rua de Bellechasse, a fim de lhe pedir que usasse da sua influência junto a Odette. Como Odette, sempre que falava a Swann de meu tio, tomava uns ares poéticos, dizendo: "Ah!, ele não é como tu; é uma coisa tão bela, tão grande, tão bonita, a sua amizade por mim! Não haveria de ser ele que me considerasse tão pouco para querer mostrar-se comigo em todos os lugares públicos", Swann ficou embaraçado e não sabia a que tom devia alçar-se para falar dela a meu tio. Estabeleceu de entrada a excelência *a priori* de Odette, o axioma da sua supra-humanidade seráfica, a revelação de suas virtudes indemonstráveis e cuja noção não podia derivar da experiência. "Quero falar-lhe. Bem sabe que mulher acima de todas as outras mulheres, que criatura adorável, que anjo é Odette. Mas bem sabe também o que é a vida de Paris. Nem todos conhecem Odette pelo mesmo prisma em que nós dois a conhecemos. Há então quem ache que eu desempenho um papel um tanto ridículo; sucede que nem ao menos ela quer permitir que nos encontremos fora, no teatro. Não poderia o senhor, em quem ela confia tanto, dizer-lhe algumas palavras em meu favor, e assegurar-lhe que ela exagera o mal que lhe pode causar uma saudação minha?"

Meu tio aconselhou Swann que passasse algum tempo sem ver Odette, que com isso apenas poderia amá-lo ainda mais, e a Odette que deixasse Swann encontrá-la onde ele bem quisesse. Alguns dias depois, dizia Odette a Swann que acabava de ter uma decepção ao ver que meu tio era igual a todos os homens: tinha tentado possuí-la à força. Ela acalmou Swann, que no primeiro momento queria ir provocar meu tio. Mas, da primeira vez que o encontrou, Swann recusou-se a apertar-lhe a mão. E tanto mais lamentou esse rompimento com meu tio Adolphe, porquanto desejava, se o revisse algumas vezes e pudesse conversar confiadamente com ele, tirar a limpo certos rumores relativos à vida que Odette levara antigamente em Nice. Era em Nice que meu tio Adolphe passava o inverno. E Swann pensava que talvez fosse lá que ele conhecera Odette. O pouco que escapara a alguém, diante dele, relativamente a um homem que teria sido amante de Odette, abalara profundamente a Swann. Mas as coisas que ele, antes de conhecê-las, teria achado mais terríveis de saber e mais impossíveis de acreditar, uma vez que as sabia, ficavam incorporadas para sempre à sua tristeza, admitia-as, não mais poderia compreender que não tivessem acontecido. Somente que cada uma vinha dar, à ideia que tinha da sua amada, um retoque inapagável. Julgou até compreender, certa vez, que essa leviandade de costumes que não suspeitara em Odette era bastante conhecida, e que em Bade e em Nice, quando ali costumava passar vários meses, ela adquirira uma espécie de notoriedade galante. Procurou aproximar-se de certos farristas, para interrogá-los; mas estes sabiam que ele conhecia Odette; e depois, tinha medo de os fazer pensar de novo nela, de os pôr no seu encalço. Mas ele, a quem até então nada pareceria tão fastidioso como tudo quanto se referisse à vida cosmopolita de Bade ou de Nice, ao saber que Odette levara uma vida livre nessas cidades de prazer, sem que devesse jamais descobrir se era unicamente para atender a necessidades de dinheiro que, graças a ele, ela não mais sofria, ou devido a caprichos que podiam renovar-se, inclinava-se agora com uma angústia impotente, cega e vertiginosa para o abismo sem fundo onde se haviam sumido aqueles anos do princípio do Septenato,[71] durante os quais se passava o inverno no Passeio dos Ingleses, o verão sob as tílias de Bade, e achava-lhes uma dolorosa mas esplêndida profundeza como a que lhes teria emprestado um poeta; e ter-se-ia aplicado em reconstituir os pequenos fatos da crônica da Côte d'Azur de então, se pudesse ajudá-lo a compreen-

---

71 O Septenato refere-se à lei votada em novembro de 1873, prolongando por mais sete anos o mandato de Presidência de Mac-Mahon, que, entretanto, acaba renunciando em 1879. [N. E.]

der alguma coisa do sorriso ou dos olhares — no entanto tão honestos e tão simples — de Odette, com mais paixão do que o esteta que interroga os documentos subsistentes da Florença do século XV, a ver se penetra mais avante na alma da Primavera, da Bella Vanna, ou da Vênus, de Botticelli.[72] Muitas vezes, sem nada lhe dizer, olhava-a pensativo. "Que ar triste tens tu!", dizia-lhe Odette. Não fazia muito tempo que, da ideia de que ela era uma criatura boa, análoga às melhores que conhecera, passara à ideia de que era uma mulher sustentada; inversamente lhe acontecera depois voltar, da Odette de Crécy, talvez por demais conhecida dos gozadores, dos homens galantes, àquele rosto de uma expressão às vezes tão suave, àquela natureza tão humana. "Que quer dizer que em Nice, pensava ele, todo mundo saiba quem é Odette de Crécy? Essas reputações, mesmo quando verdadeiras, são feitas com as ideias dos outros"; considerava que semelhante lenda — ainda que fosse autêntica — era exterior a Odette, não estava nela como uma personalidade irredutível e maléfica; que a criatura que pudera ser levada a conduzir-se mal era uma mulher de olhos bons, de coração cheio de piedade para com o sofrimento, de corpo dócil que ele tivera, enlaçara em seus braços e manejara, uma mulher a quem um dia poderia possuir inteiramente, se conseguisse tornar-se indispensável a ela. Ali estava ela, muita vez fatigada, o rosto vazio por um instante da febril e alegre preocupação das coisas desconhecidas que faziam Swann sofrer: ela afastava os cabelos com as mãos; sua fronte, sua face pareciam mais largas; então, de súbito, algum pensamento simplesmente humano, algum bom sentimento como os há em todas as criaturas, quando se entregam a si mesmas num instante de repouso ou de recolhimento, brilhava em seus olhos como um raio de ouro. E logo todo o seu rosto se iluminava como um campo cinzento,

---

[72] Personagens femininas representadas por Botticelli em *Primavera*, *As três Graças* e *O nascimento de Vênus*. [N. E.]

coberto de nuvens que de súbito se afastam, para a sua transfiguração, na hora do poente. A vida que estava em Odette naquele momento, até o futuro que ela parecia sonhadoramente contemplar, poderia Swann compartilhá-los com a sua amiga; nenhuma suspeita agitação parecia ter ali deixado qualquer resíduo. Por mais raros que se tornassem, tais momentos não foram inúteis. Aquelas parcelas, Swann as ligava com a lembrança, abolia os intervalos, fundia como em ouro uma Odette de bondade e de calma pela qual fez mais tarde (como se verá na segunda parte desta obra) sacrifícios que a outra Odette não teria obtido. Mas como eram raros tais instantes e como ele a via pouco ultimamente! Até mesmo quanto aos seus encontros à noite, só no último minuto é que Odette lhe dizia se era possível estar com ele, pois certa de que Swann estaria sempre livre, desejava primeiro verificar se não haveria outra pessoa que lhe propusesse o mesmo. Alegava que se via obrigada a esperar uma resposta da máxima importância e, mesmo depois de ter chamado Swann, já começada a noite, se amigos seus lhe solicitavam que fosse ter com eles ao teatro ou num restaurante, ela dava um alegre salto e começava a preparar-se às pressas. À medida que adiantava a sua toalete, cada movimento que ela fazia aproximava Swann do instante em que devia deixá-la, em que ela se escaparia num ímpeto irresistível; e quando, enfim pronta, mergulhando pela última vez no espelho um olhar tenso e iluminado pela atenção, começava a pôr ruge nos lábios, fixava uma mecha de cabelo e pedia a sua capa azul-celeste com borlas de ouro, tinha Swann um olhar tão triste que ela não podia conter um gesto de impaciência e dizia: "Eis como tu me agradeces por te haver deixado ficar comigo até o último momento! E eu supunha ter feito alguma coisa de gentil! É bom que fique sabendo para a próxima vez!". Às vezes, com o risco de agastá-la, pensava Swann em descobrir aonde ela fora e cogitava numa aliança com Forcheville, que talvez lhe pudesse dar informações. Aliás, quando sabia com quem saíra Odette à noite, era raro que não pudesse encontrar, entre todos os seus amigos, algum que conhecesse, embora indiretamente, o homem que a acompanhara, e lhe pudesse fornecer um que outro esclarecimento. E, enquanto escrevia nesse sentido a um de seus amigos, sentia o alívio de deixar de fazer a si mesmo perguntas sem resposta e de transferir a outro a fadiga de interrogar. É verdade que não ficava mais adiantado depois de receber certos informes. Saber nem sempre permite evitar. Mas as coisas que sabemos, temo-las, se não entre as mãos, pelo menos no pensamento, onde as dispomos à nossa vontade, o que nos dá a ilusão de uma espécie de domínio sobre elas. Sentia-se feliz todas as vezes em que o sr. de Charlus estava com Odette. Entre o sr. de Charlus e ela, sabia Swann que nada podia suceder, que, quando o sr. de Charlus saía com Odette, era por amizade a ele, Swann, e que não oporia dificuldades em lhe contar o que ela havia feito. Algumas vezes declarava ela tão categoricamente a Swann que era impossível vê-lo em determinada noite, parecia tão interessada em sair, que Swann achava da magna importância que o sr. de Charlus estivesse livre para acompanhá-la. No dia seguinte, sem atrever-se a fazer muitas perguntas ao sr. de Charlus, obrigava-o, fingindo não ter compreendido bem as suas primeiras respostas, a lhe dar novas contestações, depois de cada qual se sentia mais aliviado, pois logo ficava sabendo que Odette passara a noite na mais inocente das diversões. "Mas como, Mémé, não entendo bem..., não foi ao sair de casa dela que vocês foram ao Museu Grévin. Tinham estado noutra parte primeiro. Não? Esquisito! Não sabes como me divertes, Mémé. Mas que ideia mais engraçada teve ela em ir depois ao Chat Noir! Isso é bem dela... Não? Foi você mesmo? É curioso. Afinal de contas não era tão má ideia, ela devia ter muitos conhecidos lá... Não? Não falou com ninguém? É extraordinário. Quer dizer que então ficaram os dois sozinhos? Parece que estou vendo! É um bom amigo, Mémé, quero-lhe muito." Swann sentia-se aliviado. Para ele, a quem acontecera, em conversas com indiferentes que mal escutava, ouvir às vezes certas frases (esta, por exemplo: "Vi ontem a senhora de Crécy, estava com um senhor que eu não conheço"), frases que logo passavam ao estado sólido no coração de Swann, que ali se enrijavam como uma incrustação, que o dilaceravam, que não mais se moviam, como eram suaves, ao contrário, estas palavras: "Ela não conhecia ninguém, não falou com ninguém", com que facilidade circulavam nele, como eram fluidas, fáceis, respiráveis! E no entanto, um momento após, considerava como Odette não devia achá-lo aborrecido, para que fossem aqueles os prazeres que preferia a sua companhia. E se a insignificância dos mesmos o tranquilizava, mortificava-o afinal como uma traição.

Mas quando não podia saber aonde ela fora, bastar-lhe-ia para acalmar a angústia que então experimentava, e contra a qual a presença de Odette, a doçura de estar perto dela era o único específico (um específico que afinal agravava o mal, mas ao menos acalmava momentaneamente a dor), ter-lhe-ia bastado, se o permitisse Odette, ficar em casa dela durante a sua ausência, esperá-la até a hora do regresso, em cujo apaziguamento viriam fundir-se as horas que algum prodígio ou malefício o fizera julgar diferentes das outras. Mas Odette não o consentia; Swann voltava para casa; esforçava-se no caminho em fazer diversos projetos, deixava de pensar em Odette; chegava até, enquanto se despia, a cogitar de coisas bastante divertidas; era com o coração cheio de esperança de ir ver no dia seguinte alguma obra-prima que se metia no leito e apagava a luz; mas logo que, preparando-se para dormir, deixava de exercer sobre si mesmo um controle de que não tinha consciência, de tal modo se tornara habitual, eis que no mesmo instante lhe refluía um frêmito gelado, e ele se punha a soluçar. Nem desejava saber por que, enxugava os olhos, dizendo a rir: "Muito bonito! Estou ficando um nevropata!". Depois, não podia pensar sem enorme lassidão que, no dia seguinte, teria de recomeçar as pesquisas para saber o que Odette fizera, de manejar influências para poder vê-la.

Tão cruel se lhe tornara aquela necessidade de uma atividade sem tréguas, sem variedade, sem resultado, que, notando um dia uma protuberância no ventre, sentiu verdadeira alegria ao pensamento de que talvez tivesse um tumor fatal, que não mais teria de se ocupar de nada, que era a doença que ia governá-lo, fazer dele um joguete seu, até o fim próximo. E se naquela época, com efeito, lhe aconteceu muitas vezes confessar-se o desejo da morte, era menos para escapar à agudeza de seus sofrimentos que à monotonia de seus esforços.

E no entanto desejaria viver até a época em que não mais a amasse, em que Odette não teria nenhum motivo para lhe mentir, e em que pudesse enfim saber por ela se, no dia em que fora visitá-la à tarde, se achava ou não deitada com Forcheville. Muitas vezes, durante dias, a suspeita de que ela amava a algum outro desviava-o da interrogação concernente a Forcheville, tornando-a quase indiferente, como essas formas novas de um mesmo estado mórbido que parecem momentaneamente livrar-nos das anteriores. Havia mesmo dias em que não era torturado por nenhuma suspeita. Julgava-se curado. Mas no dia seguinte, ao despertar, sentia no mesmo local a mesma dor cuja sensação se havia como que diluído na torrente das impressões diferentes da véspera. Mas não mudara de lugar. E fora até a agudeza daquela dor que despertara a Swann.

Como Odette não lhe desse informação sobre aquelas coisas tão importantes que tanto a ocupavam cada dia (embora já tivesse ele vivido bastante para saber que nunca há outras senão os prazeres), não conseguia esforçar-se por muito tempo em imaginá-las, e seu cérebro começava a funcionar no vácuo; passava então o dedo pelas pálpebras fatigadas, como se enxugasse o vidro do lornhão, e parava inteiramente de pensar. Sobrenadavam, entretanto, naquele ignoto, certas ocupações que reapareciam de quando em quando, que Odette vagamente ligava a alguma obrigação para com parentes afastados ou amigos de outrora e que, como eram os únicos que ela a miúdo lhe citava como empecilhos para que se vissem, pareciam a Swann formar o quadro fixo, necessário, da vida de Odette. Devido ao tom com que ela se referia de tempos em tempos "ao dia em que eu vou com minha amiga ao Hipódromo", se, sentindo-se adoentado e pensando: "Talvez Odette queira passar por minha casa", se lembrava de súbito que era justamente um desses dias, refletia então: "Ah!, não vale a pena pedir-lhe que venha, eu devia ter pensado nisso antes, é o dia em que ela vai com a amiga ao Hipódromo. Guardemo-nos para o que é possível; escusado cansar-se em propor coisas inaceitáveis e de antemão recusadas". E aquele dever que cabia a Odette de ir ao Hipódromo e ante o qual ele assim se inclinava, não se lhe afigurava apenas inelutável; mas o caráter de necessidade de que vinha revestido parecia tornar plausível e legítimo a tudo o que de perto ou de longe a ele se relacionasse. Se Odette, na rua, ao receber de um transeunte um cumprimento que despertara o ciúme de Swann, respondia às suas perguntas ligando a existência do desconhecido a um dos dois ou três grandes deveres de que lhe falava, se dizia por exemplo: "É um senhor que estava no camarote da amiga com que vou ao Hipódromo", essa explicação acalmava as suspeitas de Swann, que efetivamente achava inevitável que a amiga tivesse outros convidados além de Odette no seu camarote do Hipódromo, mas nunca procurara ou conseguira imaginá-los. Ah!, como gostaria de conhecer a amiga que ia ao Hipódromo, e que ela o convidasse com Odette! De bom grado trocaria todas as suas relações por qualquer pessoa que tivesse o hábito de conviver com Odette, ainda que fosse uma manicura ou uma caixeira de loja. Tratá-las--ia melhor do que a rainhas. Pois não forneceriam elas, com o que continham da vida de Odette, o único calmante eficaz para os seus sofrimentos? Com que contentamento correria a passar os dias em casa daquela gente humilde com quem Odette continuava a manter relações, ou por interesse, ou por genuína simplicidade! Com que gosto não teria ido morar para sempre no quinto andar de alguma casa sórdida e invejada aonde Odette não o levaria, a casa onde, se ali morasse com a costureirinha de quem de bom grado passaria por amante, haveria de receber quase diariamente a sua visita. Naqueles bairros quase populares, que existência modesta, abjeta, mas suave, mas alimentada de calma e felicidade, teria ele consentido em viver indefinidamente!

Também às vezes sucedia que, estando com Odette, se aproximava dela um homem que Swann não conhecia, e então podia notar no seu rosto a mesma tristeza que tinha no dia em que a fora ver quando Forcheville se achava em casa dela. Mas era raro: pois nos dias em que, apesar de tudo o que tinha a fazer e do receio do que pensariam os outros, chegava a avistar-se com Swann, era a segurança que então dominava em sua atitude: contraste, acaso revanche inconsciente ou reação natural da medrosa emoção que sentia a seu lado nos primeiros tempos que o conhecera, ou mesmo longe dele, quando começava uma carta com estas palavras: "Meu amigo, minha mão treme tanto que mal posso escrever" (pelo menos assim o pensava Odette, e parte daquela emoção devia ser sincera para que procurasse exagerá-la). Swann, então, lhe agradava. Só trememos por nós mesmos, por aqueles a quem amamos. Quando a nossa felicidade não está mais em suas mãos, que calma, que desembaraço, que ousadia desfrutamos perto deles! Falando-lhe, escrevendo-lhe, já não tinha ela aquelas palavras com que procurava dar-se a ilusão de que ele lhe pertencia, proporcionando as ocasiões de dizer "meu" quando se tratava dele: "É o meu tesouro, eu guardo o perfume da nossa amizade", de lhe falar do futuro, até mesmo da morte, como de uma coisa única destinada a ambos. Naquele tempo, a tudo quanto ele dizia, retrucava Odette com admiração: "Você nunca há de ser como todo mundo"; contemplava a sua longa cabeça um pouco calva, a respeito da qual diziam as pessoas que conheciam os sucessos de Swann: "Vá lá que não seja regularmente belo, mas é chique: aquele topete, aquele monóculo, aquele sorriso", e, mais curiosa talvez de saber o que ele era que desejosa de ser sua amante, ela dizia:

— Se eu pudesse saber o que há por trás dessa cabeça!

Agora, a todas as palavras de Swann, respondia num tom às vezes irritado, às vezes indulgente:

— Ah!, nunca serás como todo mundo?

Ela contemplava aquela cabeça a que só as preocupações haviam um pouco envelhecido (mas a respeito da qual todos pensavam agora, em virtude dessa mesma aptidão que permite descobrir as intenções de uma peça sinfônica de que se leu o programa e as parecenças de uma criança quando se lhe conhece a parentela: "Vá lá que não seja positivamente feio, mas é ridículo: aquele monóculo, aquele topete, aquele sorriso!", estabelecendo na sua imaginação sugestionada a demarcação imaterial que separa, a alguns meses de distância, uma cabeça de amante do coração e uma cabeça de amante enganado) e dizia:

— Ah!, se eu pudesse mudar, tornar sensato o que há nessa cabeça!

E Swann, sempre disposto a acreditar no que desejava, por pouco que a conduta de Odette lhe desse ensejo, lançava-se avidamente sobre essa frase:

— Tu podes, se quiseres.

E procurava persuadir Odette de que apaziguá-lo, dirigi-lo, fazê-lo trabalhar, seria uma nobre tarefa a que outras mulheres só pediam para devotar-se, mas entre cujas mãos cumpre acrescentar que a nobre tarefa não lhe pareceria mais que uma indiscreta e insuportável usurpação da sua liberdade. "Se ela não me amasse um pouco", pensava Swann, "não desejaria transformar-me. Para transformar-me, será preciso que me veja mais seguidamente." Assim achava Swann, naquela censura que Odette lhe fazia, como que uma prova de interesse, talvez de amor; e, com efeito, dava-lhe agora tão poucas provas de amor que ele era obrigado a considerar como tais as proibições que ela lhe fazia de uma coisa ou outra. Um dia, declarou que não gostava do cocheiro de Swann, que o indispunha talvez contra ela, e que em todo caso não se portava para com seu amo com a correção e a deferência que ela desejaria. Sentia Odette que Swann desejaria ouvir da sua boca: "Não o tragas mais quando vieres visitar-me", como teria desejado um beijo. E como estivesse de bom humor, assim lho disse; Swann sentiu-se comovido. À noite, conversando com o sr. de Charlus, com quem tinha o doce prazer de poder falar abertamente de Odette (pois as mínimas frases que dizia, mesmo às pessoas que não a conheciam, se relacionavam de algum modo com ela), assim lhe disse:

— Creio no entanto que Odette me ama. Ela é tão gentil comigo! Vê-se que nada do que eu faço lhe é indiferente.

E se, no instante de partir para a casa dela, ao subir no carro com um amigo que devia deixar em caminho, o outro observava: "Como! Não é Lorédan que está na boleia?", com que melancólica alegria lhe retrucava Swann: "Oh!, pudera! Cá entre nós: não posso levar Lorédan quando vou à rua La Pérouse. Odette não gosta que eu leve Lorédan, não o acha bom para mim; afinal, bem sabes, as mulheres... Eu sei que isso lhe desagradaria muito. Ah!, sim, era só levar Rémi! Mas seria uma outra história".

Aquelas novas maneiras, indiferentes, distraídas, irritáveis, que eram agora as de Odette para com Swann, certamente que o magoavam: mas ele não conhecia o seu sofrimento; como Odette fora esfriando progressivamente, dia a dia, em relação a ele, só comparando o que ela era atualmente com o que fora no princípio é que Swann poderia sondar a profundeza da mudança efetuada. Ora, essa mudança era a sua profunda e secreta ferida, que dia e noite lhe pungia, e, logo que sentia que seus pensamentos se aproximavam muito dela, dirigia-os bruscamente para outro rumo, por medo de sofrer demasiado. É verdade que às vezes pensava de um modo abstrato: "Houve um tempo em que Odette me tinha mais amor", mas nunca figurava esse tempo. Da mesma forma que havia em seu gabinete uma cômoda que ele dava um jeito para não olhar, fazendo um desvio para evitá-la à entrada e à saída, porque numa de suas gavetas estavam guardados o crisântemo que ela lhe dera na primeira noite em que a levara até em casa e as cartas em que lhe dizia: "Que pena não ter esquecido também o seu coração; esse eu não devolveria" e: "A qualquer hora do dia ou da noite em que tiver necessidade de mim, faça-me um sinal e disponha da minha vida", assim havia no seu íntimo um lugar de onde ele jamais deixava aproximar-se o seu espírito, obrigando-o a dar, quando preciso, a volta de um longo raciocínio para que não tivesse de passar por ali: era o lugar onde vivia a recordação dos dias felizes.

Mas tão cautelosa prudência foi burlada uma noite em que fora a uma reunião.

Era na residência da marquesa de Saint-Euverte, no último dos saraus daquele ano, em que ela dava a conhecer os artistas que serviam depois para os seus concertos de beneficência. Swann, que tencionara sucessivamente ir a todos os anteriores, mas sempre desistia, enquanto se vestia para comparecer àquele último, recebeu a visita do barão de Charlus, que vinha oferecer-se para ir com ele à casa da marquesa, se a sua companhia lhe pudesse servir para aborrecer-se um pouco menos e sentir-se menos triste naquela reunião. Mas Swann lhe respondeu:

— Bem sabe o prazer que eu teria em estar com você. Mas o maior prazer que poderá causar-me é ir ver Odette. Já sabe a excelente influência que exerce sobre ela. Esta noite, creio que Odette só sairá para ir à casa da sua antiga modista, e ela há de ficar contente que você a acompanhe. Em todo caso a encontrará em casa antes. Procure distraí-la e trazê-la ao bom caminho. Veja se pode arranjar alguma coisa para amanhã que seja do agrado de Odette e que possamos fazer juntos nós três. E vejamos se você dispõe as coisas para o verão que vem, se ela não tem algum projeto, algum cruzeiro talvez, que nós três faríamos juntos... Quanto a esta noite, já não conto vê-la, mas se ela o quiser, ou você arranjar um jeito, é só mandar um recado à senhora de Saint-Euverte até à meia-noite, e depois à minha casa. Obrigado por tudo o que tem feito por mim, bem sabe como o estimo.

O barão prometeu ir fazer a visita que ele desejava depois que o conduzisse até a porta do palacete Saint-Euverte, onde Swann chegou tranquilizado com o pensamento de que Charlus passaria aquelas horas na rua La Pérouse, mas num estado de melancólica indiferença para com todas as coisas que não se referiam a Odette, e principalmente as coisas mundanas, que lhe apareciam com o encanto que têm as coisas por si mesmas, quando já não são um fim para a nossa vontade. Logo que desceu do carro, no primeiro plano desse fictício resumo da sua vida doméstica que as donas de casa pretendem oferecer a seus convidados nos dias de cerimônia, procurando respeitar a verdade do vestuário e da decoração, Swann sentiu prazer em ver os herdeiros dos "tigres" de Balzac, os *grooms* encarregados de acompanhar os amos nos passeios e que, de chapéu e botas, permaneciam fora, diante do palácio, na avenida, ou diante das cavalariças, como jardineiros colocados à entrada de seus jardins. O particular pendor que sempre tivera de descobrir analogias entre os seres vivos e os retratos dos museus novamente se exercia de modo mais constante e geral; era toda a vida mundana, agora que Swann se achava desligado dela, que se lhe apresentava como uma série de quadros. No vestíbulo onde, quando era um mundano, entrava envolto na sua capa, para sair de fraque, mas sem saber o que ali se passara, pois se achava, em pensamento, nos poucos instantes em que o atravessava, ou ainda na festa de que vinha, ou já na festa aonde iria, Swann notou pela primeira vez, alertada com a imprevista chegada de um conviva tão tardio, a mantilha esparsa, magnífica e ociosa dos grandes lacaios que cochilavam aqui e ali sobre banquetas e arcas e que, erguendo seus nobres e agudos perfis de lebréus, levantaram-se e, reunidos, formaram círculo em seu redor.

Um deles, de aspecto particularmente feroz, e assaz semelhante ao executor em certos quadros da Renascença que representam suplícios, avançou para ele com um ar implacável, para lhe apanhar os pertences. Mas a dureza de seu olhar de aço era compensada pela suavidade de suas luvas de algodão, de modo que, ao aproximar-se de Swann, parecia testemunhar desprezo por sua pessoa e consideração para com seu chapéu. Tomou-o com um cuidado a que a exatidão do movimento emprestava algo de meticuloso e uma delicadeza que tornava quase tocante a aparelhagem da sua força. Passou-o depois a um de seus auxiliares, novo e tímido, que expressava o seu terror revirando em todos os sentidos uns olhos selvagens e mostrava a agitação de um animal cativo nas primeiras horas de sua domesticidade.

A dois passos dali, um rapagão de libré sonhava, imóvel, escultural, inútil, como esse guerreiro puramente decorativo que se vê nos quadros mais tumultuosos de Mantegna, a cismar, apoiado no escudo, enquanto todos se arremessam e trucidam a seu lado; destacado do grupo de seus camaradas, que se apressuravam em torno de Swann, parecia tão decidido a desinteressar-se daquela cena, que vagamente seguia com os seus olhos glaucos e cruéis, como se fosse a matança dos Inocentes ou o martírio de são Tiago. Parecia precisamente pertencer a essa raça extinta — ou que talvez só tenha existido no retábulo de San Zeno e nos afrescos dos Eremitani onde Swann a conhecera e onde ela ainda sonha — oriunda do conúbio de uma estátua antiga com algum modelo paduano do Mestre ou algum saxão de Albert Durer.[73] E as mechas de seus cabelos ruivos naturalmente crespos, mas alisados pela brilhantina, estavam amplamente tratadas como na escultura grega, que estudava

---

73 O martírio de são Tiago fazia parte dos afrescos de Mantegna na igreja dos Eremitani, na cidade de Pádua. Tais afrescos foram destruídos pelos bombardeios de 1944. Já o retábulo de San Zeno fica em Verona. Nenhum deles contém a mencionada "Matança dos Inocentes". [N. E.]

incessantemente o pintor de Mântua e que, embora não tome da Criação outro modelo senão o homem, sabe ao menos tirar de suas simples formas riquezas tão variadas e como que colhidas em toda a natureza viva, de sorte que uma cabeleira, no enrolamento de suas mechas lisas e pontiagudas, ou na superposição do tríplice e florido diadema das tranças, parece ao mesmo tempo um amontoado de algas, uma ninhada de pombos, uma grinalda de jacintos e um enroscado de serpentes.

Outros ainda, colossais também, postavam-se nos degraus de uma escadaria monumental a que a sua presença decorativa e imobilidade marmórea poderiam dar o nome, como a do palácio ducal, de "Escadaria dos Gigantes", e que Swann subiu com o triste pensamento de que Odette jamais a havia pisado.[74] Ah!, com que alegria, pelo contrário, não teria galgado as escadas escuras, malcheirosas e escorregadias da costureirinha, em cujo quinto andar se sentiria feliz em pagar mais caro que um camarote hebdomadário na Ópera o direito de passar o serão quando Odette ali estivesse, e mesmo nos outros dias, para poder falar dela, conviver com as pessoas que ela frequentava na sua ausência e que por isso lhe pareciam guardar, da vida de sua amada, alguma coisa de mais real, de mais inacessível e misterioso. Ao passo que naquela desejada e pestilenta escada da antiga costureira, como não havia outra de serviço, via-se à noite, diante de cada porta, uma vazia e suja vasilha de leite, na magnífica e desprezada escadaria que Swann ia subindo naquele momento, de um lado e de outro, a diferentes alturas, diante de cada anfractuosidade que formava no muro a janela do porteiro ou a porta de uma dependência, representando o serviço interior que dirigiam e prestando homenagem aos convidados, um porteiro, um mordomo, um despenseiro (bons sujeitos que viviam o resto da semana um tanto independentes

---

74 Escadaria do palácio dos Doges, em Veneza, com estátuas monumentais de Marte e Netuno, executadas em 1554 por Sansovino. [N. E.]

em seus domínios, ali comiam como modestos lojistas e que amanhã talvez estariam no serviço burguês de um médico ou um industrial), atentos às recomendações que lhes haviam feito antes de envergar a vistosa libré que raramente vestiam e em que não se sentiam muito a gosto, mantinham-se sob a arcada de seu pórtico com um solene aparato, temperado de bonomia popular, como santos no seu nicho; e um "suíço" enorme, vestido como na igreja, batia as lajes com o seu bastão, à passagem de cada convidado. Chegado ao alto da escada, ao longo da qual o seguira um criado de face lívida, com uma trancinha amarrada com uma fita, como um sacristão de Goya ou um tabelião do repertório, Swann passou por um *bureau* onde lacaios, sentados como notários diante de grandes registros, se ergueram e inscreveram o seu nome. Atravessou então um pequeno vestíbulo que — como certas peças arranjadas pelo proprietário de modo a servirem de abrigo a uma única obra de arte, da qual tomam a denominação, e que nada mais contêm, na sua propositada nudez — exibia à entrada, como uma preciosa efígie de Benvenuto Cellini representando um atalaia, um jovem lacaio com o corpo ligeiramente curvado para diante, a alçar por cima de sua alta gola vermelha um rosto ainda mais vermelho, de onde escapavam torrentes de ardor, de timidez e de zelo, e que, varando com o seu olhar impetuoso, vigilante e frenético as tapeçarias de Aubusson que pendiam à porta do salão de música, parecia espiar, com uma impassibilidade militar ou uma fé sobrenatural — alegoria do alarma, encarnação da expectativa, monumento da prontidão —, anjo ou vigia, de uma torre de fortaleza ou de catedral, a aparição do inimigo ou a hora do Juízo. Não restava mais a Swann senão entrar na sala do concerto, cujas portas lhe abriu um lacaio carregado de correntes, inclinando-se como se lhe entregasse as chaves de uma cidade. Mas Swann pensava na casa onde poderia achar-se naquele mesmo instante, se Odette o tivesse permitido, e a entrevista lembrança de um jarro de leite vazio sobre um capacho apertou-lhe o coração.

Voltou rapidamente a Swann o sentimento da fealdade masculina quando, passada a cortina, ao espetáculo da criadagem se seguiu o dos convidados. Mas aquela própria fealdade dos rostos que aliás conhecia tão bem, lhe parecia coisa nova depois que os seus traços — em vez de lhe servirem de sinais para identificar determinada pessoa que até então lhe significava um complexo de prazeres a buscar, de aborrecimentos a que fugir, ou de cortesias a fazer — repousavam agora na autonomia de suas linhas, sem outra coordenação que a de suas relações estéticas. E naqueles homens, entre os quais se via agora preso (mesmo nos monóculos que alguns traziam e que outrora, quando muito, permitiriam a Swann dizer que usavam monóculo), nada havia que não se lhe apresentasse com uma espécie de individualidade, em vez de significar um simples hábito. Talvez porque olhasse o general de Froberville e o marquês de Bréauté, que conversavam à entrada, apenas como duas personagens num quadro, quando por muito tempo haviam sido para ele os amigos úteis que o tinham apresentado no Jockey ou assistido em duelos, o monóculo do general, que lhe jazia entre as pálpebras como um estilhaço de granada em seu rosto vulgar, devastado e triunfante, no meio da fronte a que "zarolhava" como o olho único do ciclope, afigurou-se a Swann como um monstruoso ferimento que podia ser glorioso ter recebido, mas que era indecente exibir; ao passo que o monóculo que o sr. de Bréauté acrescentava, em sinal de festividade, às luvas gris-pérola, à claque, à gravata branca, e punha em vez do lornhão familiar (como o fazia Swann), para comparecer em sociedade, trazia colado no reverso, como uma preparação de história natural sob um microscópio, um olhar infinitesimal e pululante de amabilidade, que não cessava de sorrir à altura dos tetos, à beleza da festa, ao interesse dos programas e à qualidade dos refrescos.

— Ei-lo! Mas faz uma eternidade que não se vê você — disse a Swann o general que, notando os seus traços vincados e concluindo que era talvez uma doença grave que o afastava do convívio social, acrescentou: — Sabe que está com uma boa fisionomia? — enquanto o sr. de Bréauté perguntava:

— Como, você, meu caro, que é que pode estar fazendo aqui? — a um romancista mundano que acabava de instalar ao canto do olho um monóculo, o seu único órgão de investigação psicológica e de impiedosa análise, e que respondeu com um ar importante e misterioso, carregando no *r:*

— Observo.

O monóculo do marquês de Forestelle era minúsculo, não tinha aro e, obrigando a uma crispação incessante e dolorosa o olho onde se incrustava como uma cartilagem supérflua cuja presença é inexplicável e a matéria rara, dava ao rosto do marquês uma delicadeza melancólica e fazia com que as mulheres o julgassem capaz de grandes penas de amor. Mas o do sr. de Saint-Candé, cercado de um gigantesco anel, como Saturno, era o centro de gravidade de um rosto que se ordenava a todo instante em relação a ele, cujo nariz fremente e rubro e o lábio carnudo e sarcástico procuravam, com os seus trejeitos, pôr-se à altura dos mutáveis reflexos de espírito com que fulgurava o disco de vidro, e era preferido aos mais belos olhares do mundo por mulheres esnobes e depravadas, a quem fazia sonhar com encantos artificiais e refinadas volúpias; enquanto, atrás do seu monóculo, o sr. de Palancy que, com a sua grossa cabeça de carpa, de olhos redondos, se deslocava lentamente no meio da festa, descerrando de instante a instante as mandíbulas como para procurar orientação, tinha o ar de apenas transportar consigo um fragmento acidental, e talvez puramente simbólico, do vidro do seu aquário, parte destinada a figurar o todo, que lembrou a Swann, grande admirador dos Vícios e das Virtudes de Giotto em Pádua, aquele Injusto ao lado do qual um ramo folhudo evoca as florestas onde se oculta o seu covil.

Swann tinha avançado, a instâncias da sra. de Saint-Euverte, e, para ouvir uma ária de *Orfeu* que um flautista executava, acomodara-se em um canto, onde, por desgraça, tinha por única perspectiva a duas senhoras já maduras, sentadas uma ao lado da outra, a marquesa de Cambremer e a viscondessa de Franquetot, as quais, como eram primas, passavam o tempo, durante as reuniões, carregando as bolsas e acompanhadas de suas filhas, a se procurarem como numa estação, e só se tranquilizavam depois de haver reservado, marcando-os com o leque ou o lenço, dois lugares vizinhos; a sra. de Cambremer, que possuía muito poucas relações, tanto mais feliz se achava por ter uma companheira, e a sra. de Franquetot, muito relacionada, achava alguma coisa de elegante, de original, em mostrar a todas as suas importantes conhecidas que lhes preferia uma dama obscura com quem tinha em comum recordações da mocidade. Cheio de melancólica ironia, Swann as via escutarem o *intermezzo* de piano ("São Francisco pregando às aves", de Liszt) que sucedera à ária de flauta, e seguirem a vertiginosa execução do virtuose. A sra. de Franquetot ansiosamente, com os olhos desvairados, como se as teclas sobre as quais ele corria com agilidade fossem uma série de trapézios de onde o pianista poderia tombar de uma altura de oitenta metros, e lançando à vizinha olhares de espanto e denegação que significavam: "É inacreditável, eu nunca pensaria que um homem pudesse fazer uma coisa dessas", e a sra. de Cambremer, como mulher que recebeu sólida educação musical, marcando o compasso com a cabeça transformada em agulha de metrônomo, cuja amplitude e rapidez de oscilações de um ombro a outro se haviam tornado tais que (com essa espécie de extravio e abandono do olhar próprio das dores impossíveis de conter e dominar e que dizem: "Que se lhe há de fazer?") a cada momento prendia com seus solitários as alças do corpete e era obrigada a endireitar os racimos negros que trazia no cabelo, sem deixar por isso de acelerar o movimento. Do outro lado da sra. Franquetot, mas um pouco adiante, achava-se a marquesa de Gallardon, ocupada em seu pensamento favorito, o parentesco que tinha com os Guermantes, de que auferia para si e para a sociedade muita glória e um tanto de vergonha, pois os mais brilhantes dentre eles a mantinham um pouco à parte, talvez porque ela era aborrecida, ou porque era má, ou porque pertencia a um ramo inferior, ou talvez sem nenhum motivo. Quando se encontrava perto de uma pessoa a quem não conhecia, como naquele momento a sra. de Franquetot, sofria de que a consciência que tinha de seu parentesco com os Guermantes não se pudesse manifestar exteriormente em caracteres visíveis, como os que, nos mosaicos das igrejas bizantinas, colocados uns abaixo dos outros, inscrevem numa coluna vertical, ao lado de um santo personagem, as palavras que lhe são atribuídas. Pensava naquele momento que jamais recebera um convite nem uma visita de sua jovem prima, a princesa Des Laumes, desde que esta se casara, seis anos antes. Esse pensamento a enchia de cólera, mas também de altivez; pois à força de dizer aos que se espantavam de não a verem nos salões da sra. Des Laumes, que era porque não queria expor-se a encontrar ali a princesa Mathilde, coisa que sua família ultralegitimista jamais lhe perdoaria, acabara por acreditar que era esse com efeito o motivo por que não visitava a sua jovem prima.[75] Lembrava-se no entanto de que várias vezes tinha perguntado à sra. Des Laumes como poderia fazer para encontrá-la, mas só o lembrava confusamente, e aliás neutralizava de sobejo essa recordação um tanto humilhante, murmurando: "Em todo caso, não é a mim que compete dar os primeiros passos, eu tenho vinte anos mais do que ela". Graças à virtude dessas palavras interiores, lançava altivamente os ombros para trás, destacando-os do busto, e sobre os quais a sua cabeça pousada quase horizontalmente fazia pensar na cabeça "acrescentada" de um orgulhoso faisão que se coloca na mesa com toda a sua plumagem. Não que ela não fosse, por natureza, baixota,

---

75 Filha de Jerôme Bonaparte e prima de Napoleão III, a princesa Mathilde (1820-1904) recebia em sua casa as pessoas mais célebres do mundo artístico-literário, entre eles Flaubert, Sainte-Beuve, Taine e os Dumas. Em fevereiro de 1903, Proust publica um artigo no jornal *Le Figaro* falando de seu salão. [N. E.]

máscula e gorducha, mas as mortificações a tinham empertigado, como essas árvores que, nascidas em má posição à beira de um precipício, são forçadas a crescer para trás, a fim de conservar o equilíbrio. Obrigada, para consolar-se de não estar no mesmo pé de igualdade com as outras Guermantes, a dizer-se incessantemente que era por intransigência de princípios e por orgulho que poucas vezes as via, acabara esse pensamento por lhe modelar o corpo e imprimir-lhe uma espécie de garbo que passava aos olhos das burguesas por um sinal de raça e turbava às vezes de um fugitivo desejo o olhar fatigado dos homens de clube. Se acaso se sujeitasse a conversação da sra. Gallardon a uma dessas análises que, computando a maior ou menor frequência de cada termo, permitem descobrir a chave de uma linguagem cifrada, ver-se-ia que nenhuma expressão, nem mesmo a mais comum, ocorria tantas vezes como "em casa de meus primos de Guermantes", "em casa da minha tia de Guermantes", "a saúde de Elzéar de Guermantes", "o camarote de minha prima de Guermantes". Quando lhe falavam de uma personagem ilustre, dizia que, sem conhecê-la pessoalmente, já a encontrara mil vezes em casa da sua tia de Guermantes, mas dizia--o num tom tão glacial e numa voz tão surda que era evidente que só não a conhecia em pessoa por causa de todos os irredutíveis e obstinados princípios que lhe distendiam os ombros para trás, como essas escadas nas quais os professores de ginástica obrigam a gente a estirar-se para desenvolver o tórax.

Ora, a princesa Des Laumes, que ninguém esperaria ver nos salões da sra. de Saint-Euverte, acabava justamente de chegar. Para mostrar que não queria fazer sentir a sua superioridade num salão a que apenas vinha por condescendência, entrava encolhendo os ombros quando não havia multidão alguma que atravessar e tampouco ninguém a quem tivesse de dar passagem, ficando de propósito no fundo, como se estivesse no seu lugar, tal qual um rei que fica na fila à porta de um teatro enquanto as autoridades não forem avisadas de que ali se acha; e limitando o olhar —

para não parecer que estava assinalando a sua presença e reclamando atenções — à simples consideração de um desenho do tapete ou de sua própria saia, mantinha-se de pé no local que lhe parecera mais modesto (e do qual bem sabia que viria arrancá-la numa exclamação encantada da sra. de Saint-Euverte, logo que a descobrisse), ao lado da sra. de Cambremer, que lhe era desconhecida. Observava a mímica da vizinha melômana, mas não a imitava. Não que a princesa não desejasse, uma vez que vinha passar cinco minutos no salão da sra. de Saint-Euverte, e para aumentar a significação de sua gentileza, mostrar-se o mais amável possível. Mas tinha, por natureza, verdadeiro horror ao que chamava "os exageros" e queria mostrar que "não era obrigada" a entregar-se a manifestações que não condiziam com o "gênero" do círculo em que vivia, mas por outro lado não deixavam de impressioná-la, mercê desse espírito de imitação, próximo da timidez, que provoca nas pessoas mais seguras de si mesmas a ambiência de um meio novo, ainda que inferior. Começava a indagar consigo se aquela gesticulação não se coordenaria acaso com a peça que executavam e que talvez não se enquadrasse no gênero de música que até então ouvira, se abster-se não seria dar mostras de incompreensão no tocante à obra e de inconveniência para com a dona da casa: de sorte que, para expressar, num "arranjo amigável", os sentimentos contraditórios, ora se limitava a erguer a alça em seu ombro ou firmar nos loiros cabelos as bolinhas de coral ou esmalte róseo, salpicadas de diamantes, que formavam um singelo e encantador penteado, enquanto examinava com fria curiosidade sua fogosa vizinha, ora, durante um instante, marcava o compasso com o leque, mas fora de tempo, para não abdicar de sua independência. Tendo o pianista terminado o trecho de Liszt e dado início a um prelúdio de Chopin, a sra. de Cambremer dirigiu à sra. de Franquetot um terno sorriso de competente satisfação e de alusão ao passado. Aprendera na mocidade a cariciar as frases, de longo colo sinuoso e desmesurado, de Chopin, tão livres, tão flexíveis, tão táteis, que começam procurando e sondando o seu lugar fora e muito longe do rumo de partida, muito longe do ponto onde se poderia esperar que se tocassem, e que só se distraem nesse fantasioso desvio para virem deliberadamente — num retorno mais premeditado, com precisão maior, como sobre um cristal que vibrasse até o grito — ferir-nos o coração.

Como vivera no seio de uma família provinciana pouco relacionada, sem ir quase nunca a bailes, costumava inebriar-se, na solidão de sua casa, em moderar e precipitar a dança de todos aqueles pares imaginários, em espalhá-los como flores, deixando por um momento o baile para ouvir soprar o vento nos pinheiros à beira do lago, e ver ali de súbito aproximar-se, mais diferente de tudo que jamais se sonhou que fosse um enamorado neste mundo, um delgado jovem de voz um pouco cantante, estrangeira e falsa, de luvas brancas. Mas hoje parecia fanada a beleza daquela música fora de moda. Privada desde muitos anos da estima dos conhecedores, perdera o seu favor e o seu encanto, e mesmo aqueles cujo gosto deixava a desejar não achavam nela mais que um prazer inconfessado e medíocre.[76] A sra. de Cambremer lançou um olhar furtivo para trás. Sabia que a sua jovem nora (cheia de respeito por sua nova família, salvo no tocante às coisas do espírito, sobre as quais tinha luzes próprias, pois conhecia até harmonia e grego) desprezava Chopin e fazia-lhe mal ouvi-lo. Mas longe da vigilância daquela wagneriana que se achava mais além com um grupo de pessoas de sua idade, a sra. de Cambremer abandonava-se a impressões deliciosas. A princesa Des Laumes igualmente as sentia. Sem ser particularmente dotada para a música, recebera há quinze anos as lições que uma professora de piano do bairro de Saint-Germain, mulher de gênio que se vira na miséria ao fim da vida, tinha recomeçado a dar, na idade de setenta anos, às filhas de suas antigas

---

[76] A música de Chopin não estava em voga no fim do século. Só a partir de 1910, com o centenário de nascimento do autor, ela passa a recuperar seu prestígio. [N. E.]

alunas. Hoje estava morta. Mas seu método, seu belo timbre, renasciam às vezes sob os dedos de suas alunas, mesmo daquelas que se haviam tornado medíocres para o resto, que haviam abandonado a música e quase nunca abriam um piano. Assim pôde a sra. Des Laumes sacudir a cabeça, em pleno conhecimento de causa, numa justa apreciação da maneira como o pianista executava aquele prelúdio que ela sabia de cor. O fim da frase iniciada cantou por si mesmo em seus lábios. E ela murmurou: "É sempre delicioso", com uma acentuação das sibilantes que era um sinal de refinamento e com que sentia os lábios tão romanticamente franzidos, como uma bela flor, que instintivamente harmonizou com eles o seu olhar, dando-lhe naquele momento uma espécie de sentimentalismo e de vago. Enquanto isso, considerava a sra. de Gallardon que era lamentável ter tão poucas ocasiões de encontrar a sra. Des Laumes, pois desejava dar-lhe uma lição, não respondendo ao seu cumprimento. Ignorava que a prima ali estivesse. Um movimento de cabeça da sra. de Franquetot lha revelou. Imediatamente a sra. de Gallardon precipitou-se para ela, incomodando a todo mundo; mas desejosa de conservar um ar altivo e glacial que lembrasse a todos que não desejava ter relações com uma pessoa em cuja casa poderia encontrar-se cara a cara com a princesa Mathilde, e a cujo encontro não tinha obrigação de ir, pois não se tratava de uma "contemporânea sua", quis no entanto compensar aquele ar de altivez e reserva com alguma frase que justificasse o seu gesto e forçasse a princesa a travar conversação; assim, uma vez diante da prima, a sra. de Gallardon, com a fisionomia dura, a mão estendida como em uma obrigação a que não pudesse fugir, disse: "Como vai passando o teu marido", com a mesma voz preocupada como se o príncipe estivesse gravemente enfermo. A princesa, em um riso muito seu e que era destinado, ao mesmo tempo, a mostrar aos outros que pouco se lhe dava certa pessoa e também a fazer-se mais bonita, concentrando os traços do rosto em torno da boca animada e do olhar brilhante, respondeu-lhe:

— Mas às mil maravilhas!

E riu de novo. Então, empertigando o busto e amenizando a fisionomia, embora ainda inquieta com o estado do príncipe, disse a sra. de Gallardon a sua prima:

— Oriane (aqui a sra. Des Laumes olhou com um ar atônito e risonho para uma terceira pessoa invisível a quem parecia tomar como testemunha de que nunca autorizara a sra. de Gallardon a chamá-la pelo primeiro nome), estimaria muito que fosses amanhã à minha casa ouvir um quinteto com clarineta de Mozart. Desejaria a tua apreciação.

E parecia não fazer um convite, mas pedir um serviço, e ter necessidade da opinião da princesa sobre o quinteto de Mozart, como se se tratasse de um prato preparado por uma nova cozinheira, sobre cujas aptidões lhe seria preciso ouvir o juízo de um *gourmet*.

— Mas eu conheço esse quinteto, posso dizer-te desde já que... gosto muito!

— O meu marido não está muito bem, tu sabes, o fígado... teria grande prazer em ver-te — tornou a sra. de Gallardon, apresentando agora à princesa como uma obrigação de caridade o comparecimento à sua reunião.

A princesa não gostava de dizer às pessoas que não queria ir à casa delas. Diariamente expressava por escrito seu pesar de ter sido privada — por causa de uma visita inesperada da sogra, um convite do cunhado para a Ópera, uma excursão ao campo — de uma recepção à qual jamais pensara em comparecer. Dava assim a muitos a alegria de acreditarem que pertencia às suas relações, que com muito gosto teria ido a sua casa e só fora impedida pelos contratempos principescos que eles se sentiam lisonjeados em ver entrar em concorrência com suas festas. Pertencente àquele fino círculo dos Guermantes, onde sobrevivia algo desse espírito alerta, despojado de lugares-comuns e de sentimentos convencionais, que descende de Mérimée — e encontrou sua última expressão no teatro de Meilhac e Halévy —, ela o adaptava até as relações sociais, transportava-o até sua polidez, que procurava tornar positiva, precisa, muito próxima da humilde verdade. Não se alongava muito, para com uma dona de casa, na expressão do desejo que tinha de ir a sua reunião; achava mais amável expor-lhe alguns pequenos fatos de que dependeria seu comparecimento.

— Escuta, eu vou explicar-te — disse ela à sra. de Gallardon —, amanhã tenho de ir à casa de uma amiga com quem estou comprometida há muito. Se ela nos leva ao teatro, será impossível ir visitar-te, com a melhor boa vontade; mas se ficamos em casa dela, como sei que estaremos sozinhas, poderei deixá-la.

— Já viste o teu amigo Swann?

— Não, eu não sabia que estava aqui esse amor do Charles, vou fazer com que me veja.

— É esquisito que ele venha à casa da nossa Saint-Euverte — disse a sra. de Gallardon. — Oh!, eu sei que ele é inteligente — acrescentou, querendo significar com isso intrigante —, mas não quer dizer nada, um judeu em casa da irmã e cunhada de dois arcebispos!

— Confesso, para vergonha minha, que não me sinto escandalizada — disse a princesa Des Laumes.

— Eu sei que ele é converso, e já os seus pais e avós. Mas dizem que os judeus conversos continuam mais apegados a sua religião que os outros, que tudo é uma farsa, não é verdade?

— Careço de luzes a esse respeito.

O pianista, que tinha de tocar duas peças de Chopin, findo o prelúdio, atacou uma *polonaise*. Mas depois que a sra. de Gallardon assinalara à prima a presença de Swann, poderia Chopin ressuscitado vir tocar em pessoa todas as suas obras sem que a sra. Des Laumes lhe prestasse atenção. Fazia parte de uma dessas duas metades da humanidade em que a curiosidade que tem a outra metade pelos seres que não conhece é compensada pelo interesse que dedica aos conhecidos. Como acontecia a muitas mulheres do bairro de Saint-Germain, a presença, num lugar onde se achasse, de alguém do seu círculo, a quem aliás nada tinha de particular a dizer, dominava completamente a sua atenção, à custa de tudo o mais. A partir daquele momento, na esperança de que Swann a notasse, a princesa, como uma rata branca aprisionada a quem se estende e retira um torrão de açúcar, não fez mais que voltar o rosto, com mil sinais de conivência sem relação alguma com o sentimento da *polonaise* de Chopin, na direção em que estava Swann e, se este mudava de lugar, ela deslocava paralelamente seu sorriso imantado.

— Não te incomodes, Oriane — tornou a sra. de Gallardon, que jamais podia deixar de sacrificar suas maiores esperanças sociais de um dia ofuscar os outros ao prazer obscuro, imediato e privado de dizer alguma coisa de desagradável —, há muita gente que acha que esse senhor Swann não é pessoa que se possa receber em casa, não é verdade?

— Mas... tu bem deves saber que é verdade — respondeu a princesa Des Laumes —, pois já o convidaste cinquenta vezes e ele nunca aceitou.

E, deixando a prima mortificada, soltou novo riso que escandalizou as pessoas que ouviam a música, mas atraiu a atenção da sra. de Saint-Euverte, que por delicadeza ficara junto ao piano e só então avistou a princesa. E tanto mais encantada ficou ao ver a sra. Des Laumes, visto que a supunha ainda em Guermantes, a tratar do sogro enfermo.

— Mas como, princesa, estava aí?

— Sim, eu me meti num cantinho e ouvi coisas muito lindas.

— Quer dizer que está aqui há muito?!

— Mas sim, um longo momento que me pareceu muito curto, longo apenas porque não a via.

A sra. de Saint-Euverte quis oferecer sua poltrona à princesa, que respondeu:

— Absolutamente! Para quê? Eu estou bem em qualquer parte.

E, escolhendo intencionalmente, para melhor manifestar a sua simplicidade de grande dama, um pequeno assento sem encosto:

— Veja esse pufe, é o que me serve. Fará com que eu fique direita. Oh!, meu Deus!, ainda estou fazendo barulho, vou acabar sendo vaiada.

E enquanto o pianista redobrava de velocidade, elevando ao auge a emoção musical do auditório, um criado servia refrescos numa bandeja e fazia tilintar as colheres e, como das outras vezes, a sra. de Saint-Euverte lhe fazia sinais para que fosse embora, sem que ele o notasse. Uma recém-casada, a quem haviam ensinado que uma senhora jovem não deve parecer entediada, sorria de prazer e procurava com os olhos a dona da casa para lhe testemunhar assim a gratidão "de ter pensado nela" para um regalo daqueles. Contudo, embora mais calma que a sra. de Franquetot, não era sem inquietação que acompanhava a música; mas a sua inquietação tinha por objeto não o pianista, mas o piano, onde uma vela, estremecendo a cada fortíssimo, arriscava, se não queimar o abajur, ao menos manchar a palissandra. Afinal não se conteve mais e, galgando os dois degraus do estrado onde se achava o piano, precipitou-se para retirar a vela. Mal, porém, ia tocar-lhe, quando, num derradeiro acorde, findou a música e o pianista se ergueu. Mas a ousada iniciativa daquela jovem, a breve promiscuidade que se estabeleceu entre ela e o instrumentista, causaram uma impressão geralmente favorável.

— Viu o que ela fez, princesa? — disse o general de Froberville à princesa Des Laumes, a quem fora cumprimentar e que a sra. de Saint-Euverte deixou por um instante. — É curioso. Será acaso uma artista?

— Não, é uma senhorazinha Cambremer — respondeu estouvadamente a princesa e acrescentou com vivacidade: — Repito-lhe o que ouvi dizer, não tenho a mínima noção de quem seja, disseram aí atrás que eram vizinhos de campo da senhora de Saint-Euverte, mas não creio que ninguém os conheça. Deve ser "gente do campo"! De resto, não sei se estará o senhor muito enfronhado na brilhante sociedade que aqui se encontra, mas não tenho nenhuma noção do nome dessas espantosas criaturas. Em que pensa que passam elas a vida, fora das recepções da senhora de Saint-Euverte? Ela as deve ter encomendado, juntamente com os músicos, as cadeiras e os refrescos. Confesse que esses "convidados de Belloir" são magníficos.[77] Será que ela tem mesmo coragem de alugar esses figurantes todas as semanas? Não é possível!

— Ah! Mas Cambremer é um nome autêntico e antigo — observou o general.

— Não vejo nenhum mal em que seja antigo — retrucou secamente a princesa —, mas em todo caso não é *eufônico* — acrescentou, destacando a palavra "eufônico" como se estivesse entre aspas, pequena afetação prosódica que era peculiar ao círculo Guermantes.

— Acha? Ela é bonita como uma pintura — disse o general, que não perdia de vista a sra. de Cambremer. — Não é a sua opinião, princesa?

— Ela se coloca muito em evidência; acho que isso não é agradável numa senhora tão jovem, pois não creio que seja minha contemporânea — respondeu a sra. Des Laumes (tal expressão era comum aos Gallardon e aos Guermantes).

Mas vendo que o sr. de Froberville continuava a olhar para a sra. de Cambremer, acrescentou a princesa, um tanto por maldade para com aquela, outro tanto por amabilidade para com o general:

— Nada agradável... para o marido! Lamento não conhecê-la, visto que lhe interessa tanto, senão eu faria as apresentações — continuou a princesa, que provavelmente nada faria de semelhante, se de fato a conhecesse. — Vou ser obrigada a deixá-lo, pois hoje é dia do aniversário de uma amiga a quem devo ir felicitar — disse ela num tom modesto e verídico, reduzindo a reunião mundana a que

---

77 Belloir era casa que alugava cadeiras douradas para grandes recepções, cadeiras estas destinadas aos convidados de menor importância, pois às grandes personalidades se destinavam as poltronas. [N. E.]

iria à simplicidade de uma cerimônia fastidiosa, mas à qual era obrigatório e tocante comparecer. Aliás, devo lá encontrar-me com Basin, que, enquanto eu estava aqui, foi ver uns amigos que o senhor deve conhecer, e que têm um nome de ponte, os Iéna.

— Foi primeiro um nome de vitória, princesa — disse o general.[78] — Que quer? Para um velho sargentão como eu — acrescentou, tirando o monóculo para esfregá-lo, como se mudasse uma atadura, enquanto a princesa desviava instintivamente os olhos —, essa nobreza do Império é outra coisa, está visto, mas, em si, é coisa belíssima no gênero, pois afinal se bateram como heróis.

— Mas eu tenho imenso respeito aos heróis — disse a princesa num tom levemente irônico. — Se não vou com Basin à casa dessa princesa de Iéna, não é absolutamente por isso, é simplesmente porque não os conheço. Basin os conhece, e quer muito bem a eles. Oh!, não é o que o senhor pensa, não se trata de um flerte, nada tenho a que me opor! Aliás, de que adiantaria opor-me! — acrescentou num tom melancólico, pois todo mundo sabia que, desde o dia seguinte ao casamento com sua encantadora prima, o príncipe Des Laumes não cessara de enganá-la. — Mas enfim não é o caso, é gente que ele conheceu outrora, ele se regala com isso, acho isso muito bom. Primeiro lhe direi que nada do que ele me disse da sua casa... Imagine que todos os seus móveis são "Império"!

— Mas naturalmente, princesa, é porque é o mobiliário de seus avós.

— Vá lá, mas nem por isso deixa de ser menos feio. Compreendo muito bem que não se possa ter belas coisas, mas ao menos que não sejam coisas ridículas. Que quer? Não conheço nada de mais presunçoso, de mais burguês do que aquele horrível estilo com aquelas cômodas que têm cabeças de cisne como as banheiras.

— Mas creio até que eles possuem belas coisas, devem ter a

---

78 A ponte de Iéna foi erguida para comemorar a vitória de Napoleão contra a Prússia, em 1806. [N. E.]

famosa mesa de mosaico em que foi assinado o tratado de... Ah!, que tenham coisas interessantes do ponto de vista histórico, eu não digo nada. Mas isso não pode ser belo... visto que é horrível! Eu também tenho coisas dessas que Basin herdou dos Montesquiou.[79] Só que estão nos sótãos de Guermantes, onde ninguém as vê. Afinal, não é esse o caso, eu correria à casa deles com Basin, iria vê-los até no meio das suas esfinges e dos seus bronzes se os conhecesse, mas... não os conheço. Eu, quando era pequena, sempre me disseram que não era delicado ir a casa de gente a quem não se conhecia — disse ela, tomando um tom pueril. — De modo que faço o que me ensinaram. Imagine aquela gente ao ver entrar uma pessoa que não conhecem! Seriam capazes de me receber muito mal!

E, por coqueteria, embelezou o sorriso que lhe sugeria essa hipótese, dando ao olhar fixo no general uma expressão sonhadora e suave.

— Ah!, princesa, bem sabe que eles não caberiam em si de contentes...

— Não diga! Por quê? — perguntou a princesa com extrema vivacidade, ou para não ter o ar de que sabia ser ela uma das primeiras-damas da França, ou para ter o prazer de ouvir o general dizê-lo. — Por quê? Que sabe o senhor? Talvez lhes fosse o que há de mais desagradável. Não sei, mas, a julgar por mim, já tanto me aborrece ver as pessoas a quem conheço, que, se fosse preciso ver as pessoas a quem não conheço, "mesmo heroicas", creio que ficaria louca. Aliás, vejamos, salvo quando se trata de velhos amigos como o senhor, que a gente conhece sem ser por isso, não sei se o heroísmo seria de um formato muito portátil em sociedade. Já me abor-

---

79 Procedimento tipicamente proustiano: atribuir aos Guermantes, personagens criadas por ele, ancestrais verdadeiros. Oriane refere-se ironicamente a eles, pois os títulos "Montesquiou-Fezensac" só foram criados em 1821 e deviam possuir um mobiliário da época da Restauração. [N. E.]

rece muitas vezes oferecer jantares, mas se fosse preciso dar o braço a Spartacus para me dirigir à mesa... Não, nunca seria Vercingétorix que eu chamaria para o décimo quarto lugar. Haveria de reservá-lo para as recepções solenes. E como não as dou...

— Ah!, não é à toa que é uma Guermantes, princesa. Pois que o tem de sobra o espírito dos Guermantes!

— Mas dizem sempre o espírito *dos* Guermantes, eu nunca pude compreender por quê. Conhece acaso *outros* que o tenham? — acrescentou, num riso esfuziante e alegre, os traços do rosto concentrados, unidos na rede da sua animação, os olhos brilhantes, inflamados num radioso ensolaramento de júbilo que só podiam fazer assim irradiar as palavras que fossem, embora vindas da própria boca da princesa, um louvor ao seu espírito ou a sua formosura. — Olhe ali o Swann, que parece estar cumprimentando a sua Cambremer; ali... ao lado da velha Saint-Euverte, está vendo? Peça-lhe que o apresente. Mas depressa, ele procura retirar-se!

— Notou que má fisionomia tem ele? — disse o general.

— Meu querido Charles! Enfim ele vem, eu começava a supor que não queria ver-me!

Swann gostava muito da princesa Des Laumes, e depois ela lhe lembrava Guermantes, terra vizinha de Combray, toda aquela região que amava tanto e aonde não mais voltava para não se afastar de Odette. Usando as formas meio artísticas, meio galantes, com que sabia agradar à princesa e que naturalmente encontrava quando mergulhava um instante no seu antigo meio — e querendo por outro lado expressar a nostalgia que tinha do campo:

— Ah! — disse ele, como em aparte, a fim de ser ouvido ao mesmo tempo pela sra. de Saint-Euverte, a quem falava, e pela sra. Des Laumes, para quem falava —, eis a encantadora princesa! Veja, ela veio expressamente de Guermantes para ouvir o *São Francisco de Assis* de Liszt e não teve tempo, como uma linda andorinha, senão de colher, para as pôr na cabeça, algumas frutinhas de ameixa e de pilriteiro; ainda tem até algumas gotinhas de orvalho, um pouco da geada que deve arrepiar a duquesa. Muito bonito, minha querida princesa.

— Como! A princesa veio expressamente de Guermantes? Mas é demais! Eu não sabia, sinto-me confusa — exclamou ingenuamente a sra. de Saint-Euverte, que estava pouco habituada à feição de espírito de Swann. E examinando o penteado da princesa: — Mas é verdade, isso imita... como direi? não as castanhas, não, oh!, é uma ideia encantadora, mas como podia a princesa conhecer meu programa? Nem os músicos me disseram qual era!

Swann, habituado, quando junto de uma mulher com a qual conservara hábitos galantes de linguagem, a dizer coisas delicadas que muita gente da sociedade não compreendia, não se dignou a explicar à sra. de Saint-Euverte que só havia falado por metáfora. Quanto à princesa, pôs-se a rir às gargalhadas, porque o espírito de Swann era extremamente apreciado em seu círculo e também porque não podia ouvir um cumprimento a ela dirigido sem lhe achar as mais finas graças e um quê irresistível.

— Pois bem! Sinto-me encantada, Charles, se tanto lhe agradam os meus botõezinhos de pilriteiro. Por que cumprimenta essa Cambremer? Será também seu vizinho de campo?

Vendo que a princesa parecia contente de conversar com Swann, a sra. de Saint-Euverte afastara-se.

— A senhora é que é sua vizinha, princesa.

— Eu? Mas então essa gente tem terras por toda parte? Como eu desejaria estar no lugar deles!

— Não são os Cambremer, eram os parentes dela; ela é uma senhorita Legrandin que ia a Combray. Não sei se a senhora sabe que é condessa de Combray e que o capítulo lhe deve direitos.

— Não sei o que me deve o capítulo, mas sei que todos os anos o cura me alivia em cem francos, coisa que eu muito bem dispensaria. Enfim, esses Cambremer têm um nome bastante esquisito. Acaba justamente a tempo, mas acaba mal! — disse ela a rir.

— Não começa melhor — retrucou Swann.

— Com efeito, essa dupla abreviatura!...

— É alguém muito raivoso e muito conveniente que não se atreveu a ir até o fim da primeira palavra.

— Mas já que não poderia deixar de iniciar a segunda, melhor faria se terminasse a primeira, para liquidá-la de uma vez. Estamos a fazer brincadeiras de um gosto delicioso, meu querido Charles. Mas como é aborrecido não vê-lo mais — acrescentou num tom insinuante —, eu gosto tanto de conversar com você! Imagine que não pude fazer esse idiota do Froberville compreender que Cambremer era um nome esquisito. Confesse que a vida é uma coisa horrível. Só quando vejo você é que deixo de aborrecer-me.

E certamente não era verdade aquilo. Mas Swann e a princesa possuíam um mesmo modo de julgar as pequenas coisas que tinham por efeito — a menos que não fosse por causa — uma grande analogia na maneira de exprimir-se e até na pronúncia. Tal semelhança não chamava a atenção porque nada era mais diferente que as vozes de cada um. Mas se se conseguia, em pensamento, tirar às palavras de Swann a sonoridade que as envolvia, os bigodes dentre os quais saíam, via-se que eram as mesmas frases, as mesmas inflexões, a feição do círculo Guermantes. Quanto às coisas importantes, Swann e a princesa não tinham as mesmas ideias sobre coisa alguma. Mas desde que Swann se achava tão triste, sentindo sempre essa espécie de frêmito que precede o momento em que se vai chorar, tinha a mesma necessidade de falar de sofrimento que um assassino de falar de seu crime. Ao ouvir da princesa que a vida era uma coisa horrível, sentiu a mesma doçura que se ela lhe tivesse falado de Odette.

— Oh!, sim, a vida é uma coisa horrível. Nós precisamos ver-nos, minha cara amiga. O que há de bom no seu caso é que a senhora não é alegre. Poderíamos passar juntos algum serão.

— Claro! Por que não vai a Guermantes? Minha sogra ficará louca de alegria. Aquilo passa por muito feio, mas eu lhe direi que a terra não me desagrada, tenho horror das regiões "pitorescas".

— Eu que o diga, é admirável — respondeu Swann —, é quase demasiado belo, demasiado vivo para mim, neste momento. E talvez porque eu ali vivi, mas aquilo tudo me fala de tal maneira! Desde que se ergue um sopro de vento e os trigais começam a ondular, parece que vai chegar alguém, que eu vou receber alguma notícia; e aquelas pequenas casas à beira d'água... eu seria muito infeliz!

— Oh!, meu querido Charles, tome cuidado, olhe a horrenda Rampillon que me avistou, esconda-me, lembre-me o que aconteceu a ela, eu confundo tudo, ela casou a filha ou o amante, não sei mais; talvez os dois... e juntos!... Ah!, não, agora me recordo, ela foi repudiada pelo seu príncipe... Finja que está falando comigo, para que essa Berenice não me venha convidar para jantar. De resto, escapo-me. Escute, meu querido Charles, agora que já o vi, não quer deixar raptar-se e que eu o leve à casa da princesa de Parma, que ficaria tão contente, e Basin também, que lá deve encontrar-me? Se a gente não tivesse notícias suas por Mémé... Pense que nunca mais o tenho visto!

Swann recusou-se; tendo prevenido o sr. de Charlus de que, ao deixar a sra. de Saint-Euverte, iria diretamente para casa, não queria arriscar, indo à casa da princesa de Parma, perder um bilhete que, durante a reunião, havia esperado que um criado lhe trouxesse e que iria talvez encontrar com seu porteiro. "Esse pobre Swann", disse naquela noite a sra. Des Laumes ao marido, "sempre gentil, mas tem um ar bem infeliz. Você o verá, pois prometeu vir jantar um dia destes. No fundo acho ridículo que um homem de sua inteligência sofra por uma mulher daquele gênero e que nem ao menos é interessante, pois a dizem idiota", acrescentou ela, com a sensatez das pessoas não enamoradas que acham que um homem de espírito só deveria desgraçar-se por uma pessoa que valesse a pena; é mais ou menos como espantar-se de que alguém se digne a sofrer de *cholera morbus* por culpa de um ser tão pequeno como o bacilo vírgula.[80]

---

80 Descoberto em 1884 por Robert Koch. [N. E.]

Swann queria partir, mas no momento em que ia enfim escapar-se, o general de Froberville lhe pediu para apresentá-lo à sra. de Cambremer, e ele viu-se obrigado a voltar com o outro ao salão, para procurá-la.

— Olhe, Swann, eu preferia ser marido daquela mulher a ser massacrado pelos selvagens, que me diz?

Estas palavras, "massacrado pelos selvagens", vararam dolorosamente o coração de Swann; logo sentiu necessidade de continuar a conversa com o general.

— Ah! — disse-lhe ele —, houve vidas muito belas que acabaram dessa maneira... Como sabe... esse navegador de que Dumont d'Urville[81] trouxe as cinzas, La Pérouse... (E Swann já se sentia feliz como se houvesse falado de Odette.) É um belo caráter, e que muito me interessa, o de La Pérouse... — acrescentou com um ar melancólico.

— Ah, perfeitamente, La Pérouse — disse o general. — É um nome conhecido. Tem uma rua.

— Conhece alguém na rua La Pérouse? — indagou Swann com um ar agitado.

— Só conheço a senhora de Chanlivault, irmã daquele bravo Chaussepierre. Ela nos deu um lindo sarau de comédia no outro dia. É um pequeno salão que será um dia muito elegante, há de ver!

— Ah! Ela mora na rua La Pérouse? É simpática: uma rua tão bonita, tão triste.

— Qual! É que não vai lá há algum tempo: já não é triste, começam a construir em todo aquele bairro.

Quando enfim Swann apresentou o sr. Froberville à jovem sra. de Cambremer, como era a primeira vez que ela ouvia o nome do general, esboçou o sorriso de alegria e surpresa que teria se nunca se houvesse pronunciado diante dela outro nome senão

---

81 Dumont d'Urville (1790-1842) é o navegador francês que deu a volta ao mundo e encontrou em Vanikoro os restos da expedição do navegador La Pérouse. [N. E.]

aquele, pois, desconhecendo os amigos de sua nova família, a cada pessoa que lhe traziam, pensava que era um deles, e julgava então dar mostra de tato, aparentando tê-lo ouvido citar tantas vezes desde que se casara; então estendia a mão com um ar hesitante, destinado a provar a reserva adquirida que tinha de vencer e a simpatia espontânea que triunfava da primeira. De sorte que os seus sogros, que ela ainda julgava as pessoas mais brilhantes da França, declaravam-na um anjo; tanto mais que preferiam parecer, casando-a com o filho, ter antes cedido ao atrativo de suas qualidades que ao de sua grande fortuna.

— Vê-se que a senhora tem alma de musicista — disse o general, aludindo ao episódio do castiçal.

Mas o concerto recomeçou e Swann compreendeu que não poderia retirar-se antes do fim daquele novo número do programa. Afligia-o ficar preso no meio daquela gente cuja tolice e ridículo tanto mais dolorosamente o feriam porque, ignorando o seu amor, incapazes, se o conhecessem, de por ele interessar-se e de fazer outra coisa senão sorrir como de uma infantilidade ou deplorá-lo como uma loucura, todos lho faziam aparecer sob o aspecto de um estado subjetivo que só existia para ele, Swann, e de que nada de exterior afirmava a realidade; sofria sobretudo, e a tal ponto que até o som dos instrumentos lhe dava desejos de gritar, por prolongar seu exílio naquele lugar aonde Odette jamais viria, onde ninguém, onde nada a conhecia, de onde ela estava de todo ausente.

Mas de súbito foi como se ela tivesse entrado, e essa aparição foi para ele uma dor tão dilacerante que teve de levar a mão ao peito. É que o violino subira a notas altas onde permanecia como para uma espera, uma espera que se prolongava sem que o instrumento cessasse de as sustentar, na exaltação em que estava de já perceber o objeto da sua espera que se aproximava, e com um desesperado esforço para durar até sua chegada, acolhê-lo antes de expirar, manter-lhe ainda um momento com todas as suas derradeiras forças o caminho aberto para que ele pudesse passar, como se sustenta uma porta que sem isso se fecharia. E antes que Swann tivesse tempo de compreender e dizer consigo: "É a pequena frase da sonata de Vinteuil, não escutemos!", todas as lembranças do tempo em que Odette estava enamorada dele e que até aquele dia conseguira manter invisíveis nas profundezas de seu ser, iludidas por aquela brusca revelação do tempo de amor que lhes parecia ter voltado, despertaram e subiram em revoada para lhe cantar apaixonadamente, sem piedade para com seu atual infortúnio, os refrões esquecidos da felicidade.

Em vez das expressões abstratas "tempo em que eu era feliz", "tempo em que eu era amado" que tantas vezes pronunciara até então e sem muito sofrer, pois sua inteligência só encerrara ali algumas pretensas amostras do passado que dele nada conservavam, Swann reencontrou tudo o que havia fixado para sempre a específica e volátil essência daquela felicidade perdida; reviu tudo, as pétalas nevadas e crespas do crisântemo que ela lhe lançara no carro, que ele apertara contra os lábios — o timbre em relevo da Maison Dorée na carta em que ele tinha lido: "Minha mão treme tanto ao escrever-lhe" —, a aproximação de suas sobrancelhas quando ela lhe dissera num ar súplice: "Não vai ser daqui a muito tempo que me fará sinal?"; sentiu o odor do ferro do cabeleireiro que lhe ajeitava a escovinha, enquanto Lorédan ia buscar a pequena operária, os temporais que caíram tão seguidamente naquela primavera, o regresso glacial em sua vitória, ao luar, todas as malhas de hábitos mentais, de impressões de estação, de reações cutâneas, que haviam estendido sobre uma sequência de semanas uma rede uniforme em que seu corpo se achava novamente preso. Naquele momento satisfazia ele uma curiosidade voluptuosa, conhecendo os prazeres das criaturas que vivem pelo amor. Julgara que poderia agarrar-se àquilo, que não seria obrigado a conhecer-lhe as dores; quão pouco lhe significava agora o encanto de Odette perto daquele formidável terror que o prolongava como um halo turvo, aquela imensa angústia de não saber a cada momento o que ela fazia, de não possuí-la em toda parte e sempre! Lembrou-se do tom com que ela exclamara: "Mas eu sempre poderei vê-lo, estou sempre livre!", ela que jamais o estava! O interesse, a curiosidade que tivera pela vida dele, o apaixonado desejo de que ele lhe fizesse o favor — temido por ele naquele tempo como uma causa de aborrecidos transtornos — de deixá-la penetrar em sua vida; como fora obrigada a rogar-lhe para que se deixasse conduzir à casa dos Verdurin; e, quando a fazia vir à sua casa uma vez por mês, como fora preciso, antes que ele se deixasse dobrar, que Odette lhe repetisse a delícia que havia de ser aquele hábito de se verem todos os dias com que ela sonhava e que a ele apenas parecia um fastidioso incômodo, hábito de que ela depois se desgostara e definitivamente rompera, ao passo que se tornara para ele uma necessidade tão invencível e dolorosa. Não saberia dizer o quanto fora verdadeiro quando, na terceira vez em que a via, como ela lhe repetisse: "Mas por que não me deixa vir mais seguido?", respondera-lhe, num galanteio: "Por medo de sofrer". Ai!, agora, ainda às vezes acontecia que ela lhe escrevesse de um restaurante ou de um hotel em papel que trazia impresso o nome do estabelecimento; mas era como se letras de fogo o queimassem. "Escrito do Hotel Vouillemont?[82] Que terá ido lá fazer? Com quem? Que se passou?". Recordou os lampiões que se apagavam no bulevar dos Italianos quando a encontrara, contra todas as esperanças, entre as sombras errantes, naquela noite que lhe parecera quase sobrenatural e que, com efeito — noite de um tempo em que nem sequer precisava indagar consigo se não a contrariaria ao procurá-la, ao encontrá-la, tão certo estava de que ela não tinha maior alegria do que vê-lo e regressar com ele —, bem pertencia a um mundo misterioso para onde jamais se pode voltar depois que as suas portas se fecharam. E Swann percebeu, imóvel em face daquela felicidade revivida, um infeliz que lhe causou

---

82 Hotel elegante da rua Boissy-d'Anglas. [N. E.]

piedade porque não o reconheceu logo, tanto que teve de baixar os olhos para que não vissem que estavam cheios de lágrimas. Era ele próprio.

Quando o compreendeu, sua piedade cessou, mas sentiu ciúmes do outro ele próprio que ela havia amado, ciúmes daqueles de quem pensara sem muito sofrer: "Ela decerto os ama", agora que tinha trocado a ideia vaga de amar, na qual não há amor, pelas pétalas do crisântemo e o timbre da "Maison d'Or", estes sim, cheios de amor. Depois, como o seu sofrimento se tornasse demasiado vivo, passou a mão pela fronte, deixou tombar o monóculo, enxugou-lhe o vidro. E sem dúvida, se se tivesse visto em tal momento, acrescentaria à coleção daqueles que estudara, o monóculo que lhe removia como um pensamento importuno e sobre cuja embaciada face procurava, com um lenço, apagar cuidados.

Há no violino — quando não se vê o instrumento e não se pode ligar o que se ouve à sua imagem, coisa que modifica a sonoridade — acentos que lhe são tão comuns com certas vozes de contralto, que se tem a ilusão de que uma cantora veio juntar-se ao concerto. Erguemos os olhos e só vemos as caixas dos violinos, preciosas como estojos chineses, mas, por um momento, ainda nos iludimos com o enganoso apelo da sereia; às vezes também se julga ouvir um gênio cativo que se debate no fundo da sábia caixa, enfeitiçada e fremente, como um diabo numa pia d'água benta; ou então é no ar que o sentimos, como um ser sobrenatural e puro que passasse desenrolando a sua invisível mensagem.

Como se os instrumentistas estivessem, mais que tocando a frase, executando os ritos por ela exigidos para aparecer e procedendo aos sortilégios necessários para conseguir e prolongar por alguns instantes o prodígio da sua evocação. Swann, que tanto não a podia ver qual se ela pertencesse a um mundo ultravioleta, e que gozava como que o refrigério de uma metamorfose na momentânea cegueira que o acometia ao aproximar-se dela, Swann a sentia presente, como uma deusa protetora e confidente do seu amor e que, para chegar até ele diante da multidão, e levá-lo à parte para lhe falar, tomava o disfarce daquela aparência sonora. E enquanto passava, leve, apaziguadora e murmurada como um perfume, dizendo-lhe o que tinha a dizer, e de que ele perscrutava todas as palavras, lamentando vê-las fugirem tão depressa, Swann fazia sem querer o gesto de beijar de passagem o corpo harmonioso e fugitivo. Já não se sentia exilado e só, visto que ela, que se dirigia a ele, lhe falava a meia-voz de Odette. Pois já não tinha, como outrora, a impressão de que Odette e ele eram desconhecidos da pequena frase. Tantas vezes fora ela testemunha das alegrias de ambos! É verdade que muitas vezes o advertira da fragilidade daquelas alegrias. E ao passo que naquela época adivinhava sofrimento no seu sorriso, na sua entonação límpida e desencantada, agora lhe achava antes a graça de uma resignação quase alegre. Dessas mágoas de que ela outrora lhe falava e que ele a via arrastar sorrindo em seu curso sinuoso e rápido sem ser por elas atingido, dessas mágoas que agora se haviam tornado suas sem que tivesse a esperança de jamais se libertar delas, ela lhe parecia dizer, como o dissera, antes, da sua felicidade: "Que é isso? Não é nada, isso tudo". E pela primeira vez o pensamento de Swann se transportou, num impulso de piedade e ternura, para aquele Vinteuil, para aquele irmão desconhecido e sublime que tanto deveria ter sofrido também; qual teria sido a sua vida? Ao fundo de que dores fora ele buscar aquela força de Deus, aquele poder ilimitado de criar? Quando era a pequena frase que lhe falava da inconsistência de seus sofrimentos, Swann achava até certa doçura naquela mesma sabedoria que no entanto momentos antes lhe parecera intolerável quando julgava lê-la no rosto dos indiferentes que consideravam o seu amor com uma divagação sem importância. É que a pequena frase, pelo contrário, qualquer que fosse o seu juízo sobre a brevidade desses estados d'alma, via nisso alguma coisa, não como o fazia toda aquela gente, de menos sério que a vida positiva, mas, antes, de tão superior a ela, que só isso valia a pena ser expresso.

Todos os encantos de uma tristeza íntima, era a eles que ela tentava imitar e recriar, e até a sua própria essência, que consiste em serem incomunicáveis e parecerem frívolos a qualquer outra pessoa que não seja a que os experimenta, a pequena frase a havia captado e tornado visível. De tal sorte que fazia confessar seu valor e gozar sua divina doçura, àqueles mesmos ouvintes — desde que tivessem um mínimo de pendor musical — que em seguida os desconheceriam na vida, em cada amor particular que vissem nascer perto de si. Por certo a forma sob a qual ela os codificara não podia resolver-se em raciocínios. Mas fazia mais de um ano que, revelando a si mesmo muitas riquezas da sua própria alma, lhe nascera, ao menos por algum tempo, o amor à música, e Swann considerava os motivos musicais como verdadeiras ideias, de um outro mundo, de uma outra ordem, ideias veladas de trevas, desconhecidas, impenetráveis à inteligência, mas que nem por isso deixam de ser perfeitamente distintas umas das outras, desiguais de valor e significado. Ao fazer tocar de novo a pequena frase, após a reunião dos Verdurin, procurara saber de que modo ela o aliciava e envolvia, como um perfume, uma carícia, e averiguara que era ao leve afastamento das cinco notas que a compunham e ao retorno constante de duas dentre elas que se devia aquela impressão de retraída e trêmula doçura; mas na verdade sabia que assim raciocinava não sobre a própria frase, mas sobre simples valores que colocara, para comodidade da inteligência, no lugar da misteriosa entidade que havia vislumbrado, antes de conhecer os Verdurin, naquela reunião em que ouvira a sonata pela vez primeira. Sabia que até a lembrança do piano falseava ainda o plano em que via as coisas da música, que o campo aberto ao músico não é um mesquinho teclado de sete notas, mas um teclado incomensurável, ainda quase completamente desconhecido, onde apenas aqui e ali, separadas por espessas trevas inexploradas, algumas dos milhões de teclas de ternura, de paixão, de coragem, de serenidade que o compõem, cada qual tão diferente das outras como um universo de outro universo, foram descobertas por alguns grandes artistas que, despertando em nós o correspondente do tema que encontraram, nos prestam o serviço de mostrar-nos que riqueza, que variedade oculta, sem o sabermos, esconde essa grande noite indevassada e desalentadora da nossa alma, que nós consideramos como vácuo e nada. Vinteuil fora um desses músicos. Na sua pequena frase, embora apresentasse à razão uma superfície obscura, sentia-se um conteúdo tão consistente, tão explícito, ao qual emprestava uma força tão nova, tão original, que aqueles que a tinham ouvido a conservavam em si no mesmo plano que as ideias do entendimento. Swann se reportava a ela como uma concepção da felicidade e do amor e cuja peculiaridade sabia ele imediatamente tão bem em que consistia, como o sabia quanto à *Princesa de Clêves* ou a *René*, quando esses nomes se lhe apresentavam à memória. Mesmo quando não pensava na pequena frase, ela existia latente em seu espírito, da mesma forma que algumas outras noções sem equivalente, como as noções de luz, de som, de relevo, de volúpia física, que são as ricas posses com que se diversifica e realça o nosso domínio interior. Talvez as percamos, talvez se extingam, se voltarmos ao nada. Mas, enquanto vivermos, e tal como acontece no tocante a qualquer objeto real, não podemos fazer como se as não tivéssemos conhecido, como não podemos, por exemplo, duvidar da luz da lâmpada que se acende diante dos objetos metamorfoseados de nosso quarto, de onde se escapou até a lembrança das trevas. Assim, a frase de Vinteuil, como determinado tema de *Tristão*, por exemplo, que nos representa também certa aquisição sentimental, havia esposado a nossa condição mortal e adquirido algo de humano que era assaz comovedor. Sua sorte estava ligada ao futuro e à realidade da nossa alma, de que ela era um dos ornamentos mais particulares, mais diferenciados. Talvez o nada é que seja a verdade e todo o nosso sonho não exista, mas sentimos que então essas frases musicais, essas noções que existem em função do sonho, não hão de ser nada, tampouco. Pereceremos, mas temos como reféns essas divinas cativas que seguirão a nossa sorte. E a morte com elas tem alguma coisa de menos amargo, de menos inglório, de menos provável, talvez.

    Swann não se enganava, pois, em crer que a frase da sonata realmente existia. Humana desse ponto de vista, pertencia no entanto a uma ordem de criaturas sobrenaturais que nunca vimos mas que apesar disso reconhecemos enlevados quando algum explorador do invisível chega a captar uma delas, a trazê-la, do mundo divino a que ele tem acesso, para brilhar alguns instantes acima do nosso. Era o que fizera Vinteuil com a pequena frase. Sentia Swann que o compositor se contentara, com os seus instrumentos de música, em desvelá-la, torná-la visível, em lhe seguir e respeitar o desenho com mão tão sensível, tão prudente, tão delicada e tão segura que o som se alterava a todo momento, esfumando-se para indicar uma sombra, revivescendo quando era preciso seguir um contorno mais ousado. E uma prova de que Swann não se enganava ao acreditar na existência real daquela frase era que qualquer amador um pouco atilado logo se aperceberia da impostura se Vinteuil, com menos poder para divisar e transmitir as suas formas, houvesse procurado dissimular as lacunas de sua vista ou a inabilidade de seus dedos, acrescentando-lhe aqui e ali alguns toques de sua própria invenção.

    Ela havia desaparecido. Swann sabia que iria ressurgir no fim do último movimento, depois de todo um longo trecho que o pianista da sra. Verdurin saltava sempre. Havia ali admiráveis ideias que Swann não distinguira na primeira audição e que agora percebia, como se elas, no vestiário da sua memória, se tivessem desembaraçado do disfarce uniforme da novidade. Swann escutava todos os temas esparsos que entrariam na composição da frase: ele assistia à sua gênese. "Ó audácia tão genial talvez", dizia ele consigo, "como a de um Lavoisier, de um Ampère, a audácia de um Vinteuil experimentado, descobrindo as leis secretas de uma força desconhecida, conduzindo através do inexplorado, para a única meta possível, a atrelagem invisível a que se confia e que ele nunca verá."[83] Que belo diálogo ouviu Swann entre o piano e o violino no começo do último trecho! A supressão das palavras humanas, longe de deixar ali reinar a fantasia, como se poderia crer, a tinha eliminado: jamais a linguagem falada foi tão inflexivelmente fatal, jamais conheceu a tal ponto a pertinência das perguntas, a evidência das respostas. Primeiro o piano solitário se queixou, como um pássaro abandonado da sua companheira; o violino escutou-o, respondeu-lhe como de uma árvore vizinha. Era como no princípio do mundo, como se ainda não houvesse senão os dois sobre a face da Terra, ou antes, era naquele mundo fechado a tudo o mais, construído pela lógica de um criador e onde para todo o sempre só os dois existiriam: aquela sonata. Era um pássaro? Era a alma ainda incompleta da pequena frase, era uma fada, esse ser invisível e choroso, cuja queixa o piano em seguida ternamente redizia? Seus gritos eram tão súbitos que o violino devia precipitar-se sobre o seu arco para os recolher. Maravilhoso pássaro! O violinista parecia querer encantá-lo, amansá-lo, capturá-lo. Já havia passado para a sua alma, já a pequena frase evocada agitava, como ao de um médium, o corpo verdadeiramente possuído do violinista. Swann sabia que ela ia falar ainda uma vez. E de tal forma se desdobrara a personalidade dele que a expectativa do instante em que ia encontrar-se perante ela o sacudiu num desses soluços que um belo verso ou uma triste notícia provocam em nós, não quando estamos sozinhos, mas quando os comunicamos a amigos em que nos sentimos refletidos como um terceiro cuja provável emoção os enternece. Ela reapareceu, mas desta vez para ficar suspensa

---

83 Comparação das descobertas de Vinteuil às de Lavoisier (1743-94), que estabeleceu as bases da química moderna, e às de Ampère, inventor do galvanômetro e do eletroímã. [N. E.]

no ar e mostrar-se um instante apenas, como que imóvel, e expirar. De modo que Swann nada perdia do curto espaço de tempo em que ela se prorrogava. Achava-se ainda ali, como uma bolha irisada que se equilibra. Tal um arco-íris cujo brilho enfraquece, diminui, depois se eleva e, antes de se extinguir, fulgura um momento como ainda não o fizera antes: às duas cores que até então deixara transparecer, acrescentou ele outras cordas matizadas, todas as cordas do prisma, e fê-las vibrar. Swann não ousava mover-se e desejaria fazer com que todas as outras pessoas permanecessem quietas, como se o menor gesto pudesse comprometer o sortilégio sobrenatural, delicioso e frágil que estava tão perto de esvair-se. A palavra inefável de um só ausente, de um morto talvez (Swann ignorava se Vinteuil ainda era vivo) exalando-se acima dos ritos daqueles oficiantes, bastava para manter suspensa a atenção de trezentas pessoas e fazia daquele estrado onde uma alma era assim evocada um dos mais nobres altares em que se pudesse realizar uma cerimônia sobrenatural. De maneira que quando a frase afinal se desfez, flutuando em farrapos nos motivos seguintes que já haviam tomado o seu lugar, se no primeiro instante Swann ficou irritado ao ver a condessa Monteriender, famosa por suas simplicidades, inclinar-se para lhe confiar suas impressões antes mesmo que a sonata houvesse findado, não pôde deixar de sorrir e talvez de encontrar também um sentido profundo, que ela não via, nas palavras de que se serviu. Maravilhada com a virtuosidade dos intérpretes, a condessa exclamou, dirigindo-se a Swann: "É prodigioso, nunca vi nada que impressionasse tanto...". Mas um escrúpulo de exatidão obrigou-a a corrigir a primeira assertiva e ela fez esta reserva: "Nada que impressionasse tanto... depois das mesas giratórias!".

 A partir daquela noite, Swann compreendeu que jamais renasceria o sentimento que Odette lhe dedicara e que não mais se realizariam as suas esperanças de felicidade. E nos dias em que por acaso ela ainda se mostrava gentil e carinhosa, se lhe fizera alguma atenção, Swann notava esses signos aparentes e enganosos de um leve retorno com essa solicitude enternecida e cética, essa alegria desesperada daqueles que, cuidando de um amigo já nos últimos dias de uma doença incurável, relatam, como fatos preciosos: "Ontem ele próprio fez suas contas e foi ele quem descobriu um erro que cometêramos; comeu um ovo com gosto; se o digerir bem, experimentaremos amanhã uma costeleta", embora os saibam destituídos de significação nas vésperas de uma morte inevitável. Sem dúvida, Swann estava certo de que, se vivesse agora longe de Odette, ela acabaria tornando-se-lhe indiferente, de sorte que ficaria satisfeito se ela deixasse Paris para sempre; ele teria tido a coragem de ficar; mas não tinha a de partir.

Muitas vezes pensara nisso. Agora que reencetara o seu ensaio sobre Vermeer, teria necessidade de voltar pelo menos alguns dias a Haia, a Dresden, a Brunswick. Estava persuadido de que uma "Toalete de Diana" comprada pela Mauritshuis na venda Goldschmidt como um Nicolau Maes era na realidade de Vermeer.[84] E desejaria estudar o quadro no local para reforçar sua convicção. Mas deixar Paris enquanto Odette ali se achava, e mesmo quando estava ausente — pois nos lugares novos, onde os sentimentos não estão adormecidos pelo hábito, a gente retempera e reanima uma dor —, era-lhe um projeto tão cruel que só se sentia capaz de pensar nele constantemente porque se sabia decidido a jamais executá-lo. Mas acontecia que, durante o sono, renascia nele a ideia da viagem — sem que lhe ocorresse que aquela viagem era impossível — e ela se realizava. Um dia sonhou que partia por um ano; inclinado à portinhola do vagão para um jovem que lhe dizia adeus chorando, Swann procurava convencê-lo a partir na sua companhia. O trem já se movimentava, a ansiedade despertou-o, e ele se lembrou de que não ia partir, de que veria Odette naquela noite, no dia seguinte e quase diariamente.

---

84 A venda Goldschmidt aconteceu no dia 4 de maio de 1876, mas a atribuição da tela a Vermeer só ocorreria em 1907. [N. E.]

Então, ainda abalado com o sonho, abençoou as circunstâncias particulares que o tornavam independente, graças às quais podia permanecer perto de Odette e também conseguir que lhe permitisse vê-la algumas vezes; e, recapitulando todas essas vantagens: a sua posição — sua fortuna, de que ele muitas vezes tinha demasiada necessidade para não recuar diante de uma ruptura (tendo até, diziam, a secreta intenção de fazer com que ele a desposasse) —, aquela amizade do sr. de Charlus que, a falar a verdade, nunca lhe fizera obter grande coisa de Odette, mas dava-lhe a doçura de sentir que ela ouvia falar dele de modo lisonjeiro, por aquele amigo comum a quem dedicava tamanha estima — e enfim até sua inteligência, que ele empregava inteira em arquitetar cada dia uma intriga nova que tornasse a sua presença, se não agradável, pelo menos necessária a Odette —, pensou no que seria dele se tudo aquilo lhe houvesse faltado, pensou que se tivesse sido, como tantos outros, pobre, humilde, necessitado, obrigado a aceitar qualquer trabalho, ou amarrado a pais, a uma esposa, poderia ver--se obrigado a deixar Odette, pensou que aquele sonho, cujo horror ainda estava tão próximo, poderia ter sido verdadeiro, e então disse consigo: "A gente não conhece a própria felicidade. Nunca se é tão infeliz quanto se pensa". Mas considerou que aquela existência já vinha durando há vários anos, que só o que podia esperar era que durasse sempre, que sacrificaria os seus trabalhos, os seus prazeres, os seus amigos, toda a sua vida enfim, à espera cotidiana de um encontro que nada lhe podia trazer de feliz, e indagou se não estaria enganado, se o que favorecera a sua ligação e lhe impedira a ruptura não teria prejudicado o seu destino, se o acontecimento desejável não seria aquele mesmo que ele tanto se alegrava de que só acontecesse em sonhos: a partida; e disse consigo que a gente não conhece a própria desgraça, e nunca se é tão feliz quanto se pensa.

Algumas vezes desejava que ela morresse sem sofrimentos nalgum acidente, ela que andava sempre fora, nas ruas, nas estradas, da manhã à noite. E como ela voltava sã e salva, ele admirava-se de que o corpo humano fosse tão ágil e tão forte, que pudesse continuamente manter em xeque e frustrar todos os perigos que o cercam (e que Swann achava inumeráveis depois que o seu secreto desejo os computara) e permitisse assim às criaturas entregarem-se cada dia, e quase que impunemente, à sua obra de mentira, à consecução do prazer. E Swann sentia muito próximo de seu coração aquele Maomé II cujo retrato por Bellini tanto apreciava e que, sentindo que se apaixonara loucamente por uma de suas mulheres, apunhalou-a, a fim, diz ingenuamente o seu biógrafo, de recuperar a sua liberdade de espírito.[85] Depois se indignava de só pensar em si mesmo, e os sofrimentos que tinha experimentado não lhe pareciam merecer nenhuma compaixão, visto que ele próprio levava em tão pouca conta a vida de Odette.

Não podendo separar-se dela irremissivelmente, se ao menos a visse sem separações, a sua dor acabaria por acalmar-se e talvez o seu amor por extinguir-se. E visto que ela não queria deixar Paris para sempre, desejaria que não saísse nunca de Paris. Em todo caso, como sabia que a única ausência considerável que ela fazia todos os anos era nos meses de agosto e setembro, tinha vários meses antes o lazer de dissolver-lhe a amarga ideia em todo o tempo vindouro que trazia em si por antecipação e que, composto de dias homogêneos aos dias atuais, circulava transparente e frio em seu espírito onde alimentava a tristeza, mas sem lhe causar sofrimentos muito vivos. Mas esse futuro interior, esse fluxo incolor, e livre, eis que uma única frase de Odette vinha atingi-lo até em Swann e, como um pedaço de gelo, imobilizava-o, enrijecia a sua fluidez,

---

85 Referência à obra *Historia Turchesca*, escrita por Giovanni Maria Angiolello (1451-1525), em que ele conta que o sultão Maomé II chega a matar sua escrava Irene, pela qual estava apaixonado. Proust pode ter lido a retomada dessa narrativa no livro de L. Thuasne, *Gentille Bellini et le Sultan Mahommed II. Notes sur le séjour du peintre vénitien à Constantinople*, publicado em 1888. [N. E.]

fazia-o gelar de todo; e Swann sentira-se de súbito repleto de uma enorme e infrangível massa que pesava sobre as paredes interiores de seu ser até rebentá-lo: é que Odette lhe dissera, com um olhar risonho e sorrateiro que o observava: "Forcheville vai fazer uma bela viagem, no Pentecostes. Vai ao Egito", e Swann imediatamente compreendera que isso significava "Eu vou ao Egito no Pentecostes com Forcheville". E com efeito, se alguns dias depois Swann lhe dizia: "É a propósito dessa viagem que tu me dissestes que farias com Forcheville?", ela estouvadamente respondia: "Sim, meu pequeno, partimos no dia 19, te mandaremos uma vista das Pirâmides". Então ele desejava saber se Odette era amante de Forcheville, perguntá-lo a ela própria. Sabia que, supersticiosa como era, havia certos perjúrios que ela não cometeria, e depois, o receio que até então o retivera, de irritar a Odette com interrogações, de fazer-se detestado, não mais existia, agora que perdera toda a esperança de que ela um dia viesse a amá-lo.

Recebeu um dia uma carta anônima, dizendo-lhe que Odette fora amante de inúmeros homens (entre os quais lhe citavam alguns, como Forcheville, o sr. de Bréauté e o pintor), de mulheres, e que frequentava os *rendez-vous*. Atormentou-se ao pensar que havia entre os seus amigos uma criatura capaz de dirigir-lhe aquela carta (pois, por certos detalhes, revelava em seu remetente um conhecimento familiar da vida de Swann). Procurou quem poderia ser. Mas jamais suspeitara das ações ocultas dos indivíduos, daquelas que não têm ligação visível com as suas palavras. E quando desejou saber se seria antes sob o caráter aparente do sr. de Charlus, do sr. Des Laumes, do sr. d'Orsan que devia situar a região desconhecida onde deveria ter nascido aquele ato ignóbil, como nenhum desses homens jamais aprovara diante dele as cartas anônimas e tudo o que lhe haviam dito implicava que as reprovavam, não viu razões para ligar essa infâmia antes à natureza de um que à de outros. A do sr. de Charlus era um pouco a de um desequilibrado, mas fundamentalmente boa e terna; a do sr. Des Laumes um pouco seca, mas sadia e reta. Quanto ao sr. d'Orsan, Swann jamais encontrara uma pessoa que, mesmo nas circunstâncias mais tristes, viesse a ele com uma palavra mais sentida, um gesto mais discreto e mais justo. Tanto assim que não podia compreender o papel pouco delicado que se atribuía ao sr. d'Orsan em suas relações com uma mulher rica e, cada vez que pensava nele, via-se obrigado a deixar de lado essa má reputação, inconciliável com tantos testemunhos evidentes de delicadeza. Por um instante sentiu Swann que o seu espírito se anuviava, e pensou em outra coisa para recuperar um pouco de lucidez. Depois teve a coragem de voltar às mesmas reflexões. Mas, como não conseguiu suspeitar de ninguém em particular, forçoso lhe foi suspeitar de todos. Afinal de contas, o sr. de Charlus estimava-o, tinha bom coração. Mas era um nevropata, talvez amanhã chorasse ao sabê-lo enfermo, e hoje, por ciúme, ou cólera, por qualquer ideia súbita que o assaltara, tinha desejado fazer-lhe mal. No fundo, essa raça de homem era a pior de todas. Sem dúvida, o príncipe Des Laumes estava muito longe de querer a Swann como lhe queria o sr. de Charlus. Mas exatamente por causa disso, não tinha como ele as mesmas suscetibilidades; e depois, era uma natureza fria, por certo, mas tão incapaz de vilezas como de grandes ações. Swann se arrependia de só se haver ligado, na vida, a tais criaturas. Depois considerava que o que impede os homens de fazer mal ao próximo é a bondade, que ele só podia, no fundo, responder por naturezas análogas à sua, como o era, no tocante ao coração, a do sr. de Charlus. O simples pensamento de causar aquela pena a Swann o teria desgostado. Mas com um homem insensível, de uma outra humanidade, como era o príncipe Des Laumes, como prever a que atos poderiam levá-lo os móveis de uma essência diferente? Ter coração é tudo, e o sr. de Charlus o tinha. Tampouco deixava de o ter o sr. d'Orsan, e suas relações cordiais mas pouco íntimas com Swann, provindas do prazer que sentiam em conversar, pois pensavam o mesmo a respeito de tudo, eram mais repousantes que o afeto exaltado do sr. de

Charlus, capaz de guindar-se a atos de paixão, bons ou maus. Se havia alguém por quem Swann sempre se sentira compreendido e delicadamente estimado, esse era o sr. d'Orsan. Sim, mas e aquela vida pouco honrosa que ele levava? Swann lamentava não a ter levado em conta e haver muitas vezes confessado, por gracejo, que nunca experimentara tão vivamente sentimentos de simpatia e estima como no convívio de um canalha. Não há de ser por nada, pensava agora, que, desde que os homens julgam ao próximo, é pelos seus atos que o fazem. Só os atos significam alguma coisa, e não o que dizemos, ou o que pensamos. Charlus e Des Laumes podem ter tais ou tais defeitos, o fato é que são honestos. Orsan, esse, talvez não tenha defeitos, mas não é um homem honesto. Pode ter procedido mal, mais uma vez. Depois Swann suspeitou de Rémi, que na verdade poderia apenas ter inspirado a carta, mas essa pista lhe pareceu por um instante verdadeira. Antes de tudo, Lorédan tinha razões para querer mal a Odette. E depois, como não supor que nossos criados, vivendo numa situação inferior à nossa, e acrescentando à nossa fortuna e aos nossos defeitos, riquezas e vícios imaginários, pelos quais nos invejam e desprezam, hão de ser fatalmente levados a agir diferentemente das pessoas do nosso mundo? Depois, suspeitou de meu avô. Pois de cada vez que lhe pedira um favor, não o havia sempre negado? E depois, com as suas ideias burguesas, bem podia crer que assim fazia para o bem de Swann. Suspeitou também de Bergotte, do pintor, dos Verdurin, admirou mais uma vez, de passagem, a prudência das pessoas da sociedade em não quererem imiscuir-se nesses meios artísticos em que tais coisas são possíveis, e talvez até mesmo confessadas sob o nome de boas peças; mas lembrava-se dos gestos de retidão daqueles boêmios, e comparou-os à vida de expedientes, quase de calotes, a que a falta de dinheiro, a necessidade de luxo, a corrupção dos prazeres conduzem tantas vezes a aristocracia. Em suma, aquela carta anônima vinha provar que ele conhecia uma criatura capaz de perfídia, mas não via razão preponderante para que essa perfídia estivesse oculta no tufo — não explorado pelos outros — do caráter do homem sensível ou do homem frio, do artista ou do burguês, do grão--senhor ou do lacaio. Que critério adotar para julgar os homens? No fundo, não havia uma só das pessoas conhecidas suas que não pudesse ser capaz de uma infâmia. Deveria deixar de frequentá-los a todos? Seu espírito nublou-se; passou duas ou três vezes as mãos na fronte, enxugou os vidros do lornhão com o lenço, e, pensando que afinal de contas pessoas como ele se davam com o sr. de Charlus, o príncipe Des Laumes e os outros, considerou que isso significava, se não que fossem incapazes de atos infames, ao menos que frequentar pessoas que talvez não fossem incapazes de os praticar era uma necessidade da vida, a que cada qual devia submeter-se. E continuou a apertar a mão de todos aqueles amigos de quem suspeitara, apenas com a reserva, de pura forma, de que eles talvez tivessem querido prejudicá-lo.

Quanto ao próprio assunto da carta, não o preocupou, pois nenhuma das acusações formuladas contra Odette possuía a menor sombra de verossimilhança. Como muita gente, Swann tinha o espírito preguiçoso e carecia de imaginação. Bem sabia, como uma verdade de ordem geral, que a vida das criaturas é cheia de contrastes, mas, para cada uma em particular, imaginava a parte da vida que não lhe conhecia como idêntica à parte conhecida. Imaginava o que lhe calavam por meio do que lhe diziam. Nos momentos em que Odette e ele estavam juntos, se comentavam alguma ação ou sentimento pouco delicados que um terceiro cometera ou experimentara, ela os verberava em nome dos mesmos princípios que Swann sempre vira os seus pais professarem e aos quais permanecera fiel; e depois, Odette arranjava as suas flores, bebia chá, preocupava-se com os trabalhos de Swann. Swann estendia pois estes hábitos ao resto da vida de Odette, e evocava tais gestos quando queria imaginar os momentos em que ela se achava longe. Se lha tivessem descrito tal como era, ou antes, tal como fora durante tanto tempo com ele, mas junto de um outro homem, isso o faria sofrer, pois tal imagem se lhe afiguraria verossímil. Mas que ela frequentasse caftinas, se entregasse a orgias com mulheres, levasse a vida crapulosa das criaturas abjetas — que insensata invenção não era, para cuja realização não deixavam lugar nenhum, graças a Deus, os crisântemos imaginados, os chás sucessivos, as virtuosas palavras de indignação! Apenas de vez em quando dava a entender a Odette que lhe vinham contar, por maldade, tudo quanto ela fazia; e servindo-se, a propósito, de um detalhe insignificante mas verdadeiro que soubera por acaso, como se fosse a única pontinha que deixasse passar sem querer, entre tantas outras, de uma reconstituição completa da vida de Odette que ele conservava em segredo, levava-a a supor que estava informado sobre coisas que na verdade não sabia nem sequer suspeitava, pois se às vezes conjurava Odette a não ocultar a verdade, era apenas, conscientemente ou não, para que Odette lhe dissesse tudo quanto fazia. Sem dúvida, como dizia a Odette, apreciava a sinceridade, mas apreciava-a como a uma proxeneta que o mantivesse a par da vida de sua amante. De resto, como não era desinteressado, o seu amor à sinceridade não o havia tornado melhor. A verdade que ele amava era a que lhe diria Odette; mas ele próprio, para obter essa verdade, não tinha escrúpulos em recorrer à mentira, essa mesma mentira que incessantemente pintava a Odette como a coisa mais degradante para um ser humano. Em suma, mentia tanto quanto Odette, porque, sendo mais infeliz, não era menos egoísta do que ela. E Odette, ouvindo Swann contar-lhe as coisas que ela própria fizera, olhava-o com um ar desconfiado, e afinal zangado, para não parecer que se humilhava e que tinha vergonha de seus atos.

Um dia, num dos mais longos períodos de calma que já atravessara sem ser assaltado por novos acessos de ciúme, aceitara um convite para acompanhar ao teatro a princesa Des Laumes. Abrindo o jornal para ver o que representavam, o nome da peça: *As raparigas de mármore*, de Théodore Barrière, causou-lhe um choque tão cruel que fez um movimento de recuo e desviou o rosto.[86] Iluminada como pela luz da ribalta, no lugar novo onde figurava, essa palavra "mármore", que ele perdera a faculdade de distinguir, de tal modo se habituara a tê-la sob os olhos, tornou-se-lhe de súbito novamente visível e fê-lo recordar-se daquela história que Odette lhe havia contado, de uma visita que fizera com a sra. Verdurin ao Salão do Palácio das Indústrias e durante a qual esta lhe dissera: "Toma cuidado, que ainda hei de degelar-te, tu não és de mármore". Afirmara-lhe Odette que não passava de gracejo, e ele não ligara a mínima importância ao caso. Mas então tinha mais confiança nela do que atualmente. E justamente a carta anônima falava de amores daquele gênero. Sem atrever-se a olhar para o jornal, desdobrou-o, virou a página para não ver aquelas palavras: "As raparigas de mármore", e começou a ler maquinalmente as notícias do interior. Houvera uma tempestade no canal da Mancha, assinalavam-se estragos em Dieppe, em Cabourg, em Beuzeval. Imediatamente fez ele um novo gesto de recuo.

O nome de Beuzeval lembrava-lhe o de outra localidade daquela região, Beuzeville, que trazia ligado ao primeiro por um traço de união um segundo nome, o de Bréauté, que muitas vezes já vira em mapas, mas que pela primeira vez notava ser o mesmo de seu amigo o sr. de Bréauté, a quem a carta anônima apontava como antigo amante de Odette. Afinal de contas, quanto ao sr. de Bréauté, a acusação não era inverossímil; mas no tocante à sra. Verdurin, era impossível. Pelo fato de mentir às vezes, não se inferia que Odette nunca dissesse a verdade e nas palavras que trocara com a sra. Verdurin e que ela própria referira a Swann tinha ele reconhecido essas brincadeiras inúteis e perigosas que, por inexperiência da vida e ignorância do vício, às vezes fazem as mulheres, cuja inocência revelam e que — como Odette por exemplo

---

86 A peça começou a ser encenada em 1853 e tratava de prostitutas e atrizes que, tão sem sentimento, pareciam ser de mármore. [N. E.]

— se acham mais afastadas do que quaisquer outras de experimentar uma afeição exaltada por outra mulher. Ao passo que, pelo contrário, a indignação com que Odette repelira as suspeitas que involuntariamente lhe provocara por um instante a sua narrativa se enquadrava a tudo o que ele sabia dos gostos e do temperamento de sua amante. Mas naquele instante, por uma dessas inspirações de ciumento, análogas à que traz ao poeta ou ao sábio, que só dispõem de uma rima ou de uma observação, a ideia ou a lei que lhes dará todo o seu poder, Swann lembrou-se pela primeira vez de uma frase que Odette lhe dissera dois anos antes: "Oh!, a senhora Verdurin, agora sou tudo para ela, sou um amor, ela me beija, quer que eu a acompanhe a toda parte, quer que a trate por tu". Longe de ver então nessa frase qualquer relação com as absurdas palavras destinadas a fingir aquele vício e que Odette lhe repetira, tinha-a ele acolhido como prova de calorosa amizade. Mas eis que agora a lembrança dessas expansões de carinho da sra. Verdurin vinha bruscamente ligar-se à lembrança da sua conversação de mau gosto. Não mais podia separá-las em seu espírito, e as viu também unidas na realidade, emprestando esse carinho algo de sério e importante àqueles gracejos que, em troca, o faziam perder muito da sua inocência. Foi à casa de Odette. Sentou-se longe dela. Não ousava beijá-la, não sabendo se nela, ou nele, era a afeição ou a cólera que um beijo despertaria. Calava-se, via morrer seu amor. De súbito tomou uma resolução.

— Odette, minha querida, bem sei que estou sendo odioso, mas tenho que te perguntar umas coisas. Lembras-te da ideia que me veio a teu respeito e da senhora Verdurin? Dize-me se foi verdade, com ela ou qualquer outra.[87]

Odette sacudiu a cabeça, franzindo os lábios, gesto que as pessoas frequentemente empregam para responder que não irão, que isso

---

87 Mais tarde será o herói que entrará pelo mesmo "caminho de Swann" e exporá a namorada a sessões de interrogatório. [N. E.]

lhes aborrece, a alguém que lhes perguntou: "Não vai ver o desfile da cavalaria, não vai assistir à parada?". Mas esse abanar de cabeça, habitualmente ligado a um acontecimento futuro, traz, por isso, incerteza à negação de um fato passado. De resto, antes evoca motivos de conveniência própria que uma reprovação ou impossibilidade moral. Ao ver Odette fazer-lhe o sinal de que aquilo era falso, Swann compreendeu que talvez fosse verdade.

— Eu já te disse, bem sabes — acrescentou ela num tom irritado e doloroso.

— Sim, eu sei, mas estás certa disso? Não me digas: "Bem sabes", dize-me: "Eu nunca fiz essa espécie de coisas com nenhuma mulher".

Odette repetiu como uma lição, num tom irônico, como se quisesse desembaraçar-se dele:

— Eu nunca fiz essa espécie de coisas com nenhuma mulher.

— Podes jurá-lo sobre a tua medalha de Nossa Senhora de Laghet?

Sabia Swann que Odette não juraria falso sobre aquela medalha.

— Oh!, como me fazes sofrer! — exclamou Odette, furtando-se num gesto sobressaltado ao ataque da pergunta. — Não vais acabar com isso? O que é que tens hoje? Resolveste que eu deva detestar-te, que te abomine? Eu tanto queria voltar contigo aos bons tempos de outrora, e é assim que me agradeces!

Mas sem largá-la, como espera um cirurgião o fim de um espasmo que interrompe a sua operação mas não o faz renunciar a ela, disse-lhe Swann, com uma persuasiva e mentirosa doçura.

— Enganas-te em pensar que eu haveria de querer-te mal por isso, Odette. Nunca te falo do que sei, e sempre sei muito mais do que digo. Mas só tu podes abrandar com a tua confissão o ódio que sinto quando isso me é denunciado por outras pessoas. Minha cólera contra ti não vem das tuas ações, eu tudo te perdoo, porque te amo, mas sim da tua falsidade, da tua absurda falsidade que te faz insistir na negação de coisas que eu sei. Mas como queres que eu continue a amar-te quando te vejo me sustentar uma coisa que eu sei que é falsa? Odette, não prolongues este instante que é uma tortura para nós dois. Se quiseres, acabará num segundo, e ficarás livre disso para sempre. Dize-me, sobre a tua medalha, sim ou não, se nunca fizeste essas coisas.

— Que sei eu?! Que sei eu?! — exclamou Odette encolerizada. — Talvez há muito tempo, sem saber o que estava fazendo, talvez umas duas ou três vezes.

Swann havia encarado todas as possibilidades. A realidade é, pois, alguma coisa que não tem nenhuma relação com as possibilidades, da mesma forma que uma facada que recebemos nada tem a ver com o leve movimento das nuvens acima da nossa cabeça, pois estas palavras: "umas duas ou três vezes" marcaram a vivo uma espécie de cruz no seu coração. Coisa estranha que tais palavras, "umas duas ou três vezes", nada mais que palavras, palavras pronunciadas no ar, a distância, possam assim dilacerar o coração como se o tocassem de verdade, possam fazer adoecer, como um veneno que se ingerisse. Involuntariamente pensou nesta frase que ouvira em casa da sra. de Saint-Euverte: "Foi o que eu vi de mais forte depois das mesas giratórias". Aquele sofrimento que sentia não se assemelhava a nada do que previra. Não só porque, nas horas de maior desconfiança, raramente a sua imaginação se adentrara tanto no mal mas também porque, mesmo quando imaginava aquilo, tal coisa permanecia vaga, incerta, destituída desse horror particular que se desprendera das palavras "duas ou três vezes", desprovida daquela crueldade específica tão diferente de tudo quanto havia conhecido, como uma doença de que se é atacado pela primeira vez. E no entanto, aquela Odette de quem lhe vinha todo aquele mal não lhe era por isso menos querida, e sim, pelo contrário, mais preciosa, como se à medida que crescesse o sofrimento também crescesse o valor do calmante, do contraveneno que só aquela mulher possuía. Queria prestar-lhe mais cuidados, como a um doente cujo estado se descobre de súbito que é mais grave do que supúnhamos. Queria que a coisa horrível que ela lhe dissera ter feito "duas ou três vezes" não se pudesse repetir. Por isso cumpria velar por Odette. Dizem que, denunciando a um amigo as faltas de sua amante, só se consegue é mais aproximá-lo dela, porque ele não lhes dá crédito, mas muito mais se aproximará se acreditar na denúncia. Mas, dizia Swann consigo, como fazer para protegê-la? Poderia talvez livrá-la de determinada mulher, mas havia centenas de outras, e ele compreendeu a sua loucura, na noite em que não encontrara Odette nos Verdurin, quando começara a desejar a posse, sempre impossível, de uma outra criatura. Felizmente, sob os novos sofrimentos que acabavam de lhe penetrar na alma como hordas invasoras, jazia um fundo natural mais antigo e silenciosamente laborioso, como as células de um órgão ferido que logo se põem a refazer os tecidos lesados, como os músculos de um membro paralisado que tendem a retomar o movimento. Esses habitantes mais antigos e autóctones de sua alma empregaram por um instante todas as forças de Swann nesse trabalho obscuramente reparador que dá a ilusão do repouso a um convalescente, a um operado. Desta vez foi antes no seu coração do que no seu cérebro, como de costume, que se produziu aquela paz por esgotamento. Mas todas as coisas da vida que uma vez existiram tendem a recriar-se. E, como um animal agonizante de novo agitado por uma convulsão aparentemente extinta, o mesmo sofrimento veio retraçar a mesma cruz no coração, por um instante poupado, de Swann. Recordou aquelas noites de luar em que, recostado na sua vitória que o conduzia à rua La Pérouse,[88] cultivava voluptuosamente as emoções de enamorado, sem saber do envenenado fruto que fatalmente produziriam. Mas tais pensamentos não duraram mais que o espaço de um segundo, apenas o tempo em que ele levava a mão ao peito, retomava o fôlego e con-

---

88 A vitória, diferentemente do cupê, era carro leve e descoberto. [N. E.]

seguia sorrir para dissimular sua tortura. Já recomeçava com as suas indagações. Pois o ciúme, que se dera um trabalho que um inimigo não teria para lhe assestar aquele golpe, para lhe dar a conhecer a dor mais cruel que jamais sentira, o ciúme achava que ele não tinha sofrido bastante e procurava fazer com que recebesse uma ferida ainda mais profunda. Como uma divindade maligna, o ciúme o possuía, levando-o à perfeição. Não foi por culpa sua, mas apenas por causa de Odette, que o suplício a princípio não se agravou.

— Minha querida, terminemos de uma vez; foi com alguma pessoa que eu conheço?

— Não, eu te juro, creio aliás que exagerei, que não fui até esse ponto.

Ele sorriu e tornou:

— Que queres? Isso não faz mal, mas é lamentável que não me possas dizer o nome. Se eu pudesse figurar a pessoa me evitaria pensar em tal coisa daqui por diante. Digo isso por ti, pois não te aborreceria mais. É tão apaziguante poder imaginar as coisas! O terrível é que não se possa imaginar. Mas já foste tão gentil, não quero fatigar-te. Agradeço-te de todo o coração por todo o bem que me fizeste. Está acabado. Apenas esta pergunta: "Há quanto tempo?".

— Oh!, Charles, mas não estás vendo que me matas? Já faz tanto tempo! Eu nunca tinha tornado a pensar nisso, até parece que fazes questão de meter-me essas ideias na cabeça. Muito se aproveitaria! — disse ela, com uma tolice inconsciente e deliberada maldade.

— Oh!, eu apenas queria saber se foi depois que nos conhecemos. Seria tão natural... Será que se passou aqui? Não podes citar-me uma noite particular, para que me lembre o que estava fazendo nessa noite? Tu bem compreendes que não é possível que não te recordes com quem, meu amor.

— Mas eu não sei, creio que foi no Bois, numa noite em que foste encontrar-nos na Ilha. Tinhas ido jantar com a princesa Des

Laumes — disse ela, satisfeita de fornecer um detalhe preciso que testemunhasse a sua veracidade. — Numa mesa próxima estava uma mulher que eu não via há muito tempo. Ela me disse: "Venha atrás do pequeno rochedo apreciar o efeito do luar sobre as águas". No princípio bocejei e disse: "Não, estou cansada e sinto-me bem aqui". Ela assegurou que nunca houvera um luar semelhante. "Pois sim!", disse eu, pois bem sabia aonde ela queria chegar.

Odette contava aquilo quase a rir, ou porque lhe parecesse muito natural, ou porque assim julgasse atenuar-lhe a importância, ou para não parecer que se humilhava. Ao ver a fisionomia de Swann, mudou de tom:

— Tu és um miserável, sentes gosto em torturar-me, em obrigar-me a mentir assim como faço, para que me deixes em paz.

Este segundo golpe assestado em Swann era ainda mais atroz que o primeiro. Jamais supusera que fosse uma coisa tão recente, oculta a seus olhos que não tinham sabido descobri-la, não num passado que desconhecia, mas em noites de que muito bem se lembrava, noites em que convivera com Odette, que julgava tão bem conhecidas e que agora apresentavam retrospectivamente algo de enganoso e cruel; no meio delas se abria de súbito aquele hiante abismo, aquele momento na Ilha do Bois. Odette, sem ser inteligente, tinha o encanto do natural. Contara, representara a cena com tanta simplicidade que Swann, arquejante, via tudo: o bocejo de Odette, o pequeno rochedo. Ouvia-a responder — e alegremente!: "Pois sim!". Compreendeu que ela nada mais diria naquela noite, que não havia nenhuma nova revelação a esperar naquele momento; ele lhe disse:

— Minha pobre querida, perdoa-me, sinto que te magoo; agora está acabado, não vou pensar mais nisso.

Mas Odette viu que os olhos de Swann quedavam fixos nas coisas que ele não sabia e naquele passado de seu amor, monótono e doce na sua memória porque era vago, e que agora rasgava como uma ferida aquele minuto na Ilha do Bois, ao luar, depois do jantar na casa da princesa Des Laumes. Mas de tal modo se habituara ele a achar a vida interessante — a admirar as curiosas descobertas que nela se podem fazer — que, embora sofrendo a ponto de julgar que não suportaria por muito tempo uma dor semelhante, dizia consigo: "A vida é na verdade espantosa e reserva belas surpresas; afinal o vício é uma coisa mais difundida do que se crê. Eis uma mulher em quem eu confiava, que tem um ar tão simples, tão honrado em todo caso, que, mesmo leviana, parecia normal e sadia nas suas inclinações; ante uma denúncia inverossímil, eu a interrogo, e o pouco que ela me confessa revela muito mais do que se poderia suspeitar". Mas não podia limitar-se a essas observações desinteressadas. Procurava aferir exatamente o valor do que ela lhe contara a fim de saber se Odette fizera muitas vezes aquelas coisas e se poderia reincidir. Repetia as frases que lhe ouvira: "Eu bem sabia aonde ela queria chegar", "Duas ou três vezes", "Pois sim", mas não reapareciam desarmadas na memória de Swann, cada uma delas trazia o seu punhal e lhe vibrava um novo golpe. Durante muito tempo, como um enfermo que não pode deixar de fazer a cada instante o movimento que lhe é doloroso, ele se repetia estas frases: "Estou bem aqui", "Pois sim!", mas o sofrimento era tão forte que se via obrigado a parar. Maravilhava-se de que atos que sempre julgara tão ligeiramente, tão jocosamente, se lhe afigurassem agora graves como uma doença de que se pode morrer. Conhecia muitas mulheres a quem poderia pedir que vigiassem Odette. Mas como esperar que se colocassem no seu mesmo ponto de vista e não se ativessem àquele que por tanto tempo fora o seu e sempre o guiara na vida voluptuosa, dizendo-lhe então a rir: "Maldito ciumento que quer privar os outros de um prazer!". Por que alçapão subitamente aberto (ele que outrora só tirara delicados prazeres de seu amor por Odette) fora bruscamente precipitado naquele novo círculo do inferno de onde não via como jamais poderia escapar? Pobre Odette! Não lhe queria mal. Ela apenas tinha metade da culpa. Pois não se dizia que fora a sua própria mãe que a entregara, quase criança, em Nice, a um rico inglês? Mas com que dolorosa verdade se lhe apresentavam estas linhas do *Diário de um poeta*, de Alfred de Vigny, que outrora lera com indiferença: "Quando a gente se enamora de uma mulher, deveria indagar: Qual é o seu ambiente? Qual foi a sua vida? Toda a felicidade da vida se baseia nisso". Espantava-se de que simples frases articuladas por seu pensamento como "Pois sim!", "Eu bem via aonde ela queria chegar" pudessem causar-lhe tanto mal. Mas compreendia que o que supunha simples frases não eram mais que as peças da armadura entre as quais se continha, e lhe podia ser devolvido, o sofrimento que experimentara durante a narrativa de Odette. Pois era esse mesmo sofrimento que ele de novo experimentava. Por mais que soubesse agora — por mais que, com o tempo, houvesse até esquecido e perdoado um pouco —, no momento em que repetia aquelas frases, o sofrimento antigo o recompunha tal como ele era antes que Odette falasse: ignorante, confiante; o seu ciúme atroz, para feri-lo com a confissão de Odette, recolocava-o na posição de alguém que nada soubesse ainda, e, transcorridos vários meses, aquela velha história continuava a abalá-lo como uma revelação. Admirava o terrível poder recriador de sua memória. Só do enfraquecimento dessa geratriz cuja fecundidade diminui com os anos podia ele esperar um apaziguamento à sua tortura. Mas quando uma das frases pronunciadas por Odette parecia ter perdido um pouco da sua capacidade de fazê-lo sofrer, eis que uma daquelas em que o seu espírito menos se detivera até então, uma frase quase nova vinha substituir as outras e feria-o com um vigor intato. A lembrança da noite em que jantara com a princesa Des Laumes lhe era dolorosa, mas constituía apenas o centro de seu mal. Este se irradiava confusamente por todos os dias circunvizinhos. E qualquer que fosse o ponto dela que quisesse tocar em suas recordações, o que lhe doía era a estação inteira em que os Verdurin tinham ido jantar tão frequentemente na Ilha do Bois. Doía-lhe tanto que, pouco a pouco, as curiosidades que o ciúme lhe despertava foram neutralizadas pelo medo das torturas novas que ele se infligiria ao satisfazê-las. Compreendia que todo o período da vida de Odette transcorrido antes de encontrá-la, período que jamais procurara imaginar, não era a extensão abstrata que via vagamente, mas fora constituído de anos particulares e cheio de incidentes concretos. Mas, se deles tomasse conhecimento, receava que esse passado incolor, fluido e suportável, adquirisse um corpo tangível e imundo, uma face individual e diabólica. E teimava em não querer imaginá-lo, não mais por preguiça de pensar, mas por medo de sofrer. Esperava que havia de chegar um dia em que pudesse ouvir o nome da Ilha do Bois, ou da princesa Des Laumes, sem sentir o dilaceramento antigo, e achava imprudente provocar Odette a fornecer-lhe novas frases, nomes de lugares, circunstâncias diversas que, mal se apaziguasse o seu sofrimento, o fariam renascer sob outra forma.

Mas muitas vezes as coisas que não conhecia, que temia agora conhecer, era a própria Odette que, espontaneamente e sem o notar, lhas revelava; com efeito, a distância que o vício punha entre a vida real de Odette e a vida relativamente inocente que Swann julgara, e muitas vezes julgava ainda, que levava a sua amante, essa distância, a própria Odette lhe ignorava a extensão: uma criatura viciosa, que sempre afeta a mesma virtude perante as pessoas que não deseja lhe suspeitem os vícios, não tem controle para notar como esses vícios, cujo crescimento contínuo lhe é insensível, pouco a pouco a vão arrastando para além das normas habituais da vida. Em sua coabitação, no íntimo de Odette, com a lembrança das ações que ocultava de Swann, outras pouco a pouco lhes recebiam o reflexo e o contágio, sem que Odette lhes achasse nada de estranho ou que destoasse do meio particular em que as fazia viver dentro de si; mas, se as contava a Swann, ficava ele abalado com a revelação da ambiência que traíam. Um dia Swann procurava indagar de Odette, sem melindrá-la, se ela nunca frequentara casas de alcoviteiras. A falar verdade, estava convencido que não; a carta anônima lhe introduzira essa hipótese na cabeça, mas de um modo mecânico: não encontrara crédito, mas em todo caso ali ficara, e Swann, para desembaraçar-se da presença puramente material, mas no entanto incômoda da suspeita, desejava que Odette a extirpasse. "Oh!, não! E não é que eu não tenha sido perseguida para isso", acrescentou Odette, revelando num sorriso uma vaidade que ela não mais se apercebia de que Swann pudesse achar legítima. "Ainda ontem ficou uma a esperar-me durante mais de duas horas: propunha-me qualquer preço. Parece que há um embaixador que lhe disse: 'Eu me mato se não a trouxer'. Disseram-lhe que eu tinha saído, acabei indo eu mesma falar com ela, para que se fosse embora. Queria que tu visses como a recebi, minha criada que me ouvia da peça vizinha me disse que eu gritava: 'Não quero, está ouvindo?! Digo-lhe que não me agrada, e pronto! Creio que sou livre de fazer o que me der na cabeça! Ainda se eu tivesse necessidade de dinheiro...'. O porteiro tem ordem de não mais deixá-la entrar, dirá que fui para o campo. Ah!, eu queria que estivesses escondido nalguma parte. Havias de ficar contente, meu querido. A tua Odettezinha assim mesmo tem alguma coisa de bom, embora a achem tão detestável."

Aliás, as confissões que ela própria fazia quando supunha que Swann havia descoberto alguma falta sua, antes serviam a ele de ponto de partida para novas dúvidas do que como remate às antigas. Pois as confissões nunca estavam em exata proporção com as dúvidas. Por mais que Odette cortasse o essencial à sua confissão, sempre restava no acessório alguma coisa que Swann jamais imaginara, que o abalava com a sua novidade e ia permitir-lhe mudar os termos do problema do seu ciúme. E essas confissões, ele não mais podia esquecê-las. Sua alma arrastava-as, embalava-as como a cadáveres. Estava por elas envenenada.

Um dia Odette lhe falou de uma visita que Forcheville lhe fizera no dia do Festival de Paris-Múrcia. "Como, tu já o conhecias?

Ah!, sim, é verdade", disse ele, emendando a mão, para não parecer que o ignorava. E de súbito estremeceu ao pensamento de que no dia daquela festa em que recebera dela a carta que tão preciosamente guardara, ela almoçava talvez com Forcheville na "Maison d'Or". Ela jurou-lhe que não. "No entanto a 'Maison d'Or' me lembra não sei o quê, que eu soube não ser verdade", disse ele para assustá-la. "Sim, que eu não tinha ido à 'Maison d'Or' na noite em que te disse que saía de lá, quando me procuraste no Prévost", respondeu-lhe Odette (julgando pelo seu ar que ele o sabia), com uma decisão em que havia, muito mais que cinismo, timidez, e certo medo de contrariá-lo, que por amor-próprio ela procurava ocultar, e mais o desejo de lhe mostrar que podia ser franca. Assim golpeou ela com uma precisão e um vigor de carrasco e que eram isentos de crueldade, pois Odette não tinha consciência do mal que fazia a Swann; e até se pôs a rir, talvez na verdade para não se mostrar humilhada ou confusa. "É verdade que eu não tinha estado na Maison Dorée, mas vinha da casa de Forcheville. Estive mesmo no Prévost, não foi mentira. Ele me encontrou lá e convidou-me para ir ver as suas gravuras. Mas tinha ido alguém visitá-lo. Eu te disse que vinha da 'Maison D'Or' porque tinha medo de que aquilo te aborrecesse. Bem vês que era até uma gentileza da minha parte. Vá que eu tenha feito mal, mas ao menos te digo francamente. Que interesse teria eu em não te dizer também que almocei com ele no dia do Festival de Paris-Múrcia, se fosse verdade? Tanto mais que naquele tempo a gente ainda não se conhecia muito bem, não é, querido?" Ele lhe sorriu com a covardia súbita da criatura sem forças que haviam feito dele aquelas acabrunhantes palavras. Assim, mesmo nos meses em que ele jamais ousara pensar, porque tinham sido muito felizes, naqueles meses em que Odette o havia amado, ela já lhe mentia! Como aquele momento (a primeira noite em que tinham "feito catleia") em que ela lhe dissera ter saído da Maison Dorée, quantos outros não teria havido que também ocultavam uma mentira que Swann não suspeitara? Lembrou-se de que ela lhe dissera um dia: "Bastaria dizer à senhora Verdurin que meu vestido não ficou pronto, ou que meu carro se atrasou. Sempre se pode dar um jeito". Também provavelmente a ele, quantas vezes em que Odette lhe dissera dessas frases que explicam um atraso, justificam uma mudança de hora num encontro, não deviam elas ocultar, sem que ele o desconfiasse, alguma coisa que ela teria a fazer com um outro a quem dissera: "Basta dizer a Swann que meu vestido não ficou pronto, ou que meu carro chegou atrasado, sempre se pode dar um jeito". E sob as mais doces recordações de Swann, sob as palavras mais simples que outrora lhe dissera Odette, e em que ele acreditara como palavras de evangelho, sob os atos cotidianos que ela lhe contara, sob os locais mais costumeiros, a casa da sua modista, a avenida do Bois, o Hipódromo, ele sentia (dissimulada nesse excedente de tempo que nos dias mais detalhados deixa ainda folga e espaço e que pode servir de esconderijo a certos atos), ele sentia insinuar-se a presença possível e subterrânea de mentiras que lhe tornavam ignóbil tudo o que lhe restara de mais caro, as suas melhores noites, até mesmo a rua de La Pérouse, que Odette sempre deveria ter deixado em outras horas que não as que lhe dissera, fazendo circular por toda parte um pouco do tenebroso horror que ele sentira ao ouvir a confissão relativa à Maison Dorée, e, como as bestas imundas na desolação de Nínive, abalando pedra a pedra todo o seu passado.[89] Se agora desviava o pensamento de cada vez que sua memória lhe dizia o nome cruel da Maison Dorée, já não era como ainda recentemente no sarau da sra. de Saint-Euverte, porque lhe lembrava uma felicidade há muito tempo perdida, mas sim uma desgraça que apenas acabava de saber. Depois aconteceu com o nome de Maison Dorée o mesmo que com o da Ilha do Bois, deixou pouco a pouco de fazê-lo sofrer. Pois o que nós julgamos seja o nosso amor, o nosso ciúme, não é

---

89 Os animais da desolação de Nínive estão representados no portal ocidental da catedral de Amiens. [N. E.]

uma mesma paixão contínua, indivisível. Compõem-se eles de uma infinidade de amores sucessivos, de ciúmes diferentes, mas, por sua multidão ininterrupta, dão a impressão da continuidade, a ilusão da unidade. A existência do amor de Swann, a constância do seu ciúme, eram constituídos da morte, da inconstância de inumeráveis desejos, de inumeráveis dúvidas, que tinham todos Odette por objeto. Se permanecesse muito tempo sem vê-la, aqueles que morriam não seriam substituídos por outros. Mas a presença de Odette continuava a semear o coração de Swann de alternadas ternuras e suspeitas.

Certas noites, Odette se tornava subitamente de uma gentileza da qual duramente o avisava deveria ele aproveitar-se em seguida, sob pena de não a ver renovar-se antes de muitos anos; era preciso voltar imediatamente à casa dela para "fazer catleia", e esse desejo que Odette pretendia ter por Swann era tão súbito, tão inexplicável, tão imperioso, tão demonstrativas e insólitas eram as carícias que logo lhe prodigalizava, que aquela ternura brutal e inverossímil causava tanto mal a Swann como uma mentira ou uma maldade. Uma noite em que assim se recolheram por ordem de Odette e em que ela entremeava os beijos de apaixonadas palavras que contrastavam com a sua secura habitual, ele supôs de repente ouvir um rumor; ergueu-se, procurou por toda parte, não encontrou ninguém, mas não teve coragem de retomar o lugar ao lado de Odette, que então, num acesso de raiva, quebrou um vaso, dizendo-lhe: "Nunca se pode fazer nada contigo!". E ele ficou na incerteza de que ela teria ocultado alguma pessoa, a quem quisesse espicaçar o ciúme ou acender os desejos.

Às vezes ia Swann às casas de *rendez-vous*, na esperança de saber alguma coisa de Odette, sem no entanto ousar nomeá-la: "Tenho uma pequena que vai agradar-lhe", dizia-lhe a caftina. E Swann permanecia uma hora a conversar com alguma pobre rapariga espantada de que ele não fizesse nada mais. Uma delas, bastante jovem e encantadora, disse-lhe um dia: "O que eu desejava era encontrar um amigo; então ele poderia estar certo de que eu não iria com mais ninguém". "Na verdade, achas que seja possível que uma mulher fique sensibilizada de que a gente a ame e não nos engane nunca?", indagou Swann ansiosamente. "Decerto! Isso depende do caráter!" Swann não podia evitar de dizer àquelas raparigas as mesmas coisas que agradariam à princesa Des Laumes. Àquela que procurava um amigo, disse ele sorrindo: "Que bonito! Puseste uns olhos azuis, da mesma cor de teu cinto". "O senhor também está com punhos azuis." "Que bela conversa a nossa, para um lugar destes! Eu não te aborreço, não terás alguma coisa que fazer?" "Tenho tempo de sobra. Se o senhor me aborrecesse, eu lhe diria. Pelo contrário, gosto muito de ouvi-lo falar." "Sinto-me muito lisonjeado. Não é que estamos conversando gentilmente?", disse ele à caftina, que acabava de entrar. "Sim, é justamente o que eu estava pensando. Como eles estão bem-comportados! Pois não é que agora a gente vem conversar em minha casa?! Ainda outro dia o príncipe dizia que aqui é muito melhor do que na casa de sua esposa. Parece que agora na sociedade elas deram para coisas, é um verdadeiro escândalo! Bem, vou deixá-los, não quero ser indiscreta." E deixou Swann com a rapariga dos olhos azuis. Mas ele logo se levantou e despediu-se; ela lhe era indiferente, não conhecia Odette.

Tendo o pintor estado enfermo, o dr. Cottard aconselhou-lhe uma viagem por mar; vários fiéis falaram em partir com ele; os Verdurin não se conformaram em ficar sozinhos, alugaram um iate, depois o adquiriram, e assim Odette fez frequentes cruzeiros. De cada vez que Odette se ausentava algum tempo, Swann sentia que começava a desligar-se dela, mas, como se essa distância moral estivesse relacionada com a distância material, logo que sabia estar Odette de volta, não podia ficar sem vê-la. De uma feita, tendo partido apenas por um mês, pelo que julgavam, ou porque fossem tentados em caminho, ou porque o sr. Verdurin tivesse astuciosamente arranjado as coisas de antemão para agradar à mulher e só avisasse aos fiéis a cada novo rumo que tomavam, da Argélia foram para Túnis, depois à Itália, depois à Grécia, a Constantinopla e à Ásia Menor. Fazia quase um ano que durava a viagem, e Swann se sentia absolutamente tranquilo, quase feliz. Embora a sra. Verdurin tentasse persuadir o pianista e o dr. Cottard de que a tia de um e os clientes do outro não tinham nenhuma necessidade deles e que, em todo caso, seria imprudente permitir o regresso da sra. Cottard a Paris, que o sr. Verdurin assegurava estar em revolução, viu-se obrigada a dar-lhes liberdade em Constantinopla. E o pintor partiu com eles. Um dia, logo depois da volta dos três viajantes, Swann, vendo passar um ônibus para Luxemburgo, onde tinha algo que fazer, tomou o veículo e viu-se sentado em frente da sra. Cottard, que fazia o seu turno dos "dias de visita" em grande aparato, de chapéu de plumas, vestido de seda, regalo, sombrinha, porta-cartões e luvas brancas lavadas. Revestida dessas insígnias, quando fazia bom tempo, ia a pé de uma quadra a outra, no mesmo bairro, mas, para dirigir-se de um bairro a outro, utilizava o ônibus com baldeação. Nos primeiros instantes, antes que a gentileza inata da mulher pudesse romper a casca da pequeno-burguesa, e aliás não sabendo bem se devia falar dos Verdurin a Swann, manteve com toda a naturalidade, com a sua voz lenta, insegura e suave, que por momentos o fragor do ônibus completamente abafava, uma conversa de frases escolhidas entre as que ouvia e repetia nas vinte e cinco casas que visitava em uma jornada.

— Não lhe vou perguntar se um homem em dia, como o senhor, já viu nos Mirlitons, o retrato de Machard que movimenta toda a cidade.[90] E então? Que me diz? Está no campo dos que aprovam ou no campo dos que condenam? Em todos os salões só se fala no retrato de Machard; não se é chique, não se é direito, não se é adiantado, se não se dá opinião sobre o retrato de Machard.

---

90 O círculo artístico dos "Mirlitons" foi fundado em 1860, com sede na praça Vendôme. Jules Machard era o retratista da moda na época. [N. E.]

Como Swann respondesse que não vira o retrato, a sra. Cottard receou havê-lo melindrado, obrigando-o a confessar tal coisa.

— Ah!, muito bem, pelo menos o senhor o confessa francamente, não se julga diminuído porque não viu o retrato de Machard. Acho isso muito bonito de sua parte. Pois bem, eu o vi, as opiniões estão divididas, há os que julgam que é um pouco delambido, um pouco merengue, quanto a mim, acho-o ideal. Ela evidentemente não se parece com as mulheres azuis e amarelas de nosso amigo Biche. Tenho de confessar francamente, talvez o senhor não me ache muito "fim de século", mas digo o que penso, e na verdade não compreendo. Meu Deus, reconheço as qualidades que tem o retrato de meu marido, é menos estranho do que as coisas que ele costuma fazer; mas era preciso que lhe pusesse bigodes azuis?! Ao passo que Machard! Olhe, justamente o marido da amiga aonde vou agora (o que me deu o prazer de viajar com o senhor) lhe prometeu, se for nomeado para a Academia (é um dos colegas do doutor) encomendar um retrato dela a Machard. Sem dúvida é um belo sonho! Tenho outra amiga que diz que gosta mais de Leloir. Eu não passo de uma pobre leiga, e Leloir é talvez ainda superior como ciência. Mas penso que a primeira qualidade de um retrato, principalmente quando custa dez mil francos, é ser parecido, e de uma parecença agradável.

Tendo dito essas coisas que lhe inspiravam a altura de sua egrete, o monograma de seu porta-cartões, o numerozinho traçado à tinta em suas luvas pelo tintureiro e o embaraço de falar a Swann dos Verdurin, a sra. Cottard, vendo que se achava ainda longe da esquina da rua Bonaparte, onde devia descer, escutou o seu coração, que lhe aconselhava outras palavras:

— As orelhas devem ter estado a arder-lhe durante a viagem que fizemos com a senhora Verdurin. Só se falava no senhor.

Swann ficou muito espantado, pois supunha que seu nome nunca era proferido diante dos Verdurin.

— Aliás — acrescentou a sra. Cottard —, a senhora de Crécy

se achava conosco, e não é preciso dizer mais nada. Quando Odette está nalguma parte, não pode ficar muito tempo sem falar no senhor. E creia que não é nada de mal. Como, o senhor duvida? — disse ela, vendo um gesto cético de Swann.

E levada pela sinceridade da sua convicção, não pondo aliás nenhum mau pensamento nessa palavra que tomava apenas no sentido em que é empregada para falar da afeição que une dois amigos:

— Mas Odette o adora! Ah!, creio que não se deveria dizer isso do senhor diante dela! Estava-se bem arranjado! A propósito de tudo, se se via um quadro, por exemplo, ela dizia: "Ah!, se Swann estivesse aqui, ele é que poderia dizer-nos se é ou não autêntico. Não há ninguém como ele para isso". E a cada momento perguntava: "Que estará ele fazendo agora? Se ao menos trabalhasse um pouco! Um homem tão bem-dotado, é pena que seja tão preguiçoso. (Perdoe-me dizer-lhe isso.) Neste momento eu o vejo, ele está pensando em nós, indaga consigo onde estaremos". Teve até uma frase que achei muito bonita; disse o senhor Verdurin: "Mas como podes saber o que Swann está fazendo neste momento, se estás oitocentas léguas longe dele?". Então Odette lhe respondeu: "Nada é impossível ao olhar de uma amiga". Não, juro-lhe, não estou dizendo isso para lisonjeá-lo, o senhor tem nela uma verdadeira amiga como não há muitas. Pois se o senhor não sabe, digo-lhe eu que é o único. Ainda o outro dia me dizia a senhora Verdurin (bem sabe que nas vésperas de partida se conversa melhor: "Não digo que Odette não nos estime, mas nada do que lhe dizemos tem para ela a importância do que o senhor Swann lhe diria". Oh!, meu Deus, o condutor me faz parar; conversando com o senhor, eu ia deixar passar a rua Bonaparte... Poderia fazer o favor de dizer-me se a minha egrete está direita?

E a sra. Cottard retirou do regalo, para estendê-la a Swann, a mão enluvada de branco, de onde surgiu, juntamente com um bilhete de baldeação, um vislumbre de alta vida, que encheu o ônibus, de mistura com o odor do tintureiro. E Swann sentiu-se transbordar de ternura por ela, tanto quanto pela sra. Verdurin (e quase tanto como por Odette, pois o que sentia por esta última, como já não vinha mesclado de sofrimento, não era mais amor), enquanto a seguia da plataforma com um olhar enternecido, vendo-a tomar corajosamente a rua Bonaparte, a egrete alta, erguendo a saia com uma das mãos, segurando com a outra a sombrinha e o porta-cartões, de modo que se vissem bem as iniciais, e deixando o regalo balançar adiante de si.

Para fazer concorrência aos sentimentos doentios que Swann experimentava por Odette, a sra. Cottard, melhor terapeuta do que o seria o esposo, lhes enxertara ao lado outros sentimentos, mas estes normais, de gratidão e de amizade, sentimentos que ao espírito de Swann tornariam Odette mais humana (mais semelhante às outras mulheres, porque outras mulheres também lhos poderiam inspirar) e apressaria a sua transformação definitiva naquela Odette amada de um tranquilo afeto, que o levara uma noite, após uma festa em casa do pintor, a beber uma laranjada com Forcheville e junto da qual imaginara Swann que poderia viver feliz.

Muitas vezes, outrora, ao pensar com terror que algum dia deixaria de amar Odette, resolvera ficar em vigilância e, logo que sentisse que o amor começava a abandoná-lo, apegar-se a ele, retê-lo bem. Mas eis que ao enfraquecimento de seu amor correspondia simultaneamente um enfraquecimento do desejo de permanecer enamorado. Pois a gente não pode mudar, isto é, tornar-se uma outra pessoa e ao mesmo tempo continuar obedecendo aos sentimentos daquela que não mais se é. Às vezes, lendo no jornal o nome de algum homem que supunha ter sido dos prováveis amantes de Odette, tornava a sentir ciúme. Mas era bem leve, e como lhe provava que ainda não emergira completamente daquela época em que tanto sofrera — mas em que também conhecera um modo tão voluptuoso de sentir — e que os acasos do caminho talvez ainda lhe permitissem perceber furtivamente e de longe a sua passada beleza, aquele ciúme antes lhe proporcionava uma agradável excitação, como ao melancólico parisiense que deixa Veneza para voltar à França, um último mosquito vem provar que a Itália e o verão ainda não estão muito longe. Mas, em geral, aquela época tão particular da sua vida de que agora saía, quando ele se esforçava, se não por continuar nela, mas ao menos por ter, enquanto ainda fosse tempo, uma visão nítida daquilo tudo, via que já lhe não era possível; aquele amor que acabava de deixar, desejaria ainda avistá-lo como uma paisagem que fosse desaparecendo; mas é tão difícil a gente desdobrar-se e conceder a si mesmo o espetáculo verídico de um sentimento que já não se possui, que logo o cérebro se lhe obscurecia, ele não via mais nada, desistia de olhar, tirava o lornhão, esfregava-lhe os vidros; e dizia consigo que melhor seria repousar um pouco, que ainda havia tempo, e recolhia-se em seu canto, com essa falta de curiosidade e esse torpor do viajante sonolento que baixa o chapéu sobre os olhos, para dormir, no trem que ele sente que o vai arrastando cada vez mais depressa para longe da terra onde tanto tempo viveu e que prometera a si mesmo não deixar fugir sem lhe dar um último adeus. Também como aquele viajante, ao despertar já em terras de França, quando Swann colheu por acaso a prova de que Forcheville fora amante de Odette, reconheceu que isso não o fazia sofrer, que o amor agora estava longe, e lamentou não haver notado o momento em que desaparecia para sempre. E da mesma forma que, ao beijar Odette pela primeira vez, procurara gravar na memória a face que por tanto tempo ela lhe apresentara e que a lembrança daquele beijo iria transformar, assim desejaria, pelo menos em pensamento, despedir-se, enquanto ela ainda existia, daquela Odette que lhe inspirava amor e ciúme, daquela Odette que lhe causava sofrimentos e que agora não mais tornaria a ver.

Enganava-se. Devia revê-la ainda uma vez, algumas semanas mais tarde. Foi, enquanto dormia, no crepúsculo de um sonho. Passeava ele com a sra. Verdurin, o dr. Cottard, um jovem de fez a quem não podia identificar, o pintor, Odette, Napoleão III e meu avô, por uma estrada paralela ao mar e que o dominava a pique, ora de muito alto, ora de alguns metros apenas, de maneira que subiam e desciam constantemente; os passeantes que desciam já não eram visíveis aos que ainda subiam, a pouca luz que restava ia enfraquecendo e parecia então que uma noite escura iria baixar imediatamente. Às vezes as vagas saltavam até a borda e Swann sentia na face respingos gelados. Odette lhe dizia que enxugasse o rosto, ele não podia, o que o deixava confuso perante ela, como se estivesse de camisa de dormir. Esperava que não o notassem, devido à obscuridade, mas a sra. Verdurin fitou-o com espanto durante um longo momento enquanto ele via o rosto dela se ir deformando, o nariz alongar-se e aparecerem-lhe grandes bigodes. Virou-se para olhar Odette: suas faces estavam pálidas, com pontinhos vermelhos, os traços repuxados, tinha grandes olheiras, mas fitava-o com uns olhos cheios de ternura, prestes a destacar-se como lágrimas para tombarem sobre ele, e Swann sentia que a amava tanto que desejaria levá-la consigo imediatamente. De repente Odette olhou seu relógio de pulso e disse: "Tenho de ir embora"; fez a todos uma despedida geral, sem chamar Swann à parte, sem lhe dizer onde se encontrariam naquela noite ou num outro dia. Não ousou perguntar-lhe, desejava acompanhá-la, e via-se obrigado, sem se voltar para ela, a responder sorrindo a uma pergunta da sra. Verdurin, mas seu coração batia horrivelmente, ele sentia ódio a Odette, e desejava furar aqueles olhos que tanto amara momentos antes e lacerar aquelas faces sem frescor. Continuava a subir com a sra. Verdurin, isto é, a afastar-se a cada passo de Odette, que descia em sentido inverso. Ao fim de um segundo, fazia muitas horas que ela havia partido. O pintor observou a Swann que Napoleão III se eclipsara um instante depois dela: "Com certeza estava combinado entre os dois", acrescentou. "Devem ter-se juntado no fundo da encosta, mas não quiseram despedir-se juntos por causa das conveniências. Ela é sua amante." O jovem desconhecido pôs-se a chorar. Swann tentou consolá-lo. "Afinal de contas ela tem razão", disse-lhe Swann, enxugando-lhe os olhos e retirando-lhe o fez para que ele ficasse mais à vontade. "Eu o aconselhei a Odette várias vezes. Para que tanta tristeza? Era mesmo o homem que poderia compreendê-la." Assim falava Swann a si mesmo, pois o jovem que a princípio não pudera identificar era também ele; como certos romancistas, Swann havia dividido a sua personalidade entre duas personagens: a que estava sonhando e a que ele via diante de si com um fez na cabeça.

Quanto a Napoleão III, era a Forcheville que alguma vaga associação de ideias, depois certa mudança na fisionomia habitual do barão, e finalmente a fita da Legião de Honra que lhe cruzava o peito, haviam induzido Swann a atribuir-lhe esse nome; mas, na verdade, e por tudo o que a personagem presente no sonho lhe significava e evocava, tratava-se mesmo de Forcheville. Pois, de imagens incompletas e mutáveis, o Swann adormecido tirava conclusões falsas, e aliás momentaneamente com tamanho poder criador que ele próprio se reproduzia por simples divisão, como certos organismos inferiores; com o calor que sentia na palma da mão modelava a mão de um estranho, que supunha estar apertando e, de sentimentos a impressões de que ainda não tinha consciência, fazia nascer peripécias que, por seu encadeamento lógico, introduziriam em dado momento no seu sono a personagem necessária para receber seu amor ou despertá-lo. De súbito baixou uma noite escura, um sino tocou a rebate, passou gente a correr, fugindo das suas casas em chamas; Swann ouvia o rumor das vagas que saltavam e o seu coração que, com a mesma violência, batia de angústia dentro do peito. De repente as palpitações redobraram de velocidade, ele sentiu um sofrimento, uma ânsia inexplicáveis; um camponês cheio de queimaduras lhe gritava de passagem: "Vá perguntar a Charlus aonde Odette foi terminar a noite com o seu camarada, Charlus esteve com Odette antigamente e ela lhe conta tudo. Foram eles que atearam o fogo". Era o seu criado de quarto que vinha despertá-lo e lhe dizia:

— Senhor, são oito horas, e o cabeleireiro chegou, eu lhe disse que passasse daqui a uma hora.

Mas essas palavras, penetrando nas ondas do sono em que Swann estava mergulhado, só lhe haviam chegado até a consciência depois de sofrer essa desviação que faz com que no fundo d'água um raio pareça um sol, da mesma forma que, momentos antes, o tinir da campainha, adquirindo no fundo daqueles abismos uma sonoridade de sino em rebate, engendrara o episódio do incêndio. Nisto, o cenário que tinha sob os olhos desfez-se em pó, Swann ergueu as pálpebras, ouviu uma última vez o rumor de uma das vagas do mar que se ia afastando. Tocou a face. Estava seca. E lembrava contudo a sensação da água fria e o gosto do sal. Levantou-se da cama, vestiu-se. Mandara chamar cedo o cabeleireiro porque na véspera tinha avisado por escrito a meu avô que iria de tarde a Combray, pois soubera que a sra. de Cambremer — srta. Legrandin — devia ali passar alguns dias. Associando, na memória, ao encanto daquele rosto jovem, o de uma campina que desde muito não via, deparavam-lhe ambos um atrativo que o decidira a deixar Paris por alguns dias. Como os diferentes acasos que nos põem em presença de certas pessoas não coincidem com o tempo em que nós as amamos, mas, ultrapassando-o, podem suceder antes que ele comece e repetir-se depois que findou, as primeiras aparições que faz em nossa vida um ser destinado a agradar-nos mais tarde assumem retrospectivamente para nós um valor de advertência, de presságio. Dessa maneira se reportara Swann muitas vezes à imagem de Odette encontrada no teatro, naquela primeira noite em que não pensava tornar a vê-la — como recordava agora o sarau da sra. de Saint-Euverte em que tinha apresentado o general de Froberville à sra. de Cambremer. Tão múltiplos são os interesses de nossa vida que não é raro que, numa mesma circunstância, os marcos de uma felicidade que ainda não existe estejam pousados ao lado da agravação de um mal de que sofremos. E sem dúvida poderia isso ter acontecido a Swann em outro lugar que não os salões da sra. de Saint-Euverte. E no caso em que ele se encontrasse noutra parte aquela noite, quem sabe lá que outras venturas e penas não lhe teriam acontecido, que depois se lhe afigurariam inevitáveis! Mas o que lhe parecia ter sido inevitável era o que acontecera, e não estava longe de ver alguma coisa de providencial no fato de ter resolvido ir ao sarau da sra. de Saint-Euverte, porque o seu espírito, desejoso de admirar a riqueza inventiva da vida e incapaz de encarar por muito tempo uma questão difícil, como a de saber o que teria sido preferível, descobria nos sofrimentos que experimentara aquela noite e nos insuspeitados prazeres que então germinavam — e cujo balanço era tão difícil de estabelecer — uma espécie de encadeamento necessário.

Mas uma hora depois de despertar, quando dava instruções ao cabeleireiro para que o seu penteado não se desarranjasse no trem, tornou a pensar no sonho, reviu, tal como os sentira bem perto de si, a tez pálida de Odette, as suas faces demasiado magras, os traços cansados, os olhos pisados, tudo aquilo que — no decurso das sucessivas ternuras que tinham feito de seu durável amor um longo esquecimento da imagem primeira que recebera de Odette — tinha deixado de notar desde os primeiros tempos da sua ligação e nos quais certamente a sua memória, enquanto ele dormia, fora buscar a sensação exata. E com essa intermitente grosseria que lhe voltava logo que ele não mais sofria e que rebaixava o nível de seu caráter moral, exclamou consigo mesmo: "E dizer que eu estraguei anos inteiros de minha vida, que desejei a morte, que tive o meu maior amor, por uma mulher que não me agradava, que não era o meu tipo!".

nomes de terras: o nome

Dentre os quartos cuja imagem eu mais seguidamente evocava em minhas noites de insônia, nenhum se parecia menos com os quartos de Combray, polvilhados de uma atmosfera granulosa, polinizada, comestível e devota, do que o do Grande Hotel da Praia, em Balbec, cujas paredes esmaltadas continham, como as de uma piscina onde a água azuleja, um ar puro, azul e salino.[1] O tapeceiro bávaro encarregado do arranjo daquele hotel tinha variado a decoração das peças e, naquela que eu habitava, estendera ao longo de três paredes umas estantes baixas, com vidraças, nas quais, segundo o lugar que ocupavam, e por um efeito que ele não previra, vinha refletir-se tal ou tal parte do cenário mutável do mar, desenrolando assim um friso de claras marinhas, apenas interrompido pela armação de acaju. Tanto assim que toda a peça tinha o aspecto de um desses dormitórios modelos que se apresentam nas exposições de móveis *modern style*, ornados com obras de arte que se supõe alegrarão os olhos de quem ali dormir e cujos motivos são adequados ao local onde deve encontrar-se a habitação.

Mas também nada se assemelhava menos ao Balbec real do que aquele com que eu tantas vezes sonhara, nos dias de tempestade, quando o vento era tão forte que Françoise, levando-me aos Campos Elísios, me recomendava não andasse muito perto das paredes para que não me caísse uma telha na cabeça e falava lamuriosamente dos grandes sinistros e naufrágios que vinham nos jornais. O meu maior desejo era ver uma tempestade no mar, não tanto como um belo espetáculo, mas como a revelação de um instante da verdadeira vida da natureza; ou antes, para mim só eram belos os espetáculos que eu sabia não terem sido artificialmente arranjados para me agradar, mas que eram necessários e imutáveis — a beleza das paisagens ou das grandes obras de arte.

---

[1] A menção à futura viagem à praia de Balbec, presente nos diálogos do pai do herói com Legrandin em "Combray", aparece aqui sob a forma da antecipação do quarto que muito mais tarde o herói encontrará naquele hotel. [N. E.]

Apenas tinha curiosidade e avidez daquilo que julgava mais verdadeiro que o meu próprio ser, aquilo que tinha para mim o valor de me mostrar um pouco do pensamento de um grande gênio, ou da força ou graça da natureza, tal qual se manifesta quando entregue a si mesma sem intervenção humana. Assim como o lindo som de uma voz, isoladamente reproduzido pelo fonógrafo, não nos consolaria da perda de nossa mãe, uma tempestade mecanicamente imitada me deixaria tão indiferente como as fontes luminosas da Exposição.[2] Desejaria também, para que a tempestade fosse absolutamente verdadeira, que a própria costa fosse uma costa natural, e não um dique recentemente criado por alguma municipalidade. Aliás, a natureza, por todos os sentimentos que despertava em mim, me parecia o que havia de mais oposto às produções mecânicas dos homens. Quanto menos trazia a sua marca, mais espaço oferecia à expansão de minha alma. E sucedia que eu conservava o nome de Balbec, que nos citara Legrandin, como o de uma praia muito próxima daquelas "costas fúnebres, famosas por tantos naufrágios, envoltas durante seis meses do ano pela mortalha das brumas e a espuma das vagas".[3]

"Ainda sentimos sob os pés", dizia ele, "muito mais que no próprio Finisterra (e ainda mesmo que os hotéis ali se superponham agora, sem poder modificar a mais antiga ossatura da terra), ali sentimos o verdadeiro fim da terra francesa, europeia, da Terra antiga. E é o último acampamento de pescadores, semelhantes a todos os pescadores que viveram desde o começo do mundo, em face do reino eterno das névoas e das sombras".

Um dia, em Combray, quando eu falava diante do sr. Swann naquela praia de Balbec, a fim de saber dele se era o lugar mais ade-

---

2 Referência às fontes instaladas no Campo de Marte por Bechmann para a Exposição Universal de Paris, no ano de 1889. [N. E.]
3 Citação quase literal das palavras de Legrandin, retomando uma referência do livro *Pierre Nozière*, de Anatole France, e do livro *Souvenirs d'enfance et de jeunesse*, de Renan. [N. E.]

quado para assistir às tempestades mais violentas, ele respondeu: "Creio que conheço Balbec! A igreja de Balbec, dos séculos XII e XIII, ainda metade romana, é talvez a mais curiosa amostra do gótico normando, e tão singular... dir-se-ia arte persa". E aqueles lugares que até então me haviam parecido natureza imemorial, ainda contemporânea dos grandes fenômenos geológicos — e tão fora da história humana como o Oceano ou a Ursa Maior, com aqueles selvagens pescadores, para quem, tanto como para as baleias, não existira Idade Média —, foi para mim um grande encanto vê-los entrar de súbito na série dos séculos, tendo conhecido a época romana, e saber que o trevo gótico viera nervurar aqueles rochedos selvagens na hora devida, como essas plantas franzinas mas vivazes que, ao chegar a primavera, quebram aqui e ali a neve polar. E se o gótico trazia àqueles lugares e àqueles homens certa fixação que lhes faltava eles também lhe conferiam outra em retorno. Eu procurava imaginar como tinham vivido aqueles pescadores, o tímido e insuspeitado ensaio de relações sociais que ali haviam tentado, durante a Idade Média, amontoados num ponto das costas do Inferno, ao pé dos penhascos da morte; e mais vivo me parecia o gótico, agora que, separado das cidades onde até então o imaginara, eu podia ver como, num caso particular, sobre selvagens rochedos, havia germinado e florescido num fino campanário. Levaram-me a ver reproduções das mais famosas estátuas de Balbec, os apóstolos de cabelo crespo e nariz curto, a Virgem do pórtico, e, de pura alegria, parava-me a respiração no peito quando eu pensava que poderia vê-los modelarem-se em relevo sobre o fundo da bruma eterna e salgada. Então, pelas noites tempestuosas e frescas de fevereiro, o vento — soprando em meu coração, a que não fazia estremecer menos que a lareira de meu quarto, o projeto de uma viagem a Balbec — mesclava em mim o desejo da arquitetura gótica como o de uma tempestade no mar.

Desejaria tomar logo no dia seguinte o belo e generoso trem da uma e vinte e dois, cujo horário de partida eu não podia ler nos prospectos das companhias ferroviárias sem que o meu coração palpitasse: essa hora parecia abrir num ponto preciso da tarde uma saborosa incisão, um signo misterioso a partir do qual as horas desviadas, embora conduzissem à noite e à manhã seguintes, já não transcorreriam em Paris, mas sim numa das cidades por onde o trem passa e entre as quais ele nos permitia fazer uma escolha; pois parava em Bayeux, Coutances, Vitré, Questambert, Pontorson, Balbec, Lannion, Lamballe, Benodet, Pont-Aven, Quimperlé, e avançava magnificamente sobrecarregado de nomes que me oferecia e entre os quais eu não sabia qual escolher, na impossibilidade de sacrificar um só que fosse.[4] Mas, mesmo sem esperá-lo, poderia, vestindo-me às pressas, partir pelo noturno, se meus pais deixassem, e chegar a Balbec quando a madrugada se erguesse sobre o mar furioso, de cuja espuma arrebatada eu me iria refugiar na igreja de estilo persa. Mas a aproximação das férias da Páscoa, que meus pais me prometeram fazer passar uma vez no Norte da Itália, eis que a esses sonhos de tempestade, que inteiramente me haviam enchido a alma, só desejosa de não ver mais que vagas acorrendo de todos os pontos, cada vez mais alto, sobre a costa mais selvagem, perto de igrejas escarpadas e rugosas como rochedos, em cujas torres gritassem os pássaros marinhos, eis que de súbito, apagando-os, tirando-lhes todo encanto, excluindo-os porque lhe eram opostos e só poderiam enfraquecê-los, vinha substituí-los o sonho contrário da mais irisada primavera, não a primavera de Combray, ainda acremente picada de todas as agulhas da geada, mas aquela que já cobria de lírios e anêmonas os campos de Fiesola e ofuscava Florença com fundos de ouro como os de Fra Angelico.[5] Desde então, só me

---

4 A enumeração de nomes de cidades da região da Normandia e da Bretanha contém o nome "Balbec", cidade fictícia a que o herói vai ainda duas vezes. Além disso, nenhuma linha de trem conseguiria passar pela sequência de todas as cidades enumeradas. [N. E.]
5 Guido di Fra Angelico (1400?-55), célebre por seus "fundos de ouro", decorou o convento de San Marco, em Florença. [N. E.]

pareciam ter algum valor os raios de luz, os perfumes, as cores; pois a alternância das imagens produzira em mim uma mudança de face do desejo e — tão brusca como as que às vezes há em música — uma completa mudança de tom em minha sensibilidade. Depois acontecia que uma simples variação atmosférica rica bastasse para provocar em mim essa modulação sem que houvesse necessidade de aguardar o retorno de uma estação do ano. Pois muitas vezes encontramos perdido em uma delas um dia de outra estação, à qual nos transporta e cujos prazeres particulares nos evoca e faz desejar, e nos vem interromper os sonhos que formávamos, colocando, aquém ou além do seu lugar, no calendário interpolado da Felicidade, essa folha arrancada de um outro capítulo. Mas em breve, como esses fenômenos naturais de que só podemos tirar um proveito acidental e assaz minguado para a nossa saúde ou conforto até o dia em que a ciência deles se apodera e, produzindo-os à vontade, coloca em nossas mãos a possibilidade do seu aparecimento, enfim subtraído à tutela e capricho do acaso, assim a produção daqueles sonhos de Atlântico e de Itália deixou de estar unicamente submetida às mudanças das estações e do tempo. Para fazê-los renascer, bastava-me pronunciar estes nomes: Balbec, Veneza, Florença, no interior dos quais acabara por se acumular o desejo que me haviam inspirado os lugares que eles designavam. Mesmo na primavera, encontrar nalgum livro o nome de Balbec era o suficiente para me despertar o desejo das tempestades e do gótico normando; mesmo num dia de tempestade, o nome de Florença ou de Veneza me dava o desejo do sol, dos lírios, do palácio dos Doges e de Santa Maria das Flores.

Mas se esses nomes absorveram para sempre a imagem que eu formava dessas cidades, assim o fizeram transformando-as e submetendo às suas próprias leis o seu reaparecimento em mim; tiveram por consequência tornar essa imagem mais bela, mas também mais diferente daquilo que as cidades da Normandia e da Toscana podiam ser na realidade, e agravar a futura decepção de minhas viagens com o incremento que davam às alegrias arbitrárias de minha imaginação. Exalçavam a ideia que eu fazia de certos lugares da Terra, tornando-os mais particulares e por conseguinte mais reais. Não imaginava então as cidades, as paisagens, os monumentos, como quadros mais ou menos agradáveis, recortados aqui e ali numa mesma matéria, mas cada um deles como um desconhecido, essencialmente diferente dos outros, por que minha alma ansiava e que lhe seria proveitoso conhecer. E quanto não adquiriam de mais individual ainda, por serem designados por nomes, nomes que eram só para eles, nomes como os têm as pessoas! O que as palavras nos apresentam das coisas é uma imagem clara e usual como essas que se dependuram nas paredes das escolas para dar às crianças o exemplo do que é um banco, um pássaro, um formigueiro, coisas tidas como semelhantes a todas as do mesmo gênero. Mas os nomes apresentam das pessoas — e das cidades que nos habituam a julgar individuais e únicas como pessoas — uma imagem confusa que extrai deles, da sua sonoridade deslumbrante ou sombria, a cor com que vem uniformemente pintada, como nesses cartazes, inteiramente azuis ou inteiramente vermelhos, em que, devido aos limites do processo empregado ou a um capricho do cenógrafo, são azuis ou vermelhos, não somente o céu e o mar, mas os barcos, a igreja, os transeuntes. Como o nome de Parma, uma das cidades aonde eu mais desejava ir desde que lera *La Chartreuse,* me aparecia compacto, liso, malva e suave, quando me falavam de uma casa qualquer de Parma onde eu seria hospedado, davam-me o prazer de pensar que habitaria uma casa lisa, compacta, malva e suave, que nada tinha de comum com as moradias de nenhuma cidade da Itália, pois a imaginava somente com o auxílio dessa pesada sílaba do nome de Parma, onde não circula nenhum ar, e de tudo o que eu lhe fizera absorver de doçura stendhaliana e do reflexo das violetas. E quando pensava em Florença, era como numa cidade miraculosamente perfumada e semelhante a uma corola, porque se chamava a cidade dos lírios, e sua catedral, Santa Maria das Flores. Quanto a

Balbec, era um desses nomes em que ainda se viam pintar, como sobre uma velha cerâmica normanda que conserva a cor da terra de que foi tirada, a representação de algum costume abolido, algum direito feudal, o antigo aspecto de um lugar, uma pronúncia obsoleta, causada por suas sílabas heteróclitas e que eu não duvidava encontrar até no estalajadeiro que me serviria café com leite à minha chegada e me levaria a ver o mar encapelado à frente da igreja e a quem eu emprestava o aspecto disputador, solene e medieval de uma personagem de *fabliau*.

Se minha saúde se firmasse e meus pais me permitissem, se não uma estada em Balbec, ao menos, a fim de conhecer a arquitetura e as paisagens da Normandia ou da Bretanha, que tomasse uma vez aquele trem da uma e vinte e dois, no qual tantas vezes já embarcara em imaginação, eu desejaria de preferência parar nas cidades mais belas; mas, por mais que as comparasse, como escolher, tal como entre indivíduos que nos é impossível trocar um por outro, como escolher entre Bayeux, tão alta nas suas nobres rendas de tom vermelho e cujo cimo era iluminado pelo ouro velho da sua última sílaba; Vitré, cujo acento agudo losangava de madeira negra a antiga vidraria; a suave Lamballe, que, no seu branco, vai do amarelo casca de ovo ao gris-pérola; Coutances, catedral normanda, a que o ditongo final, gorduroso e amarelo, coroava de uma torre de manteiga; Lannion, com o rumor, em seu silêncio aldeão, do coche seguido pela mosca; Questambert, Pontorson, risíveis e ingênuas, penas brancas e bicos amarelos espalhados pela estrada daqueles lugares fluviais e poéticos; Benodet, nome quase sem amarras, que o rio parece querer arrastar para o meio de suas algas; Pont-Aven, voo branco e róseo da asa de uma leve touca que tremulamente se reflete numa água esverdinhada de canal; Quimperlé, este mais preso, e desde a Idade Média, entre os arroios com que murmura e se emperla numa grisalha igual à que desenham, através das teias de aranha de um vitral, os raios de sol transformados em desgastadas pontas de prata brunida?

Essas imagens eram falsas ainda por outro motivo; é que eram forçosamente muito simplificadas; sem dúvida, aquilo a que minha imaginação aspirava e que meus sentidos só percebiam no presente de modo incompleto e sem prazer nenhum, eu o havia encerrado no refúgio dos nomes; e como eu ali acumulara sonho, esses nomes imantavam agora os meus desejos; mas os nomes não são muito vastos; quando muito, podia introduzir neles duas ou três das "curiosidades" principais da cidade, onde elas se justapunham sem nada de permeio; no nome de Balbec, como no vidro de aumento das canetas que a gente compra de lembrança nas praias, eu percebia vagas alvorotadas em torno de uma igreja de estilo persa. Pode ser até que a simplificação dessas imagens fosse uma das causas do domínio que tomaram sobre mim. Quando meu pai resolveu, um ano, que fôssemos passar as férias da Páscoa em Florença e em Veneza, não tendo como fazer entrar no nome de Florença os elementos que habitualmente compõem as cidades, fui obrigado a tirar uma cidade sobrenatural da fecundação, por certos aromas primaveris, do que eu supunha constituir, em essência, o gênio de Giotto. Em suma — e visto que não se pode fazer com que caiba em um nome muito mais duração que espaço —, como em certos quadros de Giotto que apresentam em dois momentos diversos da ação uma mesma personagem, aqui deitada no leito, ali preparando-se para montar a cavalo, o nome de Florença achava-se dividido em dois compartimentos. Num deles, sob um dossel arquitetônico, eu contemplava um afresco a que estava parcialmente superposta uma faixa de sol matinal, poeirenta, oblíqua e progressiva; no outro (pois não considerando os nomes como um ideal inacessível e sim como uma ambiência real em que iria mergulhar, a vida ainda não vivida, a vida intata e pura que eu neles encerrava dava aos prazeres mais materiais, às cenas mais simples, essa atração que têm nas obras dos primitivos) atravessava eu rapidamente — para acorrer mais depressa ao almoço que me esperava com frutas e vinho de Chianti, a Ponte Vecchio entulhada de junquilhos, narcisos e anêmonas. Era isso (embora me achasse em Paris) o que eu via, e não o que estava em redor de mim. Mesmo sob um simples ponto de vista realista, as terras que desejamos ocupam a cada momento muito mais espaço em nossa vida verdadeira do que a terra onde efetivamente nos achamos. Se eu mesmo tivesse prestado mais atenção, naquela época, ao que havia em meu pensamento quando pronunciava as palavras "ir a Florença, a Parma, a Pisa, a Veneza", por certo me daria conta de que aquilo que eu via não era absolutamente uma cidade, mas alguma coisa de tão diferente de tudo quanto conhecia, de tão delicioso, como o poderia ser para uma humanidade cuja vida sempre houvesse decorrido em fins de tardes de inverno esta maravilha desconhecida: uma manhã de primavera. Aquelas imagens irreais, fixas, sempre iguais, enchendo-me as noites e os dias, diferenciaram aquela época de minha vida das que a precederam (e que poderiam confundir-se com ela aos olhos de um observador que só vê as coisas de fora, isto é, que não vê nada), como um motivo melódico introduz numa ópera uma novidade que a gente não poderia suspeitar se se limitasse a ler o libreto, e menos ainda se ficasse fora do teatro a contar os quartos de hora que passavam. E ainda, mesmo do ponto de vista puramente quantitativo, em nossa vida os dias não são iguais. Para percorrer os dias, as naturezas um pouco nervosas, como era a minha, dispõem, como os automóveis, de "velocidades" diferentes. Há dias montuosos e difíceis, que se leva um tempo infinito a subir, e dias em declive, que se deixam descer num ímpeto, cantando. Durante aquele mês — em que eu repassava como uma melodia, sem poder saciar-me, aquelas imagens de Florença, de Veneza e de Pisa, e em que o desejo que despertavam em mim tinha alguma coisa de tão profundamente individual como se se tratasse de um amor, um amor por uma pessoa — não deixei de acreditar que correspondiam a uma realidade independente de mim, e deram-me a conhecer uma esperança tão bela como a que poderia alimentar um cristão dos primeiros tempos na véspera de entrar no paraíso. Assim, sem me importar com a contradição que havia em querer olhar e tocar, com os órgãos dos sentidos, o que fora elaborado pelo sonho e não percebido por eles — e tanto mais tentador para os sentidos por ser diferente de tudo o que eles conheciam —, era isso mesmo que me lembrava a realidade daquelas imagens e que mais me inflamava o desejo, porque era como uma promessa que seria cumprida. E embora a minha exaltação tivesse por motivo um desejo de gozo artístico, os guias o alimentavam ainda mais que os livros de estética e, mais que os guias, os indicadores das estradas de ferro. O que me comovia era pensar que aquela Florença que eu via próxima mas inacessível, em minha imaginação, se o trajeto que a separava de mim, em mim mesmo, não era viável, eu poderia atingi-la por um atalho, por um desvio, tomando o "caminho de terra". Por certo, quando me repetia, dando assim tanto valor ao que ia ver, que Veneza era "a escola de Giorgione, a morada de Ticiano, o mais completo museu de arquitetura doméstica da Idade Média",[6] sentia-me feliz. Era-o no entanto ainda mais quando, saindo para uma caminhada, e andando depressa por causa do tempo que, depois de alguns dias de primavera, se tornara de novo um tempo de inverno (como o que encontrávamos habitualmente em Combray na Semana Santa) — ao ver nos bulevares os castanheiros que, mergulhados num ar glacial e líquido como água, nem por isso deixavam, convidados pontuais, já preparados, a quem nada desanima, de ir arredondando e cinzelando em seus blocos congelados a irresistível verdura cujo progressivo ímpeto o poder abortivo do frio contrariava mas não conseguia refrear —, eu pensava que já a Ponte Vecchio estava juncada de jacintos e anêmonas e que o sol da primavera já tingia as ondas do Grande Canal de um azul tão

---

6 Citação quase literal de passagens dos livros *Modern painters* e *Stones of Venice*, do crítico inglês John Ruskin. Este último, traduzido para o francês por Mathilde Crémieux, recebeu resenha feita por Proust. [N. E.]

sombrio e tão nobres esmeraldas que, vindo quebrar-se ao pé das pinturas de Ticiano, podiam com elas rivalizar em riqueza de colorido. Não mais pude conter a alegria quando meu pai, consultando o barômetro e deplorando o frio, começou a procurar quais seriam os melhores trens, e quando compreendi que, penetrando após o almoço no laboratório fumoso, na sala mágica que se encarregava de operar a transmutação em redor de si, poderia a gente acordar no dia seguinte na cidade de mármore e ouro "recamada de jaspe e calçada de esmeraldas".[7] Assim, ela e a cidade dos lírios não eram apenas quadros fictícios que a gente pusesse à vontade diante da imaginação, mas existiam a certa distância de Paris que urgia absolutamente franquear se quiséssemos vê-las, em certo lugar determinado da terra, e em nenhum outro, numa palavra, eram bem reais. E ainda mais reais se tornaram para mim quando meu pai, ao dizer-nos: "Em suma, podem ficar em Veneza de 20 a 29 de abril e chegar a Florença na manhã de Páscoa", fê-las sair a ambas, não só do Espaço abstrato, mas desse tempo imaginário onde situamos não uma única viagem de cada vez, mas outras, simultâneas e sem grande emoção, por serem apenas possíveis — esse Tempo que tão bem se refabrica que o podemos passar numa cidade depois de o ter passado em outra — e consagrou a elas esses dias particulares que são o significado de autenticidade dos objetos nos quais os empregamos, pois esses dias únicos se gastam com o uso, já não podemos vivê-los aqui depois de os ter vivido acolá; senti que era para a semana a iniciar-se na segunda em que a lavadeira devia trazer o colete branco que eu manchara de tinta, que se dirigiam, a fim de ali se absorverem, ao sair do tempo ideal onde ainda não existiam, aquelas duas Cidades Rainhas cujos

---

[7] Novo empréstimo a Ruskin, em *Stones of Venice*. A passagem está semeada de referências à obra daquele que mobilizou grande parte do interesse artístico de Proust sobre arquitetura e pintura e de quem ele traduziu e publicou duas obras em parceria com sua mãe e com sua amiga Marie Nordingler. [N. E.]

domos e torres eu ia inscrever, na mais emocionante das geometrias, dentro do plano da minha própria vida. Mas ainda me achava a caminho do auge da alegria; atingi-o afinal (pois só nesse momento tive a revelação de que, pelas ruas marulhosas, avermelhadas pelo reflexo dos afrescos de Giorgione, não eram, como eu continuara a imaginar apesar de tantas advertências, os homens majestosos e terríveis como o mar, trazendo, sob as dobras do manto sangrento, a sua armadura de reflexos de bronze" que passeariam em Veneza na semana próxima, às vésperas da Páscoa, mas de que poderia ser eu a minúscula personagem que, numa grande reprodução de São Marcos que me haviam emprestado, o ilustrador representara de chapéu-coco, diante dos pórticos), quando ouvi meu pai dizer-me: "Ainda deve fazer frio no Grande Canal; farias bem em pôr na mala, para o que der e vier, o teu sobretudo e o teu casaco grosso". A estas palavras, elevei-me a uma espécie de êxtase; e, o que até então julgara impossível, senti que verdadeiramente penetrava entre aqueles "rochedos de ametista semelhantes a um recife do mar das Índias"; numa ginástica suprema e acima de minhas forças, despindo-me, como de uma carapaça sem utilidade, do ar de meu quarto que me cercava, substituí-o por partes iguais de ar veneziano, aquela atmosfera marinha, indizível e particular como a dos sonhos que minha imaginação encerrara no nome de Veneza; senti operar-se em mim uma miraculosa desencarnação; veio juntar-se-lhe em seguida essa vaga ânsia de vômito que se sente ao apanhar uma forte dor de garganta, e tiveram de meter-me no leito com uma febre tão tenaz, que o doutor declarou que era preciso renunciar, não só a deixar-me partir agora para Florença e Veneza, mas, mesmo quando estivesse inteiramente restabelecido, evitar-me, pelo menos durante um ano, qualquer projeto de viagem e qualquer causa de agitação.

E, ai de mim, proibiu também de modo absoluto, que me deixassem ir ao teatro ouvir a Berma; a artista sublime, em quem

Bergotte achava gênio, fazendo-me conhecer alguma coisa que era talvez tão importante e tão belo, ter-me-ia consolado de não haver ido a Florença e a Veneza, de não ir a Balbec. Deviam contentar-se em enviar-me todos os dias aos Campos Elísios, sob a vigilância de uma pessoa que me impedisse de fatigar-me, e que no caso foi Françoise, que entrara a nosso serviço desde a morte de tia Léonie. Isso de ir aos Campos Elísios foi-me uma coisa insuportável. Se ao menos Bergotte os tivesse descrito nalgum de seus livros, por certo eu desejaria conhecê-los, como todas as coisas cujo "duplo" tinham começado por introduzir-me na imaginação. Ela as aquecia, fazia-as viver, lhes dava uma personalidade, e eu desejava reencontrá-las no mundo real; mas, naquele jardim público, nada se ligava a meus sonhos.

Um dia, como me aborrecesse em nosso costumeiro lugar junto ao carrossel, Françoise levara-me em excursão — além da fronteira que guardam a intervalos iguais os pequenos bastiões das vendedoras de balas — naquelas regiões vizinhas mas estrangeiras, onde as caras são desconhecidas, por onde passa o carro das cabras; depois voltara para apanhar as suas coisas da cadeira junto ao maciço de loureiros; enquanto ela não vinha, eu explorava o vasto campo definhado e raso, amarelecido pelo sol, e em cujo fundo há uma fonte dominada por uma estátua, quando, da alameda, dirigindo-se a uma menina de cabelos ruivos que jogava peteca diante da fonte, uma outra, que punha o chapéu e guardava a raqueta, gritou-lhe com voz breve: "Adeus, Gilberte, vou-me embora; não te esqueças de que esta noite iremos à tua casa depois do jantar". Esse nome de Gilberte passou por mim, evocando tanto mais a existência daquela a quem designava, visto que não a nomeava apenas como a um ausente de quem se fala, mas interpelava-a; também passou por mim em ação, por assim dizer, com uma força acrescida pela curva da sua trajetória e a proximidade de seu objetivo — transportando consigo, eu o sentia, o conhecimento, as noções que tinha daquela a quem era dirigido não eu, mas a amiga que a chamava, tudo o que, enquanto o pronunciava, ela revia, ou pelo menos possuía na memória, da sua intimidade cotidiana, das visitas que trocavam, de todo aquele desconhecido ainda mais inacessível e doloroso para mim por ser tão familiar e manejável para aquela feliz criatura, que com ele me tocava sem que eu lhe pudesse penetrar e que o lançava em pleno ar, num grito —, deixando já flutuar no espaço a emanação deliciosa (que fizera desprender-se, tocando-os com precisão, de alguns pontos invisíveis da vida da filha de Swann), da próxima noite, tal como seria, após o jantar, em casa dela, formando, passageiro celeste no meio das crianças e das criadas, uma nuvenzinha de uma cor preciosa, igual à que, arqueada acima de um belo jardim de Poussin, reflete minuciosamente como uma nuvem de ópera, cheia de cavalos e de carros, alguma aparição da vida dos deuses — lançando enfim, sobre aquele gramado ralo, no sítio em que ele era ao mesmo tempo um trecho de relva crestada e um momento da tarde da ruiva jogadora de peteca (que não cessou de arremessá-la e apará-la até que a chamasse uma governanta de pluma azul no chapéu), uma pequena faixa maravilhosa e cor de heliotrópio, impalpável como um reflexo e superposta como um tapete, sobre o qual não me cansava de passear meus passos demorados, nostálgicos e profanadores, enquanto Françoise me gritava: "Vamos! Abotoe o casaco e raspemo-nos", quando pela primeira vez notei com irritação que a sua linguagem era vulgar e ela não tinha — que tristeza! — pluma azul no chapéu.

Ao menos voltaria ela aos Campos Elísios? No dia imediato não estava; mas a vi nos dias seguintes; rondava todo o tempo pelo local onde ela brincava com as amigas, de sorte que uma vez em que não tinham número suficiente para uma partida de barras, ela mandou perguntar se eu queria completar o seu bando, e desde então brinquei com Gilberte sempre que ela estava presente. Mas não era todos os dias: às vezes não podia vir por causa dos estudos, do catecismo, de uma merenda, de toda aquela vida separada da minha que por duas vezes, condensada no nome de Gilberte, sentira passar tão dolorosamente por mim, na ladeira de Combray e no gramado dos Campos Elísios. Naqueles dias, avisava de antemão que não a veriam; se era por causa dos estudos dizia: "Que maçada! Não poderei vir amanhã, vocês todos vão divertir-se sem mim", com um ar pesaroso que me consolava um pouco; mas, por outro lado, se era convidada para alguma festa e eu, ignorando-o, lhe perguntava se não viria brincar, ela respondia: "Espero que não! Creio que mamãe me deixará ir à festa de minha amiga". Pelo menos naqueles dias, eu sabia que não a veria, mas outras vezes sua mãe a levava de improviso a fazer compras, e no dia seguinte ela dizia: "Ah!, sim, saí com mamãe", como uma coisa muito natural e que não fosse para alguém a maior desgraça possível. Havia também os dias de mau tempo, em que a sua governanta, que temia a chuva, não queria levá-la aos Campos Elísios.

Assim, quando o céu se apresentava duvidoso, eu desde a manhã não cessava de interrogá-lo e levava em conta os mínimos detalhes. Se via a senhora que morava em frente pôr o seu chapéu junto à janela, dizia comigo: "Aquela senhora vai sair; portanto, está fazendo um tempo em que se pode sair; por que Gilberte não poderá fazer como essa senhora?". Mas o tempo ensombrecia, dizia minha mãe que ainda podia melhorar, que bastava para isso um raio de sol, mas que mais provavelmente choveria; e se chovesse, para que ir aos Campos Elísios? Assim, depois do almoço, os meus olhares ansiosos não mais deixavam o céu incerto e nublado. Ele permanecia sombrio. Diante da janela a sacada era cinzenta. De súbito, sobre o seu tristonho pavimento de pedra, eu não via uma cor menos baça, mas sentia como que um esforço para uma cor menos baça, a pulsação de um raio hesitante que quisesse libertar a sua luz. Um instante após, a sacada estava pálida e luminosa como uma água matinal, e mil reflexos dos ferros de suas grades tinham vindo pousar ali. Um sopro de vento os dispersava, a pedra se ensombrecera de novo, mas, como que domesticados, eles voltavam; a pedra recomeçava imperceptivelmente a clarear e, por um desses crescendos contínuos como os que, em música, no fim de uma abertura, levam uma única nota até o fortíssimo supremo, fazendo-a passar rapidamente por todos os graus intermediários, eu a via alcançar esse ouro inalterável e fixo dos belos dias, sobre o qual as recortadas sombras dos lavores de ferro se destacavam em negro como uma vegetação caprichosa, como uma tenuidade no delineamento dos menores detalhes que parecia trair uma consciência aplicada, uma satisfação de artista, e com tal relevo, tal aveludado no repouso de suas massas sombrias e felizes que na verdade aqueles reflexos largos e folhudos que repousavam naquele lago de sol pareciam saber que eram penhores de calma e de ventura.

Hera instantânea, flora parietária e fugitiva! A mais incolor, a mais triste, pensam muitos, das que podem trepar pelo muro ou decorar a janela; mas, para mim, de todas a mais cara, desde o dia em que aparecera em nosso balcão, como a própria sombra da presença de Gilberte, que já estava talvez nos Campos Elísios e, logo que eu chegasse, me diria: "Vamos começar em seguida o jogo de barras, você está do meu lado"; hera frágil, que um sopro arrebatava, mas também em relação tão íntima não com a estação, mas com o minuto; promessa da felicidade imediata que o dia nega ou concede, e portanto da felicidade imediata por excelência, a felicidade do amor; mais suave, mais quente sobre a pedra, do que o próprio musgo; tão vivaz que lhe basta um raio para nascer, fazendo brotar a alegria, mesmo no coração do inverno.

E até nesses dias em que desaparece qualquer outra vegetação, em que o belo ouro verde que envolve o tronco das velhas árvores fica oculto sob a neve, quando esta parava, mas o tempo continuava muito sombrio para eu esperar que Gilberte saísse, eis que de súbito, fazendo minha mãe dizer: "Olha! Acaba de clarear; quem sabe se vocês não poderiam ir mesmo aos Campos Elísios", o sol recém-

-surgido, sobre o manto de neve que cobria a sacada, entrelaçava fios de ouro e bordava reflexos negros. Naquele dia não encontrávamos ninguém, ou só alguma das meninas prestes a partir, que me afiançava que Gilberte não viria. As cadeiras, abandonadas pela assembleia majestosa mas friorenta das governantas, estavam vazias. Apenas, perto do gramado, achava-se sentada uma senhora de certa idade, que vinha por qualquer tempo que fizesse sempre trajada do mesmo modo magnífico e sombrio, e a quem naquela época, se o trato fosse possível, eu teria sacrificado as maiores vantagens de minha vida futura, só para travarmos relações pessoais. Pois Gilberte ia todos os dias cumprimentá-la; ela pedia a Gilberte notícias de "seu amor de mamãe"; e parecia-me que, se a conhecesse, eu seria para Gilberte alguém muito diferente, alguém que conhecia as relações de seus pais. Enquanto os netos brincavam mais além, ela lia os *Débats*, a que chamava "os meus velhos *Débats*"[8] e, por estilo aristocrático, dizia, referindo-se ao guarda ou à alugadora de cadeiras: "Meu velho amigo o guarda", "a alugadora de cadeiras e eu, que somos velhas amigas". Françoise sentia muito frio para poder ficar parada, e fomos até a ponte da Concórdia ver o Sena congelado, do qual todos e até as crianças se aproximavam sem medo como de uma imensa baleia encalhada e indefesa, que fossem esquartejar. Voltávamos aos Campos Elísios; eu me consumia de dor entre os imóveis cavalos de pau e o relvado todo branco, preso na rede negra dos caminhos que haviam limpado da neve e onde a estátua agora tinha na mão uma vara adicional de gelo que parecia explicar o seu gesto. Por sua vez a velha senhora dobrou os *Débats*, perguntou as horas a uma ama que passava e a quem agradeceu, dizendo-lhe: "É muito amável da sua parte"; depois, pedindo ao zelador que fosse dizer a seus netos que voltas-

---

8 O *Journal des Débats politiques et littéraires* foi fundado em 1789. Jornal republicano conservador, moderado e respeitável, ele se torna "republicano e liberal" em 1895 e desaparece em 1944. [N. E.]

sem, que ela estava com frio, acrescentou: "Será muita bondade sua. Creia que me sinto confusa". De súbito, o ar rasgou-se: entre o teatro de fantoches e o circo, no horizonte embelecido, sobre o céu entreaberto, eu acabava de avistar, como um signo fabuloso, a pluma azul de Mademoiselle. E Gilberte já vinha correndo em disparada na minha direção, radiante e afogueada, com seu gorro de peles, animada pelo frio, a demora e o desejo do jogo; um pouco antes de alcançar-me, deixou-se deslizar sobre o gelo e, ou para conservar melhor o equilíbrio, ou porque achasse mais gracioso, ou para afetar a atitude de uma patinadora, foi de braços abertos que avançou sorrindo, como se quisesse receber-me entre eles. "Bravo! Bravo! Isso é que está bem, isso é que eu diria, como vocês, que é chique, que é fibra, se não fosse de uma outra época, do Antigo Regime", exclamou a velha dama, tomando a palavra em nome dos Campos Elísios silenciosos, para agradecer a Gilberte por ter vindo sem deixar-se intimidar com o tempo. "Você é como eu, fiel apesar de tudo aos nossos Campos Elísios; nós somos duas valentes. Se eu dissesse que gosto dos Campos Elísios, mesmo assim? Essa neve, você vai rir de mim, essa neve me faz pensar em arminho!" E a velha dama se pôs a rir.

O primeiro daqueles dias — aos quais a neve, imagem das potências que podiam privar-me de ver Gilberte, dava a tristeza de um dia de separação e até o aspecto de um dia de partida, porque mudava a face e quase impedia a utilização do lugar habitual de nossos únicos encontros, agora transformado, todo envolto em capas — aquele dia, no entanto, fez progredir o meu amor, pois foi como um primeiro pesar que ela houvesse partilhado comigo. Do nosso bando, só havia nós dois, e ser assim o único que estava com ela constituía não só um começo de intimidade, mas também da sua parte — como se Gilberte tivesse vindo unicamente por minha causa por um tempo daqueles — tal coisa me parecia tão comovente como se, nos dias em que fosse convidada para uma festa, tivesse renunciado a ela para vir encontrar-me nos Campos

Elísios; eu adquiria mais confiança na vitalidade e futuro de nosso afeto, que permanecia vivaz no meio do entorpecimento, da solidão e da ruína das coisas ambientes; e enquanto Gilberte me metia bolas de neve no pescoço, eu sorria com ternura à sua ideia de vir, que ao mesmo tempo me parecia um sinal de predileção, ao tolerar-me como companheiro de viagem naquele país hibernal e novo, e uma espécie de fidelidade que ela me guardava no meio da desgraça. Em breve, uma após outra, como pardais hesitantes, foram chegando as suas amigas, vultos escuros contra a neve branca. Começamos a brincar e, como aquele dia tão tristemente iniciado devia acabar em alegria, quando me aproximava, antes do jogo de barras, da amiga de voz breve que eu ouvira gritar por Gilberte no primeiro dia, ela me disse: "Não, não, é sabido que você gosta mais de jogar do lado de Gilberte, e além disso ela já lhe está fazendo sinais". Chamava-me, com efeito, para que eu fosse para a pista de neve, para o seu campo, a que o sol, emprestando-lhe os reflexos róseos, o metálico desgaste dos brocados antigos, transformava no campo do lençol de ouro.[9]

Aquele dia que eu tanto temera foi pelo contrário um dos poucos em que não me senti muito infeliz.

Pois, para mim, que só pensava em nunca passar um dia sem ver Gilberte (tanto que, uma vez que a minha avó ainda não tinha regressado à hora do jantar, não pude impedir-me de refletir que, se algum carro a tivesse esmagado, eu não poderia ir por algum tempo aos Campos Elísios; não se ama a ninguém mais quando se ama), não eram, contudo, nada felizes aqueles momentos em que me achava junto dela e que desde a véspera tão impacientemente esperara, pelos quais tremera, pelos quais teria sacrificado todo o

---

9 Referência ao Camp du Drap d'Or, lugar de um célebre encontro entre o rei francês Francisco I e o rei inglês Henrique III, que tentavam consolidar uma aliança contra Carlos V. Lembre-se que o tema dessa rivalidade está presente no primeiro parágrafo do livro. [N. E.]

resto; e eu bem o sabia, pois eram os únicos momentos de minha vida sobre os quais concentrava uma atenção meticulosa, encarniçada, que não descobria neles um átomo de prazer.

Todo o tempo em que me achava longe de Gilberte, tinha necessidade de a ver, porque, procurando incessantemente representar-me a sua imagem, acabava por não mais consegui-lo e por não mais saber exatamente a que correspondia o meu amor. E depois, ela nunca me havia dito que me amava. Pelo contrário, dera muitas vezes a entender que tinha amigos que preferia a mim, que eu era um bom camarada com quem brincava de bom grado, embora muito distraído e pouco aplicado ao jogo; enfim, dera-me muitas vezes demonstrações de frieza que poderiam abalar minha crença de que eu era para ela um ser diferente dos outros, se tal crença se originasse num possível amor de Gilberte por mim e não, como acontecia, no meu amor por ela, com o que se tornava muito mais resistente, pois que isso a fazia depender da própria maneira como eu era obrigado, por uma necessidade interior, a pensar em Gilberte. Mas os sentimentos que por ela experimentava, eu próprio não lhos havia ainda declarado. É verdade que em todas as páginas de meus cadernos escrevia indefinidamente o seu nome e o seu endereço, mas, à vista daquelas vagas linhas que eu traçava sem que ela por isso pensasse em mim, que a faziam ocupar em redor de mim tanto espaço aparente sem que por isso ficasse mais ligada à minha vida, sentia-me desanimado, porque não me falavam de Gilberte, que nem sequer as veria, mas de meu próprio desejo, que pareciam apresentar-me como algo de puramente pessoal, de irreal, de fastidioso e de impotente. O mais urgente era que Gilberte e eu nos víssemos e pudéssemos fazer a confissão recíproca de nosso amor, que até esse momento não teria por assim dizer começado. As diversas razões que me tornavam tão impaciente de a ver seriam menos imperiosas, sem dúvida, para um homem maduro. Acontece mais tarde que, tornando-nos peritos no cultivo de nossos prazeres, nos contentemos com aquele que sentimos ao pensar numa mulher como eu pensava em Gilberte, sem nos inquietarmos por saber se essa imagem corresponde à realidade, e também com o prazer de amar sem ter necessidade da certeza de que ela nos ama; pode ainda suceder que renunciemos ao prazer de lhe confessar nossa inclinação por ela, a fim de manter mais vívida a inclinação que ela tem por nós, imitando esses jardineiros japoneses que, para obter uma flor mais bela, lhe sacrificam várias outras. Mas no tempo em que eu amava Gilberte, julgava ainda que o Amor existia realmente fora de nós; que, permitindo, quando muito, que afastássemos os obstáculos, oferecia as suas venturas numa ordem à qual não se era livre de mudar coisa alguma; parecia-me que se eu, por conta própria, houvesse substituído a doçura da confissão pelo dissímulo da indiferença, ter-me-ia privado de uma das alegrias com que mais sonhara e também fabricado, à minha guisa, um amor fictício e sem valor, sem comunicação com o verdadeiro, renunciando assim a seguir-lhe os caminhos misteriosos e preexistentes.

Mas quando chegava aos Campos Elísios — e logo iria confrontar meu amor, para lhe fazer as necessárias retificações, com a sua causa viva, independente de mim —, desde que me via na presença daquela Gilberte Swann com quem contara para refrescar as imagens que minha memória fatigada não mais encontrava, daquela Gilberte Swann com quem ontem brincara, e que um instinto cego acabava de fazer-me saudar e reconhecer, um instinto como esse que, na marcha, nos põe um pé diante do outro antes que tenhamos tempo de pensar, logo tudo se passava como se ela e a menina que era objeto de meus sonhos fossem duas criaturas diferentes. Por exemplo, se desde a véspera trazia eu na memória dois olhos vivos em faces cheias e brilhantes, o rosto de Gilberte me oferecia agora com insistência alguma coisa de que precisamente não me havia lembrado, certo afilamento do nariz que, associando-se instantaneamente a outros traços, tomava a importância desses caracteres que em história natural definem uma espécie, e transmutava-a numa menina do gênero das de focinho pontudo. Enquanto me dispunha a aproveitar aquele almejado instante para entregar-me, sobre a imagem de Gilberte que eu preparara antes de vir e que não encontrava mais em minha cabeça, à revisão que me permitiria, nas longas horas de solidão, ter certeza de que era mesmo Gilberte que eu recordava, de que era mesmo o meu amor por Gilberte que eu aumentava pouco a pouco como uma obra em composição, ela me jogava uma bola; e como o filósofo idealista cujo corpo se dá conta do mundo exterior em cuja realidade sua inteligência não acredita, o mesmo eu que me fizera cumprimentá-la antes de a ter identificado, apressava-se em fazer-me apanhar a bola que ela me passava (como se ela fosse uma camarada com quem viera jogar, e não uma alma irmã a quem viera reunir-me), fazia-me dizer-lhe por educação, até a hora da despedida, mil frases amáveis e insignificantes, impedindo-me assim de guardar o silêncio durante o qual poderia tocar na imagem urgente e extraviada ou de lhe dizer as palavras que imprimiriam a nosso amor o progresso decisivo e que eu sempre me via obrigado a adiar para a tarde seguinte. No entanto, ainda havia algum progresso. Um dia em que fôramos com Gilberte até a tenda de nossa vendedora, sempre muito amável conosco — pois era dela que o sr. Swann comprava o seu pão de especiarias, o qual consumia em grande quantidade, como regime, por sofrer de um eczema étnico e da prisão de ventre dos Profetas —, Gilberte mostrava-me, a rir, dois meninos que eram como o pequeno colorista e o pequeno naturalista dos livros infantis. Pois um não queria saber de um pirulito vermelho porque preferia o violeta, e o outro, com lágrimas nos olhos, recusava a ameixa que a criada queria comprar, porque, acabou por dizer num tom apaixonado: "Gosto mais da outra ameixa, porque tem um bicho!". Comprei duas bolitas de um *sou*. E contemplava com admiração, luminosas e cativas numa vasilha isolada, as bolitas de ágata que me pareciam uma preciosidade, porque eram sorridentes e loiras como as raparigas e porque custavam cinquenta cêntimos cada uma. Gilberte, a quem davam muito mais dinheiro que a mim, perguntou-me qual delas eu achava mais bonita. Tinham a transparência e o matiz da vida. Não desejaria o sacrifício de nenhuma. Gostaria que ela pudesse comprá-las, libertá-las todas. No entanto, designei-lhe uma que tinha a cor de seus olhos. Gilberte a apanhou, procurou-lhe o raio dourado, acariciou-a, pagou o seu resgate, mas em seguida entregou-me a sua cativa, dizendo: "Tome, é sua, guarde-a como lembrança minha".

De outra feita, sempre preocupado com o desejo de ouvir a Berma numa peça clássica, perguntei-lhe se ela não possuía uma brochura em que Bergotte falava de Racine, e que já não se encontrava nas livrarias. Pediu-me que lhe lembrasse o título exato, e na mesma noite lhe dirigi um telegrama, escrevendo no envelope aquele nome de Gilberte Swann que tantas vezes traçara em meus cadernos. No dia seguinte ela me trouxe, num pacote atado com fitas cor de malva e selado a lacre branco, a brochura que mandara procurar. "Veja bem que é mesmo o que me pediu", disse ela, tirando do regalo o telegrama que eu lhe mandara. Mas no endereço daquele *pneumático* — que ainda ontem não era nada mais que um bilhete expresso que eu lhe escrevera, e que, depois que um mensageiro o entregara ao porteiro de Gilberte e um criado o levara até seu quarto, se havia tornado essa coisa sem preço, um dos expressos que ela recebera naquele dia — tive dificuldade em reconhecer as linhas vagas e solitárias de minha letra sob os círculos impressos que lhe apusera o correio, sob as inscrições que acrescentara a lápis um dos carteiros, signos de realização efetiva, selos do mundo exterior, roxos anéis simbólicos da vida, que pela primeira vez vinham esposar, manter, reanimar, alegrar meu sonho.

Também houve um dia em que ela me disse: "Sabe? Pode chamar-me de Gilberte; eu, pelo menos, vou chamá-lo pelo primeiro nome. É mais cômodo". Contudo, continuou por uns momentos a dizer-me simplesmente "você" e, como eu lho observasse, ela sorriu e, compondo, construindo uma frase como essas que nas gramáticas estrangeiras não têm outro fim senão fazer-

-nos empregar uma palavra nova, rematou-a com o meu primeiro nome. E recordando-me mais tarde do que então sentira, discerni a impressão de ter eu próprio estado em sua boca por um instante, desnudo, sem mais nenhuma das modalidades sociais que também pertenciam a outros camaradas seus ou a meus pais quando ela dizia o meu nome de família, e de que seus lábios — no esforço que ela fazia, um pouco como o pai, para articular as palavras que queria pôr em evidência — pareciam despojar-me, despir-me, como se descasca um fruto de que só se pode saborear a polpa, enquanto o seu olhar, pondo-se no mesmo nível de intimidade que tomava a sua voz, me atingia também mais diretamente, não sem testemunhar a consciência, o prazer e até a alegria que então experimentava, fazendo-se acompanhar de um sorriso.

Mas não me era dado, no momento mesmo, apreciar o valor daqueles prazeres novos. Não eram dados, pela menina que eu amava, ao "eu" que a amava, mas pela outra, por aquela com quem eu brincava, àquele outro eu que não possuía nem a lembrança da verdadeira Gilberte, nem o coração indisponível que, só ele, poderia avaliar uma aventura, porque só ele a havia desejado. Nem mesmo depois de ter entrado em casa eu saboreava aqueles prazeres, pois a necessidade que me fazia esperar que no dia seguinte eu teria a contemplação exata, calma e feliz de Gilberte, e que ela me confessaria enfim o seu amor, explicando-me as razões que tivera para ocultá-lo até então, essa mesma necessidade forçava-me a ter o passado como inexistente, a só olhar para diante, a considerar as pequenas vantagens que ela me concedera não em si mesmas e como se se bastassem, mas como novos degraus onde pousar o pé, que me permitiriam dar um passo avante e atingir a felicidade que ainda não encontrara.

Se algumas vezes me dava mostras de amizade, outras fazia-me penar, pois parecia que não lhe agradava ver-me: e isto muitas vezes ocorria exatamente nos dias com que eu mais contava para realizar as minhas esperanças. Estava certo de que Gilberte viria aos Campos Elísios, e experimentava uma alegria que me parecia apenas a vaga antecipação de uma grande felicidade quando — entrando de manhã na sala para beijar mamãe já pronta, com a torre de seus cabelos negros inteiramente construída, e suas belas mãos brancas e torneadas ainda cheirando a sabonete — soubera, ao ver uma coluna de poeira erguida acima do piano, e ao ouvir um realejo tocar *Voltando da parada* debaixo da janela, que o inverno recebia até a noite a visita inopinada e radiosa de um dia de primavera.[10] Enquanto almoçávamos, a vizinha de frente, abrindo a janela, fizera fugir bruscamente de junto a minha cadeira — riscando num único salto toda a largura da nossa sala de jantar — um raio de sol que ali começara a sua sesta e logo depois voltava para continuá-la. No colégio, na aula da uma hora, o sol me fazia morrer de impaciência e tédio, deixando arrastar-se um dourado clarão até minha carteira, como um convite à festa aonde eu não poderia chegar antes das três horas, quando Françoise viesse buscar-me à saída e nos encaminhássemos para os Campos Elísios, pelas ruas decoradas de luz, atopetadas de povo, e onde as sacadas vaporosas, varadas pelo sol, flutuavam diante das casas como nuvens de ouro. Mas, ai!, nos Campos Elísios eu não encontrava Gilberte, ela ainda não havia chegado. Imóvel sobre a grama que o sol invisível animava, fazendo fulgurar aqui e ali a ponta de uma relva, e onde os pombos ali pousados pareciam esculturas antigas que a enxada do jardineiro trouxera à superfície de um solo augusto, eu permanecia de olhos fixos no horizonte, esperando a todo momento ver surgir a imagem de Gilberte com a governanta, por detrás da estátua que parecia estender à bênção do sol a criança que carregava, toda escorrendo luz. A velha leitora dos *Débats*, sentada no lugar de sempre, interpelava um guarda, a quem fazia um aceno amigável,

---

10 "Voltando da parada" ("En revenant de la revue") era canção militar criada por Paulus no dia 14 de julho de 1886 e que voltaria à moda durante o "Caso Dreyfus", do qual muito se falará ao longo do livro. [N. E.]

gritando-lhe: "Que lindo tempo!". E vindo a encarregada das cadeiras efetuar a cobrança, fazia ela mil denguices ao meter o talão de recibo dos dez cêntimos na abertura da luva, como se fosse um buquê, para o qual procurava, por amabilidade para com o doador, o lugar mais lisonjeiro possível. E depois de alojado o recibo, a dama imprimia ao pescoço uma evolução circular, endireitava o boá, e lançava à mulher das cadeiras, mostrando a ponta de papel amarelo que lhe assomava ao punho, o belo sorriso com que uma mulher, indicando o seu corpete a um jovem, lhe diz: "E então? Não está reconhecendo as suas rosas?!".

Eu levava Françoise ao encontro de Gilberte até o Arco do Triunfo, não a encontrávamos, e voltava para o gramado persuadido de que ela não viria mais, quando, diante do carrossel, a menina de voz breve se precipitava sobre mim: "Depressa, depressa, já faz um quarto de hora que Gilberte chegou. Vai partir daqui a pouco. Estão a sua espera para uma partida de barras". Enquanto eu subia a avenida dos Campos Elísios, Gilberte viera pela rua Boissy-d'Anglas, pois a *demoiselle* aproveitara o bom tempo para fazer compras; e o sr. Swann viria buscar a filha. A culpa era minha, pois não deveria afastar-me do gramado, já que nunca se sabia ao certo de que lado nem a que horas viria Gilberte, e essa expectativa acabava por tornar muito mais emocionantes, não só os Campos Elísios inteiros e toda a duração da tarde, como uma imensa extensão de espaço e de tempo em cada um de cujos pontos e momentos era possível que aparecesse a imagem de Gilberte, mas ainda essa própria imagem, porque atrás dessa imagem eu sentia ocultar-se o motivo pelo qual me fora ela desfechada em pleno coração às quatro horas em vez de às duas e meia, com um chapéu de visitas em vez de boina de jogo, diante do Ambassadeurs e não entre os dois teatros de fantoches,[11] eu adivinhava uma dessas

---

11 O teatro dos Ambassadeurs ficava na avenida Gabriel, nos jardins dos Campos Elísios. [N. E.]

ocupações em que não poderia acompanhar Gilberte e que a forçavam a sair ou a ficar em casa, e assim me punha em contato com a sua existência desconhecida. Era também esse mesmo mistério que me perturbava quando, correndo por ordem da menina de voz breve para começar em seguida a nossa partida de barras, eu avistava Gilberte, tão vivaz e brusca conosco, fazendo uma reverência à dama dos *Débats* (que lhe dizia: "Que belo sol, parece fogo"), falando-lhe com um sorriso tímido, um ar comedido, que me evocava a menina diferente que devia ser Gilberte em casa de seus pais, com os amigos de seus pais, em visita, em toda a sua outra vida que me escapava. Mas dessa existência, ninguém me dava impressão mais nítida do que o sr. Swann, que chegava um pouco depois, em busca da filha. É que ele e a sra. Swann — porque sua filha morava em casa deles, porque seus estudos, seus divertimentos, suas amizades, deles dependiam — possuíam para mim, como Gilberte, talvez mais do que Gilberte, um mistério inacessível, um doloroso encanto, que provinha desse mesmo poder que tinham sobre ela. Tudo quanto lhes dizia respeito era de minha parte objeto de preocupação tão constante que nos dias em que o sr. Swann (o qual tantas vezes eu já vira, quando se dava com meus pais, sem que me excitasse maior curiosidade) vinha buscar Gilberte nos Campos Elísios, uma vez acalmadas as palpitações que me provocava o aparecimento de seu chapéu gris e da sua pelerina, o seu aspecto ainda me impressionava como o de uma personagem histórica a cujo respeito acabamos de ler uma série de obras e cujas menores particularidades nos apaixonam. Suas relações com o conde de Paris, que me eram indiferentes quando ouvia falar nelas em Combray, assumiam agora para mim alguma coisa de maravilhoso, como se nenhuma outra pessoa tivesse jamais conhecido os Orléans; faziam-no destacar-se vivamente sobre o fundo vulgar dos transeuntes de diferentes classes que enchiam aquela alameda dos Campos Elísios, e admirava-me de que ele consentisse em figurar entre eles sem lhes reclamar atenções especiais, que ninguém aliás pensava em prestar-lhe, tão profundo era o incógnito em que se envolvia.

    Respondia polidamente às saudações das camaradas de Gilberte, até a minha, embora estivesse estremecido com minha família, mas sem dar mostras de me conhecer. (Lembrou-me isso que no entanto ele já me vira muitas vezes no campo; lembrança que eu conservara, mas na sombra, porque desde que tornara a ver Gilberte, Swann para mim era antes de tudo o seu pai, e não mais o Swann de Combray; como as ideias em que eu enxertava agora o seu nome eram diferentes das ideias em cuja trama estava incluído outrora, e que eu jamais utilizava quando pensava nele. Swann tornara-se para mim uma personagem nova; liguei-o no entanto, por uma linha artificial, transversal e secundária, ao nosso antigo convidado; e como nada tinha valor para mim senão na medida em que o meu amor lhe pudesse tirar proveito, foi com um sentimento de vergonha e o pesar de não poder apagá-los que tornei a encontrar os anos em que, para o mesmo Swann que estava naquele momento diante de mim nos Campos Elísios e a quem felizmente talvez Gilberte não houvesse dito o meu nome, eu tantas vezes parecera ridículo quando mandava pedir a mamãe que subisse a meu quarto para me dar boa-noite, enquanto ela tomava café com ele, meu pai e meus avós na mesinha do jardim.) Dizia a Gilberte que lhe permitia uma partida, que podia esperar um quarto de hora e, sentando-se como todo mundo numa cadeira de ferro, pagava o seu bilhete com aquela mão que Filipe VII tantas vezes apertara na sua, enquanto começávamos a jogar na grama, fazendo debandar os pombos, cujos belos corpos irisados têm a forma de um coração e são como os lilases do reino dos pássaros, e que iam refugiar-se, como num asilo, este no grande vaso de pedra a que ele, mergulhando o bico em seu interior, dava o aspecto e a destinação de lhe oferecer com abundância os frutos ou grãos que ali parecia estar comendo, aquele sobre a fronte da estátua, como que a coroá-la de um desses objetos de esmalte, cuja policromia vem quebrar, em certas obras antigas, a monotonia da pedra, e de um atributo que quando a deusa o traz lhe vale um epíteto particular e a transforma, como para uma simples mortal um prenome diferente, em uma divindade nova.

Num daqueles dias de sol em que não se realizaram minhas esperanças, não tive forças para ocultar a Gilberte a minha decepção.

— Justamente hoje tinha muitas coisas que lhe perguntar — disse-lhe eu. — Julgava que este dia iria influir muito na nossa amizade. E mal você chega, já vai partir! Trate de vir amanhã bem cedo, para que eu possa afinal falar-lhe.

Seu rosto resplandeceu, e foi saltando de alegria que ela me contestou:

— Amanhã? Pode ficar esperando, meu amiguinho, que eu não virei! Tenho uma festa; depois de amanhã tampouco: vou assistir, da janela de uma amiga, a chegada do rei Teodósio, será soberbo, e ainda no outro dia vou ao *Miguel Strogoff*, e depois, aí vêm o Natal e as férias do Ano-Novo.[12] Talvez me levem ao Sul. Isto sim, que será chique!, embora me faça perder uma árvore de Natal; em todo caso, se ficar em Paris, não virei aqui, pois vou fazer visitas com mamãe. Adeus, papai está chamando.

Voltei com Françoise pelas ruas ainda empavesadas de sol, como depois de finda uma festa. Mal podia arrastar as pernas.

— Não é de espantar — disse Françoise —, este tempo está fora de estação, faz calor demais! Ai, meu Deus! Deve haver muitas criaturas doentes; lá em cima, também, parece que tudo está em desarranjo.

Abafando os soluços, repetia comigo as palavras com que Gilberte desafogara a sua alegria por não ter de ir durante muito tempo

---

12 Peça adaptada do romance homônimo de Júlio Verne, pelo próprio autor e por Adolphe d'Ennery, criada em 1880 e depois retomada com grande sucesso no já mencionado teatro do Châtelet. O "rei Teodósio" é personagem fictícia provavelmente inspirada no czar Nicolau II, que visitou Paris no mês de outubro de 1896. [N. E.]

aos Campos Elísios. Mas já o encanto de que, por seu simples funcionamento, se enchia o meu espírito logo que pensava nela, a posição particular, única — por aflitiva que fosse —, em que me colocava perante Gilberte, a coação interna de um hábito mental, haviam começado a acrescentar, mesmo àquela demonstração de indiferença, algo de romanesco, e no meio de minhas lágrimas se formava um sorriso que não era senão o tímido esboço de um beijo. E, quando chegou a hora do correio, pensei, como das outras vezes: Vou receber uma carta de Gilberte, ela enfim me vai dizer que nunca cessou de amar-me e me explicará a misteriosa razão por que se viu forçada a ocultá-lo até agora, a fingir que poderia ser feliz sem ver-me, a razão por que tomou a aparência da Gilberte simples camarada.

Todas as noites comprazia-me em imaginar aquela carta, julgava lê-la, recitava comigo cada frase. De súbito parava, alarmado. Compreendia que, se devesse receber uma carta de Gilberte, em todo caso não poderia ser aquela, visto que era eu quem acabava de compô-la. E desde então, esforçava-me por desviar o pensamento das palavras que gostaria que ela me escrevesse, com receio de excluir exatamente essas do campo das realizações possíveis — as mais caras, as mais desejadas — pelo simples ato de enunciá-las. Mesmo que, por uma inverossímil coincidência, fosse precisamente a carta que eu tinha inventado a que Gilberte me enviaria, eu, reconhecendo nela a minha obra, não teria a impressão de receber alguma coisa que não proviesse de mim, alguma coisa de real, de novo, uma felicidade exterior a meu espírito, independente de minha vontade, verdadeiramente concedida pelo amor.

Enquanto esperava, relia uma página que não me escrevera Gilberte, mas que pelo menos me vinha dela, aquela página de Bergotte sobre a beleza dos velhos mitos em que se inspirara Racine, e que eu sempre conservava junto de mim, ao lado da bolinha de ágata. Enternecia-me a bondade de minha amiga, que a mandara procurar para mim; e como cada qual necessita encontrar razões para sua paixão até ter a alegria de reconhecer, na criatura amada, qualidades que a leitura ou a conversação lhe indicaram como dignas de provocar amor, até assimilá-las por imitação e delas fazer novas razões de amar, por mais opostas que sejam essas qualidades àquelas que esse amor teria buscado quando espontâneo — como acontecia outrora com Swann quanto ao caráter estético da beleza de Odette —, eu, que a princípio, em Combray, amara Gilberte por tudo quanto havia de desconhecido na sua vida, na qual desejaria precipitar-me, encarnar-me, largando a minha, que não valia mais nada, pensava agora, como numa inestimável vantagem, que Gilberte poderia chegar a ser um dia a humilde serva, a cômoda e prestimosa colaboradora daquela minha vida tão desdenhada e tão conhecida, e que, ajudando-me à noite em meus trabalhos, colecionaria brochuras para mim. Quanto a Bergotte, esse velho infinitamente sábio e quase divino, por causa de quem eu a princípio amara Gilberte, mesmo antes de a ter visto, agora eu o amava principalmente por causa de Gilberte. Com tanto prazer como as páginas que ele escrevera sobre Racine, eu contemplava o papel com grandes sinetes de lacre branco e fitas de cor malva no qual ela mas enviara. Beijei a bolinha de ágata que era a melhor parte do coração de minha amiga, a parte que não era frívola, mas fiel e que, embora impregnada do encanto misterioso da vida de Gilberte, permanecia perto de mim, morava no meu quarto, deitava no meu leito. Mas tanto a beleza da pedra como a beleza das páginas de Bergotte, que me comprazia em associar à ideia de meu amor a Gilberte, como se dessem a este uma espécie de consistência nos momentos em que já não me parecia coisa nenhuma, eu reconhecia que eram anteriores a esse amor, que não se lhe assemelhavam, que seus elementos haviam sido fixados pela inteligência ou as leis mineralógicas antes que Gilberte me tivesse conhecido, que nada no livro nem na pedra seria diverso se Gilberte não me houvesse amado, e que nada por conseguinte me autorizava a ler neles uma mensagem de felicidade. E enquanto o meu amor, incessantemente esperando no dia seguinte a confissão do de Gilberte, anulava e desfazia todas as noites o trabalho malfeito do dia, na sombra de mim mesmo uma desconhecida operária não deixava que se desperdiçassem os fios arrancados e dispunha-os, sem preocupar-se de me agradar ou trabalhar por minha felicidade, em uma ordem diferente, que costumava dar a todas as suas obras. Não tendo nenhum interesse particular por meu amor, não começando por decidir que eu era amado, recolhia as ações de Gilberte que me haviam parecido inexplicáveis e as suas faltas que eu escusara. Umas e outras então tomavam um sentido. Parecia dizer, essa ordem nova, que ao ver Gilberte ir a uma festa ou fazer compras com a governanta, em vez de vir aos Campos Elísios, e preparar-se para uma ausência durante as festas do Ano-Novo, fazia eu mal em pensar e dizer comigo: "É que ela é frívola ou obediente". Pois deixaria de ser uma coisa ou outra se me amasse, e, se fosse obrigada a obedecer, fá-lo-ia com desespero igual ao meu nos dias em que não a avistava. Dizia mais, essa ordem nova, que eu devia no entanto saber o que era amar, visto que amava Gilberte; observava-me o perpétuo cuidado que eu tinha de fazer-me valer a seus olhos, tentando persuadir a minha mãe que comprasse para Françoise um impermeável e um chapéu de pluma azul, ou então que não me enviasse aos Campos Elísios com aquela criada que me envergonhava (ao que minha mãe respondia ser eu injusto para com Françoise, que era uma boa mulher muito devotada a nós), e também o meu desejo exclusivo de ver Gilberte, que fazia com que meses antes eu só pensasse em informar-me em que época deixaria ela Paris e aonde iria, e achando o sítio mais delicioso um local de exílio se ela ali não devesse estar e não desejando deixar Paris enquanto pudesse vê-la nos Campos Elísios; e não tinha dificuldade em demonstrar-me que nem aquele cuidado, nem esta necessidade, eu os encontraria na atitude de Gilberte. Ela, pelo contrário, apreciava a sua governanta, sem se preocupar com o que eu pensasse a seu respeito. Achava natural não vir aos Campos Elísios, se era para ir fazer compras com Mademoiselle, e agradável se era para sair com sua mãe. E supondo até que me permitisse passar as férias no mesmo lugar que ela, na escolha desse lugar influiriam as intenções de seus pais, mil divertimentos de que lhe haviam falado, e de modo nenhum que fosse o local a que minha família pretendia enviar-me. Quando assegurava que me amava menos que a algum de seus amigos, menos do que na véspera porque eu a fizera perder a partida por uma negligência, eu lhe pedia perdão, perguntava-lhe o que devia fazer para que ela me quisesse tanto como antes, para que ela me quisesse mais que aos outros; queria que ela dissesse que já estava tudo feito, suplicava-lhe, como se ela pudesse modificar sua afeição conforme sua vontade, ou a minha, para me dar prazer, segundo a minha boa ou má conduta, só pelas palavras que dissesse. Não sabia eu então que o que sentia por ela não dependia nem dos seus atos nem da minha vontade?

Dizia enfim, a ordem nova traçada pela invisível obreira, que se podemos desejar que as ações de uma pessoa que até agora nos penalizou tenham sido sinceras, há na sua sequência uma clareza contra a qual nada pode o nosso desejo e à qual devemos indagar, antes que a este último, quais serão as suas ações de amanhã.

Essas palavras novas, o meu amor as ouvia; persuadiam-no de que o dia seguinte não seria diferente do que tinham sido todos os outros dias; que o sentimento que tinha Gilberte por mim, já muito antigo para que pudesse mudar, era tão só indiferença; que na minha amizade com Gilberte, era só eu quem amava. "É verdade", respondia o meu amor, "não há nada que fazer dessa amizade, ela não mudará." E então no dia seguinte (ou aguardando um dia de festa, quando havia um próximo, um aniversário, o Ano-Novo talvez, um desses dias que não são iguais aos outros, em que o tempo inteiramente recomeça, rejeitando a herança do passado, desdenhando o legado das suas tristezas) eu pedia a Gilberte que renunciássemos à nossa amizade antiga, lançando as bases de uma nova amizade.

Tinha eu sempre à mão um mapa de Paris que, como ali se podia distinguir a rua onde morava a família Swann, me parecia conter um tesouro. E por prazer, por uma espécie de cavalheiresca fidelidade também, a propósito de qualquer coisa eu dizia o nome dessa rua, tanto assim que meu pai, que não estava a par de meu amor, como minha mãe e minha avó, acabava dizendo:

— Mas por que levas todo o tempo a falar dessa rua? Ela não tem nada de extraordinário, é muito agradável de morar porque fica a dois passos do Bois, mas há uma dúzia de outras no mesmo caso.

Na conversa sempre achava um meio de fazer com que meus pais pronunciassem o nome de Swann: era verdade que o repetia mentalmente sem cessar: mas tinha necessidade também de ouvir a sua deliciosa sonoridade e de fazer-me executar aquela música cuja muda leitura não me bastava. Aliás esse nome de Swann, que de há tanto eu conhecia, era agora para mim um nome novo, como acontece com certos afásicos em relação às palavras mais usuais. Estava sempre presente ao meu pensamento, e todavia este não podia habituar-se a ele. Decompunha-o, soletrava-o, sua ortografia era para mim uma surpresa. E ao mesmo tempo que deixara de me ser familiar, deixara de parecer-me inocente. Tão culpáveis julgara as alegrias que sentia ao ouvi-lo que me parecia que adivinhavam o meu pensamento e mudavam a conversação quando eu procurava trazê-lo à baila. Insistia nos assuntos que ainda se referiam a Gilberte, moía sem fim as mesmas palavras, e embora soubesse que não eram mais que palavras — palavras pronunciadas longe dela, que ela não ouvia, palavras sem virtude que repetiam o que era, mas não podiam modificá-lo —, parecia-me no entanto que à força de manejar, de carrear, assim, tudo que se aproximava de Gilberte, talvez conseguisse tirar dali alguma chispa de felicidade. Redizia a meus pais que Gilberte estimava muito a governanta, como se essa proposição, enunciada pela centésima vez, fosse causar enfim o súbito aparecimento de Gilberte, que viria morar para sempre conosco. Retomava o elogio da velha dama que lia os *Débats* (insinuara a meus pais que era uma embaixatriz ou talvez uma alteza) e continuei a celebrar-lhe a beleza, a magnificência, a fidalguia, até o dia em que disse que, segundo o nome pronunciado por Gilberte, devia chamar-se sra. Blatin.

— Oh!, mas já sei quem é! — exclamou minha mãe, enquanto eu me sentia enrubescer de vergonha. — Alerta! Alerta!, como diria o teu pobre avô. E é ela que tu achas bonita?! Mas é horrível e sempre o foi. É viúva de um chefe de portaria. Não te lembras, quando eras criança, das manobras que eu fazia para livrar-me dela na lição de ginástica, quando ela queria falar comigo sem me conhecer, sob o pretexto de dizer-me que tu eras "muito bonito para um menino". Sempre teve a mania de travar relações, e deve ser mesmo uma espécie de louca, como eu sempre pensei, se conhece verdadeiramente a senhora Swann. Pois se vem de um meio muito medíocre, pelo menos nunca houve nada a dizer contra ela, que eu saiba. Ah!, mas sempre tem de fazer relações. É horrível, terrivelmente vulgar e sempre a causar embaraços.

Quanto a Swann, procurando parecer-me com ele, passava eu todo o tempo em que estava à mesa a puxar o nariz e a esfregar os olhos. Dizia meu pai: "Mas é idiota, esse menino. Vai ficar horrendo". Desejaria, principalmente, ser tão calvo como Swann. Parecia-me um ser tão extraordinário que achava maravilhoso que pessoas que eu frequentava também o conhecessem e que nos acasos de um dia qualquer pudéssemos ser levados a encontrá-lo. E uma noite em que mamãe nos contava ao jantar, como de costume, o que fizera de tarde ao sair, bastou-lhe dizer: "A propósito, adivinhem a quem encontrei no Trois Quartiers, na seção dos guarda-chuvas: Swann",[13] para que brotasse no meio da sua narrativa, muito árida para mim, uma flor misteriosa. Que melancólica volúpia saber que naquela tarde, delineando na multidão a

---

13 Trois Quartiers, loja fundada em 1829 na esquina da rua Duphot com o bulevar da Madeleine. [N. E.]

sua forma sobrenatural, fora Swann comprar um guarda-chuva! Em meio dos acontecimentos grandes e mínimos, igualmente indiferentes, esse despertava em mim essas vibrações particulares de que era perpetuamente agitado o meu amor por Gilberte. Dizia meu pai que eu não me interessava por coisa alguma porque não escutava quando falavam das consequências políticas que poderia ter a visita do rei Teodósio, naquele momento hóspede da França e, dizia-se, seu aliado. Mas, em compensação, que vontade tinha eu de saber se Swann havia saído com a sua pelerina!

— E não se cumprimentaram? — perguntei.

— Mas naturalmente — respondeu minha mãe, que sempre parecia temer que, se confessasse a frieza de nossas relações com Swann, haviam de querer aproximá-los mais do que ela desejava, isso por causa da sra. Swann, a quem não queria conhecer. — Foi ele quem veio cumprimentar-me, eu não o tinha visto.

— Quer dizer que não estão brigados?

— Brigados? Mas por que queres tu que estejamos brigados? — respondeu ela vivamente, como se eu houvesse descoberto a ficção de suas boas relações com Swann e procurasse uma "aproximação".

— Ele poderia ficar sentido por não o convidares mais.

— Não se é obrigado a convidar todo mundo. Acaso ele me convida? Eu não conheço a sua mulher.

— Mas em Combray ele ia à nossa casa.

— Isso mesmo! Em Combray! Mas em Paris ele tem outras coisas que fazer, eu também. Mas asseguro-te que não parecíamos absolutamente duas pessoas brigadas. Ficamos um momento juntos porque não lhe traziam o pacote. Pediu-me notícias tuas, disse-me que brincavas com a filha dele — acrescentou minha mãe, maravilhando-me com o prodígio de que eu existisse no espírito de Swann e, o que era mais, de modo tão completo que, quando eu tremia de amor diante dele nos Campos Elísios, soubesse ele o meu nome, quem era a minha mãe, e pudesse amalgamar em torno de minha qualidade de camarada da sua filha alguns dados sobre meus avós, sua família, o lugar que habitávamos, certas particularidades de nossa vida de outrora, talvez até desconhecidas de mim. Mas minha mãe não parecia ter achado um particular encanto naquela seção do Trois Quartiers, onde representara para Swann, no momento em que a vira, uma pessoa definida com quem ele tinha recordações em comum que lhe haviam inspirado o impulso de aproximar-se dela e o gesto de saudá-la.

Aliás, nem ela nem meu pai pareciam achar um prazer que ultrapassasse aos demais em falar dos avós de Swann e do título de corretor honorário. Minha imaginação isolara e consagrara na Paris social certa família, como fizera na Paris de pedra com certa casa, cuja porta de entrada esculpira e a que ornamentara as janelas. Mas esses adornos, era eu o único que os via. Da mesma forma que meus pais achavam a casa de Swann igual às outras construídas ao mesmo tempo no quarteirão do Bois, a família de Swann lhes parecia do mesmo gênero que muitas outras famílias de corretores. Julgavam-na mais ou menos favoravelmente segundo o grau em que participava dos méritos comuns ao resto do universo e não lhe achavam nada de único. Ao contrário, o que nela apreciavam, encontravam-no alhures, em grau idêntico ou superior. Assim, depois de achar a casa bem situada, falavam de outra que tinha melhor localização, mas que nada tinha a ver com Gilberte, ou de financistas de mais categoria que seu avô; e se por um momento pareciam compartilhar da minha opinião, era por um mal-entendido que não tardava a dissipar-se. É que, para perceber em tudo quanto cercava Gilberte, uma qualidade desconhecida, análoga do mundo das emoções ao que pode ser no das cores o infravermelho, meus pais eram desprovidos daquele sentido suplementar e momentâneo de que me dotara o amor.

Nos dias em que Gilberte me anunciava que não iria aos Campos Elísios, tratava de dar passeios que dela me aproximassem um pouco. Às vezes levava Françoise em peregrinação até a frente da casa onde moravam os Swann. Fazia-a repetir sem fim o que soubera da governanta a respeito da sra. Swann. "Parece que tem muita fé em medalhas. Nunca viaja quando ouve piar uma coruja, ou quando lhe parece que ouviu assim como um tique-taque de relógio na parede, ou quando vê um gato à meia-noite, ou quando estala um móvel. Ah!, é uma pessoa muito crente!" Estava tão enamorado de Gilberte que, se avistava no caminho o seu velho mordomo levando a passear um cachorro, a emoção me obrigava a parar e eu lançava às suas suíças brancas olhares cheios de paixão. Françoise me dizia:

— Que tem você?

Depois prosseguíamos até a porta de entrada onde um porteiro diferente de qualquer outro porteiro, e penetrando até os galões da libré do mesmo encanto doloroso que eu sentira no nome de Gilberte, tinha o ar de saber que eu era daqueles a quem uma indignidade original proibiria para sempre penetrar na vida misteriosa que ele estava encarregado de guardar e sobre a qual as janelas do entressolo pareciam conscientes de estar fechadas, assemelhando-se, entre a nobre queda de suas cortinas de musselina, muito menos a quaisquer outras janelas do que aos olhares de Gilberte. Outras vezes íamos aos bulevares, e eu me postava à entrada da rua Duphot; tinham-me dito que muitas vezes ali se podia ver Swann passar a caminho do dentista; e minha imaginação de tal modo diferenciava o pai de Gilberte do resto da humanidade, tal maravilha introduzia a sua presença no meio do mundo real que, antes mesmo de chegar à Madeleine, emocionava-me ao pensamento de me aproximar de uma rua onde poderia dar-se de súbito a sobrenatural aparição.

Mas com mais frequência — quando não devia ver Gilberte — como soubera que a sra. Swann costumava passar diariamente pela alameda das Acácias, em torno do grande lago, e pela alameda da Rainha Margarida — eu encaminhava Françoise para o Bois de

Boulogne.[14] Era para mim como um desses jardins zoológicos onde se veem reunidas floras diversas e paisagens opostas; onde, após uma colina encontra-se uma gruta, um prado, rochedos, um arroio, um fosso, uma colina, um charco, mas que se sabe que ali só estão para fornecer à atividade do hipopótamo, das zebras, dos crocodilos, dos coelhos russos, dos ursos e da garça real um meio apropriado ou um quadro pitoresco; o Bois, igualmente complexo, reunindo pequenos mundos diversos e fechados — fazendo suceder alguma granja plantada de árvores vermelhas, de carvalhos da América, como um estabelecimento agrícola na Virgínia, a um pinheiral à beira do lago, ou a um maciço de onde assoma de súbito, em suas finas peles, com uns belos olhos de animal, alguma passeante rápida —, o Bois era o jardim das mulheres; e — como a alameda dos Mirtos da *Eneida*[15] — plantada para elas de árvores de uma só essência, a alameda das Acácias era frequentada pelas Belezas célebres. Como, de longe, o alto de um rochedo de onde ela se lança à água, transporta de alegria as crianças que sabem que vão ver a otária, muito antes de chegar à alameda das Acácias, o seu perfume, irradiando-se, fazia sentir de longe a vizinhança e a singularidade de uma possante e branda individualidade vegetal; depois, ao aproximar-me, o cimo entrevisto da sua fronde leve e travessa, de uma elegância fácil, de corte coquete e de um fino tecido, sobre a qual se haviam abatido centenas de flores como colônias aladas e vibráteis de preciosos parasitas; enfim, até o seu nome feminino, ocioso e suave, me fazia bater o coração, mas de um desejo mundano, como essas valsas que apenas nos evocam o nome das belas convidadas que o porteiro anuncia à entrada de um baile. Haviam-me dito que eu veria na alameda certas elegantes

---

14 A alameda das Acácias (atual alameda de Longchamp) e a alameda da Rainha Margarida eram locais de passeio elegante no início do século. [N. E.]

15 Alameda do Inferno, em que Eneida encontra toda uma série de mulheres vítimas do amor (livro V da *Eneida*, de Virgílio). [N. E.]

que, embora não tivessem todas casado, eram de ordinário nomeadas junto com a sra. Swann, mas em geral sob o seu nome de guerra: o novo nome, quando havia, não era mais que uma espécie de incógnito que aqueles que queriam referir-se a elas tinham o cuidado de desvelar para fazer-se compreender. Pensando que o Belo — na ordem das elegâncias femininas — regia-se por leis ocultas em cujo conhecimento elas haviam sido iniciadas e que tinham o poder de realizar, eu aceitava previamente, como uma revelação, o aparecimento de suas toaletes, de suas carruagens, de mil detalhes, em cujo seio punha toda a minha fé, como uma alma interior que dava àquele móvel e efêmero conjunto a coesão de uma obra-prima. Mas era a sra. Swann que eu queria ver, e esperava a sua passagem, emocionado como se se tratasse de Gilberte, cujos pais, impregnados, como tudo o que a cercava, do seu encanto, provocavam em mim tanto amor quanto ela, e até uma excitação mais dolorosa (pois seu ponto de contato era aquela parte secreta de sua vida que me era interdita), enfim (pois logo soube, como se verá, que não gostavam que eu brincasse com ela), esse sentimento de veneração que sempre votamos àqueles que exercem sem freio o poder de fazer-nos mal.

Na ordem dos méritos estéticos e das grandezas mundanas, dava eu o primeiro lugar à simplicidade quando avistava a sra. Swann a pé, com uma polonesa de lã, um gorro adornado de uma asa de lofóforo, um ramo de violeta no seio, atravessando apressada a alameda das Acácias, como se fosse apenas o caminho mais curto para regressar a casa, respondendo com um olhar aos senhores de carruagem que, ao reconhecer de longe o seu vulto, a saudavam, dizendo que ninguém era tão chique. Mas, em vez da simplicidade, era o fausto que eu colocava no lugar mais alto, se, depois de forçar Françoise, que não podia mais e se queixava de que suas pernas "entravam para dentro", a andar de um lado para outro durante uma hora, afinal avistava, emergindo da alameda que vem da ponte Dauphine — imagem para mim de um prestígio real, de uma chegada de rainha, como nenhuma rainha de verdade me deu depois a impressão, porque eu tinha de seu poder uma imagem menos vaga e mais experimental — arrebatada pelo voo de dois fogosos cavalos, delgados e de um acentuado perfil como os que se veem nos desenhos de Constantin Guys,[16] e levando à boleia um enorme cocheiro abrigado como um cossaco, ao lado de um minúsculo *groom* que lembrava o "tigre" do "falecido Baudenord",[17] eu avistava — ou antes, sentia sua forma imprimir-se em meu coração numa incisiva e esgotante ferida — uma incomparável vitória, propositadamente um pouco alta e deixando transparecer as formas antigas através do seu luxo *dernier cri*, em cujo fundo reclinava-se languidamente a sra. Swann, os cabelos agora loiros com uma única mecha cinzenta, cingidos de uma fina guirlanda de flores, de onde pendiam longos véus, na mão uma sombrinha malva, nos lábios um sorriso ambíguo em que eu não via mais que a benevolência de uma Majestade e em que sobretudo havia a provocação da cocote e que ela inclinava docemente para as pessoas que a saudavam. Aquele sorriso, na realidade, dizia a uns: "Bem me lembro, foi delicioso!"; "Eu teria gostado... foi má sorte!"; a outros: "Como queira! Vou seguir por um momento a fila e, logo que puder, cortarei". Quando passavam desconhecidos, deixava errar nos lábios um sorriso ocioso, como que voltado para a espera ou a recordação de um amigo e que fazia dizer: "Como é linda!". E somente para certos homens tinha um sorriso azedo, constrangido, tímido e frio e que significava: "Sim, animal, sei que tens uma língua de víbora, que não podes deixar de falar!". Passava Coquelin, discorrendo no meio de amigos atentos, e fazia

---

16 Característica da pintura de Guys descrita antes por Baudelaire no capítulo "Carros" ("Voitures") de seu célebre texto sobre "O pintor da vida moderna". [N. E.]
17 Alusão ao termo empregado por Balzac em dois de seus romances, *La maison de Nucingen* e *Les secrets et les misères de la princesse de Cadignan*, que evocam a história de Baudenord e de seu "tigre". [N. E.]

com a mão, para as pessoas de carro, uma larga saudação de teatro. Mas eu só pensava na sra. Swann e fingia não tê-la visto, pois sabia que, chegando à altura do Tiro aos Pombos, mandaria o cocheiro cortar a fila e parar para que ela descesse a alameda a pé.[18] E nos dias em que me sentia com coragem de passar a seu lado, arrastava Françoise para aquela direção. Em dado momento, com efeito, era na alameda dos pedestres, marchando ao nosso encontro, que eu avistava a sra. Swann, ostentando a longa cauda de seu vestido malva, trajada, como o povo imagina as rainhas, de tecidos e ricos atavios que as outras mulheres não usavam, às vezes baixando o olhar para o cabo da sombrinha, desatenta às pessoas que passavam, como se a sua ocupação capital e seu fim fosse fazer exercício, sem pensar que era vista e que todas as cabeças estavam voltadas para ela. Às vezes, no entanto, quando se voltava para chamar o seu galgo, lançava imperceptivelmente um olhar circular em torno de si.

Mesmo aqueles que não a conheciam eram advertidos por alguma coisa de singular e de excessivo — ou talvez por uma radiação telepática como as que desencadeiam aplausos na multidão ignorante nos momentos sublimes da Berma — de que devia ser alguma pessoa conhecida. Perguntavam-se: "Quem será?", interrogavam às vezes um transeunte, ou decidiam guardar a toalete de memória como ponto de referência para amigos mais instruídos que lhes dessem informações. Outros passeantes, parando um pouco, diziam:

— Não sabe quem é? A senhora Swann! Não lhe diz nada esse nome? Odette de Crécy?

— Odette de Crécy? Bem que eu dizia, aqueles olhos tristes... Mas saiba que ela já não deve estar na primeira mocidade! Lembro-me que dormi com ela no dia da demissão de Mac-Mahon.[19]

---

18 O Tiro aos Pombos era um clube esportivo situado entre a alameda das Acácias e a Porta de Madri. [N. E.]
19 Demissão ocorrida no dia 30 de janeiro de 1879. [N. E.]

— Faria bem em não lembrá-lo. Ela é agora a senhora Swann, esposa de um sócio do Jockey, amigo do príncipe de Gales. Ainda está soberba.

— Mas se você a conhecesse naquele tempo... Como era bonita! Morava num apartamentozinho muito estranho, cheio de chinesices. Lembro-me que nos incomodavam muito os gritos dos vendedores de jornais, ela acabou por fazer-me levantar.

Sem ouvir as reflexões, eu percebia em torno dela o murmúrio indistinto da celebridade. Meu coração batia de impaciência quando eu pensava que ia ainda passar-se um momento antes que todas aquelas pessoas, entre as quais notava com desolação que não se achava um banqueiro mulato por quem me sentia desprezado, vissem o jovem desconhecido a quem não prestavam a mínima atenção saudar (na verdade sem a conhecer, mas a isso me julgava autorizado porque meus pais conheciam seu marido e eu era camarada de sua filha) aquela mulher cuja reputação de beleza, de leviandade e de elegância era universal. Mas eis que já estava bem perto da sra. Swann, erguia então o meu chapéu, num cumprimento tão rasgado, tão amplo, tão demorado, que ela não podia deixar de sorrir. Havia gente que ria. Quanto à sra. Swann, nunca me vira com Gilberte, não sabia meu nome, mas eu era para ela — como um dos guardas do Bois, ou o barqueiro, ou os patos do lago aos quais jogava migalhas de pão — uma das personagens secundárias, familiares, anônimas, tão destituídas de caracteres individuais como um "figurante de teatro", dos seus passeios pelo bosque. Certos dias em que não a vira na alameda das Acácias,[20] sucedia-me encontrá-la na alameda da Rainha Margarida, aonde vão as mulheres que procuram estar sozinhas, ou que querem parecer que o estão; mas a sra. Swann não ficava por muito tempo sozinha, logo se reunia a ela algum amigo, muitas vezes com uma cartola cinzenta, a quem eu

---

20 Alameda do Bois de Boulogne, que permanece até os anos de 1920 como lugar de passeio elegante. [N. E.]

não conhecia e que conversava longamente com ela, enquanto seus dois carros os seguiam.

Essa complexidade do Bois de Boulogne que o torna um lugar fictício e, no sentido zoológico ou mitológico do termo, um Jardim, encontrei-a este ano, quando o atravessava a caminho do Trianon, numa das primeiras manhãs deste mês de novembro, em que a proximidade e a privação do espetáculo do outono que finda tão depressa sem que as possamos ver nos dão, no interior das casas, em Paris, uma nostalgia, uma verdadeira febre de folhas mortas, que chega até nos tirar o sono. No meu quarto fechado, fazia um mês que elas se interpunham, evocadas pelo meu desejo de vê-las, entre o meu pensamento e qualquer coisa a que eu me aplicasse, como essas manchas amarelas que às vezes dançam diante de nossos olhos, seja o que for que estivermos olhando. E naquela manhã, já não ouvindo a chuva cair como nos dias anteriores, vendo sorrir o bom tempo nos cantos das cortinas descidas como nas comissuras de uma boca fechada que deixa escapar o segredo da sua felicidade, eu sentira que podia contemplar aquelas folhas amarelas varadas de luz, na sua beleza suprema; e não podendo deixar de ir ver as árvores, como não podia deixar outrora, quando o vento soprava muito forte na lareira, de partir para o litoral, saíra eu para ir ao Trianon, atravessando o Bois de Boulogne. Era a hora e a estação em que o Bois parece talvez mais múltiplo, não só porque está subdividido, mas ainda porque o está de outra maneira. Até nas partes descobertas de onde se abrange um grande espaço, aqui e ali, em face das sombrias massas longínquas de árvores sem folhas ou ainda com as suas folhas estivais, uma dupla fila de castanheiros de um tom laranja parecia, como num quadro recém-começado, a única coisa pintada pelo cenógrafo, que ainda não colorira o resto, e estendia a sua alameda, em plena luz, para o passeio episódico de personagens que só seriam acrescentadas mais tarde.

Mais além, entre as árvores ainda cobertas de todas as suas folhas verdes, uma única, pequena, retaca, desramada e teimosa, sacudiu ao vento uma miserável cabeleira vermelha. Além ainda, era o primeiro despertar daquele mês de maio das folhas, e havia um mapa colorido maravilhoso e sorridente, como um espinheiro róseo de inverno, que florescera naquela manhã. E o Bois tinha o aspecto provisório e artificial de um viveiro ou de um parque onde, num interesse botânico ou para a preparação de uma festa, acabam de instalar, entre árvores comuns ainda não arrancadas, duas ou três espécies preciosas de folhagens fantásticas e que parecem fazer um vácuo em torno de si, abrir espaço, criar claridade. Era, assim, a estação em que o Bois de Boulogne deixa adivinhar as mais diversas essências e justapõe as partes mais diferentes num complexo conjunto. E era também a hora. Nos lugares onde ainda conservavam as folhas, as árvores pareciam sofrer uma alteração de sua matéria a partir do ponto em que eram tocadas pela luz do sol, quase horizontal pela manhã como o seria algumas horas mais tarde quando, ao começar o crepúsculo, se acende como uma lâmpada, projeta a distância sobre a folhagem um reflexo artificial e quente, e faz arder as folhas mais altas de uma árvore, que é como o candelabro incombustível e fosco de seu incendiado cimo. Aqui se tornava espessa como uma parede ladrilhada, e, tal uma construção persa, amarela e com desenhos azuis, cimentava toscamente contra o céu as folhas dos castanheiros; ali, ao contrário, os destacava do céu, para o qual eles crispavam os seus dedos de ouro. No meio de uma árvore vestida de vinha virgem, enxertava e fazia expandir-se, impossível de distinguir nitidamente na ofuscação, um imenso buquê como de flores vermelhas, talvez uma variedade de cravo. As diferentes partes do Bois, confundidas durante o verão no espessor e monotonia da verdura se encontravam agora discriminadas. Espaços mais claros entremostravam o limiar de quase todas, ou então uma folhagem suntuosa assinalava-a como uma auriflama. Distinguiam-se, como sobre um mapa colorido, Armenonville, o Prado Catalão, Madrid, o Campo de Corridas, as margens do

Lago.²¹ Por momentos aparecia uma construção inútil, uma falsa gruta, um moinho, a que as árvores davam lugar, afastando-se, ou que um gramado apresentava no seu macio tabuleiro. Sentia-se que o Bois não era apenas um bosque, que ele correspondia a uma destinação estranha à vida de suas árvores, e a exaltação que eu experimentava não era causada apenas pela admiração do outono, mas por um desejo. Manancial de uma alegria que a alma primeiro sente sem reconhecer-lhe a causa, sem compreender que nada de exterior a motiva. Assim olhava eu as árvores, com uma insatisfeita ternura que as ultrapassava e se expandia, sem que eu o soubesse, para essa maravilha das mulheres que passeavam e que elas todos os dias abrigavam por algumas horas. Dirigia-me para a alameda das Acácias. Atravessava maciços a que a luz matinal, impondo-lhes nova disposição, podava as árvores, reunia os diferentes ramos e compunha buquês. Ela atraía habilmente a si duas árvores; com as potentes tesouras do rio e da sombra, tirava a cada qual metade do tronco e dos galhos e, tramando as duas metades restantes, fazia um único pilar de sombra, delimitado pelo sol circundante, ou um único fantasma de claridade a que uma negra rede de sombra cingia o ilusório e trêmulo contorno. Quando um raio de sol dourava os mais altos ramos, pareciam, banhados numa fulgurante umidade, emergir sozinhos da atmosfera líquida e cor de esmeralda onde o maciço inteiro dir-se-ia mergulhado como no mar. Pois as árvores continuavam a viver sua vida própria e, quando não tinham mais folhas, essa vida melhor brilhava no forro de veludo verde que lhes envolvia os troncos ou no esmalte branco das esferas de agárico semeadas no cimo dos álamos, redondas como o sol e a lua na *Criação* de Michelangelo.²² Mas forçadas há tantos

---

21 O pavilhão de Armenonville, o Prado Catalão e Madrid são restaurantes do Bois de Boulogne. [N. E.]
22 Alusão à *Criação dos astros*, um dos cinco afrescos pintados por Michelangelo no teto da Capela Sistina. [N. E.]

anos a viver em comum com a mulher, elas evocavam-me a dríade, a bela mundana rápida e colorida a quem cobriam de passagem os seus ramos e a quem obrigavam a sentir como elas o poder da estação; lembravam-me a época feliz de minha confiante juventude, quando eu ia avidamente aos lugares onde as obras-primas da elegância feminina se patenteavam por alguns instantes entre as folhagens inconscientes e cúmplices. Mas a beleza que faziam desejar os pinheiros e acácias do Bois, mais perturbadores nesse ponto que os castanheiros e lilases do Trianon que eu ia ver, não estava fixada fora de mim nas recordações de uma época histórica, em obras de arte, num pequeno templo ao amor, ao pé do qual se amontoam as folhas chapeadas de ouro. Alcancei a margem do Lago, fui até ao Tiro aos Pombos. A ideia de perfeição que em mim levava, tinha-a emprestado então à altura de uma vitória, à esbeltez daqueles cavalos furiosos e leves como vespas, de olhos injetados de sangue como os cruéis cavalos de Diomedes,[23] e que agora, possuído do desejo de rever o que havia amado, tão ardente como o que me conduzia anos antes por aqueles mesmos caminhos, eu queria ter de novo ante os olhos, no momento em que o enorme cocheiro da sra. Swann, vigiado por um pequeno *groom* deste tamanhinho e tão infantil como são Jorge, tentava dominar as suas asas de aço que se debatiam espavoridas e palpitantes. Ai!, não havia mais que automóveis conduzidos por motoristas bigodudos, com grandes lacaios ao lado. Eu queria ter diante de meus olhos corporais, para saber se eram tão encantadores como os viam os olhos de minha memória, os pequenos chapéus de mulher tão baixos que pareciam uma simples coroa. Todos agora eram imensos, recobertos de frutos e flores e pássaros variados. Em vez dos belos vestidos nos quais a sra. Swann tinha o ar de uma rai-

---

23 De acordo com a lenda, Diomedes alimentava seus cavalos com carne humana e estes exalavam línguas de fogo. Ele acaba sendo vencido por Hércules, que o faz ser devorado por seus cavalos. [N. E.]

nha, túnicas greco-saxônicas realçavam, com as pregas das Tanagras, e algumas vezes no estilo Diretório, tecidos "liberty" semeados de flores como papéis pintados.²⁴ À cabeça dos senhores que pareciam ter passeado com a sra. Swann pela alameda da Rainha Margarida, eu não encontrava o chapéu cinzento de outrora, nem outro qualquer: saíam de cabeça descoberta. E todas aquelas partes novas do espetáculo, eu já não tinha crença que lhes introduzisse para insuflar-lhes a consistência, a unidade, a vida; passavam por mim esparsas, ao acaso, sem verdade, sem levar dentro de si nenhuma beleza que meus olhos pudessem trabalhar como outrora. Eram mulheres quaisquer, em cuja elegância eu não tinha fé alguma e cujas toaletes me pareciam sem importância. Mas quando uma crença desaparece, sobrevive-lhe — e cada vez mais vivo para mascarar a perda de nosso poder de dar realidade às coisas novas — um apego fetichista às coisas antigas que ela animara, como se fosse nelas e não em nós que residia o divino e como se a nossa incredulidade atual tivesse uma causa contingente, a morte dos deuses.

Que horror!, pensava eu: como pode a gente achar esses automóveis tão elegantes como as antigas carruagens? Decerto já estou muito velho — mas não fui feito para um mundo onde as mulheres se entravam em vestidos que nem sequer são de fazenda. Para que vir aqui à sombra dessas árvores, se nada mais existe do que se reunia sob estas delicadas folhagens amarelas, se a vulgaridade e a loucura substituíram o que elas enquadravam de fineza? Que horror! Meu consolo é pensar nas mulheres que conheci, agora que não há mais elegância. Mas como é que essa

---

24 As "pregas das Tanagras" referem-se às estatuetas datadas do quarto século antes de Cristo, descobertas nos anos 1870, cuja indumentária, espécie de túnica, passa a ditar a moda parisiense. Já o termo "liberty" refere-se a uma loja londrina especializada em produtos orientais, que, originariamente, vendia tecidos em seda, com pequenos motivos florais. [N. E.]

gente que contempla essas horríveis criaturas com seus chapéus cobertos de um aviário ou de um pomar poderia sentir o encanto que havia em ver a sra. Swann com uma simples touca malva e um chapeuzinho de onde apenas emergia, reta, uma flor de íris? Poderia acaso fazer-lhes compreender a emoção que sentia nas manhãs de inverno, ao encontrar a sra. Swann a pé, de casaco de lontra e um simples gorro com duas lâminas de penas de perdiz, mas que evocava a artificiosa tepidez de seu apartamento apenas com o ramo de violetas preso ao colo, e cuja florescência viva e azul em face do céu gris, do ar gelado, das árvores desnudas, possuía o mesmo encanto (de não tomar a estação e o tempo senão como um quadro e de viver numa atmosfera humana, a atmosfera daquela mulher) que possuíam, nos vasos e jardineiras do seu salão, perto do fogo aceso, diante do canapé de seda, as flores que olhavam pelas vidraças fechadas o tombar da neve? Aliás, não me bastaria que as toaletes fossem as mesmas que naqueles anos. Devido à solidariedade que guardam entre si as diferentes partes de uma recordação e que a nossa memória mantém em equilíbrio num conjunto a que não é permitido tirar nem recusar coisa alguma, eu desejaria ir terminar o dia em casa de uma daquelas mulheres, diante de uma taça de chá, num apartamento de paredes de cor sombria, como ainda era o da sra. Swann (no ano seguinte àquele em que termina a primeira parte desta narrativa) e onde brilharia o fogo alaranjado, a rubra combustão, a flama rósea e branca dos crisântemos no crepúsculo de novembro, por uns instantes iguais àqueles em que eu (como se verá mais tarde) não soubera descobrir os prazeres que desejava. Mas agora, mesmo não me conduzindo a nada, aqueles instantes me pareciam ter tido em si mesmos um encanto considerável. Eu desejaria encontrá-los tais como os recordava. Ah!, mas só havia apartamentos Luís XVI inteiramente brancos, esmaltados de hortênsias azuis. Aliás, agora, só muito tarde se regressava a Paris. A sra. Swann ter-me-ia respondido, de um castelo, que só voltaria em fevereiro, muito depois do tempo dos crisântemos, caso lhe tivesse eu pedido que reconstituísse para mim os elementos daquela recordação que sentia ligada a um ano longínquo, a de milésimo ao qual não me era dado remontar, os elementos daquele desejo que por sua vez se tornara inacessível como o prazer que outrora perseguira em vão. E também seria preciso que fossem as mesmas mulheres, aquelas cujas toaletes me interessavam, porque, no tempo em que eu ainda tinha crença, minha imaginação as tinha individualizado e cercado de uma lenda. Ai!, na avenida das Acácias — a alameda dos Mirtos — tornei a ver algumas, velhas, que não eram mais do que as sombras terríveis do que tinham sido, errantes, a procurar desesperadamente não se sabia o quê, pelos bosques virgilianos. De há muito já haviam desaparecido e eu ainda a interrogar em vão os caminhos desertos. O sol se havia posto. A natureza recomeçava a reinar sobre o Bois, de onde se alara a ideia de que era o Jardim Elísio da Mulher; acima do moinho falso, o verdadeiro céu era cinzento;[25] o vento enrugava o Grande Lago em pequeninas vagas, como um lago; grandes pássaros cruzavam rapidamente o Bosque, como a um bosque, e, soltando gritos agudos, pousavam um após outro nos grandes carvalhos, que, sob a sua coroa druídica e com uma majestade dodônea,[26] pareciam proclamar o vazio inumano da floresta desapropriada, e me ajudavam a melhor compreender a contradição que existe em procurar na realidade os quadros da memória, aos quais faltaria sempre o encanto que lhes vem da própria memória e de não serem percebidos pelos sentidos. A realidade que eu conhecera não mais

---

25 O moinho de vento da antiga abadia de Longchamp havia sido destruído durante a Revolução Francesa e substituído por uma cópia quando da reforma do Bois de Boulogne. [N. E.]

26 O adjetivo refere-se à cidade grega de Dodona, onde havia um santuário de Zeus e onde os oráculos advinham do barulho do vento nas folhagens de carvalhos sagrados que circundavam o templo. [N. E.]

existia. Bastava que a sra. Swann não chegasse exatamente igual e no mesmo momento que antes, para que a avenida fosse outra. Os lugares que conhecemos não pertencem tampouco ao mundo do espaço, onde os situamos para maior facilidade. Não eram mais que uma delgada fatia no meio de impressões contíguas que formavam a nossa vida de então; a recordação de certa imagem não é senão saudade de certo instante; e as casas, os caminhos, as avenidas são fugitivos, infelizmente, como os anos.[27]

---

[27] Proust comentava essa conclusão do livro como o "contrário", apenas "uma etapa" de conclusões sobre a natureza do Tempo que ainda estariam por vir. [N. E.]

apêndice
uma entrevista com marcel proust

O que publico é apenas um volume, *No caminho de Swann*, de um romance que terá como título geral *Em busca do tempo perdido*. Gostaria de publicar tudo junto; mas não se editam mais obras em vários volumes. Sou como alguém que tem uma tapeçaria grande demais para os apartamentos atuais e que por isto foi obrigado a cortá-la.

Alguns jovens escritores, com os quais me simpatizo em outros pontos, preconizam, ao contrário, uma ação breve com poucos personagens. Não é minha concepção do romance. Como lhes dizer isso? Sabem que existe uma geometria plana e uma geometria espacial. Pois bem, para mim, o momento não é somente da psicologia plana, mas da psicologia no tempo. Essa substância invisível do tempo, eu procurei isolá-la, mas para isto havia uma necessidade que a experiência pudesse durar. Espero que no final de meu livro, tal fato social pequeno e sem importância, tal casamento entre duas pessoas que no primeiro volume pertencem a mundos bastante diferentes, indicará que o tempo passou e assumirá a beleza de alguns dos chumbos patinados de Versailles, que o tempo envolveu de um revestimento de esmeralda.

Então, como uma cidade que, enquanto o trem segue seu caminho enviesado, aparece-nos tanto a nossa direita quanto a nossa esquerda, os diversos aspectos que um mesmo personagem terá assumido aos olhos de um outro, a ponto de ser personagens sucessivos e diferentes, darão — mas por isto somente — a sensação do tempo decorrido. Tais personagens revelar-se-ão mais tarde diferentes daquilo que são neste volume atual, diferente daquilo que se acreditará ser, da mesma forma que acontece com muita frequência na vida, de resto.

E não são somente os mesmos personagens que reaparecerão ao longo desta obra sob aspectos diversos, como em certos ciclos de Balzac, mas em um mesmo personagem — nos diz o sr. Proust — certas impressões profundas, quase que inconscientes.

Quanto a isso, continua o sr. Proust, meu livro será talvez como um ensaio de uma sequência de "Romances do Inconsciente": não teria vergonha nenhuma de dizer de "romances bergsonianos", se acreditasse nisso, pois em todas as épocas ocorre de a literatura tentar se ligar — naturalmente de forma tardia — à filosofia predominante. Mas (dizendo isso) não seria exato, pois minha obra está dominada pela distinção entre a memória involuntária e a memória voluntária, distinção que não somente não aparece na filosofia de Bergson, mas é até mesmo contradita por ela.

Como o senhor estabelece esta distinção?
— Para mim, a memória voluntária, que é sobretudo uma memória da inteligência e dos olhos, não nos dá, do passado, mais do que faces sem realidade; mas se um cheiro, um sabor encontrados em algumas circunstâncias totalmente diferentes, despertam em nós, à nossa revelia, o passado, passamos a sentir o quanto este passado era diferente daquilo que acreditávamos lembrar, e que nossa memória voluntária pintava, como os maus pintores, com cores sem realidade. Já neste primeiro volume, vocês verão o personagem que narra, que diz: Eu (que não sou eu) encontrar de repente, jardins, seres esquecidos, no gosto de um gole de chá onde ele mergulhou um pedaço de *madeleine*; é provável que ele se lembrasse deles, mais sem suas cores, sem seu charme; pude fazê-lo dizer como este pequeno jogo japonês onde se mergulham pedacinhos de papel que, tão logo imersos na tigela, se esticam, ganham contorno, tornam-se flores, personagens, todas as flores de seu jardim e as ninfeias da Vivonne, e a boa gente da aldeia e suas casinhas e a igreja, e toda Combray e arredores, tudo isto que assume forma e solidez saiu, cidade e jardins, de sua xícara de chá.

Vejam vocês, acredito que é apenas às lembranças involuntárias que o artista deveria requisitar a matéria-prima de sua obra. Antes de mais nada, precisamente porque elas são involuntárias, que se formam por si próprias, atraídas pela semelhança de um minuto idêntico, elas são as únicas a possuir uma marca de autenticidade. Depois, porque nos trazem de volta as coisas numa dose exata de memória e esquecimento e, enfim, uma vez que nos fazem experimentar a mesma sensação em uma circunstância completamente diferente, elas a liberam de toda a contingência, e nos dão dela a essência extratemporal, aquela que é exatamente o conteúdo do belo estilo, esta verdade geral e necessária que somente a beleza do estilo traduz.

Se me permitem divagar sobre o meu livro, continua o sr. Marcel Proust, é que não se trata em nenhum grau de uma obra de raciocínio, é que os seus mais ínfimos elementos me foram fornecidos pela minha sensibilidade, que os encontrei no fundo de mim mesmo, sem os compreender, tendo tanto trabalho em convertê-los em algo inteligível, como se eles fossem tão estranhos ao mundo da inteligência, como dizer?, como um motivo musical. Parece-me que vocês podem estar pensando que se trata de meras sutilezas. Oh, não! Eu lhes asseguro: ao contrário, de realidades. O que não tivemos de esclarecer nós mesmos, o que estava claro antes de nós (por exemplo, ideias lógicas) tudo isso não é realmente nosso, não sabemos nem mesmo se é real. É apenas uma parte do "possível" que elegemos arbitrariamente. Aliás, vocês sabem, isso se vê imediatamente no estilo.

O estilo não é de maneira alguma um enfeite como creem certas pessoas, não é sequer uma questão de técnica, é – como a cor para os pintores – uma qualidade da visão, a revelação do universo particular que cada um de nós vê, e que não veem os outros. O prazer que nos dá um artista é de nos fazer conhecer um universo a mais.*

---

*Entrevista concedida por Marcel Proust ao jornal *Le Temps* no dia 14 de novembro de 1913, antevéspera da publicação de *No caminho de Swann*. Tradução de Guilherme Ignácio da Silva. Fonte: Marcel Proust, *Contre Sainte-Beuve* (ed. Pierre Clarac), Paris, Pléiade Gallimard, 1971, p. 604-5.

resumo
(os números entre parênteses indicam as páginas)

combray

I

Momento do despertar (20-27). Lembranças voluntárias do final de tarde em Combray (27). A lanterna mágica que me presenteiam (27). As figuras de Golo e de Geneviève de Brabant projetadas pela lanterna contra as paredes de meu quarto só fazem crescer minha tristeza por estar separado de mamãe (28-29). Após o jantar, tenho de deixar mamãe e subir ao quarto, enquanto os adultos se dirigem ao jardim para poder conversar (29).

Vovó não se conforma em ficar parada e deambula pelos canteiros devastados pela chuva (29-30) queixando-se sempre das falhas de minha educação. Papai dá de ombros e examina o barômetro, mamãe o olha, mas não fixamente, para não dar a entender que quer devassar o mistério de sua superioridade (30). Às vezes, durante as voltas de minha avó pelo jardim, minha tia-avó consegue fazer com que ela volte para junto dos que conversavam sentados, gritando-lhe "Bathilde! Vem ver se impedes teu marido de beber conhaque!" (30). Seu sorriso, seu olhar, sua personalidade (31). Eu não sabia do papel que minha falta de vontade e saúde delicada desempenhavam em sua tristeza (31).

Meu único consolo, ao subir para me deitar, era que mamãe viria beijar-me na cama (32). Mas as regras de minha educação me impedem de pedir-lhe um beijo a mais (32).

Essas noites, entretanto, ainda são muito boas em comparação com outras, quando há convidados para jantar, convidados que, na maioria das vezes, se resumem a Swann (32-33). A comoção e o suspense em que ficamos quando soa a campainha: "Uma visita, quem poderá ser?" (33). Vovó vai atender enquanto esperamos, meu avô então diz: "Reconheço a voz do Swann" (34). A amizade do pai de Swann com vovô (34). As anedotas contadas por esse sobre a morte da esposa do velho Swann (35).

Durante os anos em que Swann, o filho, vem nos visitar em Combray, minha família nem sequer suspeita de suas relações sociais (35-40). Em visita à casa de sua amiga, a marquesa de Villeparisis, esta revela a vovó o lado brilhante das relações de Swann, o que faz minha tia-avó passar a ter a sra. de Villeparisis em menor conta (41-42). Vovô lê o nome de Swann em um jornal, entre o de convivas dominicais do duque de X***, minha tia-avó o proíbe de perguntar qualquer coisa a Swann (42). O nome de Swann volta a aparecer no *Le Figaro* como o do proprietário de uma tela de Corot (43).

Sua vinda torna-se objeto de dolorosa preocupação de minha parte, pois teria de ir me deitar mais cedo (45). Mamãe se aproxima dele e lhe pergunta detalhes da filha que ele havia tido com uma mulher não muito respeitável (46). Tias Céline e Flora e seus engenhosos volteios para agradecer discretamente o envio de uma caixa de vinhos por Swann (47-49). Swann tenta contar a vovô uma pequena anedota de corte extraída das *Memórias*, de Saint-Simon (49).

Vovô, com ferocidade inconsciente, sugere que já é hora de eu ir dormir (50). Escrevo uma carta a mamãe, suplicando-lhe que suba (51). Receio de pedir a Françoise que ela entregue a carta a mamãe — seu código Combray (52). Passado um momento, ela volta dizendo que não pode interromper o jantar naquele instante, mas que, depois, tentará entregá-la (53). Swann, que eu julgava poder zombar de minha angústia, a conhecia muito bem (54). Mamãe não sobe e manda dizer-me "Não tem resposta" (56). Tomo a decisão de não voltar a dormir sem ver mamãe (56).

Ouço meus pais conduzirem Swann até a saída. Mamãe pergunta a meu pai sobre a lagosta e o sabor do sorvete (58). Críticas da família a Swann e a seu modo de vida (58-59). Tias Céline e Flora reafirmam a sutileza extraordinária de seu agradecimento a Swann (59). Ouço mamãe subir as escadas e me posto diante dela (60). Seu temor de que papai me veja ainda acordado (60). Contrariando sua expectativa, ele ordena que ela me acompanhe até meu quarto (61).

Jamais renascerá para mim a possibilidade de tais horas, mas preservo ainda o som de meu choro, quando pude ficar a sós com mamãe (62). Mamãe, dominada de súbito por minha comoção, começa também a chorar (64). Ela me propõe, então, de abrir o pacote de livros com que vovó me presentearia pelo aniversário (64). Trata-se dos quatro romances campestres de George Sand (64-65). A maneira peculiar de vovó se relacionar com a arte (65-66). Mamãe senta-se junto ao meu leito e começa a ler *François le Champi* (67-68).

Assim, por muito tempo, essas foram as únicas cenas que me lembrava de Combray. O resto de meu passsado estava perdido para mim? (69-70). Até que, um dia de inverno, mamãe me propõe servir-me uma xícara de chá: invade-me um prazer delicioso, isolado, sem noção de causa — *memória involuntária* (71). E de súbito a lembrança me aparece: aquele era o gosto do pedaço de madalena que tia Léonie me oferecia nas manhãs de domingo em Combray (73-74).

II

A cidade de Combray, suas ruas (75). Os dois quartos de tia Léonie (76). No quarto próximo, ouço-a falar sozinha a meia-voz (77). Passado um instante, entro para beijá-la e preparar seu chá (78). A cômoda, ao lado de seu leito: mistura de altar e farmácia (79). Nem cinco minutos depois, tia Léonie me manda embora, para não se cansar muito (79).

Françoise, sua criada (80-81). Mamãe conversa com Françoise sobre sua vida (81). Françoise tem de subir ao quarto de tia Léonie para lhe dar detalhes sobre a "crônica" diária de Combray (82-84). Em Combray, uma "pessoa que não se conhecia" era um ser tão inacreditável como um deus de mitologia (85). Mesmo os animais, como o cachorro da sra. Sazerat (86). A "febre de aspargos" de Françoise (87).

A igreja de Combray: seus vitrais, as tapeçarias, seu campanário (87-97). Encontro com o sr. Legrandin, ao voltarmos da missa (97-98). Minha tia, inquieta com a informação da presença de um pintor desconhecido, que copia o vitral de Gilberto, o Mau (99). Quem pode lhe informar melhor sobre isso era Eulalie (99). Os dois tipos de pessoas que tia Léonie detestava (100). A visita de Eulalie: "Na realidade, aos domingos, não pensava senão naquela visita" (101).

A sesta de depois do almoço preparado por Françoise (102). Vou sentar-me junto da bomba e de sua bacia (102). O pequeno gabinete de repouso de meu tio Adolphe (103). "Uma ou duas vezes por mês, mandavam-me fazer-lhe uma visita (103). Tio Adolphe e seu criado (104). Meu amor platônico pelo teatro (104-106). Visita à casa de tio Adolphe e encontro com "a dama com um vestido de seda cor-de-rosa" (107-111). Briga de minha família com ele por causa desse encontro (111).

A criada de cozinha e sua semelhança com uma das figuras alegóricas de Giotto (113-115). Sessões de leitura (116-121). Interrupção repentina pela chegada da filha do jardineiro, "que corria como uma louca" para nos avisar da chegada do batalhão de jovens soldados (121). O jardineiro tenta provocar Françoise (123).

Um dia, Swann interrompe minha leitura "de um autor inteiramente novo para mim, Bergotte" (124). "A primeira pessoa a quem ouvi falar de Bergotte foi um de meus camaradas, Bloch" (124). Seu gosto literário (124-125). Sua má-educação (127). Ele acaba sendo impedido de me visitar depois de me revelar detalhes escusos "da mocidade aventurosa" de minha tia-avó (128).

"Nos primeiros dias não descobri o que tanto deveria amar no estilo de Bergotte (129). Outros admiradores de sua obra em Combray (130). As frases que me encantam (131). "Por seus livros, imaginava eu Bergotte um velho frágil e desiludido" (132). Swann o conhece e me revela a preferência de Bergotte pela atriz Berma (133). A atitute autoirônica de Swann diante das coisas (134). A "pequena plaquete" de Bergotte sobre Racine (135). Bergotte visita "velhas cidades, as catedrais, os castelos" em companhia da filha de Swann (136). Aumento do prestígio da família Swann a meus olhos (136).

Enquanto eu leio no jardim, tia Léonie conversa com Françoise, aguardando a hora de Eulalie (137). Mesmo com a chuva, a sra. Amédée (minha avó) caminha pelo jardim (138). Mal Eulalie se apresenta, chega também o cura de Combray (139). Seus longos comentários sobre a igreja da cidade e etimologia são motivo de cansaço crescente de minha tia (140-144). O cura de tal modo cansara minha tia que, mal se retirava, ela se via obrigada a despedir Eulalie (144). Pequena gratificação dada a ela por minha tia desperta ciúme e inveja de Françoise (144). O "pequeno ramerrão" da vida de tia Léonie é perturbado pelas dores do parto da criada de cozinha (147). Outra alteração em seus hábitos: o almoço de sábado é servido uma hora mais cedo (148-149).

Encontro com o "muito severo" sr. Vinteuil (150). Visita a sua casa, em Montjouvain: em uma "elevação coberta de moita", acompanho suas atitudes antes da entrada de meus pais (149-151). Sua filha tem o aspecto de um rapaz (151). Vovó nos fazia observar, entretanto, a expressão suave e delicada de seu olhar (151). O odor dos pilriteiros no altar da igreja de Combray (152). O sr. Vinteuil corre atrás dos moleques, na praça, diante da igreja (152). Passeios pelos arredores de Combray sob o luar (152-154).

A distração trazida a tia Léonie pela mudança de horário do almoço de sábado (149-155). Seus devaneios de mudança repentina em seus hábitos deviam envolver nossa morte (155). Apraz-se em supor que Françoise anda roubando-a (155). Papai nos revela que Legrandin mal o cumprimentou de manhã (158). Desço até a cozinha, para ver o que temos para o jantar (158).

Legrandin vem ao nosso encontro, recitando entusiasticamente alguns versos em homenagem à cor do céu (159). Preparativos do almoço: "a pobre Caridade de Giotto" se sente mal ao pelar os aspargos; Françoise estrangula um frango (161). A maneira peculiar que ela tem de manifestar sua piedade e seu ódio (162-164). Nossa mudança de opinião acerca de Legrandin (164-165). Ele convida-me para jantar: Legrandin detesta os esnobes porque é um deles (166-170). Mesmo assim, papai quer tentar conseguir que Legrandin nos apresente à sua irmã, a sra. de Cambremer, em Balbec; seu despiste (171-174).

A volta dos passeios pelos arredores de Combray (175). Os dois "lados" de Combray: o caminho de Swann (Méséglise) e o caminho de Guermantes (176). O passeio "para o lado de Méséglise" (177). Os lilases (178). A possível presença da filha de Swann em Tansonville (179). A contemplação dos pilriteiros (181-183). Uma menina de um loiro-avermelhado olha-nos (183). Ela esboça um gesto indecente (183). Uma voz grita seu nome: "Anda, Gilberte, vem" (184). Vejo uma "dama de branco" e "um senhor de roupa xadrez que fixa em mim olhos que parecem querer saltar-lhe da cabeça" (184). O nome "Gilberte" ressoa em mim (185). Afastamo-nos enquanto vovô comenta o papel ridículo desempenhado por Swann (185). Vovô conta nosso passeio por Tansonville a tia Léonie (186). Os singulares encantos que atribuo ao nome Swann (187). Minha despedida dolorosa dos "pobres pilriteirinhos!" de Tansonville (188). Os pilriteiros como "o gênio local de Combray" (188-189).

É para os lados de Méséglise, em Monjouvain, que morava o sr. Vinteuil: sugestões maliciosas do dr. Percepied quanto à relação de sua filha e uma amiga (190-191). O desgosto do sr. Vinteuil (191-192). Swann diante de Vinteuil (193). Os passeios do lado de Méséglise, por serem mais curtos, podem ser feitos sob tempo incerto (194). Muitas vezes nos abrigamos da chuva sob o pórtico da igreja: as figuras de Françoise e de Théodore nas esculturas (195). Passeios solitários sob o mau tempo, "envolto em um grande *plaid*" (197--199). Exaltação diante da natureza e golpes com o guarda-chuva (199). Descompasso entre o que sentimos e o que os outros sentem no mesmo instante (200-201). Desejo de abraçar uma camponesa (201). Cena de autoerotismo no "pequeno gabinete que cheirava a íris" (203).

Impressão sobre o homoerotismo e o sadismo colhida novamente em Montjouvain: cena de lesbianismo entre a srta. Vinteuil e sua amiga (205). Semelhança entre os gestos e palavras da filha e do pai (206-207). Na verdade, ela possui uma alma "franca e bondosa" (208). A natureza dos sádicos como a filha de Vinteuil (209-210).

O longo passeio para o lado de Guermantes (211 ss.). Paisagem fluvial (213). Ruínas medievais (213-214). Os garrafões que os garotos jogam no rio Vivonne (214). A planta aquática que refaz obsessivamente a dupla travessia de um trecho do rio: ela faz pensar em certos neurastênicos, como tia Léonie (215). Outras plantas aquáticas do parque (216-217). O remador que se deita de costas ao fundo do barco (217). Sentamo-nos entre os íris, à beira d'água, onde ainda nos chegam os sons do sino da igreja de Santo Hilário (217). Uma mulher jovem, em "uma dessas casas chamadas de recreio" (217). Nunca pudemos chegar até as nascentes do Vivonne, nem até o castelo dos Guermantes (218). O mistério desse nome (218). Certos fenômenos naturais detêm o futuro escritor: desânimo pela falta de gênio (220-221).

Visão da sra. de Guermantes, durante o casamento da filha do dr. Percepied (221-225). Pesar de não ter "nenhum pendor para as letras" e de não conseguir ir até o fundo de minhas impressões (226-227). Visão e tentativa de decifração literária do movimento dos campanários de Martinville (228-230).

O prazer que sentiria em ser amigo da duquesa de Guermantes (230-231). As lembranças deixadas pelo lado de Méséglise e pelo lado de Guermantes (232-234).

Volta ao início do texto: as lembranças e o momento de despertar (234-235).

um amor de swann

O salão Verdurin: condições necessárias para conseguir integrar esse "pequeno núcleo" (238). Os *habitués* do salão (238-239). O clima à vontade que reina no grupo (239). Exclusão dos "maçantes", ampliação progressiva desse conceito (239-240). Disponibilidade para incorporar possíveis amigos dos "fiéis" (241). É o que acontece quando Odette de Crécy lhes pede para trazer um de seus amigos, o sr. Swann (241).

Os hábitos amorosos de Swann (242-246). A beleza de Odette lhe parece inicialmente indiferente (247). Após a primeira apresentação, Odette lhe escreve, pedindo para visitar suas coleções (247). Odette volta a vê-lo, e cada visita renova a decepção de Swann diante desse rosto (248). Mas, depois de sua partida, Swann sorri recordando coisas que ela havia dito (249).

Como meu avô conhecera a família Verdurin, Swann vem pedir-lhe uma carta de recomendação (251). Ante a resposta negativa de meu avô, a própria Odette o leva à casa dos Verdurin (251).

O jovem dr. Cottard, um dos "fiéis" do salão Verdurin: sua insegurança diante de certas locuções cujo sentido ele não compreende bem (252-253). Ele costuma tomar tudo ao pé da letra (253). Com o anúncio de um novo conviva chamado "senhor Swann", o doutor é tomado de surpresa brutal: "Swann, mas quem é Swann?" (254).

Swann causa excelente impressão aos Verdurin (254). O único momento de frieza é quando ele estranha uma piscadela maliciosa do dr. Cottard (255). O pintor o convida para visitar seu ateliê com Odette (255). Swann faz questão de ser apresentado até mesmo ao tímido Saniette (256). O sr. Verdurin se ressente do comentário zombeteiro de Swann após ter sido apresentado à tia do pianista e lhe propõe ouvirem algo tocado pelo sobrinho dela (256-257). Antes que Swann termine sua resposta, o dr. Cottard solta uma de suas tiradas maliciosas (257). O sr. Verdurin não pode deixar de rir e sua esposa se indigna de a estarem deixando de fora de tanta alegria (257). Ela se encontra justamente sentada sobre uma "alta cadeira sueca", um dos numerosíssimos presentes dos fiéis (258). O complexo exercício de contenção e expressão de sua incontrolável hilaridade (258).

O sr. Verdurin roga ao pianista que toque algo; a sra. Verdurin, muito sensível à arte, pede clemência ao artista: "Ah, não, a minha sonata, não!" (259). O doutor, condescendente com a paciente insiste, no entanto, para que ela deixe o pianista tocar (259-260). Odette senta-se ao lado do piano e a sra. Verdurin envia Swann para junto dela (260). Procurando ser amável, Swann elogia a poltrona sobre a qual vai sentar-se (260). A sra. Verdurin dá detalhes preciosíssimos de seu mobiliário (260-261). O pianista começa a tocar e Swann reconhece uma frase musical que o encanta há tempos (263-265).

Em vão, ele pede informações sobre Vinteuil (266). Mais uma tirada do dr. Cottard (267). Swann se recusa a associar a obra que acaba de ouvir ao velho professor de piano (267). O pintor dá detalhes da saúde precária de Vinteuil, "que o doutor Potain receava não poder salvar" (268). Insinuação irônica de Cottard sobre a eficiência de Potain, "um de [s]eus mestres" (268). O pintor crê detectar sinais da alienação mental de Vinteuil em certas passagens da sonata, o que perturba muito Swann (268). A sra. Verdurin se indigna com a pretensa submissão do dr. Cottard a seu "mestre", Potain (268). O sr. Verdurin tira uma baforada cansada do cachimbo em sinal de riso e pensa com tristeza na superioridade comprovada da mulher no terreno da amabilidade (269).

A sra. Verdurin elogia Swann para Odette (269). O sr. Verdurin observa que, no entanto, Swann não apreciara a tia do pianista (269). Ao que a esposa retruca que "a primeira vez não conta" e já propõe um programa para o dia seguinte, em companhia de Swann (269).

Swann se torna um dos mais dedicados "fiéis" da igrejinha dos Verdurin (270). O doutor se surpreende com a notícia de que Swann almoçará com o chefe de polícia no palácio dos Campos Elísios e de que Swann conhece "o senhor Grévy", ou seja, o próprio presidente da República (270). Swann, entretanto, lhe garante que tais almoços "nada têm de divertido" e o crédulo doutor adota prontamente essa opinião (271). A sra. Verdurin, temendo o poder de sedução e coação de um "maçante" como o presidente da República, também critica tais almoços (271). Diante do brilho que a amizade de Swann com o presidente adquire a seus olhos, o dr. Cottard chega até a oferecer-lhe um convite para a Exposição Odontológica (272). Quanto ao sr. Verdurin, ele nota o mau efeito causado por aquela descoberta sobre sua mulher (272).

Swann comparece apenas à noite à casa dos Verdurin (272). Odette lhe propõe encontrá-lo a sós e que seria muito fácil para ela enganar a sra. Verdurin com uma mentira (272). Mas Swann está muito envolvido com uma "pequena operária fresca e rechonchuda como uma rosa" (272).

Novas impressões de Swann sobre a pequena frase de Vinteuil: ele se recusa a levar em conta "um certo desencanto" que ela traz consigo (273).

Às vezes, ele demora tanto com sua jovem operária e chega ao salão já perto da partida de Odette (274). Leva-a, então, até a porta de seu apartamento, mas nunca entra (274). Duas vezes apenas, à tarde, vai participar da operação, capital para Odette, de "tomar chá" (274). Na segunda dessas visitas, Swann associa a beleza de Odette a um afresco da Capela Sistina (278-280). Swann coloca sobre sua mesa uma reprodução da pintura e admira detalhes da beleza feminina encontrados também em Odette (280). Para evitar o cansaço de sua relação com Odette, Swann passa a criar motivos fictícios de briga (281). O pequeno "clã" dos Verdurin se associa para ele ao prazer calmo de poder encontrar seguramente aquela "encantadora criatura" (282).

Uma vez, porém, ele se atrasa muito com sua jovem operária e, ao chegar aos Verdurin, Odette já havia partido: Swann sente um golpe no coração (282). Os fiéis comentam a relação dos dois (282-283). O sr. Verdurin revela pela primeira vez sua aversão por Swann (283). E ainda se pergunta como Swann pode julgar Odette inteligente e virtuosa (284).

O mordomo de Odette diz a Swann que ela "iria provavelmente tomar chocolate no Prévost antes de recolher-se" (284). Deambulação desesperada de Swann pelos bulevares em busca de Odette (284-288). Swann a encontra inesperadamente (288). Ela sobe em seu carro e Swann lhe propõe timidamente arranjar seu buquê de catleias e a possui finalmente nessa noite (288-290).

Agora, todas as noites, ao levá-la até sua casa, tem de entrar (291). E, mesmo quando ele vai a alguma reunião mundana, Odette lhe pede que, a qualquer hora que for, venha à casa dela (292). Swann já não é mais o mesmo (292). E os encontros noturnos, embora, às vezes, o contrariem, apaziguam a angústia que sentira no dia em que chegara à casa dos Verdurin após sua partida (293). Se chega depois de os criados já terem se recolhido, ele vai bater à janela do quarto de Odette, que dá para a rua (293). Ele lhe pede para tocar ao piano a pequena frase da sonata de Vinteuil (293). Swann começa a se dar conta de tudo o que há de doloroso na frase, mas dá de ombros a isso (295). Swann se pergunta sobre a duração daquele período tão encantador de sua vida (296).

Só vai vê-la à noite, e nada sabe do emprego do seu tempo no restante do dia (296-297). Certas tardes, no entanto, Odette vem visitá-lo, interrompendo suas cismas ou o ensaio retomado sobre o pintor Vermeer (297). Às vezes, um mero croqui de um momento desconhecido do dia de Odette o abala (298).

Swann não se preocupa em corrigir o mau gosto artístico da amante (298). Ele parece ser intelectualmente inferior a Odette (299). Ela se recusa a frequentar a mesma sociedade dele (299). A noção muito particular que Odette possui do que é ser "chique", que

Swann não procura absolutamente modificar (300-302). Encontro com a marquesa de Villeparisis, que Odette acredita ter "ar de operária" (302). Não compreende a opção de moradia de Swann, no cais de Orléans (302). Tem a pretensão de amar as "antiguidades" (302-303). Considera certos seres "uma elite superior ao resto da humanidade" (303). Swann não contraria suas ideias vulgares e se sente grato em simpatizar com ela (304-305). Dentre as coisas que a cercam, Swann estima enormemente a casa dos Verdurin (306-309).

Um novo "fiel" apresentado por Odette aos Verdurin: o conde de Forcheville (310). O primeiro jantar deste junto aos Verdurin precipita a ruína de Swann no pequeno "clã". Nesse jantar, além do conde, está também presente um professor da Sorbonne, Brichot (310).

Forcheville elogia a "toalete branca" da sra. Verdurin, o que dá ensejo ao dr. Cottard a lançar mais umas de suas tiradas: "Branca de Castela?", motivo também para o erudito Brichot dissertar sobre "aquela megera" (311). Forcheville se espanta com a enormidade da sapiência de Brichot (312). O gênero de espírito de Brichot parece pedante a Swann, que se sente um pouco ameaçado junto a Odette pela presença de Forcheville (313-314). E, para indignação da "patroa", não dá continuidade à conversa de Brichot (314).

Ele se dirige ao pintor, mas é interrompido por mais uma tirada do dr. Cottard, muito elogiada pela "patroa" (314). O pintor, em vez de responder a Swann, tenta brilhar junto aos convivas (314-315). A modesta sra. Cottard sente que é o momento adequado e ousa intervir na conversa, com uma alusão a uma "salada japonesa" preparada durante uma peça de Dumas (316). Forcheville externa então sua admiração pelo espírito da mulher do doutor (316). Ela se dirige, então, a Swann, perguntando-lhe sua opinião sobre a peça (317). Este se desculpa por sua "falta de admiração por essas obras-primas" (317). Forcheville interpela Swann. Antes disso, enquanto a sra. Cottard falava de *Francillon*, ele externava toda a sua admiração "pelo que ele chamava o pequeno *speech* do pintor" (318). A sra. Verdurin quer saber se ele "avista-se seguidamente com o sr. Swann" (318). Forcheville diz que não e interpela Swann sobre brilhantes relações mundanas (318-319), o que magoa profundamente a "patroa" (319). Forcheville o encurrala e pede que ele diga "francamente" o que pensa da duquesa de La Trémoïlle (319). E, querendo brilhar diante dos "fiéis", lhe pede ainda que defina a palavra "inteligência", que ele atribuía à duquesa (321). A sra. Verdurin se dirige com tom ríspido a Saniette (321). Brichot tenta avançar a "definição muito curiosa da inteligência nesse bom anarquista do Fénelon" e Forcheville pede silêncio aos outros (321-322). Mas Brichot aguarda a definição de Swann e este se cala. Brichot pergunta então sobre a ascendência dos "La Trémouaille" (322). Saniette sai do seu mutismo e conta uma história falsa sobre um jantar com o duque de La Trémoïlle (322-323).

Depois do jantar, Forcheville dirige-se ao doutor falando da suposta beleza passada da sra. Verdurin e da beleza presente da sra. de Crécy (323). O doutor acrescenta precipitadamente mais um de seus chistes (323). Forcheville, que conhece o chiste, se põe a rir. Já o sr. Verdurin opta por sinalizar sua hilaridade com um simulacro de sufocamento (324). Ele faz, aliás, muito bem em não retirar o cachimbo da boca, pois, antes de se afastar, Cottard acrescenta mais uma tirada (324). A sra. Verdurin grita para que o marido retire logo o cachimbo da boca (324). Forcheville vai elogiar o encanto do dr. Cottard junto da esposa deste (324). Enquanto isso, o sr. Verdurin vem transmitir à mulher a admiração de Forcheville por Odette (324). A sra. Verdurin pensa então em planejar um jantar com os dois, na ausência de Swann (324-325).

A sra. Cottard diz ao marido que Forcheville falou mal dele (325). O doutor, ainda com a ideia da nobreza de Forcheville na mente, diz estar tratando de uma baronesa, a baronesa Putbus (325). Isso permite a Forcheville reiterar os elogios ao doutor junto da sra. Cottard (325).

O pianista diz que vai tocar a sonata para Swann (325). Forcheville solta um trocadilho com a palavra "sonata" que o doutor não compreende direito e vem corrigi-lo (325). Forcheville tem, então, de explicá-lo e o doutor diz conhecê-lo "há muito tempo" (326). Aparição da "pequena frase" de Vinteuil (326). A sra. Verdurin se dirige a Swann e lhe pergunta se já conhecia Brichot e se este não estivera "delicioso". Swann é reticente (326).

Fim do jantar. Cottard se dirige à esposa, observando que jamais vira a sra. Verdurin "tão bem-disposta" (326). Já Forcheville pergunta ao pintor se por acaso a sra. Verdurin é uma "mulher desfrutável" (326). Odette volta de mau humor em companhia de Swann (326-327). A sra. Verdurin pergunta ao marido se acaso este não notou o "riso tolo de Swann" quando falaram "da senhora La Tremoïlle", suprimindo o "de" (327). O sr. Verdurin se vê autorizado a falar mal de Swann (327).

Swann ignora sua situação junto dos Verdurin (328). Visita Odette na maioria das vezes à noite, mas se faz lembrar durante o dia, "de maneira agradável para ela" (328-329). Swann se pergunta se não está, na verdade, "sustentando" Odette, mas não se dispõe a "aprofundar tal ideia" (330-331). Quando não fica em casa "esperando a hora de encontrar-se com Odette", visita algumas de suas antigas relações (331). Parte tão depressa de um desses encontros que sua amiga, a princesa Des Laumes, comenta irritada sua mudança (332).

Em Saint-Cloud ou na Ilha dos Cisnes, a "pequena frase" de Vinteuil ainda o acolhe (333). Odette, durante um dos jantares dos Verdurin, revela diante dos outros "fiéis" sua intimidade com Swann (333). Começa a atribuir grande valor aos momentos passados em casa dela, à noite (334). Em uma noite de muita chuva, ele chega "depois das onze" na casa dela. Ela o dispensa rápido, porque "a tempestade a deixara indisposta" (334). Swann parte, mas volta pouco depois e vai bater na janela acesa, que ele supõe ser de Odette (335-337). Dois senhores idosos abrem a janela de um quarto que lhe é desconhecido (337). A lembrança desse erro passa a atormentar Swann como uma dor física (338). Quando deixa Odette, leva lembranças de seus sorrisos e olhares (338). Mas o ciúme vem dar novo significado a essas lembranças e atormentá-lo (338). Como o olhar que surpreende em Odette no dia em que Forcheville insulta seu cunhado, Saniette (339).

Um dia, Swann vai em visita a Odette "no meio da tarde", ninguém lhe abre a porta, mas ele julga ouvir ruído (340). Uma hora mais tarde ele volta e a encontra: respostas contraditórias de Odette (340-341). Ao tentar se despedir, ela o retém, com ar surpreendente de extremo pesar (342-343). Swann então se lembra que era a mesma expressão que ela tivera no dia em que mentira à sra. Verdurin (343). Ouve-se o ruído de um carro que parte: provavelmente uma pessoa que Swann não devia encontrar (344).

Ao deixá-la, Odette lhe entrega várias cartas para colocar no correio. Swann posta todas, menos a que trazia o endereço e nome de Forcheville (344). Aproximando o envelope de uma vela, Swann consegue distinguir as últimas palavras de uma fórmula final bastante fria (345). Swann continua as tentativas de leitura até que descobre uma frase inteira: "Fiz bem em abrir, era o meu tio". E Swann conclui que era então Forcheville que estava com ela quando ele tocou a campainha (345). Seu ciúme se agarra àquele momento do dia de Odette (346).

Um mês depois, Swann vai a uma ceia dos Verdurin no Bois e percebe que não está sendo incluído entre os convidados do dia seguinte (347-348). Odette parte junto de Forcheville, no carro dos Verdurin (348). Swann volta a pé, pelo Bois, falando mal do salão Verdurin em voz alta (349-350). Uma parte sua, entretanto, não pensa senão em descobrir um meio de ser convidado ao passeio a Chatou (352). O dr. Cottard se espanta com a nova situação de Swann junto dos Verdurin e este salão se torna um obstáculo a seus encontros com Odette (352-353).

Odette se prepara para ir à Ópera Cômica com os Verdurin

enquanto Swann discursa sobre as razões que deveriam convencê-la a renunciar ao passeio (353-354). Ela acaba partindo aflita, para não "acabar perdendo a abertura" (355).

Nesse período em que se torna cada vez mais cara a Swann, Odette lhe parece "muito menos bonita" (355).

Os Verdurin, em viagem, às vezes não retornam no mesmo dia a Paris. Odette permanece com eles, sem se preocupar em avisar Swann (356). Em suas viagens mais longas, Swann mergulha "no mais apaixonante dos romances de amor, o guia das estradas de ferro" (357). Para ir a Compiègne e a Pierrefonds e poder vê-la, Swann chega a pensar no marquês de Forestelle, "que tinha um castelo nas vizinhanças" (357-358). Não sai por medo de perder um telegrama que Odette jamais lhe enviará (359).

São esses momentos em que se esquece completamente de Swann que melhor servem a prendê-lo a ela (359). Às vezes encontram-se em algum lugar público, mas Swann não ousa permanecer, "por medo de irritá-la" (361).

Um dia Forcheville chega até a porta de Odette e pede-lhe permissão para entrar. Ela lhe responde que isso depende de Swann (362). Noites calmas a seu lado que suscitam sonhos de felicidade conjugal e aplacam momentaneamente as suspeitas de Swann (363-364). Imagens de Odette junto de Forcheville fazem, entretanto, renascer seu sofrimento. E Swann parece decidido a não mais dar dinheiro a ela (365).

No dia seguinte, Odette lhe pede dinheiro para ela poder convidar os Verdurin para representações de Wagner (366). É o momento de lhe dirigir a resposta negativa que projetara minuciosamente na véspera (366-367). Após essa oscilação, Swann vai se convencendo de sua importância na vida dela, da ternura de Odette e acaba lhe enviando o dinheiro (368-369).

Odette, "segura de o ver de volta após alguns dias" passa a recusar-lhe "os prazeres de que ele mais faz questão" (370). Às vezes, Swann escreve-lhe cancelando um encontro, mas as cartas se cruzam e é Odette que lhe pede para adiar o encontro (370). Às vésperas de alguma viagem de Odette, Swann simula um rompimento definitivo, mas a simulação dura pouco e logo ele espera aflito o cocheiro atrelar o carro que o levará até ela (372). Odette julga sempre ser apenas mais uma farsa de Swann (372).

Swann por certo não tem consciência da extensão do seu amor (373-374). Por causa de seu amor, ele se encontra agora desligado da sociedade elegante da qual fazia parte (374).

Meu tio aconselha Swann a passar "algum tempo sem ver Odette"; alguns dias depois, Odette lhe revela que meu tio tentara possuí-la à força; Swann rompe com tio Adolphe, de quem, entretanto, ele poderia conseguir mais informações sobre a vida de Odette em Nice, que passa a atormentá-lo (378-380). O brilho que, em raros instantes, adquire o rosto de Odette abole os intervalos entre suas suspeitas e a bondade presente da amada (381). Mas esses instantes se tornam muito raros, mesmo os encontros noturnos dependem da disponibilidade dela (381). Swann tenta se informar sobre essas saídas noturnas de Odette e procura manter o sr. de Charlus sempre a seu lado (382). Para acalmar sua agitação, bastaria receber a permissão de esperá-la voltar na casa dela, o que ela não permite (383). Swann volta para casa e, sem querer, se põe a soluçar e enxuga os olhos: "Muito bonito! Estou ficando um nevropata!" (383). A necessidade de inspecionar continuamente a vida de Odette se torna tão cruel que Swann se alegra com uma protuberância em seu ventre, que poderia levá-lo à morte (384). No entanto, desejaria viver até o momento em que não mais amasse Odette (384).

Toda vez que ele tenta imaginar a vida de Odette, se cansa bastante rápido (384). Adoraria conhecer e conviver com as pessoas que ainda têm alguma relação com Odette (385). Encontros com homens que alteram a postura sempre tão segura de Odette diante dele (386). Como se encontra longe o tempo em que ela contemplava sua cabeça um pouco calva e lhe dizia admirada:

"Nunca serás como todo mundo!" (387). Agora pretende mudá-lo (387). Swann vê nisso "uma prova de interesse, talvez de amor" (387). Mesmo a repulsa de Odette pelo cocheiro Lorédan o comove (388).

Em conversa com o sr. de Charlus, Swann diz crer que Odette o ama (388). E explica satisfeito a um amigo a troca necessária de cocheiros, quando parte em visita a Odette (388).

Swann desconhece seu sofrimento. Para conhecê-lo lhe é necessário comparar sua situação atual com o que fora no princípio, o que ele teme, "por medo de sofrer demasiado" (388-389). "Tão cautelosa prudência" é rompida uma noite, em que vai a uma reunião na residência da marquesa de Saint-Euverte (389). Antes disso, pede ao amigo, o sr. de Charlus, que este acompanhe Odette à modista (389).

Descrição das impressões de Swann diante dos criados, na entrada do salão da marquesa (390-393). Ao "espetáculo dos criados" se segue o da fealdade dos convidados (394). Swann é recebido por exclamação do general de Froberville (394). Enquanto o sr. de Bréauté pergunta a um romancista mundano o que ele está fazendo por ali (395). O espetáculo dos monóculos de alguns convidados (395). Sob instância da dona da casa, Swann avança para ouvir "uma ária de *Orfeu*" (395). Tem diante de si "duas senhoras já maduras", a marquesa de Cambremer e a viscondessa de Franquetot, cuja agitação musical Swann acompanha com "melancólica ironia" (396). Do outro lado da sra. de Franquetot, encontra-se a marquesa de Gallardon, "ocupada em seu pensamento favorito", o parentesco com os Guermantes (396-398). Ora ela não sabe que a princesa Des Laumes, sua parente Guermantes mais amada, já se encontra no salão (398-401). Esta observa "a mímica da vizinha melômana", a sra. de Cambremer e, como detesta exageros, marca também o compasso, mas no fora do tempo, "para não abdicar de sua independência" (399). Com o início de um prelúdio de Chopin, a sra. de Cambremer dirige à sra. de Franquetot "um terno sorriso de competente satisfação e de alusão ao passado" (399). Longe da nora, wagneriana que despreza Chopin, ela se entrega às delícias (400). A princesa Des Laumes, que também recebera sua educação musical, acompanha o trecho de Chopin "com pleno conhecimento de causa" (400-401). Um movimento de cabeça da sra. de Franquetot revela à sra. de Gallardon que a princesa Des Laumes se encontra perto dela e imediatamente precipita-se na sua direção, perguntando: "Como está seu marido?" (401). Ela a convida para "um quinteto com clarineta de Mozart" no dia seguinte (402). Ante a negativa da princesa, ela recorre à saúde pretensamente frágil do marido. Nova negativa (403). Ela pergunta, então, à princesa se esta já viu Swann e acrescenta comentários racistas contra a presença dele no salão Saint-Euverte (403). O riso de desdém da princesa atrai a atenção da dona da casa, que vem até ela (404). A recém-casada sra. de Cambremer se lança para o palco para tentar salvar uma vela de cima do piano no mesmo momento em que o concerto termina (405). O general de Froberville comenta o fato com a princesa Des Laumes (405). Esta faz comentários desdenhosos sobre a "senhorazinha Cambremer" (405). O general não parece estar de acordo, e a princesa percebe enfim o interesse dele pela moça (406). Pede desculpas por não conhecer a jovem e por ter de se retirar, pois deve encontrar o marido em casa da família Iéna (407). O general elogia "essa nobreza do Império" da qual os Iéna fazem parte (407). Ela fala mal do mobiliário "Império" da casa deles (407). E dá vazão a toda sua "coqueteria" e a seu "espírito" Guermantes (409). Swann se aproxima da princesa, enquanto o general comenta: "Notou que má fisionomia tem ele?" (409). Swann elogia galantemente o arranjo "algumas frutinhas de ameixa e de pilriteiro" que a princesa traz à cabeça (409). A sra. de Saint-Euverte não consegue captar o "espírito" da fala de Swann (410). A princesa agradece o elogio a seus "botõezinhos de pilriteiro" e pergunta a Swann por que ele cumprimenta "essa Cambremer" (410). Swann lhe explica que, na verdade, a jovem sra. de Cambremer "é uma senhorita Legrandin" (410). Comentam ironicamente o nome Cambremer, dando provas "de um mesmo jeito de julgar as pequenas coisas" (411). A princesa o convida para visitar Guermantes (411). Ela se esconde atrás dele, fugindo da "horrenda Rampillon" (412). Ela o convida para partir com ela até a casa da princesa de Parma, o que ele recusa, não querendo arriscar perder um bilhete de Odette (412). Swann quer partir, mas o general de Froberville vem lhe pedir para ser apresentado à sra. de Cambremer (413). A propósito de uma fala do general, Swann sente prazer em pronunciar o nome do navegador "La Pérouse", nome da rua de Odette (413). A jovem Cambremer esboça "um sorriso de alegria e surpresa" ao ser apresentada ao general, comportamento que a faz ser julgada como um anjo pela família do noivo (413-414). O concerto recomeça e Swann não pode mais sair: aparição dolorosa da pequena frase de Vinteuil, que, à sua revelia, mostra a Swann toda a diferença entre o passado e o presente de sua relação com Odette (414-423).

A partir dessa noite, Swann compreende que sua relação com Odette jamais seria como antes (423). Ele gostaria de partir de Paris e recolher dados para seu ensaio sobre Vermeer, mas deixar a cidade enquanto Odette ali se encontra o dissuade disso (424). Apenas em sonho consegue partir. Certa vez, sonha que parte de trem, acenando para um jovem que lhe diz adeus chorando (424). Despertado pela ansiedade, abençoa as circunstâncias que ainda lhe permitem ver Odette algumas vezes (424-425). Algumas vezes, deseja que ela morra "sem sofrimentos nalgum acidente" (425). Sente-se próximo do Maomé II pintado por Bellini que apunhalara uma de suas mulheres, depois fica indignado consigo mesmo (426). Swann consegue neutralizar antecipadamente a dor que sente pelas viagens de Odette durante o verão até o dia em que ela lhe informa indiretamente que partirá com Forcheville para o Egito (427).

Swann recebe uma carta anônima, denunciando inúmeros amantes de Odette, entre os quais Forcheville, o sr. de Bréauté e o pintor. Não conseguindo acreditar no assunto da carta, Swann dedica mais tempo à revista de seus possíveis autores (427-428).

Grande choque, "num dos mais longos períodos de calma que já atravessara", ao ler o nome de uma peça no jornal e associar a palavra "mármore" a possíveis relações homoeróticas entre Odette e a sra. Verdurin (431-432). A leitura do nome de uma cidade lhe imprime outro golpe: ela estava associada ao sr. de Bréauté (432).

Atormentado pela possibilidade da relação de Odette com a sra. Verdurin, ele vai visitá-la e tenta extrair dela alguma confissão (433-434). Odette confessa ter tido relações homoeróticas "talvez umas duas ou três vezes", o que vai muito além de todas as possibilidades que ele havia encarado (435-436). A confissão de que isso acontecera na Ilha do Bois o atinge como um segundo golpe (437-438).

Muitas vezes, é sem coagi-la que ele descobre coisas que teme conhecer, como a frequentação de "casas de alcoviteiras" (442). Tais confissões servem a Swann apenas como ponto de partida para novas dúvidas (442). Ela lhe diz que, na verdade, na noite em que ele a procurara pelos bulevares, ela não tinha ido à "Maison d'Or": na verdade, "vinha da casa de Forcheville" (443).

Certas noites, Odette se torna subitamente gentil e é tomada de um desejo súbito e inexplicável por Swann (445).

Swann visita casas de *rendez-vous* "na esperança de saber alguma coisa de Odette" (445). Odette parte em um cruzeiro com os outros "fiéis" do salão Verdurin (446-447).

Encontro com a sra. Cottard em um ônibus: ela lhe pergunta sobre "o retrato de Machard que movimenta toda a cidade" e lhe diz que Odette "só falava do senhor" durante a viagem (447-449).

Lento processo de enfraquecimento de seu amor e ciúme por Odette (450-451). Swann torna a revê-la, durante um sonho (451-452).

nome de terras: o nome

Os quartos evocados durante as noites de insônia (458). Desejo de presenciar uma tempestade no mar (458-459). Desejo de conhecer Balbec, depois de um comentário de Legrandin (459). Swann acrescenta um comentário sobre "a igreja de Balbec, dos séculos XII e XIII, ainda metade romana" (460). Mescla do "desejo da arquitetura gótica com o de uma tempestade no mar" (460). Desejo de tomar "o belo e generoso trem da uma e vinte e dois" (460-461).

A aproximação das férias de Páscoa faz nascer o desejo de presenciar a primavera no Norte da Itália (461). Transformação operada nas cidades pelo apego a seus nomes (462-467).

Em passeio aos Campos Elísios, ouço pronunciar o nome de Gilberte (470). Irrito-me com a linguagem vulgar de Françoise (471). Reencontro com Gilberte e início das brincadeiras em grupo (471-472). Ansiedade quanto às mudanças climáticas que me impediriam de ir aos Campos Elísios (472).

Certo dia, uma fala de uma de suas amigas faz progredir meu amor por Gilberte (476). Só penso "em nunca passar um dia sem ver Gilberte (476). Ao encontrá-la, entretanto, a menina de meus sonhos e Gilberte parecem ser "duas criaturas diferentes" (478). Ela me presenteia com uma bolinha de ágata (480). Gilberte envia-me a brochura de Bergotte sobre Racine (480). Pede-me que a chame pelo seu primeiro nome (480). Outras vezes, parece que não lhe agrada ver-me (481). Novas inquietações quanto às mudanças climáticas (482). Encontro com a "velha leitora dos *Débats*" num dia de inverno (482-483).

Tendo-me afastado com Françoise até o Arco do Triunfo em busca de Gilberte, volto ao gramado e uma das meninas vem me chamar aflita para os jogos que já começaram (483). Gilberte conversa com "a dama dos *Débats*" (484). O sr. e a sra. Swann possuem para mim, "como Gilberte, talvez mais que Gilberte, um mistério inacessível" (484). Swann vem buscar a filha nos Campos Elísios (484).

Num dos dias de sol, confesso a Gilberte minha decepção diante de minhas esperanças e peço-lhe que não falte no dia seguinte: ela, em júbilo, me diz que assistirá, com uma amiga, a chegada do rei Teodósio (486). Imagino a recepção de uma carta sua em que ela me confessaria seu amor (487). Enquanto espero, releio uma página do livro de Bergotte sobre Racine; paralelo de meu amor com o de Swann por Odette (487-488). Passo a amar Bergotte "principalmente por causa de Gilberte" (488). Com o mesmo prazer que leio as páginas, contemplo o embrulho em que ela me enviara o livro (488). Peço a minha mãe que altere a indumentária de Françoise ou não mais me envie aos Campos Elísios "com aquela criada" (489). Espero de um dia excepcional, como o Ano-Novo, a mudança em nossa relação (490).

Fixação apaixonada por tudo o que toca a família Swann (491). Elogio a "velha dama que lia os *Débats*": mamãe não é, de forma alguma, de minha opinião (492). Tentativas de tornar-me parecido a Swann (492). Mamãe nos conta o encontro com Swann durante a tarde (492-493). Prestígio a meus olhos dos avós de Swann (494).

Nos dias em que Gilberte não vem aos Campos Elísios, tento conduzir Françoise para lugares que me aproximariam um pouco dela, como a casa da família Swann (494-495). Ou então, encaminho Françoise até o Bois de Boulogne, lugar em que teria oportunidade de ver a sra. Swann caminhar (495-496). Volta ao Bois de Boulogne: "Que horror!" (505).

posfácio

a meu irmão Laurent

entre sonho e vigília: quem sou eu?

Este ensaio é um exercício de leitura, na fronteira entre literatura e filosofia, sobre a identidade do sujeito que tenta se compreender na prática do discurso e, particularmente, no exercício discursivo e especulativo que define a *meditação*. Com efeito, minha hipótese de partida consiste no estabelecimento de uma espécie de intertextualidade criativa entre as primeiras páginas de *Em busca do tempo perdido*, de Marcel Proust, e o início da *Primeira meditação*, de Descartes. Que Proust tenha ou não efetuado conscientemente essa apropriação transformadora, isso tem pouca importância para nós. Entretanto, é importante ressaltar que os dois textos constituem, diferenças à parte, dois exercícios de meditação. Tomo emprestada aqui a bela definição de "meditação" a Michel Foucault, que, ao comentar o texto cartesiano, afirma:

> Uma "meditação" [...] produz, como tantos eventos discursivos, enunciados novos que trazem consigo toda uma série de modificações do sujeito do enunciado: através do que é dito na meditação, o sujeito passa da escuridão à luz, da impureza à pureza, da coerção das paixões ao desapego [...]. Na meditação, o sujeito é incessantemente alterado por seu próprio movimento; seu discurso suscita efeitos no interior dos quais o sujeito é tomado; ele o expõe a riscos, o faz passar por provas ou tentações, produz nele estados, e confere a ele um estatuto ou uma qualificação que ele não possuía no início. Em suma, a meditação implica um sujeito móvel e modificável pelo próprio efeito dos eventos discursivos que se produzem.[1]

A *meditação* está próxima de um outro gênero filosófico mais em voga hoje em dia: o *ensaio*, esta "prova modificadora de si mesmo no jogo da verdade", como o define Foucault em um outro texto, essa

---

1 Michel Foucault. *Histoire de la folie à l'âge classique*. Paris: Gallimard, 1972, p. 593-4.

"ascese", esse "exercício de si, no pensamento"[2] no qual o sujeito da enunciação e a própria enunciação vão, seja com a lentidão do tateio ou a rapidez da audácia, se transformar mutuamente: o sujeito que fala não é mais o mesmo ao final de sua empreitada, ele resolveu correr o risco de se desprender de sua posição inicial para se livrar à incerteza, diria Proust, à dúvida, diria Descartes.

Tal "prova modificadora de si mesmo", a obra de Proust, *Em busca do tempo perdido*, a configura de maneira exemplar. Trata-se de um texto que desafia definições rígidas dos gêneros literários e os ultrapassa, criando uma nova unidade fundadora na escrita contemporânea: romance, autobiografia aparente que desmascara sua impossibilidade, ensaio estético-filosófico, tratado de psicologia. O próprio Proust não sabe como definir o que ele escreve, embora o aproxime do romance. Em uma carta de 1913 a seu amigo Léon Blum, ele lhe confia: "Não sei se lhe disse que o livro era um romance. Pelo menos é do romance que ele se distancia menos. Há um senhor que narra e que diz eu".[3]

Ora, esse "senhor que narra e que diz eu" não sairá incólume de seu exercício interminável de narração. A "prova modificadora de si mesmo" caracteriza tal obra cujo teor especulativo, apesar das divergências, todos os comentadores concordam em reconhecer. Assim, podemos lê-la como um texto que se inscreve na tradição, tanto filosófica quanto literária, da autorreflexão do sujeito, em particular, em sua reflexão sobre o si e sua atividade de fala, ou ainda, retomando as preciosas categorias de Benveniste,[4] sobre a estreita relação entre identidade pessoal e enunciação do discurso. Desde as primeiras linhas de *Em busca do tempo perdido*, trata-se

---

2 Michel Foucault. *Histoire de la sexualité*, v. II. *L'usage des plaisirs*. Paris: Gallimard, 1984, p. 15.
3 Citado por Jean-Yves Tadié. *Proust et le roman*. Paris: Gallimard, 1971, p. 22.
4 Emile Benveniste. *Problèmes de linguistique générale*. Paris: Gallimard, 1966, especialmente os capítulos 18-20.

justamente desses tateios do sujeito na direção de si mesmo e do mundo, pelas palavras. Leiamos alguns fragmentos dessas páginas tão conhecidas:

> Durante muito tempo, costumava deitar-me cedo. Às vezes, mal apagava a vela, meus olhos se fechavam tão depressa que eu nem tinha tempo de pensar: "Adormeço". E, meia hora depois, despertava-me a ideia de que já era tempo de procurar dormir; queria largar o volume que imaginava [achava] ter ainda nas mãos e soprar a vela; durante o sono [ao dormir], não havia cessado de refletir sobre o que acabara de ler, mas essas reflexões tinham assumido uma feição um tanto particular; parecia-me que eu [mesmo] era o assunto de que tratava o livro: uma igreja, um quarteto, a rivalidade entre Francisco I e Carlos V. Essa crença sobrevivia alguns segundos ao despertar; não chocava a minha razão, mas pairava-me como um véu sobre os olhos [pesava sobre meus olhos como escamas], impedindo-os de ver que a luz já não estava acesa. Depois começava a parecer-me ininteligível, como, após a metempsicose, os pensamentos de uma existência anterior; o tema da obra destacava-se de mim ficando eu livre para adaptar-me [aplicar-me] ou não a ele; em seguida recuperava a vista, atônito de encontrar em derredor [em redor de mim] uma obscuridade, suave e repousante para os olhos, mas talvez ainda mais para o espírito, ao qual se apresentava como algo [uma coisa] sem causa, incompreensível, algo de verdadeiramente obscuro [uma coisa verdadeiramente obscura]. Indagava comigo que horas seriam; ouvia o silvo [apito] dos trens que, ora mais, ora menos afastado e marcando as distâncias como o canto de um pássaro numa floresta, me descrevia a extensão do campo deserto, onde o viajante se apressa em direção à parada [estação] próxima: o caminho que ele segue lhe vai ficar gravado na lembrança com a [pela] excitação produzida pelos lugares novos, os atos inabituais, pela recente conversa e as despedidas trocadas à luz de lâmpada

estranha que ainda o acompanham no silêncio da noite, e pela doçura próxima do regresso.[5]

Ninguém sabe quem é esse "eu" que começa a falar. Não há nenhum dado biográfico preciso, nem data de nascimento, nem sobrenome. E não haverá. O nome do menino, "Marcel", será pronunciado apenas duas vezes ao longo de milhares de páginas. O caráter impessoal desse "eu" o torna quase anônimo, ou, em todo caso, indeterminado, e isso em oposição às outras personagens do romance das quais longas e precisas descrições serão feitas. Jean-Yves Tadié observa com razão que esse anonimato do "eu" permite uma dupla operação que *Jean Santeuil*, primeiro romance de Proust, abandonado com mais de oitocentas páginas, não permitia porque ali se tratava de uma terceira pessoa gramatical, um "ele" bem definido, definido *demais* justamente: essa indeterminação reforça o fato que o "eu" só pode apreender a si mesmo enquanto sujeito da enunciação do discurso, aquele que toma a palavra e dirige-se a um outro, a um leitor hipotético; tal falta de definição permite assim, paradoxalmente, ao leitor identificar-se completamente com a voz narrativa e fazer suas as vicissitudes dela. "O conhecimento preciso do físico do narrador nos impediria de esposar completamente seu pensamento, de viver nele", nota Tadié.[6] Assim poderíamos afirmar que esse "eu" incógnito que abre a narrativa é a figura de um anonimato transcendental: ao mesmo tempo vazio e universal.

Outros fatores reforçam essa indeterminação produtiva. As referências espaciais e temporais se apagam assim que são nomeadas. Dessa forma, a famosa primeira frase, tão difícil de traduzir em sua estranha trivialidade induzida pelo emprego do pretérito perfeito

---

5 Marcel Proust. *À la recherche du temps perdu.* v. 1. *Du côté de chez Swann.* Bibliothèque de la Pléiade. Paris: Gallimard, 1987, edição publicada sob a direção de Jean-Yves Tadié, p. 3-4. Trad. Mario Quintana. *No caminho de Swann.* Porto Alegre/Rio de Janeiro: Globo, 1981, p. 11. Coloco entre colchetes sugestões de outra tradução possível.
6 Tadié, op. cit., p. 29.

(*passé composé*) francês ("*je me suis couché*") precedido de um advérbio de duração ("*longtemps*"); ela nos transporta a um período aparentemente preciso, mas que se revela totalmente indeciso: durante muito tempo ("*Longtemps*"), tudo bem, mas quanto tempo e quando isso aconteceu? E até quando, até hoje ainda ou não? Mesmo quando, prosaicamente, "eu perguntava que horas deviam ser", não há qualquer resposta. Em vez de acender a luz e consultar o relógio, o "eu" escuta o apito de um trem e, de repente, toma um outro caminho e acompanha "o viajante" que "se apressa em direção da estação vizinha"; viajante imaginário que se move em uma temporalidade bastante particular, no limiar da espera e da lembrança, ou melhor, da antecipação de uma lembrança futura:

> [...] o caminho que ele segue lhe vai ficar gravado na lembrança com a [pela] excitação produzida pelos lugares novos, os atos inabituais, pela recente conversa e as despedidas trocadas à luz de lâmpada estranha que ainda o acompanham no silêncio da noite, e pela doçura próxima do regresso.

A ausência de referências temporais precisas vem reforçada pela ausência de referências espaciais estáveis. As próximas páginas consistem em uma longa interrogação a respeito de diversos quartos em que o "eu" adormeceu ou despertou, adormece ou desperta, sem que possa decidir em qual ele se encontra atualmente. A tal ponto que esse "turbilhão" sensorial coloca em questão a própria estabilidade das coisas ditas reais. Citemos Proust:

> A imobilidade das coisas que nos cercam talvez lhes seja imposta pela nossa certeza de que essas coisas são elas mesmas e não outras, pela imobilidade de nosso pensamento perante elas. A verdade é [sempre acontecia] que, quando eu assim despertava, com o espírito a debater-se para averiguar, sem sucesso, onde poderia achar-me, tudo girava em redor de mim no escuro, as coisas, os países, os anos. Meu corpo,

muito entorpecido [entorpecido demais] para se mover, procurava, segundo a forma de seu cansaço, determinar [encontrar] a posição dos membros para daí induzir a direção da parede, o lugar dos móveis, para reconstruir e dar um nome à moradia onde se achava. Sua memória, a memória de suas costelas, de seus joelhos, de suas espáduas [de seus ombros], lhe apresentava sucessivamente vários dos quartos onde havia dormido, enquanto em torno dele as paredes invisíveis, mudando de lugar segundo a forma da peça imaginada, redemoinhavam nas trevas. E antes mesmo que o meu pensamento, hesitante no limiar dos tempos e das formas, tivesse identificado a habitação, reunindo as diversas circunstâncias, ele — o meu corpo — ia recordando, para cada quarto, a espécie do leito, a localização das portas, o lado para que davam as janelas, a existência de um corredor, e isso com os pensamentos que eu ali tivera ao adormecer e que reencontrava ao despertar.[7]

Assim como o mundo real exterior, em suas coordenadas espaciais, temporais e substanciais, a realidade subjetiva do "eu" é posta em questão. A incerteza se manifesta mais particularmente por duas questões: não sei se estou dormindo, se estou sonhando, se estou acordado; e não sei quem eu sou, talvez eu seja o objeto de que trata o livro que estou lendo: "uma igreja, um quarteto, a rivalidade de Francisco I e de Carlos V". A distinção clara entre sonho, sono e vigília vacila, assim como a diferenciação entre sujeito e objeto na leitura. Proust subverte a ordem estável da tradição ocidental que proclama a separação clara entre a vigília, lugar comum da linguagem e da razão, mundo do *logos* e do diálogo possível entre os homens e o reino do sono e do sonho, domínio do arbitrário e do particular: "Para os que estão em estado de vigília, há apenas um e mesmo mundo. No sono, cada um se volta para seu mundo privado", já afirmava Heráclito.[8] O território singular do sono e dos sonhos é o contrário do lugar (em) comum, o

---

7 Marcel Proust. *A la recherche du temps perdu*, v. I, op. cit., p. 7. Trad. op. cit., p. 13.
8 Héraclito. Fragmento B 89 da edição Diels.

território noturno das quimeras incomunicáveis porque desafiam a razão e a linguagem comuns, o lugar do irracional tão perigosamente parecido às fantásticas criações dos loucos, dos extravagantes e dos insensatos aos quais Descartes compara, na primeira de suas *Meditações*, as alucinações de seus sonhos:

> Mas, ainda que os sentidos nos enganem às vezes, no que se refere às coisas pouco sensíveis e muito distantes, encontramos talvez muitas outras, das quais não se pode razoavelmente duvidar, embora as conhecêssemos por intermédio deles: por exemplo, que eu esteja aqui, sentado junto ao fogo, vestido com um chambre, tendo este papel entre as mãos e outras coisas desta natureza. E como poderia eu negar que estas mãos e este corpo sejam meus? A não ser, talvez, que eu me compare a esses insensatos, cujo cérebro está de tal modo perturbado e ofuscado pelos negros vapores da bile que constantemente asseguram que são reis quando são muito pobres; que estão vestidos de ouro e púrpura quando estão inteiramente nus; ou imaginam ser cântaros ou ter um corpo de vidro. Mas quê? São loucos e eu não seria menos extravagante se me guiasse por seus exemplos.
>
> Todavia, devo aqui considerar que sou homem e, por conseguinte, que tenho o costume de dormir e de representar, em meus sonhos, as mesmas coisas, ou algumas vezes menos verossímeis, que esses insensatos em vigília. Quantas vezes ocorreu-me sonhar, durante a noite, que estava neste lugar, que estava vestido, que estava junto ao fogo, embora estivesse inteiramente nu dentro do meu leito? Parece-me agora que não é com olhos adormecidos que contemplo este papel; que esta cabeça não está dormente; que é com desígnio e propósito deliberado que estendo esta mão e que a sinto: o que ocorre no sono não parece ser tão claro nem tão distinto quanto tudo isso. Mas, pensando cuidadosamente nisso, lembro-me de ter sido muitas vezes enganado, quando dormia, por semelhantes ilusões. E, detendo-me neste pensamento, vejo tão manifestamente que não há quaisquer indícios concludentes, nem marcas assaz certas por onde se possa dis-

tinguir nitidamente a vigília do sono, que me sinto inteiramente pasmado: e meu pasmo é tal que é quase capaz de me persuadir de que estou dormindo.[9]

Esse início da *Primeira meditação* é um exemplo privilegiado da radicalidade e da coragem de Descartes. Em oposição à tradição filosófica anterior, para a qual a separação entre o sonho, o sono e a vigília parece evidente, e em resposta aos argumentos céticos, especialmente a Montaigne, que colocava em dúvida tal evidência, Descartes, o barroco, afirma que, se o único critério do conhecimento verdadeiro consiste na clareza e na coerência de minhas representações, então não existem "índices conclusivos, nem marcas suficientemente certas a partir das quais possamos distinguir nitidamente a vigília e o sono". Assim, então, apesar de nosso "pasmo", "suponhamos, pois, agora que estamos adormecidos", propõe Descartes nas páginas seguintes. É certo que a indiferença entre sono e vigília nos *surpreende* profundamente; mas ela não tem por que nos aterrorizar acima da medida: com efeito, adormecidos ou despertos, nossas *representações* seguirão algumas regras idênticas, as "imagens das coisas que residem em nosso pensamento"[10] continuarão sempre, sejam elas ilusórias ou reais, a ter uma extensão, um lugar, um tempo, um número, uma quantidade. "Pois, quer eu esteja acordado, quer esteja dormindo, dois mais três formarão sempre o número cinco, e o quadrado nunca terá mais do que quatro lados."[11] Em suma, esteja eu desperto ou dormindo, continuo, segundo Descartes, a pensar da mesma forma, embora os conteúdos de meus pensamentos possam ser diferentes.

---

9 René Descartes. *Méditations. Première méditation*. Oeuvres philosophiques, t. II. Paris: Garnier, 1967. Textos escolhidos e anotados por Ferdinand Alquié, p. 405-6. Trad. J. Guinsburg e Bento Prado Júnior, coleção "Os pensadores". São Paulo: Abril, 1979, p. 86.
10 Idem, p. 407. Trad. p. 87.
11 Idem, p. 408. Trad. p. 87.

Em um "apêndice" à edição de 1972 da *História da loucura na Idade Clássica*, Michel Foucault comenta longamente tais páginas, respondendo às objeções que lhe haviam sido colocadas por Jacques Derrida (em *A escrita e a diferença*) a respeito de sua tese da "exclusão da loucura" pela filosofia cartesiana. Tal debate tem pouca importância aqui. Entretanto, as observações muito refinadas de Foucault sobre essa "experiência do sonho" na obra de Descartes em sua ligação com o pensamento podem nos ajudar a reler essa *Primeira meditação* e as primeiras páginas da *Recherche* como duas buscas meditativas radicais sobre a identidade subjetiva. Com efeito, Descartes e Proust evocam a experiência do sonho de maneira surpreendentemente semelhante. Sonhar e dormir é inicialmente uma experiência à qual "estou acostumado", afirma Descartes, à qual "estou habituado", dirá Proust. Em ambos, a descrição do sonho e do sono vem precedida e acompanhada de uma evocação da memória, da lembrança dessa experiência. Todos os dois insistem igualmente no fato de que, mesmo que não consiga decidir, unicamente pela clareza de minhas representações, se estou dormindo ou sonhando ou se estou acordado, continuo, nos dois casos, sonhando ou desperto, a pensar, a meditar diria Descartes, "durante o sono [ao dormir], não havia cessado de refletir sobre o que acabara de ler", diz Proust. Apesar da surpresa recíproca, ambos afirmam pois que continuamos a pensar, seja durante o sono e o sonho ou no estado de vigília. E apesar de sua surpresa, o sujeito que emerge do sonho e do sono sai de alguma forma reforçado enquanto sujeito do pensamento — ou seja, se ele, o sujeito, não se define por características sensíveis, concretas, particulares, por uma *identidade substancial* qualquer, mas se ele se afirma unicamente enquanto aquele que pensa, medita, sonha, hesita, duvida, escreve, toma a palavra, como sujeito da atividade de enunciação, diria Benveniste.

Chego assim a uma primeira conclusão neste exercício de leituras paralelas. Tomando sem mais nem menos a palavra, começando a partir de lugar nenhum, de nenhuma delimitação temporal, simplesmente instaurando uma voz narrativa que conta como o "eu" pensa, desperto ou sonhando, o narrador da *Recherche* se inscreve na reta linhagem do filósofo das *Meditações*. Ambos assumem, por conta e risco, uma afirmação da existência subjetiva pela tomada de palavra e pelo pensamento, afirmação anterior a qualquer definição da identidade por uma especificidade substancial.

É preciso agora desconstruir essa primeira conclusão provisória, mesmo que ela não seja falsa, mas simplesmente parcial.

Com efeito, as primeiras linhas da *Recherche* já formigam de indícios que revelam o quanto a empreitada proustiana difere do projeto cartesiano. Podemos aliás supor que são também tais diferenças com relação à tradição clássica e racionalista que vão obrigar Proust a escrever esse estranho romance de milhares de páginas, ou sobretudo que lhe tornam impossível ainda adotar a bela forma concisa e precisa das seis *Meditações* "de Prima Philosophia" para poder chegar à verdade. Enumeremos, pois, alguns desses indícios já na primeira página da *Recherche*.

Quando ele adormece, dorme ou sonha, o "eu" do romance continua, é certo, a "fazer reflexões", mas ele nota sua "feição um tanto particular", diz ele não sem humor, "parecia-me que eu [mesmo] era o assunto de que tratava o livro: uma igreja, um quarteto, a rivalidade entre Francisco I e Carlos V". Tais exemplos são bem mais estranhos do que os sábios sonhos de Descartes, que sonha simplesmente que continua sentado junto à chaminé como na vida dita real.[12] A transformação do sujeito que sonha em um objeto qualquer, por exemplo,

---

12 Note-se que não é sempre que Descartes tem sonhos tão policiados; em um manuscrito perdido intitulado *Olympica*, ao qual se refere seu amigo Baillet de maneira detalhada, Descartes narra três sonhos que tivera durante uma noite do mês de novembro de 1619; sonhos muito mais "loucos", mas cuja interpretação o fortalece em sua vocação científica e filosófica nascente. Cf. sobre esse assunto *Sonhos sobre meditações de Descartes*, de Luci Buff, São Paulo: Anablume, 2001.

no assunto do livro que ele está lendo, aproxima perigosamente o sonhador proustiano dos insensatos e extravagantes de Descartes, que "imaginam ser cântaros, ou ter um corpo de vidro", na proximidade, portanto, da loucura.

Outra afirmação muito surpreendente sob sua aparência tranquila retém a atenção já no primeiro parágrafo da *Recherche*. Proust escreve:

> [...] em seguida recuperava a vista, atônito de encontrar em derredor [em redor de mim] uma obscuridade, suave e repousante para os olhos, mas talvez ainda mais para o espírito, ao qual se apresentava como algo [uma coisa] sem causa, incompreensível, algo de verdadeiramente obscuro [uma coisa verdadeiramente obscura].

Essa pequena frase opera como um desvio sistemático da grande metáfora, fundamental para a metafísica, da luz e da visão como imagens do conhecimento. Ao abrir os olhos, o "eu" não vê nada de claro e nítido, que se oporia às visões confusas do meio-sono ou do sonho. O "eu" contempla a escuridão, a olha, abre os olhos para "fixar o caleidoscópio da escuridão" dirá Proust na página seguinte. As trevas adquirem assim diversas nuanças cativantes. A escuridão não é apenas um repouso para os olhos (o que é de consenso) mas "talvez mais ainda para meu espírito" e isso porque lhe aparece "como uma coisa sem causa, incompreensível, como uma coisa realmente obscura". Estranha afirmação em que a falta de causa e o caráter incompreensível proporcionam repouso ao espírito! Em vez de fugir das trevas, de acender a luz e de reencontrar o contorno bem definido das coisas, o narrador goza da escuridão, repousa sobre sua incompreensibilidade como se, nessa renúncia do sujeito a querer e poder compreender, classificar, reconhecer e conhecer, nessa desistência de sua soberania consciente existissem um repouso, uma paz da qual ele elogia a "suavidade".

Estamos aqui a milhares de quilômetros do sujeito cartesiano; e essa distância vai só aumentar na sequência do texto. A segunda passagem citada introduz um motivo essencial da obra de Proust (e da obra de seu contemporâneo Freud), em franca oposição ao racionalismo cartesiano: o da importância do corpo, mais precisamente da superioridade da memória corporal sobre a do espírito. Enquanto este último, "meu espírito", se agita "para tentar, sem conseguir, saber onde estava", que "meu pensamento, que hesitava no limiar dos tempos e das formas", tampouco o consegue, meu corpo e meus membros, "guardiães fiéis de um passado", se lembram, reconstituem pouco a pouco o espaço e o tempo, o lugar e momento particulares, restabelecendo assim uma sequência mínima indispensável que permite ao herói reencontrar uma identidade provisória, mesmo que ela também seja mínima.

Ao sublinhar a insuficiência do espírito e insistir na importância decisiva do corpo, o narrador proustiano não opera simplesmente uma inversão da metafísica clássica, em particular do racionalismo cartesiano. Mais fundamentalmente, a significação do corpo, do corporal, de uma certa *passividade*, dirá Merleau-Ponty lendo Proust,[13] provém da aceitação, pela própria reflexão subjetiva, de uma dimensão que o pensamento filosófico levou muito pouco em consideração, quando não a rejeitou e combateu: a dimensão do involuntário. E o involuntário não afeta apenas a vida do corpo, mas igualmente — toda a *Busca do tempo perdido* vai mostrá-lo — a vida do espírito e do pensamento, a vida da memória, e isso não apenas porque seria um fator de desarranjo, mas porque o involuntário é *constituinte* da vida do espírito.

É aqui justamente que Proust e Descartes não podem mais se encontrar. Todo o projeto cartesiano — o do sujeito moderno que

---

13 Envio à aula recentemente publicada de Merleau-Ponty, *L'institution, la passivité*, Paris: Belin, 2003, e ao belo livro de Mauro Carbone, *La visibilité de l'invisible*. Olms, 2001.

se define por sua consciência soberana —, ou, talvez, mais precisamente, esse projeto tal como Descartes no-lo apresenta, repousa sobre a preponderância da vontade do sujeito do conhecimento. Assim Descartes reconstitui sua vida, na parte de esboço autobiográfico que abre o *Discurso do método*, explicando que "tão logo a idade me permitiu sair da sujeição de meus preceptores",[14] ele decidiu abandonar o estudo de letras, decidiu-se a "não mais procurar outra ciência, além daquela que se poderia achar em mim próprio, ou então no grande livro do mundo", empregou assim "o resto de [sua] mocidade em viajar",[15] pondo à prova si próprio até o dia em que, mesmo as guerras e as estações do ano dobrando-se a seu desejo, ele se viu imobilizado na Alemanha, e escolheu então permanecer "o dia inteiro fechado sozinho num quarto bem aquecido",[16] solidão voluntária, escolhida, fértil. Pouco importa aqui se tal narrativa de formação corresponda realmente à vida de René Descartes, inicialmente aluno dos Jesuítas, depois um *gentilhomme* que se alista em diversos exércitos, enfim um viajante solitário e um pensador rigoroso. O que importa é que Descartes representa sua vida para si mesmo e a apresenta aos leitores (que acreditam nele de bom grado!) como uma empreitada coerente, fruto de decisões pessoais conscientes, obedecendo sempre a uma implacável vontade de "ver claro nas minhas ações e caminhar com segurança nesta vida".[17]

O tema da solidão estudiosa, desejada e escolhida, será igualmente retomado no início da *Primeira meditação*, quando Descartes declara: "Agora, pois, que meu espírito está livre de todos os cuidados, e que consegui um repouso assegurado numa pacífica

---

[14] René Descartes. *Discours de la méthode*. Oeuvres philosophiques, t. I, Paris: Garnier, 1963, textos esolhidos e apresentados por Ferdinand Alquié, p. 576. Trad. brasileira coleção "Os pensadores", op. cit., p. 33.
[15] Idem, p. 577. Trad. p. 33.
[16] Idem, p. 579. Trad. p. 34.
[17] Idem, p. 577. Trad. p. 33.

solidão, aplicar-me-ei seriamente e com liberdade em destruir em geral todas as minhas antigas opiniões".[18]

Esse retiro voluntário, essa solidão desejada bem diferente de uma solidão advinda da perda dolorosa de contatos ou da morte de um amigo, esse isolamento longe do mundo é, para Descartes, a condição necessária de uma tranquilidade em que o espírito possa se concentrar livremente sobre si mesmo, sem sofrer qualquer distração exterior que o desviaria da tarefa que ele próprio escolheu. Só, sem paixões, sem distrações, sem necessidades, concentrado em sua atividade espiritual e intelectual, o sujeito pensa, medita, escreve.

Esses motivos da busca, da luta do espírito consigo mesmo para vencer suas próprias dúvidas, esse desejo de solidão e de concentração extremas, nós voltamos a encontrá-los em um dos momentos-chave do primeiro volume de *Em busca do tempo perdido*, obra em que eles assumirão cada vez mais importância, mas os encontramos como que enviesados, desviados, ao mesmo tempo semelhantes e dessemelhantes.

Tal momento é o do famoso episódio dito da *madeleine*. Resumo grosseiramente essas páginas célebres. O narrador relata suas lembranças de infância, em particular as férias em casa de seus avós em Combray; ele evoca as noites de verão, as visitas de um vizinho à noite, visitas que impedem sua mãe de ficar a seu lado e lhe desejar boa-noite, seu desespero quanto a isso e uma noite excepcional em que ele não consegue dormir de tristeza e em que sua mãe acaba passando a noite junto dele, lendo para ele romances de George Sand. Mas todas essas lembranças ficam como que congeladas, como mortas "para sempre" nos diz o narrador; e isso até um final de tarde de inverno, quando, voltando para casa desanimado e tremendo de frio, ele aceita, *contra seu hábito e por acaso*, uma xícara de chá com um bolinho seco — a famosa *madeleine* — que sua mãe lhe propõe. Mal ele provou do chá com o bolo tem um sobressalto, sente

---

[18] René Descartes. *Première méditation*, op. cit., p. 405. Trad. p. 85.

"um prazer delicioso" invadi-lo, fica como que ofuscado, sente-se feliz, imortal. Ao final de uma longa interrogação, verdadeira busca espiritual cheia de obstáculos e de dificuldades, o narrador reconhece finalmente a lembrança evocada pelo sabor do chá e do bolo (uma experiência sensorial análoga à que tinha quando sua tia-avó lhe oferecia as mesmas iguarias nas manhãs de domingo antes da missa em Combray). Essa lembrança involuntária, enterrada sob diversas camadas de esquecimento e indiferença, lhe descortina subitamente uma outra possibilidade de acesso ao passado e a suas riquezas insuspeitadas.[19]

Esse episódio muitíssimo conhecido oferece curiosos paralelos com certas passagens de Descartes, tanto no início do *Discurso do método*, quanto da *Primeira meditação*. Tanto em Descartes quanto em Proust, estamos no inverno, estação do recolhimento e da interioridade, em oposição à expansividade do verão, estação fria e escura da qual a luz do conhecimento surgirá com tanto mais brilho. Com efeito, tanto em Proust quanto em Descartes, temos a evocação de uma intensa luta espiritual, de um combate do espírito consigo mesmo, no interior e nos limites dele mesmo, experimentando sua miséria, seu despojamento e, simultaneamente, sua força, sua capacidade de realização e de criação. Citemos Proust:

> Grave incerteza, todas as vezes em que o espírito se sente ultrapassado por si mesmo quando ele, o explorador [aquele que procura], é ao mesmo tempo o país obscuro a explorar [onde deve procurar] e onde todo o seu equipamento [toda sua bagagem] de nada lhe servirá. Explorar? [Procurar?] Não apenas explorar [procurar]: criar. Está

---

19 Mas notemos com Paul Ricoeur (*Temps et récit*, t. II. *La configuration dans le récit de fiction*. Paris: Seuil, 1984, p. 202) que não é a própria lembrança, das mais triviais, como se tivesse uma substância especial, que suscita o sentimento de felicidade. Ricoeur sublinha com acuidade a importância, para a construção de toda a *Recherche*, da pequena frase entre parênteses no final desse episódio: "(embora eu ainda não soubesse e devesse adiar para bem mais tarde descobrir por que tal lembrança me tornava tão feliz)".

em face de qualquer coisa [algo] que ainda não existe [é] e a que só ele pode dar realidade [e que somente ele pode realizar] e fazer entrar na sua luz.[20]

Apesar dessas analogias, todo um mundo de diferenças separa os textos de Descartes dos de Proust. Para poder concluir, gostaria de assinalar as mais importantes.

Em primeiro lugar, o "eu" proustiano não havia decidido voluntariamente se retirar para buscar a verdade quando, de repente, ele passa pela experiência dessa epifania. Pelo contrário, o narrador insiste no fato de que tudo isso acontece com ele porque, contra seu hábito e por um acaso, ele aceita, por assim dizer *à sua revelia*, tomar uma xícara de chá com um bolinho. Essa importância do acaso vem sublinhada várias vezes na *Busca do tempo perdido*, especialmente no parágrafo que precede diretamente o episódio da *madeleine*. Mas esse acaso não é simplesmente pura contingência estatística, um arbitrário trivial. Na edição crítica desse volume, organizada por Tadié, encontra-se uma variante de Proust tratando da importância do acaso; transcrevo abaixo as linhas finais:

> Se é com frequência o acaso (entendo por isso as circunstâncias que nossa vontade não preparou pelo menos com vistas do resultado que elas terão) que traz a nosso espírito um objeto novo, é um acaso mais raro, um acaso selecionado e submetido a condições de produção difíceis, após provas eliminatórias, que trazem de volta ao espírito um objeto possuído outrora por ele e que tinha saído dele.[21]

Essa definição, muito elaborada, do acaso acentua a dimensão do involuntário: o acaso é aquilo que acontece comigo sem que eu tenha querido ou previsto; ele não é fruto de decisões conscientes, ele esca-

---

20 Marcel Proust. *À la recherche du temps perdu*. v. I, op. cit., p. 45. Trad. p. 45-6.
21 Idem, p. 1122.

pa ao controle, ele não depende de "nossa inteligência" como diz Proust, admiravelmente comentado nesse ponto por Deleuze.[22] Se ele não depende nem de minha vontade, nem de meu controle, cabe a mim entretanto saber, por assim dizer, acolher o acaso, estar disponível à sua irrupção, em vez de rejeitá-lo, saber ouvi-lo e, quem sabe, perceber nele uma mensagem não suspeitada.[23] Não se trata em Proust de uma crença supersticiosa no irracional, mas de um exercício de atenção àquilo que nos escapa e, *por isso mesmo*, pode nos interpelar; trata-se de uma ascese da disponibilidade em vez de um treinamento de controle, ou ainda de uma temporalidade do *kairos*, do instante oportuno e fugaz, em oposição aos planejamentos cronológicos.

Uma segunda diferença, e de peso, com relação a Descartes decorre dessa reabilitação do acaso na busca da verdade. As verdades da inteligência, como diz Proust, as que o intelecto deduz ao fim de longos raciocínios, não têm nenhuma ou muito pouca importância. No melhor dos casos, elas apenas explicitam, e mesmo repetem, o que já era sabido; ou então elas traçam os meandros de um delírio obsessional (que possui, é certo, seu charme e interesse!) como no ciúme. A verdade que transforma a vida não é produzida por mim, mas chega até mim, me surpreende, me transtorna, me deixa estupefato, me faz "ter um sobressalto" como escreve com tanta frequência Proust. E justamente porque ela me interpela à revelia de minha inteligência organizadora, ela o faz na maior parte das vezes a partir de uma sensação corporal. Mas se tal epifania secular se revela em uma *sensação* inusitada, não deixa de ser o *espírito* — o pensamento, a escrita, a arte — que a reconhece, a interpreta, lhe dá uma forma e um nome. É por isso que o narrador, no episódio da *madeleine*, tem de afastar a xícara de chá e o bolinho, pois, embora

---

22 Gilles Deleuze. *Proust et les signes*. Paris: PUF, 1964.
23 Os paralelos com Freud são evidentes. Mas seu desenvolvimento pediriam um outro trabalho!

eles pareçam ser os depositários da sensação mágica, eles o são, justamente, por puro acaso, eles não dizem nada sobre o chamado à felicidade e à verdade que a sensação suscitou. O narrador declara então: "Deposito a taça [xícara] e me volto para meu espírito. Depende dele encontrar a verdade".[24]

Essa volta do espírito sobre si mesmo se acompanha de um sentimento agudo de sua insuficiência. O espírito não experimenta autonomia ou soberania, mas "é ao mesmo tempo o país obscuro em que deve procurar" e o pesquisador desorientado. Assim ele não vai poder proceder calmamente, segundo "a ordem das razões", como diz Guéroult lendo Descartes. O movimento da busca é contraditório: de um lado, ele deve se retirar nele mesmo, longe do mundo e de seus barulhos, como já preconizava Descartes:

> Peço a meu espírito um esforço mais, que me traga outra vez a sensação fugitiva. E para que nada quebre o impulso com que ele vai procurar captá-la, afasto todo obstáculo, toda ideia estranha, abrigo meus ouvidos e minha atenção contra os rumores da peça vizinha.[25]

Mas o espírito não basta a si mesmo; ele não pode encontrar alimento suficiente nessa claustração intelectual; é necessário que ele saia de si para refazer suas forças: "Mas sentindo que meu espírito se fatiga sem resultado, forço-o, pelo contrário, a aceitar essa distração que eu lhe recusava, a pensar em outra coisa, a refazer-se antes de uma tentativa suprema".[26]

Dessa forma, nesse movimento pendular, o gesto filosófico da interiorização e da concentração fica necessariamente interrompido pelo da distração e da dispersão. Assim como o acaso, a distração foi geralmente banida do reino da filosofia. Ela é na maioria das

---

24 Marcel Proust. *À la recherche du temps perdu*. v. I, op. cit., p. 45. Trad. p. 45.
25 Idem. Trad. p. 46.
26 Idem. Trad. p. 46.

vezes condenada, de Pascal a Heidegger ou Adorno, como sendo uma tática de fuga diante da angústia que suscita a finitude. Tal aspecto caracteriza aliás numerosas personagens de *Em busca do tempo perdido*, a começar pelo próprio Swann. Mas Proust lhe entrega também, principalmente nessa passagem, seus títulos de nobreza; a distração indica também o que a tradição filosófica clássica, por *hybris*, pretensão desmedida, ou por denegação, não quis pensar: a saber, que o espírito não é um soberano absoluto, que ele depende do corpo, dos sentidos e dos outros.

Assim, podemos enunciar uma segunda conclusão, provisória e hipotética como a primeira, deste exercício de leituras cruzadas: involuntário, corpo, acaso, *kairos*, disponibilidade, distração; todos esses conceitos delimitam a distância que separa a empresa proustiana da tradição racionalista cartesiana do sujeito, tradição na qual, entretanto, está enraizada a narrativa de *Em busca do tempo perdido*. Ao mesmo tempo, tais conceitos balizam o território incerto em que a reflexão contemporânea sobre a identidade subjetiva deve enfrentar o risco de se aventurar.

Jeanne-Marie Gagnebin
Campinas, agosto de 2004

Este livro, composto na
fonte Walbaum e paginado por
warrakloureiro, foi impresso em
pólen natural 70g/m² na Coan,
Tubarão, Brasil, maio de 2023